Camilla Läckberg

DIE ENGELMACHERIN

Camilla Läckberg

DIE ENGELMACHERIN

Kriminalroman

Aus dem Schwedischen
von Katrin Frey

List

Die Originalausgabe erschien 2011
unter dem Titel *Änglamakerskan*
bei Forum, Stockholm.

MIX
Papier aus verantwortungsvollen Quellen
FSC® C014496

List ist ein Verlag
der Ullstein Buchverlage GmbH

2. Auflage 2013
ISBN 978-3-471-35084-3

Gesetzt aus der Sabon bei LVD GmbH, Berlin
Druck und Bindearbeiten: GGP Media GmbH, Pößneck
Printed in Germany

*»Wenn einer allein so viel Hass zeigen kann,
wie viel Liebe könnten wir dann alle zusammen zeigen?«*

PERSONENVERZEICHNIS

Die Familie

Erica Falck – Schriftstellerin
Patrik Hedström – Hauptkommissar, Ehemann von Erica
Maja – Tochter von Erica und Patrik
Anton und Noel – Ericas und Patriks Zwillinge
Anna – Ericas Schwester
Dan – Annas Mann
Emma und Adrian – Kinder aus Annas erster Ehe mit Lucas
Belinda, Malin und Lisen – Dans Kinder aus erster Ehe
Kristina – Patriks Mutter

Polizeistation Tanum

Bertil Mellberg – Leiter der Dienststelle
Ernst – Mellbergs Hund
Patrik Hedström – Hauptkommissar
Gösta Flygare – Polizist
Martin Molin – Polizist
Paula Morales – Assistentin
Annika – Empfang
Torbjörn Ruud – Kriminaltechniker
Tord Pedersen – Gerichtsmediziner

Sie hatten versucht, die Trauer wegzurenovieren. Beide waren sie nicht überzeugt, dass dies ein guter Plan war, aber sie hatten keinen anderen. Die Alternative wäre gewesen, sich hinzulegen und nie wieder aufzustehen.

Ebba schabte die Hauswand mit einem Spachtel ab. Die Farbe löste sich fast von allein. Sie war bereits kräftig abgeblättert, und Ebba brauchte nur noch ein wenig nachzuhelfen. Die Julisonne brannte so heiß, dass ihr die Haare an der schweißnassen Stirn klebten, und ihr Arm tat weh, weil er nun schon den dritten Tag die gleiche monotone Auf- und Abwärtsbewegung machte. Der körperliche Schmerz kam ihr jedoch gelegen. Wenn er heftiger wurde, überlagerte er für eine Weile den Schmerz in ihrem Herzen.

Sie drehte sich um und betrachtete Mårten, der auf dem Rasen vor dem Haus Bretter zusägte. Er schien ihren Blick zu spüren, denn er sah auf und winkte ihr zu, als wäre sie eine Bekannte, die auf der Straße an ihm vorüberging. Ebba bemerkte, wie ihre Hand die gleiche hilflose Geste ausführte.

Obwohl schon mehr als ein halbes Jahr vergangen war, seit sich ihr Leben in einen Scherbenhaufen verwandelt hatte, wussten sie noch immer nicht, wie sie miteinander umgehen sollten. Jeden Abend drehten sie sich im Doppelbett den Rücken zu und hatten panische Angst, dass eine unabsichtliche Berührung etwas auslösen könnte, was sie überforderte. Die

Trauer ließ offenbar keinen Platz für andere Gefühle. Weder für Liebe noch für Wärme oder Mitgefühl.

Drückend und unausgesprochen stand die Schuld zwischen ihnen. Es wäre einfacher gewesen, hätte man sie genau definieren und verorten können, aber sie wanderte hin und her, Intensität und Form wechselnd, griff sie ständig aus einer anderen Richtung an.

Ebba wandte sich wieder dem Haus zu und kratzte weiter. Die weiße Farbe fiel in großen weißen Fladen zu Boden, das nackte Holz kam zum Vorschein. Sie strich mit der freien Hand über die Bretter. Das Haus war in einer Weise beseelt, die sie so noch nie erlebt hatte. Das kleine Reihenhaus in Göteborg, das sie und Mårten zusammen gekauft hatten, war fast neu gewesen. Damals hatte sie die vollkommen unberührten, blanken Oberflächen geliebt. Nun erinnerte sie das Neue nur noch an das, was früher gewesen war, und dieses alte Haus mit seinen Schrammen passte viel besser zu ihrem seelischen Zustand. Sie erkannte sich in dem Dach wieder, durch das es hereinregnete, im Heizkessel, der in regelmäßigen Abständen einen Tritt brauchte, und in den undichten Fenstern, durch die es derart zog, dass jede Kerze auf dem Fensterbrett sofort ausging. So war es auch in ihrer Seele, zugig und kalt. Und jedes Licht, das sie anzuzünden versuchte, wurde unbarmherzig ausgepustet.

Vielleicht würde ihre Seele hier auf Valö heilen. Obwohl sie keine Erinnerungen an die Insel hatte, war sie ihr sofort vertraut gewesen. Wenn Ebba zum Steg hinunter ging, sah sie den kleinen Küstenort auf der gegenüberliegenden Seite. Wie Perlen auf einer Schnur reihten sich die weißen Häuschen und die roten Bootsschuppen aneinander. Der malerische Anblick tat beinahe weh.

Schweißtropfen brannten ihr in den Augen. Sie wischte sich das Gesicht mit dem T-Shirt ab und blinzelte in die Sonne. Über ihr kreisten die Möwen. Kreischend riefen sie sich etwas zu, und ihre Schreie vermengten sich mit den Geräuschen der Boote im Sund. Ebba schloss die Augen und ließ sich von den Lauten davontragen. Fort von sich selbst, fort von …

»Sollen wir eine Pause machen und baden gehen?«

Als Mårtens Stimme die Geräuschkulisse durchdrang, zuckte sie zusammen. Verwirrt schüttelte sie zunächst den Kopf, nickte dann aber.

»Okay.« Sie stieg vom Gerüst herunter.

Die Badesachen hingen zum Trocknen hinter dem Haus. Sie streifte die verschwitzten Arbeitsklamotten ab und zog sich einen Bikini an.

Mårten, der schneller war als sie, wurde ungeduldig.

»Können wir jetzt gehen?« Er lief auf dem schmalen Pfad zum Strand voraus. Die Insel war ziemlich groß und nicht so karg wie die kleineren Inseln im Bohusläner Schärengarten. Dichtbelaubte Bäume und hohes Gras säumten den Pfad. Sie trat fest mit dem Fuß auf. Die Angst vor Schlangen war tief verankert und hatte sich noch verstärkt, seit sie vor einigen Tagen eine Kreuzotter gesehen hatten, die wohlig in der Sonne lag.

Der Pfad führte steil zum Wasser hinunter, und sie konnte nicht verhindern, dass ihr die Frage durch den Kopf ging, wie viele Kinderfüße hier in all den Jahren schon entlanggelaufen waren. Das Gebäude wurde immer noch als Ferienheim bezeichnet, obwohl es schon seit den dreißiger Jahren nicht mehr als solches diente.

»Pass auf!« Mårten zeigte auf ein paar Baumwurzeln auf dem Weg.

Seine Fürsorglichkeit, die sie eigentlich hätte rühren müssen, kam ihr vor allem einengend vor. Demonstrativ trat sie auf die Wurzeln. Nach wenigen Metern fühlte sie groben Sand unter den Füßen. Die Wellen schlugen gegen den langgezogenen Strand. Sie ließ das Handtuch fallen und marschierte geradewegs in das salzige Wasser. Algenbüschel streiften ihre Beine, und die plötzliche Kälte ließ sie nach Luft schnappen, doch bald genoss sie die Abkühlung. Hinter sich hörte sie Mårten rufen. Sie tat, als würde sie ihn nicht hören, und ging weiter hinaus ins Tiefe. Als der Boden unter ihren Füßen verschwand, schwamm sie los und erreichte nach wenigen Zügen das kleine Badefloß, das ein Stück weiter draußen verankert war.

»Ebba!« Mårten rief vom Strand nach ihr, aber sie ignorierte ihn noch immer und griff nach der Leiter. Sie brauchte einen Moment für sich allein. Wenn sie sich hinlegte und die Augen schloss, konnte sie sich vorstellen, sie wäre eine Schiffbrüchige irgendwo auf dem Ozean. Ganz allein. Eine Frau, die auf niemanden Rücksicht nehmen musste.

Sie hörte das gleichmäßige Platschen eines Schwimmers neben sich. Das Floß schaukelte, als Mårten die Leiter hinaufstieg. Sie kniff die Augen noch fester zu, um sich noch eine Weile von ihm abzuschotten. Sie wollte allein einsam sein, doch mittlerweile waren sie und Mårten zusammen einsam. Unwillig schlug sie die Augen auf.

Erica saß am Wohnzimmertisch. Um sie herum schien eine Spielzeugbombe explodiert zu sein. Autos, Puppen, Kuscheltiere und Zeug zum Verkleiden in bunter Mischung. Mit drei Kindern im Haus, die noch keine vier Jahre alt waren, sah es meistens so aus. Wie üblich hatte sie sich lieber dem Schreiben gewidmet, anstatt in einem der kostbaren kinderfreien Momente aufzuräumen.

Als sie hörte, dass die Haustür geöffnet wurde, wandte sie sich vom Computer ab. Es war ihr Mann.

»Was machst du denn hier? Wolltest du nicht zu Kristina?«

»Mama war nicht zu Hause. Typisch, ich hätte vorher anrufen sollen.« Patrik kickte seine Gummipantoffeln in die Ecke.

»Musst du die immer anziehen? Und auch noch Auto damit fahren?« Sie zeigte angewidert auf sein Schuhwerk, das zu allem Überfluss neongrün war. Ihre Schwester Anna hatte Patrik die Dinger aus Spaß geschenkt, aber nun wollte er keine anderen Schuhe mehr tragen.

Patrik kam zu ihr und gab ihr einen Kuss. »Die sind doch so bequem.« Er ging in die Küche. »Hat der Verlag dich erreicht? Es muss ja ziemlich dringend gewesen sein, wenn sie sogar bei mir anrufen.«

»Sie wollten wissen, ob ich dieses Jahr wie versprochen zur Buchmesse komme, aber ich weiß es noch nicht genau.«

»Natürlich fährst du hin. Ich habe bereits dafür gesorgt, dass ich an dem Wochenende nicht arbeiten muss, und kümmere mich um die Kinder.«

»Danke.« Insgeheim jedoch ärgerte sich Erica, dass sie ihrem Mann dankbar war. Was übernahm sie nicht alles, wenn sein Job ihn aus heiterem Himmel forderte oder wenn Wochenenden, Feiertage und freie Abende auf der Strecke blieben, weil die Polizeiarbeit nicht warten konnte? Sie liebte Patrik über alles, aber manchmal hatte sie das Gefühl, dass er gar nicht darüber nachdachte, wie viel Verantwortung für Haus und Kinder auf ihr allein lastete. Sie hatte schließlich auch einen Beruf und war außerdem recht erfolgreich.

Oft musste sie sich anhören, wie großartig es sein müsse, wenn man vom Schreiben leben konnte. Sich die Zeit frei einteilen durfte und sein eigener Chef war. Erica ärgerte sich immer wieder darüber, denn obwohl sie ihre Arbeit unheimlich mochte und wusste, wie gut sie es getroffen hatte, sah die Wirklichkeit anders aus. Freiheit verband sie mit dem Schriftstellerdasein jedenfalls nicht, im Gegenteil. Ein Buchprojekt konnte einen sieben Tage in der Woche rund um die Uhr in Atem halten. Manchmal beneidete sie diejenigen, die einfach zur Arbeit gingen und nach acht Stunden Feierabend hatten. Sie dagegen konnte nie abschalten, und der Erfolg hatte Verpflichtungen und Erwartungen mit sich gebracht, die sich mit dem Leben einer Mutter von kleinen Kindern nur schwer in Einklang bringen ließen.

Zudem war es schwierig zu behaupten, ihre Arbeit sei wichtiger als die von Patrik. Er beschützte Menschen, klärte Verbrechen auf und trug dazu bei, dass die Gesellschaft besser funktionierte. Sie selbst schrieb Bücher, die zur Unterhaltung gelesen wurden. Auch wenn sie manchmal am liebsten vor Wut gebrüllt hätte, war klar und akzeptierte sie auch, dass sie meistens den Kürzeren zog.

Seufzend stand sie auf und folgte ihrem Mann in die Küche.

»Sind die drei im Bett?« Patrik nahm die Zutaten für seinen Lieblingssnack aus dem Schrank: Knäckebrot, Butter, Kaviarpaste und Käse. Erica schüttelte sich bei dem Gedanken, dass er das Ganze auch noch in heißen Kakao stippen würde.

»Ja, sie sind ausnahmsweise alle gleichzeitig eingeschlafen. Sie haben am Vormittag wunderbar gespielt und waren daher hundemüde.«

»Schön.« Patrik setzte sich zum Essen an den Küchentisch.

Erica ging zurück ins Wohnzimmer, um noch ein bisschen zu schreiben, bevor die Kinder wieder aufwachten. Gestohlene Augenblicke. Mehr war im Moment nicht drin.

Im Traum brannte es. Voller Entsetzen drückte Vincent sein Gesicht an die Scheibe. Hinter ihm loderten immer größere Flammen auf. Züngelnd kamen sie ganz nah an ihn heran und versengten seine blonden Locken. Er schrie lautlos. Sie wollte sich gegen die Scheibe werfen, das Glas zertrümmern und Vincent aus den Flammen retten, die ihn zu verschlingen drohten, doch sosehr sie sich auch bemühte, ihr Körper gehorchte ihr nicht.

Dann hörte sie Mårtens Stimme. Vorwurfsvoll. Er hasste sie, weil sie Vincent nicht retten konnte und tatenlos zusah, wie er vor ihren Augen lebendig verbrannte.

»Ebba! Ebba!«

Seine Stimme spornte sie an, es noch einmal zu versuchen. Sie musste losrennen und die Scheibe zerschlagen. Sie musste …

»Ebba, wach auf!«

Jemand packte sie an den Schultern und zwang sie, sich aufzusetzen. Langsam verflüchtigte sich der Traum, doch sie wollte ihn festhalten, sich in die Flammen stürzen und vielleicht für einen kurzen Moment Vincents zarten Körper in ihren Armen halten, bevor sie beide starben.

»Du musst aufwachen! Es brennt!«

Plötzlich war sie hellwach. Der Rauch stach ihr in die Nase, und sie bekam einen schlimmen Hustenanfall. Als sie den Kopf hob, sah sie die Rauchwolke, die sich ins Zimmer wälzte.

»Wir müssen raus!«, schrie Mårten. »Kriech unter dem Rauch durch. Ich komme gleich nach. Ich versuche nur noch, den Brand zu löschen.«

Ebba stolperte aus dem Bett und fiel hin. An ihrer Wange spürte sie die heißen Holzdielen. Sie war unfassbar müde, und ihre Lunge schmerzte. Woher sollte sie die Kraft nehmen, sich irgendwohin zu schleppen? Sie wollte liegen bleiben und nur noch schlafen, sie schloss die Augen und fühlte eine lähmende Trägheit in allen Gliedern. Hier würde sie Ruhe finden. Nur für einen Augenblick.

»Hoch mit dir! Du musst hoch!« Mårtens schrille Stimme riss sie aus ihrem Dämmerzustand. Normalerweise hatte er nie Angst. Nun packte er ihren Arm und zerrte sie unsanft auf alle viere.

Widerwillig setzte sie sich in Bewegung. Auch sie bekam es jetzt mit der Angst zu tun. Mit jedem Atemzug drang der Rauch tiefer in ihre Lunge ein, wie ein langsam wirkendes Gift, doch sie starb lieber an den Folgen des Rauchs als in den Flammen. Die Vorstellung, ihre Haut würde brennen, ließ sie aus dem Zimmer kriechen.

Plötzlich war sie verwirrt. Sie hätte doch wissen müssen, wo sich die Treppe befand, aber ihr Gehirn schien nicht zu funktionieren. Sie sah nur dichten dunkelgrauen Nebel vor sich. Panisch krabbelte sie direkt geradeaus, zumindest wollte sie nicht im Rauch stecken bleiben.

In dem Moment, als sie die Treppe erreichte, rannte Mårten mit dem Feuerlöscher an ihr vorbei und in drei großen Sätzen die Treppe hinunter. Ebba folgte ihm mit dem Blick. Genau wie im Traum hatte sie das Gefühl, ihr Körper würde ihr nicht mehr gehorchen. Ihre Glieder verweigerten jegliche Bewegung, und reglos verharrte sie auf allen vieren, während der Rauch immer dichter wurde. Wieder hustete sie, ein Hustenanfall jagte den anderen. Ihre Augen tränten, und ihre Gedanken kreisten um Mårten, aber sie hatte nicht genügend Energie, sich Sorgen um ihn zu machen. Und sie spürte die Verlockung, sich einfach nicht mehr zu bewegen. Zu verschwinden und die Trauer, die Leib und Seele peinigte, hinter sich zu lassen. Ihr wurde schwarz vor Augen. Langsam legte sie sich auf den Boden, den Kopf auf den Armen, schloss sie die Augen. Rings um sie war es warm und weich. Erneut breitete sich diese Trägheit in ihr aus. Sie hieß sie erfreut willkommen, diese Schläfrigkeit wollte ihr ja nichts Böses, sie umfing sie sanft und machte sie wieder zu einem ganzen Menschen.

»Ebba!« Mårten packte sie am Arm. Sie wehrte sich, denn sie wollte sich an diesen schönen, friedlichen Ort treiben lassen, zu dem sie aufgebrochen war. Dann fühlte sie einen Schlag ins Gesicht, eine Ohrfeige, die einen brennenden Abdruck auf ihrer Wange hinterließ. Benommen rappelte sie sich auf und sah Mårten in die Augen. Sein Blick war zornig, doch auch besorgt.

»Das Feuer ist jetzt gelöscht«, sagte er, »aber wir dürfen trotzdem nicht hierbleiben.«

Als er sie hochziehen wollte, wehrte sie sich. Er brachte sie um die einzige Möglichkeit seit langem, sich auszuruhen. Aufgebracht hämmerte sie mit den Fäusten auf seine Brust ein. Es war ein gutes Gefühl, all ihre Wut und Enttäuschung rauszulassen. Sie schlug so fest zu, wie sie konnte, bis er sie an den Handgelenken packte und näher zu sich heranzog. Er drückte ihr Gesicht an seins und hielt sie fest. Sein schneller Herzschlag an ihrem Ohr brachte sie zum Weinen. Dann ließ sie sich hochheben. Er trug sie nach draußen, und als die kalte Nachtluft ihre Lunge füllte, gab sie sich bereitwillig dem Schlaf hin.

Fjällbacka 1908

Sie kamen am frühen Morgen. Mutter war bereits mit den Kleinen aufgestanden, während Dagmar noch gemütlich im warmen Bett liegen blieb. Das war eben der Unterschied zwischen einem richtigen Kind von Mutter und den Hurenbälgern, um die sie sich kümmerte. Dagmar war etwas Besonderes.

»Was ist denn da los?«, rief Vater aus der Kammer. Wie Dagmar war er aufgewacht, weil irgendjemand beharrlich an die Haustür pochte.

»Aufmachen! Hier spricht die Polizei!«

Nun riss dem Beamten offenbar der Geduldsfaden, denn die Tür wurde aufgerissen, und ein Mann in Uniform stürmte herein.

Erschrocken setzte sich Dagmar im Bett auf und zog sich die Decke bis unters Kinn.

»Die Polizei?« Vater kam in die Küche und knöpfte sich ungeschickt die Hose zu. Sein eingesunkener Brustkorb war mit spärlichen grauen Haarbüscheln bedeckt. »Lassen Sie mich wenigstens mein Hemd anziehen, dann klären wir die Sache schon. Das muss ein Missverständnis sein. Hier leben ehrliche Leute.«

»Hier wohnt doch Helga Svensson?«, fragte der Polizist. Dicht hinter ihm standen zwei weitere Männer. Die enge Küche war voller Betten. Zurzeit hatten sie fünf kleine Kinder im Haus.

»Ich heiße Albert Svensson, Helga ist meine Ehefrau«, sagte Vater. Er hatte mittlerweile sein Hemd angezogen und die Arme vor der Brust verschränkt.

»Wo ist Ihre Ehefrau?« Die Stimme klang streng.

Dagmar sah die Falte zwischen den Augenbrauen ihres Vaters. Er mache sich zu schnell Sorgen, sagte Mutter immer. Schwache Nerven.

»Mutter ist hinten im Garten. Mit den Kleinen«, sagte Dagmar. Erst jetzt schienen die Polizisten sie zu bemerken.

»Danke«, erwiderte der Wortführer und machte auf dem Absatz kehrt.

Vater folgte den Polizisten. »Sie können doch nicht einfach bei ehrbaren Leuten reinplatzen. Man erschreckt sich ja zu Tode. Sagen Sie mir endlich, worum es geht.«

Dagmar schlug die Bettdecke zurück, stellte die Füße auf den kalten Küchenfußboden und rannte im Nachthemd hinterher. Im Garten wurde sie plötzlich aufgehalten. Zwei Polizisten packten sie am Arm. Sie versuchte, sich loszureißen, und einer der Polizisten keuchte vor Anstrengung, weil er sie nicht entwischen lassen wollte. Die Kinder schrien, und die Wäschestücke, die Mutter bereits auf die Leine gehängt hatte, wurden in dem Tumult heruntergerissen.

»Mutter!« Dagmar rannte auf sie zu.

Sie stürzte sich auf das Bein eines Polizisten und biss ihm, so fest sie konnte, in den Oberschenkel. Brüllend vor Schmerz ließ er Mutter los, drehte sich um und gab Dagmar eine Backpfeife, dass sie zu Boden fiel. Verdutzt blieb sie im Gras sitzen und strich sich über die brennende Wange. Die Achtjährige war in ihrem ganzen Leben noch nicht geschlagen worden. Sie bekam zwar mit, wie ihrer Mutter im Umgang mit den Kleinen die Hand ausrutschte, aber bei Dagmar war ihr das noch nie passiert. Und deshalb wagte Vater es auch nicht.

»Was erlauben Sie sich? Haben Sie sich etwa an meiner Tochter vergriffen?« Rasend vor Wut trat Mutter nach den Männern.

»Das ist nichts, verglichen mit dem, was Sie getan haben.«

Wieder hielt der Polizist Helga fest. »Sie werden des Kindsmords verdächtigt, wir haben die Genehmigung für eine Hausdurchsuchung. Und wir sind gründlich, das können Sie mir glauben.«

Dagmar sah, wie ihre Mutter zusammenbrach. Die Wange brannte immer noch höllisch, und ihr Herz klopfte wie wild. Ringsherum schrien die Kinder, als würde die Welt untergehen. Vielleicht war das ja auch der Fall. Denn obwohl Dagmar nicht begriff, was hier passierte, verriet der Gesichtsausdruck ihrer Mutter, dass soeben deren Leben zerstört worden war.

Könntest du nach Valö rausfahren, Patrik? Wir haben einen Notruf bekommen, Feueralarm. Es wird Brandstiftung vermutet.«

»Wie bitte? Entschuldige, was hast du gesagt?«

Patrik war schon halb aus dem Bett. Er klemmte sich das Telefon zwischen Ohr und Schulter und schlüpfte in seine Jeans. Verschlafen sah er auf die Uhr. Viertel nach sieben. Einen Augenblick lang überlegte er, was Annika um diese Uhrzeit in der Dienststelle machte.

»Auf Valö hat es gebrannt«, antwortete Annika geduldig. »Die Feuerwehr ist heute Morgen vor Tau und Tag ausgerückt. Sie vermuten, dass es Brandstiftung war.«

»Wo denn auf Valö?«

Neben ihm drehte sich Erica auf die Seite.

»Was ist los?«, murmelte sie.

»Die Arbeit ruft. Ich muss nach Valö«, flüsterte er. Wenn die Zwillinge ausnahmsweise länger als bis halb sieben schliefen, brauchte man sie nicht unbedingt zu wecken.

»Im Ferienheim«, sagte Annika am anderen Ende der Leitung.

»Okay. Ich fahre mit dem Boot raus. Vorher rufe ich noch bei Martin an, wir haben doch heute zusammen Dienst.«

»Stimmt. Dann sehen wir uns nachher im Büro.«

Patrik legte auf und zog sich ein T-Shirt an.

»Was ist passiert?« Erica setzte sich auf.

»Die Feuerwehr vermutet, dass im alten Ferienheim Feuer gelegt worden ist.«

»Im Ferienheim? Wollte das jemand abfackeln?« Erica schwang die Beine über die Bettkante.

»Später erzähle ich dir mehr, versprochen.« Patrik lächelte. »Ich weiß, dass das ein ganz spezielles Projekt von dir ist.«

»Es ist doch ein merkwürdiger Zufall, dass ausgerechnet dann, wenn Ebba wieder da ist, jemand das Haus abzubrennen versucht.«

Patrik schüttelte den Kopf. Er wusste aus Erfahrung, dass seine Frau sich gern in Dinge einmischte, die sie nichts angingen, und sich leicht zu abwegigen Schlussfolgerungen hinreißen ließ. An und für sich lag sie häufig richtig, das musste er zugeben, aber manchmal stiftete sie auch Verwirrung.

»Annika hat gesagt, vermutlich ist es Brandstiftung. Mehr wissen wir noch nicht, und das heißt ja noch nicht, dass es tatsächlich Brandstiftung war.«

»Nein, aber trotzdem«, wandte Erica ein. »Es ist doch seltsam, dass ausgerechnet jetzt so was passiert. Kann ich nicht mitkommen? Ich wollte sowieso mal bei Ebba vorbeischauen.«

»Und wer kümmert sich um die Kinder? Maja ist wohl noch ein bisschen zu klein, um den Jungs den Brei zu machen.«

Er küsste Erica auf die Wange und raste die Treppe hinunter. Hinter ihm fingen die Zwillinge wie auf Bestellung an zu brüllen.

Auf dem Weg nach Valö wechselten Patrik und Martin nicht viele Worte. Der Gedanke an eine eventuelle Brandstiftung war beängstigend. Als sie sich der idyllischen Insel näherten, kam ihnen das Ganze noch unwirklicher vor.

»Wie schön es hier ist«, sagte Martin. Sie gingen von dem Steg, an dem Patrik das Boot vertäut hatte, zum Haus.

»Du warst doch schon mal hier«, sagte Patrik, ohne sich umzudrehen. »Zumindest damals Weihnachten.«

Anstelle einer Antwort murmelte Martin nur vor sich hin. Er

schien nicht gern an diese unheilvollen Weihnachtstage zurückzudenken, als er in ein Familiendrama auf der Insel hineingezogen worden war.

Vor ihnen lag eine große Rasenfläche. Sie blieben stehen und sahen sich um.

»Ich habe viele schöne Erinnerungen an diesen Ort«, sagte Patrik. »Wir waren jedes Jahr mit der Schule hier, und einmal war ich hier im Sommer auf einer Segelfreizeit. Da drüben habe ich oft Fußball gespielt. Und Brennball.«

»Tja, wer ist nicht hier im Ferienheim gewesen? Eigentlich seltsam, dass man das Haus immer noch so nennt.«

Patrik zuckte mit den Schultern, als sie zügig zum Haus hinaufgingen.

»Wahrscheinlich hat man die Bezeichnung einfach beibehalten. Als Internat ist das Haus ja nur kurze Zeit genutzt worden, und nach diesem Schlesinger, der vorher dort gewohnt hatte, wollte man es wohl nicht nennen.«

»Von dem verrückten Kerl hat man so einiges gehört.« Martin fluchte, als ihm ein Zweig ins Gesicht schlug. »Wem gehört das Haus denn jetzt?«

»Ich glaube, dem Paar, das dort wohnt. Seit dem Vorfall 1974 wurde das Haus von der Gemeinde verwaltet. Schade, dass es so heruntergekommen ist, aber nun wird es ja renoviert.«

Martin blickte zum Haus hoch. Ein Gerüst bedeckte die Vorderseite. »Das wird bestimmt toll. Hoffentlich hat das Feuer nicht zu großen Schaden angerichtet.«

Sie gingen auf die Steintreppe zu, die zur Eingangstür führte. Die Stimmung war friedlich. Ein paar Männer von der Freiwilligen Feuerwehr packten ihre Geräte ein. Unter ihren dicken Anzügen sind sie bestimmt klitschnass geschwitzt, dachte Patrik. Die Hitze machte ihm jetzt schon zu schaffen, obwohl es noch früh am Morgen war.

»Tag!« Feuerwehrhauptmann Östen Ronander kam auf sie zu und nickte zur Begrüßung. Seine Hände waren voller Ruß.

»Hallo, Östen. Was ist hier passiert? Annika sagte, ihr vermutet, dass es Brandstiftung war?«

»Ja, es sieht zweifellos danach aus, aber rein technisch sind wir ja nicht dafür qualifiziert, das zu beurteilen. Hoffentlich ist Torbjörn schon unterwegs.«

»Ich habe ihn vom Boot aus angerufen. Sie wollen in ungefähr ...«, Patrik warf einen Blick auf seine Armbanduhr, »einer halben Stunde hier sein.«

»Gut. Sehen wir uns inzwischen um? Wir haben versucht, keine Spuren zu verwischen. Als wir eintrafen, hatte der Eigentümer bereits den Feuerlöscher eingesetzt. Wir haben uns also nur noch vergewissert, dass es keinen Schwelbrand gibt. Ansonsten konnten wir nicht viel tun. Guckt euch das mal an.«

Östen deutete in den Hausflur. Auf dem Fußboden hinter der Eingangstür bildeten die Brandspuren ein merkwürdiges, unregelmäßiges Muster.

»Das müsste irgendeine brennbare Flüssigkeit gewesen sein.« Martin sah Östen fragend an, Östen nickte.

»Ich nehme an, jemand hat die Flüssigkeit unter der Tür durchlaufen lassen und dann angezündet. Dem Geruch nach zu urteilen, würde ich auf Benzin tippen, aber Torbjörn und seine Jungs können da sicher Genaueres sagen.«

»Wo sind die Bewohner des Hauses?«

»Die warten hinter dem Haus auf den Notarzt, der sich wegen eines Autounfalls leider verspätet. Sie scheinen unter einem ziemlichen Schock zu stehen, und ich dachte mir, sie könnten Ruhe gebrauchen. Außerdem fand ich, dass hier niemand herumtrampeln sollte, bevor ihr Gelegenheit hattet, Spuren zu sichern.«

»Gute Arbeit.« Patrik klopfte Östen auf die Schuler und wandte sich an Martin. »Sollen wir gleich mit ihnen reden?«

Ohne eine Antwort abzuwarten, ging er ums Haus herum. In einer gewissen Entfernung davon standen ein paar verwitterte Gartenmöbel. Am Tisch saß ein Paar, das Mitte dreißig war. Es machte einen verwirrten Eindruck. Als der Mann die Polizisten erblickte, kam er auf sie zu und gab ihnen die Hand. Sie fühlte sich hart und schwielig an, als hätte er lange Zeit körperlich gearbeitet.

»Mårten Stark.«

Patrik und Martin stellten sich vor.

»Wir verstehen überhaupt nichts. Die Feuerwehrleute haben was von Brandstiftung gesagt.« Mårtens Frau war ihm gefolgt. Sie wirkte schmal und zerbrechlich und reichte Patrik, der selbst nicht besonders groß war, nur bis zur Schulter. Trotz der Hitze bibberte sie.

»Das muss nicht sein. Noch wissen wir nichts mit Sicherheit«, versuchte Patrik, sie zu beruhigen.

»Das ist Ebba, meine Frau«, erklärte Mårten. Er rieb sich müde das Gesicht.

»Dürfen wir uns setzen?«, fragte Martin. »Wir würden gern etwas mehr über den Vorfall erfahren.«

»Natürlich, da drüben.« Mårten zeigte auf die Gartenmöbel.

»Wer hat das Feuer zuerst bemerkt?« Patrik betrachtete Mårten, der einen schwarzen Fleck auf der Stirn und wie Östen vollkommen verrußte Hände hatte. Mårten bemerkte den Blick und sah sich seine Hände an, als würde er erst jetzt bemerken, wie schmutzig sie waren. Langsam wischte er sie an seiner Jeans ab, bevor er antwortete.

»Das war ich. Ich bin aufgewacht und habe einen merkwürdigen Geruch bemerkt. Ziemlich schnell wurde mir klar, dass es unten brannte, und da habe ich versucht, Ebba zu wecken. Das hat eine Weile gedauert, weil sie sehr fest schlief, aber schließlich bekam ich sie aus dem Bett. Als ich zum Feuerlöscher rannte, hatte ich nur einen Gedanken im Kopf: Ich muss den Brand löschen.« Mårten redete so schnell, dass er völlig außer Atem kam und nach Luft schnappen musste.

»Ich dachte, ich würde sterben. Ich war mir ganz sicher.« Ebba pulte an ihrer Nagelhaut herum. Patrik sah sie mitleidig an.

»Ich habe den Feuerlöscher entsichert und wie ein Wahnsinniger auf die Flammen gesprüht«, fuhr Mårten fort. »Zuerst schien überhaupt nichts zu passieren, aber ich habe immer mehr Schaum verspritzt, und dann ging das Feuer plötzlich aus. Der Rauch hing jedoch immer noch in den Räumen, es war überall Rauch.« Wieder rang er nach Luft.

»Wieso sollte jemand ...? Ich verstehe das nicht.«

Ebba wirkte abwesend. Östen hatte wohl recht, dachte Patrik, sie stand vermutlich unter Schock. Das erklärte dann auch, warum sie so zitterte. Wenn der Notarzt eintraf, würde er sich Ebba ganz genau ansehen und auch untersuchen müssen, ob die beiden nicht eine Rauchvergiftung erlitten hatten. Viele Menschen wussten nicht, dass der Rauch tödlicher war als das Feuer selbst. Die Folgen von tief eingeatmetem Rauch zeigten sich möglicherweise auch erst nach einiger Zeit.

»Wie kommen Sie auf Brandstiftung?« Wieder rieb sich Mårten das Gesicht. Viel Schlaf hatte er wahrscheinlich nicht bekommen, dachte Patrik.

»Noch wissen wir nichts Genaues, wie schon gesagt«, antwortete Patrik zögernd. »Es gibt gewisse Anzeichen dafür, aber bevor die Techniker es bestätigt haben, möchte ich mich nicht zu weit aus dem Fenster lehnen. Sie haben heute Nacht nicht zufällig Geräusche gehört?«

»Nein, ich bin ja erst aufgewacht, als es bereits brannte.«

Patrik deutete mit dem Kinn auf ein Haus, das ein Stück entfernt lag. »Sind die Nachbarn zu Hause? Könnten sie vielleicht gesehen haben, ob hier draußen eine fremde Person herumgeschlichen ist?«

»Sie sind im Urlaub. Wir sind ganz allein auf der Insel.«

»Gibt es jemanden, der ein Interesse daran haben könnte, Ihnen Schaden zuzufügen?«, meldete sich Martin zu Wort. Er überließ oft Patrik die Befragungen, aber er hörte immer aufmerksam zu und beobachtete die Reaktionen ihrer Gesprächspartner genau. Das war mindestens genauso wichtig wie die richtigen Fragen.

»Nein, soweit ich weiß, niemand.« Ebba schüttelte langsam den Kopf.

»Wir wohnen noch nicht lange hier. Erst zwei Monate«, sagte Mårten. »Es ist zwar Ebbas Elternhaus, aber es war jahrelang vermietet, und Ebba ist die ganze Zeit nicht hier gewesen.

Wir haben beschlossen, den alten Kasten instand zu setzen und etwas daraus zu machen.«

Patrik und Martin wechselten rasch einen Blick. Die Geschichte des Hauses und letztendlich auch die Ebbas war in der Gegend bekannt, aber dies war nicht die passende Gelegenheit, um darüber zu sprechen. Patrik war froh, dass Erica nicht dabei war. Sie hätte sich nicht beherrschen können.

»Wo haben Sie vorher gewohnt?«, fragte Patrik, obwohl er sich die Antwort bei Mårtens ausgeprägtem Dialekt selbst geben konnte.

»Göteborg, hört man das nicht?«

»Haben Sie dort mit jemandem eine Rechnung offen?«

»Wir haben keine offenen Rechnungen, weder in Göteborg noch irgendwo anders«, erwiderte Mårten kurz angebunden.

»Und aus welchem Grund sind Sie hierhergezogen?«, fragte Patrik.

Ebba blickte auf die Tischplatte und fingerte nervös an ihrer Halskette herum. Ein hübscher Engel aus Silber hing daran.

»Unser Sohn ist gestorben.« Sie zog so fest an der Kette, dass sie ihr in den Hals schnitt.

»Wir brauchten einen Tapetenwechsel«, erklärte Mårten. »Dieses Haus hier stand einfach da und verfiel zusehends. Wir haben das als Chance betrachtet, noch mal von vorne anzufangen. Da meine Eltern eine Kneipe hatten, fand ich es naheliegend, ebenfalls etwas in der Art aufzumachen. Wir wollen mit Bed and Breakfast anfangen und nach und nach auch Konferenzbesucher hierherlocken.«

»Sieht nach viel Arbeit aus.« Patrik wandte sich dem großen Gebäude mit der abgeblätterten weißen Fassade zu. Er stellte bewusst keine Fragen mehr nach dem toten Sohn. Der Schmerz in den Gesichtern der beiden war zu groß gewesen.

»Wir sind nicht arbeitsscheu, und wir machen so lange weiter, wie es geht. Falls unsere Kräfte nicht reichen, müssen wir Leute beschäftigen, aber das Geld würden wir lieber sparen. Das Ganze wird finanziell ohnehin schwierig genug.«

»Es gibt also niemanden, der Interesse daran haben könnte,

Ihnen oder Ihrem Betrieb Schaden zuzufügen?«, insistierte Martin.

»Betrieb? Welcher Betrieb?«, antwortete Mårten mit einem ironischen Lachen. »Nein, wie gesagt, uns fällt wirklich niemand ein, der uns so etwas antun würde. Ein solches Leben haben wir nicht geführt. Wir sind ganz normale Durchschnittsbürger.«

Patrik dachte einen Augenblick lang an Ebbas Vergangenheit. Nicht viele Durchschnittsbürger trugen ein solches Geheimnis mit sich herum. In Fjällbacka und Umgebung hatte man sich die wildesten Geschichten über das erzählt, was Ebbas Familie zugestoßen war.

»Außer ...« Mårten warf Ebba einen fragenden Blick zu, doch die schien nicht zu wissen, worauf er hinauswollte. Er sah sie durchdringend an. »Das Einzige, was mir dazu einfällt, sind die Glückwunschkarten.«

»Glückwunschkarten?«, fragte Martin.

»Seit ihrer Kindheit bekommt Ebba zu jedem Geburtstag eine Karte von jemandem, der nur mit G unterschreibt. Ihre Adoptiveltern haben nie herausbekommen, wer dahintersteckte. Die Glückwunschkarten kamen auch noch, nachdem sie von zu Hause ausgezogen war.«

»Hat Ebba denn auch keine Ahnung, wer ihr die Karten schreibt?«, fragte Patrik. Erst dann fiel ihm auf, dass er über sie redete, als ob sie nicht anwesend wäre. An sie gewandt wiederholte er: »Sie haben nicht die geringste Vermutung, wer Ihnen diese Karten geschickt haben könnte?«

»Nein.«

»Und Ihre Adoptiveltern? Sind Sie sicher, dass die nichts wissen?«

»Die wissen es auch nicht.«

»Hat dieser G denn jemals versucht, auf andere Weise Kontakt zu Ihnen aufzunehmen, oder Sie vielleicht bedroht?«

»Nein, niemals. Oder, Ebba?« Mårten bewegte eine Hand in Ebbas Richtung, als wollte er sie berühren, ließ die Hand jedoch wieder sinken.

Sie schüttelte den Kopf.

»Jetzt kommt Torbjörn.« Martin zeigte auf den Pfad.

»Gut, dann machen wir hier Schluss, damit Sie beide sich ausruhen können. Ein Arzt ist unterwegs. Sollte er Sie mit ins Krankenhaus nehmen wollen, würde ich Ihnen raten, auf ihn zu hören. Solche Dinge darf man nicht auf die leichte Schulter nehmen.«

»Danke.« Mårten stand auf. »Melden Sie sich, wenn Sie mehr wissen.«

»Machen wir.« Patrik warf Ebba einen letzten besorgten Blick zu. Sie wirkte immer noch wie unter einer Glasglocke. Er fragte sich, welche Spuren die Tragödie in ihrer Kindheit hinterlassen hatte, zwang sich dann aber, den Gedanken fallenzulassen. Er musste sich auf die bevorstehende Arbeit konzentrieren und eventuell einen Brandstifter finden.

Fjällbacka 1912

Dagmar verstand noch immer nicht, wie es dazu gekommen war. Sie hatte alles verloren und war vollkommen allein. Überall tuschelten die Leute hinter ihrem Rücken. Sie hassten sie für das, was Mutter getan hatte.

Nachts hatte sie manchmal so große Sehnsucht nach Mutter und Vater, dass sie ins Kissen beißen musste, um nicht laut loszuheulen, denn sonst hätte die alte Hexe, bei der sie wohnte, sie grün und blau geschlagen. Immer konnte sie ihre Schreie jedoch nicht unterdrücken. Manchmal lastete der Nachtmahr derart schwer auf ihr, dass sie schweißgebadet aufwachte. In ihren Alpträumen sah sie die abgeschlagenen Köpfe ihrer Eltern vor sich, denn die waren am Ende hingerichtet worden. Dagmar war nicht dabei gewesen, die Bilder aber hatten sich in ihre Netzhaut gebrannt.

Manchmal verfolgten sie im Traum auch die Kinder. Acht Säuglinge habe die Polizei unter dem Kellerfußboden gefunden, hatte die alte Hexe gesagt. »Acht arme kleine Kinder«, sagte sie kopfschüttelnd, sobald jemand zu Besuch kam. Ihre Freundinnen warfen Dagmar feindselige Blicke zu. »Das Mädchen muss davon gewusst haben«, sagte sie. »Klein, wie sie war, wird sie doch begriffen haben, was da vor sich ging.«

Dagmar ließ sich nicht einschüchtern. Es war egal, ob es stimmte oder nicht. Mutter und Vater hatten sie geliebt, und diese schmutzigen kleinen Kinder, die so laut brüllten, wollte sowieso niemand haben. Deshalb waren sie ja bei ihrer Mutter gelandet. Die hatte sich jahrelang abgerackert, und zum Dank dafür, dass sie sich um die ungewollten Kinder kümmerte, war sie verhöhnt, erniedrigt und umgebracht worden. Vater erging es genauso. Weil er Mutter geholfen hatte, die Kinder zu begraben, fand man, er hätte ebenfalls den Tod verdient.

Nachdem die Polizei Mutter und Vater festgenommen hatte, war Dagmar zu der alten Hexe gebracht worden. Niemand aus dem Kreis der Verwandten und Freunde nahm sie bei sich auf. Mit dieser Familie wollte keiner mehr etwas zu tun haben. Die Engelmacherin aus Fjällbacka – so nannte man ihre Mutter seit dem Tag, an dem die kleinen Skelette entdeckt worden waren. Inzwischen wurden sogar Lieder über sie gesungen. Über die Kindsmörderin, die kleine Kinder in einer Wanne ertränkt, und ihren Mann, der sie im Keller begraben hatte. Dagmar kannte diese Lieder auswendig, denn die Bälger ihrer Pflegemutter sangen sie bei jeder Gelegenheit.

All das konnte sie ertragen. Sie war Mutters und Vaters Prinzessin gewesen. Sie wusste, dass man sie gewollt und geliebt hatte. Das Einzige, was sie vor Angst erzittern ließ, waren die Schritte ihres Pflegevaters nachts auf dem Flur. In diesen Momenten wünschte sie, sie wäre Vater und Mutter in den Tod gefolgt.

Nervös strich Josef über den Stein, den er in der Hand hielt. Dieses Treffen war wichtig, und Sebastian durfte es nicht kaputtmachen.

»So.« Sebastian zeigte auf die Zeichnungen, die er auf den Konferenztisch gelegt hatte. »Das ist unsere Vision. *A project for peace in our time.*«

Josef seufzte. Er war sich nicht sicher, ob englische Phrasen bei den Gemeinderatsmitgliedern Eindruck schinden würden.

»Mein Geschäftspartner möchte damit sagen, dass unser Vorhaben der Gemeinde Tanum eine großartige Möglichkeit bietet, etwas für den Frieden zu tun. Dieses Projekt wird dem Ansehen Ihrer Gemeinde nützen.«

»Tja, Frieden auf Erden ist eine feine Sache, aber aus ökonomischer Sicht ist die Idee auch nicht dumm. Auf lange Sicht kann sie den Tourismus ankurbeln, und auf diese Weise entstehen neue Arbeitsplätze für die Menschen hier. Was das bedeutet, brauche ich Ihnen ja nicht zu erklären.« Sebastian hielt eine Hand hoch und rieb den Daumen gegen Zeige- und Mittelfinger. »Am Ende hat die Gemeinde mehr in der Kasse.«

»Aber vor allem handelt es sich um ein wichtiges Friedensprojekt.« Josef hätte Sebastian am liebsten gegen das Schienbein getreten. Schon als er Sebastians Geld annahm, hatte er gewusst, wie sich die Dinge entwickeln würden, aber er hatte keine andere Wahl gehabt.

Erling W. Larson nickte. Nach dem Skandal um das Wellnesshotel Badis war er eine Weile aus dem Verkehr gezogen worden, aber nun mischte er wieder in der lokalen Politik mit. Ein solches Projekt würde deutlich zeigen, dass mit ihm noch zu rechnen war. Josef hoffte, dass er das auch begriff.

»Wir finden die Idee interessant«, sagte Erling. »Könnten Sie uns nicht etwas genauer erläutern, wie Sie sich das Ganze vorstellen?«

Sebastian holte tief Luft, aber Josef kam ihm zuvor.

»Dies ist ein Stück Geschichte.« Er hielt den Stein in die Höhe. »Albert Speer hat für das Deutsche Reich in Bohusläner Steinbrüchen Granit gekauft. Gemeinsam mit Hitler hatte er grandiose Pläne entworfen, Berlin zur Welthauptstadt Germania umzuwandeln. Der Granit sollte per Schiff nach Deutschland verfrachtet werden und dort als Baumaterial dienen.«

Josef stand auf und wanderte beim Reden auf und ab. In seinem Kopf hallte das Stiefelknallen der marschierenden deutschen Soldaten wider. Von diesem grauenhaften Geräusch hatten ihm seine Eltern oft erzählt.

»Doch dann nahm der Krieg einen anderen Verlauf«, fuhr er fort. »Germania blieb ein Modell, um das sich Hitlers Phantasien rankten. Ein unerfüllter Wunschtraum, eine Vision von gigantischen Denkmälern und Bauten, die auf Kosten des Todes von Millionen Juden erbaut werden sollten.«

»Gott, wie furchtbar«, sagte Erling unbekümmert.

Josef sah ihn ratlos an. Erling hatte nichts verstanden, niemand tat das, aber er würde nicht zulassen, dass die Leute vergaßen.

»Große Teile des Granits wurden nie verschifft ...«

»Und hier kommen wir ins Spiel«, unterbrach ihn Sebastian. »Wir haben uns gedacht, dass man aus dem Granit Friedenssymbole herstellen könnte, die anschließend verkauft werden. Wenn man es richtig anfängt, kann man mit so etwas eine Stange Geld verdienen.«

»Mit dem Erlös würden wir ein Museum errichten, das sich der jüdischen Geschichte und dem schwedischen Verhältnis zum Judentum widmet. Zum Beispiel unserer angeblichen Neutralität während des Zweiten Weltkriegs«, fügte Josef hinzu.

Nachdem er sich wieder gesetzt hatte, legte ihm Sebastian den Arm um die Schultern und drückte ihn. Josef musste sich beherrschen, um Sebastian nicht wegzustoßen. Stattdessen lächelte er gezwungen. Er kam sich genauso fehl am Platz vor wie früher auf Valö. Mit Sebastian und seinen anderen vermeintlichen Freunden hatte er noch immer genauso wenig gemein wie damals. Egal, wie sehr er sich anstrengte, er würde niemals Zutritt zu den besseren Kreisen bekommen, aus denen John, Leon und Percy stammten, und das wollte er auch gar nicht.

Doch nun brauchte er Sebastian, denn er hatte keine andere Chance, den Traum zu verwirklichen, den er schon so lang mit sich herumtrug: Er wollte sein jüdisches Erbe ehren und darüber aufklären, welches Unrecht dem jüdischen Volk widerfahren war und noch immer widerfuhr. Auch wenn er dafür einen Pakt mit dem Teufel eingehen musste. Früher oder später würde er ihn hoffentlich wieder loswerden.

»Mein Kompagnon hat es sehr schön formuliert«, sagte Sebastian. »Es wird hier ein richtig tolles Museum entstehen, das Besucher aus der ganzen Welt anlockt. Dieses Museum wird Ihnen viel Anerkennung verschaffen.«

»Das klingt nicht schlecht«, sagte Erling. »Was meinst du?« Er wandte sich an Uno Brorsson, der trotz der Wärme ein kariertes Flanellhemd trug.

»Vielleicht sollte man es sich mal genauer ansehen«, brummte Uno. »Es hängt davon ab, wie viel die Gemeinde beisteuern müsste. Es sind harte Zeiten.«

Sebastian grinste breit. »Wir werden uns bestimmt einig. Hauptsache, das Interesse und der gute Wille sind vorhanden. Schließlich investiere ich selbst eine stattliche Summe.«

Stimmt, aber du hast ihnen nicht erzählt, zu welchen Bedingungen, dachte Josef und biss die Zähne zusammen. Ihm blieb nichts anderes übrig, als zu nehmen, was er kriegen konnte, ohne sein Ziel aus den Augen zu verlieren. Er beugte sich vor und schüttelte Erling die Hand. Nun gab es kein Zurück mehr.

Eine kleine Narbe an der Stirn, die Narben am Körper und ein leicht hinkender Gang waren die einzigen sichtbaren Spuren, die das Unglück von vor anderthalb Jahren hinterlassen hatte. Dieser Unfall, bei dem sie das Kind verlor, das sie gemeinsam mit Dan erwartete, und beinahe selbst ums Leben gekommen wäre.

In ihr sah es anders aus. Die Wunden an Annas Seele waren noch längst nicht verheilt.

Vor der Haustür zögerte sie einen Augenblick. Manchmal war es deprimierend, Erica zu treffen und zu sehen, wie gut alles bei ihr lief. Ihre Schwester hatte keine Narben davongetragen und nichts verloren. Andererseits tat es Anna gut, mit ihr zusammen zu sein. Annas Wunden schmerzten und juckten, aber die Begegnungen mit Erica förderten in gewisser Weise den Heilungsprozess.

Anna hätte sich nie im Leben vorstellen können, dass dieser Heilungsprozess so viel Zeit in Anspruch nahm, und das war vermutlich ein Glück. Hätte sie geahnt, wie lange es dauerte, wäre sie vielleicht nie aus dem apathischen Zustand herausgekommen, in dem sie versunken war, nachdem sich ihr Leben in einen Scherbenhaufen verwandelt hatte. Neulich hatte sie im Scherz zu Erica gesagt, sie fühle sich wie eine dieser alten Vasen in dem Auktionshaus, wo sie früher gearbeitet hatte. Eine Vase, die auf den Boden gefallen, in tausend Teile zersprungen und dann mühevoll wieder zusammengeklebt worden war. Aus einiger Entfernung wirkte sie zwar intakt, aber wenn man näher kam, wurden die Risse quälend sichtbar. Eigentlich war es gar kein Witz gewesen, wurde Anna bewusst, als sie bei Erica klingelte. Genau so war es. Sie war eine zerbrochene Vase.

»Komm rein!«, rief Erica von irgendwoher.

Im Flur streifte Anna die Schuhe ab.

»Ich komme gleich, muss nur noch schnell die Zwillinge umziehen.«

Anna ging in die Küche, wo sie sich wie zu Hause fühlte. Da sie und Erica in diesem Haus aufgewachsen waren, kannte sie jeden Winkel. Vor vielen Jahren hatte das zu einem Streit geführt, der ihr gutes Verhältnis ernsthaft gefährdete, aber das war in einer anderen Zeit oder sogar in einer anderen Welt gewesen. Mittlerweile konnten sie darüber lachen und sprachen von der »ZML« und der »ZNL«, was »Zeit mit Lucas« und »Zeit nach Lucas« bedeutete. Anna erschauerte. Sie hatte sich hoch und heilig geschworen, so wenig wie möglich an ihren Exmann Lucas zu denken und an das, was er ihr angetan hatte. Er war nicht mehr da. Geblieben war nur das einzig Gute, was sie jemals von ihm bekommen hatte: Emma und Adrian.

»Kaffee und Kuchen?«, fragte Erica, als sie, je einen Zwilling auf einer Hüfte, in die Küche kam. Die Jungen strahlten, als sie ihre Tante erblickten, und wurden von Erica auf den Fußboden gesetzt. Sie rannten sofort auf Anna zu, klammerten sich an ihr fest und wollten auf den Schoß genommen werden.

»Ganz ruhig, es ist genug Platz für euch beide da.« Anna hob einen nach dem anderen hoch. Dann sah sie Erica an. »Kommt darauf an, was du dahast.« Sie reckte den Hals.

»Was hältst du von Omas Rhabarberkuchen mit Mandelfüllung?« Erica hielt eine durchsichtige Plastiktüte in die Höhe.

»Machst du Witze? Da kann man ja gar nicht nein sagen.«

Erica schnitt ein paar große Stücke ab und stellte den Kuchenteller auf den Tisch. Noel wollte sich sofort darauf stürzen, doch Anna hielt ihn in letzter Sekunde zurück. Sie brach Noel und Anton je ein kleines Stückchen ab. Noel stopfte sich genüsslich alles auf einmal in den Mund, während Anton vorsichtig an seinem Kuchen knabberte und dabei selig in sich hineinlächelte.

»Sie sehen sich unglaublich ähnlich.« Anna verstrubbelte den beiden das Haar.

»Findest du?« Erica schüttelte ironisch den Kopf.

Sie hatte Kaffee eingeschenkt und stellte Annas Tasse routiniert außerhalb der Reichweite ihrer Söhne auf den Tisch.

»Geht es, oder soll ich dir einen abnehmen?« Skeptisch betrachtete sie Anna, die sich mit einer gewissen Anstrengung bemühte, gleichzeitig mit Kindern, Kaffee und Kuchen zu hantieren.

»Schon okay, es ist so gemütlich in ihrer Nähe.« Anna schnüffelte an Noels Köpfchen. »Wo ist eigentlich Maja?«

»Sie sitzt wie angeschweißt vor der Glotze. Ihre neue große Liebe ist Mojje. Im Moment läuft ›Mimmi und Mojje in der Karibik‹, und ich glaube, wenn ich das Lied ›An einem sonnigen Strand in der Karibik‹ noch einmal höre, muss ich kotzen.«

»Adrian ist zurzeit total besessen von Pokémon, und das macht mich auch ganz verrückt.« Vorsichtig trank Anna einen Schluck Kaffee. Sie hatte panische Angst, die beiden herumhampelnden Anderthalbjährigen zu verbrühen. »Und Patrik?«

»Der arbeitet. Möglicherweise Brandstiftung auf Valö.«

»Valö? Welches Haus?«

Nach einer kleinen Kunstpause sagte Erica mit kaum verhohlener Erregung in der Stimme: »Das Ferienheim.«

»Wie unheimlich. Dieses Gebäude hat mir schon immer kalte Schauer über den Rücken gejagt. Unvorstellbar, dass diese Leute einfach verschwunden sind.«

»Ich weiß. Ich habe ja damals ein bisschen recherchiert, weil ich dachte, ich könnte ein Buch daraus machen, wenn ich auf etwas Interessantes stoßen würde, aber seltsamerweise gab es überhaupt keine Anhaltspunkte. Bis jetzt wenigstens.«

»Wie meinst du das?« Anna nahm noch einen großen Bissen von dem Rhabarberkuchen. Sie hatte das Rezept von ihrer Großmutter auch bekommen, aber sie backte ungefähr so häufig, wie sie Bettwäsche mangelte, und das bedeutete: nie.

»Sie ist zurückgekehrt.«

»Wer?«

»Ebba Elvander. Allerdings heißt sie jetzt Stark.«

»Das kleine Mädchen?« Anna starrte Erica an.

»Genau. Sie und ihr Mann sind nach Valö gezogen und wollen anscheinend das Haus renovieren. Und nun hat jemand versucht, es niederzubrennen. Da wird man schon etwas nachdenklich.« Erica gab sich keine Mühe mehr, ihren Enthusiasmus zu verbergen.

»Sollte das kein Zufall gewesen sein?«

»Doch, natürlich, aber es ist trotzdem ziemlich merkwürdig. Ebba ist wieder da, und plötzlich passieren seltsame Dinge.«

»Bis jetzt ist *eine* Sache passiert«, wandte Anna ein. Sie wusste, wie schnell sich Erica die verschiedensten Theorien ausdachte. Dass ihre Schwester eine ganze Reihe von sorgfältig recherchierten und durchdachten Büchern geschrieben hatte, war ein Wunder, an das Anna nie recht glauben konnte.

»Ja, ja, eine Sache.« Erica winkte ab. »Ich kann es kaum erwarten, dass Patrik nach Hause kommt. Am liebsten hätte ich ihn begleitet, aber ich hatte niemanden, der auf die Kinder aufpasst.«

»Meinst du nicht, es wäre etwas unpassend gewesen, ihn zu begleiten?«

Anton und Noel hatten keine Lust mehr, auf Annas Schoß zu sitzen. Sie ließen sich auf den Fußboden rutschen und wetzten ins Wohnzimmer.

»Ach, egal, ich werde mich in den nächsten Tagen sowieso mit Ebba unterhalten.« Erica schenkte Kaffee nach.

»Ich frage mich wirklich, was der Familie zugestoßen ist.«

»Mamaaa! Hol sie sofort hier raus!«, schrie Maja gellend, und Erica erhob sich mit einem Seufzer.

»Ich wusste doch, dass ich schon viel zu lang in Ruhe Kaffee getrunken habe. So geht das den ganzen Tag. Maja ist total genervt von ihren Brüdern. Keine Ahnung, wie oft ich heute schon die Notbremse ziehen musste.«

»Hm.« Anna blickte Erica wehmütig hinterher. Sie wünschte, sie hätte nicht so viel Zeit, um in Ruhe Kaffee zu trinken.

Fjällbacka zeigte sich von seiner schönsten Seite. Vom Anlegesteg vor den Boothäusern, wo John mit seiner Frau und seinen Schwiegereltern saß, konnte er die gesamte Hafeneinfahrt überblicken. Das herrliche Wetter hatte besonders viele Segler und Touristen angelockt, und die Yachten lagen dicht gedrängt an den Schwimmstegen. Aus den Kajüten waren Musik und fröhliches Gelächter zu hören. Blinzelnd betrachtete John das lebendige Treiben.

»Schade, dass es in Schweden heutzutage so wenig Spielraum gibt.« John hob sein Glas und trank einen Schluck von dem eiskalten Rosé. »Dauernd wird von Demokratie und Meinungsfreiheit geredet, aber wir dürfen unsere Ansichten nicht zum Ausdruck bringen, wir haben kein Recht, uns Gehör zu verschaffen. Wir dürften eigentlich gar nicht da sein. Leider vergessen dabei alle, dass das Volk uns gewählt hat. Genügend schwedische Bürger haben gezeigt, wie unzufrieden sie mit den Verhältnissen hier sind. Sie wollen eine Veränderung, und diese Veränderung haben wir ihnen versprochen.«

Er stellte sein Glas ab und wandte sich wieder den Shrimps zu. Auf dem Teller lag bereits ein großer Schalenhaufen.

»Ja, es ist fürchterlich«, sagte sein Schwiegervater und nahm sich eine Handvoll Shrimps. »Wenn wir schon eine Demokratie haben, dann muss man auch auf das Volk hören.«

»Außerdem weiß doch jeder, dass viele Einwanderer nur wegen der Transferleistungen kommen«, warf seine Schwiegermutter ein. »Kämen nur die Ausländer zu uns, die wirklich arbeiten und etwas leisten wollen, ginge es ja noch, aber ich habe keine Lust, mit meinem Steuergeld diese Schmarotzer durchzufüttern.« Sie lallte bereits ein wenig.

John seufzte. Idioten. Sie hatten keine Ahnung, wovon sie redeten. Genau wie die meisten Schafe in der Wählerherde vereinfachten sie das Problem. Sie hatten nicht das große Ganze im Blick. Seine Schwiegereltern waren typische Vertreter der Ahnungslosigkeit, die er aus tiefstem Herzen verabscheute, und nun saß er hier eine ganze Woche mit ihnen fest.

Liv strich ihm beruhigend über den Kopf. Sie wusste, was er von ihnen hielt, und gab ihm im Allgemeinen recht. Trotzdem waren Barbro und Kent ihre Eltern, und dagegen ließ sich nichts machen.

»Am schlimmsten finde ich, wie heute alles vermischt wird«, sagte Barbro. »In unserem Viertel ist gerade eine Familie eingezogen, bei der die Mutter Schwedin und der Vater Araber ist. So wie die ihre Ehefrauen behandeln, kann man sich ja ausmalen, wie schlecht es der armen Frau gehen muss, und die bedauernswerten Kinder werden bestimmt in der Schule gehänselt. Irgendwann werden sie kriminell, und dann bereut die Frau, dass sie sich keinen Schweden gesucht hat.«

»Recht hast du.« Kent versuchte, von seinem riesigen Krabbenbrot abzubeißen.

»Kann John nicht mal bei der Politik eine Pause machen?«, fragte Liv mit leisem Vorwurf. »Wenn er sich schon in Stockholm den ganzen Tag mit Einwanderungsproblemen herumschlagen muss, könnte er doch wenigstens hier ein bisschen abschalten.«

John warf ihr einen dankbaren Blick zu. Er bewunderte seine Frau. Sie war so perfekt. Hellblondes seidiges Haar, das sie sich leicht aus dem Gesicht gestrichen hatte. Klare Gesichtszüge und strahlend blaue Augen.

»Verzeih mir, mein Herz, wie gedankenlos von uns. Wir sind nur so stolz auf Johns Erfolge und die Position, die er sich erarbeitet hat. Aber nun wollen wir über etwas anderes reden. Wie läuft denn zum Beispiel dein eigener kleiner Betrieb?«

Lebhaft berichtete Liv von den Sorgen, die der Zoll ihr bereitete, weil er ihre Geschäfte verkomplizierte. Dauernd verzögerten sich die Lieferungen der Einrichtungsgegenstände, die sie aus Frankreich importierte und in einem Onlineshop vertrieb. John wusste jedoch, dass ihr Interesse am Verkauf der Wohnaccessoires im Grunde erloschen war. Sie widmete sich immer stärker der Partei. Im Vergleich dazu wirkte alles andere unwichtig.

Die Möwen wagten sich immer näher heran. Er stand auf.

»Ich schlage vor, wir räumen ab. Die Vögel werden langsam lästig.« Er nahm seinen Teller, ging bis an die Spitze des Stegs und warf alle Schalen ins Meer. Die Möwen stürzten sich hinterher, um möglichst viele zu ergattern. Um den Rest würden sich die Krebse kümmern.

Er blieb eine Weile dort stehen, holte tief Luft und sah zum

Horizont. Wie üblich blieb sein Blick an der Insel Valö hängen, und wie immer packte ihn die Wut. Zum Glück riss ihn ein Surren in der rechten Hosentasche aus seinen Gedanken. Hastig zog er das Handy heraus und warf einen Blick auf das Display, bevor er das Gespräch annahm. Der Ministerpräsident war am Apparat.

»Was hältst du von diesen Glückwunschkarten?« Patrik hielt Martin die Tür auf, die so schwer war, dass er sich mit der Schulter dagegenlehnen musste. Die Polizei von Tanum war in den Sechzigern erbaut worden, und als Patrik das bunkerartige Gebäude zum ersten Mal betreten hatte, schlug ihm die Tristesse mit voller Wucht entgegen. Mittlerweile hatte er sich daran gewöhnt, wie ungemütlich die schmutzig gelbe, beigefarbene Einrichtung war.

»Klingt merkwürdig. Wer schickt jedes Jahr eine anonyme Geburtstagskarte?«

»Nicht völlig anonym, es stand G darauf.«

»Das erleichtert die Sache natürlich ungemein.« Martin und Patrik lachten.

»Worüber amüsiert ihr euch denn?«, fragte Annika in der verglasten Empfangsloge, als sie hereinkamen.

»Ach, nichts«, sagte Martin.

Annika drehte sich auf ihrem Schreibtischstuhl um und stand kurz darauf in der Tür des kleinen Raums. »Wie ist es da draußen gelaufen?«

»Wir müssen noch ein wenig abwarten, zu welchem Ergebnis Torbjörn kommt, aber es sieht tatsächlich so aus, als hätte jemand das Haus absichtlich in Brand gesteckt.«

»Ich mache uns einen Kaffee, und dann reden wir.« Annika stand auf.

»Hast du Mellberg schon davon berichtet?«, fragte Martin in der Küche.

»Nein, ich dachte mir, dass wir Bertil vorerst noch nicht zu informieren brauchen. Er hat schließlich dieses Wochenende frei, und da wollen wir unseren Chef lieber nicht stören.«

»Stimmt.« Patrik setzte sich ans Fenster.

»Ihr trinkt hier gemütlich zusammen Kaffee, ohne mir Bescheid zu sagen?« Plötzlich stand Gösta mit beleidigter Miene in der Tür.

»Was machst du denn hier? Du hast doch frei. Warum bist du nicht auf dem Golfplatz?« Patrik schob Gösta einen Stuhl hin.

»Zu heiß. Da schreibe ich lieber ein paar Berichte und nehme mir dann Zeit zum Golfspielen, wenn man keine Spiegeleier auf dem Asphalt braten kann. Zu was für einem Einsatz seid ihr gefahren? Annika hat was von Brandstiftung gesagt.«

»Es sieht fast danach aus. Anscheinend hat jemand Benzin oder etwas Ähnliches unter der Tür durchlaufen lassen und das Ganze angezündet.«

»Ach, du Schreck.« Gösta nahm sich einen Ballerinakeks und trennte mit größter Sorgfalt die beiden Hälften voneinander. »Wo denn?«

»Auf Valö. Im Ferienheim.«

Gösta erstarrte. »Im Ferienheim?«

»Etwas merkwürdig ist es schon. Ich weiß nicht, ob du es gehört hast, aber die jüngste Tochter, die allein zurückgelassen wurde, als die Familie verschwand, ist wiedergekommen und hat das Haus übernommen.«

»Das hat sich schon zu mir herumgesprochen.« Gösta starrte auf die Tischplatte.

Patrik betrachtete ihn neugierig. »Ach ja, genau, du musst doch damals bei dem Fall mitgearbeitet haben.«

»Richtig. So alt bin ich schon«, stellte Gösta fest. »Man fragt sich, wieso sie zurückgekehrt ist.«

»Sie hat erwähnt, dass sie und ihr Mann einen Sohn verloren haben«, sagte Martin.

»Ebba hat ein Kind verloren? Wann? Und wie?«

»Mehr haben sie nicht gesagt.« Martin stand auf und holte die Milch aus dem Kühlschrank.

Patrik runzelte die Stirn. Es sah Gösta gar nicht ähnlich, so viel Engagement zu zeigen, aber er hatte das schon öfter erlebt. Jeder ältere Polizist hatte einen Fall mit einem großen Fragezeichen im Gepäck. Einen Fall, über den man sich jahrein und jahraus immer wieder den Kopf zerbrach, um ihn nach Möglichkeit aufzuklären, bevor es zu spät war.

»Dieser Fall war etwas ganz Besonderes für dich, habe ich recht?«

»Kann man wohl sagen. Ich würde einiges dafür geben, um zu erfahren, was an jenem Ostersonnabend passiert ist.«

»Da bist du wahrscheinlich nicht der Einzige«, bemerkte Annika.

»Nun ist Ebba wieder da.« Gösta strich sich übers Kinn. »Und irgendjemand hat versucht, das Haus abzubrennen.«

»Nicht nur das Haus«, sagte Patrik. »Denn demjenigen, der das Feuer gelegt hat, muss ja klar gewesen sein, dass sie und ihr Mann da drin schliefen. Zum Glück ist Mårten gerade noch rechtzeitig aufgewacht, um den Brand zu löschen.«

»Es ist zweifellos ein seltsames Zusammentreffen.« Martin zuckte erschrocken zusammen, als Gösta mit der Faust auf den Tisch schlug.

»Es ist natürlich kein Zufall!«

Seine Kollegen sahen ihn fragend an, und dann war es wieder eine Weile still in der Küche.

»Vielleicht sollten wir uns den alten Fall noch einmal ansehen«, sagte Patrik schließlich. »Nur zur Sicherheit.«

»Ich kann die Unterlagen raussuchen, die es noch gibt«, sagte Gösta. Sein hageres Gesicht, das an einen Windhund erinnerte, belebte sich. »Ich habe mir das Material ja hin und wieder angesehen und weiß, wo alles zu finden ist.«

»Tu das, und dann gehen wir alles gemeinsam durch. Vielleicht entdecken wir etwas Neues, wenn wir unvoreingenommen an die Sache herangehen. Und du könntest vielleicht alles zusammensuchen, was in den Datenbanken über Ebba zu finden ist, Annika?«

»Mach ich.« Sie deckte den Tisch ab.

»Wir sollten uns auch mal die Finanzen des Ehepaares ansehen und überprüfen, ob das Haus auf Valö versichert ist«, schlug Martin mit einem ängstlichen Blick in Göstas Richtung vor.

»Meinst du, die waren das selbst? So was Dummes habe ich noch nie gehört. Sie waren doch im Haus, als das Feuer ausbrach, und Ebbas Mann hat es eigenhändig gelöscht.«

»Es lohnt sich trotzdem, der Frage nachzugehen. Wer weiß, vielleicht hat er das Haus angesteckt und es dann bereut. Ich kümmere mich darum.«

Gösta wollte etwas sagen, machte den Mund aber wieder zu und verließ die Küche.

Patrik stand auf. »Ich glaube, Erica hat ebenfalls einige Informationen gesammelt.«

»Erica? Warum denn das?« Martin stutzte.

»Sie hat sich lange mit dem Fall beschäftigt. Schließlich wurde in ganz Fjällbacka darüber gesprochen, und bei Ericas Beruf ist es kein Wunder, dass sie sich ganz besonders dafür interessiert hat.«

»Dann frag sie. Alles könnte wichtig sein.«

Patrik nickte, war aber insgeheim ein wenig skeptisch. Er ahnte, was passieren würde, wenn er Erica in die Ermittlungen mit einbezog.

»Natürlich rede ich mit ihr.« Er hoffte, dass er es nicht bereuen würde.

Mit zittriger Hand schenkte Percy seinen edelsten Cognac in zwei Gläser und reichte eins seiner Frau.

»Ich verstehe einfach nicht, was die sich dabei denken.« Pyttan trank hastig.

»Großvater würde sich im Grab umdrehen, wenn er das wüsste.«

»Irgendwie musst du das Problem lösen, Percy.« Sie hielt ihm ihr Glas hin, und er schenkte es, ohne zu zögern, noch einmal voll. Es war zwar erst früher Nachmittag, aber irgendwo auf der Welt war es schon nach fünf. Heute brauchten sie eine Stärkung.

»Ich? Was soll ich denn da machen?« Seine Stimme überschlug sich. Er zitterte so heftig, dass er die Hälfte des Cognacs neben Pyttans Glas goss.

Sie zog ihre Hand weg. »Pass doch auf, du Idiot!«

»Verzeihung.« Percy sank auf einen der zerschlissenen Ohrensessel in der Bibliothek. Ein lautes Ratschen – der Bezug des Sitzpolsters war gerissen. »Scheiße.«

Er sprang auf und trat wie von Sinnen gegen den Sessel. Alles um ihn herum ging kaputt. Das ganze Schloss verfiel, sein Erbe war seit langem aufgebraucht, und nun verlangten die Arschlöcher vom Finanzamt eine Summe von ihm, die er gar nicht hatte.

»Beruhige dich.« Pyttan trocknete ihre Hände an einer Serviette ab. »Irgendeine Lösung wird sich schon finden. Ich verstehe nur nicht, wieso das Geld plötzlich alle ist.«

Percy sah sie an. Obwohl er wusste, wie viel Angst ihr dieser Gedanke einjagte, empfand er nur Verachtung für sie.

»Wieso das Geld alle ist?«, brüllte er. »Hast du eine Ahnung, wie viel du jeden Monat ausgibst? Ist dir nicht klar, was das alles kostet? Reisen, Restaurantbesuche, Handtaschen, Klamotten, Schuhe, Schmuck und was du sonst noch kaufst.«

Pyttan wich erschrocken zurück. Diese Herumschreierei passte gar nicht zu ihm. Sie starrte ihn an, und er kannte sie gut genug, um genau zu wissen, dass sie zwischen zwei Möglichkeiten schwankte: Entweder sie nahm die Kampfansage an, oder sie besänftigte ihn. Als ihre Züge weicher wurden, wusste er, dass sie sich für Letzteres entschieden hatte.

»Wir wollen uns doch nicht über etwas derart Unwichtiges wie Geld streiten, Liebling.« Sie rückte seine Krawatte wieder gerade und steckte ihm das Hemd in den Hosenbund. »So. Nun bist du wieder mein eleganter Schlossherr.«

Sie schmiegte sich an ihn, und er spürte seine Wut schwinden. Wenn sie ihr Gucci-Kleid trug, fiel es ihm besonders schwer, ihr zu widerstehen.

»Weißt du was? Du rufst den Wirtschaftsprüfer an und siehst dir mit ihm die Buchführung noch einmal an. So schlimm kann es doch gar nicht sein. Danach bist du bestimmt beruhigt.«

»Ich muss mit Sebastian reden«, murmelte Percy.

»Sebastian?« Pyttan verzog angewidert das Gesicht, als hätte sie eine ekelerregende Speise probiert. Sie sah Percy an. »Denk daran, dass ich es nicht mag, wenn du dich mit ihm triffst, denn dann muss ich mich auch mit seiner naiven Frau abgeben. Die beiden haben einfach keine Klasse. Er kann so viel Geld haben, wie er will, aber er ist und bleibt ein Bauerntölpel. Angeblich hat ihn seit langem die Umweltbehörde im Auge, kann ihm aber bis jetzt nichts nachweisen. Das ist allerdings nur eine Frage der Zeit, und dann haben wir besser nichts mit ihm zu tun.«

»Geld stinkt nicht«, sagte Percy.

Er wusste, was der Wirtschaftsprüfer sagen würde. Es war kein Geld mehr da. Es war alles weg, und um sich aus dieser Klemme zu befreien und Fygelsta zu retten, brauchte er Kapital. Sebastian war seine einzige Hoffnung.

Sie waren ins Krankenhaus nach Uddevalla gefahren, aber es sah alles gut aus. Kein Rauch in den Lungen. Der erste Schock hatte sich gelegt, und Ebba hatte das Gefühl, aus einem bösen Traum erwacht zu sein.

Plötzlich merkte sie, dass sie im Dunkeln saß, und knipste die Schreibtischlampe an. Im Sommer wurde es so unmerklich dunkel, dass sie die Augen oft viel zu lang anstrengte, bevor sie merkte, dass sie besseres Licht brauchte.

Der Engel, an dem sie arbeitete, war äußerst widerspenstig, und sie hatte Schwierigkeiten, die Öse daran zu befestigen. Mårten konnte nicht verstehen, dass sie den Schmuck von Hand herstellte, anstatt ihn in Thailand oder China produzieren zu lassen. Vor allem, seitdem über den Onlineshop eine Menge Bestellungen eintrafen. Doch dann wäre ihr die Arbeit weniger sinnvoll erschienen. Der Schmuck sollte von ihr angefertigt, jede Kette, die sie verschickte, mit gleich viel Liebe ausgeführt werden. Sie legte ihre Trauer und ihre Erinnerungen in die Engel. Außerdem war es beruhigend, sich am Abend damit zu beschäftigen, nachdem man den ganzen Tag gestrichen, gehämmert und gesägt hatte. Wenn sie morgens aufstand, tat ihr jeder Muskel weh, aber wenn sie den Schmuck machte, entspannte sich ihr Körper.

»Ich habe jetzt überall abgeschlossen«, sagte Mårten.

Ebba zuckte zusammen. Sie hatte ihn nicht kommen gehört.

»Scheiße.« Die Öse, die schon fast am richtigen Platz gesessen hatte, war wieder heruntergefallen.

»Willst du heute Abend nicht mal eine kleine Pause machen?«, fragte Mårten vorsichtig und stellte sich hinter sie.

Sie spürte, dass er überlegte, ob er ihr die Hände auf die Schultern legen sollte. Bevor das mit Vincent passiert war, hatte er ihr oft den Rücken massiert, und sie hatte seine festen, aber gleichzeitig sanften Berührungen geliebt. Nun konnte sie es kaum ertragen, wenn er sie anfasste. Womöglich schüttelte sie seine Hände instinktiv ab und verletzte ihn damit so, dass die Kluft zwischen ihnen noch größer wurde.

Ebba versuchte sich noch einmal an der Öse, und schließlich klappte es.

»Spielt das eine Rolle?«, fragte sie, ohne sich umzudrehen. »Verschlossene Türen scheinen den, der uns heute Nacht umbringen wollte, auch nicht abgehalten zu haben.«

»Was sollen wir denn machen?«, fragte Mårten. »Kannst du mich nicht wenigstens ansehen, wenn du mit mir redest? Die Sache ist wichtig. Irgendjemand hat versucht, dieses Haus in Brand zu stecken, und wir wissen nicht, warum. Findest du das nicht unheimlich? Hast du keine Angst?«

Langsam drehte Ebba sich um.

»Wovor sollte ich Angst haben? Das Schlimmste ist doch bereits geschehen. Schließ die Türen ab, oder lass es bleiben. Mir ist das egal.«

»So geht es nicht weiter.«

»Warum nicht? Ich habe doch getan, was du wolltest. Ich bin wieder hierhergezogen, renoviere mit dir diesen verfallenen Kasten und werde den Rest meines Lebens glücklich mit dir in unserem kleinen Paradies verbringen, während die Gäste kommen und gehen. Ich habe dem zugestimmt. Was willst du denn noch?« Sie merkte selbst, wie kalt und unversöhnlich sie klang.

»Nichts, Ebba. Ich will gar nichts«, antwortete Mårten ernüchtert. Dann drehte er sich um und verließ den Raum.

Fjällbacka 1915

Endlich war sie frei. Sie hatte eine Stelle als Dienstmädchen auf einem Hof in Hamburgsund gefunden und konnte der Pflegemutter und ihren grässlichen Kindern endlich entfliehen. Und nicht zuletzt ihrem Pflegevater. Als sie älter wurde und ihr Körper sich entwickelte, war er nachts immer häufiger zu ihr gekommen. Seit ihre Regelblutung eingesetzt hatte, lebte sie in der Angst, dass in ihr ein Kind heranwachsen könnte. Das war das Letzte, was sie wollte. Sie wollte nicht eins von diesen verheulten und verängstigten Mädchen werden, die mit einem schreienden Bündel im Arm an die Tür ihrer Mutter geklopft hatten. Schon als Kind hatte sie die Schwäche und die Hilflosigkeit dieser jungen Frauen verachtet.

Dagmar packte ihre wenigen Habseligkeiten zusammen. Aus ihrem Elternhaus besaß sie nichts, und auch hier war nichts von Wert dazugekommen. Trotzdem wollte sie nicht mit leeren Händen gehen. Sie schlich sich in das Schlafzimmer ihrer Pflegeeltern. In einem Kästchen unter dem Bett, ganz hinten an der Wand, bewahrte die Pflegemutter den Schmuck auf, den sie von der eigenen Mutter geerbt hatte. Dagmar kroch unter das Bett und zog das Kästchen hervor. Da die Pflegemutter in Fjällbacka war und die Kinder draußen spielten, würde niemand sie stören.

Sie klappte den Deckel auf und lächelte zufrieden. Diese Wertgegenstände würden ihr für eine Weile Sicherheit ver-

schaffen, und es freute sie, dass der Verlust der Erbstücke die alte Hexe schmerzen würde.

»Was machst du da?« Sie zuckte zusammen, als sie die Stimme des Pflegevaters hörte.

Dagmar hatte geglaubt, er wäre im Kuhstall. Einen Augenblick lang pochte ihr Herz wie wild, doch dann wurde sie innerlich ganz ruhig. Nichts würde sie von ihrem Plan abbringen.

»Was glaubst du denn?« Sie nahm den ganzen Schmuck aus dem Kästchen und steckte ihn sich in die Rocktasche.

»Bist du verrückt, Mädchen? Stiehlst du den Schmuck?« Er kam einen Schritt auf sie zu, aber sie erhob die Hand.

»Ganz richtig. Und versuch nicht, mich davon abzuhalten, denn sonst gehe ich geradewegs zum Polizeikommissar und erzähle ihm, was du mir angetan hast.«

»Das wagst du nicht!« Er rang die Hände, doch dann hellte sich sein Blick auf. »Wer glaubt schon der Tochter der Engelmacherin?«

»Ich kann ziemlich überzeugend auftreten, und das Gerücht wird sich schneller im Dorf verbreiten, als du ahnst.«

Sein Gesicht verfinsterte sich wieder, offenbar wurde er unsicher. Sie beschloss, ihm entgegenzukommen.

»Ich mache dir einen Vorschlag. Wenn meine liebe Pflegemutter bemerkt, dass der Schmuck nicht mehr da ist, beruhigst du sie, so gut du kannst, und sorgst dafür, dass sie die Sache auf sich beruhen lässt. Wenn du mir das versprichst, bekommst du von mir eine ganz besondere Belohnung, bevor ich weggehe.«

Dagmar ging auf den Pflegevater zu. Langsam hob sie die Hand, legte sie auf sein Geschlechtsteil und fing an zu reiben. Kurz darauf wurden die Augen des Bauern glasig. Sie wusste, sie hatte nun die Macht über ihn.

»Sind wir uns einig?« Sorgsam knöpfte sie seine Hose auf.

»Wir sind uns einig.« Er legte ihr die Hand auf den Kopf und drückte sie nach unten.

Der Sprungturm auf Badholm hob sich so imposant wie immer vom bewölkten Himmel ab. Entschieden schob Erica die Erinnerung an den Mann beiseite, der sich mit einem Strick am Turm erhängt hatte. Nicht einmal in der Vorstellung wollte sie diesen schrecklichen Vorfall noch einmal erleben, und auch Badholm gab sein Bestes, um sie auf andere Gedanken zu bringen. Wie ein Schmuckstück lag die kleine Insel bei Fjällbacka im Wasser. Die Jugendherberge dort war beliebt, und Erica konnte gut nachvollziehen, dass sie im Sommer oft ausgebucht war. Die Lage und der altmodische Charme des Gebäudes bildeten eine unwiderstehliche Mischung. Heute konnte sie die Aussicht jedoch nicht richtig genießen.

»Sind alle da?« Gestresst sah sie sich um und zählte die Kinder.

Drei Zwerge in orangefarbenen Schwimmwesten rannten wie verrückt auf dem Steg herum.

»Patrik! Würdest du mir vielleicht ein bisschen helfen?« Sie packte den Kragen ihrer Tochter, die gerade gefährlich nah an der Kante entlangraste.

»Und wer soll den Motor anwerfen?« Mit hochrotem Kopf breitete Patrik die Arme aus.

»Lass uns die Kinder ins Boot verfrachten, bevor sie ins Wasser fallen. Den Motor können wir dann starten.«

Maja wand sich wie ein Aal, aber Erica hatte die kleine Öse

an der Schwimmweste fest im Griff und hielt sie fest. Mit der anderen Hand fing sie Noel ein, der auf seinen drallen Beinchen hinter Anton herwetzte. Nun konnte ihnen nur noch einer entwischen.

»Hier, halt sie fest.« Sie ließ die widerspenstigen Kinder auf das Holzdeck herunter. Verärgert stand Patrik auf und nahm Maja und Noel entgegen. Dann drehte sich Erica um und lief hinter Anton her, der nun Kurs auf die kleine Brücke zwischen Badholm und dem Festland genommen hatte.

»Bleib stehen, Anton!«, schrie sie, aber er hörte nicht. Obwohl er sauste wie ein kleiner Blitz, hatte sie ihn bald eingeholt. Der Sohn wehrte sich und fing hysterisch an zu schreien. Erica nahm ihn resolut auf den Arm.

»Meine Güte, wie bin ich bloß auf die Idee gekommen?«, stöhnte sie, als sie Patrik schließlich den schluchzenden Anton übergab. Schweißgebadet löste sie die Leine und sprang ins Boot.

»Wenn wir auf See sind, wird es besser.« Patrik drehte den Schlüssel im Zündschloss, und der Motor sprang glücklicherweise beim ersten Versuch an. Er löste auch den hinteren Tampen, während er mit der anderen Hand vorsichtig Abstand vom Nachbarboot hielt. Das Ablegen war nicht ganz einfach. Die Boote lagen dicht gedrängt, und ohne Fender hätten sie alle Schaden genommen.

»Entschuldige, dass ich dich angegiftet habe.« Nachdem sie die Kinder gezwungen hatte, sich auf den Boden zu setzen, ließ sie sich auf einer der Sitzbänke nieder.

»Schon vergessen«, rief er und drückte die Ruderpinne langsam von sich weg, so dass sich das Boot mit dem Heck zum Hafen und mit dem Bug nach Fjällbacka drehte.

Es war ein strahlend schöner Sonntagmorgen mit leuchtend blauem Himmel und spiegelblankem Wasser. Über ihnen kreisten die Möwen, und auf mehreren Booten im Hafen wurde gefrühstückt. Einige Leute lagen bestimmt noch in der Koje und schliefen ihren Rausch aus. Die Samstagabende der Jugendlichen hier verliefen meistens feuchtfröhlich. Wie schön, dass diese Zeit vorbei ist, dachte sie und betrachtete die Kinder, die nun still im Boot saßen, mit sehr viel mehr Zärtlichkeit als zuvor.

Sie stellte sich neben Patrik und lehnte den Kopf an seine Schulter. Er legte den Arm um sie und drückte ihr einen Kuss auf die Wange.

»Du«, sagte er plötzlich. »Erinnere mich bitte daran, dass ich dir ein paar Fragen zu Valö und dem Ferienheim stellen möchte, wenn wir angelegt haben.«

»Was willst du denn wissen?«, fragte Erica neugierig.

»Das besprechen wir nachher in aller Ruhe.« Er küsste sie noch einmal.

Sie wusste, dass er sie nur ärgern wollte. Vor Ungeduld juckte es sie am ganzen Körper, aber sie beherrschte sich. Schweigend schirmte sie mit der Hand das Gesicht vor der Sonne ab und hielt nach Valö Ausschau. Als sie an der Insel vorbeituckerten, sah sie einen Streifen des großen weißen Hauses, das fast vollständig hinter den Bäumen verborgen lag. Würde man jemals erfahren, was vor so vielen Jahren wirklich passiert war? Sie hasste Bücher und Filme, die am Ende manche Fragen offen ließen, und hielt es kaum aus, von einem unaufgeklärten Mord in der Zeitung zu lesen. Bei den Recherchen zum Valö-Fall war sie kein bisschen klüger geworden, wie sehr sie sich auch bemüht hatte, eine Erklärung zu finden. Die Wahrheit lag im Dunkeln.

Martin hielt einen Moment inne, bevor er den Finger auf den Klingelknopf legte. Kurz darauf hörte er Schritte und unterdrückte den Impuls, auf dem Absatz kehrtzumachen. Annika öffnete die Tür und sah ihn erstaunt an.

»Du? Ist was passiert?«

Er zwang sich zu einem Lächeln, aber Annika konnte er nichts vormachen, und vielleicht war das auch der Grund, warum er zu ihr gekommen war. Seit er bei der Polizei Tanum arbeitete, war sie wie eine zweite Mutter für ihn, und nun wollte er unbedingt mit ihr reden.

»Also, ich ...«, begann er.

»Komm rein«, fiel Annika ihm ins Wort. »Wir setzen uns in die Küche und trinken eine Tasse Kaffee. Dann erzählst du mir, was los ist.«

Martin zog sich die Schuhe aus und folgte ihr.

»Setz dich«, sagte sie und löffelte routiniert das Kaffeepulver in den Filter. »Wo hast du denn Pia und Tuve gelassen?«

»Die sind zu Hause. Ich habe gesagt, dass ich einen Spaziergang mache. Deshalb muss ich bald zurück. Eigentlich wollten wir an den Strand.«

»Aha. Tja, Leila badet auch gern. Als wir neulich an der Badestelle waren, haben wir sie kaum aus dem Wasser bekommen, als wir nach Hause wollten. Sie ist eine richtige kleine Wasserratte. Lennart und sie sind gerade weggegangen, damit ich hier ein bisschen Zeit für mich habe.«

Annika strahlte, wenn sie über ihre Tochter sprach. Bald war es ein Jahr her, dass sie und ihr Mann Lennart die Adoptivtochter nach vielen Sorgen und Hindernissen aus China abgeholt hatten. Nun drehte sich in ihrem Leben alles um Leila.

Martin konnte sich keine bessere Mutter als Annika vorstellen. Alles an ihr wirkte warmherzig und fürsorglich, in ihrer Nähe fühlte er sich geborgen. Am liebsten hätte er sich jetzt an sie geschmiegt und die Tränen laufen lassen, die hinter seinen Lidern brannten, aber er hielt sich zurück. Wenn er anfing zu weinen, würde er nicht mehr aufhören.

»Ich glaube, ich wärme uns ein paar Zimtschnecken auf.« Sie holte einen Gefrierbeutel aus dem Eisfach und legte die Teilchen in die Mikrowelle. »Die habe ich gestern gebacken. Ein paar davon wollte ich mit zur Arbeit nehmen.«

»Du weißt aber, dass es nicht zu deinen Pflichten gehört, uns mit Gebäck zum Kaffee zu versorgen?«, fragte Martin.

»Na, ob Mellberg dir da zustimmen würde? Wenn ich mir meinen Arbeitsvertrag genau ansehe, steht im Kleingedruckten sicher irgendwo: Sie ist verpflichtet, für die Polizei Tanum zu backen.«

»Mein Gott, ohne dich und die Konditorei würde Bertil nicht einen Tag überleben.«

»Vor allem, seit Rita ihn auf Diät gesetzt hat. Paula sagt, es gibt bei Bertil und Rita nur noch Vollkornbrot und Gemüse.«

»Da würde ich gern mal Mäuschen spielen.« Martin musste lachen. Es war ein schönes Gefühl, und ein Teil der Spannung hatte sich bereits gelöst.

Die Mikrowelle gab ein Ping von sich, Annika legte die heißen Zimtschnecken auf einen Teller und stellte zwei Becher Kaffee auf den Tisch.

»Fertig. Nun erzähl mal, wo der Schuh drückt. Ich habe schon gemerkt, dass etwas nicht stimmt, aber ich dachte, du würdest es schon von dir aus erzählen, wenn dir danach ist.«

»Vielleicht steckt gar nichts dahinter, und ich will dich auch nicht mit meinen Problemen belasten, aber ...« Frustriert stellte Martin fest, dass die Tränen ihm bereits die Kehle zuschnürten.

»Unsinn, dafür bin ich doch da. Also, schieß los.«

Martin atmete eine Weile tief ein und aus. »Pia ist krank«, sagte er schließlich. Er hörte selbst, wie seine Worte von den Küchenwänden widerhallten.

Annika wurde blass. Damit hatte sie nicht gerechnet. Er drehte seine Kaffeetasse im Kreis herum und nahm neuen Anlauf. Plötzlich sprudelte alles aus ihm heraus.

»Sie ist schon seit längerer Zeit so müde. Eigentlich seit Tuves Geburt, aber wir dachten, das wäre nichts Besonderes, die übliche Erschöpfung eben, wenn man ein Baby bekommen hat. Aber Tuve ist jetzt fast zwei Jahre alt, und es ist nicht vorübergegangen, sondern immer schlimmer geworden. Dann hat Pia einige Knoten am Hals entdeckt ...«

Annika hielt sich die Hand vor den Mund. Sie schien zu begreifen, worauf das Gespräch hinauslief.

»Und vor ein paar Wochen habe ich sie zu einer Untersuchung begleitet. Ich habe dem Arzt gleich angesehen, was er vermutete. Sie wurde sofort nach Uddevalla überwiesen, wo verschiedene Proben entnommen wurden. Morgen Nachmittag hat sie nun einen Termin beim Onkologen und bekommt das Ergebnis, aber wir wissen ja bereits, was sie uns sagen werden.« Wütend wischte er sich die Tränen ab, die ihm übers Gesicht liefen.

Annika reichte ihm eine Serviette. »Wein nur, meistens wird es davon besser.«

»Es ist ungerecht. Pia ist erst dreißig, und Tuve ist noch so klein. Ich habe ein bisschen gegoogelt und dabei eine Statistik entdeckt. Wenn es das ist, was wir denken, stehen die Chancen ziemlich schlecht. Pia ist unheimlich tapfer, aber ich bin ein jämmerlicher Feigling, der sich nicht traut, mit ihr zu reden. Ich schaffe es kaum, sie mit Tuve zusammen zu sehen oder ihr in die Augen zu schauen. Ich komme mir einfach nutzlos vor!« Er konnte die Tränen nicht länger zurückhalten, legte den Kopf auf die Arme und schluchzte so heftig, dass es ihn schüttelte.

Dann spürte er, dass sich ein Arm um seine Schultern legte, und Annikas Wange, die sich an die seine schmiegte. Anstatt etwas zu sagen, saß sie einfach nur da und strich ihm über den Rücken. Nach einer Weile richtete er sich wieder auf, drehte sich zu ihr um und ließ sich von ihr umarmen und trösten, wie sie wahrscheinlich Leila tröstete, wenn die sich weh getan hatte.

Mit viel Glück hatten sie einen Platz im Café Bryggan ergattert. Draußen auf der Terrasse waren alle Tische besetzt, und Leon beobachtete, wie ein Krabbenbrot nach dem anderen hinausgetragen wurde. Die Lage am Ingrid-Bergman-Torg war perfekt, und die Tische standen gedrängt auf dem Anlegesteg bis ans Wasser.

»Ich finden, wir sollten das Haus kaufen«, sagte Ia.

Er wandte sich seiner Frau zu. »Zehn Millionen sind kein Pappenstiel.«

»Habe ich das behauptet?« Sie beugte sich vor und strich die Wolldecke auf seinem Schoß glatt.

»Jetzt lass doch mal dieses blöde Ding. Ich schwitze mich ja zu Tode.«

»Du weißt doch, dass du dich nicht erkälten darfst.«

Eine Kellnerin war an ihren Tisch gekommen. Ia bestellte ein

Glas Wein für sich und ein Mineralwasser für ihn. Leon sah das junge Mädchen an.

»Ein großes Bier, bitte.«

Ia warf ihm einen vorwurfsvollen Blick zu, aber er nickte der Kellnerin zu. Sie reagierte wie alle anderen und bemühte sich krampfhaft, nicht seine Verbrennungen anzustarren. Als sie gegangen war, blickte er wieder aufs Wasser.

»Es riecht genau wie in meiner Erinnerung«, sagte er. Seine Hände mit dem stark vernarbten Gewebe ruhten reglos in seinem Schoß.

»Ich mag es hier noch immer nicht, aber wenn wir das Haus kaufen, bin ich einverstanden. Ich habe nicht vor, in irgendeiner Bruchbude zu wohnen, und werde nie den ganzen Sommer hier verbringen. Ein paar Wochen im Jahr müssen reichen.«

»Und du findest es nicht ein wenig übertrieben, ein Haus für zehn Millionen zu kaufen, um es nur wenige Wochen im Jahr zu nutzen?«

»Das sind meine Bedingungen«, antwortete sie. »Sonst musst du eben ohne mich hier herumhocken, aber das kannst du ja gar nicht.«

»Vielen Dank, ich weiß, dass ich nicht allein zurechtkomme, und falls ich es mal für einen Moment vergesse, erinnerst du mich freundlicherweise daran.«

»Hast du jemals an die vielen Opfer gedacht, die ich für dich gebracht habe? Ich musste den ganzen Unsinn ertragen, den du angestellt hast, und du hast dich nie gefragt, wie das für mich war. Und nun willst du hierher. Du hast dich doch schon genug verbrannt und willst immer noch mit dem Feuer spielen?«

Die Kellnerin stellte den Wein und das Bier auf die blauweiß karierte Decke. Leon trank ein paar Schlucke und strich mit dem Daumen über das kalte Glas.

»Okay, wie du willst. Ruf diesen Makler an und sag ihm, dass wir das Haus nehmen, aber dann möchte ich so bald wie möglich einziehen. Ich hasse Hotels.«

»Na gut«, sagte Ia freudlos. »In dem Haus werde ich es hier schon ein paar Wochen im Jahr aushalten.«

»Du bist so tapfer, mein Liebling.«

Sie sah ihn finster an. »Hoffen wir, dass du diese Entscheidung nicht bereust.«

»Es ist viel Gras über die Sache gewachsen«, sagte er ruhig.

Im selben Moment hörte er hinter sich jemanden nach Luft schnappen.

»Leon?«

Er zuckte zusammen. Er wusste, ohne sich umzudrehen, wem diese Stimme gehörte. Josef. Nach all den Jahren stand Josef vor ihm.

Paula sah auf die glitzernde Bucht hinaus und genoss die Wärme. Sie legte sich eine Hand auf den Bauch und lächelte, als sie die Tritte spürte.

»Nun wird es langsam Zeit für ein Eis.« Mellberg stand auf. Er warf Paula einen Blick zu und hob den Zeigefinger. »Du weißt hoffentlich, dass man den Bauch nicht der prallen Sonne aussetzen soll.«

Verwundert blickte sie ihm hinterher, während er zum Kiosk ging.

»Will er mich auf den Arm nehmen?« Paula drehte sich zu ihrer Mutter um.

Rita lachte. »Bertil meint es nur gut.«

Paula brummte unwillig, bedeckte ihren Bauch aber trotzdem mit einem Halstuch. Leo raste splitterfasernackt an ihr vorbei und wurde bald darauf von Johanna wieder eingefangen.

»Er hat recht«, sagte sie. »Du könntest Pigmentveränderungen von der UV-Strahlung bekommen, also schmier dich ordentlich ein.«

»Pigmentveränderungen?«, wiederholte Paula. »Ich bin doch schon dunkelhäutig.«

Rita reichte ihr eine Flasche Sonnencreme mit Schutzfaktor dreißig. »Als ich mit dir schwanger war, habe ich Unmengen von braunen Flecken im Gesicht bekommen, also widersprich nicht.«

Paula gehorchte, und auch Johanna cremte ihre helle Haut sorgfältig ein.

»Du hast es gut«, sagte sie. »Du brauchst dich überhaupt nicht anzustrengen, um braun zu werden.«

»Ja, aber ich wünschte, Bertil würde nicht so einen Stress machen.« Paula drückte einen großen Spritzer Sonnencreme aus der Flasche. »Kürzlich hat er heimlich meine Zeitschriften für Schwangere gelesen, und gestern hat er mir Omega-3-Kapseln aus dem Reformhaus mitgebracht, weil er gelesen hat, dass diese Fettsäuren gut für das Gehirn des Babys sind.«

»Er freut sich eben. Lass ihn doch.« Rita schmierte Leo zum zweiten Mal von Kopf bis Fuß ein. Er hatte Johannas rötliche und sommersprossige Haut geerbt und bekam schnell einen Sonnenbrand. Paula fragte sich zerstreut, ob das Baby ihre Hautfarbe oder die des unbekannten Spenders bekommen würde. Im Grunde war es ihr vollkommen egal. Leo war das Kind von Johanna und ihr, und sie verschwendete mittlerweile kaum noch einen Gedanken daran, dass ein Dritter an seiner Entstehung beteiligt war. Bei diesem Kind würde es genauso sein.

Mellbergs fröhliche Stimme riss sie aus ihren Überlegungen. »Jetzt gibt es Eis!«

Rita sah ihn durchdringend an. »Ich hoffe, du hast keins für dich gekauft.«

»Nur ein ganz winziges Magnum. Ich war doch die ganze Woche brav.« Er lächelte seine Lebensgefährtin an und zwinkerte dabei mit einem Auge, um sie milde zu stimmen.

»Daraus wird nichts.« Seelenruhig nahm Rita ihm das Eis aus der Hand und warf es in einen Abfalleimer.

Mellberg murmelte leise vor sich hin.

»Was hast du gesagt?«

Er schluckte. »Nichts. Gar nichts.«

»Du weißt, was dein Arzt gesagt hat. Du hast ein erhöhtes Risiko für Herzinfarkt und Diabetes.«

»Ein kleines Magnum hätte mir bestimmt nicht geschadet. Man muss doch auch ein bisschen leben.« Er reichte jedem ein Eis.

»Noch eine Woche Urlaub.« Paula schloss genüsslich die Augen und leckte an ihrem Cornetto.

»Ich finde wirklich, dass du nicht mehr arbeiten solltest«, sagte Johanna. »Jetzt dauert es nicht mehr lang. Wenn du mit der Hebamme redest, bekommst du bestimmt eine Krankschreibung. Du brauchst Ruhe.«

»Hallo!«, rief Mellberg. »Ich habe genau gehört, was du gesagt hast. Vergiss nicht, dass ich Paulas Chef bin.« Er kratzte sich nachdenklich am Kopf. »Allerdings gebe ich dir recht. Ich finde auch, dass Paula nicht mehr arbeiten sollte.«

»Das haben wir doch längst ausdiskutiert. Ich werde verrückt, wenn ich nur zu Hause rumsitze und warte. Außerdem ist es im Moment ziemlich ruhig.«

»Was heißt hier ruhig?« Johanna starrte sie an. »Das ist doch die turbulenteste Zeit des Jahres, bei all den Besäufnissen.«

»Ich wollte damit sagen, dass wir im Moment nicht in einem großen Fall ermitteln. Außerdem muss ich keine Außeneinsätze machen. Ich kann in der Dienststelle bleiben und mich um den Papierkram kümmern. Also hört auf, dummes Zeug zu reden. Ich bin schwanger und nicht krank.«

»Warten wir es ab«, sagte Mellberg. »Aber in einem Punkt stimme ich dir auf jeden Fall zu. Im Moment ist es ziemlich ruhig bei uns.«

Wie jedes Jahr an ihrem Hochzeitstag stellte Gösta frische Blumen auf Maj-Britts Grab. Grabpflege war ansonsten nicht seine Stärke, aber das hatte nichts mit seinen Gefühlen für Maj-Britt zu tun. Sie hatten viele schöne Jahre gemeinsam verlebt, und sie fehlte ihm noch immer jeden Morgen, wenn er aufstand. Er hatte sich zwar an sein Dasein als Witwer gewöhnt, und seine Tage liefen nach einem so festen Schema ab, dass er manchmal gar nicht glauben konnte, das kleine Haus einst gemeinsam mit einem anderen Menschen bewohnt zu haben, aber das hieß nicht, dass er sich nun wohl fühlte.

Er hockte sich hin und betrachtete die Steine, die den Namen des kleinen Jungen bildeten. Es gab nicht einmal ein Bild von ihm. Als er geboren wurde, glaubten sie, alle Zeit der Welt zu haben, um ihn zu fotografieren. Als er starb, wurde auch kein Foto gemacht. Das war damals nicht üblich. Inzwischen hatte man eine andere Einstellung, hatte er gehört, aber damals sollte man vergessen und nach vorn schauen.

Schaffen Sie sich so bald wie möglich wieder ein Kind an, wurde ihnen geraten, als sie verstört das Krankenhaus verließen. Doch dazu war es nicht gekommen. Das einzige Kind, das er bekommen hatte, war das Mädchen. Die Kleine hatten sie sie genannt. Vielleicht hätten sie sich intensiver darum bemühen sollen, sie behalten zu dürfen, aber ihre Trauer war noch immer zu groß, und sie glaubten nicht, ihr auf Dauer das geben zu können, was sie brauchte.

Maj-Britt fällte schließlich die Entscheidung. Vorsichtig hatte er vorgeschlagen, sie könnten sich doch um das Mädchen kümmern, aber Maj-Britt hatte mit traurigem Gesicht und bereits gezeichnet von dem Verlust gesagt: »Sie braucht Geschwister.« So war die Kleine verschwunden. Hinterher sprachen sie nicht mehr über sie, aber Gösta hatte das Mädchen nie vergessen. Hätte man ihm jedes Mal, wenn er an sie dachte, eine Krone gegeben, wäre er nun ein reicher Mann.

Gösta stand auf. Er hatte ein wenig Unkraut gejätet und eine hübsche Vase für die Blumen geholt. Laut und deutlich hörte er Maj-Britts Stimme: »Was für ein Unsinn, Gösta, solche schönen Blumen an mich zu verschwenden!« Sie hatte nie für möglich gehalten, dass sie mehr als das Alltägliche verdiente, und er wünschte, er hätte sich damals öfter darüber hinweggesetzt und sie ein wenig mehr verwöhnt. Warum hatte er ihr keine Blumen geschenkt, als sie noch etwas davon gehabt hätte? Jetzt konnte er nur hoffen, dass sie von irgendwo da oben herunterschaute und sich über den Anblick freute.

Fjällbacka 1919

Bei Sjölins wurde schon wieder gefeiert. Dagmar freute sich jedes Mal, wenn ein Fest stattfand. Der zusätzliche Verdienst war beträchtlich, und sie genoss es in vollen Zügen, all die reichen und schönen Menschen aus der Nähe zu sehen. Sie aßen und tranken viel und gut, sie sangen, sie lachten und sie tanzten bis zum Morgengrauen. Sie wünschte, ihr Leben wäre genauso, aber noch musste sie sich damit begnügen, diese Glücklichen zu bedienen und so wenigstens für einen Moment mit ihnen zusammen zu sein.

Dieses Fest schien etwas ganz Besonderes zu werden. Sie und die anderen Angestellten waren schon am Vormittag auf die Insel vor Fjällbacka gebracht worden, und dann war das Schiff den ganzen Tag hin- und hergependelt, um das Essen, den Wein und schließlich die Gäste abzuholen.

»Dagmar! Du musst noch Wein aus dem Keller holen!«, rief Frau Doktor Sjölin, und Dagmar machte sich sofort auf den Weg.

Sie war darauf bedacht, sich mit der Dame des Hauses gut zu stellen, denn sie wollte um jeden Preis vermeiden, dass Frau Sjölin misstrauisch wurde. Sonst hätte diese nämlich bald bemerkt, dass ihr Mann Dagmar auf solchen Festen nicht nur Blicke hinterherwarf, sondern auch handgreiflich wurde. Manchmal, wenn Frau Doktor sich hingelegt hatte und die übrigen Gäste zu betrunken oder zu beschäftigt mit ihren eigenen Vergnügungen waren, um noch mitzubekommen, was um sie herum vor sich ging, gewährte Dagmar ihm auch sehr viel mehr als einen Kniff in den Po. Nach so einer Gelegenheit steckte der Doktor ihr heimlich einen Bonus zu, wenn der Lohn ausgezahlt wurde.

Eilig schnappte sie sich vier Flaschen Wein und hastete damit nach oben. Sie hielt sie fest an die Brust gedrückt, doch dann stieß sie frontal mit jemandem zusammen, und die Flaschen fielen zu Boden. Zwei von ihnen zerbrachen. Verzweifelt dachte Dagmar daran, dass man sie ihr bestimmt vom Lohn abziehen würde. Tränenüberströmt sah sie den Mann an, der vor ihr stand.

»Entschuldigung!« Das Wort klang seltsam aus seinem Mund.

Ihre Bestürzung verwandelte sich in Wut.

»Was machen Sie denn da? Sie können doch hier nicht einfach vor der Tür stehen!«

»Entschuldigung«, wiederholte er. »Ich verstehe nicht.«

Plötzlich begriff Dagmar, wer er war. Sie war mit dem Ehrengast des Abends zusammengeprallt: dem deutschen Kriegshelden, dem Flieger, der im Krieg so tapfer gekämpft hatte, seinen Lebensunterhalt jedoch seit der schmerzlichen Niederlage Deutschlands als Schauflieger bestreiten musste. Den ganzen Tag war über ihn getuschelt worden. Angeblich hatte er eine Zeitlang in Kopenhagen gelebt, war aber aufgrund eines Skandals gezwungen gewesen, nach Schweden zu kommen.

Dagmar starrte ihn an. Er war der eleganteste Mann, den sie je gesehen hatte. Er schien längst nicht so betrunken zu sein wie einige andere Gäste, und er sah sie mit klarem Blick an. Eine ganze Zeit standen sie da und betrachteten sich. Dagmar richtete sich auf. Sie wusste, dass sie schön war. Viele Männer hatten ihr das bestätigt, wenn sie ihren Körper streichelten und ihr stöhnend Worte ins Ohr flüsterten. Aber noch nie zuvor war sie so froh über ihr Aussehen gewesen.

Ohne den Blick von ihr abzuwenden, bückte sich der Flieger und sammelte die Scherben auf. Vorsichtig trug er sie zu einem kleinen Gehölz und warf sie dort weg. Dann legte er den Zeigefinger auf die Lippen, stieg in den Keller hinunter und holte zwei neue Flaschen. Dagmar lächelte dankbar und ging auf ihn zu, um ihm die Flaschen abzunehmen. Ihr Blick fiel auf seine Hände. Erst jetzt bemerkte sie, dass er am linken Zeigefinger blutete.

Sie gab ihm zu verstehen, dass sie sich seine Hand anschauen wollte, und er stellte die Flaschen ab. Die Wunde war nicht tief, blutete jedoch stark. Sie sah ihm unverwandt in die Augen, als sie seinen Finger in den Mund nahm und sanft das Blut ableckte. Seine Pupillen weiteten sich und bekamen diesen glasigen Schimmer, der ihr so vertraut war. Sie trat zurück und griff nach den Flaschen. Als sie wieder in den Festsaal ging, spürte sie seine Blicke im Rücken.

Patrik hatte die Kollegen zusammengetrommelt, damit sie gemeinsam alles besprechen konnten. Vor allem Mellberg musste auf den neuesten Stand gebracht werden. Er räusperte sich. »Du warst ja am Wochenende nicht da, Bertil, aber du hast vielleicht mitbekommen, was passiert ist.«

»Nein, was denn?« Bertil sah Patrik herausfordernd an.

»Am Samstag hat es im Ferienheim auf Valö gebrannt. Es deutet einiges darauf hin, dass das Feuer absichtlich gelegt wurde.«

»Brandstiftung?«

»Wir haben noch keine Bestätigung und müssen auf den Bericht von Torbjörn warten«, sagte Patrik. Nach kurzem Zögern fuhr er fort: »Es gibt jedoch ausreichend Hinweise, um weiter zu ermitteln.«

Patrik zeigte auf Gösta, der mit einem Folienschreiber in der Hand vor dem Whiteboard stand.

»Gösta sucht gerade die Unterlagen über die Familie heraus, die damals auf Valö verschwunden ist. Er …«, begann Patrik, wurde jedoch unterbrochen.

»Ich weiß, wovon du redest. Diese alte Geschichte hat schließlich jeder mitbekommen. Aber was hat sie mit der Sache zu tun?«, fragte Mellberg. Er beugte sich hinunter und kraulte seinen Hund Ernst, der unter dem Stuhl lag.

»Das wissen wir noch nicht«, seufzte Patrik. Es nervte ihn,

immer mit Mellberg diskutieren zu müssen, der die Dienststelle zwar theoretisch leitete, die Verantwortung jedoch in der Praxis gern Patrik überließ. Hauptsache, er selbst erntete hinterher die Lorbeeren. »Wir ermitteln in diesem Fall zunächst ganz unvoreingenommen. Es ist doch trotz allem merkwürdig, dass so etwas genau dann passiert, wenn die zurückgelassene Tochter nach fünfunddreißig Jahren wiederkommt.«

»Die haben den Kasten bestimmt selbst angezündet, um an das Geld von der Versicherung zu kommen«, sagte Mellberg.

»Ich verschaffe mir gerade einen Überblick über ihre finanzielle Situation.« Martin, der neben Annika saß, wirkte ungewöhnlich gedrückt. »Bis morgen müsste ich einiges vorzuweisen haben.«

»Gut. Ihr werdet sehen, das Rätsel löst sich dann von ganz allein. Die Leute merken, dass die Renovierung viel zu teuer wird, und beschließen, die Bude lieber abzufackeln und noch einen Reibach damit zu machen. Das habe ich in Göteborg oft erlebt.«

»Wie gesagt, wir versteifen uns noch nicht auf einen Erklärungsansatz«, sagte Patrik. »Jetzt hören wir mal, woran Gösta sich noch erinnert.«

Er setzte sich und gab Gösta ein Zeichen. Was Erica ihm gestern auf der Bootsfahrt im Schärengarten erzählt hatte, war faszinierend. Nun war er gespannt auf Göstas Bericht über den alten Fall …

»Ihr wisst ja bereits einiges über die Sache, aber wenn ihr nichts dagegen habt, fange ich ganz von vorn an.« Gösta sah sich um, alle am Tisch nickten.

»Am 13. April 1974, dem Ostersonnabend, rief jemand bei der Polizei Tanum an und sagte, die Kollegen sollten zum Internat auf Valö kommen. Die Person sagte nicht, was passiert war, sondern legte einfach auf. Der damalige Chef hatte den Anruf entgegengenommen, konnte aber nicht sagen, ob eine Frau oder ein Mann am Telefon gewesen war.« Gösta verstummte für einen Moment und schien sich die Vergangenheit noch einmal zu vergegenwärtigen. »Mein Kollege Henry Ljung und ich wurden beauftragt, hinauszufahren und zu untersuchen, worum es ging. Eine halbe Stunde später waren wir vor Ort und fanden eine sehr seltsame Situation vor. Im Esszimmer war der Tisch gedeckt, und das Essen war bereits zur Hälfte verzehrt, aber von der Familie, die dort wohnte, war nichts zu sehen. Nur Ebba, ein einjähriges Mädchen, krabbelte im Raum herum. Der Rest der Familie hatte sich offenbar in Luft aufgelöst. Als wären sie gerade eben vom Tisch aufgestanden und mir nichts, dir nichts verschwunden.«

»Puff«, machte Mellberg, und Gösta warf ihm einen bösen Blick zu.

»Wo waren denn die Schüler?«, fragte Martin.

»Die meisten befanden sich während der Osterferien zu Hause bei ihren Eltern. Nur wenige waren auf Valö geblieben, waren aber zunächst nicht zu sehen. Erst nach einer Weile tauchten fünf Jungs in einem Boot auf. Sie sagten, sie wären für ein paar Stunden zum Fischen hinausgefahren. In den folgenden Wochen wurden sie gründlich verhört, sagten aber alle das Gleiche aus: Sie seien nicht zu dem feierlichen Mittagessen der Familie eingeladen worden und daher mit dem Boot hinausgefahren. Beim Abschied sei alles noch ganz normal gewesen.«

»Lag das Boot der Familie noch unten am Anlegesteg?«, fragte Patrik.

»Ja. Wir haben auch die ganze Insel durchkämmt, fanden aber keine Spur von den Leuten.« Gösta schüttelte den Kopf.

»Wie viele waren sie eigentlich?« Mellberg schien gegen seinen Willen neugierig geworden zu sein. Er beugte sich interessiert vor.

»Die Familie bestand aus zwei Erwachsenen und vier Kindern. Eins davon war die kleine Ebba, also sind zwei Erwachsene und drei Kinder verschwunden.« Gösta drehte sich um und schrieb etwas an die Tafel. »Rune Elvander, der Vater, war Leiter des Internats und ein ehemaliger Militär. Er hatte die Schule für Jungen gegründet, deren Eltern hohe Ansprüche an Bildung stellten und strenge Disziplin forderten. Erstklassiger Unterricht, charakterstählendes Regelwerk und kräftigende

Aktivitäten an der frischen Luft für Jungen aus wohlhabenden Familien. So wurde die Schule in der Informationsbroschüre angepriesen, wenn ich mich recht entsinne.«

»Meine Güte, das klingt ja nach den zwanziger Jahren«, sagte Mellberg.

»Es hat immer Eltern gegeben, die sich nach den alten Zeiten zurücksehnen, und an genau diese Leute richtete sich Rune Elvander.« Gösta fuhr mit seinem Bericht fort: »Ebbas Mutter hieß Inez. Sie war dreiundzwanzig Jahre alt, als sie verschwand, also wesentlich jünger als Rune, der ja bereits um die fünfzig war. Rune hatte drei Kinder aus einer früheren Ehe: Claes, neunzehn, Annelie, sechzehn, und Johan, neun Jahre alt. Carla, die Mutter der drei Älteren, war ein gutes Jahr vor seiner Heirat mit Inez gestorben. Nach Aussagen der fünf Schüler gab es anscheinend eine Reihe von Problemen in der Familie, aber mehr haben wir nicht aus ihnen herausbekommen.«

»Wie viele Jungen besuchten das Internat?«, fragte Martin.

»Das schwankte ein wenig, ungefähr zwanzig. Außer Rune gab es noch zwei weitere Lehrer, aber die hatten in den Ferien frei.«

»Ich nehme an, sie hatten für den Zeitpunkt des Verschwindens auch ein Alibi?« Patrik sah Gösta aufmerksam an.

»Ja. Der eine war über Ostern zu seiner Familie nach Stockholm gefahren. Bei dem anderen waren wir anfangs etwas argwöhnisch, weil er sich wand wie ein Aal und nicht damit herausrücken wollte, wo er sich aufgehalten hatte. Dann stellte sich heraus, dass er mit seinem Liebsten in die Sonne gefahren war, daher die Heimlichtuerei. Er wollte nicht, dass seine Homosexualität ans Licht kam, und hatte sie in der Schule gut geheim gehalten.«

»Und die Schüler, die in den Ferien zu ihren Eltern gefahren waren? Habt ihr die auch überprüft?«, fragte Patrik.

»Jeden einzelnen. Und alle Familien bestätigten, dass die Kinder über Ostern zu Hause gewesen waren und sich nicht in der Nähe der Insel aufgehalten hatten. Im Übrigen schienen alle Eltern mit dem Einfluss der Schule auf ihre Kinder sehr zufrieden zu sein. Sie regten sich furchtbar auf, weil sie ihre Sprösslinge nun nicht mehr ins Internat zurückschicken konnten. Ich hatte den Eindruck, viele von ihnen fanden es sogar anstrengend, dass die Kinder über Ostern zu Hause waren.«

»Okay, ihr habt also keine konkreten Hinweise darauf entdeckt, dass der Familie etwas zugestoßen war?«

Gösta schüttelte den Kopf. »Wir waren damals natürlich noch nicht so gut ausgerüstet und auch nicht auf dem Wissensstand von heute, und entsprechend war auch die technische Untersuchung. Trotzdem taten alle ihr Bestes, aber es gab überhaupt keine Spuren. Oder besser gesagt: Wir haben keine gefunden. Ich hatte allerdings immer das dumpfe Gefühl, dass wir etwas übersehen haben.«

»Was ist mit dem Mädchen passiert?«, fragte Annika, der jedes Mal das Herz blutete, wenn sie von einem Kind mit schwerem Schicksal hörte.

»Da sie keine lebenden Verwandten mehr hatte, wurde Ebba in einer Pflegefamilie in Göteborg untergebracht. Soweit ich weiß, wurde sie von den Leuten später adoptiert.« Gösta blickte auf seine Hände. »Ich wage zu behaupten, dass wir unsere Arbeit gut gemacht haben. Wir sind allen möglichen Anhaltspunkten nachgegangen und haben wirklich versucht, ein Motiv zu erkennen. Wir wühlten in Runes Vergangenheit, aber er hatte keine Leichen im Keller. An jede Tür in ganz Fjällbacka haben wir geklopft und gefragt, ob irgendjemandem etwas Ungewöhnliches aufgefallen war. Wir näherten uns dem Fall aus vielen verschiedenen Richtungen, aber das hat zu nichts geführt. Ohne Beweise ließ sich unmöglich sagen, ob sie ermordet oder entführt oder aus freien Stücken untergetaucht waren.«

»Zweifellos sehr faszinierend.« Mellberg räusperte sich. »Ich verstehe allerdings noch immer nicht, warum wir uns weiterhin damit beschäftigen sollen. Es gibt doch keinen Grund, die Dinge unnötig kompliziert zu machen. Entweder haben diese Ebba und ihr Kerl das Feuer selbst gelegt, oder ein paar Kinder haben sich einen dummen Streich erlaubt.«

»Dafür erscheint mir die Sache zu aufwendig«, sagte Patrik. »Wenn Jugendliche aus Langeweile etwas anstecken, tun sie das eher im Ort und fahren nicht erst mit dem Boot nach Valö. Außerdem geht Martin ja gerade der Frage nach, ob es sich um einen Versicherungsbetrug handelt. Je mehr ich über diesen alten Fall erfahre, desto sicherer bin ich mir, dass der Brand mit dem Verschwinden der Familie zu tun hat. Das habe ich irgendwie im Gefühl.«

»Du und deine Gefühle«, sagte Mellberg. »Es gibt keinerlei konkrete Hinweise auf einen Zusammenhang. Ich weiß, du hast zwar einige Male richtiggelegen, aber diesmal bist du auf dem Holzweg.« Mellberg stand auf. Er schien stolz darauf zu sein, die Wahrheit des Tages ausgesprochen zu haben.

Patrik zuckte mit den Schultern und ließ die Bemerkung an sich abperlen. Er gab schon lange nichts mehr auf Mellbergs Meinung, falls er es je getan hatte. Er verteilte die Arbeitsaufgaben und beendete die Sitzung.

Auf dem Weg zur Tür kam Martin auf ihn zu und zog ihn beiseite.

»Kann ich mir heute Nachmittag freinehmen? Ich weiß, es kommt ein bisschen plötzlich, aber …«

»Natürlich, wenn du etwas Wichtiges vorhast. Worum geht es denn?«

Martin zögerte. »Eine private Angelegenheit. Ich möchte jetzt lieber nicht darüber sprechen. Falls das für dich in Ordnung ist.«

Auch wenn es Patrik kränkte, dass Martin sich ihm nicht anvertraute, hielt ihn irgendetwas in dessen Stimme davon ab, weiter nachzufragen. In all den Jahren hatte sich zwischen ihnen ein so enges Verhältnis entwickelt, fand Patrik, und Martin müsste ihm deshalb eigentlich genug vertrauen, um ihm zu sagen, wenn etwas nicht stimmte.

»Ich schaffe das irgendwie nicht«, sagte Martin, als hätte er Patriks Gedanken gelesen. »Ist es okay, wenn ich nach dem Mittagessen gehe?«

»Klar, gar kein Problem.«

Martin zwang sich zu einem Lächeln und drehte sich um.

»Du«, sagte Patrik. »Wenn du reden willst, weißt du ja, wo du mich findest.«

»Ja.« Martin zögerte einen Augenblick. Dann verschwand er im Flur.

Schon auf dem Weg nach unten wusste Anna, welcher Anblick sie in der Küche erwartete. Dan in seinem alten Bademantel, der mit einem Becher Kaffee in der Hand vollkommen in die Zeitung versunken war.

Als sie über die Schwelle trat, lächelte er.

»Guten Morgen, Liebling.« Er richtete sich auf, damit sie ihm einen Kuss geben konnte.

»Guten Morgen.« Anna drehte den Kopf zur Seite. »Ich habe mir noch nicht die Zähne geputzt«, entschuldigte sie sich, aber es war bereits zu spät. Dan stand wortlos auf und stellte seine Tasse ins Spülbecken.

Warum war es bloß so verdammt schwierig? Die ganze Zeit sagte und tat sie die falschen Dinge. Sie wollte doch, dass alles wieder in Ordnung kam. Wieder wurde wie vorher. Auch sie wünschte sich die Selbstverständlichkeit zurück, mit der sie vor dem Unfall miteinander umgegangen waren.

Dan begann mit dem Abwasch, und sie umarmte ihn von hinten und legte die Wange an seinen Rücken, doch das Einzige, was sie spürte, war die Frustration in seinem angespannten Körper. Die übertrug sich nun auf sie und ließ die Sehnsucht nach Nähe abklingen. Ob und wann sich wieder eine solche Gelegenheit ergeben würde, ließ sich nicht sagen.

Seufzend löste sie sich von Dan und setzte sich an den Küchentisch.

»Ich muss mich endlich aufraffen, wieder zu arbeiten.« Sie legte sich eine Scheibe Brot auf den Teller und griff nach dem Buttermesser.

Dan drehte sich um, lehnte sich an die Spüle und verschränkte die Arme vor der Brust.

»Was willst du denn machen?«

Anna zögerte ein wenig. »Am liebsten würde ich mich selbständig machen«, sagte sie schließlich.

»Das ist eine super Idee! Was hast du dir denn vorgestellt? Willst du einen Laden eröffnen? Ich kann mich umhören, wo was frei ist.«

Dan strahlte übers ganze Gesicht, aber aus irgendeinem Grund wirkte seine Begeisterung dämpfend. Es war ihre Idee, und die wollte sie nicht teilen. Warum, wusste sie selbst nicht so genau.

»Ich möchte das allein machen.« Sie bemerkte selbst den scharfen Ton.

Dans fröhliches Gesicht veränderte sich auf einen Schlag.

»Mach das.« Er klapperte wieder mit dem Geschirr herum.

Scheiße, Scheiße, Scheiße, fluchte Anna innerlich und verkrampfte die Hände.

»An einen Laden habe ich auch schon gedacht, aber ich würde auch Einrichtungsaufträge annehmen und für die Leute Antiquitäten suchen und so.« Sie versuchte mit ihrem Geplapper, Dan zu besänftigen, aber er klapperte mit Gläsern und Tellern und reagierte nicht einmal. Sein Rücken wirkte hart und unversöhnlich.

Anna legte ihr Butterbrot wieder hin. Sie hatte den Appetit verloren.

»Ich gehe eine Runde raus.« Sie ging nach oben, um sich anzuziehen. Dan antwortete nicht.

»Wie nett, dass du Zeit für ein kleines Mittagessen hattest«, sagte Pyttan.

»Nett, mal hier zu sein und zu sehen, wie es der anderen Hälfte geht.« Lachend schlug Sebastian Percy so fest auf den Rücken, dass dieser husten musste.

»Bei euch ist es ja auch sehr schön!«

Percy grinste in sich hinein. Pyttan hatte nie ein Geheimnis daraus gemacht, was sie von Sebastians protzigem Haus mit den zwei Swimmingpools und dem Tennisplatz hielt. Von der Grundfläche her war es zwar viel kleiner als Fygelsta, die Einrichtung aber dafür umso kostspieliger. »Geschmack kann man eben nicht kaufen«, sagte sie immer, wenn sie bei Sebastian zu Besuch gewesen waren, und rümpfte die Nase über Goldrahmen und überdimensionale Kristalllüster.

»Komm, setz dich.« Percy führte Sebastian zum Tisch, der auf der Terrasse gedeckt war. In dieser Jahreszeit war Fygelsta unübertreffbar. Der herrliche Park erstreckte sich, so weit das Auge reichte. Viele Generationen hatten ihn liebevoll gepflegt, aber nun war es nur noch eine Frage der Zeit, bis er genau wie das Schloss verkommen würde. Solange Percy die Finanzen nicht geordnet hatte, mussten sie auf einen Gärtner verzichten.

Sebastian setzte sich und lehnte sich zurück. Die Sonnenbrille hatte er nach oben geschoben.

»Ein Schluck Wein?« Pyttan hielt ihm eine Flasche erstklassigen Chardonnay hin. Obwohl sie wenig von der Idee gehalten hatte, Sebastian um Hilfe zu bitten, wusste Percy, jetzt, wo die Entscheidung gefallen war, würde sie ihn voll unterstützen. Es gab ja auch kaum Alternativen.

Nachdem sie Sebastian eingeschenkt hatte, stürzte der sich auf die Vorspeise, noch bevor die Gastgeberin ihm guten Appetit gewünscht hatte. Er schaufelte den Krabbencocktail in sich hinein und kaute mit offenem Mund. Percy fiel auf, dass Pyttan sich abwandte.

»Ihr habt also Probleme mit der Steuer?«

»Es ist ein Elend.« Percy schüttelte den Kopf. »Diesen Leuten ist nichts mehr heilig.«

»Da hast du recht. Arbeit lohnt sich in diesem Land nicht mehr.«

»Zu Vaters Zeiten war das anders.« Nach einem fragenden Blick in Pyttans Richtung aß Percy sein Brot mit Messer und Gabel. »Es könnte ja auch anerkannt werden, dass wir unheimlich viel geleistet haben, um dieses Kulturgut zu erhalten. Das Haus ist ein Teil der schwedischen Geschichte, und meine Familie hat sich nie vor der schweren Verantwortung gedrückt, die so ein Erbe mit sich bringt.«

»Doch nun weht ein anderer Wind.« Sebastian schwenkte

seine Gabel. »Die Sozis sind ja an und für sich schon lange am Ruder, und die bürgerliche Regierung hat uns auch nichts genützt. Du sollst eben nicht mehr besitzen als dein Nachbar, sonst reißen sie dir das letzte Hemd vom Leib. Ich habe das auch zu spüren bekommen. Mir haben sie eine dicke Nachzahlung aufgebrummt, aber Gott sei Dank nur auf das Geld in Schweden. Wer schlau ist, bringt sein Vermögen ins Ausland, da kann einem das Finanzamt nicht wegnehmen, wofür man sich so abgerackert hat.«

Percy nickte. »Tja, mein Kapital war ja immer größtenteils ans Schloss gebunden.«

Er war nicht dumm, sondern wusste genau, dass Sebastian ihn jahrelang ausgenutzt hatte. Meistens hatte er sich das Schloss ausgeliehen, um sich hier mit Geschäftsleuten zu treffen oder mit einer der vielen Damen zu vergnügen, mit denen er nebenbei anbändelte. Percy fragte sich, ob Sebastians Frau etwas ahnte, aber im Grunde ging ihn das nichts an. Da Pyttan ihn an der kurzen Leine hielt, hätte er selbst nie den Mut zu einem Seitensprung gehabt. Im Übrigen sollten andere Ehepaare doch machen, was sie wollten.

»Dein Vater hat dir doch auch einiges hinterlassen.« Sebastian hielt Pyttan sein leeres Weinglas hin. Sie ließ sich nicht anmerken, was sie davon hielt, und schenkte es noch einmal randvoll.

»Ja, aber du weißt doch …« Percy wand sich wie ein Aal. Er sprach entsetzlich ungern über Geld. »Dieses Anwesen in Schuss zu halten verschlingt Unsummen, und die Lebenshaltungskosten steigen andauernd. Heutzutage ist doch alles furchtbar teuer.«

Sebastian grinste. »Der Alltagskram kostet einen ganzen Batzen.«

Ungeniert musterte er Pyttan, von den teuren Diamantohrringen bis zu den Louboutins mit den hohen Absätzen. Dann wandte er sich an Percy.

»Wie kann ich dir helfen?«

»Also …« Percy zögerte zunächst, fasste sich aber nach

einem Blick zu seiner Frau ein Herz. Er musste das Problem irgendwie lösen, denn sonst würde sie sich wahrscheinlich nach Alternativen umsehen. »Es geht natürlich nur um ein kurzfristiges Darlehen.«

Es folgte bedrückende Stille, aber Sebastian schien das nichts auszumachen. Ein Lächeln umspielte seine Mundwinkel.

»Ich mache dir einen Vorschlag«, sagte er langsam. »Aber das sollten wir zwei alten Schulkameraden unter vier Augen besprechen.«

Pyttan schien Widerspruch einlegen zu wollen, doch nach einem ungewöhnlich strengen Blick von Percy schwieg sie. Er und Sebastian verständigten sich wortlos.

»Das ist sicher am besten so.« Er streckte sich.

Sebastian grinste jetzt übers ganze Gesicht. Erneut hielt er Pyttan sein Glas hin.

Da es in der Mittagshitze auf dem Gerüst unerträglich war, arbeiteten sie drinnen.

»Sollen wir mit dem Fußboden anfangen?«, fragte Mårten, als sie das Esszimmer in Augenschein nahmen.

Probehalber zog Ebba an einem Streifen Tapete, der sich mühelos von der Wand löste. »Ist es nicht besser, mit den Wänden anzufangen?«

»Ich bin mir nicht sicher, ob der Boden wirklich trägt. Einige Dielen sind stellenweise verfault. Wahrscheinlich müssen wir uns darum zuerst kümmern.« Er trat etwas fester auf ein Bodenbrett, das unter seinem Stiefel nachgab.

»Okay, dann eben zuerst der Boden.« Ebba setzte die Schutzbrille auf. »Wie gehen wir vor?«

Es machte ihr nichts aus, hart und genauso lange wie Mårten zu arbeiten, aber da er mit Renovierungen mehr Erfahrung hatte, musste sie sich auf sein Fachwissen verlassen.

»Mit Vorschlaghammer und Kuhfuß geht es am einfachsten, glaube ich. Soll ich den Hammer nehmen und du den Kuhfuß?«

»Einverstanden.« Ebba griff nach dem Werkzeug, das Mårten ihr reichte. Dann legten sie los.

Sie spürte das Adrenalin durch ihre Adern fließen, und in den Armen brannte es angenehm, wenn sie den Kuhfuß in die Ritzen stieß und die Dielenbretter nach oben bog. Solange sie ihrem Körper das Äußerste abverlangte, dachte sie nicht an Vincent. Wenn der Schweiß in Strömen rann und sich Milchsäure in ihren Muskeln sammelte, war sie für eine Weile frei. Dann war sie nicht mehr Vincents Mutter, sondern Ebba, die sich um ihr Erbe kümmerte, das Alte abriss und neu wieder aufbaute.

Sie dachte auch nicht an den Brand. Nur wenn sie die Augen schloss, erinnerte sie sich an ihre Panik, an den Rauch, der in den Lungenflügeln brannte, an die Hitze, als sie ahnte, wie es sein musste, wenn sich die Flammen in die eigene Haut fraßen. Und sie erinnerte sich an das schöne Gefühl, schließlich aufzugeben.

Deshalb blickte sie nach vorn und widmete sich hochkonzentriert und mit größerem Krafteinsatz als nötig den rostigen Nägeln, mit denen die Dielen an den Balken befestigt waren. Nach einer gewissen Zeit kamen die Gedanken wieder. Wer hatte ihnen das angetan? Und warum? Doch die Fragen führten zu nichts. Es gab niemanden. Die Einzigen, die ihnen möglicherweise Schaden zufügen wollten, waren sie selbst. Ihr war schon öfter der Gedanke gekommen, dass es besser gewesen wäre, wenn sie nicht mehr lebte, und sie wusste, dass Mårten das Gleiche über sich gedacht hatte. Alle anderen in ihrer Umgebung hatten ihnen nur Mitgefühl entgegengebracht. Niemand reagierte böswillig oder hasserfüllt, alle zeigten Verständnis für das, was sie durchmachten. Trotzdem ließ sich nicht bestreiten, dass irgendjemand draußen im Dunkel herumgeschlichen sein musste, um sie zu verbrennen. Ihre Gedanken drehten sich weiter im Kreis. Sie hielt inne und wischte sich den Schweiß von der Stirn.

»Es ist verflucht heiß hier.« Mårten schlug so fest mit dem Hammer auf den Boden, dass die Splitter spritzten. Er arbeitete mit nacktem Oberkörper. Das T-Shirt hatte er sich an seinen Werkzeuggürtel gehängt.

»Pass auf, dass du keinen Splitter ins Auge bekommst.«

Ebba musterte seinen Körper im gleißenden Sonnenlicht, das durch die schmutzigen Scheiben hereinschien. Er sah noch genauso aus wie damals, als sie zusammengekommen waren. Ein schlanker, sehniger Körper, der trotz der körperlichen Arbeit keine Muskeln aufzubauen schien. Sie selbst hatte im vergangenen halben Jahr ihre weiblichen Formen eingebüßt. Sie hatte keinen Appetit mehr und mindestens zehn Kilo abgenommen. Genau wusste sie es nicht, denn sie machte sich nicht die Mühe, auf die Waage zu steigen.

Eine Weile arbeiteten sie schweigend weiter. Eine Fliege stieß zornig gegen eine Fensterscheibe, bis Mårten das Fenster weit öffnete. Draußen herrschte absolute Windstille, so dass keine kühle Luft in den Raum drang, aber die Fliege hinauskonnte und sie das beharrliche Brummen nicht mehr zu hören brauchten.

Für Ebba war die Vergangenheit die ganze Zeit präsent. Die Geschichte des Hauses verbarg sich in seinen Wänden. Sie sah die vielen Kinder vor sich, die hier im Sommer ins Ferienheim gekommen waren, um die frische und gesunde Luft zu genießen, wie sie in einer alten Ausgabe des *Fjällbacka-Bladet* gelesen hatte. Das Haus hatte auch andere Eigentümer gehabt, nicht zuletzt ihren Vater, aber aus irgendeinem Grund dachte sie vor allem an die Kinder. Wie aufregend es gewesen sein musste, sich von den Eltern zu trennen und gemeinsam mit Kindern, die man nicht kannte, unter einem fremden Dach untergebracht zu werden. Sonnige Tage und das Baden im Salzwasser, Regeln und Vorschriften vermengt mit Spiel und Spaß. Sie hörte das Lachen und die Schreie. In einem Artikel hatte sie etwas von Kindesmisshandlung gelesen, und vielleicht war in Wirklichkeit alles nicht ganz so idyllisch gewesen. Manchmal fragte sie sich, ob die Schreie nur von den Ferienkindern stammten oder ob sich auch ihre eigenen Erinnerungen mit ihrem Gefühl von dem Haus vermischten. Irgendwie waren ihr die Laute erschreckend vertraut, aber sie war ja noch klein gewesen, als sie hier wohnte. Falls es wirklich Erinnerungen waren, konnten es nur die des Hauses und nicht ihre eigenen sein.

»Meinst du, wir schaffen das?« Mårten stützte sich auf den Vorschlaghammer.

Ebba war so tief in Gedanken versunken gewesen, dass sie erschrocken zusammenzuckte, als sie seine Stimme hörte. Er wischte sich die Stirn mit seinem T-Shirt ab und sah sie an. Sie wich seinem direkten Blick aus und rackerte sich weiter an einer Diele ab, die sich einfach nicht vom Balken lösen wollte. Er hatte das gesagt, als ob es nur um die Renovierung ginge, aber ihr war klar, dass mehr hinter seiner Frage steckte. Sie wusste bloß keine Antwort darauf.

Als sie stumm blieb, nahm Mårten den Hammer seufzend wieder auf. Jedes Mal, wenn er ihn auf den Boden donnerte, ächzte er vor Anstrengung. Vor seinen Füßen war bereits ein großes Loch entstanden. Er hob den Hammer noch einmal hoch. Dann ließ er ihn langsam sinken.

»Was in Gottes Namen ist das denn? Guck mal, Ebba!« Er winkte sie heran.

Ebba arbeitete beharrlich weiter, wurde aber gegen ihren Willen neugierig.

»Was ist denn?« Sie stellte sich neben ihn.

Mårten zeigte in das Loch. »Wonach sieht es denn aus?«

Ebba ging in die Hocke und blickte nach unten. Sie runzelte die Stirn. Unter dem Fußboden zeigte sich ein großer dunkler Fleck. Teer, war ihr erster Gedanke. Dann wurde ihr klar, was es auch sein konnte.

»Sieht aus wie Blut«, sagte sie. »Jede Menge Blut.«

Fjällbacka 1919

Dagmar war klug genug, um zu begreifen, dass sie nicht nur wegen ihrer Qualitäten als Kellnerin und ihres hübschen Gesichts auf den Festen der Reichen arbeiten durfte. Das Geflüster war nie besonders diskret. Die Gastgeber sorgten immer dafür, dass sich schnell herumsprach, wer sie war, und mittlerweile konnte sie die sensationslüsternen Blicke deuten.

»Ihre Mutter ... die Engelmacherin ... wurde geköpft ...« Die Worte schwirrten wie Mücken durch den Raum. Die Stiche schmerzten, aber sie lernte schnell, so zu tun, als hätte sie nichts gehört, und weiterzulächeln.

Auf diesem Fest war es nicht anders. Wenn sie vorüberging, wurden die Köpfe zusammengesteckt und wissende Blicke ausgetauscht. Eine der Damen schlug sich vor Schreck die Hand vor den Mund und starrte Dagmar ungeniert an. Der deutsche Flieger nahm das Aufsehen, das sie erregte, anscheinend mit Erstaunen zur Kenntnis. Aus dem Augenwinkel sah sie, wie er sich zu seiner Tischdame hinüberbeugte. Die Frau flüsterte ihm etwas ins Ohr, und Dagmar erwartete mit klopfendem Herzen seine Reaktion. Zunächst veränderte sich der Blick des Deutschen, doch dann blitzte es in seinen Augen. Ruhig musterte er sie eine Weile, dann prostete er ihr zu. Sie lächelte zurück und fühlte ihr Herz noch schneller schlagen.

Je später es wurde, desto höher stieg der Geräuschpegel an der großen Festtafel. Allmählich wurde es dunkel, und obwohl der Sommerabend noch lau war, zogen sich einige Gäste zum Weiterfeiern ins Haus zurück. Sjölins waren großzügig, und auch der Flieger schien bereits eine ganze Menge getrunken zu haben. Mit zitternden Fingern hatte Dagmar ihm mehrmals nachgeschenkt. Ihre eigene Reaktion überraschte sie. Sie war schon vielen Männern begegnet, und einige davon waren richtig schick gewesen. Manche wussten genau, was sie sagen und wie sie eine Frau anfassen mussten, aber keiner hatte dieses Ziehen in ihrer Magengegend ausgelöst.

Als sie ihn das nächste Mal bediente, streifte er ihre Hand. Niemand anders bemerkte die Berührung, und auch sie versuchte, sich nichts anmerken zu lassen, schob aber die Brust ein wenig vor.

»Wie heißen Sie?«, fragte er auf Deutsch und sah sie mit glasigen Augen an.

Dagmar blickte ihn fragend an. Sie konnte nur Schwedisch.

»Er will Ihren Namen wissen«, lallte ein Mann, der dem Flieger gegenübersaß. »Jetzt sagen Sie ihm schon, wie Sie heißen, und dann setzen Sie sich ein bisschen auf meinen Schoß. Ich bin ein kräftiger Kerl ...« Lachend klopfte er sich auf die breiten Schenkel.

Dagmar rümpfte die Nase und wandte sich wieder dem Deutschen zu.

»Dagmar«, sagte sie. »Ich heiße Dagmar.«

»Dagmar«, wiederholte der Deutsche. Er zeugte überdeutlich auf seine eigene Brust. »Hermann. Ich heiße Hermann.«

Nach kurzem Schweigen hob er die Hand und berührte ihren Nacken. Sie bekam eine Gänsehaut. Wieder sagte er etwas auf Deutsch, und sie sah den Mann gegenüber an.

»Er fragt sich, wie Ihre Haare offen aussehen.« Wieder lachte der Mann, als hätte er etwas ungeheuer Komisches von sich gegeben.

Instinktiv betastete Dagmar den Knoten an ihrem Hinterkopf. Ihr blondes Haar war so dick, dass sie es kaum bändigen konnte. Ständig lösten sich ein paar Locken aus der Frisur.

»Sagen Sie ihm, das wird nicht verraten.« Sie drehte sich um und wollte gehen.

Amüsiert sagte der Dicke einige Sätze auf Deutsch. Der Deutsche aber lachte nicht. Plötzlich spürte sie wieder seine Hand im Nacken. Mit einem Ruck zog er den Kamm aus dem Knoten, und ihr Haar fiel ihr offen über den Rücken.

Langsam und steif drehte sie sich wieder zu ihm um. Einige Augenblicke lang betrachteten sie und der deutsche Flieger einander, das Grölen des dicken Mannes untermalte das Ganze. Zwischen ihnen entwickelte sich eine stumme Übereinkunft. Mit offenem Haar ging Dagmar auf das Haus zu, wo das Lärmen der Gäste die stille Sommernacht störte.

Patrik kniete vor dem großen Loch im Fußboden. Die Dielen waren alt und morsch, und es war ganz offensichtlich notwendig gewesen, sie zu entfernen. Was sich darunter befand, war in der Tat überraschend. Sein Magen zog sich zusammen.

»Es war richtig, dass Sie sofort angerufen haben.« Er wandte den Blick nicht von dem Loch ab.

»Das ist doch Blut, nicht wahr?« Mårten schluckte. »Ich weiß zwar nicht, wie altes Blut aussieht, möglicherweise ist es auch Teer, aber wenn man bedenkt …«

»Es sieht tatsächlich nach Blut aus. Würdest du bitte die Techniker anrufen, Gösta? Sie sollen sich das mal aus der Nähe ansehen.« Patrik stand auf und verzog das Gesicht, weil es in seinen Gelenken knackte. Er wurde nicht jünger.

Gösta nickte und ging mit seinem Handy ein Stück zur Seite.

»Könnte da unten … vielleicht noch mehr sein?«, fragte Ebba mit bebender Stimme.

Patrik begriff sofort, was sie meinte.

»Das kann ich Ihnen wirklich nicht sagen. Wir müssen den restlichen Boden rausreißen und nachsehen.«

»Hilfe bei der Renovierung können wir schon gebrauchen, aber so hatten wir uns das eigentlich nicht vorgestellt.« Mårten lachte bitter. Niemand stimmte in das Lachen ein.

Gösta, der das Telefonat beendet hatte, gesellte sich wieder zu ihnen. »Die Techniker können frühestens morgen kommen.

Hoffentlich können Sie diesen Zustand noch bis dahin ertragen. Sie müssen alles genau so lassen, wie es ist, und dürfen auf keinen Fall putzen oder Ordnung schaffen.«

»Wir fassen nichts an. Wieso sollten wir auch?«, fragte Mårten.

»Keine Sorge«, fügte Ebba hinzu. »Das ist meine Chance, endlich herauszufinden, was damals passiert ist.«

»Können wir uns vielleicht setzen und kurz darüber reden?« Patrik trat von dem Loch im Fußboden zurück, aber der Anblick hatte sich bereits in seine Netzhaut gebrannt. Er war sich sicher, dass es Blut war. Eine dicke Schicht getrocknetes Blut, das mit der Zeit seine rote Farbe verloren hatte und dunkel geworden war. Wenn er richtig schätzte, war es über dreißig Jahre alt.

»Wir können uns in die Küche setzen, die ist einigermaßen aufgeräumt.« Mårten ging mit Patrik voraus. Ebba und Gösta blieben zurück.

»Was ist?« Mårten drehte sich nach seiner Frau um.

»Gehen Sie schon mal vor. Ebba und ich kommen gleich nach«, sagte Gösta.

Patrik wollte gerade einwenden, sie müssten vor allem mit Ebba reden, aber als er ihr blasses Gesicht sah, wurde ihm klar, dass Gösta recht hatte. Sie brauchte ein bisschen Zeit, und außerdem hatten sie keine Eile.

Dass die Küche einigermaßen aufgeräumt sein sollte, war eine Übertreibung. Überall lagen Pinsel und Werkzeug herum, und neben dem Spülbecken türmten sich schmutziges Geschirr und die Überreste des Frühstücks.

Mårten setzte sich an den Küchentisch.

»Eigentlich sind Ebba und ich Pedanten. Jedenfalls waren wir das mal«, korrigierte er sich. »Wenn man sich hier umsieht, kann man es kaum glauben, was?«

»Renovieren ist die Hölle.« Patrik fegte die Brotkrumen von einem Stuhl und setzte sich.

»Ordnung ist irgendwie nicht mehr so wichtig.« Mårten sah aus dem Küchenfenster. Die Scheibe war mit einer dicken

Staubschicht bedeckt, die wie ein Schleier vor der Aussicht lag.

»Was wissen Sie über Ebbas Vergangenheit?«, fragte Patrik.

Er hörte, dass Gösta und Ebba im Esszimmer miteinander sprachen, konnte aber beim besten Willen nicht verstehen, worüber. Göstas Verhalten machte ihn nachdenklich. Schon vorhin in der Dienststelle, als Patrik in Göstas Zimmer gestürmt war, um ihm zu berichten, was passiert war, hatte der auf eine Weise reagiert, die Patrik gar nicht von ihm kannte. Dann hatte sich Gösta in sein Schneckenhaus zurückgezogen und auf dem gesamten Weg nach Valö kein Wort mehr gesagt.

»Meine Eltern und Ebbas Adoptiveltern sind gut befreundet, und ihre Vergangenheit ist nie ein Geheimnis gewesen. Ich weiß schon lange, dass ihre Familie spurlos verschwunden ist, und viel mehr gibt es da auch nicht zu erzählen.«

»Stimmt, die Ermittlungen waren damals ergebnislos, obwohl viel Zeit und Energie darauf verwandt wurden, herauszufinden, was sich tatsächlich abgespielt hatte. Es ist wirklich ein Mysterium, wie sie einfach vom Erdboden verschwinden konnten.«

»Vielleicht waren sie ja die ganze Zeit hier.« Ebbas Stimme ließ die beiden zusammenzucken.

»Ich glaube nicht, dass sie da unten liegen.« Gösta blieb im Türrahmen stehen. »Wenn damals jemand den Fußboden beschädigt hätte, wäre uns das aufgefallen. Er war vollkommen unversehrt, und es waren auch keine Blutspuren zu sehen. Das Blut muss durch die Ritzen gesickert sein.«

»Ich möchte auf jeden Fall die Sicherheit haben, dass sie wirklich nicht da unten sind«, sagte Ebba.

»Keine Angst, die Techniker werden hier morgen jeden Quadratmillimeter absuchen.« Gösta legte den Arm um Ebba.

Patrik fiel die Kinnlade herunter. Normalerweise tat Gösta bei Außeneinsätzen nur das Nötigste. Außerdem konnte Patrik sich nicht erinnern, je gesehen zu haben, wie Gösta einen anderen Menschen berührte.

»Sie brauchen jetzt einen starken Kaffee.« Gösta klopfte

Ebba auf die Schulter und ging zur Kaffeemaschine. Als der Kaffee in die Kanne tropfte, wusch er ein paar Tassen ab.

»Können Sie uns nicht erzählen, was Sie über die Ereignisse von damals wissen?« Patrik hielt Ebba einen Stuhl hin.

Als sie sich setzte, fiel ihm auf, wie dünn sie war. Das T-Shirt hing lose herab, und unter dem Stoff zeichneten sich deutlich die Schlüsselbeine ab.

»Ich kann Ihnen bestimmt nichts sagen, was die Leute hier in der Gegend nicht schon längst gehört haben. Da ich erst ein gutes Jahr alt war, als sie verschwanden, kann ich mich an nichts erinnern. Mein Adoptiveltern wissen auch nur, dass sich jemand telefonisch bei der Polizei gemeldet hat und sagte, es sei etwas passiert. Als Ihre Kollegen hier ankamen, war meine Familie weg, nur ich war noch da. Es war der Ostersonnabend. Sie sind am Tag vor Ostern verschwunden.« Sie zog an der Halskette, die sie unter dem T-Shirt trug, und spielte an dem Anhänger herum. Patrik fiel auf, dass sie am Vortag das Gleiche getan hatte. Sie wirkte dadurch noch zerbrechlicher.

»Hier.« Gösta stellte eine Tasse Kaffee für Ebba und eine für sich auf den Tisch und setzte sich. Patrik musste grinsen. So kannte er Gösta.

»Hättest du uns nicht auch einen einschenken können?«

»Sehe ich aus wie ein Kellner?«

Mårten stand auf. »Ich mache das schon.«

»Stimmt es, dass Sie ganz allein zurückgeblieben sind, nachdem Ihre Familie verschwunden ist? Sie hatten keine weiteren Verwandten?«, fragte Patrik.

Ebba nickte.

»Ja. Meine Mutter war ein Einzelkind, und ihre Mutter war noch vor meinem ersten Geburtstag gestorben. Mein Vater war ja viel älter, und daher waren seine Eltern schon lange tot. Meine Adoptiveltern sind meine ganze Familie. In gewisser Weise habe ich wahrscheinlich Glück gehabt. Berit und Sture haben mir immer das Gefühl gegeben, ihre Tochter zu sein.«

»Einige Jungs sind damals über die Osterferien in der Schule geblieben. Hatten Sie jemals Kontakt zu einem von ihnen?«

»Nein, wieso sollte ich?« In dem schmalen Gesicht wirkten Ebbas Augen riesig.

»Bevor wir uns entschlossen, hierherzuziehen, hatten wir nichts mit dem Haus zu tun«, sagte Mårten. »Ebba hat das Haus zwar geerbt, als ihre Eltern für tot erklärt wurden, aber seitdem hat es mehrere Mieterwechsel gegeben. Zeitweise stand es auch leer. Wahrscheinlich macht die Renovierung deshalb so viel Arbeit, weil sich niemand für das Haus verantwortlich gefühlt hat. Es wurde immer nur das Nötigste ausgebessert.«

»Es hatte vermutlich seinen Sinn, dass wir hierhergekommen sind und den Fußboden aufgerissen haben«, sagte Ebba. »Alles hat einen Sinn.«

»Wirklich?«, fragte Mårten. »Ist das wirklich so?«

Ebba antwortete ihm nicht, und als Mårten die Polizisten nach draußen begleitete, blieb sie schweigend sitzen.

Auf der Rückfahrt von Valö stellte sich Patrik die gleiche Frage. Was würde es eigentlich bringen, wenn sie die Bestätigung bekämen, dass sich unter den Dielen Blut befand? Die Tat war verjährt, es war viel Zeit ins Land gegangen, und niemand konnte garantieren, dass sich das Rätsel jetzt noch lösen ließ. Welchen Sinn hatte der Fund also? Den Kopf voller unruhiger Gedanken lenkte Patrik das Boot nach Hause.

Als der Arzt verstummte, war es vollkommen still im Raum. Martin hörte nur noch seinen eigenen Herzschlag. Er sah den Arzt an. Wie konnte er nach einer solchen Mitteilung, wie er sie ihnen eben gemacht hatte, so ungerührt wirken? Musste er seinen Patienten mehrmals in der Woche etwas Derartiges sagen, und wenn ja, wie wurde er damit fertig?

Martin zwang sich, weiter zu atmen. Er schien vergessen zu haben, wie man das machte. Jedes Luftholen erforderte eine bewusste Handlung, und er musste sein Gehirn deutlich dazu auffordern.

»Wie lange noch?«, stieß er hervor.

»Es gibt verschiedene Behandlungsmethoden, und die Medizin entwickelt sich ständig weiter …« Der Arzt breitete die Arme aus.

»Wie sieht die Prognose rein statistisch aus?« Martin musste sich extrem zusammenreißen, um ruhig zu bleiben. Am liebsten hätte er sich über den Schreibtisch geworfen, den Arzt am Kittel gepackt und ihn geschüttelt.

Pia saß ganz still da. Noch hatte Martin es nicht gewagt, sie anzusehen. Wenn er das tat, würde alles einstürzen. Im Moment konzentrierte er sich nur auf die Fakten. Die waren wenigstens greifbar.

»Dabei spielen so viele Faktoren eine Rolle, dass wir es leider nicht genau sagen können.« Die gleiche bedauernde Miene, die Hände in der Luft. Martin verabscheute die Geste bereits.

»Beantworten Sie endlich meine Frage!«, schrie er und fuhr vor Schreck über die eigene Stimme beinahe in die Höhe.

»Wir beginnen sofort mit der Behandlung. Es wird sich zeigen, wie sie bei Pia anschlägt. Aber in Anbetracht der Metastasen und der Aggressivität des Tumors … sprechen wir hier von einem halben bis etwa einem Jahr.«

Martin starrte ihn an. Hatte er richtig gehört? Tuva war noch nicht einmal zwei Jahre alt. Sie durfte auf keinen Fall die Mutter verlieren. Das war undenkbar. Er begann zu zittern. Es war unerträglich warm in dem Raum, aber ihm war so kalt, dass er mit den Zähnen klapperte. Pia legte ihm eine Hand auf den Arm.

»Beruhige dich, Martin. Wir dürfen uns nicht verrückt machen. Es besteht immer die Chance, dass die Diagnose falsch ist, und ich werde alles tun …« Sie wandte sich an den Arzt. »Wenden Sie die radikalste Therapie an, die Sie haben. Ich werde kämpfen.«

»Wir nehmen Sie umgehend stationär auf. Fahren Sie nach Hause und packen Sie Ihre Sachen, wir organisieren den Rest.«

Martin schämte sich. Pia war stark, und er selbst stand kurz vorm Zusammenbruch. Bilder von Tuva gingen ihm durch den Kopf, vom Moment ihrer Geburt bis zum heutigen Morgen, an dem sie mit ihnen im Bett herumgetobt hatte. Das dunkle Haar war wild um ihren Kopf geflogen, ihre Augen hatten geleuchtet. Würde ihr Lachen jetzt verstummen? Sollte sie ihre Lebensfreude und die Zuversicht, dass alles gut war und der nächste Tag noch schöner werden würde, verlieren?

»Wir schaffen das.« Pia war aschfahl im Gesicht, aber sie reagierte mit einer Entschiedenheit, die auf einer enormen Sturheit beruhte. Er kannte sie. Nun würde sie diesen Dickschädel im wichtigsten Kampf ihres Lebens gut gebrauchen können.

»Wir holen Tuve von meiner Mutter ab und gehen irgendwo Kaffee trinken.« Sie stand auf. »Wenn sie im Bett ist, reden wir in Ruhe. Und ich packe meinen Koffer. Wie lange bin ich wohl von zu Hause weg?«

Martin konnte kaum stehen. Es war typisch Pia, dass sie so praktisch dachte.

Der Arzt zögerte. »Packen Sie genügend Sachen für längere Zeit.«

Er verabschiedete sich und ging zum nächsten Patienten.

Martin und Pia blieben im Flur stehen. Schweigend fassten sie sich an den Händen.

»Gibst du ihnen etwa Saft? Machst du dir keine Sorgen um ihre Zähne?« Kristina warf einen besorgten Blick auf Anton und Noel, die auf dem Sofa saßen und an ihren Fläschchen nuckelten.

Erica holte tief Luft. Ihre Schwiegermutter hatte einen guten Kern und gab sich wirklich Mühe, aber manchmal ging sie ihr unheimlich auf die Nerven.

»Ich habe versucht, sie zum Wassertrinken zu kriegen, aber sie weigern sich, und irgendeine Flüssigkeit brauchen sie bei dieser Hitze. Der Saft ist aber stark verdünnt.«

»Mach, was du willst, jetzt habe ich es wenigstens gesagt. Patrik und Lotta haben immer nur Wasser bekommen, und das ging prima. Sie hatten kein einziges Loch, bis sie von zu Hause auszogen, und der Zahnarzt hat mich immer gelobt, weil sie so schöne Zähne hatten.«

Erica biss sich auf die Knöchel. Sie stand in der Küche und

machte dort außerhalb von Kristinas Sichtweite Klarschiff. In kleinen Dosen war ihre Schwiegermutter problemlos zu ertragen, und sie kam wunderbar mit den Kindern zurecht, aber sie so wie heute den halben Tag hier zu haben war eine Herausforderung.

»Ich glaube, ich lass mal die Waschmaschine laufen, Erica«, rief Kristina und sprach laut mit sich selbst weiter. »Es ist doch viel leichter, wenn man ständig ein bisschen was wegräumt und Ordnung hält, dann entstehen gar nicht erst solche Berge. Jedes Ding hat seinen Platz und wird gleich wieder zurückgelegt. Maja ist jetzt groß genug, um ihre Sachen selbst aufzuräumen. Sonst wird sie so ein verwöhnter Teenager, der nie von zu Hause auszieht und sich von vorn bis hinten bedienen lässt. Der Sohn von meiner Freundin Berit, die kennst du doch, ist schon vierzig und noch immer nicht ...«

Erica hielt sich die Ohren zu und lehnte sich an den Küchenschrank. Sie schlug mit dem Kopf leicht gegen die kühle Holzverkleidung und flehte den lieben Gott um Geduld an. Ein resolutes Klopfen auf die Schulter ließ sie in die Höhe fahren.

»Was machst du da?« Mit einem vollen Wäschekorb zwischen den Beinen stand Kristina neben ihr. »Du hast mir nicht geantwortet.«

Fieberhaft suchte Erica, die noch immer die Hände auf die Ohren presste, nach einer guten Begründung.

»Ich ... muss den Druck ausgleichen.« Sie hielt sich die Nase zu und schnaufte fest. »In letzter Zeit habe ich Probleme mit den Ohren.«

»Oje«, sagte Kristina. »So etwas darf man nicht auf die leichte Schulter nehmen. Hast du dich auf Mittelohrentzündung untersuchen lassen? Kinder, die in die Kita gehen, sind die reinsten Bakterienherde. Ich habe ja immer gesagt, dass es nicht gut ist, sie in Betreuungseinrichtungen zu stecken. Deshalb bin ich zu Hause geblieben, bis Patrik und Lotta im Gymnasium waren. Sie mussten keinen einzigen Tag im Kindergarten oder bei einer Tagesmutter verbringen und waren nie krank. Unser Arzt hat mich damals gelobt, weil sie so ...«

Erica fiel ihr ein wenig zu barsch ins Wort. »Die Kinder waren schon seit Wochen nicht im Kindergarten, ich glaube kaum, dass da die Schuld zu suchen ist.«

»Aha«, erwiderte Kristina gekränkt. »Jetzt habe ich es wenigstens gesagt. Ich weiß schließlich, wen ihr anruft, wenn die Kinder krank werden und ihr arbeiten müsst. Dann muss ich wieder ran.« Sie warf den Kopf in den Nacken und stolzierte mit dem Wäschekorb davon.

Erica zählte langsam bis zehn. Natürlich bekamen sie viel Unterstützung von Kristina, das bestritt sie gar nicht. Aber der Preis war oft hoch.

Josefs Eltern waren schon über vierzig, als seine Mutter völlig überraschend erfuhr, sie sei schwanger. Sie hatten sich schon vor Jahren damit abgefunden, dass sie keine Kinder bekommen würden, und ihr Leben dementsprechend ausgerichtet. Ihre gesamte Zeit hatten sie der kleinen Schneiderei in Fjällbacka gewidmet. Josefs Ankunft hatte alles verändert, und genauso intensiv wie die Freude über den Sohn empfanden sie die Verantwortung, mit ihm ihre Geschichte weiterzuschreiben.

Liebevoll betrachtete Josef ein Foto von ihnen, das in einem schweren Silberrahmen auf seinem Schreibtisch stand. Dahinter hatte er Bilder von Rebecka und den Kindern aufgestellt. Er war stets der Mittelpunkt im Leben seiner Eltern gewesen, und sie würden immer der Mittelpunkt seines Lebens sein. Seine Familie musste das akzeptieren.

»Das Essen ist bald fertig.« Leise betrat Rebecka das Arbeitszimmer.

»Ich habe keinen Hunger. Esst ohne mich.« Er blickte nicht einmal auf. Er hatte viel wichtigere Dinge zu tun, als zu essen.

»Kannst du dich nicht zu uns setzen, wenn die Kinder schon mal zu Besuch kommen?«

Josef sah sie verwundert an. Es war nicht ihre Art, so hartnäckig zu sein. Er begann sich zu ärgern, doch dann holte er tief Luft. Sie hatte recht. Die Kinder waren nur noch selten zu Hause.

»Ich komme.« Seufzend klappte er sein Notizbuch zu. Es war voller Ideen, wie er das Projekt gestalten wollte, und für den Fall, dass ihm etwas einfiel, trug er es ständig bei sich.

»Danke.« Rebecka drehte sich um und verließ den Raum.

Josef folgte ihr. Im Esszimmer war bereits der Tisch gedeckt. Er stellte fest, dass sie sich für das gute Geschirr entschieden hatte. Sie hatte einen Hang zur Oberflächlichkeit, aber obwohl es ihm eigentlich nicht gefiel, wenn sie den Kindern zuliebe solchen Aufwand betrieb, ließ er die Sache auf sich beruhen.

»Hallo, Papa.« Judith gab ihm einen Kuss auf die Wange.

Daniel stand auf und umarmte ihn. Für einen Augenblick war sein Herz von Stolz erfüllt. Er wünschte, sein Vater hätte das Aufwachsen seiner Enkelkinder noch erlebt.

»Setzen wir uns, bevor das Essen kalt wird.« Er nahm am Kopfende Platz.

Rebecka hatte Judiths Lieblingsgericht zubereitet, Brathähnchen mit Kartoffelbrei. Plötzlich merkte Josef, wie hungrig er war. Er hatte das Mittagessen vollkommen vergessen. Nach dem Segen verteilte Rebecka das Essen, und alle begannen schweigend zu kauen. Als der schlimmste Hunger gestillt war, legte Josef sein Besteck hin.

»Läuft das Studium gut?«

Daniel nickte. »Im Sommersemester habe ich alle Prüfungen mit Bestnote abgeschlossen. Jetzt brauche ich nur noch einen guten Praktikumsplatz für den Herbst.«

»Und mein Ferienjob macht mir einen Riesenspaß«, sagte Judith. Ihre Augen leuchteten. »Du müsstest mal sehen, wie tapfer diese Kinder sind, Mama. Sie müssen große Operationen und lange Strahlenbehandlungen über sich ergehen lassen, aber sie geben nicht auf. Unglaublich.«

Josef holte tief Luft. Die Erfolge seiner Kinder konnten nichts gegen die Unruhe ausrichten, die er ständig verspürte. Er wusste, dass sie immer ein klein wenig mehr leisten, dass sie es noch weiter bringen konnten. Sie mussten sich an so vielem messen lassen und für so vieles Rache üben, und er sorgte dafür, dass sie immer ihr Bestes gaben.

»Und was ist mit der Forschung? Bleibt dir dafür überhaupt Zeit?« Er sah Judith bohrend an und bemerkte, wie die Begeisterung in ihren Augen erlosch. Sie wünschte sich Bestätigung und ein paar anerkennende Worte von ihm, aber wenn er den Kindern das Gefühl gab, sie seien bereits gut genug, würden sie sich nicht noch mehr anstrengen. Das durfte auf keinen Fall geschehen.

Er wartete Judiths Antwort gar nicht erst ab, sondern wandte sich an Daniel. »Ich habe letzte Woche mit deinem Dozenten gesprochen, und er sagte mir, vom letzten Kurs hättest du zwei Tage versäumt. Woran lag das?«

Aus dem Augenwinkel registrierte Josef Rebeckas enttäuschten Blick, aber er konnte nichts dagegen machen. Je mehr sie die Kinder verhätschelte, desto größer war seine Verantwortung, sie auf den rechten Weg zu führen.

»Ich hatte einen Magen-Darm-Infekt«, sagte Daniel. »Es wäre bestimmt nicht gut angekommen, wenn ich mitten in der Vorlesung in eine Tüte gekotzt hätte.«

»Machst du dich über mich lustig?«

»Nein, ich habe ehrlich deine Frage beantwortet.«

»Du weißt, dass ich dahinterkomme, wenn du lügst«, sagte Josef. Sein Besteck lag noch immer auf dem Teller. Er hatte den Appetit verloren. Es war ihm ein Gräuel, dass er die Kinder nicht mehr so unter Kontrolle hatte wie früher, als sie noch zu Hause wohnten.

»Ich hatte einen Magen-Darm-Infekt«, wiederholte Daniel und senkte den Blick. Auch ihm schien der Appetit vergangen zu sein.

Josef stand hastig auf. »Ich muss arbeiten.«

Während er sich in sein Arbeitszimmer flüchtete, dachte er, sie waren wahrscheinlich froh, ihn los zu sein. Durch die Tür konnte er ihre Stimmen und das Klappern von Geschirr hören. Dann lachte Judith laut und befreiend. Die Laute drangen bis zu ihm und waren genauso deutlich, als säße sie neben ihm. Plötzlich wurde ihm klar, dass die Freude und das Lachen der Kinder immer gedämpft wurden, wenn er den Raum betrat.

Judith lachte noch einmal, und er hatte das Gefühl, ein scharfes Messer bohre sich in sein Herz. Mit ihm hatte sie nie so gelacht. Er fragte sich, ob es anders hätte kommen können. Gleichzeitig hatte er keine Ahnung, wie das hätte gehen sollen. Er liebte die beiden schmerzlich mit jeder Faser seines Körpers, aber er konnte ihnen nicht der Vater sein, den sie sich wünschten. Er verhielt sich so, wie es das Leben ihn gelehrt hatte, und liebte sie auf seine Weise, indem er ihnen sein Erbe übertrug.

Gösta starrte auf den flimmernden Fernsehschirm. Menschen gingen von da nach dort, und da der Film in der Reihe »Mord in der Mittsommernacht« lief, war sicherlich jemand umgebracht worden. Gösta jedoch hatte schon lange den Faden verloren, denn er war mit seinen Gedanken ganz woanders.

Auf dem Wohnzimmertisch stand ein Teller mit zwei belegten Broten. Graubrot mit Butter und Mettwurst. Im Grunde aß er zu Hause nie etwas anderes. Es war viel zu anstrengend und trostlos, nur für sich selbst zu kochen.

Das Sofa, auf dem er saß, wurde langsam alt, aber er brachte es nicht übers Herz, es zum Sperrmüll zu bringen. Er erinnerte sich noch, wie stolz Maj-Britt gewesen war, als es geliefert wurde. Mehrmals ertappte er sie dabei, wie sie mit der Hand über den glatten, geblümten Stoff strich, wie über das Fell eines Kätzchens. Ihm selbst war es im ersten Jahr kaum gestattet, sich auf das Sofa zu setzen, aber die Kleine durfte darauf nach Herzenslust herumhopsen. Maj-Britt hatte sie lächelnd an den Händen gehalten, wenn sie immer höher sprang.

Nun war der Stoff abgewetzt und hatte große Löcher. An einer Armlehne kam eine Sprungfeder heraus, aber er saß sowieso immer in der linken Ecke. Die rechte hatte Maj-Britt gehört. In jenem Sommer hatte abends die Kleine zwischen ihnen gesessen. Da sie vorher noch nie ferngesehen hatte, kreischte sie jedes Mal vor Begeisterung, wenn auf dem Bildschirm etwas passierte. Am besten hatten ihr Tscheburaschka und seine Freunde gefallen. Wenn die kamen, konnte sie nicht mehr stillsitzen, sondern hopste vor Freude mit dem Popo auf und ab.

Nun war schon lange niemand mehr auf dem Sofa herumgehopst. Das Mädchen schien ihnen einen Teil der Lebensfreude genommen zu haben, als sie ging, und es gab viele stumme Abende. Dass Reue so weh tun konnte, hatte wohl keiner von ihnen geahnt. Sie hatten geglaubt, das Richtige zu tun. Als sie begriffen, wie absurd sie gehandelt hatten, war es zu spät.

Mit leerem Blick verfolgte Gösta, wie Kommissar Barnaby noch eine Leiche entdeckte. Er nahm sich ein Wurstbrot und biss davon ab. Dieser Abend war wie so viele andere, und noch mehr würden folgen.

Fjällbacka 1919

Da sie sich nicht im Schlafsaal der Dienstboten treffen konnten, wartete Dagmar darauf, dass er ihr signalisierte, sie sollten in sein Zimmer gehen. Als sie sein Bett bezog, hatte sie noch nicht geahnt, wie heftig sie sich danach sehnen würde, zwischen diese schönen Leintücher zu schlüpfen.

Das Fest war noch in vollem Gang, als sie das erhoffte Zeichen erhielt. Er schwankte ein wenig, sein blondes Haar war zerzaust und die Augen glasig vom Punsch, aber er war noch nüchtern genug, um ihr unbemerkt seinen Schlüssel zuzustecken. Ihr Herz raste bei der flüchtigen Berührung. Ohne ihn anzusehen, ließ sie den Schlüssel in ihre Schürzentasche gleiten. Mittlerweile würde es niemandem mehr auffallen, wenn sie verschwand. Gastgeber und Gäste waren so betrunken, dass sie nur ihre stets vollgeschenkten Gläser im Blick hatten, und dafür gab es noch genug Kellnerinnen.

Trotzdem sah sie sich um, bevor sie das größte Gästezimmer aufschloss und eintrat. Mit dem Rücken zur Tür atmete sie einige Male tief durch. Schon der Anblick des Bettes mit den weißen Laken und der gefalteten Decke brachte ihren Körper zum Kribbeln. Hermann würde bestimmt gleich kommen. In dem kleinen Badezimmer strich sie sich eilig das Haar glatt, zog ihre Kellnerinnenuniform aus und wusch sich unter den Armen. Sie biss sich auf die Lippen und kniff sich in die Wangen, damit sie so rosig aussahen, wie es in der Stadt modern war.

Als sie hörte, dass jemand die Türklinke herunterdrückte, setzte sie sich schnell auf das Bett. Sie trug nur ihre Unterwäsche. Das lange Haar legte sie sich über die Schulter, denn sie wusste genau, dass es in diesen Sommernächten besonders verführerisch schimmerte.

Sie wurde nicht enttäuscht. Er sah sie an und machte eilig die Tür hinter sich zu. Er betrachtete sie eine Weile, bevor er ans Bett trat, ihr die Hand unters Kinn legte und sanft ihr Gesicht zu sich heranzog. Dann beugte er sich zu ihr herunter, und ihre Lippen berührten sich. Vorsichtig, fast neckend, schob er die Zungenspitze zwischen ihre geöffneten Lippen.

Sehnsüchtig erwiderte Dagmar seine Küsse. Etwas Derartiges hatte sie noch nie erlebt. Sie hatte das Gefühl, dieser Mann wäre ihr von einer göttlichen Macht gesandt worden, um sich mit ihr zu vereinigen und sie auf diese Weise wieder ganz werden zu lassen. Kurz wurde ihr schwarz vor Augen, und Bilder von früher gingen ihr durch den Kopf. Die Kinder, die mit einem Gewicht auf dem Bauch in die Wanne gelegt wurden, bis sie nicht mehr zappelten. Die Polizisten, die ins Haus stürmten und Vater und Mutter festnahmen. Die kleinen Leichen, die im Keller ausgegraben wurden. Die alte Hexe und der Pflegevater. Die Männer, die stöhnend auf ihr lagen und nach Schnaps und Zigaretten stanken. Alle, die sie ausgenutzt und verhöhnt hatten, würden sich nun vor ihr verneigen und sie um Verzeihung bitten müssen. Wenn sie Dagmar an der Seite des blonden Helden sähen, würden sie jedes Wort bereuen, dass sie hinter ihrem Rücken getuschelt hatten.

Langsam schob er ihr Unterkleid hoch bis zur Brust, und Dagmar hob die Arme, damit er es ihr über den Kopf streifen konnte. Sie wollte nur noch seine Haut auf ihrer spüren. Sie knöpfte sein Hemd auf, und er zog es aus. Als alle Kleidungsstücke auf dem Fußboden gelandet waren, legte er sich auf sie. Nichts trennte sie mehr.

Als sie eins wurden, schloss Dagmar die Augen. In diesem Moment war sie nicht mehr die Tochter der Engelmacherin. Sie war eine Frau, mit der es das Schicksal endlich gut meinte.

Er hatte sich wochenlang vorbereitet. Es war schwierig, einen Termin mit John Holm in Stockholm zu bekommen, aber da der seinen Urlaub in Fjällbacka verbringen wollte, war es Kjell gelungen, ein einstündiges Interview mit ihm zu vereinbaren. Er wollte ihn für den *Bohusläningen* porträtieren.

Er wusste, dass John seinen Vater kannte, Frans Ringholm, eins der Gründungsmitglieder von *Schwedens Freunde*. Mittlerweile war John der Vorsitzende dieser Partei. Die nazistischen Sympathien seines Vaters waren einer der Gründe gewesen, warum Kjell auf Distanz zu ihm gegangen war. Erst kurz vor dem Tod des Vaters war er ihm ein wenig nähergekommen, so dass eine Art von Versöhnung möglich wurde, aber die politischen Ansichten seines Vaters konnte er niemals akzeptieren. Genauso wenig konnte er *Schwedens Freunde* und deren Erfolge gutheißen.

Sie hatten sich in Johns Bootshaus verabredet. Die Fahrt von Uddevalla nach Fjällbacka dauerte im Sommerverkehr fast eine Stunde. Er kam zehn Minuten zu spät und hoffte, als er seinen Wagen auf der Schotterfläche vor dem Bootshaus abstellte, dass ihm die Verspätung nicht von der Gesprächszeit abgezogen würde.

»Du kannst währenddessen fotografieren, falls wir hinterher keine Zeit mehr haben«, sagte er beim Aussteigen zu seinem Kollegen. Er wusste, dass das für Stefan kein Problem darstellte. Er war der erfahrenste Fotograf des *Bohusläningen* und lieferte unabhängig von den Umständen immer ein gutes Ergebnis ab.

»Willkommen!« John kam ihnen entgegen.

»Danke«, antwortete Kjell. Er musste sich überwinden, um Johns ausgestreckte Hand zu ergreifen. Abgesehen von seiner widerwärtigen Einstellung hielt ihn Kjell für einen der gefährlichsten Männer in ganz Schweden.

John durchquerte vor ihnen das kleine Bootshaus und trat auf den Steg hinaus.

»Ich bin Ihrem Vater nie persönlich begegnet, aber soweit ich weiß, war er ein respekteinflößender Mann.«

»Manchmal haben ein paar Jahre im Knast diesen Effekt.«

»Es kann nicht leicht für Sie gewesen sein, unter solchen Bedingungen aufzuwachsen.« John ließ sich in der windgeschützten Sitzecke nieder.

Einen Augenblick lang packte Kjell der Neid. Er fand es ungerecht, dass ein Mann wie John Holm ein so schönes Plätzchen mit Blick auf den Hafen und den Schärengarten besaß. Um seinen Widerwillen zu verbergen, der ihm deutlich ins Gesicht geschrieben sein musste, setzte er sich John gegenüber und stellte das Tonbandgerät ein. Ihm war bewusst, wie ungerecht das Leben war, und seinen Recherchen zufolge war John auf der Sonnenseite geboren.

Die Aufnahme lief.

»Worauf ist es Ihrer Ansicht nach zurückzuführen, dass Sie mittlerweile im Reichstag sitzen?«

Es war immer gut, vorsichtig anzufangen. Er wusste, dass es nicht oft die Gelegenheit gab, mit John allein zu sprechen. In Stockholm wären mit Sicherheit ein Pressesprecher und weitere Personen anwesend gewesen. Nun konnten er und John unter vier Augen miteinander reden, und der Parteichef war hoffentlich entspannter, wenn er im Urlaub war und sich in seinem eigenen Revier befand.

»Ich glaube, das schwedische Volk ist reifer geworden. Wir nehmen unsere Umgebung und deren Einfluss auf uns bewusster wahr. Lange Zeit waren wir viel zu gutgläubig, aber nun sind wir endlich aufgewacht. *Schwedens Freunde* stellen in diesem Prozess eine Stimme der Vernunft dar.« John lächelte.

Kjell konnte verstehen, warum sich Menschen von ihm angezogen fühlten. Seine Ausstrahlung und seine Selbstsicherheit bewirkten, dass man an das glauben wollte, was er sagte. Kjell war jedoch zu nüchtern, um diesem Charme zu erliegen, und außerdem missfiel ihm, wie John das Wort »wir« verwandte, wenn er von sich und dem schwedischen Volk sprach. John Holm repräsentierte die Schweden wirklich nicht. Damit hätte man ihnen unrecht getan.

Er stellte noch einige harmlose Fragen: was es für ein Gefühl gewesen sei, plötzlich im Reichstag zu sitzen, wie man auf sie reagiert habe, was John von der politischen Arbeit in Stockholm halte. Stefan umkreiste sie währenddessen mit seiner Kamera, und Kjell sah die Bilder bereits vor sich. John Holm auf seinem eigenen Bootssteg, im Hintergrund das glitzernde Wasser. Das war etwas ganz anderes als die steifen Bilder mit Anzug und Krawatte, die man normalerweise von ihm in der Zeitung sah.

Kjell warf einen Blick auf die Uhr. Zwanzig Minuten der vereinbarten Gesprächszeit waren schon vergangen, und die Stimmung war freundlich, wenn nicht sogar herzlich. Zeit, die richtigen Fragen zu stellen. Seit der Termin vor einigen Wochen bestätigt worden war, hatte er unzählige Artikel über John Holm gelesen und sich jede Menge Ausschnitte aus Fernsehdebatten angesehen. Viele Journalisten machten ihre Arbeit nicht gut, sie kratzten nur an der Oberfläche. Stellten sie überraschenderweise doch eine kluge Frage, ließen sie immer die Gelegenheit zum Nachhaken verstreichen und gaben sich stattdessen mit Johns selbstbewussten Antworten zufrieden, die oft auf vollkommen falschen Statistiken oder reinen Lügen beruhten. Manchmal schämte er sich, ein Journalist zu sein, aber im Gegensatz zu vielen seiner Kollegen hatte er seine Hausaufgaben gemacht.

»Ihr Haushaltsplan beruht auf der Annahme, dass unsere

Gesellschaft viel Geld sparen könnte, wenn man die Einwanderung stoppte, und zwar achtundsiebzig Millionen Kronen. Wie kommen Sie auf diese Summe?«

John erstarrte. Eine Furche zwischen seinen Augenbrauen verriet eine leichte Irritation, wich aber schnell einem verbindlichen Lächeln.

»Unsere Kalkulation ist fundiert.«

»Sind Sie sicher? Es deutet einiges darauf hin, dass Ihre Berechnungen falsch sind. Lassen Sie mich ein Beispiel nennen: Sie behaupten, nur zehn Prozent der Einwanderer fänden in Schweden Arbeit.«

»Das ist korrekt. Unter den Personen, die wir hier aufnehmen, herrscht eine hohe Arbeitslosigkeit, und die verursacht enorme Kosten.«

»Nach der Statistik, die mir zur Verfügung steht, haben aber fünfundsechzig Prozent aller Einwanderer in Schweden einen Job.«

John schwieg. Kjell sah ihm an, dass er fieberhaft nachdachte.

»Mir hat man gesagt, es seien zehn Prozent.«

»Wissen Sie, wie diese Zahl zustande gekommen ist?«

»Nein.«

Allmählich genoss Kjell die Situation. »Ihre Berechnungen gehen ferner davon aus, dass unsere Gesellschaft an den staatlichen Transferleistungen sparen könnte, wenn die Einwanderung gestoppt würde. Ein Studie aus dem Zeitraum von 1980 bis 1990 zeigt jedoch, die von Einwanderern gezahlten Steuern übertreffen die Höhe der staatlichen Transferleistungen bei weitem.«

»Das klingt nicht sehr wahrscheinlich.« John grinste schief. »Auf solche Mogelstudien fällt das schwedische Volk nicht mehr herein. Es ist allgemein bekannt, dass die Einwanderer die staatliche Unterstützung ausnutzen.«

»Ich habe Ihnen die Studie kopiert. Sie können sie gern behalten, um sich etwas genauer damit zu beschäftigen.« Kjell legte einen Stapel Papier vor John auf den Tisch.

Der würdigte den Stoß keines Blickes. »Ich habe Leute, die sich um solche Dinge kümmern.«

»Aha, aber die scheinen nicht gut informiert zu sein«, sagte Kjell. »Kommen wir zu den Ausgaben. Was würde es beispielsweise kosten, die allgemeine Wehrpflicht wieder einzuführen? Vielleicht könnten Sie mir kurz die Summe aufschreiben, damit wir uns über diesen Vorschlag von *Schwedens Freunden* Klarheit verschaffen?« Er schob John einen Notizblock und einen Kuli über den Tisch, der beides mit Abscheu betrachtete.

»Unsere Zahlen stehen alle im Haushaltsplan. Den brauchen Sie sich nur anzusehen.«

»Haben Sie sie denn nicht im Kopf? Die Zahlen sind doch der Kern der Politik, die Sie machen wollen.«

»Natürlich kenne ich die Zahlen genau«, John fegte den Block zur Seite, »aber ich habe nicht die Absicht, Ihnen hier Kunststückchen vorzuführen.«

»Dann lassen wir den Haushaltsplan eine Weile außer Acht. Vielleicht kommen wir später darauf zurück.« Kjell zog ein anderes Dokument aus seiner Aktentasche. Es war eine Liste, die er selbst aufgestellt hatte.

»Abgesehen von einer restriktiveren Einwanderungspolitik wollen Sie sich dafür einsetzen, dass Verbrecher härter bestraft werden.«

John richtete sich auf.

»Es ist doch ein Skandal, wie lasch diese Dinge in Schweden gehandhabt werden. Bei uns kommt niemand mehr mit einem Klaps auf die Finger davon. Auch innerhalb der Partei legen wir hohe Maßstäbe an, nicht zuletzt deshalb, weil uns durchaus bewusst ist, dass man uns früher mit einigen ... etwas unglücklichen Elementen in Zusammenhang gebracht hat.«

Unglückliche Elemente. So konnte man es auch ausdrücken, dachte Kjell, hielt jedoch den Mund. Offenbar hatte er John schon fast da, wo er ihn haben wollte.

»Wir haben unsere Listen für den Reichstag von allen kriminellen Subjekten gesäubert und gehen in diesem Punkt äußerst streng vor. Alle müssen ein Führungszeugnis vorlegen und Rechenschaft auch über lang zurückliegende Verurteilungen geben. Wer eine kriminelle Vergangenheit hat, darf *Schwedens Freunde* nicht vertreten.« John lehnte sich zurück und schlug die Beine übereinander.

Kjell wiegte ihn einige Sekunden in Sicherheit. Dann legte er die Liste auf den Tisch.

»Wie kommt es dann, dass Sie nicht genauso hohe Ansprüche an die stellen, die im Parteisekretariat arbeiten? Nicht weniger als fünf Ihrer Mitarbeiter haben einen kriminellen Hintergrund. Es gibt Verurteilungen wegen Körperverletzung, Androhung von Gewalt, Raub und Widerstand gegen die Staatsgewalt. Ihr Pressesprecher zum Beispiel wurde 2001 verurteilt, weil er einen Äthiopier auf dem Marktplatz in Ludvika schwer misshandelt hat.« Kjell schob die Liste noch ein Stück vor, bis sie direkt vor Johns Nase lag. Flammende Röte überzog den Hals des Parteichefs.

»Ich kann mich dazu nicht äußern, weil ich weder die Vorstellungsgespräche führe noch für die Abläufe im Parteisekretariat zuständig bin.«

»Da Sie aber letztendlich für Ihre Angestellten verantwortlich sind, müssten diese Probleme auf Ihrem Schreibtisch landen, auch wenn sie rein praktisch nicht in Ihren Aufgabenbereich fallen.«

»Jeder hat ein Recht auf eine zweite Chance. Es handelt sich hier größtenteils um Jugendsünden.«

»Eine zweite Chance, sagten Sie? Warum verdienen Ihre Angestellten eine zweite Chance, Einwanderer, die ein Verbrechen begangen haben, jedoch nicht? Ihrer Ansicht nach sollten sie ja gleich im Anschluss an die Verurteilung des Landes verwiesen werden.«

John biss die Zähne so fest zusammen, dass seine Züge noch markanter wirkten.

»Wie gesagt, ich habe diesen Bewerber nicht persönlich eingestellt, werde den Fall aber prüfen.«

Kjell überlegte kurz, ob er ihn noch mehr unter Druck setzen sollte, doch die Zeit lief ihm davon, und John hatte möglicherweise bald die Nase voll.

»Ich habe noch ein paar persönliche Fragen an Sie.« Er warf einen Blick auf seine Notizen. Eigentlich hatte er alles im Kopf, aber er wusste aus Erfahrung, dass es Eindruck machte, wenn man etwas schriftlich vorliegen hatte. Es flößte Respekt ein.

»Sie haben davon berichtet, dass Sie sich mit Einwanderungsfragen zu beschäftigen begannen, nachdem Sie als Zwanzigjähriger von zwei afrikanischen Kommilitonen überfallen und zusammengeschlagen worden waren, die wie Sie in Göteborg studierten. Sie erstatteten Anzeige bei der Polizei, aber die Ermittlungen wurden eingestellt, und Sie liefen den Schuldigen während Ihres Studiums jeden Tag über den Weg. Die beiden verhöhnten Sie und damit die schwedische Gesellschaft. Letzteres war ein Zitat aus einem Interview, das Sie im Frühjahr dem *Svenska Dagbladet* gegeben haben.« Kjell sah John an, der nickte eifrig.

»Dieses Ereignis hat mich und meine Weltsicht tief geprägt. Es hat mir deutlich gezeigt, wie unsere Gesellschaft funktioniert und dass die Schweden bereits zu Bürgern zweiter Klasse degradiert worden sind, während die Individuen, die wir aus purer Naivität bei uns aufgenommen haben, regelrecht verhätschelt werden.«

»Interessant.« Kjell legte den Kopf schief. »Ich habe mir den Vorfall mal genauer angesehen und dabei einige Dinge entdeckt, die etwas ... merkwürdig sind.«

»Was meinen Sie?«

»Erstens existiert diese Anzeige gar nicht, und zweitens gab es in Ihrem Studiengang keine afrikanischen Studenten. Als Sie in Göteborg studierten, gab es an der Universität überhaupt keine Afrikaner.«

Kjell sah, wie sich Johns Adamsapfel auf und ab bewegte.

»Sie irren sich. Ich kann mich genau erinnern.«

»Ist es nicht eher so, dass Sie Ihre Ansichten von Ihrem Elternhaus übernommen haben? Nach meinen Erkundigungen hat Ihr Vater stark mit rechtem Gedankengut sympathisiert.«

»Über die Ansichten, die mein Vater möglicherweise hatte, äußere ich mich nicht.«

Ein kurzer Blick auf die Uhr zeigte Kjell, dass nur noch fünf Minuten blieben. Sein Unbehagen verband sich mit einem Gefühl der Befriedigung. Das Interview hatte zwar nichts Konkretes ergeben, aber es war ein Vergnügen gewesen, John aus dem Gleichgewicht zu bringen. Kjell würde nicht lockerlassen. Dieses Gespräch war erst der Anfang. Er würde so lange recherchieren, bis er etwas entdeckte, was John Holm stoppte. Da er ihn dafür eventuell erneut treffen musste, konnte er das Gespräch auch mit einer Frage abrunden, die nichts mit Politik zu tun hatte. Er lächelte ihn an.

»Mir ist bekannt, dass Sie Internatsschüler auf Valö waren, als damals die Familie des Schulleiters verschwand. Man fragt sich wirklich, was dort eigentlich passiert ist.«

John warf ihm einen Blick zu und stand abrupt auf. »Das Interview ist beendet. Ich habe noch einiges zu tun. Sie finden allein nach draußen, nehme ich an.«

Sein journalistischer Instinkt hatte Kjell noch nie im Stich gelassen, und Johns Reaktion versetzte ihn in Hochspannung. John wollte irgendetwas vor ihm verbergen. Kjell konnte es kaum erwarten, wieder in die Redaktion zu kommen und mit der Recherche zu beginnen.

»Wo ist Martin?«, fragte Patrik die Kollegen in der Teeküche.

»Er hat sich krankgemeldet«, antwortete Annika ausweichend. »Sein Bericht über diese Finanz- und Versicherungsgeschichte liegt hier.«

Patrik sah sie an, fragte aber nicht weiter nach. Wenn Annika nicht freiwillig erzählte, was sie wusste, hätte man sie foltern müssen, um etwas aus ihr herauszubekommen.

»Und ich habe die alten Ermittlungsakten hier.« Gösta zeigte auf ein paar dicke Hefter.

»Das ging aber schnell«, sagte Mellberg. »Normalerweise braucht man Ewigkeiten, um in unserem Archiv so alte Unterlagen zu finden.«

Nach einer Weile sagte Gösta schließlich: »Ich hatte sie bei mir zu Hause.«

»Bewahrst du etwa Archivmaterial bei dir zu Hause auf? Bist du noch bei Trost?« Mellberg fuhr in die Höhe, und Ernst, der unter seinem Stuhl gelegen hatte, setzte sich ebenfalls auf und spitzte die Ohren. Er bellte ein paar Mal, doch nachdem er sich vergewissert hatte, dass alles ruhig war, machte er es sich wieder bequem.

»Ich habe mir den Fall hin und wieder angesehen, und da erschien es mir unnötig, dauernd ins Archiv zu rennen. Es war doch ein Glück, dass die Akten bei mir waren, sonst hätten wir sie jetzt noch gar nicht vorliegen.«

»So viel Dummheit müsste verboten …«, fuhr Mellberg fort, und Patrik sah, dass er eingreifen musste.

»Setz dich wieder hin, Bertil. Das Entscheidende ist, dass wir jetzt auf das Material Zugriff haben. Mit disziplinarischen Fragen beschäftigen wir uns später.«

Mellberg brummte etwas in seinen Bart, fügte sich jedoch widerwillig. »Haben die Techniker da draußen schon mit der Arbeit begonnen?«

Patrik nickte. »Sie reißen den Boden auf und entnehmen Proben. Torbjörn hat versprochen, sich zu melden, sobald er etwas weiß.«

»Kann mir mal jemand erklären, warum wir so viel Zeit und Arbeitskraft für einen Fall aufbringen sollen, der längst verjährt ist?«, fragte Mellberg.

Gösta sah ihn böse an. »Hast du schon vergessen, dass jemand versucht hat, das Haus abzufackeln?«

»Nein, das habe ich nicht, aber ich frage mich immer noch, wieso wir daraus den Schluss ziehen, das eine habe etwas mit dem anderen zu tun.« Er betonte jede Silbe so überdeutlich, als wollte er Gösta ärgern.

Patrik seufzte erneut. Die beiden waren wie Kinder.

»Du triffst hier die Entscheidungen, Bertil, aber ich glaube, es wäre ein Fehler, sich nicht mit der Entdeckung zu beschäftigen, die das Ehepaar Stark gestern gemacht hat.«

»Deine Meinung ist mir bekannt, aber du stehst ja auch nicht Rede und Antwort, wenn die Leitung von uns wissen will, warum wir unsere mageren Ressourcen auf einen Fall verschwenden, der sein Haltbarkeitsdatum seit Jahren überschritten hat.«

»Wenn die Brandstiftung mit dem Verschwinden der Familie zusammenhängt, ist es auch relevant«, insistierte Gösta.

Mellberg schwieg eine Weile. »Dann arbeiten wir eben ein paar Stunden an der Sache. Also, legt los.«

Patrik atmete auf. »Na dann. Als Erstes sehen wir uns an, was Martin herausgefunden hat.«

Annika setzte die Brille auf und wandte sich Martins Bericht zu. »Martin hat keine Unstimmigkeiten entdeckt. Das Ehepaar Stark hatte das Ferienheim nicht überversichert, eher im Gegenteil, im Fall eines Brands hätte ihnen also keine große Summe zugestanden. Privat haben sie ziemlich viel Geld auf der Bank, das aus dem Verkauf der Göteborger Wohnung stammt. Ich nehme an, dieses Geld ist für die Renovierung gedacht und soll die laufenden Kosten decken, bis der Betrieb läuft. Auf Ebbas Namen läuft eine Firma. Sie heißt *Mein Engel.* Offenbar stellt sie Silberschmuck in Form von Engeln her und vertreibt ihn über das Internet, die Einkünfte sind allerdings nicht der Rede wert.«

»Gut. Wir behalten diese Spur noch ein wenig im Auge, aber momentan scheint nichts auf einen Versicherungsbetrug hinzudeuten. Dann wäre da noch der Fund von gestern.« Patrik wandte sich an Gösta. »Würdest du uns bitte erzählen, wie das Haus aussah, als ihr es nach dem Verschwinden der Familie untersucht habt?«

»Klar. Ich kann euch auch die Bilder zeigen.« Gösta schlug einen Ordner auf. Er nahm einen Stapel vergilbte Fotos heraus und reichte sie herum. Patrik war verblüfft. Trotz ihres Alters handelte es sich um hervorragende Tatortfotografien.

»Im Esszimmer gab es keinen Hinweis darauf, dass etwas passiert war«, sagte Gösta. »Das Essen war zur Hälfte verzehrt, aber wir fanden nicht das geringste Anzeichen für eine

Auseinandersetzung. Es war nichts kaputtgegangen, und der Boden war sauber. Seht es euch selbst an, falls ihr mir nicht glaubt.«

Patrik betrachtete die Bilder genau. Gösta hatte recht. Es sah aus, als wäre die Familie einfach vom Tisch aufgestanden und gegangen. Ihn schauderte. Der gedeckte Tisch, die halb leergegessenen Teller und die ordentlich aufgereihten Stühle hatten etwas Gespenstisches. In der Mitte des Tisches stand eine Vase mit Osterglocken. Nur die Menschen fehlten, und die Entdeckung unter den Bodendielen fügte noch eine Dimension hinzu. Jetzt konnte Patrik nachvollziehen, wieso Erica so viel Zeit darauf verwandt hatte, das geheimnisvolle Verschwinden der Familie Elvander zu erforschen.

»Angenommen, es handelt sich tatsächlich um Blut. Kann man nachweisen, ob es von der Familie stammt?«, fragte Annika.

Patrik schüttelte zögerlich den Kopf. »Das ist zwar nicht mein Spezialgebiet, aber ich glaube nicht. Ich würde tippen, dass es für solche Analysen zu alt ist. Wir können nur hoffen, dass man uns sagt, ob es sich um menschliches Blut handelt. Wir haben ja auch niemanden, mit dem wir die Proben vergleichen könnten.«

»Ebba ist noch da«, wandte Gösta ein. »Falls das Blut von Rune oder Inez stammt, könnte man möglicherweise ein DNA-Profil erstellen, das mit dem von Ebba übereinstimmt.«

»Richtig, aber meines Wissens zersetzt sich Blut ziemlich schnell, und in diesem Fall sind viele Jahre vergangen. Unabhängig vom Ergebnis der Blutanalyse müssen wir herausfinden, was an diesem Ostersonnabend passiert ist. Wir werden die Vergangenheit neu aufrollen.« Patrik legte die Fotos auf den Tisch. »Wir lesen die Protokolle aller Verhöre von damals und sprechen dann noch einmal mit den Personen. Irgendwo muss die Wahrheit zu finden sein. Eine ganze Familie kann nicht einfach verschwinden. Wenn wir die Bestätigung bekommen, dass es sich um menschliches Blut handelt, können wir davon ausgehen, dass die Tat in dem Raum verübt wurde.«

Er sah Gösta an, der kraftlos nickte.
»Du hast recht. Wir müssen eine Zeitreise machen.«

Es war vielleicht etwas sonderbar, in einem Hotelzimmer so viele Fotos aufzustellen, aber noch hatte niemand gewagt, ihn darauf hinzuweisen. Das war der Vorteil an einer Suite. Wenn man viel Geld besaß, gingen alle davon aus, dass man ein wenig exzentrisch war. Außerdem konnte er wegen seines Aussehens machen, was er wollte, ohne sich darum zu scheren, was andere davon hielten.

Die Fotos waren ihm wichtig. Dass er sie immer dabeihatte, gehörte zu den wenigen Dingen, gegen die Ia nichts ausrichten konnte. Ansonsten hatte sie ihn in der Gewalt, das war ihm klar. Aber was er einst dargestellt und zustande gebracht hatte, das konnte sie ihm nicht nehmen.

Leon fuhr mit dem Rollstuhl an die Kommode, auf der die Fotos standen. Er schloss die Augen und erlaubte sich für einen Moment, in Gedanken an die Orte zurückzukehren, die auf den Bildern zu sehen waren. Er stellte sich den brennenden Wüstenwind auf seinen Wangen vor und die extreme Kälte, die seine Finger und Zehen malträtierte. Er hatte den Schmerz geliebt. *No pain, no gain*, war stets sein Motto gewesen. Die Ironie des Schicksals wollte nun, dass er jeden Tag und jede Sekunde mit Schmerzen leben musste. Ohne dafür belohnt zu werden.

Das Gesicht, das ihn aus den Bilderrahmen anlächelte, war schön oder eher elegant. Es schön zu nennen hätte bedeutet, dass es feminin wirkte, und das wäre vollkommen irreführend gewesen. Das Gesicht strahlte Männlichkeit und Kraft aus. Eine verwegene Waghalsigkeit und die Sehnsucht nach dem Adrenalinstoß.

Er griff mit der rechten Hand, die im Gegensatz zur linken unverletzt war, nach seinem Lieblingsfoto. Es war auf dem Gipfel des Mount Everest entstanden. Der Aufstieg war hart gewesen, und mehrere Expeditionsteilnehmer hatten während verschiedener Etappen aufgegeben. Einige hatten schon vor

Beginn der Tour die Flinte ins Korn geworfen. Solche Schwäche war ihm unbegreiflich. Ein Rückzieher kam für ihn nie in Frage. Viele hatten den Kopf über seinen Versuch geschüttelt, den Gipfel ohne Sauerstoff zu erreichen. Das wäre unmöglich, meinten die Besserwisser. Sogar der Expeditionsleiter hatte ihn angefleht, nicht ohne Sauerstoff aufzusteigen, aber Leon wusste, dass es ging. Reinhold Messner und Peter Habeler hatten es 1978 bewiesen. Schon damals hielt man es für ausgeschlossen, nicht einmal den nepalesischen Scherpas war es gelungen. Die beiden Männer schafften es trotzdem, und das bedeutete, dass er es auch tun würde. Und tatsächlich erreichte er den Gipfel des Mount Everest beim ersten Versuch – ohne Sauerstoff. Auf dem Bild hielt er die schwedische Flagge in der Hand und strahlte übers ganze Gesicht. Hinter ihm flatterten die farbenfrohen Gebetsfähnchen. In dem Moment befand er sich auf dem höchsten Punkt der Erde. Er sah stark aus. Glücklich.

Vorsichtig stellte Leon das Bild zurück und nahm das nächste in die Hand. Paris – Dakar. In der Motorradklasse natürlich. Er ärgerte sich immer noch, dass er nicht gewonnen hatte. Stattdessen hatte er sich mit einer Platzierung unter den ersten Zehn begnügen müssen. Eigentlich wusste er, dass das eine großartige Leistung war, aber für ihn zählte immer nur der erste Platz. Ganz oben auf dem Siegertreppchen wollte er stehen, egal, worum es ging. Er strich mit dem Daumen über die Glasscheibe und unterdrückte ein Lächeln. Wenn er lächelte, spannte die eine Gesichtshälfte, und dieses Gefühl hasste er.

Ia hatte solche Angst um ihn gehabt. Einer der Teilnehmer war schon zu Beginn des Rennens verunglückt, und sie hatte Leon angefleht, abzubrechen. Der Unfall steigerte jedoch nur seine Motivation. Die Gefahr stachelte ihn an, das Wissen, dass er jeden Augenblick ums Leben kommen konnte, war sein Antrieb. Die schönen Seiten des Lebens genoss er dafür umso mehr. Der Champagner schmeckte besser, die Frauen erschienen ihm schöner, und die seidene Bettwäsche schmiegte sich noch sanfter an seine Haut. Sein Reichtum war noch viel mehr wert, wenn er ihn ständig aufs Spiel setzte. Ia dagegen hatte Angst, alles zu verlieren. Sie hasste es, wenn er dem Tod laut ins Gesicht lachte und in den Casinos von Monaco, Saint-Tropez und Cannes sein ganzes Geld auf eine Karte setzte. Sie konnte nicht nachvollziehen, was so aufregend daran war, an einem Abend alles zu verspielen, um es sich am nächsten wieder zurückzuholen. Sie konnte dann nachts nicht schlafen, während er in aller Ruhe auf dem Balkon eine Zigarre rauchte.

Insgeheim hatte er ihre Besorgnis genossen. Er wusste, dass sie das Leben liebte, das er ihr bot. Und nicht nur liebte, sondern auch brauchte und verlangte. Deshalb verlieh es seinen Verlusten eine ganz besondere Würze, ihr Gesicht zu beobachten, wenn die Kugel in die falsche Richtung rollte, zu sehen, wie sie sich auf die Lippen biss, um nicht laut aufzuschreien, weil er alles auf Rot gesetzt hatte, aber Schwarz gewann.

Leon hörte, wie ein Schlüssel ins Schloss gesteckt wurde. Langsam stellte er das Foto wieder auf die Kommode. Der Mann auf dem Motorrad grinste ihn breit an.

Fjällbacka 1919

Es war ein wunderbarer Morgen, und Dagmar räkelte sich wie eine Katze. Nun würde alles anders werden. Endlich hatte sie jemanden kennengelernt, der das Gerede zum Verstummen bringen und dafür sorgen würde, dass den Klatschweibern das Lachen im Halse steckenblieb. Die Tochter der Engelmacherin und der Fliegerheld – das wäre genug Gesprächsstoff! Aber ihr konnte das egal sein, denn sie würden zusammen weggehen. Wohin, wusste sie noch nicht, es war auch nicht wichtig.

Heute Nacht hatte er sie so gestreichelt wie noch nie jemand zuvor. Er hatte ihr so viele Worte ins Ohr geflüstert, die sie nicht verstand, doch tief im Innern wusste sie, dass er von ihrer gemeinsamen Zukunft gesprochen hatte. Sein heißer Atem hatte die Lust in ihrem Körper pulsieren lassen, und sie hatte ihm alles gegeben, was sie hatte.

Langsam setzte sich Dagmar auf die Bettkante, trat nackt ans Fenster und öffnete es weit. Die Vögel zwitscherten, die Sonne war gerade aufgegangen. Sie fragte sich, wo Hermann war. Holte er vielleicht das Frühstück für sie?

Im Badezimmer machte sie gründlich Morgentoilette. Eigentlich wollte sie seinen Geruch gar nicht abwaschen, aber andererseits wollte sie duften wie die schönste Rose, wenn er zurückkam. Bald würde sie ihn wieder riechen. Ein Leben lang würde sie diesen Geruch einatmen.

Sie legte sich aufs Bett und wartete. Als er nach einiger Zeit noch immer nicht gekommen war, verging sie fast vor Ungeduld. Die Sonne vor dem Fenster stand schon viel höher am Himmel, und das Vogelgezwitscher war mittlerweile fast ohrenbetäubend. Wo blieb Hermann? War ihm denn nicht klar, dass sie auf ihn wartete? Schließlich stand sie auf, zog sich an und verließ hocherhobenen Hauptes das Zimmer. Was kümmerte es sie, wenn jemand sie sah? Hermanns Absichten würden sich ohnehin bald herumsprechen.

Im Haus war es vollkommen still, denn alle schliefen ihren Rausch aus. Die Gäste wurden meist erst gegen elf wach. Trotzdem waren aus der Küche Geräusche zu hören. Die Angestellten waren früh auf den Beinen, um das Frühstück vorzubereiten. Nach solchen Festen hatten die Leute meist gewaltigen Appetit, und dann mussten die gekochten Eier und der heiße Kaffee bereitstehen. Vorsichtig warf Dagmar einen Blick in die Küche. Nein, dort war kein Hermann. Eine der Köchinnen sah sie stirnrunzelnd an, aber Dagmar warf stolz den Kopf in den Nacken und machte die Tür wieder zu.

Nachdem sie das ganze Haus abgesucht hatte, lief sie zum Steg hinunter. Hatte er ein morgendliches Bad genommen? Hermann war so athletisch. Bestimmt war er eine Runde schwimmen gegangen.

Sie rannte nun zum Strand. Ihre Füße schienen über das Gras zu schweben. Am Steg angekommen, blickte sie lächelnd über die Wasseroberfläche, wurde aber bald wieder ernst. Hier war er nicht. Sie sah sich noch einmal um, aber kein Hermann war im Wasser, und auf dem Steg lagen keine Kleidungsstücke. Einer der Jungs, die für den Herrn Doktor und seine Frau arbeiteten, schlenderte auf sie zu.

»Kann ich dem Fräulein behilflich sein?« Er blinzelte in die Sonne. Als er näher kam und sah, wen er vor sich hatte, lachte er. »Ist das nicht Dagmar? Was machst du denn schon so früh hier draußen? Ich habe gehört, du hast heute Nacht nicht bei den Dienstboten geschlafen, sondern dich woanders verlustiert.«

»Sei still, Edvin«, sagte sie. »Ich suche den deutschen Flieger. Hast du ihn gesehen?«

Edvin steckte die Hände in die Hosentaschen. »Den Flieger. Ach, da warst du.« Wieder lachte er höhnisch. »Wusste er, dass er mit der Tochter einer Mörderin ins Bett gegangen ist? Vielleicht finden diese Ausländer das ja anregend.«

»Hör sofort auf damit und beantworte lieber meine Frage! Hast du ihn heute Morgen gesehen?«

Lange musterte Edvin sie von Kopf bis Fuß.

»Wir beide müssten uns mal treffen.« Er machte einen Schritt auf sie zu. »Bis jetzt hatten wir noch keine Gelegenheit, uns richtig kennenzulernen.«

Sie streckte ihm die Zunge raus. Oh, wie sie diese ekelhaften Männer ohne Erziehung und gute Familie hasste. Sie hatten kein Recht, sie mit ihren schmutzigen Fingern anzufassen. Sie hatte etwas Besseres verdient. Mutter und Vater hatten immer gesagt, ihr stehe ein gutes Leben zu.

»Und?«, bohrte sie weiter. »Hast du meine Frage nicht verstanden?«

Er spuckte auf den Boden, sah ihr in die Augen und sagte mit unverhohlener Schadenfreude: »Er ist abgereist.«

»Wie meinst du das? Wo wollte er denn hin?«

»Er hat am frühen Morgen telegraphisch einen Flugauftrag bekommen. Vor zwei Stunden ist er mit dem Schiff übergesetzt.«

Dagmar rang nach Luft. »Du lügst!« Am liebsten hätte sie Edvin mit der Faust ins grinsende Gesicht geschlagen.

»Du brauchst mir nicht zu glauben«, er drehte sich um, »aber weg ist er auf jeden Fall.«

Sie blickte übers Wasser, genau in die Richtung, in der Hermann verschwunden war, und schwor sich, ihn wiederzufinden. Egal, wie lange sie auf ihn warten musste, er würde ihr gehören. So sollte es sein.

Erica hatte leichte Gewissensbisse, obwohl sie Patrik eigentlich gar nicht angelogen, sondern nur die Wahrheit weggelassen hatte. Außerdem hatte sie gestern Abend versucht, ihm von ihren Plänen zu erzählen, aber es hatte sich keine geeignete Gelegenheit ergeben, und er war in einer so seltsamen Stimmung gewesen. Sie hatte ihn gefragt, ob bei der Arbeit etwas passiert sei, doch er hatte ausweichend geantwortet, und dann hatten sie den restlichen Abend schweigend vor dem Fernseher verbracht. Wie sie ihm die Bootsfahrt heute erklären sollte, würde sie sich später überlegen.

Erica gab Gas und ließ das Boot ein bisschen vom Wind abfallen. Dankbar dachte sie an ihren Vater Tore, der darauf bestanden hatte, dass seine Tochter lernte, mit einem Motorboot umzugehen. Wer an der Küste wohnte, musste das seiner Ansicht nach können. Insgeheim wusste sie, dass sie viel besser anlegen konnte als Patrik, überließ ihm dieses Manöver aber um des lieben Friedens willen. Männliche Egos waren so verletzlich.

Sie winkte einem Schiff von der Küstenwache zu, das Kurs auf Fjällbacka genommen hatte. Es schien von der Insel Valö zu kommen. Erica fragte sich, was es dort gewollt hatte, dachte jedoch nach einer gewissen Zeit nicht mehr daran und konzentrierte sich auf das Anlegen. Elegant glitt das Boot an den Steg. Zu ihrem eigenen Erstaunen war sie nervös. Nachdem sie sich so intensiv mit der Geschichte beschäftigt hatte, war es ein merkwürdiges Gefühl, einer der Hauptpersonen im wirklichen Leben zu begegnen. Sie schnappte sich ihre Handtasche und sprang an Land.

Sie war schon lange nicht mehr auf Valö gewesen und verband die Insel wie viele andere Ortsansässige mit Ferienheim und Schulausflügen. Fast hatte sie noch den Geruch von Bratwürstchen und verkohltem Stockbrot in der Nase, als sie durch das Wäldchen ging.

In der Nähe des Hauses blieb sie verblüfft stehen. Es herrschte fieberhafte Aktivität, und auf der Treppe stand eine vertraute Gestalt, die mit den Armen ruderte. Erica setzte sich wieder in Bewegung und fiel fast in Laufschritt.

»Hallo, Torbjörn!« Schließlich gelang es ihr, seine Aufmerksamkeit auf sich zu lenken. »Was macht ihr denn hier?«

Er sah sie verwundert an. »Erica? Die Frage könnte ich genauso gut dir stellen. Weiß Patrik, dass du hier bist?«

»Nein, eher nicht, aber jetzt erzähl doch mal, was ihr hier treibt.«

Torbjörn schien zu überlegen, was er sagen sollte.

»Die Besitzer haben beim Renovieren des Hauses etwas entdeckt«, sagte er schließlich.

»Was denn? Haben sie die verschwundene Familie gefunden? Wo sind die Leute?«

Torbjörn schüttelte den Kopf. »Mehr kann ich dir leider nicht sagen.«

»Darf ich reinkommen und es mir ansehen?« Sie machte einen Schritt auf die Treppe zu.

»Nein, hier hat niemand Zutritt. Es geht nicht, dass hier lauter Familienangehörige rumrennen, während wir arbeiten.« Er lächelte. »Ich nehme an, du suchst die Leute, die hier wohnen. Sie sind hinterm Haus.«

Erica wich ein Stück zurück. »Okay«, sagte sie, konnte ihre Enttäuschung aber nur schlecht verbergen.

Sie ging um das Haus herum. Als sie um die Ecke bog, sah sie einen Mann und eine Frau, die ungefähr in ihrem Alter waren.

Missmutig saßen die beiden da und starrten das Haus an, ohne miteinander zu reden.

Erica zögerte einen Augenblick. Vor lauter Tatendrang und Neugier hatte sie sich überhaupt nicht überlegt, wie sie begründen sollte, dass sie hier einfach auftauchte und störte. Die kleine Unsicherheit legte sich jedoch nach wenigen Sekunden. Neugierige Fragen zu stellen und in den Geheimnissen und tragischen Lebensgeschichten der Menschen herumzustochern gehörte schließlich zu ihrem Job. Sie hatte ihr Bedenken schon vor langem fallen lassen und wusste, dass viele Betroffene ihre Bücher später mochten. Außerdem war es immer ein bisschen leichter, wenn das Ereignis, so wie in diesem Fall, weit zurücklag. Die Wunden waren oft verheilt, und die Tragödien gehörten der Vergangenheit an.

»Hallo«, rief sie munter. Das Paar wandte ihr den Blick zu.

»Ich kenne Sie«, lächelte die Frau. »Sie sind Erica Falck. Ich habe alle Ihre Bücher gelesen und finde sie wundervoll.« Plötzlich verstummte sie jäh, als wäre sie über ihre eigene Aufdringlichkeit erschrocken.

»Sie müssen Ebba sein.« Erica gab ihr die Hand. Ebbas Finger fühlten sich zerbrechlich an, aber die dicken Schwielen zeugten von harter Arbeit. »Vielen Dank für das Lob.«

Immer noch ein wenig schüchtern stellte Ebba ihren Mann vor, den Erica ebenfalls begrüßte.

»Was für ein Timing.« Ebba setzte sich und schien darauf zu warten, dass Erica sich ebenfalls setzte.

»Wie meinen Sie das?«

»Ich gehe davon aus, dass Sie über das Verschwinden meiner Familie schreiben wollen, und da kommen Sie genau im richtigen Moment.«

»Na ja«, sagte Erica. »Ich habe gehört, Sie haben im Haus etwas gefunden.«

»Wir haben es beim Herausreißen des Holzfußbodens im Wohnzimmer entdeckt«, sagte Mårten. »Wir wussten nicht genau, was es war, hatten aber den Eindruck, dass es sich um Blut handelt. Die Polizei war hier, hat sich alles angesehen und beschlossen, die Sache näher zu untersuchen. Deswegen der ganze Trubel.«

Langsam begriff Erica, warum Patrik gestern so merkwürdig reagiert hatte, als sie ihn fragte, ob etwas passiert sei. Sie fragte sich, was er von dem Ganzen hielt. Nahm er an, dass Ebbas Familie im Esszimmer umgebracht und die Leichen weggeschafft worden waren? Sie wollte schon fragen, ob sie außer dem Blut noch etwas anderes gefunden hatten, beherrschte sich aber.

»Das muss ein unangenehmes Gefühl für Sie sein. Ich will nicht bestreiten, dass mich der Vorfall immer interessiert hat, aber Sie, Ebba, sind doch ganz persönlich betroffen.«

Ebba schüttelte den Kopf. »Ich war so klein, dass ich gar keine Erinnerungen an meine Familie habe. Um jemanden, an den ich mich nicht erinnere, kann ich auch nicht trauern. Es ist nicht so wie ...« Sie hielt inne und blickte zur Seite.

»Ich glaube, einer der Polizisten war Patrik Hedström, mein Mann. Er war ja bereits am Samstag hier. Da muss etwas Unheimliches passiert sein.«

»So könnte man es nennen. Unheimlich war es auf jeden Fall. Ich habe keine Ahnung, warum uns jemand so etwas antun wollte.« Mårten breitete ratlos die Arme aus.

»Patrik glaubt, dass es etwas mit dem Vorfall von 1974 zu tun haben könnte«, rutschte Erica heraus. Sie verfluchte sich selbst. Patrik wäre wahnsinnig wütend, wenn sie Dinge preisgab, die möglicherweise Einfluss auf die Ermittlungen hatten.

»Was für ein Zusammenhang sollte denn da bestehen? Das ist doch so lange her.« Ebba sah zum Haus. Von hier aus konnten sie nicht sehen, was im Esszimmer vor sich ging, aber sie hörten das Splittern des Holzes, als der Boden aufgestemmt wurde.

»Wenn Sie einverstanden sind, würde ich Ihnen gern ein paar Fragen zum Verschwinden Ihrer Familie stellen«, sagte Erica.

Ebba nickte. »Klar. Ich habe Ihrem Mann schon gesagt, dass ich Ihnen wahrscheinlich kaum weiterhelfen kann, aber fragen Sie ruhig.«

»Macht es Ihnen etwas aus, wenn ich unser Gespräch aufnehme?« Erica zog ein Tonbandgerät aus der Tasche.

Mårten warf Ebba einen fragenden Blick zu, doch die zuckte mit den Schultern. »Das ist schon okay.«

Als das Band lief, kribbelte es vor Aufregung in Ericas Bauch. Obwohl es ihr oft durch den Kopf gegangen war, hatte sie sich nie dazu aufraffen können, Ebba in Göteborg zu besuchen. Nun war sie hier, und Erica würde vielleicht etwas erfahren, was ihre Recherchen voranbrachte.

»Haben Sie irgendwelche Dinge von Ihren Eltern aufbewahrt? Konnten Sie etwas von hier mitnehmen?«

»Nein, nichts. Meine Adoptiveltern haben mir erzählt, dass ich nur einen kleinen Koffer mit Kleidung bei mir hatte, als ich zu ihnen kam. Nicht einmal die Klamotten stammten von hier, glaube ich. Meine Mutter erzählt, dass irgendein netter Mensch mir ein paar Kleidchen genäht und sogar meine Initialen hineingestickt hatte. Ich habe die Sachen immer noch. Meine Mutter hat sie aufbewahrt, falls ich eines Tages selbst eine Tochter habe.«

»Keine Briefe, keine Fotos?«, fragte Erica.

»Nein. Etwas Derartiges habe ich nie zu Gesicht bekommen.«

»Hatten Ihre Eltern noch andere Verwandte, die diese Dinge vielleicht an sich genommen haben?«

»Es gab niemanden mehr. Das habe ich Ihrem Mann auch schon gesagt. Wenn ich richtig informiert bin, waren meine Großeltern mütterlicher- und väterlicherseits bereits verstorben, und Geschwister hatten meine Eltern offenbar nicht. Falls es noch entfernte Verwandte geben sollte, haben die sich jedenfalls noch nie gemeldet. Es wollte mich schließlich auch keiner haben.«

Das klang unfassbar traurig. Erica sah sie mitleidig an, aber Ebba lächelte.

»Ich kann mich nicht beklagen. Meine Mutter und mein Vater lieben mich, und ich habe zwei tolle Geschwister. Es hat mir an nichts gemangelt.«

Erica lächelte zurück. »Das können nicht viele sagen.«

Die schmale Frau wurde ihr immer sympathischer.

»Wissen Sie noch etwas über Ihre biologischen Eltern?«

»Nein. Wahrscheinlich wollte ich gar nichts über sie erfahren. Natürlich habe ich mich ab und zu gefragt, was damals passiert ist, aber in gewisser Weise hatte ich das Gefühl, dass diese Dinge keinen Platz in meinem Leben hatten. Vielleicht habe ich befürchtet, dass es Mama und Papa traurig machen würde, dass sie denken könnten, sie reichten mir nicht, wenn ich mich plötzlich für meine biologischen Eltern interessierte.«

»Glauben Sie, dass Sie sich mehr für Ihre Herkunft interessieren würden, wenn Sie Kinder hätten?«, fragte Erica vorsichtig. Sie wusste nicht viel über Ebba und Mårten, vielleicht war es ein heikles Thema.

»Wir hatten einen Sohn«, sagte Ebba.

Erica schreckte zurück, als hätte sie eine Ohrfeige bekommen. Mit dieser Antwort hatte sie nicht gerechnet. Sie hätte gern nachgefragt, aber Ebbas Körperhaltung signalisierte deutlich, dass sie nicht darüber sprechen wollte.

»Man könnte sagen, dass Ebba sich durch den Umzug nach hier auf ihre Weise mit ihrer Herkunft beschäftigt«, sagte Mårten.

Er rutschte unbehaglich auf seinem Stuhl hin und her. Erica beobachtete, dass sich das Paar allem Anschein nach unbewusst ein Stück voneinander entfernte, als könnten beide allzu große Nähe zum anderen nicht ertragen. Die Stimmung war plötzlich gedrückt, und Erica kam sich wie ein aufdringlicher Zeuge von etwas sehr Privatem vor.

»Ich habe ein paar Recherchen über Ihre Familie angestellt und dabei einiges herausgefunden. Wenn Sie wissen möchten, was ich entdeckt habe, brauchen Sie es nur zu sagen. Ich habe alles zu Hause.«

»Das ist nett von Ihnen«, antwortete Ebba ohne Begeisterung. Ihre ganze Energie schien sie verlassen zu haben. Erica sah ihr an, dass es keinen Sinn hatte, das Gespräch fortzusetzen. Sie stand auf.

»Vielen Dank, dass Sie sich ein Weilchen mit mir unterhalten haben. Ich melde mich, aber Sie können mich auch gern anrufen.« Sie schrieb ihre Telefonnummer und die E-Mail-Adresse auf einen Notizblock, riss das Blatt ab und reichte es den beiden. Dann schaltete sie das Aufnahmegerät ab und steckte es in die Handtasche.

»Sie wissen ja, wo Sie uns finden. Wir tun nichts anderes, als rund um die Uhr am Haus zu arbeiten«, sagte Mårten.

»Das kann ich verstehen. Schaffen Sie es denn allein?«

»Es sieht so aus. Mal sehen, wie weit wir kommen.«

»Wenn Sie in der Gegend jemanden wissen, der sich mit Einrichtung auskennt, sind wir dankbar für einen Tipp«, fügte Ebba hinzu. »Auf diesem Gebiet haben wir beide kein besonderes Talent.«

Erica wollte gerade sagen, sie habe leider keine Ahnung, als ihr auf einmal eine Idee kam.

»Ich weiß jemanden, der Sie sicherlich ausgezeichnet beraten kann. Ich gebe Ihnen in Kürze Bescheid.«

Sie verabschiedete sich noch einmal und ging vors Haus. Torbjörn erteilte gerade zwei Leuten aus seinem Team Anweisungen.

»Wie läuft es bei euch?«, rief Erica laut, um die Motorsäge zu übertönen.

»Das geht dich gar nichts an«, erwiderte Torbjörn, »aber ich rufe nachher deinen Mann an und erstatte ihm Bericht. Du kannst ihn also heute Abend ausfragen.«

Erica winkte lachend. Auf dem Weg zum Anlegesteg wurde sie ernst. Wo war der Besitz der Familie Elvander abgeblieben? Warum gingen Ebba und Mårten so seltsam miteinander um? Was war mit ihrem Sohn passiert? Und nicht zuletzt: Sagten sie die Wahrheit, wenn sie behaupteten, sie wüssten nicht, wer versucht hatte, sie mit dem Haus zu verbrennen? Auch wenn bei dem Gespräch mit Ebba nicht so viel herausgekommen war, wie sie gehofft hatte, wirbelten Erica viele Fragen durch den Kopf, als sie das Motorboot startete und nach Hause fuhr.

Gösta brummte vor sich hin. Normalerweise nahm er sich Mellbergs Kritik nicht zu Herzen, aber es war völlig überflüssig gewesen, ihn anzumeckern, weil er die Ermittlungsakten mit nach Hause genommen hatte. Zählte denn nicht das Ergebnis? Alle Unterlagen aus der Zeit vor Einführung des Computers waren unheimlich schwer zu finden, und nun hatten sie viele Stunden gespart, weil sie nicht alle Ordner im Archiv durchsehen mussten.

Er legte ein Blatt Papier und einen Stift bereit und schlug den ersten Hefter auf. Wie viel Lebenszeit hatte er schon damit verbracht, sich den Kopf darüber zu zerbrechen, was in dem Internat passiert war? Wie oft hatte er die Fotos, die Verhörprotokolle und die Tatortbeschreibungen studiert? Wenn sie die Sache diesmal vernünftig anpacken wollten, mussten sie methodisch vorgehen. Patrik hatte ihm den Auftrag erteilt, zu überlegen, in welcher Reihenfolge die Personen verhört werden sollten, die schon im Laufe der ursprünglichen Ermittlungen befragt worden waren. Da sie nicht die Möglichkeit hatten, mit allen gleichzeitig zu sprechen, mussten sie am richtigen Ende beginnen.

Mit einem Seufzer machte sich Gösta daran, die ziemlich nichtssagenden Verhörprotokolle noch einmal durchzuackern. Da er sie bereits unzählige Male vor Augen gehabt hatte, wusste er, dass nichts Konkretes darin stand. Deswegen war es wichtig, auf die Nuancen zu achten und zwischen den Zeilen zu lesen. Er konnte sich jedoch nur schwer konzentrieren. Seine Gedanken wanderten dauernd zu der Kleinen, die so groß geworden war. Es war sonderbar gewesen, sie wiederzusehen und das Bild, das er sich in der Phantasie gemacht hatte, mit dem wirklichen Eindruck zu vergleichen.

Unruhig rutschte er auf seinem Stuhl hin und her. Den Arbeitseifer hatte er schon vor Jahren verloren, und obwohl er eine gewisse Begeisterung für diese Aufgabe verspürte, schien sein Gehirn den Anweisungen nicht wirklich Folge leisten zu wollen. Er legte die Berichte zur Seite und sah sich stattdessen die Bilder an. Es waren auch die Fotos der Jungen dabei, die in den Ferien im Internat geblieben waren. Gösta schloss die Augen und dachte an diesen sonnigen, aber etwas kühlen Ostersonnabend 1974 zurück. Gemeinsam mit seinem inzwischen verstorbenen Kollegen Henry Ljung war er zu dem großen weißen Haus hinaufgewandert. Alles war sehr still gewesen, fast unheimlich, aber vielleicht kam ihm das erst im Nachhinein so vor. Trotzdem wusste er noch, dass es ihn auf diesem Pfad geschaudert hatte. Henry und er hatten sich angeblickt. Sie waren unsicher, was sie nach dem seltsamen Anruf erwarten würde. Der damalige Chef hatte zwei Leute losgeschickt, die sich die Sache ansehen sollten. »Bestimmt spielen uns die Jungs da draußen einen Streich«, hatte er gesagt. Er wollte sich vor allem für den Fall absichern, dass wider Erwarten etwas anderes als ein Scherz von ein paar gelangweilten Söhnen aus gutem Hause dahintersteckte. Zu Beginn des Schuljahrs hatte es ein paar Probleme gegeben, aber nach einem Anruf von Göstas Chef bei Rune Elvander war damit Schluss gewesen. Gösta wusste nicht, wie der Schulleiter das hingekriegt hatte, doch was immer ihm eingefallen war, hatte zumindest gewirkt. Bis jetzt.

Vor der Haustür waren Henry und er stehen geblieben. Aus dem Haus war kein Ton zu hören. Dann durchbrach ein gellender Kinderschrei die Stille und riss sie aus ihrer vorübergehenden Lähmung. Sie klopften erneut an die Tür und traten ohne Umschweife ein. »Hallo«, hatte Gösta damals gerufen, und jetzt in der Dienststelle fragte er sich, wieso er sich nach so vielen Jahren noch an alle Einzelheiten erinnern konnte. Niemand hatte ihnen geantwortet, aber das Kind schrie immer lauter. Sie rannten in die Richtung, aus der das Schreien kam, im Esszimmer blieben sie stehen. Ein kleines Mädchen wackelte dort mutterseelenallein herum und weinte herzzerreißend. Instinktiv rannte Gösta auf sie zu und nahm sie hoch.

»Wo ist der Rest der Familie?« Henry blickte sich um. »Hallo?« Er ging wieder in den Flur.

Keine Antwort.

»Ich sehe mal oben nach«, rief er, aber Gösta nickte nur. Er war vollauf damit beschäftigt, das kleine Mädchen zu beruhigen.

Er hatte noch nie ein Kind auf dem Arm gehalten und wusste nicht genau, was er tun sollte, damit es aufhörte zu weinen. Unbeholfen wiegte er sie hin und her, strich ihr über den Rücken und summte irgendeine undefinierbare Melodie. Zu seinem Erstaunen funktionierte es. Aus dem lauten Gebrüll wurden kleine Schluchzer. Als sie ihm den Kopf auf die Schulter legte, spürte er, wie sich ihr Brustkorb rhythmisch hob und senkte. Summend wiegte Gösta sie weiter, während ihn Gefühle bewegten, die er nicht in Worte fassen konnte.

Henry kam zurück ins Esszimmer. »Oben ist auch keiner.«

»Wo sind die hin? Wie kann man so ein kleines Kind allein lassen? Es hätte alles Mögliche passieren können.«

»Stimmt. Und wer hat die Polizei gerufen?« Henry nahm seine Mütze ab und kratzte sich am Kopf.

»Könnte es sein, dass sie hier auf der Insel einen Spaziergang machen?« Skeptisch betrachtete Gösta den Tisch mit dem halb verzehrten Osteressen.

»Während des Mittagessens? Das wäre äußerst merkwürdig.«

»Da hast du recht.« Henry setzte die Mütze wieder auf. »Was macht denn ein niedliches kleines Mädchen ganz allein hier draußen?«, säuselte er mit gespitzten Lippen und ging auf sie zu.

Sie fing sofort wieder an zu weinen und klammerte sich derart fest an Göstas Hals, dass er kaum noch Luft bekam.

»Lass sie.« Er wich zurück.

Ein warmes Gefühl von Zufriedenheit durchfuhr ihn, und er fragte sich, ob es auch so gewesen wäre, wenn sein und Maj-Britts Sohn am Leben geblieben wäre. Schnell schob er den Gedanken weg. Er hatte beschlossen, nicht darüber nachzudenken, was hätte sein können.

»Lag das Boot unten?«, fragte er, als das Weinen wieder nachgelassen hatte.

Henry runzelte die Stirn. »Da war ein Boot am Steg, aber

haben die nicht zwei? Ich dachte, sie hätten Sven-Ivar im Herbst das Motorboot aus Holz abgekauft, und eben war nur ein Kunststoffboot am Anleger vertäut. Die werden doch wohl keine Bootstour unternommen und das Mädchen unbeaufsichtigt hiergelassen haben. So blöd können doch nicht einmal Stadtmenschen sein.«

»Inez stammt von hier«, korrigierte ihn Gösta abwesend. »Ihre Familie lebt schon seit Generationen in Fjällbacka.«

Henry seufzte. »Seltsam ist es auf jeden Fall. Wir nehmen das Mädchen mit ans Festland und müssen abwarten, ob sich jemand meldet.« Er drehte sich um und wollte gehen.

»Es ist für sechs Personen gedeckt«, sagte Gösta.

»Wahrscheinlich ist nur die Familie da, weil Osterferien sind.«

»Können wir das wirklich einfach stehen lassen?« Die Situation war, gelinde gesagt, verwunderlich, und Gösta machte es nervös, dass er nicht auf Erfahrungen zurückgreifen konnte. Er überlegte eine Weile. »Gut, wir nehmen die Kleine mit. Sollte sich niemand melden, kommen wir wieder. Wenn die Leute dann nicht zurück sind, müssen wir davon ausgehen, dass etwas passiert ist. Und dann ist das hier ein Tatort.«

Immer noch unsicher, ob sie sich richtig verhielten, gingen sie hinaus und machten die Haustür hinter sich zu. Sie liefen zum Steg hinunter. Als sie nur noch ein kurzes Stück davon entfernt waren, kam auf dem Wasser ein Boot näher.

»Sieh mal, da ist Sven-Ivars altes Boot«, rief Henry.

»Da sitzen mehrere Leute drin. Vielleicht ist das der Rest der Familie.«

»In dem Fall sage ich denen gehörig meine Meinung. Die Kleine einfach allein zu lassen! Am liebsten würde ich ihnen was hinter die Löffel geben.«

Henry stiefelte zum Steg hinunter. Gösta folgte im Laufschritt, musste jedoch aufpassen, dass er mit dem kleinen Mädchen auf dem Arm nicht stolperte. Ein Boot legte an, aus dem ein Junge um die fünfzehn stieg. Er hatte pechschwarzes Haar und sah sie zornig an.

»Was macht ihr mit Ebba?«, zischte er.

»Und wer bist du?«, fragte Henry, nachdem der Junge sich drohend vor ihm aufgebaut hatte.

Als Gösta zum Steg kam, kletterten noch vier Jungen aus dem Boot.

»Wo sind Inez und Rune?«, fragte der schwarzhaarige Junge. Die anderen standen stumm hinter ihm und warteten ab. Es war nicht zu übersehen, wer der Anführer war.

»Das fragen wir uns auch«, sagte Gösta. »Die Polizei hat einen Anruf erhalten, hier sei etwas passiert. Als wir ankamen, fanden wir das Mädchen ganz allein im Haus vor.«

Der Junge starrte ihn verdutzt an. »War Ebba allein?«

Ebba hieß sie also, dachte Gösta. Die süße Kleine, deren Herz so heftig klopfte.

»Seid ihr Runes Schüler?«, fragte Henry streng, aber der Junge ließ sich davon nicht einschüchtern. Er sah die Polizisten ganz ruhig an und antwortete höflich:

»Ja, wir gehen hier zur Schule, sind aber in den Ferien nicht nach Hause gefahren.«

»Wo kommt ihr jetzt her?« Gösta runzelte die Stirn.

»Wir sind heute Morgen schon ganz früh mit dem Boot raus. Die Familie wollte groß mittagessen, und da waren wir nicht erwünscht. Also sind wir stattdessen Fischen gegangen, das bildet nämlich den Charakter.«

»Habt ihr einen guten Fang gemacht?« Henrys Tonfall zeigte deutlich, dass er dem Jungen nicht traute.

»Wir haben einen ganzen Trog Fische gefangen.« Der Junge zeigte auf das Boot.

Gösta sah die Rolle mit der Schleppleine, die fest am Bootsheck vertäut war.

»Bis wir die Sache hier aufgeklärt haben, müssen wir euch mit in die Dienststelle nehmen.« Henry ging auf sein Boot zu.

»Können wir uns nicht vorher waschen? Wir sind ganz schmutzig und stinken nach Fisch«, sagte ein anderer Junge mit ängstlichem Gesicht.

»Jetzt tun wir, was die beiden Schutzmänner sagen«, zischte

der Junge, der der Anführer zu sein schien. »Selbstverständlich kommen wir mit. Falls wir einen unfreundlichen Eindruck gemacht haben, bitte ich um Entschuldigung. Wir waren nur besorgt, als wir Ebba mit zwei fremden Männern sahen. Ich heiße Leon Kreutz.« Er gab Gösta die Hand.

Henry erwartete sie bereits im Boot. Gösta folgte den Jungen mit Ebba auf dem Arm. Er warf einen letzten Blick auf das Haus. Wo zum Teufel steckte die Familie? Was war passiert?

Gösta kehrte in die Gegenwart zurück. Seine Erinnerungen waren so lebendig, dass er fast das Gefühl gehabt hatte, die warme Hand des Mädchens in seiner zu spüren. Er streckte sich und zog ein Foto aus dem Stapel. Es war noch am selben Tag in der Dienststelle von den fünf Jungen gemacht worden: Leon Kreutz, Sebastian Månsson, John Holm, Percy von Bahrn und Josef Meyer. Alle waren ungekämmt, trugen verdreckte Kleidung und guckten finster in die Kamera. Außer Leon. Er strahlte und wirkte älter als sechzehn. Er war ein gutaussehender Junge, fast klassisch schön, stellte Gösta fest, als er sich das alte Bild ansah. Damals hatte er gar nicht darüber nachgedacht. Er blätterte in den Ermittlungsunterlagen. Leon Kreutz. Was er wohl aus seinem Leben gemacht hatte? Gösta notierte sich etwas. Von den fünf Jungen hatte sich ihm Leon am stärksten eingeprägt. Vielleicht sollte er mit ihm anfangen.

Fjällbacka 1920

Das Mädchen schrie ununterbrochen Tag und Nacht, und Dagmar konnte sie nicht einmal übertönen, wenn sie sich die Ohren zuhielt und selbst aus Leibeskräften brüllte. Dann hörte sie immer noch das heulende Kind und die Nachbarn, die an die Wand klopften.

So hatte sie sich das nicht vorgestellt. Noch immer spürte sie seine Hände auf ihrer Haut und sah seinen Blick, als er sie nackt im Bett betrachtete. Sie war überzeugt davon, dass er ihre Gefühle erwiderte. Irgendetwas musste passiert sein. Sonst hätte er sie doch nicht vollkommen mittellos in dieser demütigenden Lage zurückgelassen. War er gezwungen worden, nach Deutschland zurückzukehren? Dort brauchten sie ihn wahrscheinlich. Er war ein Held, der treu seine Pflicht tat, wenn das Heimatland ihn rief, obwohl es ihm das Herz brach, sich von ihr trennen zu müssen.

Schon bevor sie von ihrer Schwangerschaft wusste, hatte sie auf jede erdenkliche Weise nach ihm gesucht. Sie hatte mehrere Briefe an die deutsche Gesandtschaft in Stockholm geschrieben und jeden, der ihr begegnete, gefragt, ob er den Kriegshelden Hermann Göring kenne und wisse, wo er sich aufhalte. Wenn er erfuhr, dass sie sein Kind zur Welt gebracht hatte, würde er mit Sicherheit zurückkehren. Was immer er Wichtiges in Deutschland zu tun hatte, er würde alles stehen und liegen lassen, um sie und Laura zu retten. Niemals würde er zulassen, dass sie in solchem Elend und unter Menschen lebten, die auf sie herabsahen und ihr nicht glaubten, dass er Lauras Vater war. Wenn Hermann erst in seiner schicken Fliegeruniform vor ihrer Tür stehen und sie in die Arme schließen würde, wenn er sie zu seinem schnittigen Wagen führte, dann wären die Leute überrascht.

Das Mädchen in der Wiege schrie immer lauter, und Dagmar wurde immer wütender. Keine Minute hatte sie Ruhe. Das Kind machte es absichtlich, das sah sie ihm an. Klein, wie sie war, behandelte sie Dagmar genauso verächtlich wie alle anderen. Dagmar hasste sie alle. Sollten sie doch in der Hölle schmoren, die Schandmäuler und die Hurenböcke, die sich von Dagmars schlechtem Ruf nicht davon abhalten ließen, abends zu ihr zu kommen und ihn ihr für ein paar lumpige Kröten reinzustecken. Offenbar war sie gut genug dafür, um sich grunzend auf sie zu wälzen.

Dagmar schlug die Bettdecke zur Seite und ging in die kleine Küche. Alle freien Flächen waren von schmutzigem Geschirr bedeckt, und von den eingetrockneten Essensresten stieg ein etwas muffiger Geruch auf. Sie öffnete den Vorratsschrank. Bis auf eine Flasche verdünnten Ethanols, die ihr der Apotheker als Bezahlung gegeben hatte, war der Schrank vollkommen leer. Sie ging mit der Flasche zurück ins Bett. Das Mädchen schrie weiter, und der Nachbar wummerte noch einmal gegen die Wand, aber Dagmar kümmerte das nicht. Sie zog den Korken heraus, wischte mit dem Ärmel ihres Nachthemds einige Brotkrumen vom Flaschenhals und setzte ihn an die Lippen. Wenn sie genügend getrunken hatte, verstummten die Geräusche.

Erwartungsvoll öffnete Josef die Tür zu Sebastians Arbeitszimmer. Auf dem Schreibtisch lagen die Zeichnungen des Grundstücks, auf dem in hoffentlich nicht allzu ferner Zukunft das Museum entstehen würde.

»Glückwunsch!« Sebastian kam ihm entgegen. »Die Gemeinde hat beschlossen, das Projekt zu unterstützen.« Er schlug Josef fest auf den Rücken.

»Gut«, sagte Josef. Eigentlich hatte er auch nichts anderes erwartet. Wieso sollte die Gemeinde ein so phantastisches Angebot ablehnen? »Wann können wir anfangen?«

»Immer mit der Ruhe. Ich glaube, dir ist nicht ganz klar, wie viel Arbeit uns bevorsteht. Wir müssen die Friedenssymbole herstellen, das Gebäude planen und berechnen und vor allem jede Menge Kohle eintreiben.«

»Wieso? Die Witwe Grünwald hat uns das Grundstück doch überlassen, und wir haben auch noch andere Schenkungen bekommen. Als Bauherr wirst du doch wohl selbst entscheiden können, wann wir anfangen.«

Sebastian lachte. »Nur weil meine Firma den Bau übernimmt, gibt es trotzdem nichts geschenkt. Ich muss Gehälter bezahlen und Material einkaufen. Diese Sache kostet eine Stange Geld.« Er klopfte auf die Zeichnungen. »Ich muss Subunternehmer beauftragen, und die arbeiten nicht für Gotteslohn. So wie ich.«

Josef setzte sich seufzend auf einen Stuhl. Was Sebastians Beweggründe anging, war er skeptisch.

»Wir fangen mit dem Granit an.« Sebastian legte schwungvoll die Füße auf den Tisch. »Ich habe hier ein paar tolle Entwürfe für die Friedenssymbole. Dann brauchen wir nur noch attraktives Werbematerial und eine gute Verpackung, und dann können wir den ganzen Mist verkaufen.« Als er Josefs Miene sah, griente er.

»Lach nur. Dir geht es nur ums Geld. Begreifst du denn nicht, welchen symbolischen Wert die Sache hat? Dieser Granit sollte Teil des Dritten Reiches werden, doch stattdessen ist er nun Zeugnis für die Niederlagen der Nazis und dafür, dass die guten Kräfte am Ende gesiegt haben. Wir haben die Möglichkeit, etwas daraus zu machen und am Ende das hier zu erschaffen.« Er hieb so fest auf den Tisch, dass der zitterte.

Sebastians Grinsen wurde immer breiter. Er breitete die Arme aus.

»Niemand zwingt dich, mit mir zusammenzuarbeiten. Ich kann unsere Vereinbarung jetzt zerreißen, und dann darfst du mit deinem Projekt gern woanders hingehen.«

Der Gedanke war verlockend. Für einen Augenblick überlegte Josef, genau das zu tun. Dann sackte er in sich zusammen. Er musste diese Sache zu Ende bringen. Bis jetzt hatte er seine Lebenszeit nur verschwendet. Er hatte nichts vorzuweisen. Hatte nichts zustande gebracht, was das Andenken seiner Vorfahren ehrte.

»Du weißt ganz genau, dass du der Einzige bist, an den ich mich wenden kann«, sagte er schließlich.

»Außerdem halten wir zwei zusammen.« Sebastian nahm die Füße vom Schreibtisch und beugte sich vor. »Wir kennen uns schon lange. Wir könnten Brüder sein, und du kennst mich doch. Einen Bruder würde ich niemals im Stich lassen.«

»Stimmt, wir halten zusammen«, sagte Josef. Er sah Sebastian forschend an. »Hast du schon gehört, dass Leon wieder da ist?«

»Das ist mir zu Ohren gekommen. Erstaunlich, dass er hier noch einmal auftaucht. Mit Ia. Das hätte ich nie gedacht.«

»Sie haben sich anscheinend das Haus oberhalb vom Brandpark gekauft.«

»Warum nicht, genügend Kapital haben sie ja. Vielleicht hat Leon ja auch Lust, Geld zu investieren. Hast du ihn schon gefragt?«

Josef schüttelte heftig den Kopf. Er hätte alles getan, um die Entstehung des Museums voranzutreiben. Alles, nur mit Leon würde er sich nicht einlassen.

»Übrigens habe ich gestern Percy getroffen«, sagte Sebastian lakonisch.

»Wie geht es ihm?« Josef war dankbar für den Themenwechsel. »Hat er das Schloss noch?«

»Ja, denn Fygelsta ist zum Glück Familienfideikommiss. Hätte er die Erbschaft mit seinen Geschwistern teilen müssen, wäre er schon lange pleite. Jetzt scheint jedenfalls kein Geld mehr da zu sein, und deshalb hat er Kontakt mit mir aufgenommen. Er brauche vorübergehend Hilfe, so hat er sich ausgedrückt.« Sebastian deutete Gänsefüßchen an. »Offenbar ist das Finanzamt hinter ihm her, und das kann man bekanntlich nicht mit seinen adligen Vorfahren und dem guten Namen um den Finger wickeln.«

»Wirst du ihm auch helfen?«

»Mach nicht so ein ängstliches Gesicht. Wie gesagt, einen Bruder würde ich nie im Stich lassen, und das ist Percy genauso wie du, oder etwa nicht?«

»Doch.«

Josef blickte hinaus aufs Wasser. Sie waren tatsächlich für immer Brüder, in Finsternis vereint. Er wandte sich wieder den Zeichnungen zu. Licht konnte die Finsternis vertreiben. Er würde es für sich selbst und für seinen Vater tun.

»Was ist denn mit Martin los?« Patrik stand in Annikas Tür. Er konnte sich die Frage nicht verkneifen. Irgendetwas stimmte nicht, und das machte ihm Sorgen.

Annika sah ihn an und legte die gefalteten Hände in den Schoß.

»Ich kann es dir nicht sagen. Wenn Martin so weit ist, wird er es dir selbst erzählen.«

Seufzend setzte sich Patrik auf den Besucherstuhl neben der Tür.

»Was denkst du über diesen Fall?«

»Ich glaube, du hast recht.« Annika war sichtlich erleichtert, dass Patrik das Gesprächsthema gewechselt hatte. »Der Brand und das Verschwinden der Familie hängen irgendwie zusammen. In Anbetracht des Funds unter dem Fußboden wird wohl jemand Angst gehabt haben, dass Ebba und ihr Mann im Laufe der Renovierungsarbeiten darauf stoßen.«

»Meine liebe Gattin ist schon lange fasziniert von der Geschichte.«

»Und nun befürchtest du, dass sie ihr süßes Näschen in Dinge steckt, die sie nichts angehen.«

»Das kann man so sagen, aber vielleicht ist sie diesmal klug genug, sich nicht einzumischen.«

Annika grinste, und Patrik gestand sich ein, dass er selbst nicht daran glaubte.

»Mit ihren Recherchefähigkeiten verfügt sie wahrscheinlich über interessante Hintergrundinformationen. Solange ihre Nachforschungen in einem gewissen Rahmen bleiben, ist sie dir bestimmt eine Hilfe«, sagte Annika.

»Stimmt, nur das mit dem gewissen Rahmen ist nicht ihre Stärke.«

»Sie kann aber ganz gut auf sich aufpassen. Wie willst du die Sache eigentlich angehen?«

»Ich weiß nicht genau.« Patrik legte die Beine übereinander und fummelte zerstreut an seinem Schnürsenkel herum. »Wir müssen alle befragen, die damals anwesend waren. Gösta ist dabei, die Lehrer und Schüler ausfindig zu machen. Das Wichtigste ist natürlich, dass wir mit den fünf Jungs sprechen, die an diesem Ostersonnabend auf der Insel waren. Gösta soll entscheiden, mit wem wir zuerst reden. Du könntest vielleicht die Informationen überprüfen, die Gösta sammelt. Leider habe ich kein übermäßiges Vertrauen in seinen administrativen Durchblick, und das mit den Kontaktdaten hättest du vielleicht besser auch übernommen, aber er weiß schließlich am meisten über den Fall.«

»Er macht einen erstaunlich engagierten Eindruck«, sagte Annika. »Ich glaube, ich weiß auch, woran das liegt. Soweit ich gehört habe, hat die kleine Tochter von Elvanders eine Zeitlang bei ihm gewohnt.«

»Ebba hat bei Gösta gewohnt?«

»Zumindest wird das behauptet.«

»Es würde jedenfalls sein seltsames Verhalten auf der Insel erklären.« Patrik sah noch vor sich, wie Gösta Ebba angeblickt hatte. Er war unheimlich besorgt um sie gewesen und hatte sie sogar angefasst.

»Bestimmt konnte er den Fall deshalb nicht vergessen. Wahrscheinlich hingen sie wahnsinnig an dem Mädchen.« Annikas Blick suchte das große gerahmte Foto von Leila, das auf ihrem Schreibtisch stand.

»Ja, natürlich«, sagte Patrik. Es gab so viele Dinge, die er nicht wusste, so vieles, was er über die Ereignisse auf Valö herausfinden musste. Auf einmal erschien ihm die Aufgabe, vor der er stand, überwältigend groß. War es wirklich möglich, diesen alten Fall nach so vielen Jahren aufzuklären? Und wie sehr eilte es?

»Glaubst du, dass der Brandstifter noch einen Versuch unternimmt?« Annika schien seine Gedanken gelesen zu haben.

Patrik dachte lange nach. Dann nickte er.

»Ich weiß es nicht, aber wir dürfen kein Risiko eingehen. Wir müssen so schnell wie möglich herausfinden, was an diesem Ostersonnabend eigentlich passiert ist. Wer auch immer Ebba und Mårten das antun wollte, muss gestoppt werden, bevor er noch einmal zuschlägt.«

Anna stand nackt vor dem Spiegel und konnte die Tränen kaum zurückhalten. Sie erkannte sich selbst nicht wieder. Langsam hob sie die Hand und strich sich über den Kopf. Nach dem Unfall war ihr Haar viel dunkler und fester nachgewachsen, und es war immer noch viel kürzer, als sie es früher getragen hatte. Ein Friseurbesuch würde hier vielleicht Abhilfe schaffen, hatte aber keinen Sinn. Ein neuer Haarschnitt würde ihren Körper nicht verändern.

Mit zitternden Fingern zeichnete sie die Narben nach, die eine chaotische Landkarte auf ihrem Körper bildeten. Sie waren ein wenig verblasst, würden aber nie wieder vollständig verschwinden. Lustlos drückte sie eine Hautfalte in ihrer Taille zusammen. Sie hatte immer eine schlanke Figur gehabt, ohne sich dafür besonders anstrengen zu müssen, und war wirklich stolz auf ihren Körper gewesen. Nun betrachtete sie voller Abscheu ihren Speck. Wegen der Verletzungen hatte sie sich kaum bewegen können und achtlos alles Mögliche in sich hineingestopft. Anna sah sich ins Gesicht, konnte ihren eigenen Blick jedoch kaum ertragen. Mit der Hilfe von Dan und den Kindern hatte sie sich aus einer Dunkelheit, die die Zeit mit Lucas noch übertroffen hatte, zurück ins Leben gekämpft. Die Frage war, ob es sich wirklich gelohnt hatte. Noch wusste sie keine Antwort darauf.

Die Klingel ließ sie zusammenzucken. Da sie allein zu Hause war, konnte nur sie die Tür öffnen. Sie warf einen letzten Blick auf ihren nackten Körper, bevor sie eine bequeme Jogginghose und das T-Shirt anzog, das zusammengeknüllt auf dem Boden lag. Dann raste sie nach unten. Erleichtert stellte sie fest, dass Erica vor der Tür stand.

»Hallo, was treibst du gerade?«, fragte Erica.

»Nichts. Komm rein. Wo hast du die Kinder gelassen?«

»Zu Hause. Kristina passt auf sie auf, ich hatte einiges zu erledigen, und da wollte ich auf dem Rückweg bei dir vorbeischauen.«

»Gute Idee.« Anna ging Kaffee kochen. Sie hatte zwar immer noch ihre weißen Speckrollen vor Augen, schüttelte die unangenehme Erinnerung jedoch schnell ab und holte ein paar Buttercremetörtchen mit Schokoglasur aus dem Kühlschrank.

»Oje, so was sollte ich nicht mal angucken.« Erica verzog das Gesicht. »Ich habe mich zufällig am Wochenende im Bikini gesehen, und das war kein schöner Anblick.«

»Ach was, du siehst unheimlich gut aus.« Anna konnte sich den verbitterten Unterton nicht verkneifen. Erica brauchte sich wirklich nicht zu beklagen.

Sie füllte eine Karaffe mit Wasser und Sirup und ging mit Erica zu dem kleinen Sitzplatz hinter dem Haus.

»Was für hübsche Gartenmöbel. Sind die neu?« Erica strich über das weiß lackierte Holz.

»Ja, wir haben sie bei Paulssons entdeckt, du weißt schon, neben dem Tante-Emma-Laden.«

»Du hast wirklich ein Talent, genau das Passende zu finden.« Nun war Erica erst recht überzeugt, dass Anna ihr Vorschlag gefallen würde.

»Danke. Wo warst du noch mal?«

»Im Ferienheim.« Sie erzählte in groben Zügen, was dort passiert war.

»Wie spannend. Sie haben also Blut, aber keine Leichen gefunden? Dann muss dort ja auf jeden Fall etwas vorgefallen sein.«

»Sieht so aus.« Erica schnitt ein Törtchen in der Mitte durch und biss ein großes Stück von der einen Hälfte ab.

»Bitte lächeln!« Für einen Augenblick spürte Anna einen warmen Hauch aus ihrer Kindheit.

Erica wusste genau, was sie meinte, und grinste so breit sie konnte mit ihren schokobraunen Zähnen.

»Guck mal!« Sie steckte sich zwei Strohhalme in die Nase, schielte kräftig und bleckte noch immer die Zähne.

Anna kicherte. Als Kind hatte sie es geliebt, wenn ihre große Schwester Mätzchen machte. Meistens war Erica jedoch ziemlich erwachsen und ernst gewesen, eher wie eine kleine Mutter.

»Ich wette, du kannst nicht mehr durch die Nase trinken«, sagte Erica.

»Natürlich kann ich das.« Mit beleidigter Miene steckte sich Anna je einen Strohhalm in die Nasenlöcher. Dann beugte sie sich vor, tauchte die Strohhalme in ihr Glas und atmete durch die Nase ein. Als ihr der Saft in die Nase drang, musste sie unkontrolliert husten und niesen. Erica platzte fast vor Lachen.

»Was macht ihr hier eigentlich?«

Plötzlich stand Dan vor ihnen. Als sie seinen Gesichtsausdruck sahen, konnten sie beide nicht mehr an sich halten. Sie zeigten aufeinander und versuchten, etwas zu sagen, mussten aber so lachen, dass sie kein Wort herausbekamen.

»Alles klar, ich werde nie wieder unangekündigt nach Hause kommen.« Kopfschüttelnd ging Dan wieder hinein.

Schließlich beruhigten sie sich doch, und Anna spürte, dass sich der feste Klumpen in ihrem Bauch ein wenig aufgelöst hatte. Erica und sie waren sich in den vergangenen Jahren nicht immer einig gewesen, aber niemand war ihr so nah wie ihre Schwester. Keiner brachte sie so auf die Palme, und keiner machte sie so froh. Ein unsichtbares Band hielt sie für immer zusammen. Sie wischte sich die Lachtränen aus dem Gesicht und begriff dabei, wie sehr sie ihre Schwester brauchte.

»Nachdem er dich so gesehen hat, brauchst du wahrscheinlich heute Abend keine weiteren Annäherungsversuche zu befürchten«, sagte Erica.

Anna rümpfte die Nase. »Keine Ahnung, ob das einen Unterschied macht, aber wechseln wir lieber das Thema. Irgendwie kommt es mir inzestuös vor, übers Liebesleben zu sprechen, wenn der Partner bereits mit der eigenen Schwester zusammen war ...«

»Meine Güte, das ist doch eine Ewigkeit her. Um ehrlich zu sein, weiß ich nicht mal mehr, wie er nackt aussah.«

Anna hielt sich demonstrativ die Ohren zu, Erica schüttelte lachend den Kopf.

»Okay, reden wir über etwas anderes.«

Anna nahm die Hände herunter. »Erzähl mir mehr von Valö. Wie ist die Tochter? Hieß sie nicht Emma?«

»Ebba«, sagte Erica. »Sie lebt dort mit Mårten, ihrem Mann. Sie wollen das Haus renovieren und eine Pension eröffnen.«

»Glaubst du wirklich, dass das funktioniert? Die Saison ist nicht besonders lang.«

»Ich habe keine Ahnung, hatte aber den Eindruck, dass sie es nicht wegen des Geldes machen. Sie verfolgen andere Ziele.«

»Vielleicht läuft es ja auch. Der Ort hat schließlich Potenzial.«

»Ich weiß, und jetzt kommst du ins Spiel.« Erica deutete mit dem Finger auf sie und klang plötzlich ganz eifrig.

»Ich?«, fragte Anna. »Was habe ich damit zu tun?«

»Bis jetzt noch gar nichts, aber das kann ja noch kommen. Ich habe nämlich eine unglaublich gute Idee.«

»Bescheiden wie immer«, stellte Anna fest, doch ihre Neugier war geweckt.

»Eigentlich haben Ebba und Mårten es zuerst angesprochen. Sie kommen mit der Renovierung gut voran und sind handwerklich geschickt, brauchten aber bei Stil und Ambiente ein wenig Hilfe. Genau das hast du zu bieten: Du kennst dich mit Einrichtung und Antiquitäten aus und hast einen guten Geschmack. Du bist einfach perfekt dafür geeignet!« Erica schnappte nach Luft und trank einen Schluck Saft.

Anna traute ihren Ohren kaum. Vielleicht war dies eine Gelegenheit, um herauszufinden, ob ein Job als selbständige Einrichtungsberaterin zu ihr passte. Möglicherweise war das ihr erster Auftrag. Sie lächelte.

»Hast du ihnen das gesagt? Meinst du, sie wollen jemanden engagieren? Können sie sich das überhaupt leisten? Welcher Stil schwebt ihnen denn vor? Die Sachen müssen ja nicht teuer sein, es würde sogar Spaß machen, übers Land zu fahren und auf Trödelmärkten richtig schöne Möbel und Einrichtungsgegenstände zu einem günstigen Preis zu finden. Da draußen könnte ich mir einen etwas altmodischen, romantischen Stil vorstellen, ich weiß auch, wo man hübsche Stoffe findet und …«

Erica hob eine Hand.

»Ganz ruhig. Die Antwort lautet nein, ich habe noch nicht von dir gesprochen. Ich habe ihnen nur gesagt, dass ich vielleicht jemanden wüsste, der ihnen helfen könnte. Keine Ahnung, wie groß ihr Budget ist, aber ruf sie doch einfach an und mach einen Termin mit ihnen aus. Falls sie Interesse haben, können wir zusammen hinfahren.«

Anna musterte Erica skeptisch.

»Du suchst doch nur nach einem Grund, da wieder herumzuschnüffeln.«

»Mag sein … aber ich halte es trotzdem für eine glänzende Idee, wenn ihr euch kennenlernt. Ich glaube, du würdest das super machen.«

»Ich wollte mich ja schon länger selbständig machen.«

»Dann solltest du einfach loslegen. Ruf sie doch gleich an, ich gebe dir die Nummer.«

Anna spürte neue Lebensgeister in sich erwachen. Begeisterung. Dieses Wort beschrieb wahrscheinlich am besten, was in ihr vorging. Zum ersten Mal seit langem war sie richtig enthusiastisch.

»Okay, gib sie mir, bevor ich es mir anders überlege.« Sie griff zu ihrem Handy.

Das Interview lag ihm immer noch im Magen. Es war so frustrierend, sein Mundwerk im Zaum halten zu müssen und nicht Klartext reden zu dürfen. Der Journalist, mit dem er heute Morgen gesprochen hatte, war ein Idiot. Die meisten Leute waren Idioten. Sie hatten keinen Sinn für die Realität, was seine Verantwortung noch größer machte.

»Glaubst du, dass die Partei Schaden nehmen wird?« John drehte nachdenklich sein Weinglas in der Hand.

Seine Frau zuckte die Achseln. »So schlimm wird es schon nicht sein, er kam ja von keiner überregionalen Zeitung.« Sie strich sich die Haare aus dem Gesicht und setzte ihre Sonnenbrille auf, um den großen Dokumentenstapel zu lesen, der vor ihr lag.

»So ein Interview macht schnell die Runde. Die belauern uns doch wie die Geier und warten nur auf eine günstige Gelegenheit, um zuzuschlagen.«

Liv sah ihn über den Rand ihrer Brille an. »Als ob dich das überraschen würde! Du weißt doch genau, wer in diesem Land die Macht über die Medien hat.«

John nickte. »Mich brauchst du nicht zu überzeugen.«

»Bei der nächsten Wahl sieht es anders aus. Die Menschen

machen sich nämlich keine Illusionen mehr über diese Gesellschaft.« Mit einem siegesgewissen Lächeln auf dem Gesicht blätterte sie weiter.

»Ich wünschte, ich hätte deinen Glauben an die Menschheit. Manchmal frage ich mich, ob die Leute es jemals begreifen werden. Sind die Schweden zu faul und dumm, zu durchmischt und degeneriert, um zu merken, dass sich das Ungeziefer immer mehr ausbreitet? Vielleicht fließt nicht mehr genug reines Blut in den Adern der Schweden, als dass es sich lohnen würde, für ihr Volk zu kämpfen.«

Liv hörte auf zu lesen. Ihre Augen glühten geradezu.

»Jetzt pass mal auf, John. Seit wir uns kennen, hast du ein klares Ziel vor Augen. Du hast immer gewusst, was du zu tun hast, weil es deine Bestimmung ist. Wenn dir niemand zuhört – dann musst du eben lauter sprechen. Wenn jemand skeptisch ist, musst du ihm bessere Argumente liefern. Wir sitzen endlich im Reichstag, und dazu hat uns genau das Volk verholfen, an dem du gerade zweifelst. Es ist doch vollkommen egal, ob irgendein hergelaufener Journalist unser Budget hinterfragt. Wir wissen schließlich, dass wir recht haben, und alles andere zählt nicht.«

John lächelte sie an. »Du klingst genau wie damals in der Jugendorganisation, allerdings siehst du mit Haaren viel besser aus als ohne.« Er ging zu ihr und küsste sie auf die Stirn.

Abgesehen vom aufbrausenden Temperament und der agitatorischen Rhetorik erinnerte nichts an seiner kühlen Ehefrau, die immer wie aus dem Ei gepellt war, an das junge Mädchen mit der Glatze und den Springerstiefeln, in das er sich verliebt hatte. Trotzdem liebte er sie noch mehr als damals.

»Es ist nur ein Artikel in der Lokalzeitung.« Liv drückte seine Hand, die noch auf ihrer Schulter lag.

»Wahrscheinlich hast du recht.« John blieb jedoch beunruhigt. Er musste zu Ende bringen, was er sich vorgenommen hatte. Es war seine Aufgabe, das Ungeziefer auszurotten. Hätte er doch nur mehr Zeit gehabt.

Die Badezimmerkacheln fühlten sich herrlich kühl an. Ebba lehnte die Stirn dagegen und schloss die Augen.

»Kommst du bald?«

Sie hörte Mårten aus dem Schlafzimmer, antwortete aber nicht. Sie wollte noch nicht ins Bett. Jedes Mal, wenn sie sich neben Mårten legte, hatte sie das Gefühl, Vincent zu hintergehen. Im ersten Monat hatte sie es nicht im selben Haus mit Mårten ausgehalten. Sie konnte ihn nicht einmal ansehen, und wenn sie ihr eigenes Spiegelbild sah, musste sie sich abwenden. Sie war umgeben von Schuld.

Ihre Eltern hatten sich rund um die Uhr um sie gekümmert und sie betüddelt wie ein kleines Baby. Sie hatten mit ihr geredet, sie angefleht und sie immer wieder beschworen, dass sie und Mårten einander brauchten. Am Ende glaubte sie ihnen. Vielleicht hatte sie sich aber auch nur gefügt, weil es leichter war.

Langsam und widerwillig hatte sie sich ihm wieder angenähert. Sie war nach Hause zurückgekehrt. Aus Angst vor dem, was passieren konnte, wenn sie miteinander redeten und womöglich Dinge sagten, die sich nicht zurücknehmen ließen, lebten sie in den ersten Wochen schweigend nebeneinanderher. Mit alltäglichen Sätzen fingen sie an:

»Gib mir die Butter.«

»Hast du Wäsche gewaschen?«

Ungefährliche, harmlose Sachen, die keine Vorwürfe provozierten. Mit der Zeit wurden die Sätze länger, und sie fanden immer mehr sichere Themen. Valö kam zur Sprache. Mårten schlug als Erster vor, dorthin zu ziehen. Auch er betrachtete es als Möglichkeit, alles hinter sich zu lassen, was sie an ein anderes Leben erinnerte. Ein Leben, das nicht perfekt, aber glücklich gewesen war.

Als sie mit geschlossenen Augen dasaß und ihre Stirn an den Badezimmerkacheln kühlte, bezweifelte sie zum ersten Mal, dass es die richtige Entscheidung gewesen war. Das Haus, in dem Vincent sein ganzes kurzes Leben verbracht hatte, war verkauft. Sie hatten dort Windeln gewechselt und waren nachts mit dem Kleinen auf dem Arm auf und ab gewandert, er hatte dort krabbeln, laufen und sprechen gelernt. Nun gehörte es ihnen nicht mehr, und sie fragte sich, ob dieser Schritt nicht eine Flucht gewesen war.

Jetzt waren sie hier. In einem Haus, wo sie vielleicht nicht einmal sicher waren und wo im Esszimmerfußboden ein Loch klaffte, weil vermutlich ihre Familie dort ausgelöscht worden war. Das berührte sie mehr, als sie zugeben wollte. In ihrer Kindheit hatte sie sich selten Gedanken über ihre Herkunft gemacht, doch nun konnte sie die Vergangenheit nicht länger von sich fernhalten. Als sie den großen, seltsamen Fleck unter den Dielen sah, wurde ihr innerhalb eines Augenblicks klar, dass es sich nicht um etwas Mysteriöses handelte. Dies war die Realität. Ihre Mutter und ihr Vater waren vermutlich genau an dieser Stelle ums Leben gekommen, und in gewisser Weise erschien ihr das wirklicher als die Tatsache, dass jemand versucht hatte, sie und Mårten umzubringen. Sie wusste zwar nicht, wie sie mit dieser Wirklichkeit umgehen und mitten darin leben sollte, aber sie konnte ja sonst nirgendwohin.

»Ebba?«

Sie hörte an seiner Stimme, dass er bald aufstehen und nach ihr suchen würde, wenn sie keine Antwort gab. Deshalb hob sie den Kopf und rief in Richtung Tür: »Ich komme.«

Während sie sich sorgfältig die Zähne putzte, betrachtete sie sich im Spiegel. An diesem Abend wich sie nicht aus. Sie sah der Frau mit dem toten Blick in die Augen, dieser Mutter ohne Kind. Dann spuckte sie die Zahnpasta ins Waschbecken und trocknete sich den Mund ab.

»Das hat aber gedauert.« Mårten hielt ein Buch in den Händen, war allerdings noch auf derselben Seite wie gestern, stellte sie fest.

Ohne etwas zu erwidern, schlüpfte sie unter die Decke. Mårten legte das Buch auf den Nachttisch und machte das Licht aus. Die Raffrollos, die sie bei ihrem Einzug montiert hatten, verdunkelten den Raum vollständig, obwohl es draußen nie richtig dunkel wurde.

Ebba lag regungslos da und starrte an die Decke. Sie spürte, dass Mårten tastend die Hand nach ihr ausstreckte, tat jedoch, als würde sie es nicht bemerken. Diesmal zog er sie nicht zurück, sondern strich damit über ihren Oberschenkel, glitt unter ihr T-Shirt und streichelte ihren Bauch. Übelkeit stieg in ihr auf, als sich seine Hand zielstrebig weiter nach oben bewegte und ihre Brüste streifte. Die Brüste, aus denen Vincent Milch getrunken hatte, die Brustwarzen, an denen sein kleiner Mund so gierig gesaugt hatte.

Galle füllte ihren Mund. Sie sprang aus dem Bett, raste ins Badezimmer und schaffte es gerade noch, den Toilettendeckel hochzuklappen, bevor sich ihr Magen entleerte. Als sie fertig war, sank sie entkräftet auf dem Fußboden in sich zusammen. Im Schlafzimmer hörte sie Mårten weinen.

Fjällbacka 1925

Dagmar betrachtete die Zeitung auf der Erde. Laura zog an ihrem Ärmel und schrie immer wieder »Mama, Mama«, aber Dagmar beachtete sie gar nicht. Sie hatte diese fordernde, quengelnde Stimme und das Wort, das schon so oft wiederholt worden war, dass sie fast wahnsinnig wurde, einfach satt. Langsam beugte sie sich hinunter und hob die Zeitung auf. Es war später Nachmittag, und ihr Blick hatte sich bereits ein wenig getrübt, aber es bestand kein Zweifel. Da stand es schwarz auf weiß: »Der deutsche Fliegerheld Göring kehrt nach Schweden zurück.«

»Mama, Mama!« Laura zerrte immer kräftiger an ihr. Dagmar schlug so heftig nach ihr, dass das Mädchen von der Bank fiel und zu weinen begann.

»Sei still!«, zischte Dagmar. Sie verabscheute dieses falsche Geflenne. Dem Kind fehlte es an nichts. Es hatte ein Dach über dem Kopf, etwas anzuziehen und brauchte nicht zu hungern, auch wenn es manchmal nicht viel zu beißen gab.

Dagmar wandte sich wieder dem Artikel zu und entzifferte ihn mühsam. Ihr Herz klopfte. Er war zurückgekommen, er war in Schweden und würde sie abholen. An einer Zeile etwas weiter unten blieb ihr Blick hängen: »Göring zieht mit seiner schwedischen Ehefrau Carin nach Schweden.« Dagmars Mund wurde trocken. Er hatte eine andere Frau geheiratet. Er hatte sie im Stich gelassen! Rasender Zorn durchfuhr sie und steigerte sich noch wegen Lauras gellendem Gebrüll und den neugierigen Blicken der Passanten.

»Jetzt hältst du die Klappe!« Sie verpasste Laura eine derart heftige Ohrfeige, dass ihre Handfläche brannte.

Das Mädchen verstummte, hielt sich die schmerzende Wange und sah sie mit weit aufgerissenen Augen an. Dann fing sie von neuem an zu heulen, diesmal noch lauter, und Dagmar wurde zunehmend verzweifelter. Sie stürzte sich auf die Zeitung und las den Satz immer wieder. Carin Göring. Der Name ging ihr nicht mehr aus dem Kopf. Wie lange die beiden schon verheiratet waren, stand nicht dort, aber da sie eine Schwedin war, hatten sie sich wahrscheinlich in Schweden kennengelernt. Sie musste Hermann mit irgendeinem Trick dazu gebracht haben, sie zu heiraten. Mit Sicherheit war es Carins Schuld, dass Hermann nicht gekommen war, um Dagmar zu holen. Dass er nicht bei ihr und der Tochter sein konnte, bei seiner Familie.

Sie nickte, knüllte die Zeitung zusammen und griff nach der Flasche, die neben ihr auf der Bank stand. Zu ihrer Verwunderung war nur noch ein kleiner Schluck darin, dabei war sie am Morgen noch voll gewesen. Dagmar machte sich jedoch keine Gedanken darüber, sondern genoss das angenehme Brennen im Hals und ließ das segensreiche Getränk ihre Kehle hinunterrinnen.

Das Kind hatte aufgehört zu flennen. Es saß mit angezogenen Beinen auf der Erde und schluchzte nur noch. Durchtrieben, wie es trotz seiner fünf Jahre bereits war, badete es vermutlich in Selbstmitleid, wie so oft. Dagmar wusste, was sie zu tun hatte. Noch ließ sich alles wieder in Ordnung bringen. In Zukunft könnte Hermann bei ihnen sein, ihm würde es bestimmt gelingen, das Mädchen zur Räson zu bringen. Laura brauchte offenbar einen Vater, der mit harter Hand die Führung übernahm, denn wie sehr sie sich auch bemühte, ihrer Tochter ein wenig Verstand einzuprügeln, es schien nichts zu nützen.

Lächelnd saß Dagmar auf der Bank im Brandpark. Nun wusste sie, wo die Wurzel des Übels lag. Endlich würde ihr und Lauras Leben in Ordnung kommen.

Als Göstas Auto in die Einfahrt bog, atmete Erica auf. Er hätte ja unterwegs Patrik begegnen können, der auf dem Weg zur Arbeit war.

Sie öffnete die Tür, bevor Gösta auf die Klingel drücken konnte. Hinter ihr machten die Kinder einen solchen Krach, dass er das Gefühl haben musste, das Haus durch eine Wand aus Lärm zu betreten.

»Entschuldige bitte das Chaos. Sicherheit und Gesundheit werden an diesem Arbeitsplatz leider nicht gewährleistet.« Sie drehte sich um und wies Noel zurecht, der einen weinenden Anton durch den Flur jagte.

»Keine Sorge. Schlimmer als Mellberg werden sie schon nicht sein.« Gösta ging in die Hocke. »Na, ihr drei. Ihr scheint ja richtige Rabauken zu sein.«

Anton und Noel blieben ganz verschüchtert stehen, aber Maja kam kess auf ihn zu.

»Hallo, du alter Onkel. Ich heiße Maja.«

»Aber Maja, so was sagt man nicht.« Erica warf ihrer Tochter einen strengen Blick zu.

»Das macht nichts.« Gösta stand laut lachend auf. »Kinder und Narren sagen die Wahrheit, und ich bin eben ein alter Onkel. Oder was meinst du, Maja?«

Maja nickte, streckte ihrer Mutter triumphierend die Zunge raus und trollte sich. Die Zwillinge hatten sich noch immer nicht herangewagt. Ohne Gösta aus den Augen zu lassen, zogen sie sich vorsichtig ins Wohnzimmer zurück.

»Die zwei lassen sich nicht so leicht um den Finger wickeln«, sagte er, während er Erica in die Küche folgte.

»Anton war von Anfang an schüchtern. Noel ist normalerweise ziemlich offen, aber momentan scheint er auch wahnsinnige Angst vor Fremden zu haben.«

»Keine schlechte Einstellung, würde ich sagen.« Gösta setzte sich auf einen Küchenstuhl und sah sich besorgt um. »Bist du sicher, dass Patrik nicht noch mal nach Hause kommt?«

»Er ist vor einer halben Stunde zur Arbeit gefahren, mittlerweile müsste er in der Dienststelle angekommen sein.«

»Ich bin nicht sicher, ob das hier eine gute Idee ist.« Er malte mit dem Finger auf der Tischplatte herum.

»Ich finde die Idee ausgezeichnet«, sagte Erica. »Es gibt keinen Grund, Patrik einzuweihen. Manchmal hat er es nicht gern, wenn ich mithelfe.«

»Und das nicht ohne Grund. Du hast dich schon in äußerst brenzlige Situationen gebracht.«

»Aber am Ende ist immer alles gutgegangen.«

Erica ließ sich nicht entmutigen. Sie war der Meinung, am vergangenen Abend einen genialen Einfall gehabt zu haben. Daraufhin hatte sie sich sofort aus dem Haus geschlichen und Gösta angerufen. Es hatte zwar gewisser Überredungskünste bedurft, ihn hinter Patriks Rücken herzulocken, aber nun saß er hier.

»Wir zwei haben etwas gemeinsam.« Sie setzte sich ihm gegenüber. »Wir wollen beide unbedingt wissen, was an diesem Ostersonnabend auf Valö passiert ist.«

»Stimmt, aber die Polizei beschäftigt sich ja mit dem Fall.«

»Und das ist auch gut so, aber du weißt doch selbst, wie ineffektiv polizeiliche Ermittlungen manchmal sind, wenn man sich an alle Vorschriften und Regeln hält. Ich bin da viel freier.«

Gösta sah immer noch skeptisch aus. »Das mag sein, aber wenn Patrik davon erfährt, wird es ungemütlich. Ich möchte nicht, dass …«

»Genau deshalb darf Patrik nichts davon wissen«, fiel Erica ihm ins Wort. »Du besorgst mir heimlich einen Teil des Ermittlungsmaterials und bekommst dafür alles, was ich ans Tageslicht befördere. Sobald ich etwas herausfinde, gebe ich es an dich weiter. Du präsentierst es Patrik und erntest die Lorbeeren, und ich kann das Material später zu einem Buch verarbeiten. Auf diese Weise hat jeder was davon, auch Patrik. Er will schließlich den Fall lösen und den Brandstifter fassen. Er wird keine Fragen stellen, sondern dankbar alles annehmen, was ihm geboten wird. Außerdem ist die Dienststelle doch besonders dünn besetzt, wenn Martin krank ist und Paula im Urlaub. Da kann es bestimmt nicht schaden, wenn jemand mitarbeitet.«

»Vielleicht hast du recht.« Göstas Miene hellte sich ein wenig auf. Erica nahm an, dass ihm die Vorstellung gefiel, Lorbeeren zu ernten. »Hast du wirklich keine Angst, dass Patrik etwas ahnt?«

»Nein, er wird keinen Verdacht schöpfen. Er weiß doch, wie wichtig dir dieser Fall ist.«

Da es sich anhörte, als ob im Wohnzimmer ein dramatischer Endspurt stattfand, raste Erica nach nebenan. Als sie Noel ermahnt hatte, Anton in Ruhe zu lassen, und ein Pippi-Langstrumpf-Film eingeschaltet war, kehrte Ruhe ein, und sie konnte wieder in die Küche gehen.

»Die Frage ist, wo wir anfangen. Habt ihr schon was über das Blut gehört?«

Gösta schüttelte den Kopf. »Noch nicht, aber Torbjörn und seine Leute arbeiten da draußen weiter und versuchen, noch mehr zu finden. Sie hoffen, dass sie im Laufe des Tages erfahren, ob es sich um Menschenblut handelt oder nicht. Bis jetzt haben wir nur über den Brand einen vorläufigen Bericht, den Patrik gestern kurz vor Feierabend bekommen hat.«

»Habt ihr schon Leute verhört?« Erica konnte vor Neugier kaum still sitzen. Sie würde nicht aufgeben, bevor sie ihren Teil dazu beigetragen hatte, dieses Mysterium aufzuklären. Dass zudem ein großartiges Buch daraus werden konnte, war eher Nebensache.

»Gestern habe ich aufgelistet, in welcher Reihenfolge wir die betreffenden Personen befragen sollten. Außerdem habe ich begonnen, nach ihren Adressen zu suchen. Das ist nicht ganz einfach, wenn so viel Zeit vergangen ist. Zum einen sind die Leute schwer zu finden, zum anderen erinnern sie sich nur noch vage. Mal sehen, was dabei herauskommt.«

»Glaubst du, dass die Jungs etwas damit zu tun haben könnten?«

Er wusste sofort, wen sie meinte. »Der Gedanke ist mir natürlich auch schon gekommen, aber ich bin mir nicht sicher. Wir haben sie mehrmals verhört, und ihre Aussagen stimmten überein. Außerdem haben wir keine physischen Spuren gefunden, die darauf hindeuteten …«

»Habt ihr überhaupt keine konkreten Spuren gefunden?«, unterbrach ihn Erica.

»Nein, viele Anhaltspunkte hatten wir nicht. Nachdem mein Kollege Henry und ich Ebba allein im Haus vorgefunden hatten, gingen wir zum Steg hinunter. Dort trafen wir die Jungs, die gerade mit dem Boot zurückkamen. Sie sahen wirklich so aus, als ob sie gerade vom Fischen kämen.«

»Habt ihr das Boot untersucht? Schließlich ist ja nicht ausgeschlossen, dass die Leichen im Meer versenkt worden sind.«

»Es wurde genauestens untersucht, aber es gab keine Blutspuren oder ähnliche Dinge, denn die müssten nachzuweisen sein, wenn in einem Boot fünf Tote transportiert wurden. Ich frage mich sowieso, ob die Jungen überhaupt in der Lage gewesen wären, die Leichen zum Bootsanleger zu schleppen. Das waren schmale Bürschchen. Außerdem treiben Leichen an die Oberfläche und werden früher oder später an Land gespült. Zumindest ein Familienmitglied hätte gefunden werden müssen. Es sei denn, die Jungs hätten die Leichen mit Gewichten beschwert, aber die findet man in der Eile vielleicht gar nicht.«

»Habt ihr auch mit den anderen Schülern gesprochen?«

»Ja, aber einige Eltern waren strikt dagegen. Vielleicht waren sie sich zu fein dafür und befürchteten einen Skandal.«

»Ist denn etwas Interessantes dabei herausgekommen?«

Gösta rümpfte die Nase. »Nein. Die Eltern haben lediglich beteuert, wie schrecklich das alles für ihre Söhne sei, behaupteten aber, ihr Kind habe nichts über den Schulalltag zu berichten. Es sei alles wunderbar gewesen. Rune sei prima, die Lehrer seien prima und es habe keinerlei Konflikte oder Streit gegeben. Die meisten Schüler plapperten einfach nach, was ihre Eltern sagten.«

»Und die Lehrer?«

»Die haben wir natürlich auch vernommen. Einen von ihnen, Ove Linder, hatten wir zunächst verdächtigt, aber dann stellte sich heraus, dass er ein Alibi hatte.« Gösta schwieg eine Weile. »Es gab einfach keinen Verdächtigen. Wir konnten ja nicht mal beweisen, dass ein Verbrechen stattgefunden hatte. Aber ...«

Erica legte die Arme auf den Tisch und beugte sich vor. »Was aber?«

Er zögerte. »Ach, ich weiß nicht. Dein Mann verweist gern auf sein Bauchgefühl, und wir ziehen ihn oft damit auf, aber ich muss zugeben, dass mir mein Bauchgefühl damals schon gesagt hat, dass mehr hinter der Sache steckt. Wir haben es wirklich versucht, hatten aber keinen Erfolg.«

»Dann probieren wir es eben noch einmal. Seit 1974 hat sich viel verändert.«

»Nach meiner Erfahrung bleibt sich vieles gleich. Feine Leute wissen sich immer zu schützen.«

»Wir probieren es noch einmal«, sagte Erica geduldig. »Du machst die Liste der Schüler und Lehrer fertig und gibst sie mir, damit wir die Sache von zwei Seiten aus angehen können.«

»Hoffentlich erfährt ...«

»Patrik bekommt davon gar nichts mit. Und ich gebe dir alles, was ich ausgrabe. So haben wir es doch vereinbart.«

»Stimmt.« Gösta machte ein gequältes Gesicht.

»Übrigens war ich gestern auf der Insel, um mit Ebba und ihrem Mann zu reden.«

Gösta starrte sie an. »Wie geht es ihr? Macht sie sich seit dem Vorfall große Sorgen? Wie ...?«

Erica musste lachen. »Langsam. Eine Frage nach der anderen.« Dann wurde sie ernst. »Sie wirkte gedämpft, aber gefasst, würde ich sagen. Angeblich haben die beiden keine Ahnung, wer das Feuer gelegt haben könnte, aber ich bin mir nicht sicher, ob sie die Wahrheit sagen.«

»Ich finde, sie sollten dort nicht bleiben.« Sein Blick verfinsterte sich vor Sorge. »Zumindest, bis wir den Fall gelöst haben. Sie sind nicht sicher auf Valö und haben nur durch einen glücklichen Zufall überlebt.«

»Anscheinend sind sie beide nicht der Typ, der sofort aufgibt.«

»Einen Dickschädel hat sie in der Tat«, sagte Gösta voller Stolz.

Erica sah ihn verwundert an, fragte aber nicht nach. Sie wusste selbst, wie nahe ihr das Schicksal der Menschen ging, über die sie schrieb. Polizisten ging es wahrscheinlich genauso.

»Eine Sache fand ich etwas seltsam, als ich Ebba traf, und ich denke schon die ganze Zeit darüber ...«

»Ja?«, fragte Gösta nach, aber in dem Moment ertönte im Wohnzimmer lautes Gebrüll. Erica sprang auf und sah nach, wer sich weh getan hatte. Erst ein paar Minuten später konnte sie den Gesprächsfaden wieder aufnehmen.

»Wo sind wir stehengeblieben? Ach ja, ich fand es ein bisschen merkwürdig, dass Ebba nichts von den Dingen besitzt, die die Familie hinterlassen hat. Das Haus diente ja nicht nur als Internat, sondern war auch ihr Zuhause. Es muss also auch persönliche Gegenstände gegeben haben. Ich war davon ausgegangen, dass sie in ihrem Besitz sind, aber sie hatte keine Ahnung, was aus den Sachen geworden ist.«

»Interessanter Punkt.« Gösta rieb sich das Kinn. »Ich muss mal nachsehen, ob ich dazu etwas in den Akten finde, aber wenn ich mich recht entsinne, steht davon nichts drin.«

»Ich dachte mir, dass es sich vielleicht lohnen könnte, sich das Ganze aus einem neuen Blickwinkel anzusehen.«

»Keine schlechte Idee. Ich werde sehen, was ich finden kann.« Er warf einen Blick auf die Uhr und sprang auf. »Jesses, die Zeit ist ja wie im Flug vergangen! Hedström fragt sich bestimmt schon, wo ich bleibe.«

Erica legte ihm beruhigend eine Hand auf den Arm.

»Dir fällt sicher eine gute Entschuldigung ein. Sag einfach, du hättest verschlafen oder so. Er schöpft keinen Verdacht, das verspreche ich dir.«

»Du hast leicht reden.« Gösta zog sich die Schuhe an.

»Vergiss unsere Abmachung nicht. Ich brauche die Adressen aller Beteiligten. Danach versuchst du herauszufinden, was mit der persönlichen Habe von Familie Elvander passiert ist.«

Erica nahm Gösta spontan in den Arm. Er erwiderte die Umarmung unbeholfen.

»Wenn du mich wieder loslässt, fange ich gleich damit an.«

»Du bist ein Schatz.« Erica zwinkerte ihm zu.

»Ach was, jetzt kümmere dich lieber um deine Kinder. Ich melde mich, sobald ich mehr weiß.«

Erica machte die Tür hinter ihm zu und tat genau das, was er gesagt hatte. Sie setzte sich aufs Sofa und ließ alle drei auf ihrem Schoß um den besten Platz ringen, während sie unkonzentriert Pippis Abenteuer verfolgte.

In der Dienststelle herrschte Stille. Mellberg hatte ausnahmsweise sein Zimmer verlassen und saß in der Küche. Ernst, der seinem Herrchen nie von der Seite wich, lag unter dem Tisch und wartete darauf, dass es früher oder später Kaffee und Kuchen geben würde.

»Was für ein Idiot!«, zischte Mellberg und tippte auf die Zeitung. Der *Bohusläningen* hatte das Interview mit John Holm ganz groß aufgemacht.

»Ich verstehe nicht, wie die Leute solche Typen in den Reichstag wählen können. Das ist wahrscheinlich der Nachteil der Demokratie.« Patrik setzte sich Mellberg gegenüber. »Außerdem müssen wir mit ihm reden. Er war offenbar einer der Jungs, die an jenem Ostersonnabend auf Valö waren.«

»Da sollten wir uns aber beeilen. Da steht, dass er nur noch diese Woche hier ist und dann zurück nach Stockholm fährt.«

»Das habe ich auch gesehen. Ich wollte Gösta mitnehmen und gleich am Vormittag mit ihm reden.« Er warf einen Blick in den Flur. »Wo steckt er bloß. Annika? Hast du was von Gösta gehört?«

»Keinen Mucks. Vielleicht hat er ja verschlafen«, rief Annika vom Empfang.

»Dann begleite ich dich eben.« Mellberg faltete die Zeitung zusammen.

»Nicht nötig, ich warte auf Gösta. Er muss jeden Augenblick hier sein. Du hast bestimmt Wichtigeres zu tun.« Patrik geriet in Panik. Wenn man Mellberg zu einer Vernehmung mitnahm, konnte das nur in eine Katastrophe münden.

»Dummes Zeug! Du kannst doch von meiner Unterstützung nur profitieren, wenn du mit diesem Idioten sprichst.« Er stand auf und sah Patrik fest entschlossen an. »Wann fahren wir?«

Mellberg schnippte einige Male mit den Fingern, während Patrik fieberhaft nach einem Argument suchte, das den Chef von seinem Vorhaben abbringen würde.

»Vielleicht sollten wir vorher anrufen und einen Termin ausmachen?«

Mellberg schnaubte. »Solche Kerle muss man ... wie heißt das noch mal ...«, er schnippte mit den Fingern, »en garde zu fassen kriegen.«

»Off-guard«, sagte Patrik, »du meinst off-guard, aber sag doch einfach unvorbereitet.«

Einige Minuten später saßen sie im Auto und fuhren in Richtung Fjällbacka. Mellberg pfiff zufrieden vor sich hin. Zuerst hatte er sich unbedingt selbst ans Steuer setzen wollen, aber das ging Patrik zu weit.

»Das Denken dieser Leute ist beschränkt. Sie sind innerlich ganz klein und haben keinen Respekt vor anderen Kulturen oder der Verschiedenartigkeit ihrer Mitmenschen.« Mellberg nickte bestätigend zu seinem eigenem Statement.

Patrik juckte es unheimlich, ihn daran zu erinnern, wie beschränkt Mellbergs Sicht früher gewesen war. Einige der Bemerkungen, die er damals freimütig von sich gegeben hatte, hätten sicher den Beifall von *Schwedens Freunden* geerntet. Zu Mellbergs Verteidigung musste allerdings gesagt werden, dass er seine Vorurteile in dem Moment abgelegt hatte, als er sich in Rita verliebte.

»Dieses Bootshaus muss es doch sein.« Patrik fuhr auf den kleinen Schotterparkplatz vor einem der roten Häuschen an der Hamngata. Sie hatten sich darauf geeinigt, es auf gut Glück dort und nicht bei Johns Haus in Mörhult zu versuchen.

»Sieht jedenfalls so aus, als säße jemand auf dem Steg.« Mellberg reckte den Hals.

Als sie auf die Pforte zugingen, knirschte der Schotter unter ihren Füßen. Patrik überlegte kurz, ob er anklopfen sollte, aber da es ihm albern vorkam, machte er die Tür einfach auf.

Er erkannte John Holm sofort. Dem Fotografen war es gelungen, nicht nur sein fast schon klischeehaft typisch schwedisches Aussehen einzufangen, sondern seinem breiten Lächeln auch etwas Bedrohliches zu verleihen. Auch jetzt grinste Holm übers ganze Gesicht, aber seine blauen Augen sahen sie bohrend an, als er auf sie zukam.

»Guten Tag, wir kommen von der Polizei Tanum.« Patrik stellte sich und Mellberg vor.

»Aha.« Der Blick wurde wachsamer. »Ist etwas passiert?«

»Das kommt darauf an, wie man es sieht. Eigentlich geht es um einen Vorfall, der schon sehr lang zurückliegt, aber leider wieder aktuell geworden ist.«

»Valö«, sagte John. Nun ließ sich sein Gesichtsausdruck nicht mehr deuten.

»Ganz richtig«, erwiderte Mellberg in aggressivem Ton. »Es geht um Valö.«

Patrik atmete ein paar Male tief ein und aus, um sich wieder zu beruhigen.

»Können wir uns setzen?«, fragte er. John nickte.

»Klar, nehmen Sie Platz. Die Sonne ist hier recht intensiv. Ich habe das gern, aber falls es Ihnen zu heiß wird, kann ich gern einen Sonnenschirm aufspannen.«

»Vielen Dank, das ist schon in Ordnung.« Patrik winkte ab.

Er wollte die Sache so schnell wie möglich erledigen, bevor Mellberg noch mehr Unsinn verzapfte.

»Wie ich sehe, lesen Sie gerade den *Bohusläningen.*« Mellberg deutete auf die Zeitung, die aufgeschlagen auf dem Tisch lag.

John zuckte mit den Schultern. »Schlechter Journalismus ist doch immer ein Trauerspiel. Ich werde falsch zitiert und falsch verstanden. Außerdem strotzt der Text vor Unterstellungen.«

Mellberg zupfte an seinem Hemdkragen. Sein Gesicht war schon ganz rot. »Ich finde, der Artikel ist gut geschrieben.«

»Die Zeitung ist ganz offensichtlich parteiisch, aber mit solchen Angriffen muss man umgehen können, wenn man in der Öffentlichkeit steht.«

»Es werden lediglich Ihre eigenen Aussagen hinterfragt. Zum Beispiel diesen Unfug, dass Einwanderer selbst dann des Landes verwiesen werden sollen, wenn sie eine Aufenthaltsgenehmigung besitzen. Wie stellen Sie sich das vor? Soll jemand, der seit vielen Jahren in Schweden lebt und hier Fuß gefasst hat, nur wegen eines Fahrraddiebstahls in seine Heimat zurückgeschickt werden?« Mellberg war laut und seine Aussprache noch feuchter geworden.

Patrik saß da wie gelähmt. Er hatte das Gefühl, Zeuge eines unmittelbar bevorstehenden Autounfalls zu werden. Auch wenn er Mellberg in allen Punkten recht gab, war dies nicht der richtige Moment für eine politische Diskussion.

John sah Mellberg ungerührt an. »In dieser Frage ist unser Standpunkt von unseren Gegnern bewusst falsch interpretiert worden. Ich könnte es Ihnen genauer erklären, aber ich nehme nicht an, dass Sie deswegen gekommen sind.«

»Wie gesagt, wir sind hier, um mit Ihnen über das zu sprechen, was sich 1974 auf Valö ereignet hat. Nicht wahr, Bertil?«, fügte Patrik schnell hinzu. Er fixierte Mellberg, bis dieser nach einigen Sekunden widerwillig nickte.

»Es gibt das Gerücht, dort draußen sei etwas passiert«, sagte John. »Haben Sie die Familie gefunden?«

»Nicht direkt«, antwortete Patrik ausweichend, »aber jemand hat versucht, das Haus in Brand zu setzen. Wäre es ihm gelungen, die Tochter und ihr Mann hätten wahrscheinlich nicht überlebt.«

John richtete sich etwas auf.

»Die Tochter?«

»Ebba Elvander«, sagte Patrik. »Mittlerweile heißt sie Ebba Stark. Sie und ihr Mann haben das Haus übernommen und renovieren es momentan.«

»Das ist bestimmt nötig. Nach allem, was ich gehört habe, muss es ziemlich heruntergekommen sein.« Johns Blick suchte die glitzernde Wasseroberfläche nach der Insel Valö ab, die sich genau gegenüber von ihnen befand.

»Sie waren schon lang nicht mehr dort?«

»Nicht, seitdem das Internat geschlossen wurde.«

»Warum nicht?«

John breitete die Arme aus. »Wahrscheinlich gab es einfach keinen Anlass.«

»Was könnte der Familie Ihrer Ansicht nach passiert sein?«

»Da müsste ich genauso raten wie alle anderen, ich habe wirklich keine Ahnung.«

»Ein wenig mehr Einblick als die meisten Leute hatten Sie wohl schon«, wandte Patrik ein. »Sie lebten schließlich mit der Familie zusammen und waren vor Ort, als sie verschwand.«

»Das stimmt nicht ganz, ich war mit ein paar Mitschülern zum Fischen rausgefahren. Wir waren schockiert, als wir bei unserer Rückkehr zwei Polizisten trafen. Leon wurde sogar richtig wütend. Er dachte, fremde Männer wollten Ebba entführen.«

»Sie haben also keine Theorie? Sie müssen doch im Laufe der Jahre über den Vorfall nachgedacht haben.« Mellberg klang skeptisch.

John beachtete ihn gar nicht und wandte sich an Patrik. »Um Ihnen das Ganze etwas zu verdeutlichen: Wir wohnten gar nicht mit der Familie zusammen. Wir gingen dort zur Schule, aber zwischen uns und der Familie Elvander verlief eine scharfe Grenze. Zum Beispiel waren wir nicht zu diesem Osteressen eingeladen. Rune war sehr darauf bedacht, Distanz zu uns zu halten, und führte die Schule wie eine Kaserne. Aus diesem Grund liebten ihn unsere Eltern genauso heiß und innig, wie wir ihn hassten.«

»Hielten die Schüler zusammen, oder gab es Konflikte zwischen ihnen?«

»Streit gab es natürlich hin und wieder, alles andere wäre ja auch verwunderlich bei einer Schule, die nur von Teenagern männlichen Geschlechts besucht wird. Schlimme Auseinandersetzungen hat es allerdings nie gegeben.«

»Wie war das bei den Lehrern? Was hielten die vom Schulleiter?«

»Diese Weicheier hatten solche Angst vor ihm, dass sie sich wahrscheinlich überhaupt keine eigene Meinung erlaubt haben. Jedenfalls haben wir nichts davon mitbekommen.«

»Runes Kinder waren damals ungefähr im selben Alter wie Sie. Waren Sie mit ihnen befreundet?«

John schüttelte den Kopf. »Das hätte Rune niemals geduldet. Mit seinem ältesten Sohn hatten wir aber recht viel zu tun. Er war eine Art Assistent in der Schule. Ein richtiges Arschloch.«

»Es klingt, als hätten Sie sich über einige Familienmitglieder eine ausgeprägte Meinung gebildet.«

»Genau wie alle anderen Jungs im Internat habe ich diese Leute gehasst, aber nicht so sehr, dass ich sie umgebracht hätte, falls Sie das meinen. In dem Alter ist es doch normal, Autoritäten zu misstrauen.«

»Und die anderen Kinder?«

»Die blieben meistens unter sich. Etwas anderes hätten sie sich wahrscheinlich nicht getraut. Bei Inez war es genauso. Sie war allein für das Putzen, Waschen und Kochen zuständig. Runes Tochter Annelie hat manchmal mitgeholfen. Wie gesagt, wir durften nichts mit ihnen zu tun haben, und vielleicht hatte das auch einen Grund. Viele Jungen waren richtige Flegel, die waren von klein auf privilegiert und verwöhnt. Deshalb kamen sie ins Internat, nehme ich an. Die Eltern begriffen im letzten Augenblick, dass sie faule und unnütze Individuen großgezogen hatten, und wollten das Übel beheben, indem sie ihre Kinder zu Rune schickten.«

»Ihre Eltern nagten doch sicher auch nicht am Hungertuch?«

»Sie hatten Geld.« John betonte das Wort »hatten«. Dann kniff er die Lippen zusammen, um zu signalisieren, dass er nicht näher auf das Thema eingehen wollte. Patrik ließ die Sache auf sich beruhen, nahm sich aber vor, sich später mit Johns familiärem Hintergrund zu beschäftigen.

»Wie geht es ihr?«, fragte John plötzlich.

Patrik brauchte einige Sekunden, um zu verstehen, wen er meinte. »Ebba? Es scheint ihr ganz gut zu gehen. Wie gesagt, sie will das Haus auf Vordermann bringen.«

Wieder sah John hinüber nach Valö, und Patrik wünschte, er hätte Gedanken lesen können. Was mochte John durch den Kopf gehen?

»Vielen Dank, dass Sie sich Zeit genommen haben.« Patrik stand auf. Im Moment würden sie hier nicht weiterkommen, aber das Gespräch hatte ihn noch neugieriger auf das Internatsleben gemacht.

»Ich schließe mich dem Dank an. Uns ist klar, dass Sie sehr beschäftigt sind«, sagte Mellberg. »Übrigens soll ich Sie von meiner Lebensgefährtin grüßen. Sie stammt aus Chile und ist in den siebziger Jahren eingewandert.«

Patrik zog Mellberg am Ärmel mit sich fort. Mit steifem Lächeln machte John die Pforte hinter ihnen zu.

Gösta wollte die Dienststelle unbemerkt betreten, aber es gelang ihm nicht.

»Hast du verschlafen? Das ist doch sonst nicht deine Art«, sagte Annika.

»Der Wecker hat nicht geklingelt.« Er wich ihrem Blick aus. Annika hatte das Talent, einen sofort zu durchschauen, und er log sie nur ungern an. »Wo sind denn die anderen?«

Aus dem Flur war kein Laut zu hören, Annika schien allein zu sein. Nur Ernst kam angetapst, als er Göstas Stimme hörte.

»Patrik und Mellberg statten John Holm einen Besuch ab,

aber Ernst und ich halten hier die Stellung. Nicht wahr, alter Knabe?« Sie kraulte den großen Hund hinter den Ohren. »Patrik hat nach dir gefragt. Die Geschichte mit dem Wecker übst du also besser noch mal.«

Sie hob den Blick und musterte ihn von Kopf bis Fuß.

»Jetzt erzähl schon, was du angestellt hast. Vielleicht kann ich dir helfen, damit du nicht erwischt wirst.«

»Es ist zum Verrücktwerden«, sagte Gösta, wusste aber genau, dass er verloren hatte. »Lass uns das bei einer Tasse Kaffee besprechen.«

Er ging in Richtung Küche, Annika folgte ihm.

»Na?«, fragte Annika, als sie sich gesetzt hatten.

Widerwillig erzählte Gösta von seiner Vereinbarung mit Erica. Annika lachte.

»Da hast du dich in eine verzwickte Lage gebracht. Du kennst doch Erica. Wenn man ihr den kleinen Finger gibt, nimmt sie gleich die ganze Hand. Patrik dreht durch, wenn er das erfährt.«

»Ich weiß.« Er wand sich unbehaglich. Natürlich hatte sie recht, aber andererseits war die Angelegenheit so wichtig. Er war auch klug genug, um zu begreifen, woran das lag. Er tat es für sie, für das kleine Mädchen, das er und Maj-Britt im Stich gelassen hatten.

Annika hatte aufgehört zu lachen und sah ihn ernst an.

»Die Sache bedeutet dir viel.«

»Ja, das ist wahr. Und Erica kann uns helfen. Sie ist tüchtig. Patrik fände nicht gut, dass ich sie mit ins Boot geholt habe, das weiß ich, aber sie wühlt nun mal beruflich in der Vergangenheit, und diese Fähigkeiten können wir im Moment gut gebrauchen.«

Annika schwieg eine Weile. Dann holte sie tief Luft.

»Okay. Ich sage Patrik nichts. Unter einer Bedingung.«

»Und die wäre?«

»Du hältst mich über eure Erkenntnisse auf dem Laufenden, und ich darf mitarbeiten, wenn ihr Hilfe braucht. Ich kann auch ganz gut recherchieren.«

Gösta sah sie verwundert an. Damit hatte er nicht gerechnet.

»Abgemacht. Aber du hast schon recht: Wenn Patrik uns auf die Schliche kommt, haben wir nichts zu lachen.«

»Darüber zerbrechen wir uns den Kopf, wenn es so weit ist. Wie weit seid ihr denn schon gekommen? Was kann ich tun?«

Erleichtert gab Gösta wieder, was er am Morgen mit Erica besprochen hatte.

»Wir brauchen die aktuellen Kontaktdaten von allen Schülern und Lehrern des Internats. Ich habe die alte Liste noch, aber vieles stimmt nicht mehr. Allerdings kommen wir den meisten wahrscheinlich auf die Spur, wenn wir von dieser Liste ausgehen. Einige Personen hatten ziemlich seltsame Nachnamen, und unter den damaligen Adressen finden wir vielleicht Leute, die wissen, wo die Gesuchten abgeblieben sind.«

Annika sah ihn erstaunt an.

»Stehen denn keine Personennummern dabei?«

Gösta starrte zurück. Wie blöd musste man eigentlich sein? Er kam sich wie ein Idiot vor und wusste nicht, was er sagen sollte.

»Darf ich deinem Gesichtsausdruck entnehmen, dass die Personennummern dabei sind? Prima. Dann bringe ich die Liste bis heute Nachmittag oder spätestens morgen früh auf den neuesten Stand. Reicht das?«

Sie grinste ihn an, und Gösta ließ es sich gern gefallen.

»Das ist gut«, sagte er. »Ich wollte mit Patrik zu Leon Kreutz fahren.«

»Warum ausgerechnet zu ihm?«

»Dafür gibt es eigentlich keinen Grund, aber an ihn erinnere ich mich von allen Jungen am besten. Ich hatte den Eindruck, dass er der Anführer der Gruppe war. Außerdem habe ich gehört, dass er und seine Frau gerade das große weiße Haus auf dem Berg gekauft haben. Du weißt schon, in Fjällbacka.«

»Das weiße mit der schönen Aussicht? Das zehn Millionen kosten sollte?«, fragte Annika.

Die Preise von Häusern mit Meerblick faszinierten die örtliche Bevölkerung ungemein, und alle verfolgten gespannt, für wie viel die jeweiligen Angebote letztendlich unter den Hammer kamen. Bei zehn Millionen horchten sogar die wirklich Abgebrühten unter ihnen auf.

»Wenn ich das richtig verstanden habe, können die es sich leisten.« Gösta erinnerte sich noch an den Jungen mit den dunklen Augen und dem schönen Gesicht. Er hatte schon damals Reichtum und etwas anderes ausgestrahlt, das nicht leicht zu definieren war. Gösta hätte es am ehesten als angeborene Selbstsicherheit beschrieben.

»Dann legen wir mal los.« Annika stellte ihre Tasse in die Spülmaschine, und nachdem sie Gösta einen Blick zugeworfen hatte, tat der es auch. »Ich hatte ganz vergessen, dass du heute Vormittag zum Zahnarzt musstest.«

»Zum Zahnarzt? Ich hatte doch gar keinen …« Gösta hielt inne und grinste. »Ach, genau. Ich hatte dir ja gestern von dem Zahnarzttermin erzählt. Stell dir vor: Ich habe kein einziges Loch.« Er zeigte zwinkernd auf seine Mundhöhle.

»Zu viele Details machen eine gute Lüge kaputt.« Annika drohte ihm scherzhaft mit dem Zeigefinger und wandte sich ihrem Computer zu.

Stockholm 1925

Beinahe wären sie aus dem Zug geworfen worden. Der Schaffner hatte ihr die Flasche abgenommen und gefaselt, sie wäre zu betrunken, um befördert zu werden. Das war sie ganz gewiss nicht. Sie brauchte nur hin und wieder einen Schluck, um mit dem Leben fertig zu werden, das war doch nicht schwer zu verstehen. Ständig musste sie um Almosen betteln und niedere Arbeiten für Leute erledigen, die sie »der Kleinen zuliebe« beschäftigten. Am Ende musste sie meistens trotzdem die scheinheiligen Hurenböcke in ihre Kammer lassen.

Auch der Schaffner hatte sich dem Mädchen zuliebe erbarmt, ihnen die Fahrt nach Stockholm zu gestatten, und das war ein Glück, denn hätte er sie auf halber Strecke hinausgeworfen, hätte Dagmar nicht gewusst, wie sie wieder nach Hause kommen sollte. Sie hatte zwei Monate gebraucht, um sich die einfache Fahrt nach Stockholm vom Mund abzusparen, und nun hatte sie keinen Öre übrig. Aber das war nicht so schlimm, denn wenn sie erst angekommen waren und sie endlich mit Hermann gesprochen hatte, brauchten sie sich nie wieder mit Geldsorgen herumzuschlagen. Er würde sich um sie kümmern. Wenn er erfuhr, wie es ihr ergangen war, würde er sich sofort von der verlogenen Frau trennen, die er geheiratet hatte.

Vor einem Schaufenster blieb Dagmar stehen und betrachtete ihr Spiegelbild. Seit ihrer letzten Begegnung mit Hermann war sie ein wenig gealtert. Ihr Haar war nicht mehr so kräftig, und wenn sie es genau bedachte, hatte sie es schon eine ganze Weile nicht mehr gewaschen. Das Kleid, das sie vor der Abreise von der Wäscheleine gestohlen hatte, hing wie ein Sack an ihrem mageren Körper. Wenn das Geld knapp wurde, kaufte sie lieber Schnaps als Essen, aber das hatte auch bald ein Ende. Sie würde wieder so aussehen wie früher, und Hermann würde vor allem zärtliches Mitleid mit ihr empfinden, wenn er begriff, wie hart das Leben ihr zugesetzt hatte, seit er einfach weggegangen war.

Sie nahm Laura an der Hand und ging weiter. Da sich das Kind sträubte, musste sie es hinter sich herzerren.

»Nimm die Beine in die Hand«, zischte sie. Dass dieses Kind immer so langsam war!

Sie mussten mehrmals nach dem Weg fragen, aber schließlich standen sie vor dem richtigen Hauseingang.

Es war ganz einfach gewesen, seine Adresse herauszufinden. Sie stand im Telefonbuch: Odengata 23. Das Haus war genauso groß und beeindruckend, wie sie es sich vorgestellt hatte. Sie zog an der Tür, aber die war abgeschlossen. Missmutig runzelte sie die Stirn. Im selben Augenblick kam ein Herr auf sie zu, zog einen Schlüssel aus der Tasche und öffnete die Tür.

»Wohin möchten Sie?«

Stolz warf sie den Kopf in den Nacken. »Zu Göring.«

»Ah ja, dort wird tatsächlich Hilfe benötigt.« Er ließ sie herein.

Einen Augenblick lang überlegte Dagmar, was er damit meinte, doch dann zuckte sie einfach mit den Schultern. Es war nicht von Bedeutung. Sie waren fast am Ziel. Sie studierte die Tafel mit den Namen im Hausflur, merkte sich, in welchem Stockwerk Ehepaar Göring wohnte, und stieg mit Laura im Schlepptau die Treppen hinauf. Mit zitternder Hand klingelte sie. Bald würden sie wieder zusammen sein. Hermann, sie und Laura. Seine Tochter.

Als Anna in ihrem und Dans Boot am Ruder stand, staunte sie noch immer, wie wenig man brauchte. Sie hatte Mårten angerufen, und er hatte vorgeschlagen, sie solle zu ihnen nach Valö kommen, sobald sie Zeit habe. Seitdem hatte sie an nichts anderes mehr gedacht. Der ganzen Familie war aufgefallen, wie verändert und fröhlich sie plötzlich war, und am gestrigen Abend erfüllte eine optimistische Stimmung das Haus.

Eigentlich war es gar nicht so wenig. Ihr erster Schritt in die Selbständigkeit. Ihr Leben lang war sie abhängig von anderen gewesen. In ihrer Kindheit hatte sie sich bei Erica angelehnt. Dann war sie abhängig von Lucas geworden, was zu einer Katastrophe führte, unter deren Folgen sie und die Kinder bis heute litten. Danach kam Dan. Der warmherzige, fürsorgliche Dan, der sie und ihre armen Kinder unter seine Fittiche genommen hatte. Es tat gut, wieder klein zu sein und sich darauf zu verlassen, dass jemand anders alles in Ordnung brachte.

Aus dem Unfall hatte sie jedoch gelernt, dass nicht einmal Dan das konnte. Im Grunde hatte sie das am meisten verstört. Der Verlust des gemeinsamen Kindes war unfassbar traurig gewesen, aber das Gefühl von Einsamkeit und Verletzbarkeit fast noch schlimmer.

Wollten sie und Dan weiter zusammenleben, musste sie lernen, auf eigenen Füßen zu stehen. Auch wenn sie es etwas später erkannte als die meisten anderen, wusste sie tief im Innern, dass sie die Kraft dazu hatte. Dieser Einrichtungsauftrag war ein erster Schritt in diese Richtung. Nun blieb nur noch abzuwarten, ob sie genügend Talent hatte und sich selbst gut verkaufen konnte.

Aufgeregt klopfte sie an die Tür. Zuerst hörte sie Schritte, dann wurde ihr aufgemacht. Ein Mann in ihrem Alter stand in Zimmermannshose und mit Schutzbrille oben auf dem Kopf vor ihr und sah sie fragend an. Er sah so gut aus, dass Anna für einen Moment die Fassung verlor.

»Hallo«, sagte sie schließlich. »Ich bin Anna. Wir haben gestern telefoniert.«

»Anna! Ja, natürlich. Verzeihung, ich wollte nicht unhöflich erscheinen. Ich bin so versunken in meine Arbeit, dass ich alles andere vergesse. Willkommen im Chaos, komm rein.«

Er machte einen Schritt zur Seite und ließ sie herein. Anna sah sich um. Das Wort Chaos beschrieb den Zustand tatsächlich gut. Gleichzeitig entging ihr nicht, welche Möglichkeiten der Raum bot. Diese Fähigkeit hatte sie immer besessen. Wie durch eine magische Brille, die sie jederzeit aufsetzen konnte, sah sie das fertige Ergebnis.

Mårten bemerkte ihre Blicke. »Wie du siehst, gibt es noch einiges zu tun.«

Sie wollte gerade etwas darauf erwidern, als eine schmale blonde Frau die Treppe herunterkam. »Hallo, ich bin Ebba.« Sie wischte sich die Hände an einem Lappen ab. Auch ihre Kleidung, ihr Haar und sogar das Gesicht waren mit weißen Farbspritzern bedeckt. Ein starker Terpentingeruch trieb Anna die Tränen in die Augen.

»Es tut mir leid, dass es hier so aussieht«, sagte Ebba und hob entschuldigend die Arme. »Den Händedruck lassen wir lieber.«

»Kein Problem, ihr steckt doch mitten in der Renovierung. Ich mache mir mehr Sorgen wegen … tja, all der anderen Dinge, die ihr momentan um die Ohren habt.«

»Hat Erica dir davon erzählt?« Ebbas Frage klang eher wie eine Feststellung.

»Ich habe von dem Brand und der anderen Sache gehört«, sagte Anna. Bei sich zu Hause unter dem Fußboden Blut zu finden war so absurd, dass sie es nicht aussprechen konnte.

»Wir versuchen, so gut es geht weiterzuarbeiten«, sagte Mårten. »Stillstand können wir uns nicht leisten.«

Aus dem Innern des Hauses waren Stimmen und das Splittern von Brettern zu hören.

»Die Kriminaltechniker sind immer noch da«, sagte Ebba. »Sie reißen den ganzen Esszimmerboden raus.«

»Seid ihr hier wirklich noch sicher?« Anna begriff, dass ihre Frage etwas voreilig war, aber dieses Paar weckte ihren Beschützerinstinkt.

»Es geht uns gut hier«, antwortete Mårten tonlos. Er wollte den Arm um Ebba legen, doch die schien seine Absicht vorauszuahnen und machte einen Schritt zur Seite, so dass sein Arm wieder herunterfiel.

»Ihr braucht ein bisschen Unterstützung?« Anna versuchte abzulenken. Die Stimmung war so gedrückt, dass man kaum Luft bekam.

Mårten schien für den Themenwechsel dankbar zu sein. »Ich habe dir ja schon am Telefon gesagt, dass wir nicht wissen, wie wir nach der Basisarbeit weitermachen sollen. Mit Einrichtung kennen wir uns nicht so aus.«

»Ich bewundere euch. Ihr habt euch nicht gerade ein kleines Projekt ausgesucht, aber es wird bestimmt unheimlich schön werden. Ich stelle mir einen etwas altmodischen, ländlichen Stil mit alten weißen Möbeln, blassen Farben, romantischen Rosen, schönen Leinenstoffen, Bauernsilber und ganz besonderen Einzelstücken vor, die als Blickfang dienen.« Während sie sprach, sah sie die Bilder bereits vor ihrem inneren Auge. »Keine teuren Antiquitäten, sondern eher Möbel vom Flohmarkt oder neue im alten Stil, denen wir selbst ein bisschen Patina verleihen. Dazu braucht man nur ein bisschen Stahlwolle, Ketten und …«

Mårtens Gesicht hellte sich auf. Anna ertappte sich dabei, dass ihr sein Lachen gefiel.

»Du weißt wirklich, was du willst, aber sprich ruhig weiter. Ich glaube, wir finden das beide gut.«

Ebba nickte. »Genau so habe ich es mir vorgestellt, ich wusste nur nicht, wie man es hinkriegt.« Sie runzelte die Stirn. »Unser Budget ist praktisch nicht vorhanden. Du bist es wahrscheinlich gewohnt, eine ganze Menge Geld zur Verfügung zu haben und gut bezahlt zu werden …«

Anna fiel ihr ins Wort. »Ich weiß Bescheid. Mårten hat mir alles erzählt. Ihr wärt meine ersten Kunden, und falls ihr mit mir zufrieden seid, kann ich euch als Referenz nennen. Wir einigen uns sicher auf eine für euch erschwingliche Summe. Die Einrichtung soll ja sowieso nach Erbstücken und Trödelmarkt aussehen. Ich sehe es als Herausforderung, alles so günstig wie möglich zu beschaffen.«

Anna sah die beiden hoffnungsvoll an. Sie wollte diesen Auftrag unheimlich gern haben und hatte Ebba und Mårten die Wahrheit gesagt. Freie Hand zu haben, um das Ferienheim in eine Perle des Schärengartens zu verwandeln, war ein phantastisches Projekt und würde außerdem weitere Kunden auf ihre neue Firma aufmerksam machen.

»Als selbständige Unternehmerin weiß ich genau, was du meinst. Mundpropaganda ist das Wichtigste.« Ebba sah sie fast schüchtern an.

»Was machst du denn?«, fragte Anna.

»Schmuck. Ich fertige silberne Halsketten mit Engelanhängern an.«

»Das klingt hübsch. Wie bist du darauf gekommen?«

Ebbas Züge verhärteten sich, und sie wandte sich ab. Mårten wirkte verlegen. Er beeilte sich, die Stille zu durchbrechen.

»Wir wissen nicht genau, wann wir mit der Renovierung fertig sind. Die polizeiliche Untersuchung und der Brandschaden im Hausflur haben unseren Zeitplan durcheinandergebracht. Schwer zu sagen, wann du anfangen kannst.«

»Das macht nichts, ich richte mich nach euch.« Anna ging Ebbas seltsame Reaktion nicht aus dem Kopf. »Wenn ihr wollt, könnt ihr mich schon jetzt bei der Wahl der Farben und Ählichem um Rat fragen. Ich könnte die ersten Skizzen machen und vielleicht ein paar Versteigerungen hier in der Nähe besuchen.«

»Das hört sich gut an«, sagte Mårten. »Eigentlich würden wir gern nächstes Jahr um Ostern eröffnen, und spätestens im Sommer soll der Betrieb richtig laufen.«

»Da habt ihr ja genügend Zeit. Darf ich vor der Abfahrt ein bisschen durchs Haus spazieren und mir Zeichnungen machen?«

»Selbstverständlich. Fühl dich in unserem Durcheinander wie zu Hause«, sagte Mårten. Dann hielt er inne. »Aber halt dich besser vom Esszimmer fern.«

»Kein Problem, das Esszimmer kann ich mir auch später ansehen.«

Ebba und Mårten machten dort weiter, wo sie aufgehört hatten, und ließen Anna in Ruhe herumwandern. Sie machte sich fleißig Notizen und spürte ein Kribbeln der Vorfreude im Bauch. Das hier konnte richtig gut werden. Der Beginn ihres neuen Lebens.

Percy unterschrieb mit zitternder Hand. Er nahm einen tiefen Atemzug, um zur Ruhe zu kommen, und Rechtsanwalt Buhrman sah ihn besorgt an.

»Sind Sie sich sicher, Percy? Ihr Vater wäre gar nicht erfreut.«

»Vater ist tot!«, zischte er, murmelte sofort eine Entschuldigung und fuhr fort: »In Ihren Augen ist es vielleicht eine drastische Maßnahme, aber entweder mache ich es so, oder ich muss das Schloss verkaufen.«

»Wie wäre es mit einem Bankkredit?«, fragte der Anwalt. Er hatte bereits für den Vater gearbeitet, und Percy fragte sich oft, wie alt Buhrman war. Dank der unzähligen Golfrunden in der Nähe seines Hauses auf Mallorca wirkte er wie mumifiziert und hätte auch in einem Museum ausgestellt werden können.

»Mit der Bank habe ich natürlich geredet, was glauben Sie denn?« Wieder erhob er die Stimme und musste sich zu einem ruhigen Ton zwingen. Der Anwalt der Familie sprach manchmal mit ihm wie mit einem kleinen Jungen. Er schien zu vergessen, dass Percy nun der Graf war.

»Man hat mir unmissverständlich mitgeteilt, dass man mich nicht mehr zu unterstützen gedenkt.«

Buhrman wirkte verwirrt. »Wir hatten doch immer einen guten Draht zur Svenska Banken. Ihr Vater und der ehemalige Bankdirektor haben schließlich zusammen das Internat Lundsberg besucht. Haben Sie wirklich den richtigen Ansprechpartner erwischt? Soll ich vielleicht mal telefonieren, ich könnte versuchen ...«

»Der frühere Direktor arbeitet dort schon lange nicht mehr«, unterbrach ihn Percy. Bald würde es ihm nicht mehr gelingen, höflich zu dem Alten zu sein. »Im Übrigen hat er sein irdisches Leben schon vor so langer Zeit ausgehaucht, dass wahrscheinlich nur noch Knochen von ihm übrig sind. Die Zeiten haben sich geändert. In der Bank arbeiten nur noch Erbsenzähler und Grünschnäbel von der Handelshochschule, die sich überhaupt nicht benehmen können. Im Vorstand der Bank sitzen mittlerweile Leute, die in Innenräumen die Schuhe ausziehen, verstehen Sie das nicht?« Wütend unterschrieb er das letzte Dokument und schob es dem alten Mann hinüber, der vollkommen verwirrt wirkte.

»Also, ich finde das merkwürdig.« Er schüttelte den Kopf. »Was kommt als Nächstes? Wird man den Familienfideikommiss abschaffen und alte Güter rücksichtslos aufteilen? Apropos: Könnten Sie sich nicht stattdessen an Ihre Geschwister wenden? Mary hat doch reich geheiratet, und wenn ich das richtig verstanden habe, verdient Charles mit seinen Kneipen eine Menge Geld. Vielleicht können die Ihnen helfen? Immerhin sind Sie verwandt.«

Percy starrte ihn an. Der Alte hatte nicht mehr alle Tassen im Schrank. Hatte er den jahrelangen Streit und die gerichtlichen Auseinandersetzungen vergessen, die dem Tod des Vaters vor fünfzehn Jahren gefolgt waren? Percys Geschwister waren so dummdreist gewesen, gegen den Familienfideikommiss vorzugehen, der ihm als ältestem Sohn das Recht gab, das gesamte Erbe ungeteilt zu übernehmen. Doch das Gesetz war in diesem Punkt Gott sei Dank eindeutig. Er hatte das Geburtsrecht auf Fygelsta, und nur er allein. Es gehörte zwar zum guten Ton, mit eventuellen Geschwistern nach Möglichkeit zu teilen, aber deren hartnäckige Versuche, ihm seinen rechtmäßigen Besitz wegzunehmen, hatten ihn nicht gerade großzügig gestimmt. So waren sie mit leeren Händen gegangen und hatten außerdem die Prozesskosten tragen müssen. Wie Buhrman gesagt hatte, ging es ihnen jedoch nicht schlecht. Damit tröstete er sich, wenn ihn sein Gewissen plagte. Keinesfalls jedoch würde er als Bittsteller an ihre Tür klopfen.

»Das hier ist meine einzige Chance.« Er deutete mit dem Kinn auf die Papiere. »Zum Glück stehen mir gute Freunde zur Seite, und ich zahle ihnen alles zurück, sobald diese unselige Steuerangelegenheit aus der Welt ist.«

»Tun Sie, was Sie nicht lassen können, aber Sie gehen ein hohes Risiko ein.«

»Ich vertraue Sebastian«, sagte Percy. Er wünschte, er wäre sich genauso sicher gewesen, wie er vorgab.

Kjell knallte das Telefon so fest auf den Tisch, dass er den Stoß im ganzen Arm spürte. Der Schmerz verstärkte seinen Zorn nur. Fluchend rieb er sich den Ellbogen.

»Scheiße!« Er rang die Hände, um nicht irgendetwas an die Wand zu werfen.

»Was ist los?« Sein bester Freund und Kollege Rolf guckte ins Zimmer.

»Na, was schon?« Kjell fuhr sich durch das dunkle Haar, das seit einigen Jahren von silbrigen Strähnen durchzogen war.

»Beata?« Rolf kam herein.

»Na klar. Du hast doch mitbekommen, dass ich plötzlich die Kinder nicht mehr haben sollte, obwohl es mein Wochenende war. Und nun hat sie am Telefon rumkrakeelt, die beiden könnten nicht mit nach Mallorca kommen. Eine Woche ist angeblich zu lang.«

»War sie nicht im Juni zwei Wochen auf den Kanarischen Inseln mit ihnen? Und diese Reise hatte sie doch einfach gebucht, ohne sich vorher mit dir abzusprechen. Warum können sie dann nicht auch eine Woche mit ihrem Papa verreisen?«

»Weil es ›ihre‹ Kinder sind. Das sagt sie ständig. ›Meine‹ Kinder. Ich darf sie mir anscheinend nur ausleihen.«

Kjell zwang sich, ruhiger zu atmen. Er war es leid, dass sie ihn in Rage brachte. Dass es ihr nicht um die Kinder ging, sondern nur darum, ihm das Leben so sauer wie möglich zu machen.

»Soweit ich weiß, habt ihr doch das gemeinsame Sorgerecht«, sagte Rolf. »Denn dann kannst du die Kinder auch viel öfter haben.«

»Ich weiß. Andererseits will ich aber, dass sie einen festen Lebensmittelpunkt haben. Das setzt allerdings voraus, dass sie mir nicht jedes Mal Schwierigkeiten macht, wenn die Kinder zu mir kommen. Ist eine einzige Ferienwoche mit den beiden denn zu viel verlangt? Ich bin ihr Vater und habe das gleiche Recht wie Beata, mit ihnen zusammen zu sein.«

»Sie werden älter, Kjell. Irgendwann kapieren sie das. Bemühe dich, ein besserer Mensch und ein besserer Vater zu sein. Sie brauchen Ruhe. Wenn sie die bei dir finden, wird irgendwann alles gut, du wirst schon sehen. Aber hör um Himmels willen nicht auf, um sie zu kämpfen.«

»Ich gebe nicht auf«, sagte Kjell verbittert.

»Das ist gut.« Rolf winkte mit der Tageszeitung. »Übrigens hast du einen phantastischen Artikel geschrieben. Du hast John Holm mehrfach in die Schranken gewiesen. Ich glaube, ich habe noch nie einen Artikel gelesen, in dem er und die Partei so kritisch hinterfragt wurden.« Er setzte sich auf den Besucherstuhl.

»Keine Ahnung, was meine Kollegen da reitet.« Kjell schüttelte den Kopf. »Die Rhetorik von *Schwedens Freunden* hat doch so offensichtliche Lücken. So schwer ist es doch nicht.«

»Hoffen wir, dass das hier die Runde macht.« Rolf tippte auf die aufgeschlagenen Seiten. »Man muss zeigen, was für Menschen das in Wirklichkeit sind.«

»Am schlimmsten finde ich, dass die Leute ihnen diese billige Propaganda abkaufen. Sie ziehen sich ordentlich an, werfen demonstrativ ein paar Mitglieder raus, die sich danebenbenommen haben, und reden ansonsten nur über Haushaltskürzungen und Rationalisierung, doch dahinter verbergen sich immer noch dieselben Nazis. Hitlergruß und Hakenkreuzfahne werden nur im Schutz der Dunkelheit verwendet. Anschließend sitzen sie in Talkshows und beklagen sich, sie wären ungerechtfertigten Angriffen und Vorwürfen ausgesetzt.«

»Mir brauchst du keine Predigt zu halten. Wir zwei sind uns vollkommen einig«, lachte Rolf und hob abwehrend die Hände.

»Ich glaube, dass sich dahinter etwas verbirgt.« Kjell massierte sich die Nasenwurzel.

»Bei wem denn?«

»Bei John. Er ist zu geschmeidig, zu glatt. Alles wirkt zu perfekt. Er hat ja nicht einmal den Versuch unternommen, seine Skinheadvergangenheit geheim zu halten, sondern in jeder Sendung im Frühstücksfernsehen öffentlich Abbitte geleistet. Für die Wähler ist das nichts Neues. Ich muss tiefer bohren. Er kann doch nicht alles abgeschüttelt haben.«

»Ich glaube, du hast recht, aber es wird nicht leicht, etwas zu finden. John Holm hat sich mit seiner sauberen Fassade viel Mühe gegeben.« Rolf legte die Zeitung weg.

»Ich werde jedenfalls ...« Kjell wurde vom Klingeln des Telefons unterbrochen. »Wenn das wieder Beata ist ...« Nach kurzem Zögern brüllte er in den Hörer: »Ja?«

Als er hörte, wer dran war, stimmte er sofort eine andere Tonlage an. Rolf beobachtete ihn amüsiert.

»Mensch, Erica. Hallo ... Nein, keine Sorge ... Doch, natürlich ... Was sagst du da? Machst du Witze?«

Er grinste Rolf kurz an. Das Gespräch dauerte nur wenige Minuten. Nachdem er sich ein paar Notizen gemacht hatte, ließ er den Stift fallen, lehnte sich zurück und verschränkte die Hände hinter dem Kopf.

»Jetzt kommt Bewegung in die Sache.«

»Wer war das überhaupt?«

»Erica Falck. Offenbar bin ich nicht der Einzige, der sich für John Holm interessiert. Sie hat mich für den Artikel gelobt und gefragt, ob ich Material über ihn hätte, das sie sich mal ansehen dürfe.«

»Wieso beschäftigt sie sich mit ihm?«, fragte Rolf. Dann riss er die Augen auf. »Weil er auch auf Valö war? Will sie etwas über die verschwundene Familie schreiben?«

Kjell nickte. »Sieht so aus. Aber das Beste kommt noch. Halt dich fest, du wirst es nicht glauben.«

»Verdammt noch mal, Kjell, jetzt spann mich nicht auf die Folter.«

Kjell grinste. Er liebte dieses Spielchen, und er war überzeugt, dass Rolf gefallen würde, was er zu erzählen hatte.

Stockholm 1925

Die Frau, die ihr die Tür aufmachte, sah ganz anders aus, als Dagmar sie sich vorgestellt hatte. Sie war weder schön noch verführerisch, sondern wirkte müde und verhärmt. Außerdem schien sie älter als Hermann zu sein, und ihre ganze Erscheinung wirkte durchschnittlich.

Dagmar stand stumm da. Hatte sie vielleicht an der falschen Tür geklingelt? Doch auf dem Schild stand Göring, und sie nahm an, dass die Frau die Haushälterin des Paars war. Entschieden packte Dagmar Lauras Hand.

»Ich möchte Hermann sprechen.«

»Hermann ist nicht zu Hause.« Die Frau musterte sie von Kopf bis Fuß.

»Dann warte ich hier auf ihn.«

Laura hatte sich hinter Dagmar versteckt. Die Frau lächelte das kleine Mädchen freundlich an.

»Ich bin Frau Göring. Kann ich Ihnen irgendwie helfen?«

Die verhasste Frau also, die ihr nicht mehr aus dem Kopf gegangen war, seit sie ihren Namen zum ersten Mal in der Zeitung gelesen hatte. Dagmar betrachtete Carin Göring verblüfft: das praktische Schuhwerk, den knöchellangen Rock, die züchtig bis zum Hals geschlossene Bluse und den strengen Haarknoten. Rings um die Augen zeichneten sich Fältchen ab, und die Haut wirkte ungesund blass. Plötzlich war ihr alles klar. Natürlich war sie die Frau, die Hermann hinters Licht geführt hatte, denn ohne krumme Tricks hätte so eine alte Schachtel Hermann nie für sich eingenommen.

»Ja, wir beide haben auch einiges miteinander zu besprechen.« Sie packte Lauras Hand und betrat die Wohnung.

Carin machte einen Schritt zur Seite und unternahm nichts, um sie aufzuhalten. Sie nickte nur abwartend. »Soll ich Ihnen den Mantel abnehmen?«

Dagmar sah sie argwöhnisch an. Dann ging sie unaufgefordert in das Zimmer gleich neben dem Eingangsbereich. Im großen Salon blieb sie abrupt stehen. Die geräumige Wohnung war genauso schön, wie sie sich Hermanns Zuhause ausgemalt hatte – große Fenster, hohe Decken und ein spiegelblanker Parkettboden –, aber fast leer.

»Warum gibt es hier keine Möbel, Mutter?« Laura sah sich mit großen Augen um.

Dagmar drehte sich zu Carin um. »Weshalb haben Sie denn keine Möbel? Wieso muss Hermann so leben?«

Carin runzelte einen Augenblick lang die Stirn, als wolle sie zum Ausdruck bringen, dass sie die Frage unpassend fand, doch dann antwortete sie ruhig:

»Wir haben es in letzter Zeit etwas schwer gehabt. Nun müssen Sie mir aber erzählen, wer Sie sind.«

Dagmar ging überhaupt nicht auf die Frage ein, sondern warf Frau Göring einen verärgerten Blick zu. »Schwer gehabt? Hermann ist doch reich. So kann er doch nicht leben.«

»Haben Sie nicht gehört, was ich gesagt habe? Wenn Sie mir nicht erklären, wer Sie sind und was Sie hier wollen, bin ich bald gezwungen, die Polizei zu rufen. Aus Rücksicht auf die Kleine würde ich das lieber vermeiden.« Carin nickte Laura zu, die sich nun wieder hinter ihrer Mutter versteckte.

Dagmar riss sie am Arm und schubste sie auf Carin zu.

»Das ist die Tochter von mir und Hermann. Von nun an wird er mit uns zusammen sein. Sie haben ihn lange genug gehabt, er will Sie nicht mehr. Kapieren Sie das nicht?«

In Carin Görings Gesicht zuckte es, aber sie bewahrte die

Ruhe, als sie Dagmar und Laura eine Weile schweigend musterte.

»Ich habe keine Ahnung, wovon Sie reden. Hermann ist mein Mann, ich bin Frau Göring.«

»Aber mich liebt er. Ich bin seine große Liebe.« Dagmar stampfte mit dem Fuß auf. »Laura ist seine Tochter, aber Sie haben ihn mir weggenommen, bevor ich ihm von ihr erzählen konnte. Hätte er von seinem Kind gewusst, hätte er Sie niemals geheiratet. Und wenn Sie sich ein Bein ausgerissen hätten!«

In ihrem Kopf drehte sich alles vor Wut. Laura drückte sich an ihren Rücken.

»Sie sollten jetzt gehen, bevor ich die Polizei rufe.« Carin klang beherrscht, aber Dagmar sah die Angst in ihren Augen.

»Wo ist Hermann?«, fragte sie hartnäckig.

Carin zeigte auf die Wohnungstür. »Raus!« Ohne den Zeigefinger zu senken, ging sie entschieden zum Telefon. Das Klackern ihrer Absätze hallte durch die leere Wohnung.

Dagmar beruhigte sich ein wenig und dachte nach. Sie sah ein, dass Frau Göring ihr niemals verraten würde, wo ihr Mann war, aber nun hatte diese Frau immerhin die Wahrheit erfahren. Ein Gefühl von Befriedigung erfüllte Dagmar. Nun musste sie Hermann nur noch finden. Wenn sie dafür vor dem Haus übernachten musste, würde sie das geduldig auf sich nehmen, denn dann wären sie für immer zusammen. Sie packte Laura fest am Kragen und zog sie zur Tür. Bevor sie die Wohnung verließ, warf sie Carin Göring einen siegesgewissen Blick zu.

Danke, liebe Anna.« Erica drückte ihrer Schwester einen Kuss auf die Wange und eilte zum Auto. Im Laufen winkte sie kurz ihren Kindern zu. Einen Anflug von schlechtem Gewissen schob sie beiseite, indem sie sich in Erinnerung rief, wie begeistert die drei bei Tante Annas Ankunft gejuchzt hatten. Sie konnten sich wirklich nicht beklagen.

Nachdenklich fuhr sie nach Hamburgsund. Es ärgerte sie, dass sie immer noch nicht mehr über das Verschwinden der Familie Elvander wusste. Sie steckte richtig fest und konnte sich den Fall ebenso wenig erklären wie die Polizei. Trotzdem gab sie nicht auf. Die Familiengeschichte war unheimlich faszinierend, und je länger sie sich in den Archiven vergrub, desto spannender wurde sie. Auf den Frauen in Ebbas Familie schien ein Fluch zu lasten.

Erica wischte die Gedanken an die Vergangenheit weg. Dank Gösta hatte sie endlich eine Spur entdeckt. Er hatte einen Namen genannt, und weitere Nachforschungen hatten dazu geführt, dass sie nun unterwegs zu einer der Personen war, die möglicherweise über eine wichtige Information verfügte. Das Recherchieren weit zurückliegender Fälle glich oft dem Zusammensetzen eines riesigen Puzzles, bei dem einige wichtige Teile von Anfang an fehlten. Sie hatte die Erfahrung gemacht, dass man einfach auf die verlorengegangenen Puzzleteile pfeifen musste, denn das Motiv wurde irgendwann auch so sichtbar. Für diesen Fall hatte das bis jetzt nicht gegolten, aber nun schöpfte sie wieder Hoffnung, dass ihre bisherige Arbeit nicht umsonst gewesen war.

Bei Hanssons Tankstelle hielt sie an, um nach dem Weg zu fragen. Sie wusste zwar ungefähr, wo sie hinmusste, wollte aber vermeiden, dass sie sich unnötig verfuhr. An der Kasse stand Magnus, der zusammen mit seiner Frau Agnes die Tankstelle betrieb. Außer seinem Bruder Frank und seiner Schwägerin Anette, die unten am Marktplatz einen Imbiss hatten, wusste niemand so viel über die Bewohner von Hamburgsund und Umgebung wie er.

Magnus guckte etwas komisch, schrieb ihr dann aber kommentarlos detailliert den Weg auf. Mit einem Auge auf dem Zettel und einem auf der Straße fuhr sie weiter und gelangte schließlich zum richtigen Haus. Erst jetzt dachte sie daran, dass an so einem schönen Tag vielleicht niemand zu Hause war. Fast alle, die freihatten, waren auf irgendeiner Insel im Schärengarten oder an einem der vielen Strände. Sie beschloss, es wenigstens zu versuchen. Als sie beim Aussteigen Musik hörte, wurde sie optimistisch.

Während sie darauf wartete, dass jemand ihr die Tür aufmachte, summte sie die Melodie mit: »Non, je ne regrette rien.« Sie konnte lediglich den Refrain in vollkommen falschem Französisch, aber die Musik nahm sie so gefangen, dass sie kaum bemerkte, wie die Tür aufging.

»Oh, kommt da etwa eine Bewunderin von Edith Piaf?«, rief ein kleiner Mann in einem dunkelvioletten Seidenmantel mit Goldbesatz.

Erica konnte ihr Staunen nicht verbergen.

Der Mann lächelte. »So, Schätzchen. Wollen Sie mir etwas andrehen, oder haben Sie was anderes auf dem Herzen? Falls Sie eine Vertreterin sind, ich bin bereits wunschlos glücklich, aber ansonsten dürfen Sie gern reinkommen und mir auf der Veranda Gesellschaft leisten. Da Walter die Sonne nicht mag, sitze ich dort mutterseelenallein, und es gibt nichts Trostloseres, als seinen Rosé allein zu trinken.«

»Ja, ich ... habe tatsächlich etwas auf dem Herzen«, stammelte Erica.

»Na dann!« Der Mann klatschte vor Entzücken in die Hände und ging ein paar Schritte rückwärts, um sie hereinzulassen.

Erica sah sich im Hausflur um. Überall Gold, Troddeln und Samt. Der Begriff üppig für die Einrichtung war noch untertrieben.

»Diese Etage habe ich gestaltet, oben durfte Walter bestimmen. Wenn eine Ehe so lange halten soll wie unsere, muss man Kompromisse machen. Wir sind bald fünfzehn Jahre verheiratet und haben davor bereits zehn Jahre in Sünde zusammengelebt.« Er wandte sich zur Treppe und rief: »Wir haben Besuch, Liebling! Komm runter und trink ein Glas mit uns, anstatt da oben zu versauern!«

Mit erhobener Hand schwebte er durch den Flur.

»Sie sollten mal sehen, wie es da oben aussieht. Wie in einem Krankenhaus. Total steril. Walter nennt es Purismus. Er ist vollkommen in den sogenannten nordischen Stil vernarrt, und der ist bekanntlich alles andere als gemütlich. Im Übrigen auch keine besonders große Kunst. Man streicht einfach alles weiß an, stellt diese abscheulichen Birkenmöbel von Ikea auf und schwupp, fertig ist das Heim.«

Er lief um einen gewaltigen Ohrensessel aus rotem Brokat herum und steuerte die offene Verandatür an. Auf dem Tisch standen eine Flasche Rosé in einem Eiskübel und ein halbvolles Glas.

»Darf ich ein Schlückchen Wein anbieten?« Er griff bereits nach der Flasche. Sein seidener Mantel umhüllte die mageren weißen Beine.

»Das klingt verlockend, aber ich muss noch fahren.« Erica malte sich aus, wie herrlich es gewesen wäre, auf dieser schönen Veranda mit Blick auf den Sund und die Insel Hamburgö ein Glas Wein zu trinken.

»Schade. Kann ich Sie wirklich nicht zu ein paar Tröpfchen überreden?« Er winkte verführerisch mit der Flasche.

Erica konnte sich das Lachen nicht verkneifen. »Da mein

Mann Polizist ist, wage ich es einfach nicht, auch wenn es mir schwerfällt.«

»Er sieht sicher schrecklich gut aus. Ich hatte immer eine Schwäche für Männer in Uniform.«

»Ich auch.« Erica setzte sich in einen Liegestuhl.

Der Mann drehte sich um und stellte die Musik ein wenig leiser. Dann schenkte er Erica ein Glas Wasser ein und reichte es ihr lächelnd.

»Und wie komme ich zu der Ehre, dass mich so eine schöne junge Frau besucht?«

»Ich heiße Erica Falck und bin Schriftstellerin. Zurzeit recherchiere ich für ein zukünftiges Buch. Sie sind doch Ove Linder? Der Anfang der siebziger Jahre im Internat von Rune Elvander als Lehrer gearbeitet hat?«

Das Lächeln erlosch. »Ove. Das ist lange her ...«

»Bin ich falsch hier?« Hatte Erica die detaillierte Wegbeschreibung von Magnus vielleicht doch falsch verstanden?

»Nein, aber Ove Linder bin ich schon seit einer ganzen Weile nicht mehr.« Nachdenklich ließ er sein Glas kreisen. »Ich habe zwar nicht offiziell einen anderen Namen angenommen – in dem Fall hätten Sie mich ja auch gar nicht gefunden –, aber ich heiße nun Liza. Ove nennt mich niemand mehr, außer Walter, wenn er wütend auf mich ist. Liza natürlich nach der Minelli, auch wenn ich nur ein blasser Abklatsch von ihr bin.« Er legte den Kopf schief und schien darauf zu warten, dass Erica etwas sagte.

»Hör auf mit dem fishing for compliments, Liza.«

Erica drehte sich um. Die Gestalt im Türrahmen musste Walter sein, der Ehemann.

»Da bist du ja. Du musst unbedingt Erica kennenlernen.«

Walter stellte sich hinter Liza und legte ihr liebevoll die Hände auf die Schultern. Liza streichelte ihren Mann zärtlich. Erica ertappte sich bei dem Gedanken, dass sie und Patrik hoffentlich auch noch so verliebt miteinander umgehen würden, wenn sie fünfundzwanzig Jahre zusammen waren.

»Worum geht es?« Walter setzte sich zu ihnen. Im Gegensatz zu seinem Partner sah er vollkommen durchschnittlich aus: Er war mittelgroß, normal gebaut, diskret gekleidet und hatte schütteres Haar. Bei einer Gegenüberstellung hätte man ihn unmöglich identifizieren können, dachte Erica, aber sein Blick wirkte intelligent und freundlich, und auf merkwürdige Weise schien dieses Paar perfekt zusammenzupassen.

Sie räusperte sich. »Wie schon gesagt, ich versuche, mehr über das Internat auf Valö herauszufinden. Sie waren dort Lehrer, nicht wahr?«

»Ja, leider«, seufzte Liza. »Das war eine grauenhafte Zeit. Ich hatte mein Coming-out noch vor mir, und Homosexualität war damals längst noch nicht so akzeptiert wie heute. Außerdem hatte Rune Elvander furchtbare Vorurteile, die er gern rausposaunte. Als ich noch nicht in der Lage war, wirklich ich zu sein, habe ich mich irrsinnig um Anpassung bemüht. Ich war zwar nie der kernige Holzfällertyp, tat jedoch so, als wäre ich heterosexuell und völlig normal, wie man so schön sagt. Das habe ich in meiner Kindheit intensiv trainiert.«

Er senkte den Blick, und Walter strich ihm tröstend über den Arm.

»Ich glaube, es ist mir gelungen, Rune hinters Licht zu führen, aber von Schülern hatte ich einige Sticheleien zu ertragen. Die Schule war voller Nichtsnutze, die nichts Besseres zu tun hatten, als nach den wunden Punkten anderer Menschen zu suchen. Länger als ein halbes Jahr hätte ich es dort nicht ausgehalten. Ich wollte nach den Osterferien nicht zurückkehren, aber die Kündigung blieb mir dann ja erspart.«

»Wie haben Sie auf die Ereignisse reagiert? Haben Sie eine Erklärung dafür?«, fragte Erica.

»Ganz unabhängig davon, was ich von der Familie hielt, war die Sache natürlich schrecklich. Ich gehe davon aus, dass Elvanders etwas Furchtbares zugestoßen ist.«

»Sie haben aber keine Ahnung, was?«

Liza schüttelte den Kopf. »Nein, mir ist das genauso ein Rätsel wie allen anderen.«

»Wie war die Stimmung in der Schule? Gab es Streitigkeiten?«

»Das kann man wohl sagen. Das Internat war der reinste Dampfkessel.«

»Wie meinen Sie das?« Ericas Puls stieg. Zum ersten Mal erfuhr sie, was sich hinter den Kulissen abgespielt hatte. Warum hatte sie nicht früher daran gedacht?

»Nach Berichten meines Vorgängers lagen sich die Schüler von Anfang an in den Haaren. Sie waren gewohnt, alles zu bekommen, was sie wollten, und mussten gleichzeitig hohe Erwartungen ihrer Eltern erfüllen. Das konnte nur mit Hahnenkämpfen enden. Als ich anfing, hatte Rune bereits die Peitsche geschwungen und alle einigermaßen zur Räson gebracht, aber ich spürte die Spannungen unter der Oberfläche.«

»Was hatten die Jungs für eine Beziehung zu Rune?«

»Sie haben ihn gehasst. Er war ein sadistischer Psychopath«, stellte Liza sachlich fest.

»Sie beschreiben Rune Elvander nicht gerade positiv.« Erica ärgerte sich, dass sie ihr Aufnahmegerät nicht mitgebracht hatte. Sie musste sich das Gespräch so gut wie möglich einprägen.

Liza erschauerte, als ob ihr plötzlich kalt wäre. »Rune Elvander ist mit Abstand der widerlichste Mensch, dem ich je begegnet bin. Und glauben Sie mir«, er warf seinem Mann einen Blick zu, »wenn man so lebt wie wir, findet man sich öfters mit unangenehmen Typen konfrontiert.«

»Was für ein Verhältnis hatte er zu seiner Familie?«

»Das kommt wahrscheinlich darauf an, welches Familienmitglied sie gefragt hätten. Inez scheint nicht viel zu lachen gehabt zu haben, und es fragt sich, warum sie Rune überhaupt geheiratet hat. Sie war jung und hübsch. Ich hatte den Eindruck, dass sie von ihrer Mutter dazu gezwungen worden war. Die Alte ist kurz nach meiner Einstellung gestorben, und das war wohl eine Erleichterung für Inez, denn die Frau muss wirklich ein Scheusal gewesen sein.«

»Und Runes Kinder?«, fuhr Erica fort. »Wie kamen die mit ihrem Vater und der Stiefmutter zurecht? Die Situation wird wahrscheinlich nicht ganz unkompliziert für Inez gewesen sein. Sie war doch kaum älter als ihr ältester Stiefsohn.«

»Ein grässlicher Kerl, der viel Ähnlichkeit mit seinem Vater hatte.«

»Wer? Der älteste Sohn?«

»Ja. Claes.«

Er schwieg lange. Erica wartete geduldig.

»An ihn erinnere ich mich am deutlichsten. Sobald ich an ihn denke, laufen mir kalte Schauer über den Rücken. Eigentlich weiß ich gar nicht, wieso. Er war mir gegenüber immer höflich, aber irgendetwas an seinem Gesichtsausdruck führte dazu, dass ich ihm ungern den Rücken zukehrte.«

»Verstanden er und Rune sich gut?«

»Schwer zu sagen. Sie umkreisten einander wie Planeten, ohne jemals die Bahn des anderen zu kreuzen.« Liza lachte verschämt. »Ich höre mich an wie eine New-Age-Tante oder ein schlechter Dichter ...«

»Keine Sorge, ich habe schon verstanden.« Erica beugte sich vor. »Ich weiß, was Sie meinen. Es gab also nie Konflikte zwischen Rune und Claes?«

»Nein, sie hielten sozusagen Abstand voneinander. Claes schien Rune aufs Wort zu gehorchen, aber was er wirklich über seinen Vater dachte, wusste vermutlich niemand. Eins hatten sie zumindest gemeinsam. Sie beteten Carla an – Runes verstorbene Ehefrau und die Mutter von Claes – und schienen beide Inez zu verachten. In Claes' Fall ist das vielleicht verständlich, denn sie hatte den Platz seiner Mutter eingenommen, aber Rune hatte sie schließlich geheiratet.«

»Rune hat Inez also schlecht behandelt?«

»Ja. Liebevoll war die Beziehung jedenfalls nicht. Er erteilte ihr dauernd Befehle, als wäre sie nicht seine Frau, sondern seine Untergebene. Claes dagegen war richtig gemein und unverschämt zu seiner Stiefmutter. Für Ebba schien er auch nichts übrigzuhaben. Seine Schwester Annelie war nicht viel besser.«

»Wie fand Rune das Verhalten seiner Kinder? Hat er sie dazu angestachelt?« Erica trank einen Schluck Wasser. Selbst unter dem großen Sonnenschirm war es auf der Veranda heiß.

»In Runes Augen waren sie ohne Fehl und Tadel. Er schlug ihnen gegenüber zwar immer einen Kasernenhofton an, aber nur er durfte mit den Kindern schimpfen. Wenn sich jemand anders über sie beschwerte, rappelte es im Karton. Ich weiß, dass Inez es einmal versucht hat, aber das war ihr eine Lehre. Johan, der Kleinste, war der Einzige in der Familie, der lieb zu ihr war. Er war aufmerksam und nett und hing sehr an Inez.« Liza machte ein trauriges Gesicht. »Ich würde zu gern wissen, was aus der kleinen Ebba geworden ist.«

»Sie ist nach Valö zurückgekehrt. Sie und ihr Mann renovieren gerade das Haus, und vorgestern ...«

Erica biss sich auf die Lippe. Sie wusste nicht genau, wie viel sie preisgeben sollte, aber Liza war ihr gegenüber auch offen gewesen. Sie holte tief Luft.

»Vorgestern haben sie Blut unter den alten Dielen im Esszimmer entdeckt.«

Liza und Walter starrten sie an. In der Ferne waren Boote und Menschen zu hören, aber auf der Veranda wurde es mucksmäuschenstill. Schließlich ergriff Walter das Wort:

»Du hast doch immer gesagt, dass sie wahrscheinlich tot sind.«

Liza nickte. »Das erschien mir am wahrscheinlichsten. Außerdem ...«

»Was?«

»Ach, das ist lächerlich.« Er winkte so heftig ab, dass sein seidener Ärmel flatterte. »Ich habe es nie erwähnt.«

»Nichts ist unbedeutend oder lächerlich. Erzählen Sie.«

»Es war eigentlich nichts Besonderes, aber ich habe irgendwie geahnt, dass etwas schiefgehen würde. Und ich habe gehört ...« Er schüttelte den Kopf. »Nein, es ist albern.«

»Sprechen Sie weiter.« Erica unterdrückte den Impuls, sich über den Tisch zu lehnen und Liza zu schütteln.

Liza nahm einen großen Schluck Rosé und sah ihr ins Gesicht.

»In der Nacht waren Geräusche zu hören.«

»Geräusche?«

»Ja. Schritte, Türen, eine Stimme von weit her, aber wenn ich aufstand und nachsah, war nie jemand da.«

»Als ob es gespukt hätte?«, fragte Erica.

»Ich glaube nicht an Gespenster«, antwortete Liza ernst. »Ich kann nur sagen, dass ich Geräusche gehört habe und den Eindruck hatte, dass bald etwas Schreckliches passieren würde. Daher hat mich das Verschwinden der Familie nicht gewundert.«

Walter nickte. »Du hast schon immer einen sechsten Sinn gehabt.«

»Was rede ich eigentlich für einen Stuss?« Das Glitzern kehrte in Lizas Augen zurück, und sie strahlte Erica an. »Was soll diese gedrückte Stimmung? Erica muss uns ja für richtige Trauerklöße halten.«

»Ganz und gar nicht. Vielen Dank, dass ich einfach hier reinschneien durfte und Sie sich Zeit genommen haben. Jetzt habe ich viel Stoff zum Nachdenken, aber so langsam muss ich nach Hause.« Erica stand auf.

»Grüßen Sie die kleine Ebba von mir«, sagte Liza.

»Das mache ich.«

Sie wollten aufstehen und sie zur Tür begleiten, aber Erica kam den beiden zuvor.

»Bleiben Sie sitzen, ich finde allein hinaus.«

Während sie an dem Traum aus Gold, Troddeln und Samtkissen vorbeiging, sang Edith Piaf wieder von ihrem gebrochenen Herzen.

»Wo zum Teufel warst du heute Morgen?« Patrik betrat Göstas Zimmer. »Ich dachte, du wolltest mich zu John Holm begleiten.«

Gösta hob den Kopf. »Hat Annika dir das nicht gesagt? Ich war beim Zahnarzt.«

»Zahnarzt?« Patrik musterte ihn prüfend. »Hoffentlich keine Löcher?«

»Nein. Kein einziges Loch.«

»Wie kommst du mit der Liste voran?« Patrik betrachtete den Papierstapel auf Göstas Schreibtisch.

»Von den meisten Schülern habe ich schon die aktuellen Adressen.«

»Das ging aber schnell.«

»Personennummer.« Gösta zeigte auf das alte Schülerverzeichnis. »Köpfchen, weißt du.« Er reichte Patrik ein Blatt Papier. »Wie lief es denn bei dem Nazi?«

»Gegen diese Bezeichnung hätte er wahrscheinlich einiges einzuwenden.« Patrik überflog die Liste.

»So ist es eben. Sie rasieren sich zwar keine Glatze mehr, aber sind immer noch die gleichen Typen. Hat sich Mellberg gut benommen?«

»Was denkst du denn?« Patrik legte sich die Liste auf den Schoß. »Man könnte sagen, die Polizei Tanum hat sich nicht von ihrer besten Seite gezeigt.«

»Habt ihr wenigstens etwas Neues erfahren?«

Patrik schüttelte den Kopf. »Nicht viel. John Holm weiß nichts über die verschwundene Familie. In der Schule war nichts passiert, was den Vorfall erklärt hätte. Außer den normalen Spannungen zwischen einem Haufen Teenagern und einem strengen Rektor lag nichts in der Luft. Und so weiter.«

»Hast du schon was von Torbjörn gehört?«, fragte Gösta.

»Nein. Er hat versprochen, ein bisschen auf die Tube zu drücken, aber da wir keine frische Leiche zu bieten haben, können sie uns nicht vorziehen. Außerdem ist der Fall verjährt, falls sich herausstellen sollte, dass die Familie ermordet wurde.«

»Aber das Ergebnis der Blutanalyse kann uns wichtige Hinweise bei unseren Ermittlungen geben. Hast du schon vergessen, dass kürzlich jemand versucht hat, Ebba und Mårten bei lebendigem Leib zu verbrennen? Schließlich beharrst du doch darauf, dass der Brand etwas mit dem Verschwinden zu tun hat. Und hast du mal an Ebba gedacht? Hat sie nicht das Recht, zu erfahren, was mit ihrer Familie passiert ist?«

Patrik hob abwehrend die Hände. »Ich weiß, ich weiß, aber bislang habe ich in den alten Ermittlungsakten nichts Interessantes entdeckt, und das Ganze erscheint mir ein wenig hoffnungslos.«

»Enthält Torbjörns Brandbericht keine Anhaltspunkte?«

»Nein. Das war ganz normales Benzin, angezündet mit einem stinknormalen Streichholz. Das ist alles.«

»Dann müssen wir das Knäuel von einer anderen Seite aufdröseln.« Gösta drehte sich um und deutete auf ein Foto an der Wand. »Ich finde, wir sollten die Kerle etwas unter Druck setzen. Die wissen mehr, als sie gesagt haben.«

Patrik stand auf und sah sich das Bild von den fünf Jungs genauer an.

»Da hast du sicher recht. Laut deiner Liste bist du ja der Meinung, dass wir mit Leon Kreutz anfangen sollten. Warum fahren wir nicht gleich hin und unterhalten uns mit ihm?«

»Leider weiß ich nicht, wo er ist. Sein Handy ist abgeschaltet, und im Hotel wohnen er und seine Frau nicht mehr. Vermutlich richten sie sich in ihrem neuen Haus ein. Sollen wir nicht bis morgen warten? Da können wir in Ruhe mit ihnen reden.«

»Einverstanden. Vielleicht versuchen wir es stattdessen mit Sebastian Månsson und Josef Meyer. Die leben ja noch hier.«

»Klar. Ich muss nur noch ein paar Sachen zusammensuchen.«

»Wir dürfen auch diesen ›G‹ nicht vergessen.«

»›G‹?«

»Die Person, die Ebba zum Geburtstag Karten geschickt hat.«

»Glaubst du wirklich, dass das was bringt?« Gösta raschelte mit den Papieren auf seinem Schreibtisch.

»Man kann nie wissen. Wir müssen jedem Anhaltspunkt nachgehen.«

»Wir dürfen uns aber auch nicht verzetteln«, brummte Gösta. »Klingt nach unnötiger Arbeit.«

»Ach was.« Patrik klopfte ihm auf die Schulter. »Ich schlage vor …«

Er warf einen Blick auf sein summendes Handy.

»Ich nehme nur schnell diesen Anruf entgegen.« Er ließ Gösta an seinem Schreibtisch zurück.

Wenige Minuten später kehrte er triumphierend zurück.

»Jetzt haben wir vielleicht den Anhaltspunkt, nach dem wir gesucht haben. Das war Torbjörn. Blut haben sie keins mehr unter dem Esszimmerfußboden gefunden, aber etwas viel Besseres.«

»Was denn?«

»Hinter der Fußleiste steckte eine Kugel. Mit anderen Worten, in dem Zimmer, wo sich die Familie befand, wurde vor ihrem Verschwinden eine Waffe abgefeuert.«

Patrik und Gösta sahen sich ernst an. Kurz zuvor waren sie ratlos gewesen, aber nun kam wieder Schwung in die Ermittlungen.

Erica hatte direkt nach Hause fahren und Anna ablösen wollen, aber ihre Neugier gewann die Oberhand, und so durchquerte sie Fjällbacka und steuerte Mörhult an. Nachdem sie kurz überlegt hatte, beim Minigolfplatz links abzubiegen und zu den Bootshäusern hinunterzufahren, beschloss sie, es lieber bei ihnen zu Hause zu versuchen. Es war bereits später Nachmittag.

Im Türspalt steckte ein geblümter Holzclog. Sie warf einen Blick in den Flur. »Hallo?«

Im Haus waren Geräusche zu hören, und kurz darauf erschien John Holm mit einem Küchenhandtuch in den Händen.

»Verzeihung, störe ich beim Essen?«

Er betrachtete das Tuch. »Nein, überhaupt nicht. Ich habe mir nur gerade die Hände gewaschen. Kann ich Ihnen irgendwie weiterhelfen?«

»Ich heiße Erica Falck und arbeite gerade an einem Buch …«

»Sie sind also die berühmte Schriftstellerin? Kommen Sie doch mit in die Küche, dann bekommen Sie eine Tasse Kaffee.« Er lächelte freundlich. »Was führt Sie her?«

Sie setzten sich an den Küchentisch.

»Ich möchte ein Buch über die Ereignisse auf Valö schreiben.« Sie meinte, einen Funken Nervosität in seinen Augen aufblitzen zu sehen, aber vielleicht hatte sie es sich auch nur eingebildet.

»Nicht zu glauben, wie sich plötzlich alle für Valö interessieren. Wenn ich dem lokalen Klatsch glauben darf, habe ich gestern mit Ihrem Mann gesprochen.«

»Stimmt, ich bin mit einem Polizisten verheiratet. Patrik Hedström.«

»Er hatte jemanden dabei, der ebenfalls einen ... gewissen Eindruck auf mich gemacht hat.«

Man brauchte kein großes Kombinationstalent, um herauszuhören, von wem er sprach.

»Sie haben also den berühmten Bertil Mellberg kennengelernt, diese Legende von einem Mann.«

John lachte, und Erica bemerkte, wie sein Charme seine Wirkung nicht verfehlte. Sie ärgerte sich darüber, denn sie hasste alles, wofür er und seine Partei standen, aber privat wirkte er nett und umgänglich. Sogar anziehend.

»Ich kenne solche Typen. Ihr Mann dagegen wirkt tüchtig.«

»Natürlich bin ich nicht unparteiisch, aber er ist ein guter Polizist. Er gibt nicht auf, bevor er einer Sache auf den Grund gegangen ist. Genau wie ich.«

»Zusammen müssen Sie lebensgefährlich sein.« Wieder lächelte John und zeigte dabei zwei entzückende Grübchen.

»Mag sein, aber manchmal steckt man fest. Ich habe mich im Laufe der Jahre immer wieder mit dem Verschwinden der Familie beschäftigt, und nun arbeite ich wieder an der Geschichte.«

»Sie wollen also ein Buch daraus machen?« Wieder dieses Fünkchen Unruhe bei John.

»Das ist mein Plan. Haben Sie etwas dagegen, wenn ich Ihnen ein paar Fragen stelle?« Sie zog Stift und Papier aus der Tasche.

Einen Augenblick lang schien er zu zögern. »In Ordnung«, sagte er schließlich. »Aber wie ich Ihrem Mann und seinem Kollegen schon sagte, ich werde Ihnen wahrscheinlich keine große Hilfe sein.«

»Wenn ich das richtig verstanden habe, gab es in der Familie Elvander Konflikte.«

»Konflikte?«

»Angeblich mochten Runes Kinder ihre Stiefmutter nicht.«

»Wir Schüler haben uns nicht in Familienangelegenheiten eingemischt.«

»Aber die Schule war nicht groß. Die Stimmung in der Familie kann Ihnen doch nicht entgangen sein.«

»Das hat uns nicht interessiert. Wir wollten nichts mit den Leuten zu tun haben. Es war schlimm genug, dass wir uns mit Rune herumschlagen mussten.« John schien zu bereuen, dass er sich auf das Gespräch eingelassen hatte. Er zog die Schultern hoch und rutschte auf seinem Sitz hin und her. Erica stachelte das nur an. Irgendetwas verdarb John offenbar die Laune.

»Was war mit Annelie? Ein sechzehnjähriges Mädchen und ein Haufen Teenager. Wie passte das zusammen?«

John rümpfte die Nase. »Annelie war wie verrückt hinter Jungs her, aber das Interesse wurde nicht erwidert. Von gewissen Mädchen sollte man sich fernhalten, und Annelie war so eines. Außerdem hätte Rune uns erschlagen, wenn wir sie auch nur berührt hätten.«

»Was meinen Sie damit, dass sie ein Mädchen war, von dem man sich fernhalten sollte.«

»Sie lief uns nach und spielte sich furchtbar auf. Ich glaube, sie wollte uns Schwierigkeiten machen. Einmal hat sie sich direkt vor unserem Fenster oben ohne gesonnt, aber der Einzige, der geguckt hat, war Leon. Er hatte schon damals vor nichts Angst.«

»Was ist dann passiert? Hat ihr Vater sie erwischt?« Erica spürte, wie eine andere Welt sie gefangen nahm.

»Claes beschützte sie meistens. Als er sie entdeckte, zerrte er sie so unsanft weg, dass ich fürchtete, er würde ihr den Arm ausreißen.«

»Hatte sie für einen von Ihnen eine besondere Schwäche?«

»Dreimal dürfen Sie raten«, sagte John, schien dann aber zu begreifen, dass Erica keine Ahnung hatte, wen er meinte. »Für Leon natürlich. Er war ein echter Mädchenschwarm. Seine Familie war steinreich, er sah unverschämt gut aus, und von seiner Selbstsicherheit konnten wir anderen nur träumen.«

»Aber er interessierte sich nicht für sie.«

»Wie gesagt, Annelie war anstrengend und Leon viel zu klug, um sich mit ihr einzulassen.« Als im Wohnzimmer ein Handy klingelte, stand er abrupt auf. »Würden Sie mich kurz entschuldigen?«

Ohne ihre Antwort abzuwarten, ließ er sie allein, und kurz darauf hörte sie ihn leise reden. Offenbar war sonst niemand zu Hause. Während sie auf ihn wartete, sah sie sich um. Ein Stapel Papiere auf einem Küchenstuhl erregte ihre Aufmerksamkeit. Sie warf einen Blick über ihre Schulter, bevor sie vorsichtig darin zu blättern begann. Es schien sich vor allem um Reichstagsprotokolle und Tagesordnungen zu handeln, doch plötzlich hielt sie inne. Zwischen den Ausdrucken lag ein handschriftlicher Zettel, den sie nicht entziffern konnte. Als sie hörte, dass John sich im Wohnzimmer verabschiedete, ließ sie das Blatt hastig in ihrer Handtasche verschwinden und lächelte John unschuldig an.

»Alles in Ordnung?«

Er nickte und setzte sich wieder.

»Das ist der Nachteil an meinem Beruf. Ich habe nie frei, nicht mal im Urlaub.«

Erica seufzte zustimmend. Sie wollte sich nicht in eine Diskussion über seine Arbeit verwickeln lassen, bei der sie ihre politischen Ansichten nicht verbergen konnte. Eine Meinungsverschiedenheit hätte leicht den Informationsfluss gefährden können.

Sie griff wieder zum Stift. »Wie war Inez zu den Schülern?«

»Inez?« John wich ihrem Blick aus. »Wir haben sie kaum zu Gesicht bekommen. Sie hatte mit dem Haushalt und ihrer kleinen Tochter alle Hände voll zu tun.«

»Aber irgendeine Beziehung müssen Sie doch zu ihr gehabt haben. Ich kenne das Haus ganz gut und weiß, dass Sie sich wahrscheinlich recht oft über den Weg gelaufen sind.«

»Natürlich haben wir Inez gesehen, aber sie war schweigsam und verschüchtert. Sie hat uns nicht beachtet und wir sie auch nicht.«

»Ihr Mann hat ihr wohl ebenfalls nicht viel Beachtung geschenkt.«

»Nein. Es war unbegreiflich, dass es einem Mann wie ihm gelungen war, vier Kinder zustande zu bringen. Wir tippten auf jungfräuliche Empfängnis.« John grinste schief.

»Wie fanden Sie die beiden Lehrer?«

»Das waren echte Originale. Bestimmt keine schlechten Lehrer, aber Per-Arne war ein ehemaliger Offizier und vielleicht noch strenger als Rune.«

»Und der andere?«

»Ove, tja ... Irgendwie undurchsichtig. Ein heimlicher Homo, war die gängige Theorie. Ich frage mich, ob er sich je geoutet hat.«

Erica lachte. Sie sah Liza mit den künstlichen Wimpern und dem schönen Seidenmantel vor sich.

»Möglich«, sagte sie.

John sah sie fragend an, aber sie klärte ihn nicht auf. Es war nicht ihre Aufgabe, John Holm über Lizas Leben zu informieren. Außerdem war ihr bewusst, was *Schwedens Freunde* über Homosexuelle dachten.

»Haben Sie besondere Erinnerungen an die beiden?«

»Überhaupt keine. Lehrer, Schüler und Familie waren strikt voneinander getrennt. Jeder sollte in seinem Bereich bleiben. Jede Gruppe für sich.«

Ein bisschen wie bei eurer Politik, dachte Erica. Sie biss sich auf die Zunge, um nichts zu sagen. Da sie spürte, dass John langsam ungeduldig wurde, stellte sie eine letzte Frage:

»Jemand hat mir erzählt, dass nachts merkwürdige Geräusche im Haus zu hören waren. Können Sie sich daran erinnern?«

John zuckte zusammen. »Wer hat das gesagt?«

»Das spielt keine Rolle.«

»Unsinn.« John stand auf.

»Ihnen ist davon also nichts bekannt?« Sie musterte ihn.

»Nicht im Geringsten. Und nun muss ich leider telefonieren.«

Erica sah ein, dass sie hier nicht weiterkommen würde, zumindest im Moment nicht.

»Danke, dass Sie sich Zeit genommen haben.« Sie packte ihre Sachen ein.

»Keine Ursache.« Er hatte seinen Charme wieder angeknipst, scheuchte sie aber beinahe hinaus.

Ia zog Leon Slip und Hose hoch und half ihm von der Toilette in den Rollstuhl.

»Jetzt verzieh nicht so das Gesicht.«

»Warum schaffen wir uns nicht endlich eine Pflegerin für diese Dinge an?«, fragte Leon.

»Ich will mich selbst um dich kümmern.«

»Dein Herz fließt über vor Güte.« Leon schnaubte. »Du machst dir noch den Rücken kaputt. Wir brauchen jemanden, der dir zur Hand geht.«

»Es ist lieb von dir, dass du dir solche Sorgen um meinen Rücken machst, aber ich will hier keine Fremde, die sich ... aufdrängt. Du und ich, wir schaffen das allein. Bis dass der Tod uns scheidet.« Ia streichelte seine gesunde Gesichtshälfte, aber er drehte sich weg und sie zog die Hand zurück.

Er entfernte sich in seinem Rollstuhl, und sie setzte sich aufs Sofa. Sie hatten das Haus möbliert gekauft und heute endlich Zutritt erhalten, nachdem die Bank in Monaco ihnen gestattet hatte, eine so große Summe abzuheben. Sie hatten alles bar bezahlt. Vor dem Fenster lag Fjällbacka, und Ia genoss die phantastische Aussicht mehr, als sie erwartet hatte. Aus der Küche hörte sie Leon fluchen. Da die Einrichtung überhaupt nicht behindertengerecht war, stieß er ständig gegen Türen und Schränke.

»Ich komme«, rief sie, stand aber nicht gleich auf. Manchmal war es besser, ihn ein bisschen warten zu lassen. Damit er ihre Hilfe nicht als selbstverständlich ansah. So wie früher ihre Liebe.

Ia betrachtete ihre Hände. Sie waren genauso mit Narben bedeckt wie Leons. Wenn sie unter Leuten war, trug sie immer Handschuhe, aber zu Hause ließ sie ihn gern die Wunden sehen, die sie sich zugezogen hatte, als sie ihn aus dem brennenden Auto zog. Dankbarkeit – mehr verlangte sie gar nicht. Die Hoffnung auf Liebe hatte sie längst aufgegeben. Sie wusste gar nicht, ob Leon überhaupt noch in der Lage war, einen anderen Menschen zu lieben. Vor langer Zeit hatte sie daran geglaubt. Damals war seine Liebe alles gewesen, was zählte. Wann war diese Liebe in Hass übergegangen? Sie wusste es nicht. Jahrelang hatte sie den Fehler bei sich gesucht, hatte sich bemüht, seine ständige Kritik zu beherzigen und ihm das zu geben, was er zu begehren schien. Trotzdem hatte er sie weiterhin gequält, als wollte er ihr absichtlich weh tun. Gebirge, Meere, Wüsten und Frauen. Es war vollkommen egal. Sie waren seine Geliebten. Und sie hatte sehnsüchtig auf ihn gewartet.

Sie berührte ihr Gesicht. Es war glatt und ausdruckslos. Plötzlich erinnerte sie sich an die Schmerzen nach den Operationen. Nie war er da gewesen, um beim Aufwachen ihre Hand zu halten. Der Heilungsprozess zog sich endlos in die Länge. Wenn sie heute in den Spiegel sah, erkannte sie sich selbst nicht wieder, aber nun brauchte sie sich nicht mehr anzustrengen. Es gab keine Berge mehr, die Leon besteigen, keine Wüsten, die er durchqueren, und keine Frauen, für die er sie verlassen konnte. Er gehörte ihr, nur ihr allein.

Mårten streckte sich mit verzerrtem Gesicht. Von der nicht enden wollenden Arbeit tat ihm der ganze Körper weh, und er hatte schon vergessen, wie es sich anfühlte, keine Schmerzen zu haben. Er wusste, dass es Ebba genauso ging. Wenn sie sich unbeobachtet glaubte, massierte sie sich oft die Schultern und Glieder und schnitt dabei die gleichen Grimassen wie er.

Doch der Schmerz in der Seele war schlimmer. Mit ihm mussten sie Tag und Nacht leben, und die Sehnsucht war so groß, dass sie weder Anfang noch Ende hatte. Er vermisste jedoch nicht nur Vincent, sondern auch Ebba. Die Wut und die Schuldgefühle, von denen er sich nicht befreien konnte, machten es nur noch schlimmer.

Er saß mit einem Becher Tee auf der Treppe und sah übers Wasser nach Fjällbacka hinüber. Im goldgelben Licht der

Abendsonne war die Aussicht am schönsten. Irgendwie hatte er immer gewusst, dass sie hierher zurückkehren würden. Auch wenn er Ebba glaubte, dass ihre Kindheit schön gewesen war, hatte er manchmal geahnt, dass sie erst dann aufhören würde, sich bestimmte Fragen zu stellen, wenn sie zumindest versucht hatte, Antworten darauf zu finden. Hätte er das gesagt, bevor alles passierte, sie hätte es mit Sicherheit abgestritten, aber er selbst hatte nie daran gezweifelt, dass sie eines Tages hierher zurückkehren würden, wo alles angefangen hatte.

Als die Umstände es schließlich erforderten, dass sie sich an einen Ort flüchteten, der vertraut und fremd zugleich war, und dort ein Leben begannen, in dem es Vincent nie gegeben hatte, war er voller Hoffnung gewesen. Er hatte gehofft, dass sie zueinander zurückfinden und den Zorn und die Scham hinter sich lassen würden. Doch Ebba verschloss sich vor ihm und wies all seine Versuche ab, sich ihr zu nähern. Hatte sie das Recht dazu? Sie war nicht die Einzige, die litt und trauerte, das tat er auch, und deshalb stand ihm zu, dass auch sie sich bemühte, genauso wie er.

Mårtens Finger schlossen sich immer fester um die Tasse, als er zum Horizont blickte. Er sah Vincent vor sich. Sein Sohn war ihm ungeheuer ähnlich gewesen. Sie hatten schon in der Entbindungsklinik darüber gelacht. Eingewickelt in eine Decke, lag das Neugeborene wie eine Karikatur von ihm in der Wiege. Mit der Zeit war die Ähnlichkeit immer größer geworden, und zudem hatte Vincent seinen Vater bewundert. Im Alter von drei Jahren wich er Mårten nicht mehr von der Seite und rief immer zuerst nach seinem Papa. Ebba beklagte sich manchmal darüber. Sie fand Vincent undankbar, denn schließlich hatte sie ihn neun Monate mit sich herumgeschleppt und unter Schmerzen geboren. Das sagte sie jedoch nur im Scherz. Im Grunde freute sie sich über das enge Verhältnis von Vater und Sohn und war vollkommen zufrieden mit dem zweiten Rang.

Tränen stiegen ihm in die Augen, die er mit dem Handrücken wegwischte. Er hatte keine Kraft mehr zu weinen, denn es brachte ihn nicht weiter. Sein einziger Wunsch bestand darin, dass er und Ebba sich wieder näherkamen. Diesen Wunsch würde er niemals begraben. Er würde nicht aufgeben, bis sie endlich begriff, dass sie einander brauchten.

Mårten stand auf und ging ins Haus. Er ging die Treppe hinauf und horchte, wo sie war. Eigentlich wusste er es bereits. Wie immer, wenn sie nicht am Haus arbeiteten, saß sie hochkonzentriert an ihrem Tisch und fertigte ein silbernes Schmuckstück an. Er trat ins Zimmer und stellte sich hinter sie.

»Hast du eine Bestellung reinbekommen?«

Sie zuckte zusammen. »Ja.« Dann widmete sie sich wieder ihrer Arbeit.

»Was ist das für ein Kunde?« Wut auf ihre Gleichgültigkeit stieg in ihm auf, und er musste sich beherrschen, um nicht loszubrüllen.

»Sie heißt Linda. Ihr Sohn ist mit vier Monaten am plötzlichen Kindstod gestorben. Er war ihr erstes Kind.«

»Aha.« Er wandte sich ab. Es war ihm ein Rätsel, woher sie die Kraft nahm, all diese Geschichten an sich heranzulassen, die Trauer all dieser fremden Eltern. War ihre eigene Trauer nicht schon schwer genug? Ohne hinzusehen wusste er, dass sie ihren Engelanhänger um den Hals trug. Sie hatte ihn als Ersten angefertigt und trug ihn ständig. Auf der Rückseite war Vincents Name eingraviert. Manchmal hätte Mårten ihr die Kette am liebsten abgerissen. In diesen Momenten fand er, sie hätte es nicht verdient, den Namen ihres Kindes am Leib zu tragen, aber es gab auch Augenblicke, in denen er nichts lieber wollte, als dass Vincent ihr ganz nah war. Warum musste alles so schwierig sein? Was würde passieren, wenn er endlich losließ, sich mit der Vergangenheit versöhnte und zugab, dass es ihre gemeinsame Schuld war?

Mårten stellte seinen Teebecher auf ein Regal und machte einen Schritt auf Ebba zu. Zuerst zögerte er, doch dann legte er ihr die Hände auf die Schultern. Sie erstarrte. Sanft begann er, sie zu massieren. Sie war genauso verspannt wie er. Schweigend starrte sie vor sich hin. Ihre Hände, die eben noch an dem silbernen Engel gearbeitet hatten, ruhten auf der Tischplatte.

Nur ihre Atemzüge waren zu hören. Leise Hoffnung keimte in ihm auf. Er berührte Ebba und fühlte ihren Körper unter seinen Fingerspitzen. Vielleicht gab es doch einen Weg nach vorn.

Plötzlich stand Ebba auf. Ohne ein Wort ging sie weg und ließ ihn mit den Händen in der Luft zurück. Eine Weile stand er so da und betrachtete ihren vollen Arbeitstisch. Dann machte sein Arm wie von selbst eine ausladende Kreisbewegung und fegte alle Gegenstände auf den Fußboden. In der darauffolgenden Stille wurde Mårten klar, dass es nur noch einen Ausweg gab. Er musste alles auf eine Karte setzen.

Stockholm 1925

»Mir ist kalt, Mama.« Laura wimmerte unglücklich, aber Dagmar kümmerte sich nicht um sie. Sie würden hier warten, bis Hermann nach Hause kam. Früher oder später musste er ja kommen, und er würde sich unheimlich freuen, sie zu sehen. Sie sehnte sich danach, in seinen Augen das Leuchten, das Verlangen und die Liebe zu sehen, die nach der langen Wartezeit noch stärker geworden war.

»Mama …« Laura zitterte so heftig, dass sie mit den Zähnen klapperte.

»Sei still!«, zischte Dagmar. Immer musste das Kind alles kaputtmachen. Wollte Laura denn nicht, dass sie glücklich wurden? Sie konnte ihren Zorn nicht mehr im Zaum halten und hob die Hand, um sie zu schlagen.

»An Ihrer Stelle würde ich das nicht tun.« Kräftige Finger schlossen sich um ihr Handgelenk. Erschrocken drehte sich Dagmar um. Hinter ihr stand ein gut gekleideter Mann mit Hut.

Sie warf den Kopf in den Nacken. »Der Herr soll sich nicht in die Erziehung meines Kindes einmischen.«

»Wenn Sie das Mädchen schlagen, dann schlage ich Sie genauso fest, damit Sie wissen, wie sich das anfühlt.« Seine ruhige Stimme duldete keinen Widerspruch.

Dagmar überlegte, ob sie ihm sagen sollte, was sie von jemandem hielt, der seine Nase in die Angelegenheiten anderer Leute steckte, sah aber ein, dass ihr das wenig nützte.

»Ich bitte um Verzeihung«, sagte sie. »Das Mädchen war den ganzen Tag unmöglich. Als Mutter hat man es nicht leicht, und manchmal ...« Sie zuckte entschuldigend die Achseln und senkte den Blick, damit er die Wut in ihren Augen nicht sah.

Langsam ließ er sie los und trat einen Schritt zurück.

»Was machen Sie hier vor meinem Haus?«

»Wir warten auf meinen Vater.« Laura sah den fremden Mann flehentlich an. Sie erlebte nicht oft, dass jemand ihrer Mutter widersprach.

»Ach, und der wohnt hier?« Der Mann musterte Dagmar.

»Wir warten auf Kapitän Göring.« Sie zog Laura an sich.

»Da können Sie lange warten«, sagte er, ohne den neugierigen Blick von ihr abzuwenden.

Dagmar klopfte das Herz bis zum Hals. War Hermann etwas zugestoßen? Warum hatte diese jämmerliche Person da oben nichts gesagt?

»Wie meinen Sie das?«

Der Mann verschränkte die Arme vor der Brust. »Sie haben ihn mit dem Rettungswagen abgeholt. Er wurde in einer Zwangsjacke abgeführt.«

»Das verstehe ich nicht.«

»Er ist in der Klinik Långbro.« Der Mann in dem eleganten Mantel bewegte sich in Richtung Tür und schien das Gespräch nun schnell beenden zu wollen. Dagmar griff nach seinem Ärmel, aber er schüttelte sie angewidert ab.

»Wo ist das Krankenhaus, guter Mann? Ich muss Hermann finden!«

Die Abscheu war ihm ins Gesicht geschrieben. Ohne ihr eine Antwort zu geben, verschwand er im Haus. Als die schwere Tür ins Schloss fiel, brach Dagmar zusammen. Was sollte sie jetzt tun?

Laura weinte herzzerreißend und versuchte, sie wieder auf die Beine zu ziehen, doch Dagmar stieß sie fort. Konnte das Kind sie nicht einfach in Ruhe lassen und verschwinden? Was sollte sie mit dem Mädchen ohne Hermann? Laura war nicht nur ihr Kind. Sie gehörte ihnen beiden.

Patrik kam im Laufschritt in die Dienststelle, blieb jedoch vor dem Empfang abrupt stehen. Annika war tief in ihre Arbeit versunken und blickte erst nach einer Weile auf. Als sie Patrik sah, lächelte sie und senkte den Blick wieder.

»Ist Martin immer noch krank?«, fragte Patrik.

»Ja.« Annika konzentrierte sich auf ihren Bildschirm.

Patrik schüttelte unmerklich den Kopf und machte auf dem Absatz kehrt. Er wusste, was er zu tun hatte.

»Ich habe noch was zu erledigen.« Im Hinausgehen sah er, dass Annika den Mund öffnete, hörte sie aber nicht mehr.

Patrik warf einen Blick auf die Uhr. Es war kurz vor neun. Vielleicht ein wenig zu früh, um bei anderen Leuten vor der Tür zu stehen, aber nun machte er sich solche Sorgen, dass er es in Kauf nahm, sie zu wecken.

Er brauchte nur wenige Minuten zu der Wohnung, wo Martin mit seiner Familie wohnte. Vor dem Haus zögerte Patrik. Vielleicht war alles in Ordnung. Möglicherweise lag Martin tatsächlich krank im Bett und würde nur unnötig aus dem Schlaf gerissen. Es konnte sogar sein, dass es ihn kränkte, wenn er sich von Patrik kontrolliert glaubte. Doch sein Bauchgefühl sagte etwas anderes. Martin hätte sich gemeldet, selbst wenn er krank wäre. Patrik drückte auf die Klingel.

Er wartete ziemlich lange und überlegte, ob er ein zweites Mal klingeln sollte, wusste jedoch, dass der Ton in der kleinen Wohnung überall gut zu hören war. Schließlich hörte er Schritte.

Als die Tür aufging, bekam Patrik einen Schreck. Martin sah wirklich krank aus. Er war unrasiert, ungekämmt und roch leicht nach Schweiß, aber dass Patrik ihn kaum wiedererkannte, lag vor allem an Martins erloschenem Blick.

»Ach, du bist das.«

»Darf ich reinkommen?«

Achselzuckend machte Martin kehrt und schlurfte in die Wohnung.

»Ist Pia bei der Arbeit?« Patrik sah sich um.

»Nein.« Martin war vor der Balkontür stehen geblieben und starrte hinaus.

Patrik runzelte die Stirn. »Bist du krank?«

»Ich habe mich krankschreiben lassen. Hat Annika dir das nicht gesagt?« Mürrisch drehte er sich um. »Brauchst du ein Attest? Bist du gekommen, um dich davon zu überzeugen, dass ich nicht in der Sonne liege?«

Normalerweise war Martin der gelassenste und gutmütigste Mensch, den Patrik kannte. So aggressiv hatte er ihn noch nie erlebt. Patriks Unruhe nahm zu. Irgendetwas stimmte hier tatsächlich nicht.

»Komm, wir setzen uns.« Er deutete auf die Küche.

Martins Zorn legte sich so schnell, wie er aufgeflammt war. Nun hatte er wieder diesen erloschenen Blick. Er nickte träge und ging hinter Patrik her. Als sie am Küchentisch saßen, sah Patrik Martin besorgt an.

»Was ist passiert?«

Etwa eine Minute lang herrschte Schweigen.

»Pia wird sterben.« Martin starrte die Tischplatte an.

Die Worte waren unbegreiflich, und Patrik konnte nicht glauben, dass er richtig gehört hatte.

»Was meinst du damit?«

»Sie ist seit vorgestern zur Behandlung im Krankenhaus. Offenbar hat sie Glück gehabt, dass so kurzfristig ein Platz frei war.«

»Behandlung? Wieso?« Patrik schüttelte den Kopf. Pia und Martin waren ihm doch am Wochenende über den Weg gelaufen, und da hatte alles ganz normal gewirkt.

»Wenn kein Wunder geschieht, hat sie vielleicht nur noch sechs Monate, sagen die Ärzte.«

»Die Behandlung dauert noch sechs Monate?«

Langsam hob Martin den Kopf und sah ihm in die Augen. Der nackte Schmerz in seinem Blick machte Patrik Angst.

»Sechs Monate bis zu ihrem Tod. Dann hat Tuva keine Mutter mehr.«

»Was ... Wie ... Wann habt ihr ...?« Patrik merkte selbst, dass er hilflos stotterte, schaffte es aber nicht, einen vernünftigen Satz zu formulieren.

Er bekam auch keine Antwort. Stattdessen brach Martin zusammen und weinte so heftig, dass es ihn schüttelte. Patrik ging zu ihm und legte die Arme um ihn. Er wusste nicht, wie viel Zeit vergangen war, als Martins Tränen endlich versiegten und sein Körper sich entspannte.

»Wo ist Tuva?«, fragte Patrik. Er hielt Martin noch immer fest.

»Bei Pias Mutter. Ich schaffe das ... im Moment nicht.« Wieder fing er an zu weinen, aber nun liefen ihm die Tränen lautlos über die Wangen.

Patrik strich ihm über den Rücken. »Das ist gut, lass es raus.«

Er kam sich etwas albern vor, weil er einen so abgedroschenen Satz von sich gab, aber was sollte man in dieser Situation sonst sagen. Was war schon falsch und was richtig? Es fragte sich, ob seine Worte überhaupt eine Rolle spielten. Vielleicht hörte Martin ihn gar nicht.

»Hast du was gegessen?«

Martin zog die Nase hoch, wischte sich mit dem Ärmel seines Bademantels übers Gesicht und schüttelte den Kopf. »Ich habe keinen Hunger.«

»Das ist mir vollkommen egal. Du musst etwas essen.« Patrik inspizierte den Kühlschrank. Es gab jede Menge Vorräte, aber da es vermutlich sinnlos war, eine ordentliche Mahlzeit zuzubereiten, stellte er einfach Butter und Käse auf den Tisch. Dann toastete er ein paar Weißbrotscheiben, die er im Eisfach gefunden hatte, und schmierte zwei Butterbrote. Mehr würde Martin wahrscheinlich ohnehin nicht runterbekommen. Nach kurzem Überlegen machte er sich selbst auch ein Brot. In Gesellschaft fiel einem das Essen einfach leichter.

»Jetzt sag mal, wie die Dinge liegen«, sagte er, als Martin das erste Brot gegessen und etwas mehr Farbe im Gesicht hatte.

Abgehackt und stoßweise berichtete Martin alles, was er über Pias Krebs wusste, und erzählte von dem Schock, als sie aus heiterem Himmel von der Notwendigkeit einer heftigen Therapie erfuhren, die Pia möglicherweise trotzdem nicht helfen würde.

»Wann darf sie nach Hause?«

»Nächste Woche, glaube ich. Ich weiß nicht genau, ich habe …« Mit zitternder Hand griff Martin nach dem Brot und blickte verschämt zur Seite.

»Hast du nicht mit den Ärzten geredet? Hast du Pia überhaupt schon im Krankenhaus besucht?« Patrik gab sich alle Mühe, nicht vorwurfsvoll zu klingen, denn das brauchte Martin jetzt am allerwenigsten. In gewisser Weise konnte er seine Reaktion sogar verstehen. Er hatte schon oft genug Menschen erlebt, die unter Schock standen, und kannte den leeren Blick und die steifen Bewegungen.

»Ich mache uns einen Tee«, sagte er, bevor Martin die Frage beantworten konnte. »Oder willst du lieber Kaffee?«

»Kaffee«, erwiderte Martin. Er kaute langsam und schien Schwierigkeiten mit dem Schlucken zu haben.

Patrik schenkte ihm ein Glas Wasser ein. »Nimm das zum Runterspülen. Der Kaffee kommt gleich.«

»Ich war noch nicht bei ihr.« Martin kaute nicht mehr.

»Das ist kein Wunder. Du stehst unter Schock.« Patrik füllte das Kaffeepulver in die Maschine.

»Ich lasse sie im Stich. Obwohl sie mich so dringend braucht wie noch nie. Und Tuva konnte ich gar nicht schnell genug zu

Pias Mutter abschieben. Als ob die es jetzt nicht auch schwer hätte. Pia ist schließlich ihre Tochter.« Wieder schien er kurz davor zu sein, in Tränen auszubrechen, holte aber tief Luft und atmete langsam wieder aus. »Ich begreife nicht, woher Pia ihre Kraft nimmt. Sie hat schon mehrmals angerufen, weil sie sich Sorgen um mich macht. Ist das nicht verrückt? Sie wird bestrahlt und bekommt eine Chemotherapie und diesen ganzen Mist. Sie hat bestimmt eine Scheißangst und ist völlig deprimiert, aber trotzdem macht sie sich Sorgen um mich!«

»Auch das ist eigentlich nicht verwunderlich«, sagte Patrik. »Wir machen es so. Du gehst jetzt unter die Dusche, und wenn du wiederkommst, ist der Kaffee fertig.«

»Ach, nein ...«, begann Martin, aber Patrik duldete keine Widerrede.

»Entweder gehst du freiwillig, oder ich schleppe dich ins Bad und seife dich eigenhändig ein. Allerdings würde ich mir dieses Erlebnis lieber ersparen und hoffe, dir geht es genauso.«

Martin konnte sich das Lachen nicht verkneifen. »Komm mir bloß nicht zu nahe mit der Seife! Das mache ich allein.«

»Gut.« Patrik drehte sich um und machte sich auf die Suche nach Kaffeetassen. Er hörte, wie Martin aufstand und ins Badezimmer ging.

Zehn Minuten später betrat ein neuer Mensch die Küche.

»Jetzt erkenne ich dich wieder.« Patrik schenkte heißen Kaffee in zwei Tassen.

»Es geht mir auch etwas besser. Danke.« Martin setzte sich. Er wirkte zwar immer noch verhärmt und abgekämpft, aber in seine grünen Augen war ein wenig Leben zurückgekehrt. Das nasse rote Haar stand in die Höhe. Er sah aus wie ein etwas in die Jahre gekommener Kalle Blomquist.

»Ich mache dir einen Vorschlag.« Patrik hatte nachgedacht, während Martin im Badezimmer war. »Du solltest so viel Zeit wie möglich darauf verwenden, Pia zur Seite zu stehen. Außerdem wirst du dich um Tuva kümmern müssen. Nimm ab sofort Urlaub. Wir wollen sehen, wie die Dinge sich entwickeln.«

»Aber ich habe nur noch drei Wochen Urlaub.«

»Das regeln wir schon«, sagte Patrik. »Denk jetzt nicht an die praktischen Dinge.«

Martin sah ihn mit leerem Blick an und nickte. Plötzlich hatte Patrik ein Bild von Erica und dem Autounfall im Kopf. Es hätte auch ihn treffen können. Beinahe hätte er alles verloren.

Sie hatte die ganze Nacht wach gelegen und nachgedacht. Nachdem Patrik zur Arbeit gefahren war, hatte sie sich auf die Veranda gesetzt, um in aller Ruhe ihre Gedanken zu ordnen. Die Kinder beschäftigten sich ausnahmsweise allein. Sie liebte die Aussicht auf den Schärengarten von Fjällbacka und war unendlich dankbar dafür, dass es ihr doch noch gelungen war, ihr und Annas Elternhaus zu retten, und ihre Kinder hier aufwachsen konnten. Das Haus war nicht ganz unproblematisch. Wind und Salzwasser hatten ihm hart zugesetzt, so dass ständig kleine Ausbesserungen und Reparaturen nötig waren.

Finanziell war das mittlerweile kein Problem mehr. Sie hatte sich viele Jahre abgerackert und verdiente nun richtig gut mit ihren Büchern. Ihre Gewohnheiten hatte sie zwar deswegen kaum geändert, aber es war beruhigend, sich keine Sorgen um die Haushaltskasse machen zu müssen, falls die Heizung kaputtging oder die Fassade einen neuen Anstrich brauchte.

Ihr war bewusst, dass viele Menschen diese Sicherheit nicht hatten. Wenn das Geld nie reichte und man plötzlich seinen Job verlor, war schnell ein Sündenbock zur Hand. Das erklärte wahrscheinlich einen Teil des Erfolgs von *Schwedens Freunden*. John Holm und das, was er repräsentierte, gingen ihr seit ihrem Gespräch mit ihm nicht mehr aus dem Kopf. Sie hatte gehofft, einem unsympathischen Mann zu begegnen, der offen seine Ansichten vertrat. Stattdessen war sie auf etwas viel Gefährlicheres gestoßen. Eine wortgewandte Person, die auf vertrauenerweckende Art einfache Antworten gab. Die den Wählern half, den Sündenbock zu finden, und ihnen versprach, diesen zu vertreiben.

Erica lief ein kalter Schauer über den Rücken. Sie war überzeugt davon, dass John Holm etwas zu verbergen hatte. Vielleicht hing das mit den Ereignissen auf Valö zusammen, vielleicht auch nicht. Sie musste es noch herausfinden, und sie wusste auch schon, mit wem sie sprechen würde.

»Kinder, wir fahren eine Runde mit dem Auto!«, rief sie ins Wohnzimmer. Jubel schallte ihr entgegen. Alle drei fuhren leidenschaftlich gern Auto.

»Mama muss nur noch kurz telefonieren. Zieh dir schon mal die Schuhe an, Maja, ich komme gleich und helfe Anton und Noel.«

»Das kann ich doch machen.« Maja nahm ihre Brüder an die Hand und schleifte sie in den Hausflur. Erica lächelte. Maja wuchs zusehends in die Rolle der Bonusmama hinein.

Eine Viertelstunde später waren sie unterwegs nach Uddevalla. Sie hatte sich telefonisch versichert, dass Kjell da war, damit sie die Kinder nicht umsonst durch die Gegend kutschierte. Zuerst hatte sie überlegt, ihm die ganze Sache am Telefon zu erklären, aber dann war ihr klargeworden, dass er den Zettel mit eigenen Augen sehen musste.

Nachdem sie auf der ganzen Fahrt Kinderlieder gesungen hatten, meldete sich Erica mit heiserer Stimme am Empfang. Kurze Zeit später wurden sie von Kjell persönlich begrüßt.

»Ui, da ist ja die ganze Mannschaft.« Er sah die drei Kinder an, die seinen Blick schüchtern erwiderten.

Als er Erica umarmte, kratzte sein Bart an ihrer Wange. Erica lächelte. Sie freute sich, ihn wiederzusehen. Sie hatten sich vor einigen Jahren kennengelernt, als sich bei den Ermittlungen in einem Mordfall herausstellte, dass Elsy, ihre Mutter, und Kjells Vater während des Zweiten Weltkriegs miteinander zu tun gehabt hatten. Sie und Patrik mochten Kjell sehr und schätzten ihn auch als Journalisten.

»Heute kein Babysitter.«

»Macht nichts. Toll, euch zu sehen.« Kjell sah die Kinder vergnügt an. »Ich glaube, ich habe einen Korb Spielsachen, mit denen ihr euch beschäftigen könnt, während eure Mama sich mit mir unterhält.«

»Spielsachen?« Auf einmal war die Schüchternheit wie weggeblasen, und Maja marschierte voller Vorfreude hinter Kjell her.

»Hier ist der Korb, aber wahrscheinlich sind vor allem Wachsmaler und Papier darin.« Kjell kippte alles auf den Fußboden.

»Ich kann nicht dafür garantieren, dass der Teppich keine Flecken abbekommt«, sagte Erica. »Es gelingt ihnen noch nicht immer, sich nur auf das Papier zu beschränken.«

»Hast du den Eindruck, dass der eine oder andere Fleck diesem Teppich noch was ausmachen könnte?« Kjell setzte sich an den Schreibtisch.

Erica betrachtete den schmutzigen Fußboden und gab ihm recht.

»Ich habe gestern mit John Holm gesprochen.« Sie nahm auf dem Besucherstuhl Platz.

Kjell sah sie forschend an.

»Was hattest du für einen Eindruck von ihm?«

»Er ist charmant, aber lebensgefährlich.«

»Damit liegst du vermutlich richtig. In seiner Jugend gehörte John einer der schlimmsten Gruppen in der Skinheadbewegung an. Dort hat er auch seine Frau kennengelernt.«

»Mit Glatze kann ich ihn mir kaum vorstellen.« Erica drehte sich nach ihren Kindern um, die sich von ihrer besten Seite zeigten.

»Stimmt, er hat sein Image ordentlich aufpoliert, aber meiner Erfahrung nach ändern diese Typen nicht ihre Meinung. Sie werden mit den Jahren lediglich cleverer und lernen, sich zu benehmen.«

»Hat er Einträge im Strafregister?«

»Nein, obwohl er als Jugendlicher mehrmals haarscharf daran vorbeigeschrammt sein soll, ist er nie rechtskräftig verurteilt worden. Andererseits glaube ich keine Sekunde, dass er seine politische Einstellung geändert hat, seit er sich nicht mehr an Naziaufmärschen beteiligt. Allerdings wage ich zu behaupten, dass es zu neunzig Prozent ihm zu verdanken ist, dass die Partei im Reichstag sitzt.«

»Inwiefern?«

»Sein erster Geniestreich bestand darin, die Zersplitterung auszunutzen, zu der es unter den verschiedenen nationalsozialistischen Gruppen nach dem Schulbrand in Uppsala kam.«

»Als damals die drei Nazis verurteilt wurden?« Erica erinnerte sich noch an die fetten Schlagzeilen vor einigen Jahren.

»Ja, genau. Abgesehen von den Spaltungen zwischen und innerhalb der verschiedenen Gruppierungen steigerte sich die mediale Aufmerksamkeit enorm, und die Polizei behielt die Leute im Auge. Nun trat John Holm auf den Plan. Er scharte die helleren Köpfe aus den verschiedenen Gruppen um sich und schlug ihnen vor, zusammenzuarbeiten. So entstand die Partei *Schwedens Freunde*. Anschließend hat er über Jahre zumindest oberflächlich unter den Mitgliedern aufgeräumt und die Botschaft in die Welt hinausposaunt, *Schwedens Freunde* seien eine Basisbewegung. Sie haben sich als Arbeiterpartei positioniert, die den kleinen Mann vertritt.«

»Ist es nicht ziemlich schwierig, eine solche Partei zusammenzuhalten? Es gibt doch eine Menge Radikale unter diesen Leuten.«

Kjell nickte. »Einige sind tatsächlich abgesprungen, weil sie der Meinung waren, John sei verweichlicht und habe die alten Ideale verraten. Offenbar gilt das ungeschriebene Gesetz, dass man nicht offen über die Einwanderungspolitik redet. In diesem Punkt gehen die Ansichten zu weit auseinander, und es besteht die Gefahr, dass die Partei sich spaltet. Das Spektrum reicht von Leuten, die jeden Einwanderer am liebsten sofort in sein Herkunftsland zurückschicken würden, bis zu denjenigen, die finden, dass man allen, die hierherkommen, mehr abverlangen sollte.«

»Zu welcher Kategorie gehört John Holm?« Erica warf ihren inzwischen etwas lauter gewordenen Kindern einen Blick zu, hielt sich den Zeigefinger an die Lippen und machte »Pscht!«.

»Offiziell zu Letzterer, aber inoffiziell …? Ich sage mal so: Es würde mich nicht wundern, wenn er noch eine Naziuniform im Schrank hätte.«

»Wie ist er in diese Kreise geraten?«

»Seit deinem Anruf habe ich mich etwas eingehender mit seinem familiären Hintergrund beschäftigt. Dass er aus einem enorm vermögenden Elternhaus stammt, wusste ich bereits. Sein Vater hat in den vierziger Jahren eine Exportfirma aufgebaut, und auch nach dem Krieg liefen die Geschäfte ausgezeichnet. Aber 1976 ...« Kjell machte eine Kunstpause, Erica setzte sich kerzengerade hin.

»Ja?«

»... da ereignete sich in den feineren Stockholmer Kreisen ein Skandal. Greta, Johns Mutter, ließ seinen Vater Otto wegen eines libanesischen Geschäftspartners von ihm sitzen. Dieser Ibrahim Jaber brachte Otto um einen Großteil seines Vermögens. Verarmt und verlassen jagte sich Otto Ende Juli 1976 an seinem Schreibtisch eine Kugel in den Kopf.«

»Was passierte mit Greta und John?«

»Ottos Tod war nicht das Ende der Tragödie. Es stellte sich heraus, dass Jaber bereits Frau und Kinder hatte. Er hatte nie vorgehabt, Greta zu heiraten, sondern nahm nur das Geld und ließ sie allein zurück. Einige Monate später taucht in rechtsradikalen Kreisen zum ersten Mal Johns Name auf.«

»Und dieser Hass ist geblieben.« Erica griff nach ihrer Handtasche, zog den Zettel heraus und reichte ihn Kjell.

»Den habe ich gestern bei John gefunden. Ich weiß nicht, was er zu bedeuten hat, aber vielleicht lässt sich etwas damit anfangen?«

Er lachte. »Definiere bitte mal das Wort ›gefunden‹.«

»Du klingst genau wie Patrik«, lächelte Erica. »Der Zettel lag einfach da. Es ist bestimmt nur Gekritzel, das niemand vermisst.«

»Mal sehen.« Kjell setzte sich die Brille auf die Nase. »Gimle«, las er laut vor und runzelte die Stirn.

»Was heißt das eigentlich? Ich habe das Wort noch nie gehört. Ist das eine Abkürzung?«

Kjell schüttelte den Kopf. »Gimle folgt in der nordischen Mythologie auf Ragnarök. Eine Art Himmel oder Paradies.

In Nazikreisen wird der Begriff häufig verwendet. Es gibt auch einen Kulturverein, der sich so nennt. Diese Leute bezeichnen sich als parteipolitisch ungebunden, aber ich bin mir da nicht so sicher. Sie sind jedenfalls sowohl bei *Schwedens Freunden* als auch bei der Dänischen Volkspartei ziemlich beliebt.«

»Was machen sie denn?«

»Mit ihrer Arbeit fördern sie nach eigenen Angaben die Wiederherstellung von Nationalgefühl und gemeinsamer Identität. Sie interessieren sich für alte schwedische Traditionen, Volkstänze, altschwedische Dichtung, vorgeschichtliche Denkmäler und Ähnliches, was gut zur Zielsetzung von *Schwedens Freunden* passt, die schwedische Tradition zu bewahren.«

»Könnte sich Gimle also auf diesen Verein beziehen?« Erica tippte auf den Zettel.

»Das kann ich dir unmöglich sagen, er könnte alles Mögliche damit meinen. Es ist auch schwer zu sagen, was diese Zahlen zu bedeuten haben. 19202118516121 14. Und daneben steht 5 08 1400.«

Erica zuckte mit den Schultern. »Ich habe keine Ahnung. Vielleicht sind das ja auch sinnlose Telefonnotizen. Sieht aus, als hätte er die Ziffern schnell hingekritzelt.«

»Vielleicht«, sagte Kjell. Er hielt den Zettel in die Höhe. »Kann ich den behalten?«

»Natürlich. Ich fotografiere ihn nur schnell mit dem Handy. Man weiß nie, ob man nicht plötzlich einen Geistesblitz hat und den Code knackt.«

»Gute Idee.« Er schob ihr den Zettel hinüber, und sie machte ein Foto. Dann kniete sie sich hin und räumte die Malsachen der Kinder auf.

»Weißt du schon, was du damit machen wirst?«

»Noch nicht, aber ich habe einige Archive im Sinn, in denen ich vielleicht mehr Informationen finde.«

»Bist du sicher, dass es nicht nur Gekrakel ist?«, fragte sie.

»Nein, aber wir sollten es trotzdem versuchen.«

»Melde dich doch, wenn du etwas Neues erfährst. Ich rufe

dich an, sobald ich mehr weiß.« Sie schob die Kinder in den Flur.

»Klar, wir hören voneinander.« Er griff zum Telefon.

Das war wieder einmal typisch. Wenn Gösta zu spät kam, gab es einen irrsinnigen Aufstand, aber Patrik selbst konnte den halben Vormittag wegbleiben, ohne dass jemand die Augenbrauen hochzog. Erica hatte gestern Abend angerufen und von ihren Besuchen bei Ove Linder und John Holm erzählt, und nun wollte Gösta so bald wie möglich mit Patrik zu Leon fahren. Er seufzte über die Ungerechtigkeit des Lebens und widmete sich wieder der Liste.

Als eine Sekunde später das Telefon klingelte, stürzte er sich förmlich auf den Hörer.

»Hallo, hier Flygare.«

»Gösta«, sagte Annika. »Torbjörn ist am Apparat. Das Ergebnis der ersten Blutanalyse ist eingetroffen. Er wollte Patrik sprechen, aber vielleicht kannst du den Anruf entgegennehmen.«

»Selbstverständlich.«

Gösta hörte aufmerksam zu und notierte sich alles, obwohl er wusste, dass Torbjörn eine Kopie des Berichts faxen würde. Die Berichte waren in einer so komplizierten Sprache geschrieben, dass man sie einfach besser verstand, wenn Torbjörn den Inhalt mündlich wiedergab.

In dem Moment, in dem er den Hörer auflegte, wurde an seine offene Zimmertür geklopft.

»Annika sagt, Torbjörn hat gerade angerufen. Was hat er erzählt?« Patriks Stimme klang konzentriert, aber er sah mitgenommen aus.

»Ist was passiert?«, erkundigte sich Gösta, ohne Patriks Frage zu beantworten.

Patrik sank auf einen Stuhl. »Ich habe bei Martin nach dem Rechten gesehen.«

»Was ist mit ihm?«

»Martin ist für eine Weile beurlaubt. Vorerst für drei Wochen. Dann sehen wir weiter.«

»Warum denn das?« Gösta wurde immer nervöser. Er arbeitete nicht nur mit dem jungen Kerl zusammen, er mochte ihn wirklich. Es gab niemanden, der Martin nicht mochte.

Während Patrik berichtete, was er über Pias Zustand wusste, musste Gösta kräftig schlucken. Armer Junge. Und die kleine Tochter würde viel zu früh die Mutter verlieren. Wieder schluckte er, wandte sich ab und blinzelte hektisch. Er konnte doch nicht am Arbeitsplatz flennen.

»Wir müssen ohne Martin weiterarbeiten«, schloss Patrik. »Was hat denn Torbjörn gesagt?«

Gösta tupfte sich diskret die Augen ab, räusperte sich und nahm seine Notizen zur Hand.

»Das SKL hat bestätigt, dass es sich um Menschenblut handelt, aber aufgrund des Alters konnte keine DNA isoliert werden, um sie mit Ebbas Blut zu vergleichen. Daher ist auch ungewiss, ob es von einer oder mehreren Personen stammt.«

»Okay, das hatte ich in etwa erwartet. Und die Kugel?«

»Die hat Torbjörn gestern an einen Waffenspezialisten geschickt, der eine schnelle Überprüfung vorgenommen hat, doch leider ist die Waffe in keinem anderen ungelösten Fall verwendet worden.«

»Einen Versuch war es wert«, sagte Patrik seufzend.

»Jedenfalls hat sie ein Kaliber von neun Millimetern.«

»Neun Millimeter? Das macht die Suche nicht gerade einfacher.« Patrik sank auf einen Stuhl.

»Stimmt, aber Torbjörn sagte, die Züge hätten deutliche Kratzspuren am Projektil hinterlassen. Der Typ will die Kugel näher analysieren, um vielleicht herauszukriegen, um welchen Waffentyp es sich gehandelt hat. Wenn wir die Waffe haben, können wir sie mit dem Projektil vergleichen.«

»Dann brauchen wir die Waffe ja nur noch zu finden.« Er sah Gösta nachdenklich an. »Wie genau habt ihr das Haus und die Umgebung durchsucht?«

»Du meinst 1974?«

Patrik nickte.

»So gut es ging«, sagte Gösta. »Wir waren zwar nicht viele

Leute, aber die Insel haben wir natürlich durchkämmt. Hätte die Waffe irgendwo gelegen, wäre sie mit Sicherheit gefunden worden.«

»Wahrscheinlich liegt sie auf dem Meeresgrund«, sagte Patrik.

»Da hast du wohl recht. Ich habe übrigens angefangen, die Internatsschüler anzurufen, doch bis jetzt ist noch nichts dabei herausgekommen. Einige habe ich nicht erreicht, aber in den Ferien ist das ja auch kein Wunder.«

»Trotzdem gut, dass du losgelegt hast.« Patrik fuhr sich durchs Haar. »Mach dir doch eine Notiz, falls einer der Männer einen besonders interessanten Eindruck macht, damit wir eventuell zusammen hinfahren können.«

»Im Prinzip sind sie über ganz Schweden verstreut«, sagte Gösta. »Wenn wir mit allen persönlich sprechen wollen, wird das eine unheimliche Fahrerei.«

»Darüber reden wir, wenn wir wissen, um wie viele Personen es sich handelt.« Patrik stand auf und ging zur Tür. »Sollen wir nach dem Mittagessen zu Leon Kreutz fahren? Er wohnt ja zum Glück ganz in der Nähe.«

»Einverstanden. Hoffentlich bringt das mehr als die Vernehmungen gestern. Josef war noch genauso zugeknöpft, wie ich ihn in Erinnerung hatte.«

»Ja, ihm muss man jedes Wort aus der Nase ziehen. Und dieser Sebastian ist ein glitschiger Typ.« Patrik verließ den Raum.

Gösta drehte sich um und wählte eine Nummer. Aus irgendeinem Grund hasste er es zu telefonieren, und wenn Ebba nicht gewesen wäre, hätte er alles getan, um sich davor zu drücken. Zum Glück nahm Erica ihm einige Telefonate ab.

»Gösta, kommst du mal?«, rief Patrik.

Im Flur stand Mårten Stark. Er sah verbissen aus und hielt einen durchsichtigen Plastikbeutel in der Hand, der offenbar eine Postkarte enthielt.

»Mårten möchte uns etwas zeigen«, sagte Patrik.

»Ich habe sie so schnell wie möglich in eine Tüte gesteckt«, sagte Mårten, »aber vorher habe ich sie natürlich angefasst. Vielleicht habe ich also Spuren vernichtet.«

»Gut, dass Sie daran gedacht haben«, sagte Patrik beruhigend.

Gösta betrachtete die Karte durch die Plastikfolie. Es war eine ganz normale Ansichtskarte mit einem niedlichen Kätzchen auf der Vorderseite. Er drehte sie um und las die kurzen Zeilen.

»Was zum Teufel ist das?«, schrie er.

»Anscheinend zeigt G jetzt sein wahres Gesicht«, sagte Patrik. »Das ist eindeutig eine Morddrohung.«

Klinik Långbro 1925

Entweder lag ein Missverständnis vor, oder diese schreckliche Frau war schuld. Doch Dagmar konnte ihm helfen. Was immer auch passiert war, es würde alles gut werden, wenn sie wieder vereint waren.

Das Mädchen hatte sie in einer Konditorei in der Stadt zurückgelassen. Dort hatte sie es gut. Falls jemand fragte, warum sie allein dort saß, sollte sie sagen, ihre Mutter wäre auf der Toilette.

Dagmar betrachtete das Gebäude. Es war nicht schwer gewesen, hierherzufinden. Nachdem sie einige Leute vergebens nach dem Weg gefragt hatte, konnte ihr eine Frau schließlich genau beschreiben, wie man zur Klinik Långbro kam. Nun war die große Frage, wie sie hineingelangte. Vorne beim Haupteingang hielt sich eine Menge Klinikpersonal auf, und sie hätte leicht entdeckt werden können. Sie hatte überlegt, sich als Frau Göring auszugeben, aber wenn Carin bereits hier gewesen war, würde der Bluff sofort auffliegen und sie hätte keine zweite Chance mehr.

Vorsichtig, damit man sie nicht vom Fenster aus sah, schlich sie um das Haus herum. Hinten entdeckte sie eine Tür, offenbar der Personaleingang. Dagmar stand eine ganze Weile da und beobachtete Frauen unterschiedlichen Alters, die in gestärkten Uniformen hinein- und hinausgingen. Einige von ihnen legten Kleidungsstücke in einen Wagen voller Schmutz-

wäsche rechts von der Tür. Auf einmal hatte Dagmar eine Idee. Ohne den Personaleingang aus den Augen zu lassen, ging sie zu dem Wäschewagen. Da die Tür geschlossen blieb, durchwühlte sie hastig den Inhalt. Es schien sich in erster Linie um Bettwäsche und Tischdecken zu handeln, aber sie hatte Glück. Ganz unten lag eine Uniform wie die von den Krankenschwestern. Sie nahm sie an sich und verschwand damit in einer Ecke, um sich umzuziehen.

Als sie fertig war, streckte sie den Rücken und verbarg sorgsam ihr Haar unter der kleinen Haube. Die Schwesterntracht war an den Säumen etwas schmuddelig, machte aber ansonsten einen relativ sauberen Eindruck. Sie hoffte, dass sich nicht alle Schwestern untereinander kannten und eine neue Kollegin sofort bemerken würden.

Dagmar öffnete die Tür, durchquerte eine Art Ankleideraum und eilte, verstohlene Blicke nach rechts und links werfend, in den Klinikflur. Sie hielt sich nah an der Wand und ging an einer Reihe von geschlossenen Türen vorbei. Da es überhaupt keine Namensschilder gab, wurde ihr allmählich klar, dass sie Hermann hier niemals finden würde. Sie war kurz davor zu verzweifeln und musste sich die Hand vor den Mund halten, um nicht laut zu wimmern. Noch durfte sie nicht aufgeben.

Zwei junge Krankenschwestern kamen ihr entgegen. Sie unterhielten sich leise, doch als sie sich näherten, konnte Dagmar das Gespräch besser verstehen. Sie spitzte die Ohren. Hatte sie da nicht den Namen Göring gehört? Sie ging langsamer und horchte angestrengt. Die eine Schwester hielt ein Tablett in der Hand und beklagte sich anscheinend bei der anderen.

»Beim letzten Mal hat er mich mit dem Essen beworfen.« Sie schüttelte den Kopf.

»Deswegen hat die Hauswirtschafterin ja auch gesagt, dass wir nur noch zu zweit zu Göring gehen sollen«, erwiderte die andere. Auch ihre Stimme klang ein wenig zittrig.

Zögernd blieben sie vor einer Tür stehen. Dagmar begriff,

dass ihre Chance gekommen war. Jetzt musste sie handeln. Sie räusperte sich und sagte in strengem Ton: »Mir ist mitgeteilt worden, dass ich mich um Göring kümmern soll, um euch zwei zu entlasten.« Sie streckte die Hände nach dem Tablett aus.

»Ach, wirklich?«, fragte das Mädchen mit dem Essen unschlüssig, aber die Erleichterung war ihr deutlich anzumerken.

»Ich weiß, wie man Männer wie Göring anpacken muss. So, nun seht zu, dass ihr euch irgendwo nützlich macht. Ich kümmere mich um ihn. Öffnet mir nur vorher die Tür.«

»Danke.« Die Mädchen machten einen Knicks. Die eine zog einen schweren Schlüsselbund aus dem Kittel und steckte geschickt den passenden Schlüssel ins Schloss. Sie hielt Dagmar die Tür auf, doch sobald diese den Raum betreten hatte, entfernten sich die beiden rasch. Sie waren froh, um diese unangenehme Aufgabe herumgekommen zu sein.

Dagmar bekam Herzklopfen. Da lag ihr Hermann auf einer einfachen Pritsche und wandte ihr den Rücken zu.

»Alles wird gut, Hermann.« Sie stellte das Tablett auf den Fußboden. »Ich bin jetzt da.«

Er rührte sich nicht. Während sie ihn von hinten betrachtete, durchfuhr sie ein wohliger Schauer, weil sie ihm endlich so nah war.

»Hermann.« Sie legte ihm die Hand auf die Schulter.

Er zuckte zusammen, drehte sich mit einer einzigen Bewegung um und setzte sich auf die Bettkannte. »Was wollen Sie?«, brüllte er.

Dagmar schreckte zurück. War das ihr Hermann? Der elegante Flugkapitän, der ihren ganzen Körper zum Zittern gebracht hatte? Dieser stolze und athletisch gebaute Mann, dessen Haar in der Sonne golden schimmerte? Das konnte doch gar nicht sein.

»Gib mir meine Medizin, du Rotzgöre. Auf der Stelle! Weißt du nicht, wer ich bin? Ich bin Hermann Göring, und ich brauche meine Medikamente.« Er sprach Schwedisch mit einem

starken deutschen Akzent und suchte immer wieder nach Worten.

Es schnürte ihr die Kehle zu. Der Mann, der sie wie ein Wahnsinniger anbrüllte, war fett und hatte eine kränklich fahle Haut. Das dünne Haar klebte ihm am Kopf. Schweiß lief ihm übers Gesicht.

Dagmar holte tief Luft. Sie musste sichergehen, dass sie sich nicht in der Tür geirrt hatte.

»Hermann. Ich bin es, Dagmar.« Sie hielt einen sicheren Abstand zu ihm und stellte sich darauf ein, dass er jederzeit ausfällig werden konnte. Die Adern an seinen Schläfen pulsierten heftig, und seine blasse Haut färbte sich vom Hals aufwärts dunkelrot.

»Dagmar? Mir ist egal, wie ihr Huren heißt. Ich will meine Medizin. Die Juden haben mich hier eingesperrt, und ich muss gesund werden. Hitler braucht mich. Gib mir meine Medikamente!«

Er hörte gar nicht mehr auf zu schreien und spuckte Dagmar dabei ins Gesicht. Entsetzt versuchte sie es noch einmal: »Erinnerst du dich nicht an mich? Wir haben uns auf einem Fest bei Doktor Sjölin kennengelernt. In Fjällbacka.«

Sein Wutanfall endete abrupt. Er runzelte die Stirn und sah sie verdutzt an.

»In Fjällbacka?«

»Ja, auf dem Fest bei Doktor Sjölin«, wiederholte sie. »Wir haben die Nacht zusammen verbracht.«

Seine Gesichtszüge hellten sich auf. Offensichtlich erinnerte er sich noch an sie. Endlich. Nun würde alles gut werden. Sie würde alles in Ordnung bringen, und Hermann würde sich wieder in ihren schicken Piloten verwandeln.

»Du bist die Kellnerin.« Er wischte sich den Schweiß von der Stirn.

»Ich heiße Dagmar.« Langsam wurde ihr mulmig zumute. Wieso stürzte er nicht auf sie zu und schloss sie in seine Arme, wie sie es sich immer erträumt hatte?

Plötzlich musste er so lachen, dass sein dicker Bauch wackelte.

»Dagmar. Genau.« Wieder lachte er. Dagmar rang die Hände.

»Wir haben eine Tochter. Laura.«

»Eine Tochter?« Er musterte sie skeptisch. »Das höre ich nicht zum ersten Mal. Man weiß ja nie. Besonders bei einer Kellnerin.«

Die letzten Worte äußerte er so verächtlich, dass Dagmar wieder zornig wurde. In diesem weißen, sterilen Zimmer, in das nie ein Streifen Tageslicht drang, gingen all ihre Träume und Hoffnungen zu Bruch. Alles, was sie über das Leben zu wissen geglaubt hatte, war gelogen; all die Jahre vergeblich, in denen sie sich vor Sehnsucht verzehrt und das unersättliche, schreiende Kind ertragen hatte. Mit gekrümmten Fingern stürzte sie sich kreischend auf ihn. Sie wollte ihm nur noch die Schmerzen, die er ihr zugefügt hatte, heimzahlen. Mit klauenartig ausgestreckten Fingern zerkratzte sie ihm das Gesicht und hörte ihn wie aus der Ferne auf Deutsch brüllen. Dann ging die Tür auf. Starke Arme packten sie und rissen sie von dem Mann weg, den sie so lange geliebt hatte.

Ihr wurde schwarz vor Augen.

Wie man ein gutes Geschäft machte, hatte er von seinem Vater gelernt. Lars-Åke »Gegenwind« Månsson war eine Legende gewesen, die Sebastian als Kind grenzenlos bewundert hatte. Den Spitznamen erhielt sein Vater, weil ihm kein Geschäft misslang und er sogar aus den misslichsten Situationen mit heiler Haut herauskam. »Lars-Åke kann gegen den Wind pinkeln, ohne nass zu werden«, hieß es.

Gegenwind war der Ansicht, dass es im Grunde ganz einfach war, andere Menschen nach der eigenen Pfeife tanzen zu lassen. Es galt dasselbe Prinzip wie beim Boxen: Man erkannte die Schwachstelle seines Gegners und griff dort so lange an, bis man als Sieger aus dem Kampf hervorging oder, wie in seinem Fall, einen kräftigen Reibach gemacht hatte. Seine Geschäftspraktiken verschafften ihm weder Beliebtheit noch Respekt, aber davon wurde auch niemand satt, wie er zu sagen pflegte.

Diese Devise hatte sich auch Sebastian zu eigen gemacht. Er wusste genau, dass er von vielen verabscheut und von noch mehr Menschen gefürchtet wurde, aber wenn er mit einem eiskalten Bier in der Hand am Pool saß, war er überzeugt, dass ihn das nicht im Geringsten kratzte. Freundschaften interessierten ihn nicht. Wer Freunde hatte, musste Kompromisse machen und einen Teil der Macht abgeben.

»Papa? Ich will mit den Jungs nach Strömstad, aber ich habe kein Geld.« Jon kam in der Badehose auf ihn zu geschlendert und sah ihn bettelnd an. Manchmal schimpfte Elisabeth mit Sebastian, weil er den Jungen und seine zwei Jahre jüngere Schwester Jossan verwöhnte, aber darüber rümpfte er nur die Nase. Eine strenge Erziehung mit Regeln und Ähnlichem war etwas für Durchschnittsbürger, aber nicht für sie. Die Kinder sollten wissen, was das Leben zu bieten hatte. Man nahm sich einfach, was man wollte. Er würde Jon noch früh genug in die Firma einführen und ihm alles beibringen, was er selbst von Gegenwind gelernt hatte, aber noch ließ er den Jungen ein wenig spielen.

»Nimm dir die Goldkarte aus meiner Brieftasche. Sie liegt im Flur.«

»Super. Danke, Papa!« Jon rannte schnell zurück ins Haus, als fürchte er, Sebastian könne seine Meinung ändern.

Als er sich die goldene Kreditkarte für die Tenniswoche in Båstad ausgeliehen hatte, war am Ende eine Rechnung über siebzigtausend Kronen zusammengekommen, aber solche lächerlichen Summen waren zu vernachlässigen, vor allem, wenn sie Jon halfen, seine Stellung unter den Mitschülern auf dem Internat Lundsberg zu behaupten. Dort hatte sich schnell herumgesprochen, dass er ein reiches Elternhaus hatte, und ihm Freunde verschafft, die irgendwann einflussreiche Posten innehaben würden.

Natürlich hatte Gegenwind ihm beigebracht, wie wichtig die richtigen Beziehungen waren. Kontakte waren viel wertvoller als Freunde, und daher hatte Gegenwind ihn sofort auf Valö angemeldet, als er die Namen einiger Schüler erfuhr. Ihn ärgerte nur, dass auch der kleine Jude, wie er ihn nannte, die Schule besuchte. Dieser Junge, der weder Geld noch eine einflussreiche Familie hatte, senkte das Niveau der Schule, doch wenn Sebastian an diese seltsame Zeit zurückdachte, wurde ihm klar, dass er Josef von allen Schülern am liebsten gemocht hatte. Josef verfügte über einen Antrieb und eine Besessenheit, die er von sich selbst kannte.

Nachdem sie durch Josefs verrückte Idee wieder zusammengekommen waren, musste Sebastian zugeben, dass er bewunderte, wie entschlossen Josef sich für die Verwirklichung seines Ziels einsetzte. Dass ihre Absichten weit auseinandergingen, war unwesentlich. Es würde ein grausames Erwachen geben, aber wahrscheinlich ahnte Josef tief im Innern, dass diese Geschichte nicht gut für ihn ausgehen würde. Allerdings starb die Hoffnung zuletzt, und Josef wusste, dass er Sebastian gehorchen musste. Das mussten alle.

Die Ereignisse der letzten Zeit waren zweifellos interessant. In Windeseile hatte sich herumgesprochen, dass man draußen auf der Insel etwas gefunden hatte. Schon Ebbas Rückkehr hatte die Gerüchteküche angeheizt. Um die alte Geschichte wieder aufzuwärmen, war jedes Mittel recht. Und nun mischte sich auch noch die Polizei ein.

Nachdenklich drehte Sebastian sein Glas und drückte es an seine Brust, um sich abzukühlen. Er fragte sich, was die anderen dachten. Hatten sie auch Besuch bekommen? Draußen in der Einfahrt hörte er den Porsche anspringen. Der Rotzbengel hatte sich also den Autoschlüssel geschnappt, der neben der Brieftasche lag. Er lächelte. Der Junge war ganz nach seinem Geschmack. Gegenwind wäre stolz auf ihn gewesen.

Seit sie Valö gestern verlassen hatte, dachte sie über verschiedene Einrichtungsideen nach, und heute Morgen war sie nahezu aus dem Bett gesprungen. Dan hatte über ihren Tatendrang gelacht, aber sie sah ihm an, wie sehr er sich für sie freute.

Es würde noch viel Zeit vergehen, bis es wirklich losging, aber Anna konnte es kaum erwarten. Irgendetwas an dem Haus zog sie magisch an. Vielleicht lag es daran, dass Mårten so aufgeschlossen und begeistert auf ihre Vorschläge reagiert hatte. Er hatte sie fast bewundernd angeblickt, und sie war sich zum ersten Mal seit langem wie eine interessante und kompetente Person vorgekommen. Als sie anrief, um zu fragen, ob sie noch einmal wiederkommen dürfe, um zu fotografieren und auszumessen, hatte er gesagt, sie sei mehr als willkommen.

Als Anna oben in Ebbas und Mårtens Schlafzimmer den Abstand zwischen den Fenstern vermaß, musste sie sich eingestehen, dass sie ihn vermisste. Es herrschte eine andere Stimmung im Haus, wenn er nicht da war. Sie sah Ebba an, die gerade den Türrahmen lackierte.

»Fühlt man sich nicht einsam hier?«

»Ach, ich finde die Ruhe ganz angenehm.«

Die Antwort klang eher widerwillig, und die anschließende Stille im Raum war so bedrückend, dass Anna sich gezwungen sah, noch etwas zu sagen.

»Hast du Kontakt mit jemandem aus deiner Familie? Deiner biologischen Familie, meine ich?« Am liebsten hätte sie sich auf die Zunge gebissen. Womöglich fand Ebba die Frage unverschämt und zog sich noch mehr zurück.

»Es ist niemand mehr übrig.«

»Hast du denn Familienforschung betrieben? Du musst dich doch fragen, wie deine Eltern waren.«

»Bis jetzt nicht.« Ebba hielt mitten in der Bewegung inne. »Aber seit ich hier bin, mache ich mir natürlich Gedanken.«

»Erica hat eine Menge Material gesammelt.«

»Das hat sie mir erzählt. Ich wollte sie demnächst besuchen und mir alles ansehen, aber ich bin noch nicht dazu gekommen. Man fühlt sich hier so sicher. Irgendwie hänge ich auf der Insel fest.«

»Vorhin habe ich Mårten getroffen. Er war auf dem Weg in den Ort.«

Ebba nickte. »Ja, er fährt dauernd hin und her, um einzukaufen, die Post zu holen und alle anderen Dinge zu erledigen. Ich versuche ja, mich am Riemen zu reißen, aber …«

Beinahe hätte Anna nach dem Kind gefragt, das Ebba und Mårten verloren hatten, aber sie konnte sich nicht überwinden. Noch war ihre eigene Trauer zu groß, um mit anderen über einen solchen Verlust zu sprechen. Andererseits war sie neugierig. Soweit sie gesehen hatte, gab es im Haus nichts, was an ein Kind erinnerte. Kein Foto und kein einziger Gegenstand deuteten darauf hin, dass die beiden einmal Eltern gewesen waren. Nur an ihren Augen konnte Anna es erkennen. Dieser Blick begegnete ihr jeden Tag im Spiegel.

»Erica versucht herauszufinden, wo die Sachen abgeblieben sind. Vielleicht sind noch ein paar persönliche Dinge darunter.« Sie legte den Zollstock auf den Fußboden.

»Ich finde es auch merkwürdig, dass einfach nichts mehr da ist. Wenn sie hier gewohnt haben, müssen sie doch alles Mögliche besessen haben. Ich würde mich zum Beispiel freuen, wenn ich noch etwas aus meiner Kindheit finden würde. Kleidungsstücke oder Spielzeug. So Kram, den ich auch noch von ...« Sie verstummte und lackierte weiter. Nur das zischende Geräusch der Pinselstriche erfüllte den Raum. In regelmäßigen Abständen tauchte Ebba den Pinsel in die Dose mit weißem Lack, der allmählich zur Neige ging.

Als im Erdgeschoss Mårtens Stimme ertönte, erstarrte sie.

»Ebba?«

»Ich bin hier oben.«

»Brauchst du etwas aus dem Keller?«

Ebba ging zur Treppe. »Eine Dose weißen Lack. Anna ist hier.«

»Ich habe das Boot gesehen«, rief Mårten zurück. »Könntest du Kaffee aufsetzen, während ich die Farbe hole?«

»Okay.« Ebba drehte sich zu Anna um. »Trinkst du auch einen?«

»Gern.« Anna klappte den Zollstock zusammen.

»Wenn du willst, kannst du ruhig noch eine Weile weitermachen. Ich sage Bescheid, wenn der Kaffee fertig ist.«

»Ja danke, das mache ich.« Anna klappte den Zollstock wieder auseinander. Alle Maße übertrug sie sorgfältig in eine Skizze des Grundrisses. Das würde die Einrichtung der Räume erheblich erleichtern.

Eine Zeitlang arbeitete sie hochkonzentriert, während sie Ebba unten in der Küche werkeln hörte. Eine Tasse Kaffee würde jetzt guttun. Am besten irgendwo im Schatten. Die Hitze im Obergeschoss wurde langsam unerträglich, und die dünne Bluse klebte ihr schon lange am Rücken.

Plötzlich war ein lauter Knall zu hören, gefolgt von einem schrillen Schrei. Anna zuckte erschrocken zusammen und ließ den Zollstock fallen. Als ein weiterer Knall ertönte, raste sie, ohne nachzudenken, so schnell die Treppe hinunter, dass sie auf den ausgetretenen Stufen beinahe den Halt verlor.

»Ebba?« Sie rannte in die Küche.

In der Tür blieb sie abrupt stehen. Die Fensterscheibe an der Rückseite des Hauses war zersplittert, die Scherben hatten sich im ganzen Raum verteilt. Ebba hockte vor dem Herd und hielt sich schützend die Arme über den Kopf. Sie hatte aufgehört zu schreien, atmete aber immer noch stoßweise.

Anna stürmte in die Küche und zertrat dabei die Glassplitter. Sie legte die Arme um Ebba und vergewisserte sich, dass sie nicht verletzt war. Kein Blut zu sehen. Hastig blickte Anna sich um. Wie war die Scheibe kaputtgegangen? Als ihr Blick auf die gegenüberliegende Küchenwand fiel, schnappte sie nach Luft. Zwei Einschusslöcher waren deutlich zu erkennen.

»Ebba? Was zum Teufel ist hier los?« Mårten kam mit großen Schritten die Kellertreppe herauf und in die Küche. »Was ist denn passiert?«

Hastig blickte er zwischen Ebba und der Fensterscheibe hin und her, einen Moment später war er bei seiner Frau.

»Ist sie verletzt? Sie ist doch nicht verletzt?« Er nahm Ebba in die Arme und wiegte sie sanft.

»Ich glaube nicht, aber es sieht so aus, als hätte jemand versucht, sie zu erschießen.«

Annas Herz raste. Auf einmal wurde ihr klar, dass sie möglicherweise in Gefahr waren. Befand sich der Schütze noch in der Nähe?

»Wir müssen hier weg.« Sie deutete auf das Fenster.

Mårten begriff sofort, was sie sagen wollte.

»Steh nicht auf, Ebba. Wir dürfen nicht zum Fenster.« Er sprach deutlich, wie mit einem Kind.

Ebba nickte. Tief gebückt rannten sie in den Flur. Starr vor Angst betrachtete Anna die Haustür. Wenn nun der Schütze einfach hier hereinkam und sie alle niederschoss? Mårten bemerkte ihren Blick, stürzte zur Tür und drehte den Schlüssel um.

»Gibt es noch einen anderen Weg nach draußen?«, fragte sie. Ihr Herz klopfte noch immer.

»Durch die Kellertür, aber die ist abgeschlossen.«

»Was ist mit dem Küchenfenster? Das ist doch jetzt kaputt.«

»Es ist zu weit oben.« Mittlerweile klang er ruhiger, als er aussah.

»Ich rufe die Polizei.« Anna griff nach ihrer Handtasche, die auf einem schmalen Regal im Flur lag. Mit zitternden Fingern zog sie ihr Handy heraus. Während sie wartete, dass jemand abnahm, betrachtete sie Mårten und Ebba, die auf der untersten Treppenstufe saßen. Mårten hielt seine Frau im Arm, und Ebba hatte den Kopf an seine Brust gelegt.

»Hallo, meine Lieben, wo habt ihr denn gesteckt?«

Erica zuckte vor Schreck zusammen, als sie die Stimme aus dem Haus hörte.

»Kristina?« Sie starrte ihre Schwiegermutter an, die ihr mit einem Geschirrtuch in der Hand entgegenkam.

»Ich habe mir selbst Zutritt verschafft. Zum Glück hatte ich noch den Schlüssel, den ihr mir gegeben habt, als ich während eures Mallorcaurlaubs die Blumen hier gießen sollte, denn sonst wäre ich umsonst nach Tanum gefahren.« Vergnügt ging sie zurück in die Küche.

»Ich dachte mir, ich komme auf einen Sprung vorbei und helfe ein bisschen. Ich weiß ja, wie chaotisch es hier ist. Zu meiner Zeit hätte es das nicht gegeben. Es kann doch jederzeit Besuch kommen, und da möchte man sein Zuhause nicht in einem solchen Zustand präsentieren.« Mit Feuereifer polierte Kristina die Spüle.

»Man weiß ja nie, wann der König persönlich hereinschneit, um ein Tässchen Kaffee mit uns zu trinken.«

Kristina sah sich verblüfft um. »Der König? Wieso denn der?«

Erica biss die Zähne zusammen, bis sich ihre Kiefermuskeln verkrampften, sagte aber nichts. Meistens war es besser so.

»Wo seid ihr gewesen?«, fragte Kristina noch einmal und widmete sich dem Küchentisch.

»In Uddevalla.«

»Hast du die Kinder etwa ins Auto gesetzt und bist mit ihnen den ganzen Weg hin- und zurückgefahren? Meine armen Lieblinge. Warum hast du mich nicht angerufen? Ich wäre sofort gekommen, um ihnen Gesellschaft zu leisten. Dafür hätte ich zwar das Frühstück mit Görel absagen müssen, aber was tut man nicht alles für seine Kinder und Enkel. Das ist eben mein Schicksal. Wenn du etwas älter bist und die Kinder größer sind, wirst du mich verstehen.«

Sie schwieg eine Weile und konzentrierte sich voll auf einen Marmeladenklecks, der hartnäckig an der Wachsdecke klebte.

»Aber eines Tages kann ich euch nicht mehr unterstützen. Das kann ganz schnell gehen. Ich bin schon über siebzig, und wer weiß, wie lange ich noch die Kraft dazu habe.«

Erica nickte und zwang sich zu einem dankbaren Lächeln.

»Haben die Kinder schon gegessen?«, fragte Kristina. Erica erstarrte. Sie hatte vergessen, den Kindern etwas zu essen zu geben. Sie mussten vollkommen ausgehungert sein, doch das würde sie ihrer Schwiegermutter unter keinen Umständen gestehen.

»Wir haben unterwegs Würstchen gegessen, aber jetzt wollen sie bestimmt ihr Mittagessen.«

Stracks steuerte sie auf den Kühlschrank zu, um nachzusehen, was vorrätig war. Nach einem kurzen Blick beschloss sie, dass Dickmilch und Cornflakes am schnellsten gingen. Sie stellte die Milch auf den Tisch und nahm eine Packung Frosties aus dem Schrank.

Kristina seufzte bekümmert. »Zu meiner Zeit wären wir im Traum nicht auf die Idee gekommen, unseren Kindern etwas anderes als ein richtiges Mittagessen vorzusetzen. Patrik und Lotta haben nie ein Fertiggericht bekommen. Kein Wunder, dass sie so gesund waren. Ich habe immer gesagt, der Gesundheitszustand basiert auf einer guten Ernährung, aber solche Weisheiten will wohl heute niemand mehr hören. Ihr jungen Leute wisst ja alles besser, und außerdem muss es immer schnell gehen.« Sie schnappte in dem Moment nach Luft, als Maja in die Küche kam.

»Ich habe einen Riesenhunger, Mama, und Noel und Anton

auch. Mein Magen knurrt wie verrückt.« Sie strich sich über das noch immer kugelrunde Babybäuchlein.

»Ihr habt doch auf der Autofahrt ein Würstchen gegessen.« Kristina tätschelte Maja die Wange.

Maja schüttelte so heftig den Kopf, dass ihr das blonde Haar um den Kopf flog.

»Stimmt nicht, wir haben überhaupt kein Würstchen gegessen. Seit dem Frühstück gab es nichts mehr, und jetzt habe ich Hunger. Riesenhunger!«

Erica streckte der kleinen Verräterin die Zunge raus und spürte Kristinas vernichtenden Blick im Nacken.

»Ich kann ihnen Pfannkuchen backen«, sagte Kristina. Maja machte vor Freude einen Luftsprung.

»Omas Pfannkuchen! Ich will Omas Pfannkuchen.«

»Danke.« Erica stellte die Dickmilch wieder in den Kühlschrank. »Dann gehe ich mich umziehen und sehe schnell etwas im Internet nach.«

»Tu das. Ich sorge dafür, dass diese armen Kinder etwas zu beißen bekommen.«

Erica zählte langsam bis zehn, als sie die Treppe hinaufging. Eigentlich wollte sie gar nichts recherchieren, sie brauchte nur eine kleine Verschnaufpause. Patriks Mutter meinte es gut, aber sie wusste genau, wie sie Erica in den Wahnsinn trieb. Patrik machte das Verhalten seiner Mutter seltsamerweise viel weniger aus, und das ärgerte Erica noch mehr. Jedes Mal, wenn sie versuchte, mit ihm über etwas zu sprechen, was Kristina gesagt oder getan hatte, seufzte er nur: »Ach, lass sie doch. Mama übertreibt es manchmal ein wenig, aber das solltest du nicht so ernst nehmen.«

Vielleicht war das typisch für Mütter und Söhne, und möglicherweise würde sie die Ehefrauen von Noel und Anton einmal ähnlich behandeln. Doch tief im Innern glaubte sie das nicht. Sie wäre die beste Schwiegermutter der Welt, und die Frauen würden sich ihr anvertrauen wie einer guten Freundin. Sie würden wollen, dass sie und Patrik sie auf allen Urlaubsreisen begleiteten, sie passte auf die Kinder auf, und falls die jungen Frauen beruflich sehr eingespannt waren, half sie beim Putzen und Kochen. Wahrscheinlich hätte sie dann einen eigenen Schlüssel zu ihrer Wohnung … Erica hielt inne. Vielleicht war es ja doch nicht so einfach, die perfekte Schwiegermutter zu sein.

Im Schlafzimmer schlüpfte sie in eine Jeansshorts und zog ihr weißes Lieblingsshirt an. Sie bildete sich ein, darin schlanker auszusehen. Ihr Gewicht war zwar im Lauf der Jahre nicht konstant gewesen, aber sie hatte immer in Größe 38 gepasst. Seit Majas Geburt musste sie Größe 42 kaufen. Wie hatte es dazu kommen können? Patrik war auch nicht besser. Zu behaupten, er wäre durchtrainiert gewesen, als sie ihn kennenlernte, wäre eine schamlose Übertreibung, aber sein Bauch war damals flach. Nun wölbte er sich kräftig vor, und sie musste leider gestehen, dass es in ihren Augen nichts Unattraktiveres als Altmännerbäuche gab. Unwillkürlich fragte sie sich, ob er über sie genauso dachte. Sie sah auch nicht mehr aus wie früher.

Als sie einen letzten Blick in den Ganzkörperspiegel warf, zuckte sie plötzlich zusammen und drehte sich erschrocken um. Irgendetwas im Raum war anders. Sie sah sich um und versuchte, sich ins Gedächtnis zu rufen, wie sie das Schlafzimmer heute Morgen verlassen hatte. Obwohl sie sich nicht mehr ganz genau erinnerte, hätte sie schwören können, dass sich etwas verändert hatte. War Kristina hier oben gewesen? Nein, denn dann hätte sie mit Sicherheit aufgeräumt, und das war ganz offensichtlich nicht passiert. Federbetten und Kissen ein einziges Durcheinander, und die Tagesdecke lag wie immer zusammengeknüllt am Fußende. Erica sah sich noch einmal nachdenklich um, doch dann zuckte sie mit den Schultern. Sie hatte es sich bestimmt nur eingebildet.

Im Arbeitszimmer schaltete sie den Computer ein und wartete, bis das Kästchen für das Kennwort erschien. Verwundert starrte sie auf den Bildschirm. Jemand hatte versucht, sich einzuloggen. Nach drei missglückten Versuchen stellte ihr der PC die Sicherheitsfrage: »Wie hieß Ihr erstes Haustier?«

Mit wachsendem Unbehagen sah sie sich im Arbeitszimmer um. Ja, hier war ganz sicher jemand gewesen. Es sah vielleicht nicht so aus, als herrschte eine besondere Ordnung in dem Chaos, aber sie wusste genau, wo sie alles hingelegt hatte und stellte nun fest, dass jemand in ihren Sachen gewühlt hatte. Warum? Hatten diese Leute irgendetwas gesucht, und wenn ja, was? Sie bemühte sich eine ganze Weile, herauszufinden, ob etwas fehlte, aber es schien alles noch da zu sein.

»Erica?«

Aus dem Erdgeschoss rief Kristina. Ohne das unangenehme Gefühl abschütteln zu können, stand Erica auf, um sie zu fragen, was sie wollte.

»Ja?« Sie beugte sich über das Treppengeländer.

Kristina stand mit vorwurfsvoller Miene unten im Flur.

»Denk immer dran, die Verandatür fest zuzumachen. Das kann richtig böse enden. Gott sei Dank habe ich Noel durchs Küchenfenster gesehen. Er war bereits mit Volldampf unterwegs auf die Straße. Ich konnte ihn mir gerade noch schnappen, aber wenn man kleine Kinder im Haus hat, darf man wirklich keine Tür offen stehen lassen. Die Kleinen sind schneller weg, als man gucken kann!«

Erica wurde es eiskalt. Sie erinnerte sich genau, dass die Verandatür bei ihrer Abfahrt zu gewesen war. Nach kurzem Zögern griff sie zum Telefon und wählte Patriks Nummer. Sekunden später hörte sie Patriks Handy klingeln. Er hatte es in der Küche liegengelassen.

Stöhnend erhob sich Paula vom Sofa. Das Mittagessen war fertig, und auch wenn ihr allein beim Gedanken an Essen übel wurde, wusste sie, dass sie sich zwingen musste. Normalerweise liebte sie alles, was ihre Mutter kochte, aber seit sie schwanger war, hatte sie überhaupt keinen Appetit mehr. Wenn es nach ihr gegangen wäre, hätte sie sich nur noch von Eis und Crackern ernährt.

»Da kommt ja unser Flusspferd.« Mellberg rückte ihr einen Stuhl zurecht.

Sie machte sich nicht die Mühe, auf den Scherz zu reagieren, den sie schon unzählige Male gehört hatte. »Was gibt es denn?«

»Fleischragout aus meinem Schmortopf. Du brauchst jetzt viel Eisen.« Rita schöpfte Paulas Teller randvoll.

»Danke, dass ich bei euch essen darf. Seit Johanna wieder arbeitet, habe ich überhaupt keine Lust mehr zu kochen.«

»Das ist doch selbstverständlich, meine Süße.« Rita lächelte sie an.

Paula holte tief Luft, bevor sie den ersten Löffel zum Mund führte. Obwohl sie das Gefühl hatte, den Bissen im Leben nicht hinunterschlucken zu können, kaute sie tapfer. Das Kind brauchte Nahrung.

»Wie läuft es bei der Arbeit?«, fragte sie. »Kommt ihr beim Valö-Fall voran?«

Mellberg verschlang in Windeseile seine Portion, bevor er ihr antwortete.

»Doch, es geht voran. Ich muss den anderen ordentlich Dampf machen, aber dann kommt auch etwas dabei heraus.«

»Was habt ihr denn bis jetzt herausgefunden?«, erkundigte sich Paula. Sie wusste genau, dass Bertil diese Frage wahrscheinlich nicht beantworten konnte, obwohl er die Dienststelle leitete.

»Tja ...« Er wirkte verwirrt. »Um genau zu sein, haben wir noch keinen Überblick über unsere Ergebnisse.«

Als sein Handy klingelte, meldete er sich mit einer gewissen Erleichterung.

»Ja, Mellberg ... Hallo, Annika ... Wo zum Teufel steckt denn Hedström? Und Gösta? ... Was soll das heißen, ihr könnt sie nicht erreichen? ... Valö? Das kann ich doch machen ... Hörst du nicht, was ich sage? Ich mache es selbst!« Er beendete das Gespräch und ging leise vor sich hin brummend in den Flur.

»Wo willst du hin? Du hast deinen Teller nicht abgeräumt!«, rief Rita ihm hinterher.

»Das ist eine wichtige polizeiliche Angelegenheit. Auf Valö ist geschossen worden. Ich habe jetzt keine Zeit, mich um den Haushalt zu kümmern.«

Paulas Lebensgeister erwachten, und sie rappelte sich so schnell wie möglich auf.

»Warte, Bertil! Was hast du gesagt? Auf Valö ist jemand erschossen worden?«

»Einzelheiten sind mir nicht bekannt, aber ich habe Annika klargemacht, dass ich sofort rausfahre und mich persönlich um die Sache kümmere.«

»Ich komme mit.«

Paula ließ sich ächzend auf einen Stuhl sinken, um sich die Schuhe anzuziehen.

»Kommt gar nicht in Frage«, sagte Bertil. »Außerdem hast du Urlaub.«

Sofort kam Rita aus der Küche und sprang ihm zur Seite.

»Bist du verrückt?«, schrie sie heftig. Es grenzte an ein Wunder, dass Leo nicht wach wurde, der in einem Reisebett in Ritas und Bertils Schlafzimmer seinen Mittagsschlaf hielt. »In deinem Zustand machst du nicht solche Sachen!«

»Ganz meine Meinung, Rita, bring deine Tochter zur Vernunft.« Mellberg legte die Hand auf die Klinke und wollte sich aus dem Staub machen.

»Ohne mich gehst du nirgendwohin. Falls du es doch versuchst, trampe ich nach Fjällbacka und schlage mich auf eigene Faust zur Insel durch.«

Paula war wild entschlossen. Sie hatte das Stillsitzen und die Untätigkeit satt. Ihre Mutter schimpfte weiter, aber sie fegte deren Einwände beiseite.

»Dass diese Weiber aber auch immer verrücktspielen müssen«, seufzte Mellberg und gab sich geschlagen.

Er ging voraus zum Auto, und als Paula das Erdgeschoss erreicht hatte, liefen bereits der Motor und die Klimaanlage.

»Versprich mir, dass du es ganz ruhig angehen lässt und im Hintergrund bleibst, falls es brenzlig wird.«

»Versprochen.« Paula nahm auf dem Beifahrersitz Platz. Zum ersten Mal seit Monaten hatte sie wieder das Gefühl, sie selbst und kein Brutkasten auf Beinen zu sein. Während Mellberg bei Victor Bogesjö von der Küstenwache anrief, fragte sie sich, was sie auf der Insel erwartete.

Fjällbacka 1929

Die Schule war eine Qual. Jeden Morgen zögerte Laura den Augenblick, in dem sie sich auf den Weg machen musste, so lang wie möglich hinaus. In den Pausen riefen die Kinder ihr Schimpfwörter und Beleidigungen nach, und daran war natürlich ihre Mutter schuld. Jeder in Fjällbacka kannte Dagmar und wusste, dass sie nicht ganz richtig im Kopf war und soff wie ein Loch. Manchmal sah Laura sie, wenn sie aus der Schule kam. Dann irrte ihre Mutter über den Marktplatz, brüllte die Leute an und redete wirres Zeug über Göring. Laura blieb nie stehen, sondern lief weiter, als hätte sie Dagmar nicht bemerkt.

Zu Hause war Mutter nur selten. Sie war bis spätabends unterwegs und lag morgens, wenn Laura zur Schule ging, noch im Bett. Wenn Laura nach Hause kam, war sie nicht mehr da. Dann sorgte das Mädchen als Erstes für Ordnung. Bevor sie nicht alle Spuren ihrer Mutter beseitigt hatte, hatte sie keine Ruhe. Sie hob Kleidungsstücke vom Boden auf und wusch sie, wenn sich genügend Wäsche angesammelt hatte. Sie machte die Küche sauber, stellte die Butter in den Vorratsschrank und legte das Brot, das noch essbar war, in den Brotkasten. Sie wischte Staub und räumte auf, wo es nötig war. War alles blitzblank und befanden sich die Dinge wieder an ihrem Platz, konnte sie in Ruhe mit ihrem Puppenhaus spielen. Von allem, was sie besaß, bedeutete es ihr am meisten.

Eines Tages, als ihre Mutter nicht zu Hause war, hatte eine liebe Nachbarin an die Tür geklopft und es ihr geschenkt.

Manchmal waren die Leute nett und brachten ihr etwas: Essen, Kleidung und Spielsachen. Die meisten glotzten jedoch nur und zeigten mit dem Finger auf sie. Seit dem Tag, an dem ihre Mutter sie in Stockholm allein gelassen hatte, wusste Laura, dass sie nicht um Hilfe bitten durfte. Sie war von der Polizei abgeholt worden und im Paradies gelandet. Zwei Tage durfte sie bei einer Familie verbringen, in der die Mutter und der Vater sie freundlich ansahen. Obwohl sie damals erst fünf Jahre alt war, erinnerte sie sich noch genau an diese beiden Tage. Die Mutter buk den größten Berg Pfannkuchen, den Laura je gesehen hatte, und forderte sie auf, immer weiter zu essen. Am Ende war ihr Bauch so voll, dass sie glaubte, für immer satt zu sein. Aus einer Kommode zauberten die Eltern geblümte Kleidchen für sie, die weder zerrissen noch schmutzig waren, sondern wunderschön. Wie eine Prinzessin war sie sich vorgekommen. An zwei Abenden bekam sie beim Gutenachtsagen einen Kuss auf die Stirn und schlief in einem warmen und frisch bezogenen Bett ein. Die Mutter mit den freundlichen Augen roch so gut und gar nicht nach Schnaps oder altem Schweiß. Auch die Wohnung war hübsch, voller kleiner Porzellanfiguren und gestickter Wandbehänge. Gleich am ersten Tag hatte Laura darum gebettelt und gefleht, dort bleiben zu dürfen, aber die Mutter hatte sie nur schweigend in den Arm genommen und fest an sich gedrückt.

Bald darauf waren Mutter und sie wieder zu Hause, als ob nichts passiert wäre. Laura hatte so viel Dresche bekommen, dass sie kaum noch sitzen konnte, und einen Entschluss gefasst: Sie würde nicht von der lieben Mutter träumen. Niemand konnte sie retten, und es war sinnlos, aufzubegehren. Was auch immer passierte, letztendlich würde sie doch wieder bei ihrer Mutter in der engen dunklen Wohnung landen. Doch wenn sie groß war, würde sie es schön zu Hause haben. In jedem Zimmer würden kleine Porzellankatzen auf Häkeldeckchen stehen und an den Wänden Stickbilder hängen.

Sie kniete sich vor das Puppenhaus. Die ganze Wohnung war sauber und aufgeräumt, und die frische Wäsche lag ordentlich gefaltet im Schrank. Sie hatte ein selbstgeschmiertes Butterbrot gegessen und konnte sich nun erlauben, für eine Weile in eine andere und bessere Welt einzutauchen. Sie nahm die Puppenmutter in die Hand. Wie leicht und hübsch sie war. Sie trug ein weißes Kleid mit einem Spitzenkragen, und ihre Haare waren hochgesteckt. Laura liebte die Puppenmutter. Sie streichelte mit dem Zeigefinger ihr Gesicht. Sie sah genauso freundlich aus wie die Mutter, die so gut gerochen hatte.

Behutsam setzte sie die Puppenmutter auf das gute Sofa im Salon. Dieses Zimmer mochte sie am liebsten. Hier war alles perfekt. Sogar ein Kronleuchter hing an der Decke. An den Prismen, die trotz ihrer Winzigkeit erstaunlich makellos wirkten, konnte sich Laura kaum sattsehen. Sie kniff die Augen zusammen und betrachtete kritisch den Raum. War er wirklich schon perfekt, oder ließ sich noch etwas verbessern? Probeweise schob sie den Esstisch ein Stück nach links. Anschließend rückte sie einen Stuhl nach dem anderen heran. Es dauerte eine Weile, bis alles wieder gerade ausgerichtet war. Zum Schluss sah es gut aus, aber nun musste auch das gute Sofa den Platz wechseln, weil sonst in der Mitte des Raumes eine merkwürdige Lücke entstand, und das durfte nicht sein. Sie nahm die Puppenmutter in die eine und das gute Sofa in die andere Hand. Zufrieden stellte sie das Sofa wieder ab und durchsuchte das Haus nach den Puppenkindern. Wenn sie sich benahmen, durften sie auch dabei sein. Im Salon war Toben verboten. Man musste artig sein und stillsitzen. Da war sie sich ganz sicher.

Sie setzte die Puppenkinder rechts und links neben die Puppenmutter. Wenn Laura den Kopf zur Seite neigte, sah es fast aus, als ob die Mutter lächelte. Sie war perfekt und hübsch. Wenn Laura groß war, würde sie genauso werden wie sie.

Außer Atem erreichte Patrik die Haustür. Das Haus hatte eine schöne Lage auf einer Anhöhe am Meer, und er hatte den Wagen am Brandpark abgestellt, damit sie das letzte Stück zu Fuß gehen konnten. Es ärgerte ihn, dass er wie ein Blasebalg keuchte, nachdem sie den gewundenen Pfad hinaufgestiegen waren, während Gösta vollkommen ungerührt wirkte.

»Hallo?«, rief er ins Haus. Im Sommer ließen hier alle die Türen und Fenster offen stehen, und anstatt anzuklopfen oder zu klingeln, machte man sich auf diese Weise bemerkbar.

Es erschien eine Frau mit Sonnenhut und Sonnenbrille, die eine farbenfrohe Tunika und trotz der Hitze dünne Handschuhe trug.

»Ja?« Sie wäre wohl am liebsten gleich wieder gegangen.

»Wir sind von der Polizei Tanum. Wir suchen Leon Kreutz.«

»Das ist mein Mann. Ich bin Ia Kreutz.« Ohne die Handschuhe abzustreifen, gab sie ihnen die Hand. »Wir sitzen gerade beim Mittagessen.«

Sie fühlte sich ganz offensichtlich gestört. Patrik und Gösta sahen sich vielsagend an. Wenn Leon genauso reserviert war wie seine Frau, würde das hier eine Herausforderung werden. Sie folgten ihr auf die Terrasse, wo ein Mann im Rollstuhl am Tisch saß.

»Wir haben Besuch. Die Polizei.«

Der Mann nickte. Er wirkte nicht überrascht.

»Nehmen Sie Platz. Wir essen nur einen kleinen Salat. Meine Frau bevorzugt diese Art von Ernährung.« Leon grinste schief.

»Mein Mann dagegen hätte das Mittagessen am liebsten ausfallen lassen und stattdessen eine Zigarette geraucht«, sagte Ia. Sie setzte sich und legte sich eine Serviette auf den Schoß. »Macht es Ihnen etwas aus, wenn ich weiteresse?«

Patrik gab ihr mit einer Handbewegung zu verstehen, dass sie gern ihren Salat verspeisen durfte, während sie sich mit Leon unterhielten.

»Ich nehme an, Sie sind gekommen, um über Valö zu sprechen?« Leon hatte sein Besteck hingelegt. Eine Wespe landete auf seinem Teller und machte sich in Ruhe über das Hähnchenfilet her.

»Das ist richtig.«

»Was ist da draußen eigentlich los? Es sind ja wilde Gerüchte im Umlauf.«

»Wir haben gewisse Dinge gefunden«, antwortete Patrik abwartend. »Sie sind kürzlich nach Fjällbacka zurückgekehrt?«

Er betrachtete Leons Gesicht. Die eine Hälfte war glatt und unversehrt, die andere mit Narben übersät, und der Mundwinkel zog sich starr nach oben, so dass Leon unfreiwillig die Zähne bleckte.

»Wir haben das Haus vor einigen Tagen gekauft und sind gestern eingezogen«, sagte Leon.

»Warum sind Sie nach so vielen Jahren zurückgekommen?«, fragte Gösta.

»Vielleicht entwickelt sich der Wunsch nach Rückkehr mit der Zeit.« Leon wandte sich ab und blickte aufs Wasser. Patrik sah nun nur noch seine gesunde Seite. Es war beklemmend zu sehen, wie attraktiv Leon einst gewesen sein musste.

»Ich hätte es vorgezogen, in unserem Haus an der Riviera zu bleiben«, sagte Ia. Sie und ihr Mann warfen sich einen schwer zu deutenden Blick zu.

»Sie bekommt sonst immer ihren Willen.« Leon lächelte wieder sein merkwürdiges Lächeln. »Aber in diesem Fall bin ich stur geblieben. Ich hatte Sehnsucht.«

»Hatten Ihre Eltern nicht hier ein Sommerhaus?«, fragte Gösta.

»Ja. Sie sagten immer, sie führen in die Sommerfrische. Unser Haus lag auf Kalvö. Leider hat mein Vater es verkauft. Fragen Sie mich nicht, warum. Er hatte manchmal seltsame Ideen und wurde auf seine alten Tage etwas exzentrisch.«

»Ich habe gehört, Sie hatten einen Autounfall«, sagte Patrik.

»Das stimmt. Wenn Ia mich nicht gerettet hätte, wäre ich nicht mehr am Leben. Nicht wahr, mein Liebling?«

Das laute Klirren ihres Bestecks ließ Patrik zusammenzucken. Sie starrte Leon wortlos an. Dann wurde ihr Blick sanfter.

»Ja, mein Liebling. Ohne mich würdest du heute nicht mehr leben.«

»Und du sorgst dafür, dass ich das nie vergesse.«

»Wie lange sind Sie schon verheiratet?«, wollte Patrik wissen.

»Es sind wohl fast dreißig Jahre.« Leon drehte sich zu ihnen um. »Ich habe Ia auf einer Veranstaltung in Monaco kennengelernt. Sie war das hübscheste Mädchen dort. Und schwer zu erobern. Ich musste mich richtig ins Zeug legen.«

»Bei deinem Ruf ist es kein Wunder, dass ich skeptisch war.«

Ihr Wortgeplänkel wirkte wie ein einstudierter Tanz, bei dem sie sich zu entspannen schienen. Patrik meinte sogar ein Lächeln auf Ias Lippen zu erkennen. Er fragte sich, wie sie ohne die riesige Sonnenbrille aussah. Über den Wangenknochen spannte sich die Haut regelrecht, und die Lippen waren so unnatürlich voll, dass die Augen nur das Bild eines Menschen vervollständigen würden, der viel Geld in sein Aussehen investiert hatte.

Patrik wandte sich wieder an Leon. »Der Grund unseres Besuchs ist, wie gesagt, eine Entdeckung, die wir auf Valö gemacht haben. Sie deutet darauf hin, dass die Familie Elvander ermordet wurde.«

»Das erstaunt mich nicht«, sagte Leon nach kurzem Schweigen. »Mir hat nie eingeleuchtet, wie eine ganze Familie spurlos verschwinden konnte.«

Ia musste husten. Sie sah blass aus.

»Entschuldigen Sie mich. Anscheinend kann ich hier wenig beitragen. Ich esse lieber drinnen weiter, dann können Sie in Ruhe über alles reden.«

»Tun Sie das. Wir wollten sowieso vor allem mit Leon sprechen.« Patrik zog die Beine an, um Ia vorbeizulassen. Sie schwebte in einer süßen Parfümwolke an ihm vorbei.

Leon blinzelte in Göstas Richtung. »Sie kommen mir irgendwie bekannt vor. Sind Sie nicht damals auf Valö gewesen und haben uns mit zur Polizei genommen?«

Gösta nickte. »Das ist richtig.«

»Ich weiß noch, dass Sie nett waren. Ihr Kollege dagegen war etwas ruppiger. Arbeiten Sie immer noch mit ihm zusammen?«

»Henry bekam Anfang der Achtziger eine Stelle in Göteborg. Ich habe schon vor langer Zeit den Kontakt zu ihm verloren, aber soweit ich weiß, ist er vor ein paar Jahren gestorben.« Gösta beugte sich vor. »Sie sind mir wie ein Anführer im Gedächtnis geblieben.«

»Dazu kann ich nicht viel sagen, aber ich habe natürlich immer Leute gefunden, die mir zuhören, wenn ich rede.«

»Die anderen Jungs schienen zu Ihnen aufzublicken.«

Leon nickte bedächtig. »Das stimmt wahrscheinlich. Was für eine Truppe, wenn man es recht bedenkt.« Er lachte. »Eine so merkwürdige Kombination findet man vermutlich nur auf einem Jungeninternat.«

»Sie hatten doch eigentlich eine ganze Menge gemeinsam. Stammten Sie nicht alle aus wohlhabenden Familien?«, fragte Gösta.

»Josef nicht. Er hatte es nur den großen Ambitionen seiner Eltern zu verdanken, dass er dort war. Sie schienen ihn einer Gehirnwäsche unterzogen zu haben. Das jüdische Erbe wurde als Verpflichtung betrachtet, und offenbar erwarteten sie von ihm, dass er etwas ganz Großes leistete, um wiedergutzumachen, was sie während des Krieges verloren hatten.«

»Eine schwere Aufgabe für ein Kind«, sagte Patrik.

»Stimmt, aber er nahm sie sehr ernst, und es sieht so aus, als würde er alles tun, um die Erwartungen seiner Eltern zu erfüllen. Sie haben doch bestimmt von dem jüdischen Museum gehört?«

»Ich glaube, ich habe in der Zeitung etwas darüber gelesen«, erwiderte Gösta.

»Warum will er hier ein solches Museum bauen?«, fragte Patrik.

»Hier in der Gegend gibt es viele Verbindungen zum Krieg, und das Museum soll sich nicht nur der jüdischen Geschichte widmen, sondern auch der Rolle, die Schweden im Zweiten Weltkrieg gespielt hat.«

Patrik musste an einen Fall denken, an dem sie vor einigen Jahren gearbeitet hatten. Leon hatte recht. Bohuslän war nicht weit von Norwegen entfernt, und die weißen Busse des Schwedischen Roten Kreuzes hatten Internierte aus deutschen Konzentrationslagern nach Uddevalla gebracht. Außerdem hatten die Leute hier sehr verschiedene Ansichten. Die Neutralität wurde im Nachhinein behauptet.

»Woher wissen Sie von Josefs Plänen?«, fragte Patrik.

»Wir haben ihn neulich im Café Bryggan getroffen.« Leon griff nach seinem Wasserglas.

»Sind Sie mit allen, die noch auf der Insel waren, in Kontakt geblieben?«

Nachdem er einige große Schlucke getrunken hatte, stellte Leon sein Glas wieder ab. Dann wischte er sich mit dem Handrücken etwas Wasser vom Kinn.

»Nein, wieso sollten wir Kontakt halten? Als die Elvanders verschwanden, wurden wir auseinandergerissen. Mein Vater schickte mich auf eine Schule in Frankreich, und ich nehme an, dass die anderen ebenfalls verpflanzt wurden. Wie gesagt, wir hatten wenig gemeinsam und haben in den vergangenen Jahren nichts voneinander gehört. Allerdings kann ich nur für mich sprechen. Josef sagt, dass Sebastian geschäftlich mit ihm und Percy zu tun hat.«

»Aber mit Ihnen nicht?«

»Nein, Gott bewahre. Da würde ich lieber in einem Haifischbecken tauchen, und das wäre nicht das erste Mal.«

»Warum würden Sie mit Sebastian keine Geschäfte machen?«, fragte Patrik, obwohl er die Antwort auf die Frage zu kennen glaubte. Sebastian Månsson war in der Gegend berüchtigt, und seit dem gestrigen Besuch bei ihm hatte Patrik beileibe keinen besseren Eindruck von ihm.

»Wenn er sich nicht geändert hat, würde er notfalls auch seine eigene Mutter verkaufen.«

»Wissen die anderen das nicht? Warum machen sie dann Geschäfte mit ihm?«

»Keine Ahnung. Da müssen Sie sie selbst fragen.«

»Was könnte der Familie Elvander Ihrer Ansicht nach zugestoßen sein?«, fragte Gösta.

Patrik warf einen verstohlenen Blick ins Wohnzimmer. Ia hatte ihren leeren Teller auf dem Tisch stehenlassen. Sie selbst war nicht zu sehen.

»Keine Ahnung.« Leon schüttelte den Kopf. »Natürlich habe ich viel darüber nachgedacht, aber ich kann mir beim besten Willen nicht vorstellen, wer sie hätte umbringen sollen. Es müssen Einbrecher oder Verrückte gewesen sein. So wie Charles Manson und seine Bande.«

»In dem Fall hatten Sie ein Riesenglück, dass sie ausgerechnet zu dem Zeitpunkt gekommen sind, als Sie beim Fischen waren«, sagte Gösta trocken.

Patrik versuchte, Gösta dezent zu bremsen. Dies war ein Vorgespräch und kein Verhör. Sie hatten nichts davon, wenn sie Leon gegen sich aufbrachten.

»Eine bessere Erklärung habe ich nicht.« Ratlos hob Leon die eine Hand. »Vielleicht ist Rune von seiner Vergangenheit eingeholt worden? Möglicherweise haben diese Leute das Haus bewacht und abgewartet, bis wir weg waren? Da Ostern war, konnten nur wir fünf ihnen in die Quere kommen. Normalerweise waren viel mehr Schüler dort. Falls jemand die Absicht hatte, der Familie etwas anzutun, hat er sich also einen günstigen Zeitpunkt ausgesucht.«

»Gab es denn in der Schule jemanden, der der Familie etwas antun wollte? Ist Ihnen vor dem Verschwinden nichts Verdächtiges aufgefallen? Merkwürdige Geräusche in der Nacht zum Beispiel?«, sagte Gösta. Patrik sah ihn fragend an.

»Nein, an so etwas kann ich mich nicht erinnern.« Leon zog die Augenbrauen hoch. »Es war alles wie immer.«

»Erzählen Sie uns etwas mehr über die Familie.« Patrik verscheuchte eine Wespe, die genau vor seinem Gesicht herumflog.

»Rune hatte die Zügel fest in der Hand, jedenfalls glaubte er das. Gleichzeitig war er auf eigenartige Weise blind für die Schwächen seiner Kinder. Vor allem die der beiden Ältesten, Claes und Annelie.«

»Wovor hat er denn die Augen verschlossen? Es klingt, als hätten Sie etwas Bestimmtes im Sinn.«

Leon starrte plötzlich ins Leere. »Nein, sie waren so unausstehlich wie die meisten Teenager. Wenn Rune nicht hinsah, quälte Claes gern die schwachen Schüler. Und Annelie ...« Er schien zu überlegen, wie er sich ausdrücken sollte. »Wenn sie älter gewesen wäre, hätte man sie wohl als mannstoll bezeichnen können.«

»Und wie ging es Runes Frau Inez?«

»Ich glaube, sie hatte es nicht leicht. Von ihr wurde erwartet, dass sie sich um Ebba und den Haushalt kümmerte, und Claes und Annelie schikanierten sie ständig. Manchmal landete die Wäsche, mit der sich Inez den ganzen Tag abgerackert hatte, auf dem Rasen, oder ein Eintopf, den sie mühevoll zubereitet hatte, brannte an, weil zufällig jemand die Herdplatte eingeschaltet hatte. Solche Dinge passierten die ganze Zeit, aber Inez beklagte sich nie. Sie wusste wahrscheinlich, dass Rune das nicht beeindrucken würde.«

»Hätten Sie ihr nicht helfen können?«, fragte Gösta.

»Leider geschahen diese Dinge immer dann, wenn niemand in der Nähe war. Auch wenn sich leicht ausrechnen ließ, wer der Schuldige war, hieß das noch lange nicht, dass man es Rune gegenüber hätte beweisen können.« Er sah sie fragend an. »Was bringt es Ihnen, sich über die innerfamiliären Beziehungen zu informieren?«

Patrik überlegte, was er darauf antworten sollte. In Wahrheit wusste er es selbst nicht genau, aber irgendetwas sagte ihm, dass der Schlüssel zu dem, was passiert war, in den zwischenmenschlichen Beziehungen im Internat zu finden war. An die Theorie von den blutrünstigen Raubmördern glaubte er keine Sekunde. Was hätten die denn dort draußen stehlen sollen?

»Wie kam es, dass Sie fünf über Ostern in der Schule blieben?«, fragte er, ohne auf Leons Frage einzugehen.

»Percy, John und ich blieben dort, weil unsere Eltern auf Reisen waren. Bei Sebastian war es eher eine Art Nachsitzen. Er hatte sich wieder irgendetwas zuschulden kommen lassen. Und der arme Josef musste lernen. Da seine Eltern in überflüssigen Ferien keinen Sinn sahen, vereinbarten sie mit Rune, dass Josef gegen Bezahlung zusätzlichen Unterricht erhielt.«

»Das klingt, als hätte es unter Ihnen auch zu Konflikten kommen können.«

»Warum?« Leon sah Patrik an.

Gösta beantwortete die Frage: »Vier von Ihnen stammten aus reichen Elternhäusern und waren es gewohnt, immer alles zu bekommen. Josef dagegen kam aus einem ganz anderen Milieu und war außerdem Jude.« Gösta machte eine Pause. »Wir wissen ja, wo John heute steht.«

»Damals war John nicht so«, sagte Leon. »Seinem Vater gefiel es zwar nicht, dass John mit einem jüdischen Jungen zur Schule ging, aber die Ironie des Schicksals wollte es, dass die beiden sich am besten verstanden.«

Patrik nickte. Er überlegte eine Weile, was John veranlasst haben mochte, seine Meinung zu ändern. Hatten die Ansichten seines Vaters mit zunehmendem Alter doch auf ihn abgefärbt? Oder gab es eine andere Erklärung?

»Und die anderen? Wie würden Sie die beschreiben?«

Leon schien nachzudenken. Dann richtete er sich ein wenig auf und rief ins Wohnzimmer: »Ia? Bist du da? Könntest du uns einen Kaffee aufsetzen?« Er sank zurück in seinen Rollstuhl.

»Percy ist adelig bis in die Fingerspitzen. Er war verwöhnt und arrogant, aber im Grunde kein schlechter Mensch. Man hatte ihm nur eingeimpft, er sei vornehmer als andere, und er berichtete gern von den Kämpfen seiner Vorfahren. Er selbst fürchtete sich vor seinem eigenen Schatten. Sebastian war, wie gesagt, immer auf ein gutes Geschäft aus. Er betrieb auf der Insel einen florierenden Handel. Niemand wusste genau, wie er es anstellte, aber ich glaube, er bezahlte einen Fischer dafür, dass er ihm Waren lieferte, die er zu Wucherpreisen weiterverkaufte. Schokolade, Zigaretten, Softdrinks, Pornohefte und hin und wieder auch Schnaps, aber damit hörte er wieder auf, nachdem ihm Rune beinahe auf die Schliche gekommen wäre.«

Ia kam mit einem Tablett heraus und stellte Kaffeetassen auf den Tisch. In der Rolle der Hausfrau schien sie sich nicht besonders wohl zu fühlen.

»Ich hoffe, der Kaffee ist trinkbar. Mit diesen Maschinen kann ich überhaupt nicht umgehen.«

»Er ist bestimmt gut«, sagte Leon. »Ia ist ein so spartanisches Leben nicht gewohnt. Bei uns zu Hause in Monaco serviert uns das Personal den Kaffee. Es ist also eine gewisse Umstellung für sie.«

Patrik wusste nicht, ob er es sich eingebildet hatte, aber er glaubte, einen boshaften Unterton herausgehört zu haben. Kurz darauf war Leon wieder der liebenswürdige Gastgeber.

»Ich selbst habe in den Sommern auf Kalvö gelernt, einfach zu leben. In der Stadt hatten wir jeden Komfort, den man sich wünschen kann, aber da draußen«, er blickte aufs Wasser, »ließ mein Vater den Anzug im Schrank hängen und lief in Shorts und T-Shirt herum. Wir pflückten wilde Erdbeeren und gingen angeln oder baden. Luxus der einfachen Art.«

Er verstummte, als Ia den Kaffee einschenkte.

»Seitdem haben Sie nicht gerade einfach gelebt.« Gösta nippte an seiner Tasse.

»Ein Punkt für Sie«, sagte Leon. »Nein, das kann man nicht behaupten. Das Abenteuer hat mich mehr gereizt als die Stille.«

»Sucht man immer wieder den Kick?« fragte Patrik.

»Das ist eine äußerst simple Art, es zu beschreiben, aber es lässt sich vielleicht als Kick bezeichnen. Ich könnte mir vorstellen, dass es ein bisschen wie bei einer Sucht ist, auch wenn ich meinen eigenen Körper nie mit Drogen verunreinigt habe. Natürlich wird man davon abhängig. Hat man einmal angefangen, kann man nicht mehr aufhören. Man liegt nachts wach und fragt sich: Kann ich noch höher klettern? Wie tief kann ich tauchen? Wie schnell kann ich fahren? Irgendwann müssen diese Fragen beantwortet werden.«

»Aber nun ist damit Schluss«, stellte Gösta fest.

Patrik fragte sich, warum er Gösta und Mellberg nicht längst zu einem Kurs in Vernehmungstechnik geschickt hatte, aber Leon wirkte ungerührt.

»In der Tat, damit ist nun Schluss.«

»Wie kam es zu dem Unfall?«

»Es war ein stinknormaler Autounfall. Ia saß am Steuer. Wie Sie wahrscheinlich wissen, sind die Straßen in Monaco schmal und kurvig, an einigen Stellen geht es steil bergab. Uns kam jemand entgegen. Ia wich zu heftig aus, und wir kamen von der Fahrbahn ab. Das Auto fing an zu brennen.« Er sprach nun nicht mehr in lässigem Ton, sondern starrte vor sich hin, als würde er das Ganze noch einmal erleben. »Wissen Sie, wie selten Autos in Flammen aufgehen? Es ist nicht wie im Film, wo jeder Wagen bei einem Zusammenstoß sofort explodiert. Wir hatten Pech. Ia hatte gewissermaßen Glück im Unglück, aber ich konnte mich nicht von der Stelle bewegen, weil meine Beine eingeklemmt waren. Ich spürte, wie meine Hände, meine Kleidung und meine Beine brannten. Dann das Gesicht. Anschließend bin ich bewusstlos geworden, aber Ia hat mich aus dem Auto gezogen. Dadurch hat sie sich die Narben an den Händen zugezogen. Ansonsten kam sie auf mysteriöse Weise mit Schnittwunden und zwei gebrochenen Rippen davon. Sie hat mir das Leben gerettet.«

»Wie lange ist das her?«, fragte Patrik.

»Neun Jahre.«

»Gibt es keine Möglichkeit …?« Gösta deutete auf den Rollstuhl.

»Nein. Ich bin von der Taille abwärts gelähmt und kann froh sein, dass ich keine Hilfe zum Atmen brauche.« Er seufzte ein wenig. »Ein Nebeneffekt ist, dass ich schnell ermüde. Normalerweise ruhe ich mich um diese Zeit ein bisschen aus. Kann ich Ihnen noch irgendwie behilflich sein? Wenn nicht, darf ich mir vielleicht die Unhöflichkeit erlauben, Sie zu verabschieden.«

Patrik und Gösta sahen sich an. Dann stand Patrik auf.

»Ich glaube, das wäre vorläufig alles, aber möglicherweise müssen wir noch einmal kommen.«

»Sie sind herzlich willkommen.« Leon rollte hinter ihnen ins Haus.

Ia kam die Treppe herunter und hielt ihnen elegant die Hand hin.

Sie wollten gerade gehen, als Gösta innehielt und sich zu Ia umdrehte, die es anscheinend gar nicht erwarten konnte, die Tür hinter ihnen zu schließen.

»Es wäre gut, wenn Sie uns Adresse und Telefonnummer von Ihrem Haus an der Riviera geben könnten.«

»Falls wir abhauen?« Sie lächelte unbestimmt.

Gösta zuckte die Achseln. Ia schrieb ihnen die Adresse und die Nummer auf einen Notizblock, riss ruckartig das oberste Blatt ab und reichte es Gösta, der es kommentarlos einsteckte.

Im Auto wollte Gösta über die Begegnung mit Leon reden, aber Patrik hörte ihn kaum. Er war vollauf damit beschäftigt, sein Handy zu suchen.

»Ich muss es zu Hause vergessen haben«, sagte er schließlich. »Darf ich mir deins ausleihen?«

»Tut mir leid. Da du dein Handy immer dabeihast, habe ich meins nicht mitgenommen.«

Patrik überlegte, ob er sich einen Augenblick Zeit nehmen sollte, um Gösta zu erklären, warum Polizisten ihr Telefon immer bei sich haben mussten, fand aber, dass dies nicht der geeignete Moment war. Er ließ den Motor an.

»Wir fahren auf dem Rückweg bei mir zu Hause vorbei. Ich brauche mein Handy.«

Die kurze Strecke nach Sälvik legten sie schweigend zurück. Patrik wurde das Gefühl nicht los, dass ihnen während des Gesprächs mit Leon etwas Wesentliches entgangen war. Ob es ausgesprochen worden oder unausgesprochen geblieben war, wusste er nicht, aber irgendetwas stimmte nicht.

Kjell freute sich aufs Mittagessen. Da Carina am Abend arbeiten musste, hatte sie ihn gefragt, ob sie nicht zu Hause essen wollten. Wenn einer im Schichtdienst und der andere zu den üblichen Bürozeiten arbeitete, sah man sich kaum. Hatte sie mehrere Nachtdienste hintereinander, begegneten sie sich manchmal tagelang nicht. Doch Kjell war stolz auf sie. Sie war eine Kämpfernatur und arbeitete hart. In den Jahren ihrer Trennung hatte sie sich und ihren Sohn allein versorgt, ohne zu mucken. Im Nachhinein war ihm klargeworden, dass sie ein Alkoholproblem gehabt hatte, aber das hatte sie aus eigener Kraft überwunden. Erstaunlicherweise hatte ausgerechnet Kjells Vater Frans sie dabei unterstützt. Eine seiner wenigen guten Taten, dachte Kjell und empfand nicht nur Verbitterung, sondern gegen seinen Willen auch Liebe.

Ganz anders dagegen Beata. Sie wollte am liebsten gar nicht arbeiten. Als sie noch zusammenlebten, stritten sie ständig übers Geld. Sie beklagte sich, weil er nicht aufstieg und ein Spitzengehalt bekam, trug aber selbst kaum zum Einkommen bei. »Ich mache schließlich den Haushalt«, sagte sie.

Er stellte den Wagen in die Einfahrt und versuchte, ruhiger zu atmen. Wenn er an seine Exfrau dachte, packte ihn noch immer die Wut, die zum großen Teil auf Selbsthass beruhte. Wie hatte er mehrere Jahre seines Lebens auf sie verschwenden können? Er war natürlich froh, dass es die Kinder gab, aber er bereute, dass er sich hatte verführen lassen. Sie war jung und hübsch gewesen, und er alter Kerl hatte sich geschmeichelt gefühlt.

Beim Aussteigen schüttelte er die Gedanken an Beata ab. Sie sollte ihnen nicht die Mittagspause verderben.

»Hallo, Liebling«, begrüßte ihn Carina. »Setz dich. Das Essen ist gerade fertig. Es gibt Kartoffelpuffer.«

Sie stellte ihm einen Teller hin, und er atmete genüsslich den Duft ein. Kartoffelpuffer aß er für sein Leben gern.

»Wie läuft die Arbeit?« Sie setzte sich zu ihm an den Küchentisch.

Er blickte sie zärtlich an. Obwohl sie keine zwanzig mehr war, sah sie gut aus. Die feinen Lachfältchen um die Augen standen ihr, und da sie viel Zeit mit Gartenarbeit, ihrer Lieblingsbeschäftigung, verbrachte, hatte ihr Gesicht eine gesunde Bräune.

»Im Moment ist es etwas mühsam. Ich gehe einer Sache nach, die ich über John Holm erfahren habe, aber ich tappe noch im Dunkeln.«

Er nahm ein Stück Kartoffelpuffer in den Mund. Das Essen schmeckte genauso gut, wie es aussah.

»Kann dir denn niemand helfen?«

Kjell wollte gerade abwinken, als ihm klarwurde, dass sie völlig recht hatte. Diese Angelegenheit war so wichtig, dass er bereit war, über seinen Schatten zu springen. Alles, was er über John Holm in Erfahrung gebracht hatte, sagte ihm, dass im Verborgenen ein großes Geheimnis lag. Im Grunde war es ihm vollkommen egal, ob er die Story bekam oder nicht. Zum ersten Mal in seiner Laufbahn als Journalist befand er sich in einer Situation, die er bisher nur vom Hörensagen kannte. Er witterte eine Geschichte, die größer war als er selbst.

Er stand hastig auf. »Entschuldige, ich muss etwas erledigen.«

»Jetzt?« Carina warf einen Blick auf seinen halbvollen Teller.

»Es tut mir wirklich leid. Ich weiß, dass du dir mit dem Essen Mühe gegeben hast, und habe mich auch auf dich gefreut, aber ich …«

Als er ihren traurigen Blick sah, hätte er sich beinahe wieder hingesetzt. Er hatte sie schon viel zu oft enttäuscht. Doch plötzlich hellte sich ihr Gesicht auf. Sie lächelte ihn an.

»Geh schon und tu, was du tun musst. Ich weiß ja, dass du

bestimmt keine Kartoffelpuffer übrig lassen würdest, wenn nicht die Sicherheit des Landes auf dem Spiel stünde.«

Kjell lachte. »Ja, es ist etwas in der Richtung.« Er beugte sich vor und küsste sie auf den Mund.

Zurück in der Redaktion, überlegte er, was er sagen sollte. Vermutlich reichten dunkle Ahnungen und ein beim Telefonieren vollgekritzelter Zettel nicht, um das Interesse eines der führenden politischen Journalisten zu wecken. Er kratzte sich den Bart, und plötzlich kam ihm eine Idee. Das Blut, von dem Erica erzählt hatte. Noch hatte keine Zeitung über den Fund auf Valö berichtet. Der Artikel war fast fertig. Natürlich hatte Kjell gedacht, der *Bohusläningen* würde als Erster davon berichten, aber andererseits hatte sich die Neuigkeit wahrscheinlich ohnehin längst herumgesprochen. Es war nur noch eine Frage der Zeit, bis die anderen Redaktionen Wind davon bekamen, und insofern konnte er die Sensationsmeldung auch verschenken, redete er sich ein. Außerdem konnte der *Bohusläningen* dank Kenntnis der lokalen Verhältnisse viel besser über den Verlauf der Ermittlungen berichten als die überregionalen Zeitungsgiganten.

Kjell saß eine Weile vor dem Telefon, sammelte seine Gedanken und warf ein paar Notizen aufs Papier. Wenn er Sven Niklasson, einen politischen Berichterstatter vom *Expressen*, anrief und um Unterstützung bei den Nachforschungen zu John Holm und zu Gimle bat, musste er gut vorbereitet sein.

Vorsichtig stieg Paula aus dem Boot. Mellberg hatte auf dem gesamten Weg nach Valö mit ihr geschimpft, zuerst im Auto und dann auf dem Rettungsboot der Küstenwache. Er hatte sie jedoch ohne Überzeugung angepfiffen. Mittlerweile kannte er sie gut genug, um zu wissen, dass er sie ohnehin nicht davon abbringen konnte, wenn sie sich etwas vorgenommen hatte.

»Sei vorsichtig! Deine Mutter bringt mich um, wenn du ins Wasser fällst.« Er umklammerte ihre eine Hand, während Victor die andere festhielt.

»Ruft mich an, dann hole ich euch wieder ab«, sagte Victor. Mellberg nickte.

»Ich begreife einfach nicht, warum du unbedingt mitkommen wolltest«, sagte Mellberg auf dem Weg zum Haus. »Vielleicht ist der Täter noch hier. Es könnte gefährlich sein, und du setzt nicht nur dein eigenes Leben aufs Spiel.«

»Seit Annikas Anruf ist fast eine Stunde vergangen. Der Schütze ist sicher über alle Berge. Außerdem tippe ich darauf, dass Annika auch versucht hat, Patrik und Gösta zu erreichen. Die machen sich bestimmt bald auf den Weg.«

»Ja, aber ...«, begann Mellberg, doch dann machte er den Mund wieder zu, als sie an der Haustür waren. Er rief: »Hallo? Hier ist die Polizei!«

Ein blonder Mann mit gehetztem Blick kam auf sie zu. Mårten Stark, nahm Paula an. Während der Bootsfahrt hatte sie Mellberg trotz allem überreden können, sie ein wenig in den Fall einzuweihen.

»Wir haben uns oben ins Schlafzimmer gesetzt, weil wir dachten, dort wäre es ... am sichersten.« Er warf einen Blick über seine Schulter. Auf der Treppe erschienen zwei Personen.

Paula erschrak, als sie eine der beiden erkannte. »Anna! Was machst du denn hier?«

»Ich war hier, um etwas für einen Einrichtungsauftrag auszumessen.« Sie war etwas blass, wirkte aber gefasst.

»Ist jemand verletzt?«

»Gott sei Dank nicht«, antwortete Anna. Die beiden anderen nickten.

»War seit Ihrem Anruf alles ruhig?« Paula sah sich um. Obwohl sie überzeugt war, dass sich der Schütze längst aus dem Staub gemacht hatte, wäre es riskant gewesen, davon auszugehen. Angespannt horchte sie auf das geringste Geräusch.

»Ja, seitdem war alles ruhig. Wollen Sie sehen, wo das Geschoss eingedrungen ist?« Anna schien das Kommando übernommen zu haben, während sich Mårten und Ebba abwartend hinter ihr hielten. Mårten hatte den Arm um Ebba gelegt, die mit verschränkten Armen ins Leere starrte.

»Selbstverständlich«, sagte Mellberg.

»In der Küche.« Anna ging voran. In der Tür blieb sie stehen und zeigte auf das Fenster. »Wie Sie sehen, kam der Schuss durch diese Scheibe.«

Paula betrachtete das Chaos. Der ganze Boden war mit Glassplittern bedeckt, aber die meisten lagen vor dem zerbrochenen Fenster.

»War jemand hier drin, als geschossen wurde? Sind Sie sich eigentlich sicher, dass es mehrere Schüsse waren und nicht nur einer?«

»Ebba war hier.« Anna versetzte Ebba einen sanften Knuff. Langsam hob die den Blick und sah sich um, als nähme sie den Raum zum ersten Mal wahr.

»Es hat einfach geknallt«, sagte sie. »Das Geräusch war so laut. Ich habe gar nicht begriffen, was es war. Dann hörte ich noch einen Knall.«

»Zwei Schüsse also.« Mellberg betrat die Küche.

»Wir sollten lieber nicht hier rumlaufen, Bertil«, sagte Paula. Sie wünschte, Patrik wäre da. Es war nicht sicher, ob sie ohne ihn in der Lage war, Mellberg zu bremsen.

»Keine Sorge. Ich habe schon mehr Tatorte gesehen, als du in deiner gesamten Laufbahn zu Gesicht bekommen wirst, und ich weiß genau, was man dort darf und was nicht.« Er trat auf ein großes Stück Glas, das unter seinem Gewicht zersplitterte.

Paula holte tief Luft. »Ich finde trotzdem, dass Torbjörn und sein Team lieber einen unberührten Tatort vorfinden sollten.«

Mellberg nahm keine Notiz von ihr, sondern ging weiter zu den Einschusslöchern an der hinteren Küchenwand.

»Aha! Da haben wir die beiden Racker. Wo haben Sie Ihre Plastiktüten?«

»In der dritten Schublade von oben«, antwortete Ebba abwesend.

Mellberg öffnete die Schublade und nahm eine Rolle Gefrierbeutel heraus. Er riss einen ab und streifte sich ein Paar Putzhandschuhe über, die am Wasserhahn hingen. Dann stellte er sich wieder vor die Wand.

»Dann werden wir mal. Man kann sie problemlos entfernen, weil sie nicht besonders tief drinstecken. Für Torbjörn gibt es hier nachher nicht mehr viel zu tun.« Er pulte die beiden Kugeln aus der Wand.

»Das muss doch alles erst fotografiert werden …«, wandte Paula ein.

Mellberg hörte offenbar keinen Ton von dem, was sie sagte. Stattdessen hielt er selbstzufrieden den Beutel in die Höhe und steckte ihn sich dann in die Hosentasche. Mit einem Knall zog er sich die Handschuhe aus und warf sie ins Spülbecken.

»Man darf die Sache mit den Fingerabdrücken nicht vergessen.« Er runzelte die Stirn. »Die sind von äußerster Wichtigkeit für die Beweisführung. Nach so vielen Berufsjahren ist mir das in Fleisch und Blut übergegangen.«

Paula biss sich so fest auf die Unterlippe, dass sie Blut schmeckte. Beeil dich, Hedström, wiederholte sie unaufhörlich im Geiste. Doch niemand erhörte sie, und so trampelte Mellberg weiterhin unbekümmert auf den Glassplittern herum.

Fjällbacka 1931

Sie spürte die Blicke im Nacken. Die Leute hielten Dagmar für dumm, aber sie ließ sich nicht hinters Licht führen, am allerwenigsten von Laura. Die Tochter war eine gute Schauspielerin und machte sich überall beliebt. Alle bedauerten sie, weil sie sich allein um den Haushalt kümmerte und eine Mutter wie Dagmar hatte. Niemand merkte, wie Laura wirklich war, aber Dagmar durchschaute ihre Scheinheiligkeit. Sie wusste, was sich hinter ihrem adretten Äußeren verbarg. Auf Laura lag der gleiche Fluch wie auf ihr. Sie war gebrandmarkt, auch wenn sich das Zeichen bei ihr unter der Haut befand und von außen nicht sichtbar war. Sie hatten ein gemeinsames Schicksal, Laura sollte sich bloß nichts anderes einbilden.

Leicht zitternd saß Dagmar auf dem Küchenstuhl. Zu ihrem morgendlichen Schlückchen hatte sie eine Scheibe trockenes Knäckebrot gegessen und dabei absichtlich gekrümelt. Laura hasste Krümel auf dem Fußboden. Sie würde nicht atmen können, bevor sie nicht gefegt hatte. Dagmar wischte noch einige Krümel von der Tischplatte, damit das Mädchen etwas zu tun hatte, wenn es aus der Schule kam.

Rastlos trommelte Dagmar mit den Fingerkuppen auf die geblümte Tischdecke. Ihre innere Unruhe zwang sie ständig, auf irgendeine Weise Dampf abzulassen, und still sitzen konnte sie schon lange nicht mehr. Zwölf Jahre waren vergan-

gen, seit Hermann sie verlassen hatte. Trotzdem spürte sie noch immer seine Hände auf ihrem Körper, der nicht mehr im Geringsten an das Mädchen von damals erinnerte.

Die Wut, die sie damals in dem sterilen Krankenzimmer auf Hermann gehabt hatte, war wie weggeblasen. Sie liebte ihn, und er liebte sie. Nichts war so gekommen, wie sie es sich erhofft hatte, aber zumindest wusste sie, wer schuld daran war. In jedem wachen Moment und sogar in ihren Träumen sah sie Carin Görings überhebliches und höhnisches Gesicht vor sich. Sie hatte es offensichtlich genossen, Dagmar und Laura zu demütigen. Dagmar klopfte fester auf den Tisch. Die Gedanken an Carin nahmen sie vollkommen in Anspruch. Nur ihnen und dem Alkohol war es zu verdanken, dass sie jeden Tag auf die Beine kam.

Sie griff nach der Zeitung auf dem Tisch. Da sie es sich nicht leisten konnte, Zeitungen zu kaufen, stahl sie alte Ausgaben aus den Stapeln, die die Händler zurückgehen ließen. Sie hatte es sich zur Gewohnheit gemacht, jede Seite genau zu studieren, weil sie hin und wieder Artikel über Hermann entdeckte. Er war nach Deutschland zurückgekehrt, und auch der Name Hitler, den er im Krankenhaus gebrüllt hatte, war gefallen. Voller Aufregung hatte sie jedes Wort über Hermann verschlungen. Der Mann, über den die Zeitungen berichteten, war ihr Hermann, und nicht der fette Schreihals in dem Krankenbett. Nun trug er wieder eine Uniform, und auch wenn er nicht mehr ganz so schlank und elegant wie damals aussah, war er ein mächtiger Mann.

Als sie die Zeitung aufschlug, zitterten ihre Hände noch. Es schien immer länger zu dauern, bis das morgendliche Schlückchen Wirkung zeigte. Vielleicht sollte sie sich gleich noch eins genehmigen. Dagmar stand auf und schenkte sich ein ordentliches Glas Schnaps ein. Sie trank es in einem Zug leer und spürte, wie sich die wohltuende Wärme in ihrem Körper ausbreitete und das Zittern nachließ. Dann setzte sie sich wieder an den Tisch und blätterte die Zeitung durch.

Sie war schon fast auf der letzten Seite, als sie den Artikel entdeckte. Die Buchstaben verschwammen vor ihren Augen, und sie konnte sich nur mit Mühe auf die Überschrift konzentrieren: »Görings Ehefrau beigesetzt. Kranz von Hitler«.

Dagmar betrachtete die beiden Fotos. Dann breitete sich ein Lächeln auf ihrem Gesicht aus. Carin Göring war tot. Es war wirklich wahr. Sie lachte laut auf. Nun stand Hermann nichts mehr im Weg. Nun würde er endlich zu ihr zurückkommen. Sie trappelte aufgeregt mit den Füßen.

Diesmal war er allein zum Steinbruch gefahren. Josef musste ehrlicherweise zugeben, dass er die Gesellschaft anderer Menschen nicht besonders schätzte. Er suchte etwas, das er nur finden würde, wenn er den Blick nach innen richtete. Niemand sonst konnte es ihm geben. Manchmal wünschte er, anders zu sein, oder besser gesagt, so wie alle anderen. Jemand, der sich zugehörig fühlte, der Teil von etwas war, aber er ließ nicht einmal seine Familie an sich heran. Der Knoten in seiner Brust war zu fest. Er kam sich vor wie ein Kind, das sich die Nase am Schaufenster des Spielwarengeschäfts plattdrückt und all die wunderbaren Dinge sieht, aber nicht die Tür aufzumachen wagt. Irgendetwas hielt ihn davon ab, einzutreten und die Hand auszustrecken.

Er setzte sich auf einen Granitblock und dachte an Mutter und Vater. Sie waren nun seit zehn Jahren tot, aber er fühlte sich noch immer verloren ohne sie. Außerdem schämte er sich, weil er sein Geheimnis vor ihnen verborgen hatte. Sein Vater hatte stets betont, wie wichtig Vertrauen sei und dass man immer ehrlich sein und die Wahrheit sagen sollte. Er hatte gewusst, dass Josef etwas vor ihm geheim hielt, und auch keinen Hehl daraus gemacht. Doch wie sollte er seinem Vater davon erzählen? Manche Geheimnisse waren einfach zu groß, und seine Eltern hatten so viele Opfer für ihn gebracht.

Im Krieg hatten sie alles verloren: Familie, Freunde, Besitz,

Sicherheit, ihr Heimatland. Alles außer ihrem Glauben und der Hoffnung auf ein besseres Leben. Während sie litten, war Albert Speer laut polternd hier herumgelaufen, hatte mit den Armen gefuchtelt und die Steine bestellt, mit denen die stolzeste Stadt in dem Reich errichtet werden sollte, für das so viel Blut vergossen worden war. Eigentlich wusste Josef gar nicht, ob Speer persönlich hier gewesen war, aber mit Sicherheit war einer seiner Handlanger im Steinbruch bei Fjällbacka herumspaziert.

Für ihn war der Krieg kein Ereignis aus einer weit zurückliegenden Vergangenheit. In seiner Kindheit war ihm ständig von Juden, die verfolgt und verraten wurden, vom Geruch des Rauchs, der aus den Schornsteinen in den Lagern drang, und dem Grauen erzählt worden, das sich in den Gesichtern der Befreier spiegelte. Immer wieder hatte er gehört, dass Schweden die Opfer mit offenen Armen aufgenommen, sich aber hartnäckig geweigert hatte, seine eigene Rolle im Krieg zuzugeben. Sein Vater hatte jeden Tag darüber gesprochen, dass sein neues Land sich endlich zu den eigenen Untaten bekennen sollte. Es hatte sich ihm so eingebrannt wie die Nummern an den Armen seiner Eltern.

Mit zum Gebet gefalteten Händen richtete er den Blick zum Himmel. Er bat um die Kraft, sein Erbe gut zu verwalten, Sebastian entgegenzutreten und sich der Vergangenheit zu stellen, die nun sein Vorhaben zunichtezumachen drohte. Die Jahre waren so schnell vergangen, und er hatte gelernt zu vergessen. Ein Mann konnte seine Geschichte selbst erschaffen. Er selbst hätte diesen Teil seines Lebens am liebsten ausgelöscht und wünschte, Sebastian hätte das Gleiche getan.

Josef stand auf und klopfte sich den Staub von der Hose. Er hoffte, dass Gott an diesem Ort, der für das stand, was möglich gewesen wäre, und für das, was nun entstehen sollte, seine Gebete erhörte. Aus diesen Steinen würde Josef Wissen erschaffen, und aus Wissen entstanden Verständnis und Frieden. Er würde für das Unrecht bezahlen, das seinen Vorfahren und allen gepeinigten und unterdrückten Juden widerfahren war.

Nach Vollendung seines Werks brauchte er sich nicht mehr zu schämen.

Das Handy klingelte, aber Erica drückte den Anruf weg. Es war der Verlag, und worum auch immer es ging, sie hatte jetzt keine Zeit dafür.

Sie sah sich ungefähr zum hundertsten Mal in ihrem Arbeitszimmer um. Das Gefühl, dass jemand hier gewesen war und in Dingen herumgeschnüffelt hatte, die sie als sehr privat betrachtete, war ihr zuwider. Wer konnte es gewesen sein, und wonach konnte er oder sie gesucht haben? Sie war so tief in Gedanken versunken, dass sie vor Schreck zusammenzuckte, als sie im Erdgeschoss die Haustür auf- und wieder zugehen hörte.

Hastig ging sie die Treppe hinunter. Im Flur standen Patrik und Gösta.

»Hallo. Was macht ihr denn hier?«

Göstas Lider flatterten. Er wirkte mehr als nervös. Ihre heimliche Abmachung schien ihn nicht gleichgültig zu lassen, und sie quälte ihn gern ein bisschen.

»Lange nicht gesehen, Gösta. Wie geht es dir?« Mühsam verkniff sich Erica ein Grinsen, als sie sah, dass Gösta puterrot anlief.

»Hm ... Danke, gut«, murmelte er und starrte auf seine Füße.

»Alles in Ordnung hier?«, fragte Patrik.

Schlagartig wurde Erica wieder ernst. Für einen Augenblick hatte sie vergessen, dass jemand in ihrem Haus gewesen war. Natürlich musste sie Patrik von ihrem Verdacht erzählen, aber noch hatte sie keinen Beweis, und in gewisser Hinsicht war es ein Glück, dass er vorhin nicht ans Telefon gegangen war. Sie wusste, wie sehr er sich sorgte, wenn etwas passierte, was seine Familie betraf. Es ließ sich nicht ausschließen, dass er sie und die Kinder woanders hinschickte, wenn er glaubte, dass jemand hier eingebrochen war. Sie beschloss, lieber noch zu warten, aber gegen ihre eigene Unruhe kam sie nicht an. Ständig blickte sie zur Verandatür, als könnte dort jeden Augenblick jemand eindringen.

Sie wollte gerade antworten, als Kristina mit den Kindern im Schlepptau aus der Waschküche auftauchte.

»Du bist zu Hause, Patrik? Du kannst dir nicht vorstellen, was vorhin passiert ist! Beinahe hätte ich einen Herzinfarkt bekommen. Ich stand in der Küche und machte den Kindern Pfannkuchen, als ich plötzlich sah, wie Noel mit einem Affenzahn auf die Straße zu rannte. Zum Glück konnte ich mir den kleinen Kerl in allerletzter Sekunde schnappen. Wer weiß, vielleicht wäre sonst ein Unglück geschehen. Ihr müsst wirklich daran denken, die Türen fest zu schließen, denn die Kleinen sind unheimlich schnell. So etwas kann auch schiefgehen, und dann bereut man es sein Leben lang …«

Fasziniert betrachtete Erica ihre Schwiegermutter. Sie war gespannt, wann sie endlich Luft holen würde.

»Ich habe vergessen, die Verandatür zuzumachen.« Sie vermied es, Patrik anzusehen.

»Okay. Das hast du gut gemacht, Mama. Wenn die Jungs so mobil werden, müssen wir eben aufpassen wie die Schießhunde.«

Er breitete die Arme für die Zwillinge aus, die auf ihn zugerast kamen.

»Hallo, Onkel Gösta«, sagte Maja.

Wieder färbte sich Göstas Gesicht dunkelrot. Er warf Erica einen verzweifelten Blick zu, aber Patrik war vollauf damit beschäftigt, mit den Jungs herumzutoben, und hatte nichts bemerkt.

Nach einer Weile sah er Erica an.

»Eigentlich sind wir nur vorbeigekommen, um mein Handy zu holen. Hast du es gesehen?«

»Du hast es heute Morgen in der Küche liegen gelassen.«

Er holte es. »Du hast mich ja angerufen. Wolltest du etwas Bestimmtes?«

»Nein, ich wollte dir nur sagen, dass ich dich liebe.« Sie hoffte, dass er sie nicht durchschaute.

»Ich liebe dich auch, Schatz«, erwiderte er zerstreut, ohne den Blick vom Display abzuwenden. »Annika hat auch fünfmal versucht, mich zu erreichen. Am besten rufe ich sie gleich zurück und frage, worum es geht.«

Erica wollte ihn heimlich belauschen, aber da Kristina ununterbrochen auf Gösta einquatschte, schnappte sie nur einzelne Worte auf. Patriks Gesicht, als er aufgelegt hatte, war dafür beredter.

»Auf Valö sind Schüsse gefallen. Jemand hat ins Haus geschossen. Anna ist auch da draußen. Laut Annika hat sie die Polizei gerufen.«

Erica schlug sich die Hand vor den Mund. »Anna? Geht es ihr gut? Ist sie verletzt? Wer ...?« Sie merkte selbst, wie zusammenhangslos sie vor sich hin stammelte, aber sie konnte an nichts anderes denken, als dass Anna vielleicht etwas zugestoßen war.

»Wenn ich es richtig verstanden habe, ist niemand verletzt. Das ist die gute Nachricht.« Er wandte sich an Gösta. »Die schlechte ist, dass Annika gezwungen war, Mellberg anzurufen, weil sie uns nicht erreichen konnte.«

»Mellberg?« Gösta sah ihn zweifelnd an.

»Ja. Wir fahren so schnell wie möglich hin.«

»Das könnt ihr doch nicht machen, wenn dort jemand schießt!«

»Natürlich müssen wir hin. Das ist mein Job.« Patrik wirkte genervt.

Kristina machte ein beleidigtes Gesicht, warf den Kopf in den Nacken und ging ins Wohnzimmer.

»Ich komme mit«, sagte Erica.

»Nie im Leben.«

»Oh, doch. Wenn Anna da draußen ist, begleite ich dich.«

Patrik starrte sie an. »Da draußen schießt ein Verrückter auf die Leute. Du kommst nicht mit!«

»Da sind mehrere Polizisten, also was soll schon passieren? Ich werde vollkommen sicher sein.« Sie schnürte ihre weißen Turnschuhe zu.

»Und wer kümmert sich um die Kinder?«

»Kristina bleibt bestimmt hier und passt auf sie auf.« Sie

stand auf und warf ihm einen Blick zu, der ihm unmissverständlich klarmachte, dass er sich seinen Widerspruch sparen konnte.

Auf dem Weg zum Bootsanleger steigerte sich Ericas Sorge um die Schwester mit jedem Herzschlag. Sollte Patrik sich ruhig über sie ärgern. Sie war verantwortlich für Anna.

»Pyttan? Bist du da?« Verdutzt wanderte Percy durch die Wohnung. Sie hatte ihm nicht gesagt, dass sie weggehen wollte.

Sie waren wegen eines sechzigsten Geburtstags, den sie nicht verpassen durften, für ein paar Tage nach Stockholm gefahren. Wahrscheinlich würden ein Großteil des schwedischen Adelskalenders und dazu einige führende Persönlichkeiten aus der Wirtschaft erscheinen, um auf den Jubilar anzustoßen. Sie zählten bei solchen Zusammenkünften allerdings nicht zu den ganz wichtigen Leuten. Die Rangordnung war unumstößlich, und es spielte keine Rolle, ob man eins der größten Unternehmen in Schweden leitete, solange man nicht den richtigen familiären Hintergrund und Namen und die richtigen Schulen besucht hatte.

Er selbst erfüllte alle Kriterien. Normalerweise dachte er gar nicht darüber nach. Es war schon immer so gewesen und für ihn so selbstverständlich wie Atmen. Das Problem war nur, dass er nun zu verarmen drohte, und das würde seine Stellung extrem beeinträchtigen. Er würde zwar in der Rangordnung nicht so weit unten landen wie die Neureichen, aber deutlich heruntergestuft werden.

Im Wohnzimmer blieb er am Teewagen stehen und goss sich einen Whisky ein, einen Mackmyra Preludium für etwa fünftausend Kronen die Flasche. Niemals wäre ihm in den Sinn gekommen, mit etwas Schlechterem vorliebzunehmen. An dem Tag, an dem er sich nur noch Jim Beam leisten könnte, würde er Vaters alte Luger aus dem Schrank holen und sich eine Kugel in den Kopf schießen.

Am meisten belastete ihn, dass er seinen Vater enttäuscht hatte. Als Ältester war er immer bevorzugt worden. Daraus war in der Familie nie ein Hehl gemacht worden. Kühl und sachlich hatte Vater seinen beiden jüngeren Kindern erklärt, Percy sei etwas Besonderes. Insgeheim freute der sich, wenn die Geschwister vom Vater in ihre Schranken gewiesen wurden. Doch vor der Enttäuschung über ihn selbst, die er manchmal in Vaters Blick sah, verschloss er lieber die Augen. Er wusste, dass Vater ihn für besonders ängstlich, verweichlicht und verwöhnt hielt, und vielleicht stimmte es auch, dass Mutter ihn übermäßig behütet hatte. Sie hatte ihm oft erzählt, dass er beinahe gestorben wäre. Er war zwei Monate zu früh geboren, klein wie ein Vogeljunges. Die Ärzte hatten seinen Eltern geraten, nicht mit seinem Überleben zu rechnen, aber er war zum ersten und letzten Mal in seinem Leben stark gewesen und hatte wider Erwarten überlebt, wenn auch bei schlechter Gesundheit.

Er sah hinaus auf den Karlaplan. Die Wohnung hatte einen hübschen Erker, von dem man einen guten Blick auf den Platz mit der Fontäne hatte. Mit dem Whiskyglas in der Hand betrachtete er das Gewimmel. Im Winter war hier überhaupt nichts los, aber nun waren alle Bänke besetzt und dazwischen spielten Kinder, aßen Eis und genossen die Sonne.

Im Treppenhaus waren Schritte zu hören. Er spitzte die Ohren. Kam Pyttan nach Hause? Sie war sicher nur kurz shoppen gegangen. Hoffentlich hatte die Bank noch nicht die Kreditkarte gesperrt. Er spürte die Demütigung im ganzen Körper. Wie war diese Gesellschaft eigentlich aufgebaut? Da verlangte die Steuerbehörde einfach ein Vermögen von ihm. Der reinste Kommunismus. Percy klammerte sich ans Glas. Mary und Charles hätten ihre helle Freude, wenn sie vom Ausmaß seiner finanziellen Probleme wüssten. Sie verbreiteten immer noch die Lügengeschichte, er hätte sie aus ihrem Elternhaus vertrieben und bestohlen.

Plötzlich kam ihm Valö in den Sinn. Wenn er doch niemals dort gelandet wäre. Aber die Stimmung auf dem Internat Lundsberg war unerträglich geworden, als herauskam, dass auch er untätig zugesehen hatte, wie einige der berüchtigtsten

Schüler einem Jungen, auf dem ohnehin ständig herumgehackt wurde, kurz vor der Abschlussfeier in der Aula Abführmittel verabreicht hatten. Der weiße Sommeranzug hatte sich bis zum Rücken hinauf braun gefärbt.

Nach diesem Vorfall hatte der Rektor seinen Vater zu einem Gespräch gebeten. Um einen Skandal zu vermeiden, erteilte ihm der Schulleiter keinen Verweis, sondern empfahl dem Vater lediglich, eine andere Schule für seinen Sohn zu suchen. Vater war außer sich vor Empörung. Percy hatte schließlich nur zugesehen, war das verboten? Am Ende gab sein Vater sich dennoch geschlagen und kam nach vorsichtigen Erkundigungen in den richtigen Kreisen zu dem Schluss, dass Rune Elvanders Internat auf Valö die beste Möglichkeit war. Am liebsten hätte er Percy zwar auf eine Schule im Ausland geschickt, aber da hatte sich ausnahmsweise seine Mutter quergestellt. Runes Schule sollte es sein, und die hatte ihm eine ganze Reihe von dunklen Erinnerungen eingebracht, die er lieber verdrängte.

Percy trank einen Schluck. Das Leben hatte ihn gelehrt, dass die Scham leichter zu ertragen war, wenn man sie mit einem guten Whisky verdünnte. Er sah sich im Zimmer um. Pyttan hatte bei der Einrichtung freie Hand gehabt. Dieser Purismus und das ganze Weiß waren vielleicht nicht sein Geschmack, aber solange sie im Schloss nichts anfasste, durfte sie sich in der Wohnung austoben. Das Schloss hingegen musste genauso bleiben wie zu Vaters, Großvaters und Urgroßvaters Zeiten. Das war Ehrensache.

Eine leichte Unruhe veranlasste ihn, ins Schlafzimmer zu gehen. Pyttan müsste inzwischen zu Hause sein. Sie waren heute Abend bei guten Freunden zu einer Cocktailparty eingeladen, und seine Frau begann immer schon am Nachmittag, sich zurechtzumachen.

Obwohl alles so aussah wie immer, ließ ihn das Gefühl nicht los. Er stellte das Glas auf Pyttans Nachttisch und ging zögernd auf ihren Teil des Kleiderschranks zu. Als er die Tür öffnete, bewegten sich einige Bügel im Windzug. Der Schrank war leer.

Es war kaum zu glauben, dass hier vor kurzem Schüsse gefallen waren, dachte Patrik, als sie am Steg anlegten. Alles wirkte nahezu unwirklich ruhig und still.

Noch bevor er das Boot vertäut hatte, sprang Erica an Land und rannte auf das Haus zu, er lief mit Gösta auf den Fersen hinter ihr her. Sie war so schnell, dass er sie nicht einholte. Als er das Haus erreichte, hielt sie Anna bereits umschlungen. Mårten und Ebba saßen zusammengesunken auf dem Sofa. Neben ihnen standen Mellberg und Paula.

Patrik hatte keine Ahnung, was sie hier verloren hatte, war aber froh, dass er von ihr wenigstens einen vernünftigen Lagebericht erwarten konnte.

»Geht es allen gut?« Er ging auf Paula zu.

»Keine Sorge. Die beiden sind nur ein wenig aufgewühlt, vor allem Ebba. Irgendjemand hat durchs Fenster geschossen, als sie allein in der Küche war. Es deutet nichts darauf hin, dass sich der Schütze noch in der Nähe befindet.«

»Habt ihr Torbjörn gerufen?«

»Das Team ist unterwegs, aber Mellberg hat bereits mit der Spurensicherung begonnen, wenn man so will.«

»Allerdings! Ich habe die Kugeln gefunden.« Mellberg hielt einen Plastikbeutel in die Höhe. »Ich habe sie mühelos herausbekommen, denn sie steckten nicht besonders tief in der Wand. Da sie bereits einiges an Geschwindigkeit verloren hatten, muss der Schütze ein ganzes Stück entfernt gestanden haben.«

Patrik bekam eine richtige Wut im Bauch, aber da es nicht hilfreich gewesen wäre, wenn er Mellberg jetzt eine Szene gemacht hätte, ballte er die Fäuste in den Hosentaschen und atmete ein paar Mal tief durch. Bei passender Gelegenheit würde er mit Mellberg ein ernstes Gespräch über die Regeln führen, die am Tatort einzuhalten waren.

Er wandte sich an Anna, die gerade versuchte, sich aus Ericas Armen zu befreien. »Wo warst du, als es passierte?«

»Im Obergeschoss.« Sie zeigte auf die Treppe. »Ebba war kurz zuvor in die Küche gegangen, um Kaffee zu kochen.«

»Und Sie?«, fragte er Mårten.

»Ich habe im Keller neue Farbe geholt. Ich war gerade vom Festland zurückgekehrt und kurz in den Keller gegangen, als ich den Knall hörte.« Unter der sommerlichen Bräune sah er blass aus.

»Lag kein fremdes Boot am Steg, als Sie ankamen?«, fragte Gösta.

Mårten schüttelte den Kopf. »Nein, nur das von Anna.«

»Und Sie haben auch keine fremde Person hier gesehen?«

»Nein, niemanden.« Ebba starrte mit glasigen Augen vor sich hin.

»Wer tut so etwas?« Mårten sah Patrik ratlos an. »Wer will uns etwas Böses? Hat es mit der Karte zu tun, die ich Ihnen gegeben habe?«

»Das wissen wir leider nicht.«

»Welche Karte?«, fragte Erica.

Patrik ignorierte die Frage, aber Ericas Blick ließ keinen Zweifel daran, dass sie später eine Antwort von ihm verlangen würde.

»Von nun an betritt niemand mehr die Küche. Sie gilt jetzt als Sperrgebiet. Wir müssen natürlich die ganze Insel absuchen. Daher wäre es am besten, wenn Ebba und Mårten irgendwo auf dem Festland unterkommen könnten, bis wir hier fertig sind.«

»Aber ...«, sagte Mårten. »Das wollen wir nicht.«

»Doch, genau so machen wir es«, meldete sich Ebba plötzlich mit Bestimmtheit zu Wort.

»Und wo sollen wir mitten in der Hochsaison ein Zimmer finden?«

»Sie können zu uns kommen. Wir haben ein Gästezimmer«, sagte Erica.

Patrik zuckte zusammen. War sie noch bei Trost? Hatte sie Ebba und Mårten allen Ernstes angeboten, während der laufenden Ermittlungen bei ihnen zu übernachten?

»Geht das denn? Sind Sie sicher?« Ebba sah Erica an.

»Natürlich. Dann kann ich Ihnen auch das Material zeigen, das ich über Ihre Familie gesammelt habe. Ich habe es mir gestern noch einmal angesehen, es ist wirklich interessant.«

»Ich finde aber trotzdem ...«, begann Mårten, doch dann

ließ er die Schultern sinken. »Dann machen wir es so. Du fährst mit, und ich bleibe.«

»Mir wäre am liebsten, wenn niemand hierbleibt«, sagte Patrik.

»Ich bleibe.« Mårten sah Ebba an, die nichts dagegen einzuwenden hatte.

»Okay. Ich schlage vor, dass sich Ebba, Erica und Anna auf den Weg machen, damit wir hier mit der Arbeit anfangen können, während wir auf Torbjörn warten. Gösta, du siehst dir den Weg zum Strand an und überprüfst, ob jemand von dort gekommen sein könnte. Paula, könntest du die unmittelbare Umgebung des Hauses absuchen? Ich selbst mache eine etwas größere Runde um das Haus herum. Wenn wir erst einen Metalldetektor haben, wird es einfacher, aber bis dahin tun wir eben unser Bestes. Falls wir Glück haben, hat der Schütze die Waffe ins Gebüsch geworfen.«

»Und wenn wir Pech haben, liegt sie auf dem Meeresgrund.« Gösta trat dauernd von einem Fuß auf den anderen.

»Durchaus möglich, aber nun wagen wir wenigstens einen Versuch.« Patrik wandte sich an Mårten. »Sie sollten von der Insel verschwinden. Es ist, wie gesagt, keine gute Idee, hierzubleiben. Vor allem nicht allein heute Nacht.«

»Ich kann im Obergeschoss arbeiten und werde Ihnen nicht im Weg sein«, sagte er mit monotoner Stimme.

Patrik betrachtete ihn eine Weile, dann ließ er die Sache auf sich beruhen. Wenn Mårten nicht wollte, konnte Patrik ihn nicht zwingen, die Insel zu verlassen. Er ging zu Erica, die bereits in der Tür stand.

»Wir sehen uns zu Hause.« Er küsste sie auf die Wange.

»Das machen wir. Fahren wir mit deinem Boot zurück, Anna?« Wie ein Hirtenhund trieb sie die kleine Gruppe zusammen, die sie mitnehmen sollte.

Patrik musste unwillkürlich lächeln. Er winkte ihnen zum Abschied. Eine seltsame Truppe von Polizisten. Es hätte an ein Wunder gegrenzt, wenn sie irgendetwas gefunden hätten.

Langsam wurde die Tür geöffnet. John nahm die Lesebrille ab und legte sie auf das Buch.

»Was liest du?« Liv setzte sich auf seine Bettkante.

Er hielt das Buch wieder hoch, damit sie das Cover sehen konnte. »*Race, evolution and behaviour* von Philippe Rushton.«

»Das ist gut. Ich habe es vor ein paar Jahren gelesen.«

Er nahm ihre Hand und lächelte sie an. »Schade, dass der Urlaub bald zu Ende ist.«

»Stimmt, sofern man diese Woche als Urlaub bezeichnen kann. Wie viele Stunden pro Tag haben wir gearbeitet?«

»Das ist wahr.« Er runzelte die Stirn.

»Denkst du schon wieder an den Artikel im *Bohuslänigen*?«

»Du hast recht, alles halb so schlimm. In einer Woche ist die Sache vergessen.«

»Ist es wegen Gimle?«

John sah sie ernst an. Eigentlich wusste sie, dass sie nicht darüber sprechen durften. Nur ein ganz enger Kreis war über das Projekt informiert, und er bereute zutiefst, dass er den Zettel mit seinen Notizen nicht sofort verbrannt hatte. Ein unverzeihlicher Fehler, auch wenn John sich nicht ganz sicher war, ob diese Schriftstellerin den Zettel eingesteckt hatte. Möglicherweise war er auch weggeweht worden oder lag irgendwo im Haus, aber im Grunde wusste er, dass die Erklärung nicht ganz so einfach war. Der Zettel hatte auf dem Papierstapel gelegen, als Erica Falck kam, und als er eine Weile später danach suchte, war er nicht mehr da gewesen.

»Es wird klappen.« Liv streichelte seine Wange. »Ich glaube daran. Wir haben viel erreicht, aber wenn wir keine schärferen Maßnahmen ergreifen, besteht die Gefahr, dass wir nicht weiterkommen. Wir brauchen einen größeren Handlungsspielraum. Das ist für alle das Beste.«

»Ich liebe dich.« Er brauchte nicht zu lügen. Niemand verstand ihn so wie Liv. Sie hatten Ideen und Erlebnisse, Erfolge und Misserfolge miteinander geteilt, und sie war die Einzige, der er sich anvertraut hatte und die wusste, was seiner Familie zugestoßen war. Es kannten zwar viele seine Geschichte, über die jahrelang getratscht worden war, aber außer Liv hatte er noch nie jemandem erzählt, was für Gedanken er in dieser Zeit mit sich herumgeschleppt hatte.

»Kann ich heute Nacht hier schlafen?«, fragte Liv plötzlich.

Sie sah ihn unsicher an, und John war hin- und hergerissen. Tief im Innern wollte er nichts lieber, als ihren warmen Körper ganz nah zu spüren und mit ihr im Arm und ihrem Duft in der Nase einzuschlafen. Andererseits wusste er, dass das nicht ging. Die Nähe löste so viele Erwartungen aus und schwemmte alle unerfüllten Versprechen und alle Enttäuschungen an die Oberfläche.

»Wir sollten es vielleicht noch mal versuchen?« Sie streichelte seinen Handrücken. »Es ist jetzt eine Weile her und hat ... sich vielleicht verändert.«

Er zog seine Hand zurück und drehte sich hastig weg. Die Erinnerung an sein Unvermögen erstickte ihn fast. Er hatte jetzt nicht die Kraft, das Ganze noch einmal durchzukauen. Arztbesuche, kleine blaue Pillen, merkwürdige Pumpen, Livs Blick, wenn er wieder nicht konnte. Nein, es ging nicht.

»Bitte geh.« Er hielt sich das Buch wie einen Schild vors Gesicht.

Blind starrte er die Seiten an, während er sie durch den Raum gehen und langsam die Tür schließen hörte. Seine Lesebrille lag noch auf dem Nachttisch.

Als Patrik nach Hause kam, war es schon spät. Erica saß allein im Wohnzimmer vor dem Fernseher. Nachdem die Kinder eingeschlafen waren, hatte sie es nicht mehr geschafft, aufzuräumen, und Patrik musste sich seinen Weg durch die Spielsachen bahnen, die auf dem Fußboden verstreut lagen.

»Schläft Ebba?« Er setzte sich neben sie.

»Ja, sie ist schon gegen acht ins Bett gegangen. Sie wirkte vollkommen erschöpft.«

»Kein Wunder.« Patrik legte die Füße auf den Wohnzimmertisch. »Was läuft da?«

»Letterman.«
»Wer ist heute zu Gast?«
»Megan Fox.«
»Oh …« Patrik sank tiefer in die Sofakissen.
»Willst du dich etwa mit Phantasien über Megan Fox in Stimmung bringen? Deine arme Ehefrau muss das dann später ausbaden.«
»Ganz genau.« Er schmiegte sein Gesicht an ihren Hals.
Erica schob ihn weg. »Wie ist es auf Valö gelaufen?«
Patrik seufzte. »Schlecht. Wir haben einen Großteil der Insel durchsucht, bevor es dunkel wurde, und bekamen eine halbe Stunde, nachdem ihr weg wart, Verstärkung von Torbjörn und seinen Männern, aber wir haben nichts gefunden.«
»Nichts?« Erica griff nach der Fernbedienung und stellte den Ton leiser.
»Nein, der Schütze hat keinerlei Spuren hinterlassen. Wahrscheinlich hat er oder sie die Waffe ins Wasser geworfen, aber vielleicht können wir anhand der Geschosse etwas herausfinden. Torbjörn hat sie zur Analyse geschickt.«
»Von was für einer Karte hat Mårten gesprochen?«
Patrik antwortete nicht sofort. Es war eine Gratwanderung. Er durfte seiner Frau nicht zu viel von den laufenden Ermittlungsarbeiten erzählen, aber andererseits hatte Ericas Recherchegeschick ihnen schon oft geholfen. Er fasste einen Entschluss.
»Ebba hat ihr Leben lang zum Geburtstag eine Karte von jemandem bekommen, der sich ›G‹ nennt. Der Inhalt war nie aggressiv. Bis jetzt. Mårten kam heute in die Dienststelle und zeigte uns eine, die mit der Post gekommen ist. Sie hatte eine vollkommen andere Botschaft als die früheren Karten.«
»Ihr vermutet also, dass die Person, die Ebba die Karten schickt, auch hinter den Vorfällen auf Valö steckt?«
»Im Moment vermuten wir gar nichts, aber wir müssen uns das zweifellos genauer ansehen. Ich werde morgen mit Paula zu Ebbas Adoptiveltern nach Göteborg fahren. Du weißt ja, Gösta kann nicht so gut mit Leuten umgehen, und Paula hat

mich bekniet, sie ein bisschen mitarbeiten zu lassen. Anscheinend fällt ihr zu Hause die Decke auf den Kopf.«

»Pass bloß auf, dass sie sich nicht übernimmt. Man überschätzt leicht die eigenen Kräfte.«

»Was bist du nur für eine Glucke«, lächelte Patrik. »Ich habe schon zwei Schwangerschaften miterlebt und bin also auf diesem Gebiet nicht ganz unerfahren.«

»Da muss ich etwas klarstellen. Nicht du hast zwei Schwangerschaften erlebt. Soweit ich mich erinnern kann, hattest du keine Symphysenlockerung, keine geschwollenen Knöchel, kein Kribbeln in den Beinen und kein Sodbrennen und hast auch keine zwanzigstündige Entbindung und keinen Kaiserschnitt hinter dir.«

»Okay, ich hab's kapiert.« Patrik hob abwehrend die Hände. »Ich verspreche trotzdem, auf Paula achtzugeben. Mellberg würde mir nie verzeihen, wenn ihr etwas zustieße. Man kann über ihn sagen, was man will, aber für seine Familie würde er durchs Feuer gehen.«

Als der Abspann von Letterman kam, schaltete Erica um. »Was macht Mårten eigentlich da draußen? Warum wollte er unbedingt dableiben?«

»Keine Ahnung. Ich habe ihn äußerst ungern dort zurückgelassen. Ich habe so das Gefühl, dass er gerade innerlich zugrunde geht. Er macht einen ruhigen Eindruck und nimmt alles seltsam gleichmütig hin, aber er erinnert mich an diese Zeichnung von der Ente, die entspannt über die Wasseroberfläche gleitet, während sich ihre Füße unter Wasser in einem Affenzahn bewegen. Verstehst du mich, oder rede ich wirres Zeug?«

»Nein, ich weiß genau, was du meinst.«

Erica zappte weiter. Schließlich entschied sie sich für »Fang des Lebens – Der gefährlichste Job Alaskas« auf dem Discovery Channel und sah sich teilnahmslos an, wie Männer in Gummianzügen bei Wahnsinnswetter Körbe voll spinnenähnlicher Krabben aus dem Wasser zogen.

»Nehmt ihr Ebba morgen mit?«

»Ich halte es für klüger, wenn wir uns allein mit ihren Eltern unterhalten. Paula kommt morgen früh um neun hierher, wir fahren also mit dem Volvo nach Göteborg.«

»Gut, dann kann ich Ebba das Material zeigen, das ich gesammelt habe.«

»Das habe ich ja auch noch nicht gesehen. Ist etwas davon für unsere Ermittlungen von Bedeutung?«

Erica überlegte eine Weile, dann schüttelte sie den Kopf. »Nein. Alles, was für euch relevant sein könnte, habe ich dir schon erzählt. Die Dinge, die ich über Ebbas Familie herausgefunden habe, liegen länger zurück und sind wahrscheinlich vor allem für sie interessant.«

»Du kannst mir das Material trotzdem zeigen, aber nicht heute Abend. Jetzt will ich es mir nur noch gemütlich machen.« Er rückte näher an Erica heran, nahm sie in den Arm und legte den Kopf an ihre Schulter. »Mein Gott, haben diese Kerle einen harten Job. Das sieht ja lebensgefährlich aus. Zum Glück bin ich kein Krabbenfischer.«

»Stimmt, Liebster, dafür bin ich wirklich jeden Tag dankbar. Zum Glück bist du kein Krabbenfischer.« Lachend küsste sie ihn auf die Stirn.

Seit dem Unfall spürte Leon manchmal ein Singen in den Gelenken. Eine Art schmerzende Vorahnung. Im Moment nahm er das Ziehen auch wahr, ähnlich wie die drückende Hitze vor einem kräftigen Gewitter.

Ia war es gewohnt, seine Stimmungen zu erkennen. Normalerweise keifte sie herum, wenn er in Sorgen und Grübeleien versank, aber diesmal nicht. Stattdessen gingen sie sich aus dem Weg. Bewegten sich durchs Haus, ohne sich zu begegnen.

In gewisser Weise stachelte ihn das an. Sein größter Feind war immer der Überdruss gewesen. Als er klein war, hatte sein Vater über Leons Unfähigkeit gelacht, stillzusitzen. Er suchte ständig die Herausforderung und testete Grenzen aus. Seine Mutter hatte sich über die vielen Schürfwunden und Knochenbrüche aufgeregt, aber sein Vater war stolz auf ihn gewesen.

Nach jenem Osterfest hatte er seinen Vater nicht wiedergesehen, der ins Ausland gegangen war, ohne sich zu verabschieden. Die Jahre vergingen, und er war vollauf damit beschäftigt, das Leben zu genießen. Sein Vater war so großzügig gewesen, ihm Geld zu überweisen, sobald das Konto leer war. Nie machte er ihm Vorwürfe oder zeigte ihm Grenzen auf, sondern ließ Leon vollkommene Freiheit.

Am Ende flog Leon zu nah an die Sonne heran, genau wie er es immer vorhergesehen hatte. Seine Eltern waren inzwischen gestorben. Sie mussten nicht mehr erleben, wie der Unfall auf der kurvigen Bergstraße ihm seine Abenteuerlust nahm und ihn zum Krüppel machte. Seinem Vater blieb es erspart, ihn in Fesseln zu sehen.

Ia und er hatten gemeinsam eine weite Reise zurückgelegt, aber nun näherten sie sich dem entscheidenden Augenblick. Es fehlte nur noch ein kleiner Funken, der alles in Brand steckte. Er hatte das nie jemand anderem überlassen wollen. Es war seine Aufgabe.

Leon lauschte. Es war vollkommen still im Haus. Ia war wahrscheinlich schon ins Bett gegangen. Er nahm sein Handy vom Tisch und legte es sich auf den Schoß. Er rollte auf die Terrasse hinaus und rief sie, ohne zu zögern, der Reihe nach an.

Dann legte er die Hände in den Schoß und ließ den Blick über Fjällbacka schweifen. Abends im Dunkeln wurde der Ort von unzähligen Lampen beleuchtet, wie eine riesige glitzernde Taverne. Er blickte übers Wasser nach Valö. Im alten Ferienheim brannte kein Licht.

Friedhof Lovö 1933

Seit Carins Tod waren zwei Jahre vergangen, aber Hermann hatte Dagmar noch immer nicht abgeholt. Treu wie ein Hund hatte sie gewartet, während Tage zu Wochen, Monaten und Jahren wurden.

Sie las immer noch sorgfältig die Zeitungen. Hermann war in Deutschland Minister geworden. Auf den Fotos sah er so schick in seiner Uniform aus. Ein mächtiger Mann, der wichtig für diesen Hitler war. Solange er in Deutschland Karriere machte, konnte Dagmar verstehen, dass er sie warten ließ, aber die Zeitungen berichteten, er sei wieder in Schweden. Sie beschloss, ihm das Leben etwas zu erleichtern. Er war schließlich ein vielbeschäftigter Mann, und wenn er nicht zu ihr kommen konnte, musste sie eben zu ihm kommen. Als Gattin eines hohen Politikers würde sie sich anpassen und wahrscheinlich nach Deutschland ziehen müssen. Sie hatte inzwischen eingesehen, dass ihre Tochter sie nicht begleiten konnte. Es ging doch nicht an, dass ein Mann in Hermanns Position eine uneheliche Tochter hatte. Laura war inzwischen dreizehn und würde es schon allein schaffen.

Da in den Zeitungen nicht stand, wo Hermann wohnte, wusste Dagmar nicht, wie sie ihn finden sollte. Sie fuhr zu der alten Adresse in der Odengata, aber dort machte ihr ein vollkommen Unbekannter die Tür auf und sagte, das Ehepaar Göring wohne schon seit Jahren nicht mehr dort. Unschlüssig blieb sie vor dem Hauseingang stehen, bis ihr der Friedhof einfiel, auf dem Carin begraben war. Vielleicht war Hermann bei seiner toten Frau. Sie hatte gelesen, dass der Friedhof Lovö hieß. Er lag irgendwo außerhalb von Stockholm. Nach einigem Suchen fand sie einen Bus, der sie fast bis ans Ziel brachte.

Nun hockte sie vor dem Grabstein und starrte Carins Namen und das eingravierte Hakenkreuz darunter an. Goldgelbes Herbstlaub wirbelte um sie herum, aber sie spürte den kalten Oktoberwind kaum. Sie hatte geglaubt, ihr Hass würde sich nach Carins Tod legen, aber als sie dort in ihrem abgetragenen Mantel saß, kamen ihr all die entbehrungsreichen Jahre in den Sinn, und der alte Zorn stieg wieder in ihr auf.

Hastig stand sie auf und trat ein paar Schritte zurück. Dann nahm sie Anlauf und warf sich mit ihrem ganzen Gewicht gegen den Grabstein. Ein heftiger Schmerz schoss von der Schulter bis in die Fingerspitzen, aber der Stein rührte sich nicht von der Stelle. Frustriert ließ sie ihre Wut an den Blumen aus, die das Grab schmückten, und riss die Pflanzen mit den Wurzeln aus. Schließlich trat sie mit voller Wucht gegen das grüne Hakenkreuz aus Eisen, das neben dem Stein stand. Es gab nach und fiel ins Gras. Sie schleifte es so weit wie möglich vom Grabstein weg. Zufrieden betrachtete sie die Verwüstung, als sie eine Hand auf der Schulter spürte.

»Was um alles in der Welt machen Sie denn da?« Ein großer kräftiger Mann stand neben ihr.

Sie lächelte glücklich. »Ich bin die zukünftige Frau Göring. Ich weiß, dass Carin in Hermanns Augen kein so schönes Grab verdient hat, aber nun habe ich alles in Ordnung gebracht und muss zu ihm.«

Dagmar lächelte weiter, aber der Mann sah sie ärgerlich an. Kopfschüttelnd brummte er vor sich hin, packte ihren Arm und schleifte sie zur Kirche.

Als eine Stunde später die Polizei eintraf, lächelte Dagmar immer noch.

Manchmal erschien ihr das Reihenhaus im Falkeliden viel zu klein. Dan wollte übers Wochenende mit den Kindern zu seiner Schwester fahren, und während der hysterischen Packerei am Vormittag hatte Anna das Gefühl gehabt, überall im Weg zu stehen. Außerdem hatte sie mehrmals zur Tankstelle rennen müssen, um Süßigkeiten, Getränke, Obst und Comics für die Fahrt zu kaufen.

»Habt ihr jetzt alles?« Anna betrachtete den Berg von Reisetaschen und Gegenständen im Flur.

Dan lief immer wieder zum Auto, um das Gepäck zu verstauen. Sie sah jetzt schon, dass nicht alles hineinpassen würde, aber das war sein Problem. Er hatte zu den Kindern gesagt, sie sollten ihre Sachen selbst packen und dürften auch allein entscheiden, was sie mitnehmen wollten.

»Willst du wirklich nicht mitkommen? Nach allem, was du gestern erlebt hast, lasse ich dich hier nicht gern allein.«

»Danke, aber mach dir keine Sorgen. Ich finde es sogar ganz schön, ein paar Tage allein zu sein.« Sie warf Dan einen flehentlichen Blick zu, damit er nicht gekränkt reagierte.

Er nickte und legte die Arme um sie.

»Ich kann dich gut verstehen, Liebling. Du brauchst mir nichts zu erklären. Mach dir ein paar schöne Tage und denk nur an dich selbst. Iss etwas Schönes und geh in Ruhe schwimmen oder shoppen. Tu einfach, worauf du Lust hast. Hauptsache, das Haus steht noch, wenn ich zurückkomme.« Er nahm sie ein letztes Mal in den Arm, ließ sie los und packte weiter.

Anna schnürte es die Kehle zu. Beinahe hätte sie gesagt, sie habe ihre Meinung geändert, doch dann verkniff sie es sich. Sie brauchte Zeit zum Nachdenken, und dabei ging es nicht nur um den Schreck von gestern. Obwohl das Leben vor ihr lag, konnte sie es nicht lassen, ständig zurückzublicken. Sie musste sich endlich entscheiden. Wie konnte sie die Vergangenheit abschütteln und wieder nach vorne schauen?

»Warum kommst du nicht mit, Mama?« Emma zupfte sie am Ärmel.

Anna hockte sich neben sie. Plötzlich wurde ihr bewusst, wie sehr ihre Tochter gewachsen war. Sie war im Frühjahr und Sommer in die Höhe geschossen und ein großes Mädchen geworden.

»Ich habe dir ja erzählt, dass ich hier eine Menge zu tun habe.«

»Aber wir wollen doch nach Liseberg!« Emma sah Anna an, als ob ihre Mutter nicht ganz richtig im Kopf wäre, und in der Vorstellungswelt einer Achtjährigen war man das wohl auch nicht, wenn man sich den Besuch eines Vergnügungsparks entgehen ließ.

»Nächstes Mal komme ich mit, aber du weißt ja, wie feige ich bin. Ich würde mich sowieso nirgendwo reintrauen. Du bist viel mutiger als ich.«

»Ja, das stimmt!« Emma streckte sich voller Stolz. »Ich werde mit einer Achterbahn fahren, in die sich nicht mal Papa traut.«

Es war vollkommen unerheblich, dass Emma und Adrian Dan schon oft Papa genannt hatten. Sie war jedes Mal gerührt. Noch ein Grund, warum sie diese Tage für sich allein brauchte. Sie musste einen Weg finden, wieder ganz die Alte zu werden. Der Familie zuliebe.

Sie küsste Emma auf die Wange. »Wir sehen uns Sonntagabend.«

Emma rannte zum Auto, und Anna lehnte sich mit verschränkten Armen an den Türrahmen und genoss das Schauspiel in der Einfahrt. Dan war ins Schwitzen gekommen und schien allmählich die Aussichtslosigkeit des Unternehmens zu begreifen.

»Meine Güte, was die alles eingepackt haben!« Er wischte sich den Schweiß von der Stirn.

Obwohl der Kofferraum bereits proppenvoll war, lag noch haufenweise Krempel im Flur.

»Sag nichts!« Er drohte Anna mit dem Zeigefinger.

Sie breitete die Arme aus. »Ich sage keinen Ton.«

»Adrian! Muss Dino wirklich mit?« Dan hielt Adrians Lieblingskuscheltier in die Höhe, einen etwa ein Meter hohen Dinosaurier, den er von Erica und Patrik zu Weihnachten bekommen hatte.

»Wenn Dino nicht mitdarf, bleibe ich auch zu Hause«, brüllte Adrian und riss den Dinosaurier an sich.

» Emma?«, rief Dan nun. »Musst du alle Barbiepuppen mitnehmen? Such dir doch einfach die zwei schönsten aus.«

Emma fing sofort an zu weinen. Anna schüttelte den Kopf. Sie warf ihrem Lebensgefährten eine Kusshand zu.

»In diesen Kampf mische ich mich nicht ein, denn hier kann es nur einen Sieger geben. Viel Spaß.«

Sie ging hinauf ins Schlafzimmer, legte sich auf die Tagesdecke und schaltete mit der Fernbedienung den kleinen Fernseher ein. Nach reiflicher Überlegung entschied sie sich für Oprah.

Verärgert klopfte Sebastian mit dem Kugelschreiber auf den Block. Obwohl alles nach Plan lief, wollte sich seine übliche gute Laune nicht recht einstellen.

Er liebte das Gefühl, Percy und Josef zu dominieren, und ihre gemeinsamen Geschäfte entwickelten sich in dieser Hinsicht recht lukrativ. Manchmal wurde er aus anderen Menschen jedoch nicht schlau. Nie im Leben hätte er sich mit jemandem wie ihm selbst eingelassen, aber die beiden waren – jeder auf seine Weise – verzweifelt: Percy hatte Angst, dass ihm das väterliche Erbe weggenommen wurde, Josef bemühte sich um

Wiedergutmachung und um Anerkennung seiner Eltern. Percys Gründe konnte er besser verstehen als Josefs. Percy war dabei, etwas Wichtiges zu verlieren: Geld und Status. Josefs Motive dagegen waren Sebastian ein Rätsel. Was hatte Josefs Projekt schon für eine Bedeutung? Außerdem war es eine absolut wahnsinnige Idee, ein Museum über die Judenvernichtung zu eröffnen. Es würde sich niemals tragen, und wenn Josef nicht so ein Idiot wäre, hätte er das auch begriffen.

Sebastian stand auf und stellte sich ans Fenster. Der ganze Hafen war voller Boote unter norwegischer Flagge, und auf der Straße hörte man überall Norwegisch. Er hatte einige schöne Immobiliengeschäfte mit Norwegern gemacht. Sie waren durch das Öl nicht nur reich, sondern auch bereit, viel Geld auszugeben, und hatten für ihre Häuser mit Meerblick an der Westküste vollkommen überhöhte Preise gezahlt.

Langsam blickte er nach Valö hinüber. Warum musste Leon unbedingt zurückkommen und alles wieder aufwühlen? Er dachte kurz über Leon und John nach. Eigentlich hatte er auch über sie Macht, aber er war immer so klug gewesen, sie nicht auszunutzen. Stattdessen hatte er wie ein Raubtier die schwächeren Elemente erkannt und isoliert. Nun wollte Leon die Herde wieder zusammentreiben, und Sebastian hatte das Gefühl, dass er dabei nicht gut abschneiden würde. Doch der Stein war bereits ins Rollen gekommen, und nun war es nicht mehr zu ändern. Es war nicht Sebastians Art, sich über Dinge den Kopf zu zerbrechen, die er nicht beeinflussen konnte.

Erica sah aus dem Fenster, bis sie Patriks Wagen nicht mehr sehen konnte. Dann legte sie los. Eilig zog sie die Kinder an und setzte sie ins Auto. Sie hinterließ Ebba, die noch schlief, einen Zettel. Das Frühstück sei im Kühlschrank, und sie habe etwas zu erledigen. Da sie Gösta kurz nach dem Aufwachen eine SMS geschickt hatte, wusste sie, dass er sie erwartete.

»Wo fahren wir hin?« Maja saß mit ihrer Puppe im Arm auf der Rückbank.

»Zu Onkel Gösta.« Im selben Moment wurde Erica klar,

dass ihre Tochter gnadenlos alles weitererzählen würde. Nun, früher oder später erführe Patrik ohnehin von ihrer und Göstas Abmachung. Mehr Sorgen machte ihr, dass sie ihm ihren Verdacht, es könnte eingebrochen worden sein, verschwiegen hatte.

Als sie sich Anrås näherten, beschloss sie, sich vorerst keine Gedanken mehr über die Person zu machen, die ihr Arbeitszimmer durchwühlt hatte. Eigentlich wusste sie ja bereits, wer es gewesen war. Oder besser gesagt: Es gab nur zwei Möglichkeiten. Entweder war es jemand gewesen, der glaubte, sie habe etwas Heikles über die Ereignisse im Ferienheim herausgefunden, oder es hatte etwas mit ihrem Besuch bei John Holm und dem entwendeten Zettel zu tun. In Anbetracht des Zeitpunkts hielt sie Letzteres für wahrscheinlicher.

»Hast du die ganze Rasselbande mitgebracht?« Gösta öffnete die Tür. Das Glitzern in seinen Augen machte den ruppigen Ton wieder wett.

»Falls du irgendwelche Erbstücke besitzt, um die du dir Sorgen machst, solltest du sie jetzt in Sicherheit bringen.« Erica zog den Kindern die Schuhe aus.

Die Zwillinge klammerten sich verschüchtert an ihre Beine, aber Maja streckte strahlend die Arme aus. »Onkel Gösta!«

Er erstarrte einen Augenblick und schien nicht genau zu wissen, wie er auf die überschwängliche Sympathiebekundung reagieren sollte. Dann wurden seine Züge sanfter, und er nahm sie auf den Arm.

»Du bist aber ein süßes kleines Mädchen.« Er trug sie ins Haus und sagte, ohne sich umzudrehen: »Ich habe den Tisch im Garten gedeckt.«

Mit den Zwillingen auf den Hüften folgte ihm Erica. Neugierig betrachtete sie das Innere von Göstas Häuschen, das praktischerweise direkt neben dem Golfplatz lag. Sie wusste nicht genau, was sie erwartet hatte, aber dies hier war keine trostlose Junggesellenbude, sondern ein hübsches und gemütliches Zuhause mit gesunden Topfpflanzen vor den Fenstern. Auch der Garten hinter dem Haus wirkte erstaunlich gepflegt. Er war allerdings auch so winzig, dass er keinen großen Aufwand erforderte.

»Dürfen sie Sirup trinken und Zimtschnecken essen, oder seid ihr so Eltern, die ihren Kindern nur gesundes Zeug aus dem Bioladen zu essen geben?« Gösta setzte Maja auf einen Stuhl.

Erica konnte sich ein Grinsen nicht verkneifen. Sie fragte sich, ob er in seiner Freizeit heimlich Erziehungsratgeber las.

»Zimtschnecken und Sirup werden dankbar angenommen.« Sie setzte die Zwillinge auf den Boden. Sofort begannen die beiden, sich langsam von ihr zu entfernen.

Maja erblickte einige Himbeersträucher, rutschte juchzend vom Stuhl und rannte darauf zu.

»Darf sie Himbeeren pflücken?« Erica kannte ihre Tochter gut und wusste, dass in Kürze keine einzige reife Beere mehr am Strauch hängen würde.

»Lass sie essen.« Gösta schenkte sich und Erica Kaffee ein. »Sie erfreuen ohnehin nur die Vögel. Maj-Britt hat immer Marmelade und Sirup gekocht, aber das liegt mir nicht. Ebba ...« Er kniff die Lippen zusammen und rührte ein Stück Würfelzucker in seinen Kaffee.

»Ja? Was ist mit Ebba?« Sie dachte an Ebbas Gesichtsausdruck während der Rückfahrt von Valö. Erleichterung und Sorge hatten sich abgewechselt, und Ebba schien zwischen der Sehnsucht nach der Insel und dem Wunsch, von dort wegzukommen, hin- und hergerissen gewesen zu sein.

»Ebba hat damals auch alle Himbeeren aufgegessen«, sagte Gösta widerstrebend. »In dem Sommer, als wir sie bei uns hatten, gab es weder Marmelade noch Sirup. Maj-Britt war trotzdem froh. Es war so schön, mit anzusehen, wie Ebba da in ihrer Windel stand und sich mit Himbeeren vollstopfte, bis ihr der Saft über das Bäuchlein tropfte.«

»Ebba hat bei euch gewohnt?«

»Ja, aber nur einen Sommer. Danach ist sie zu der Familie in Göteborg gezogen.«

Erica schwieg eine Weile, um zu begreifen, was Gösta da

gesagt hatte. Seltsam. Während ihrer Recherchen hatte sie keinen Hinweis darauf entdeckt, dass Ebba bei Gösta und Maj-Britt gewohnt hatte. Auf einmal war ihr klar, warum Gösta so engagiert an dem Fall arbeitete.

»Habt ihr nicht überlegt, ob ihr sie behalten solltet?«, fragte sie schließlich.

Gösta starrte in seine Tasse. Er rührte immer noch darin herum. Einen Moment lang bereute sie, dass sie die Frage gestellt hatte. Obwohl er sie nicht ansah, meinte sie zu erahnen, dass er feuchte Augen bekommen hatte. Dann räusperte er sich und schluckte.

»Und ob. Wir haben viel darüber nachgedacht und geredet, aber Maj-Britt war der Meinung, dass wir ihr nicht reichen würden. Und ich ließ mich überzeugen. Wir hatten wahrscheinlich das Gefühl, ihr nicht genug geben zu können.«

»Hattet ihr Kontakt zu ihr, nachdem sie nach Göteborg gezogen war?«

Gösta schien zu zögern. Dann schüttelte er den Kopf. »Nein, wir dachten, es wäre leichter so. An dem Tag, als wir uns von ihr verabschiedeten …« Seine Stimme überschlug sich, und er brachte den Satz nicht zu Ende, aber Erica verstand ihn auch so.

»Was ist es für ein Gefühl, sie jetzt wiederzusehen?«

»Etwas merkwürdig ist es schon. Sie ist eine erwachsene Frau, die ich nicht kenne. Trotzdem sehe ich in gewisser Weise das kleine Mädchen in ihr, das am Himbeerstrauch stand und lächelte, sobald man in ihre Richtung sah.«

»Nun lächelt sie nicht mehr so oft.«

»Das ist wahr.« Er runzelte die Stirn. »Weißt du, was mit ihrem Sohn passiert ist?«

»Nein, ich wollte nicht danach fragen, aber Patrik und Paula sind auf dem Weg nach Göteborg, um mit Ebbas Adoptiveltern zu sprechen. Da werden sie sicherlich mehr erfahren.«

»Ich mag ihren Mann nicht.« Gösta nahm sich eine Zimtschnecke.

»Mårten? Ich glaube, er ist ganz in Ordnung. Die Beziehung

der beiden scheint allerdings etwas problematisch zu sein. Sie müssen schließlich mit dem Verlust eines Kindes fertig werden, und ich sehe bei meiner Schwester, wie die Beziehung davon beeinflusst werden kann. Trauer führt die Menschen nicht unbedingt zusammen.«

»Da hast du recht«, nickte Gösta. Erica begriff, dass er genau wusste, wovon sie sprach. Er und Maj-Britt hatten ihr erstes und einziges Kind einige Tage nach der Geburt verloren. Und dann Ebba.

»Guck mal, Onkel Gösta! Hier gibt es ganz viele Himbeeren!«, rief Maja aus dem Gebüsch.

»Iss du nur«, antwortete er. Nun strahlten seine Augen wieder.

»Vielleicht könntest du bei Gelegenheit mal als Babysitter einspringen?«, fragte Erica halb im Scherz und halb im Ernst.

»Drei sind wahrscheinlich zu viel für mich, aber um das Mädchen kann ich mich auf jeden Fall kümmern, falls ihr mal Unterstützung braucht.«

»Das merke ich mir.« Erica beschloss, Gösta bald Gelegenheit zu verschaffen, auf Maja aufzupassen. Ihre Tochter war zwar keineswegs schüchtern, aber Patriks griesgrämiger Kollege hatte einen besonderen Draht zu ihr, und es war deutlich zu sehen, dass Maja seiner verwundeten Seele guttat.

»Was hältst du von dem gestrigen Vorfall?«, fragte sie.

Gösta schüttelte den Kopf. »Ich werde daraus nicht schlau. 1974 verschwindet die Familie, wahrscheinlich sind die Leute ermordet worden. Dann passiert all die Jahre nichts, bis Ebba auf die Insel zurückkehrt, und plötzlich ist die Hölle los. Warum?«

»Es kann doch nicht daran liegen, dass sie damals etwas beobachtet hat. Ebba war viel zu klein, um sich an irgendetwas erinnern zu können.«

»Ich glaube eher, dass jemand Ebba und Mårten davon abhalten wollte, das Blut zu finden, aber das passt nicht zu den gestrigen Schüssen. Da war das Kind doch bereits in den Brunnen gefallen.«

»Die Karte, von der Mårten gesprochen hat, deutet darauf hin, dass ihr jemand etwas antun wollte. Und da diese Karten seit 1974 kommen, könnte man daraus folgern, dass alles, was Ebba in der vergangenen Woche zugestoßen ist, mit dem Verschwinden zusammenhängt. Auch wenn der Inhalt der Karten erst jetzt bedrohlich wirkt.«

»Tja, ich …«

»Maja! Du sollst Noel nicht schubsen!« Erica sprang auf und rannte zu den Kindern, die sich vor dem Himbeerstrauch zankten.

»Aber Noel hat mir eine Himbeere weggenommen. Er hat sie … einfach aufgegessen«, heulte Maja und versetzte Noel einen Tritt.

Erica fasste ihre Tochter am Arm und sah sie streng an. »Hör jetzt auf! Du darfst deinen kleinen Bruder nicht treten. Außerdem sind noch massenhaft Himbeeren da.« Sie zeigte auf den Strauch, der sich unter den reifen roten Beeren bog.

»Aber ich wollte die haben!« Maja war deutlich anzusehen, wie ungerecht sie sich behandelt fühlte. Als Erica sie losließ, um Noel auf den Arm zu nehmen und zu trösten, lief Maja weg.

»Onkel Gösta! Noel hat mir meine Himbeere weggenommen«, schluchzte sie.

Er musterte die verschmierte kleine Person und setzte sie sich lächelnd auf den Schoß, wo sie sich, klein und jämmerlich, zusammenkauerte.

»So, meine Süße.« Gösta strich ihr über den Kopf, als hätte er nie etwas anderes getan, als verzweifelte Dreijährige zu trösten. »Weißt du, diese Himbeere, die du unbedingt haben wolltest, war gar nicht die beste.«

»Nein?« Maja hörte abrupt auf zu weinen und sah Gösta an.

»Ich weiß genau, wo man die besten Himbeeren findet, aber es muss unser Geheimnis bleiben. Du darfst es nicht deinen kleinen Brüdern und noch nicht einmal deiner Mama erzählen.«

»Versprochen.«

»Ich vertraue dir.« Gösta beugte sich hinunter und flüsterte ihr etwas ins Ohr.

Maja hörte aufmerksam zu, rutschte von seinem Schoß und lief zum Strauch zurück. Da Noel sich inzwischen beruhigt hatte, setzte sich Erica wieder an den Tisch.

»Was hast du ihr erzählt? Wo hängen die leckersten Himbeeren?«

»Ich könnte es dir verraten, aber dann müsste ich dich anschließend töten.« Gösta grinste.

Erica drehte sich um und betrachtete den Strauch. Maja stand auf den Zehenspitzen und streckte die Hand nach den Himbeeren aus, die die Zwillinge nicht erreichen konnten.

»Gar nicht so dumm«, lachte sie. »Wo waren wir stehengeblieben? Ach ja, der Anschlag gestern auf Ebba. Wir müssen irgendwie weiterkommen. Hast du schon rausgefunden, wo die Sachen abgeblieben sind, die der Familie gehörten? Es wäre unheimlich viel wert, wenn wir sie uns ansehen könnten. Meinst du, sie sind weggeworfen worden? Hat denn damals niemand dort saubergemacht? Haben sie etwa selbst geputzt und sich um den Garten gekümmert?«

Plötzlich setzte sich Gösta kerzengerade auf. »Meine Güte, bin ich blöd. Manchmal glaube ich, jetzt werde ich wirklich senil.«

»Was ist denn?«

»Ich hätte früher darauf kommen müssen ... Aber er gehörte gewissermaßen zum Inventar, das bedeutet allerdings, ich hätte erst recht an ihn denken müssen.«

Erica verdrehte die Augen. »Von wem sprichst du?«

»Von Schrott-Olle.«

»Schrott-Olle? Meinst du den alten Mann mit dem Schrottplatz in Bräcke? Was hat der mit Valö zu tun?«

»Er ist dort draußen ein und aus gegangen und hat bei allen möglichen Dingen geholfen.«

»Und du denkst, Schrott-Olle könnte die Sachen mitgenommen haben?«

Gösta breitete die Arme aus. »Das könnte zumindest eine

Erklärung sein. Der Kerl sammelt alles, und falls niemand Anspruch auf den Kram erhoben hat, würde es mich nicht wundern, wenn er so viel wie möglich weggeschleppt hätte.«

»Fragt sich nur, ob er den Krempel noch hat.«

»Du meinst, Schrott-Olle könnte einen gründlichen Frühjahrsputz gemacht und die Sachen aussortiert haben?«

Erica lachte. »Nein. Wenn er sie damals mitgenommen hat, können wir sicher sein, dass sie noch da sind. Vielleicht sollten wir sofort hinfahren und ihn fragen.« Sie war bereits aufgesprungen, aber Gösta gab ihr zu verstehen, dass sie sich wieder setzen sollte.

»Ganz ruhig. Falls die Sachen auf dem Schrottplatz sind, liegen sie seit über dreißig Jahren dort und liegen auch morgen noch da. Das ist kein Ort für Kinder. Ich rufe ihn nachher an, und wenn er den Kram noch hat, fahren wir hin, sobald du einen Babysitter hast.«

Erica sah ein, dass er recht hatte, kam aber gegen ihre Rastlosigkeit nicht an.

»Wie geht es ihr?«, fragte Gösta. Es dauerte einen Moment, bis Erica begriff, wen er meinte.

»Ebba? Sie schien vollkommen am Ende zu sein. Trotzdem hatte ich das Gefühl, dass sie froh war, ein Weilchen von der Insel runterzukommen.«

»Und weg von diesem Mårten.«

»Ich glaube, du schätzt ihn falsch ein, aber es stimmt schon: Die beiden sind da draußen Tag und Nacht zusammen, sie müssen sich ja auf die Nerven gehen. Sie hat angefangen, sich für ihre Familie zu interessieren. Ich will ihr mein Material zeigen, sobald ich wieder zu Hause bin und die Zwillinge schlafen.«

»Das weiß sie bestimmt zu schätzen. Sie hat schließlich eine spannende Familiengeschichte.«

»Das kann man wohl sagen.« Erica trank ihre Tasse leer und verzog das Gesicht, weil der Kaffee kalt geworden war. »Ich habe übrigens mit Kjell vom *Bohusläningen* gesprochen. Er hat mir einige Hintergrundinformationen über John Holm gegeben.« Sie berichtete kurz von der Familientragödie, die John auf eine so hasserfüllte Bahn gebracht hatte. Endlich wagte sie auch, Gösta von dem Zettel zu erzählen, den sie gefunden hatte.

»Gimle? Ich habe keine Ahnung, was das bedeutet, aber es muss ja nichts mit Valö zu tun haben.«

»Nein, aber es könnte ihn so nervös gemacht haben, dass er mir einen Einbrecher ins Haus geschickt hat«, sagte sie, ohne nachzudenken.

»Bei euch ist eingebrochen worden? Was sagt Patrik dazu?«

Erica schwieg. Gösta starrte sie an.

»Hast du ihm etwa nichts davon erzählt?« Seine Stimme überschlug sich fast. »Wie sicher bist du, dass John und sein Anhang dahinterstecken?«

»Das ist nur eine Vermutung, und eigentlich ist es keine große Sache. Jemand kam von der Veranda herein, schnüffelte in meinem Arbeitszimmer herum und versuchte erfolglos, sich in meinen Computer einzuloggen. Ich kann froh sein, dass die Person nicht die Festplatte mitgenommen hat.«

»Patrik dreht durch, wenn er davon erfährt. Und falls er erfährt, dass ich etwas gewusst habe, reißt er mir den Kopf ab.«

Erica seufzte. »Ich erzähle es ihm. In meinem Arbeitszimmer befindet sich offenbar etwas so Wichtiges, dass jemand dafür einen Einbruch riskiert. Das ist doch das Interessante. Ich schätze, es geht um diesen Zettel.«

»Würde John Holm wirklich so etwas machen? Für *Schwedens Freunde* steht einiges auf dem Spiel. Stell dir vor, es kommt raus, dass er bei einem Polizisten eingebrochen hat.«

»Wer weiß, im Notfall wäre er vielleicht schon zu so etwas fähig, aber ich habe die Sache jetzt an Kjell übergeben. Er soll rausfinden, was der Zettel zu bedeuten hat.«

»Gut«, sagte Gösta. »Und du erzählst es Patrik, wenn er heute Abend nach Hause kommt. Sonst komme ich in Teufels Küche.«

»Ja, ja«, erwiderte sie müde. Sie wäre lieber drum herumgekommen, aber es musste sein.

Gösta schüttelte bedächtig den Kopf. »Ich frage mich, ob

Patrik und Paula in Göteborg mehr erfahren. So langsam kommt mir mein Optimismus abhanden.«

»Ja, aber wir müssen auch auf Schrott-Olle hoffen.« Erica war froh, dass er das Thema gewechselt hatte.

»Hoffen kann man immer«, sagte Gösta.

St. Jörgens Klinik 1936

Wir halten es für unwahrscheinlich, dass Ihre Mutter in absehbarer Zeit entlassen wird.« Dr. Jansson war ein weißhaariger älterer Mann, dessen langer Bart ihm Ähnlichkeit mit dem Weihnachtsmann verlieh.

Laura seufzte erleichtert auf. Ihr Leben verlief endlich in geordneten Bahnen: Sie hatte eine gute Arbeitsstelle und eine neue Wohnung. Als Untermieterin von Tante Bergström am Galärbacken hatte sie zwar nur ein kleines Zimmer, aber das ganz für sich allein. Es war so hübsch eingerichtet wie die Puppenstube, die einen Ehrenplatz auf der hohen Kommode neben dem Bett erhalten hatte. Das Leben war so viel schöner ohne Dagmar. Die saß jetzt schon seit drei Jahren in einer geschlossenen Abteilung der St. Jörgens Klinik in Göteborg. Für Laura war es eine Befreiung, sich nicht mehr ständig fragen zu müssen, was Dagmar wohl als Nächstes anstellen würde.

»Was hat meine Mutter eigentlich?« Sie versuchte, einen mitfühlenden Eindruck zu machen.

Wie immer hatte sie sich hübsch angezogen und saß mit elegant übereinandergeschlagenen Beinen und der Handtasche auf dem Schoß adrett da. Sie war zwar erst sechzehn Jahre alt, fühlte sich aber viel älter.

»Eine bestimmte Diagnose konnten wir leider nicht stellen, aber sie leidet wahrscheinlich an einer sogenannten Nervenschwäche. Die Behandlung hat leider kaum Besserung ge-

bracht. Ihre Mutter hängt an ihren Wahnvorstellungen von Hermann Göring. Es ist gar nicht so ungewöhnlich, dass Menschen mit schwachen Nerven sich in ihrer Phantasie an Menschen klammern, über die sie etwas in der Zeitung gelesen haben.«

»Ja, meine Mutter hat von ihm geredet, seit ich denken kann«, sagte Laura.

Der Arzt sah sie mitleidig an.

»Mir ist klar, dass das Fräulein keine leichte Kindheit hatte, aber jetzt machen Sie einen guten Eindruck auf mich. Sie sind nicht nur hübsch, sondern scheinen auch ein vernünftiges Mädchen zu sein.«

»Ich habe getan, was ich konnte«, erwiderte sie schüchtern, spürte jedoch einen bitteren Gallegeschmack auf der Zunge, weil ihre Kindheitserinnerungen sie wieder quälten.

Es war ihr ein Gräuel, wenn sie ihre Gedanken nicht bezwingen konnte. Meistens gelang es ihr, sie in den hintersten Winkel ihres Bewusstseins zu verdrängen, und sie dachte selten an ihre Mutter und die kleine dunkle Wohnung, in der es immer nach Schnaps stank, so viel sie auch putzte. Auch die Kraftausdrücke verbannte sie aus ihrem Wortschatz. Niemand rief ihr mehr die Mutter ins Gedächtnis, und man begegnete Laura mit Respekt, weil sie immer fleißig, ordentlich und gewissenhaft war. Ihr wurden keine hässlichen Wörter hinterhergerufen.

Doch die Angst war noch da. Die Angst, dass Mutter entlassen werden und alles kaputtmachen könnte.

»Möchten Sie Ihre Mutter sehen? Ich würde Ihnen von einem Treffen abraten, aber …« Dr. Jansson sah ratlos aus.

»O nein, das lasse ich lieber bleiben. Mutter … regt sich immer so auf.« Laura konnte sich an jedes Wort erinnern, das Mutter ihr beim letzten Besuch an den Kopf geworfen hatte. Nie im Leben würde sie so widerwärtige Dinge in den Mund nehmen. Auch Dr. Jansson schien an den Vorfall zu denken.

»Das ist die richtige Entscheidung, glaube ich. Wir tun alles, damit Dagmar ruhig bleibt.«

»Sie darf doch hoffentlich nicht Zeitung lesen?«

»Nein. Nach dem, was passiert ist, hat sie keinen Zugang mehr zu Zeitungen.« Er schüttelte nachdrücklich den Kopf.

Laura nickte. Vor zwei Jahren hatte die Klinik angerufen. Mutter hatte einer Tageszeitung entnommen, dass Göring nicht nur die sterblichen Überreste seiner Ehefrau Carin auf sein Gut Carinhall in Deutschland hatte bringen lassen, sondern dass ihr zu Ehren dort auch eine Grabkammer errichtet worden war. Mutter hatte ihr Zimmer verwüstet und einen Pfleger so schwer verletzt, dass die Wunde genäht werden musste.

»Sie melden sich doch, wenn wieder etwas vorfällt?« Sie stand auf, nahm die Handschuhe in die linke Hand und gab ihm die rechte.

Ein Lächeln umspielte ihre Lippen, als sie Dr. Jansson den Rücken zuwandte und sein Zimmer verließ. Noch war sie eine Weile frei.

Nördlich von Uddevalla gerieten sie kurz vor Torp in einen Stau. Patrik trat auf die Bremse, und Paula versuchte, sich auf dem Beifahrersitz auszustrecken.

Er warf ihr einen besorgten Blick zu. »Ist es dir wirklich nicht zu weit?«

»Mach dir keinen Kopf, so schlimm kann es nicht sein. Ich bin umgeben von Leuten, die dieselbe Strecke fahren.«

»Hoffentlich ist es das wert. Das ist ja ein irrer Verkehr heute.«

»Es dauert eben seine Zeit«, sagte Paula. »Wie geht es eigentlich Ebba?«

»Das weiß ich gar nicht. Als ich gestern nach Hause kam, schlief sie schon, und als ich heute ging, war sie noch nicht aufgestanden. Erica hat gesagt, sie sei völlig erschöpft gewesen.«

»Kein Wunder. Das Ganze muss ein Alptraum sein.«

»Ja, aber nun fahr doch endlich!« Als der Fahrer vor ihm eine Lücke nicht schnell genug bemerkte, warf sich Patrik auf die Hupe.

Paula schüttelte den Kopf, verkniff sich aber einen Kommentar. Sie hatte Patrik schon oft genug begleitet, um zu wissen, dass er ein anderer Mensch wurde, sobald er am Steuer saß.

Im Sommerverkehr brauchten sie eine gute Stunde länger nach Göteborg, und Patrik war kurz vorm Explodieren, als sie in der ruhigen Wohnstraße in Partille ausstiegen. Er zupfte an seinem Hemd, um sich etwas Kühlung zu verschaffen.

»Mein Gott, ist das heiß heute. Kommst du nicht um vor Hitze?«

Paula warf einen nachsichtigen Blick auf seine triefende Stirn.

»Ich Ausländerin, ich nicht schwitzen.« Sie zeigte ihm ihre knochentrockenen Achselhöhlen.

»Dann sondere ich also genug Schweiß für uns beide ab. Ich hätte ein Ersatzhemd mitnehmen sollen. Wie sieht denn das aus, wenn wir da aufkreuzen? Ich vollkommen durchnässt und du als gestrandeter Wal. Die bekommen ja einen tollen Eindruck von der Polizei Tanum.« Patrik drückte auf die Klingel.

»Den Part des gestrandeten Wals überlasse ich dir. Ich bin schwanger. Wie lautet deine Entschuldigung?« Paula stupste Patrik in den Bauch.

»Ich bin eben eine gewichtige Erscheinung. Die verschwindet, sobald ich wieder mit Sport anfange.«

»Das Fitnessstudio soll ja schon eine Fahndung rausgeschickt haben.«

Da in diesem Moment die Tür aufging, konnte Patrik darauf nichts mehr erwidern.

»Herzlich willkommen! Sie müssen die Polizisten aus Tanum sein«, sagte ein freundlicher Mann um die sechzig.

»Ja.« Patrik stellte sich und Paula vor.

Eine Frau im selben Alter kam dazu.

»Hereinspaziert. Ich bin Berit. Sture und ich haben uns gedacht, wir könnten uns zum Plaudern in den Rentnerbrutkasten setzen.«

»Rentnerbrutkasten?«, zischte Paula Patrik zu.

»Wintergarten«, flüsterte er. Sie grinste.

Berit schob einen großen Korbsessel auf die sonnige kleine Veranda und nickte Paula zu. »Setzen Sie sich. Der ist am bequemsten.«

»Danke! Sie müssen mich dann später mit einem Kran raushieven.« Dankbar ließ sie sich auf das dicke Polster sinken.

»Und die Füße legen Sie auf diesen Hocker. Die Hitzewelle muss ziemlich belastend für eine Hochschwangere sein.«

»Langsam wird es etwas anstrengend«, gab Paula zu. Nach der langen Autofahrt waren ihre Füße dick wie Fußbälle.

»Ich erinnere mich noch an den Sommer, als Ebba mit Vincent schwanger war. Damals war es genauso heiß, und sie …« Berit brachte den Satz nicht zu Ende, ihr Lächeln verschwand. Sture legte seiner Frau den Arm um die Schultern und streichelte sie zärtlich.

»Jetzt setzen wir uns erst mal und versorgen unsere Gäste mit Kaffee und Kuchen. Das ist Berits spezieller Marmorkuchen. Das Rezept ist so geheim, dass nicht einmal ich weiß, wie man ihn zubereitet.« Er bemühte sich, die Stimmung aufzulockern, aber er sah genauso traurig aus wie seine Frau.

Patrik setzte sich. Ihm war bewusst, dass er früher oder später ein Thema ansprechen musste, das für Ebbas Eltern offensichtlich sehr schmerzlich war.

»Bedienen Sie sich.« Berit reichte den Kuchenteller herum. »Wissen Sie und Ihr Mann schon, ob es ein Mädchen oder ein Junge wird?«

Paula wollte sich gerade ein Stück Kuchen in den Mund stecken. Sie hielt inne und sah der Frau direkt in die Augen.

»Nein. Meine Lebensgefährtin Johanna und ich haben beschlossen, dass wir es uns nicht sagen lassen. Aber da wir schon einen Sohn haben, wäre es natürlich toll, wenn wir diesmal ein Mädchen bekämen. Andererseits ist es natürlich so, wie alle immer sagen: Hauptsache, das Kind ist gesund.« Sie strich sich über den Bauch und machte sich auf die Reaktion des Paares gefasst.

Berit strahlte. »Wie schön für den Jungen, dass er bald ein großer Bruder ist. Da ist er bestimmt stolz.«

»Bei einer so hübschen Mutter wird es auf jeden Fall ein wunderbares Baby«, sagte Sture lächelnd.

Da sie überhaupt keinen Anstoß daran zu nehmen schienen, dass das Kind zwei Mütter haben würde, lächelte auch Paula.

»Nun müssen Sie uns erzählen, was dort los ist.« Sture beugte sich über den Tisch. »Am Telefon bekommen wir immer nur wortkarge Antworten, und kommen sollen wir auch nicht.«

»Es ist wahrscheinlich besser.« Noch mehr gefährdete Personen auf Valö hatten ihnen gerade noch gefehlt, dachte Patrik.

»Warum denn?« Berit blickte nervös zwischen Patrik und Paula hin und her. »Ebba hat uns erzählt, dass sie Blut unter den Bodendielen gefunden haben. Ist es von ...«

»Offensichtlich«, sagte Patrik. »Das Blut ist jedoch so alt, dass sich nicht mit Sicherheit sagen lässt, ob es von Ebbas Familie stammt und um wie viele Personen es sich handelt.«

»Das ist wirklich furchtbar«, sagte Berit. »Wir haben nie viel mit Ebba über diese Ereignisse geredet und wussten auch nur das, was uns das Jugendamt erzählt hatte oder in der Zeitung stand. Als Mårten und sie das Haus übernehmen wollten, waren wir daher ein wenig erstaunt.«

»Ich glaube nicht, dass sie dorthin wollten«, sagte Sture. »Sie wollten einfach von hier weg.«

»Würden Sie uns denn erzählen, was mit ihrem Sohn passiert ist?«, fragte Paula vorsichtig.

Berit und Sture sahen sich einen Moment lang an. Dann ergriff Sture das Wort. Langsam erzählte er vom Tag, an dem Vincent starb. Patrik schnürte es beim Zuhören die Kehle zu. Das Leben war manchmal so grausam.

»Sind Ebba und Mårten sofort danach weggezogen?«, fragte er, als Sture verstummte.

»Ungefähr ein halbes Jahr später«, antwortete Berit.

Sture nickte. »Stimmt. Das Haus haben sie verkauft. Sie wohnten ja hier in der Nähe.« Er zeigte die Straße hinunter. »Mårten hat alle Tischleraufträge abgegeben. Ebba war seit dem Vorfall krankgeschrieben. Sie war bei der Steuerbehörde angestellt, hat aber nie wieder angefangen zu arbeiten. Manchmal machen wir uns Sorgen, ob die beiden finanziell zurechtkommen, aber durch den Hausverkauf haben sie ja einen Grundstock.«

»Wir müssen sie unterstützen, so gut wir können«, sagte Berit. »Wir haben noch zwei eigene Kinder, wenn man so will.

Allerdings war Ebba das für uns auch immer. Die beiden anderen waren völlig vernarrt in Ebba. Falls es ihnen möglich ist, werden sie auch helfen. Es wird schon alles gut gehen.«

Patrik nickte. »Das Haus wird wunderschön, wenn es einmal fertig ist. Mårten scheint ein guter Tischler zu sein.«

»Er ist unheimlich tüchtig«, sagte Sture. »Als die zwei noch hier wohnten, hat er fast immer gearbeitet. Manchmal war es beinahe zu viel, aber das ist mir lieber als ein Schwiegersohn, der auf der faulen Haut liegt.«

»Noch Kaffee?« Berit ging die Kanne holen, ohne ihre Antwort abzuwarten.

Sture blickte ihr hinterher. »Diese Geschichte nagt an ihr, aber sie möchte es nicht zeigen. Ebba kam wie ein kleiner Engel zu uns. Unsere Großen waren sechs und acht, und wir hatten überlegt, uns eventuell noch ein Kind anzuschaffen. Berit hatte die Idee, sich nach einem Kind umzusehen, das unsere Hilfe brauchte.«

»Hatten Sie vor Ebba andere Kinder in Pflege?«, fragte Paula.

»Nein, Ebba war unser erstes und einziges Pflegekind. Sie blieb bei uns, und später haben wir sie adoptiert. Bevor die Adoption rechtskräftig war, hat Berit nachts kein Auge zugetan. Sie hatte panische Angst, sie könnte uns weggenommen werden.«

»Wie war sie als Kind?«, fragte Patrik, vor allem aus Neugier. Irgendetwas sagte ihm, dass die Ebba, die er gesehen hatte, nur ein blasser Abklatsch ihres eigentlichen Ichs war.

»Sie war ein Wirbelwind, das kann ich Ihnen sagen!«

»Ebba? O ja.« Berit kam mit der Kaffeekanne auf die Veranda. »Das Mädchen hatte jede Menge Unfug im Kopf, aber sie war immer so gut gelaunt, dass man ihr nie richtig böse sein konnte.«

»Das hat es uns noch schwerer gemacht«, sagte Sture. »Wir haben nicht nur Vincent, sondern auch Ebba verloren. Ein großer Teil von ihr schien mit ihm gestorben zu sein. Bei Mårten ist es genauso. Er hatte immer schon leichte Stimmungsschwankungen und war phasenweise deprimiert, aber vor Vincents Tod ging es den beiden gut zusammen. Jetzt … weiß ich es nicht mehr. Anfangs konnten sie es kaum zusammen in einem Raum aushalten, und nun hocken sie auf einer Schäreninsel. Wie sollen wir uns da keine Sorgen machen?«

»Haben Sie eine Vermutung, wer das Feuer gelegt oder gestern auf Ebba geschossen haben könnte?«, fragte Patrik.

Berit und Sture starrten ihn wie versteinert an.

»Hat Ebba Ihnen nichts davon gesagt?« Er warf Paula einen Blick zu. Auf den Gedanken, Ebbas Eltern könnten nicht wissen, was ihrer Tochter zugestoßen war, wäre er nicht gekommen. Sonst hätte er die Frage etwas vorsichtiger formuliert.

»Sie hat uns nur von dem Blut erzählt«, sagte Sture.

Patrik suchte noch immer nach den richtigen Worten, um die Ereignisse auf Valö zu beschreiben, als Paula ihm zuvorkam. Ruhig und sachlich berichtete sie von dem Brand und den Schüssen.

Berit hielt sich an der Tischkante fest. »Ich verstehe nicht, warum sie uns nichts davon erzählt hat.«

»Sie wollte uns nicht beunruhigen«, sagte Sture, wirkte jedoch genauso erregt wie seine Frau.

»Warum bleiben sie bloß da draußen? Das ist doch Wahnsinn! Sie müssen dort weg. Sture, wir fahren sofort hin und reden mit ihnen.«

»Sie scheinen entschlossen zu sein, dort zu bleiben«, sagte Patrik. »Aber im Moment ist Ebba bei uns. Mårten hat sich allerdings geweigert, die Insel zu verlassen.«

»Ist er noch bei Trost?«, fragte Berit. »Jetzt fahren wir hin. Auf der Stelle.« Sie sprang auf, doch Sture drückte sie mit sanfter Gewalt wieder auf den Stuhl.

»Wir sollten nicht übereilt handeln, sondern Ebba anrufen und sie selbst fragen. Du weißt, wie stur die beiden manchmal sind. Es bringt doch nichts, wenn wir Streit anfangen.«

Berit schüttelte den Kopf, machte aber keine Anstalten mehr, aufzustehen.

»Können Sie sich vorstellen, warum jemand den beiden das antut?« Paula rutschte von einer Pobacke auf die andere. Sogar dieses phantastische Möbelstück wurde irgendwann unbequem.

»Nein, überhaupt nicht«, antwortete Berit mit Nachdruck. »Sie haben ein vollkommen normales Leben geführt. Und warum sollte ihnen jemand noch mehr Leid zufügen? Sie haben doch schon genug Schicksalsschläge erlebt.«

»Hängt es vielleicht mit dem Verschwinden von Ebbas Familie zusammen?«, fragte Sture. »Vielleicht befürchtet jemand, dass irgendetwas ans Licht kommt.«

»Das vermuten wir auch, aber momentan wissen wir noch nicht viel und halten uns daher eher mit Äußerungen zurück«, sagte Patrik. »Ein Rätsel geben uns die Karten auf, die Ebba von einer Person namens ›G‹ bekommen hat.«

»Ja, das ist ein bisschen seltsam«, sagte Sture. »Diese Karten kamen zu jedem Geburtstag. Wir haben angenommen, dass sie von einem entfernten Verwandten stammen. Allerdings erschien uns die Sache harmlos, so dass wir sie auf sich beruhen ließen.«

»Gestern hat Ebba eine Karte erhalten, die nicht ganz so harmlos war.«

Ebbas Eltern sahen ihn verwundert an.

»Was stand drauf?« Sture stand auf und zog die Vorhänge ein Stück zu. Die Sonne schien kräftig auf den Tisch.

»Man könnte sagen, der Inhalt war aggressiv.«

»Dann war es das erste Mal. Glauben Sie, dass der Absender der Karten es auf Ebba und Mårten abgesehen hat?«

»Wir wissen es nicht, aber es wäre hilfreich, wenn wir uns eine Karte ansehen dürften.«

Sture schüttelte bedauernd den Kopf. »Wir haben die Karten leider nicht aufbewahrt. Wenn wir sie Ebba gezeigt hatten, wanderten sie in den Müll. Sie waren nicht besonders persönlich. Da stand nur: ›Herzlichen Glückwunsch zum Geburtstag‹ und dann ›G‹. Sonst nichts. Deshalb hatten wir nicht das Gefühl, sie aufbewahren zu müssen.«

»Das verstehe ich«, sagte Patrik. »Haben die Karten auch sonst nichts über den Absender verraten? Konnte man beispielsweise den Poststempel erkennen?«

»Das hat uns auch nicht weitergeholfen, denn sie waren hier

in Göteborg abgeschickt worden.« Sture verstummte, zuckte jedoch nach einer Weile zusammen und sah seine Frau an. »Das Geld.«

Berit riss die Augen auf. »Dass wir daran nicht gedacht haben!« Sie drehte sich zu Patrik und Paula um. »Bis zu ihrem achtzehnten Geburtstag bekam Ebba jeden Monat anonym Geld überwiesen. Wir erhielten lediglich einen Brief, in dem wir über das in ihrem Namen eröffnete Konto informiert wurden. Wir haben das Geld gespart. Ebba bekam es, als sie mit Mårten das Haus kaufte.«

»Und Sie haben keine Ahnung, wer ihr das Geld überwiesen hat? Haben Sie versucht, es herauszufinden?«

Sture nickte. »Doch, einige Male. Wir waren natürlich neugierig, aber die Bank teilte uns mit, die Person wolle nicht genannt werden. Damit mussten wir uns zufriedengeben. Am Ende nahmen wir an, dass das Geld genau wie die Glückwunschkarten von einem entfernten Verwandten stammte, der es nur gut meinte.«

»Welche Bank hat Ihnen den Brief geschrieben?«

»Die Handelsbank. Es war eine Niederlassung am Norrmalmstorg in Stockholm.«

»Wir gehen der Sache nach. Gut, dass Sie sich daran erinnert haben.«

Patrik sah Paula fragend an, sie nickte. Er stand auf und verabschiedete sich.

»Vielen Dank, dass Sie sich Zeit genommen haben. Melden Sie sich, falls Ihnen noch etwas einfällt.«

»Versprochen. Wir wollen natürlich helfen, so gut wir können.« Sture lächelte matt. Patrik begriff, dass die beiden zum Telefon stürzen und ihre Tochter anrufen würden, sobald er und Paula die Wohnung verlassen hatten.

Der Ausflug nach Göteborg war lohnender gewesen, als er zu hoffen gewagt hatte. *»Follow the money«*, wie in amerikanischen Filmen gesagt wurde. Falls es ihnen gelang, dem Geld auf die Spur zu kommen, fanden sie vielleicht den notwendigen Anhaltspunkt, um mit ihren Ermittlungen weiterzukommen.

Als sie im Auto saßen, schaltete er sein Handy ein. Fünfundzwanzig verpasste Anrufe. Seufzend wandte sich Patrik an Paula.

»Irgendetwas sagt mir, dass die Presse Wind von der Sache bekommen hat.« Er ließ den Motor an und fuhr in Richtung Tanum. Es würde ein harter Tag werden.

Der *Expressen* hatte die Nachricht über Valö veröffentlicht. Als Kjells Chef über die Buschtrommeln in der Redaktion erfuhr, dass sie die Story als Erste hätten bringen können, wurde er gelinde gesagt sauer. Nachdem er ordentlich Dampf abgelassen hatte, erteilte er Kjell den Auftrag, den Zeitungsriesen aus der Großstadt zu übertrumpfen. Die Artikel im *Bohusläningen* über den alten Fall sollten durch Qualität bestechen. »Nur weil wir kleiner und regional sind, müssen wir nicht schlechter sein«, pflegte er zu sagen.

Kjell blätterte in seinen Aufzeichnungen. Es widersprach zwar seinen journalistischen Prinzipien, sich eine solche Neuigkeit entgehen zu lassen, aber sein Engagement gegen rassistische Organisationen war ihm wichtiger. Wenn er eine gute Story verschenken musste, um die Wahrheit über *Schwedens Freunde* und John Holm ans Licht zu bringen, dann tat er das auch.

Er musste sich beherrschen, dass er nicht Sven Niklasson anrief und ihn fragte, wie er vorankam. Wahrscheinlich würde er ohnehin nicht viel erfahren, bevor es in der Zeitung stand, aber er konnte nicht aufhören, sich den Kopf darüber zu zerbrechen, was Gimle zu bedeuten hatte. Er war überzeugt, dass sich Sven Niklassons Tonlage verändert hatte, als er ihm von dem Zettel erzählte, den Erica bei John zu Hause gefunden hatte. Es klang, als hätte Sven bereits von Gimle gehört und wüsste mehr darüber.

Kjell schlug den *Expressen* auf und las den Artikel über den Fund auf Valö. Vier Seiten wurden der Nachricht gewidmet, und daraus würde sich in den kommenden Tagen mit Sicherheit ein Fortsetzungsroman entwickeln. Die Polizei Tanum hatte für den Nachmittag eine Pressekonferenz einberufen, bei der hoffentlich etwas herauskam, auf dem man aufbauen konnte. Bis dahin dauerte es allerdings noch einige Stunden. Die Herausforderung bestand nicht darin, dieselben Informationen zu bekommen wie alle anderen, sondern solche, über die sonst niemand verfügte. Kjell lehnte sich nachdenklich zurück. Er wusste, dass die Jungen, die damals über Ostern im Internat geblieben waren, die Leute in der Gegend immer fasziniert hatten. Im Laufe der Jahre waren die wildesten Spekulationen darüber angestellt worden, inwieweit sie etwas mit dem Verschwinden der Familie zu tun hatten oder auch nicht. Wenn er so viel Material wie möglich über die fünf Jungen ausgrub, würde er hoffentlich einen Artikel zustande bringen, den ihm keine andere Zeitung abspenstig machen konnte.

Er richtete sich auf und begann mit der Internetrecherche. Einiges fand man in öffentlich zugänglichen Datenbanken über die Männer heraus, die fünf Jungen von damals. Es bot sich immer an, damit anzufangen. Außerdem hatte er seine Notizen von dem Interview mit John Holm. Die restlichen vier musste er möglichst im Laufe des Tages erreichen. Das bedeutete viel Arbeit in kurzer Zeit, aber wenn es ihm gelang, konnte der Artikel richtig gut werden.

Plötzlich fiel ihm noch etwas ein, das er hastig notierte. Er musste mit Gösta Flygare reden, der die Sache damals miterlebt hatte. Falls er Glück hatte, würde Gösta ihm etwas über seine Eindrücke von den Vernehmungen der Jungen erzählen. Dadurch würde der Artikel an Tiefe gewinnen.

Langsam packte Percy seine Reisetasche. Er würde die große Feier zum sechzigsten Geburtstag nicht besuchen. Mit wenigen Telefonaten hatte er in Erfahrung gebracht, dass Pyttan ihn nicht nur verlassen hatte, sondern beim Jubilar eingezogen war.

Morgen früh würde sich Percy in den Jaguar setzen und nach Fjällbacka fahren. Er war nicht sicher, ob das eine gute Idee war, aber Leons Anruf hatte ihm noch einmal verdeutlicht, dass sein Leben kurz vor dem Zusammenbruch stand. Was hatte er eigentlich zu verlieren?

Wie immer, wenn Leon sprach, gehorchte man. Er war schon damals der Anführer gewesen. Es war seltsam und ein wenig beängstigend, dass er bereits mit sechzehn über die gleiche Autorität verfügte wie heute. Vielleicht wäre Percys Leben anders verlaufen, wenn er Leons Anordnungen nicht befolgt hätte, aber darüber wollte er jetzt nicht nachdenken. Jahrelang hatte er die Ereignisse auf Valö erfolgreich verdrängt und war nie dorthin zurückgekehrt. Als sie an jenem Ostersonnabend ins Boot stiegen, hatte er sich nicht einmal umgesehen.

Nun war er gezwungen, sich wieder zu erinnern. Er wusste, dass er besser in Stockholm bleiben, dem Treiben auf dem Karlaväg zusehen und sich bis zur Besinnungslosigkeit betrinken sollte, während er auf die Gläubiger wartete. Doch Leons Stimme am Telefon hatte ihn genauso willenlos gemacht wie damals.

Die Klingel ließ ihn zusammenzucken. Er erwartete keinen Besuch, und Pyttan hatte bereits alle Wertgegenstände mitgenommen. Er gab sich nicht der Illusion hin, sie könnte reuevoll zu ihm zurückkommen. Sie war nicht dumm. Ihr war klar, dass er alles verlieren würde. Daher hatte sie sich rechtzeitig in Sicherheit gebracht. Sie war in einer Welt aufgewachsen, in der man jemanden heiratete, der einem etwas zu bieten hatte. Eine Art aristokratischer Tauschhandel.

Er öffnete die Tür. Rechtsanwalt Buhrman stand davor.

»Sind wir verabredet?« Percy erinnerte sich nicht.

»Nein, das sind wird nicht.« Der Anwalt machte einen Schritt nach vorn, so dass Percy zur Seite treten und ihn hereinlassen musste. »Ich hatte einiges hier in der Stadt zu erledigen und wollte eigentlich schon am Nachmittag wieder zurückfahren, aber die Sache ist dringend.«

Buhrman vermied es, ihm in die Augen zu sehen. Percy bekam weiche Knie. Das hörte sich nicht gut an.

»Kommen Sie herein.« Er bemühte sich, mit fester Stimme zu sprechen.

Im Kopf hörte er die Stimme seines Vaters: Zeig niemals Schwäche, was immer auch geschieht. Plötzlich drängten sich ihm Erinnerungen an die Momente auf, in denen er es nicht geschafft hatte, Vaters Rat zu befolgen, sondern weinend, bettelnd und flehend zusammengebrochen war. Er schluckte schwer und schloss die Augen. Dies war nicht der passende Zeitpunkt, um die Vergangenheit an sich heranzulassen. Morgen würde sie ihm ohnehin begegnen. Nun musste er abwarten, was Buhrman von ihm wollte.

»Darf ich Ihnen einen kleinen Whisky anbieten?« Er ging zum Teewagen und schenkte sich selbst einen ein.

Der Anwalt ließ sich ächzend auf dem Sofa nieder. »Nein, danke.«

»Einen Kaffee?«

»Nein, danke. Setzen Sie sich.« Buhrman klopfte mit seinem Stock auf den Fußboden, und Percy setzte sich. Schweigend hörte er dem Anwalt zu und nickte nur hin und wieder, um ihm zu signalisieren, dass er folgen konnte. Mit keiner Regung verriet er, was er dachte. Immer lauter hörte er das Echo von Vaters Stimme: Zeig niemals Schwäche.

Als Buhrman gegangen war, packte er weiter. Ihm blieb nur eins übrig. Damals war er schwach gewesen. Er hatte sich vom Bösen besiegen lassen. Percy zog den Reißverschluss seiner Reisetasche zu und setzte sich aufs Bett. Er starrte vor sich hin. Sein Leben war zerstört. Nichts bedeutete ihm mehr etwas. Doch er würde nie wieder Schwäche zeigen.

Fjällbacka 1939

Am Frühstückstisch betrachtete Laura ihren Mann. Sie waren seit einem Jahr verheiratet. Am Tag ihres achtzehnten Geburtstags hatte sie Sigvards Antrag angenommen, nur einen Monat später fand im Rahmen einer stillen Zeremonie im Garten die Trauung statt. Sigvard war zu diesem Zeitpunkt dreiundfünfzig Jahre alt und hätte ihr Vater sein können. Dafür war er reich, und somit würde sie nie wieder Angst vor der Zukunft haben müssen. Kühl und sachlich hatte sie eine Liste mit den Pro- und Kontra-Argumenten geschrieben. Die positiven Dinge überwogen. Liebe war etwas für Narren. Ein Luxus, den sich Frauen in ihrer Situation nicht leisten konnten.

»Die Deutschen sind in Polen einmarschiert«, sagte Sigvard aufgeregt. »Das ist erst der Anfang.«

»Politik interessiert mich nicht.«

Laura schmierte sich ein halbes Butterbrot. Mehr wagte sie nicht zu essen. Ständiger Hunger war der Preis, den sie bezahlen musste, um perfekt zu sein. Manchmal wurde ihr schlagartig bewusst, wie absurd das war. Sie hatte Sigvard geheiratet, um sich nie wieder Sorgen machen zu müssen, was es am nächsten Tag zu essen gab. Trotzdem hungerte sie noch genauso oft wie in ihrer Kindheit, als Dagmar ihr Geld lieber für Schnaps ausgegeben hatte.

Sigvard lachte. »Hier wird dein Vater auch erwähnt.«

Sie warf ihm einen eisigen Blick zu. Sie konnte einiges aushalten, hatte ihn aber schon mehrfach gebeten, nichts zu erwähnen, was mit ihrer geisteskranken Mutter zusammenhing. Sie brauchte nicht an die Vergangenheit erinnert zu werden. Dagmar war sicher in der St. Jörgens Klinik aufgehoben, und wenn Laura Glück hatte, würde sie dort den Rest ihres traurigen Lebens verbringen.

»Die Bemerkung war vollkommen überflüssig«, sagte sie.

»Verzeih mir, Liebling, aber dafür musst du dich doch nicht schämen. Im Gegenteil. Dieser Göring ist doch ein Günstling Hitlers und Chef der Luftwaffe. Gar nicht übel.« Sigvard nickte nachdenklich und versenkte sich wieder in die Zeitungslektüre.

Laura seufzte. Sie interessierte sich nicht für das Thema und wollte nie wieder etwas von diesem Göring hören. Jahrelang hatte sie sich Mutters krankhafte Phantasien anhören müssen, und nun berichteten auch noch dauernd die Zeitungen über diesen engen Freund Hitlers. Mein Gott, aber was kümmerte es die Schweden, wenn die Deutschen in Polen einmarschierten?

»Ich würde gern im Salon umräumen. Darf ich?«, fragte sie mit ihrer sanftesten Stimme. Erst vor kurzem hatte sie das Zimmer renovieren lassen. Es war hübsch geworden, aber noch nicht perfekt. Wie der Salon in ihrem Puppenhaus. Das feine Sofa, das sie gekauft hatte, passte nicht richtig dazu, und die Prismen des Kronleuchters glitzerten nicht so hübsch wie erwartet.

»Du machst mich arm.« Sigvard sah sie verliebt an. »Tu, was du willst, mein Herz. Hauptsache, du bist glücklich.«

Wenn Sie nichts dagegen haben, kommt Anna auch.« Erica sah Ebba vorsichtig an. In dem Moment, als sie ihre Schwester einlud, war ihr klargeworden, dass das vielleicht keine so gute Idee war, aber Anna hatte sich angehört, als ob sie Gesellschaft gebrauchen könnte.

»Überhaupt kein Problem«, sagte Ebba lächelnd, die immer noch müde aussah.

»Was haben Ihre Eltern gesagt? Patrik war es ein wenig peinlich, dass sie auf diese Weise von dem Brand und den Schüssen erfahren haben, aber er dachte, Sie hätten ihnen davon erzählt.«

»Das wäre wohl besser gewesen, aber ich habe es vor mir hergeschoben. Ich weiß, wie besorgt sie immer sind. Sie hätten gewollt, dass wir aufgeben und zurückkommen.«

»Haben Sie denn nicht darüber nachgedacht?« Erica schob *Lotta aus der Krachmacherstraße* in den DVD-Player. Die Zwillinge waren nach dem Besuch bei Gösta vollkommen erschöpft eingeschlafen, und Maja wartete auf dem Sofa darauf, dass der Film anfing.

Ebba überlegte eine Weile, dann schüttelte sie den Kopf. »Wir können nicht wieder nach Hause. Wenn das hier nicht funktioniert, weiß ich nicht, was wir machen sollen. Ich habe auch Angst und weiß, dass es idiotisch ist zu bleiben, aber ... das Schlimmste, was uns passieren konnte, ist schon passiert.«

»Was …?«, begann Erica. Endlich wagte sie zu fragen, was Ebbas und Mårtens Sohn zugestoßen war, doch in diesem Moment betrat Anna das Haus.

»Hallo«, rief sie.

»Komm rein, ich lege gerade zum tausendsten Mal *Lotta aus der Krachmacherstraße* ein.«

»Hallo.« Anna nickte Ebba zu. Sie lächelte etwas zaghaft, als wüsste sie nicht genau, wie sie nach dem gestrigen Erlebnis mit ihr umgehen sollte.

»Hallo, Anna«, erwiderte Ebba ebenso vorsichtig. Bei ihr schien die Zurückhaltung eher ein Teil der Persönlichkeit zu sein. Erica fragte sich, ob sie vor dem Tod des Sohnes offener gewesen war.

Als der Film begann, stand Erica auf. »Wir gehen in die Küche.«

Anna und Ebba setzten sich an den Küchentisch.

»Konntest du ein wenig schlafen?«, fragte Anna.

»Mehr als zwölf Stunden sogar, aber ich habe das Gefühl, ich könnte noch mal genauso lang schlafen.«

»Das ist bestimmt der Schock.«

Erica kam mit einem Stapel Papier in die Küche.

»Meine Sammlung ist alles andere als vollständig, und vieles davon kennen Sie wahrscheinlich schon.« Sie legte den Stapel auf den Tisch.

»Ich habe noch nichts davon gesehen.« Ebba schüttelte den Kopf. »Es klingt vielleicht seltsam, aber bevor wir hierherzogen, habe ich nicht viel über meinen familiären Hintergrund nachgedacht. Es ging mir doch gut, und das Ganze kam mir ein bisschen … absurd vor.« Sie starrte die vielen Dokumente an, als würde sie auf diese Weise klug aus ihnen werden.

»Na dann.« Erica schlug ihr Notizbuch auf und räusperte sich. »Inez, Ihre Mutter, ist 1951 geboren und war erst dreiundzwanzig, als sie verschwand. Aus der Zeit vor ihrer Heirat mit Rune habe ich eigentlich nicht viel über sie gefunden. Sie ist in Fjällbacka geboren und aufgewachsen, hatte in der Schule mittelmäßige Noten und, tja, das ist fast alles, was ich in den

Archiven über Inez gefunden habe. Sie hat Ihren Vater, Rune Elvander, 1970 geheiratet, und 1973 wurden Sie geboren.«

»Am 3. Januar.« Ebba nickte.

»Wie Sie ja wissen, war Rune um einiges älter als Inez. Er ist 1919 geboren und hatte drei Kinder aus einer früheren Ehe: Johan war neun, Annelie sechzehn und Claes neunzehn Jahre alt, als sie verschwanden. Carla, ihre Mutter, war erst ein Jahr vor Inez' und Runes Hochzeit gestorben. Die Personen, mit denen ich gesprochen habe, sagten, es sei nicht leicht für Ihre Mutter gewesen, sich in die Familie zu integrieren.«

»Ich frage mich, warum sie einen so viel älteren Mann geheiratet hat«, sagte Ebba. »Mein Vater«, sie rechnete leise im Kopf, »muss bei der Hochzeit einundfünfzig gewesen sein.«

»Das hat offenbar etwas mit Ihrer Großmutter zu tun. Sie war, wie soll ich es ausdrücken ...«

»Sie brauchen kein Blatt vor den Mund zu nehmen, ich habe keinerlei Beziehung zu ihr. Meine Familie lebt in Göteborg. Dieser andere Teil meines Lebens erscheint mir ziemlich sonderbar.«

»Dann nehmen Sie es mir hoffentlich nicht übel, wenn ich sage, dass Ihre Großmutter ein richtiger Drachen gewesen sein muss.«

»Erica!« Anna sah ihre Schwester vorwurfsvoll an.

Doch Ebba musste zum ersten Mal, seit sie sich kannten, richtig lachen.

»Keine Angst«, sagte sie zu Anna. »Das macht mir nichts aus. Ich will die Wahrheit erfahren oder zumindest so viel wie möglich davon.«

»Ja, ja.« Anna wirkte immer noch skeptisch.

Erica fuhr fort: »Ihre Großmutter Laura wurde 1920 geboren.«

»Meine Großmutter war also genauso alt wie mein Vater«, stellte Ebba fest. »Jetzt frage ich mich wirklich, wie es dazu kam.«

»Laura hatte, wie gesagt, ihre Finger im Spiel. Sie hat Ihre Mutter dazu gebracht, Rune zu heiraten. Hundertprozentig sicher bin ich mir allerdings nicht.«

Erica durchwühlte den Papierstapel und legte eine Fotokopie vor Ebba auf den Tisch.

»Dies ist ein Bild von Ihrer Großmutter Laura und Ihrem Großvater Sigvard.«

Ebba lehnte sich vor. »Fröhlich sieht sie tatsächlich nicht aus.« Sie betrachtete die steife Dame. Der Mann an ihrer Seite machte einen viel glücklicheren Eindruck.

»Sigvard ist 1954 gestorben, kurz nachdem dieses Foto aufgenommen wurde.«

»Sie sehen wohlhabend aus.« Anna beugte sich ebenfalls über das Bild.

»Das waren sie auch«, nickte Erica. »Jedenfalls bis zu Sigvards Tod. Dann stellte sich heraus, dass er eine Reihe von schlechten Geschäften abgeschlossen hatte. Es blieb nicht viel Geld übrig, und da Laura nicht arbeitete, ging auch der Rest langsam, aber sicher zur Neige. Hätte Inez nicht Rune geheiratet, wäre Laura vermutlich arm wie eine Kirchenmaus gewesen.«

»War mein Vater reich?«, fragte Ebba. Sie hielt sich die Kopie direkt vors Gesicht, um sich kein Detail entgehen zu lassen.

»Reich würde ich es nicht nennen, aber es ging ihm doch so gut, um Laura einen standesgemäßen Alterssitz auf dem Festland zu finanzieren.«

»Aber als meine Eltern verschwanden, lebte sie doch nicht mehr, oder?«

Erica blätterte in ihrem Notizbuch.

»Stimmt. Laura starb 1973 an einem Herzinfarkt. Übrigens auf Valö. Runes älterer Sohn Claes fand sie hinter dem Haus. Da war sie bereits tot.«

Erica leckte den Daumen an, blätterte den Stapel durch und fischte einen fotokopierten Zeitungsartikel heraus. »Der *Bohusläningen* hat darüber berichtet.«

Ebba nahm das Blatt in die Hand und las den Text.

»Meine Großmutter scheint hier eine Berühmtheit gewesen zu sein.«

»Ja, Laura Blitz kannte jeder. Sigvard hat sein Geld als Reeder verdient, und es wurde gemunkelt, er habe während des Zweiten Weltkriegs Geschäfte mit den Deutschen gemacht.«

»Waren sie Nazis?« Ebba sah Erica entsetzt an.

»Ich weiß nicht, wie weit ihr Engagement ging«, antwortete Erica zögernd, »aber es war allgemein bekannt, dass sie mit den Nazis sympathisiert haben.«

»Meine Mutter auch?«, fragte Ebba mit weit aufgerissenen Augen. Anna sah Erica drohend an.

»Davon weiß ich nichts.« Erica schüttelte den Kopf. »Niedlich, aber ein bisschen naiv. So wird Inez meistens beschrieben. Und sie stand vollkommen unter der Fuchtel Ihrer Großmutter.«

»Vielleicht erklärt das die Ehe mit meinem Vater.« Ebba biss sich auf die Lippe. »War er nicht auch ein autoritärer Typ? Oder bilde ich mir das nur ein, weil er ein Internat geleitet hat?«

»Da scheint tatsächlich etwas dran zu sein. Er soll ein ziemlich strenger und harter Mensch gewesen sein.«

»Stammte meine Großmutter aus Fjällbacka?« Ebba griff erneut nach dem Foto von der grimmigen Frau.

»Ja, ihre Vorfahren lebten seit mehreren Generationen hier, und ihre Mutter Dagmar wurde 1900 in Fjällbacka geboren.«

»Sie war also ... zwanzig, als sie meine Großmutter bekam? Wahrscheinlich war es zu der Zeit nichts Ungewöhnliches, so früh ein Kind zu kriegen. Wer war denn der Vater?«

»In der Geburtsurkunde steht ›Vater unbekannt‹. Und Dagmar war ziemlich speziell.« Erica feuchtete wieder ihren Finger an, blätterte weiter und zog ganz unten ein Blatt Papier aus dem Stapel. »Dies ist ein Auszug aus den Gerichtsakten.«

»Wegen Vagabundierens verurteilt? Ging die Mutter meiner Großmutter auf den Strich?« Ebba sah Erica fragend an.

»Sie war alleinerziehende Mutter eines unehelichen Kindes und tat wahrscheinlich, was zum Überleben nötig war. Das kann nicht leicht gewesen sein. Einige Male wurde sie auch wegen Diebstahls verurteilt. Dagmar galt allgemein als ein bisschen verrückt und trank zu viel. Einige Dokumente belegen, dass sie längere Zeit in einer Nervenklinik untergebracht war.«

»Meine Großmutter muss eine schreckliche Kindheit gehabt haben«, sagte Ebba. »Kein Wunder, dass sie ein Scheusal geworden ist.«

»Nein, Dagmar als Mutter zu haben war bestimmt nicht einfach. Heute würde man es mit Sicherheit als Skandal bezeichnen, dass Laura bei ihr blieb. Aber damals wusste man es nicht besser, und außerdem wurden unverheiratete Mütter voller Verachtung behandelt.« Erica sah Mutter und Tochter vor sich. Sie hatte so viel Zeit damit verbracht, die Lebensgeschichte der beiden Frauen zu recherchieren, dass sie sie zu kennen glaubte. Eigentlich wusste sie gar nicht, warum sie so weit zurückgegangen war, als sie das geheimnisvolle Verschwinden der Familie Elvander aufzuklären versuchte, aber das Schicksal der beiden Frauen hatte sie so gefesselt, dass sie immer weitergemacht hatte.

»Was ist mit Dagmar passiert?«, fragte Ebba.

Erica reichte ihr noch ein Blatt Papier: die Kopie eines Schwarzweißfotos, das offenbar während einer Gerichtsverhandlung aufgenommen worden war.

»Mein Gott, ist sie das?«

»Darf ich mal sehen?«, fragte Anna. Ebba hielt ihr das Bild hin.

»Von wann ist das Foto? Sie sieht so alt und kaputt aus.«

Erica warf einen Blick auf ihre Notizen. »Dieses Bild stammt aus dem Jahr 1945, Dagmar war also fünfundvierzig Jahre alt. Zu diesem Zeitpunkt befand sie sich in der St. Jörgens Klinik in Göteborg.«

Erica machte eine Kunstpause.

»Vier Jahre später ist Dagmar übrigens verschwunden.«

»Verschwunden?«, fragte Ebba.

»Ja, das scheint in der Familie zu liegen. Die letzte Information über Dagmar stammt von 1949. Danach scheint sie sich in Luft aufgelöst zu haben.«

»Wusste Laura denn nichts von ihr?«

»Nach allem, was mir die Leute erzählt haben, hatte Laura da längst den Kontakt zu ihr abgebrochen. Sie war inzwischen mit Sigvard verheiratet und lebte ein vollkommen anderes Leben als in der furchtbaren Zeit mit Dagmar.«

»Hatte denn niemand eine Vermutung, wo sie abgeblieben war?«, fragte Anna.

»Doch. Die meisten dachten, sie wäre volltrunken ins Wasser gegangen, aber ihre Leiche wurde nie gefunden.«

»Hilfe.« Ebba nahm das Foto von Dagmar noch einmal zur Hand. »Meine Urgroßmutter war eine Diebin und eine Hure. Das muss ich erst mal verdauen.«

»Es kommt noch schlimmer.« Erica sah sich um. Sie genoss die volle Aufmerksamkeit ihrer Zuhörerinnen. »Dagmars Mutter …«

»Ja?«, fragte Anna ungeduldig.

»Ach, ich finde, wir sollten zuerst Mittag essen und den Rest danach besprechen«, sagte Erica, obwohl sie überhaupt nicht die Absicht hatte, mit der Enthüllung so lange zu warten.

»Das ist gemein!«, brüllten Anna und Ebba im Chor.

»Sagt euch der Name Helga Svensson etwas?«

Ebba schien einen Augenblick nachzudenken, doch dann schüttelte sie langsam den Kopf. Auf Annas Stirn zeichnete sich eine tiefe Furche ab. Plötzlich sah sie Erica mit leuchtenden Augen an.

»Die Engelmacherin!«

»Wer?«, fragte Ebba.

»Nicht nur die Königsschlucht und Ingrid Bergman haben Fjällbacka bekannt gemacht«, erklärte Anna. »Wir haben auch die zweifelhafte Ehre, Heimatort der meines Wissens 1909 geköpften Engelmacherin Helga Svensson zu sein.«

»1908«, korrigierte Erica.

»Wieso geköpft?« Ebba wirkte immer noch verwirrt.

»Sie hatte kleine Kinder ermordet, die bei ihr in Pflege waren. Sie hat sie in einer Wanne ertränkt. Das Ganze kam erst heraus, als eine der Mütter bereute, ihr Kind weggegeben zu haben, und es zurückholen wollte. Das Kind war nicht da, obwohl Helga ein Jahr lang in Briefen von ihm berichtet hatte. Da schöpfte die Mutter Verdacht und ging zur Polizei. Man glaubte ihr und stürmte eines Morgens Helgas Haus. Ihr Mann, die eigene Tochter und die Pflegekinder, die glücklicherweise überlebt hatten, waren auch da.«

»Unter dem Kellerfußboden fand man acht Kinderleichen«, ergänzte Anna.

»Pfui Teufel, das ist ja grauenhaft.« Ebba wurde es fast schlecht. »Aber ich verstehe nicht, was das mit meiner Familie zu tun hat.« Sie zeigte auf den Papierstapel.

»Helga war Dagmars Mutter«, erklärte Erica. »Die Engelmacherin Helga Svensson war die Mutter von Dagmar und die Großmutter Ihrer Großmutter.«

»Nehmen Sie mich auf den Arm?« Ebba sah Erica ungläubig an.

»Nein, es ist wahr. Vielleicht verstehen Sie jetzt, warum es in meinen Augen ein seltsamer Zufall ist, dass Sie die silbernen Engel machen.«

»Ich habe das Gefühl, ich hätte lieber nicht daran rühren sollen«, sagte Ebba, schien es aber nicht ganz ernst zu meinen.

»Aber die Geschichte ist doch wahnsinnig spannend.« Anna bereute ihre Wortwahl sofort und sah Ebba entschuldigend an: »Es tut mir leid, ich meinte ...«

»Ich finde sie auch spannend«, sagte Ebba. »Und auch ich kann die Parallele zu meinen Engeln erkennen. Merkwürdig. Man kommt wirklich ins Grübeln.«

Ihre Augen verdunkelten sich. Erica vermutete, dass sie an ihren Sohn dachte.

»Acht Kinder«, sagte sie langsam. »Acht kleine Kinder, unter dem Kellerfußboden vergraben.«

»Wie tickt jemand, der so was tut?«, fragte Anna.

»Was passierte nach Helgas Hinrichtung mit Dagmar?« Ebba verschränkte die Arme vor der Brust. Sie sah zerbrechlicher aus denn je.

»Helgas Mann, der Vater von Dagmar, wurde ebenfalls enthauptet«, sagte Erica. »Er hatte die Leichen vergraben und galt als mitschuldig an den Morden, obwohl Helga die Kinder ertränkt hatte. Dagmar war also elternlos und landete für einige

Jahre bei einem Bauern in der Nähe von Fjällbacka. Wie es ihr dort erging, weiß ich nicht, aber ich kann mir vorstellen, dass sie es als Tochter einer Kindsmörderin nicht leicht hatte. Eine solche Sünde verzeihen die Leute hier in der Gegend nicht so schnell.«

Ebba nickte. Sie wirkte erschöpft. Erica beschloss, dass es vorerst reichte. Es war Zeit fürs Mittagessen, und außerdem wollte sie einen Blick auf ihr Handy werfen. Vielleicht hatte Gösta sich gemeldet. Sie drückte die Daumen, dass er etwas von Schrott-Olle gehört hatte. Hoffentlich hatten sie endlich einmal Glück.

Eine Fliege summte gegen das Fenster. Immer wieder warf sie sich in einem hoffnungslosen Kampf an die Scheibe. Wahrscheinlich konnte sie es nicht glauben. Obwohl es kein sichtbares Hindernis gab, war ihr etwas im Weg. Mårten wusste genau, wie sie sich fühlte. Er beobachtete sie eine Weile, streckte langsam die Hand aus, formte mit Daumen und Zeigefinger eine Pinzette und fing sie. Fasziniert betrachtete er sie, während er die Finger zusammendrückte. Als sie ganz platt war, wischte er die Hand am Fensterrahmen ab.

Ohne das Summen war es vollkommen still im Raum. Er saß auf Ebbas Bürostuhl und hatte das Werkzeug vor sich, mit dem Ebba den Schmuck herstellte. Auf dem Tisch lag ein halbfertiger Engel. Mårten fragte sich, welche Trauer dieser Engel lindern sollte. Allerdings musste die Figur nicht unbedingt dafür gedacht sein. Nicht jede Halskette wurde zur Erinnerung an einen Toten bestellt, manche Leute kauften den Schmuck einfach, weil sie ihn schön fanden. Dieses Schmuckstück schien allerdings für jemanden bestimmt zu sein, der trauerte. Seit Vincents Tod war Mårten in der Lage, die Trauer anderer Menschen selbst dann zu spüren, wenn sie nicht anwesend waren. Er nahm den halbfertigen Engel in die Hand und wusste, dass er für jemanden gedacht war, der die gleiche Leere, die gleiche Sinnlosigkeit verspürte wie Ebba und er.

Er umklammerte das Schmuckstück noch fester. Ebba begriff nicht, dass sie gemeinsam einen Teil der Leere ausfüllen konnten. Dazu musste sie ihn nur wieder an sich heranlassen. Und ihre Schuld eingestehen. Lange Zeit hatten seine eigenen Schuldgefühle ihn verblendet, aber nun wurde ihm immer klarer, dass es Ebbas Schuld war. Sobald sie das zugab, würde er ihr verzeihen und ihr noch eine Chance geben, aber sie sagte nichts, sondern sah ihn nur vorwurfsvoll an und suchte in seinen Augen nach der Schuld.

Ebba stieß ihn zurück, und er konnte das nicht verstehen. Nach allem, was passiert war, hätte sie sich bei ihm anlehnen sollen. Früher hatte sie alle Entscheidungen getroffen. Wo sie wohnten, wohin sie verreisten, wann sie Kinder bekamen. Sogar an jenem Morgen hatte sie entschieden, was zu tun war. Die Menschen ließen sich immer von Ebbas blauen Augen und ihrer zarten Figur täuschen. Sie hielten sie für schüchtern und nachgiebig, doch das entsprach nicht der Wahrheit. An jenem Morgen hatte sie bestimmt, aber von nun an würde er das tun.

Er stand auf und warf den Engel auf den Tisch. Rot und klebrig landete er in dem Durcheinander. Verwundert betrachtete Mårten seine Handfläche, die voller kleiner Schnittwunden war. Zögernd wischte er sich die Hand am Hosenbein ab. Ebba musste jetzt nach Hause kommen. Er hatte ihr einiges zu erklären.

Hektisch wischte Liv die Gartenmöbel ab. Wenn sie sauber bleiben sollten, musste man das täglich machen. Sie schrubbte weiter, bis der Kunststoff glänzte. In der starken Sonne liefen ihr Schweißperlen über den Rücken. Nach all den Stunden, die sie am Bootshaus verbracht hatten, war ihre Haut goldbraun geworden, aber unter den Augen hatte sie dunkle Ringe.

»Ich finde, du solltest nicht hingehen«, sagte sie. »Was sollst du jetzt bei einem Wiedersehen? Du weißt doch, wie heikel die Lage für die Partei ist. Wir müssen uns bedeckt halten, bis …« Sie verstummte abrupt.

»Ich weiß das alles, aber über manche Dinge hat man keine Kontrolle.« John schob sich die Lesebrille auf den Kopf.

Er saß am Tisch und ackerte die Zeitungen durch. Jeden Tag las er die überregionalen und einige ausgewählte lokale Zeitungen. Bis jetzt war es ihm nie gelungen, den Zeitungsstapel ohne Abscheu vor der auf diesen Seiten geballten Einfalt abzuarbeiten. Vor all diesen liberalen Journalisten, Kommentatoren und Besserwissern, die zu verstehen glaubten, wie die Welt funktionierte. Sie alle lockten das schwedische Volk langsam, aber sicher ins Verderben. Er war verpflichtet, den Menschen die Augen zu öffnen. Der Preis war hoch, aber Verluste brachte jeder Krieg mit sich. Und das hier war Krieg.

»Wird dieser Jude auch da sein?« Nachdem sie beschlossen hatte, dass die Stühle nun sauber genug waren, rieb Liv den Tisch ab.

John nickte. »Vermutlich kommt Josef.«

»Stell dir vor, jemand sieht dich mit ihm zusammen und macht ein Foto von euch. Was, glaubst du, passiert, wenn das in der Zeitung ist? Stell dir doch mal vor, was deine Anhänger dazu sagen würden. Es rückte dich in ein unheimlich schlechtes Licht. Vielleicht müsstest du sogar zurücktreten. Das darf auf keinen Fall passieren. Wir sind doch so nah dran.«

John blickte auf den Hafen hinaus und wich Livs Blick aus. Sie hatte keine Ahnung. Wie sollte er ihr von der Finsternis, der Kälte und der Angst erzählen, die vorübergehend alle Rassengrenzen verwischt hatten? Damals war es nur ums Überleben gegangen, er und Josef waren auf Gedeih und Verderb für immer zusammengeschweißt. Das würde er Liv nie begreiflich machen können.

»Ich muss hin.« Sein Ton ließ keinen Zweifel daran, dass die Diskussion damit für ihn beendet war. Liv war klug genug, ihm nicht zu widersprechen, murmelte aber leise weiter. Lächelnd betrachtete John seine Frau. Der Ausdruck ihres schönen Gesichts verriet einen eisernen Willen. Er liebte sie, und sie hatten viel zusammen erlebt, aber die Dunkelheit konnte er nur mit denen teilen, die dabei gewesen waren.

Zum ersten Mal seit Jahren würde man sich wieder treffen. Zum letzten Mal. Die Aufgabe, die ihm bevorstand, war zu wichtig. Er musste einen Schlussstrich unter die Vergangenheit ziehen. Die Ereignisse von 1974 waren zufällig ans Licht gekommen, würden aber genauso schnell wieder in der Versenkung verschwinden. Sofern man sich einig war. Alte Geheimnisse blieben besser dort verborgen, wo sie ihren Ursprung hatten.

Nur Sebastian machte ihm Sorgen. Er hatte seine bevorzugte Position schon damals genossen und konnte Probleme verursachen. Wenn man ihn nicht mit Argumenten überzeugen konnte, gab es andere Mittel und Wege.

Patrik holte tief Luft. Annika hatte alle Hände voll mit der bevorstehenden Pressekonferenz zu tun. Sogar aus Göteborg waren Journalisten gekommen. Da einige von ihnen auch für die überregionalen Blätter schrieben, würde morgen jeder Zeitungsriese über ihren Fall berichten. Er wusste aus Erfahrung, dass von nun an ein richtiger Zirkus um ihre Ermittlungen gemacht würde. Mitten in der Manege stand Mellberg und gab den Zirkusdirektor. Auch das erlebte Patrik nicht zum ersten Mal. Mellberg war ganz außer sich gewesen vor Freude, als er erfuhr, dass sie auf die Schnelle eine Pressekonferenz veranstalten mussten. Höchstwahrscheinlich hatte er sich in der Toilette eingeschlossen und kämmte sich kunstvoll die letzten Haare über den kahlen Schädel.

Patrik selbst war so nervös wie vor jeder Pressekonferenz. Er hatte nicht nur die Aufgabe, vom Ermittlungsstand zu berichten, ohne zu viel zu verraten, sondern musste auch die Schäden begrenzen, die Mellberg anrichtete. Andererseits war er dankbar, dass die Bombe nicht schon vor ein paar Tagen geplatzt war. Normalerweise verbreitete sich alles, was im Ort passierte, in Windeseile, und die Ereignisse auf Valö mussten sich mittlerweile bis zum letzten Einwohner von Fjällbacka herumgesprochen haben. Es war nur Glück, dass bis jetzt niemand der Presse einen Tipp gegeben hatte. Nun hatte sich das Blatt gewendet, und es gab keine Möglichkeit mehr, die Medien zu stoppen.

Ein behutsames Klopfen riss ihn aus seinen düsteren Gedanken. Gösta trat ein und setzte sich ungefragt auf den Besucherstuhl vor Patriks Schreibtisch.

»Tja, die Hyänen haben sich versammelt.« Gösta starrte auf seine Hände und die kreisenden Daumen.

»Die machen auch nur ihre Arbeit«, erwiderte Patrik, obwohl er kurz zuvor ähnlich gedacht hatte. Es hatte keinen Zweck, die Journalisten als Gegner zu betrachten. Manchmal waren sie sogar nützlich.

»Wie ist es in Göteborg gelaufen?« Gösta sah Patrik immer noch nicht an.

»Na ja. Es hat sich herausgestellt, dass Ebba ihren Eltern nichts von der Brandstiftung und den Schüssen erzählt hatte.«

Gösta sah auf. »Warum das denn nicht?«

»Sie wollte sie nicht beunruhigen, glaube ich. Ich vermute, sie sind zum Telefon gestürzt, sobald wir weg waren. Vor allem die Mutter wäre am liebsten sofort nach Valö gefahren.«

»Vielleicht gar keine dumme Idee, allerdings wäre es natürlich noch besser, wenn Ebba und Mårten sich von dort fernhielten, bis wir die Sache aufgeklärt haben.«

Patrik schüttelte den Kopf. »Ich würde keine Minute länger als notwendig an einem Ort bleiben, wo jemand nicht nur einmal, sondern gleich zweimal versucht hat, mich umzubringen.«

»Die Leute sind merkwürdig.«

»Ja, aber Ebba hat immerhin nette Eltern.«

»Sie haben also einen freundlichen Eindruck gemacht?«

»Ich glaube, Ebba hatte es gut bei ihnen. Sie scheint ein positives Verhältnis zu ihren Geschwistern gehabt zu haben. Die Gegend ist auch hübsch. Lauter alte Häuser mit Rosenbüschen drum herum.«

»Klingt tatsächlich nach einer schönen Kindheit.«

»Wir haben allerdings keinen Hinweis auf den Absender der Karten erhalten.«

»Ach, sind sie denn nicht aufbewahrt worden?«

»Nein, sie haben alle weggeworfen. Es waren aber nur Geburtstagsgrüße gewesen, nichts Aggressives wie die letzte Karte. Außerdem waren sie offenbar in Göteborg abgestempelt worden.«

»Merkwürdig.« Gösta betrachtete wieder seine Daumen.

»Noch merkwürdiger finde ich, dass jemand Ebba bis zu ihrem achtzehnten Geburtstag jeden Monat Geld überwiesen hat.«

»Was? Anonym?«

»Genau. Falls wir ermitteln können, woher das Geld kam, finden wir vielleicht eine Spur. Das hoffe ich jedenfalls. Es ist schließlich nicht abwegig, dass es sich um dieselbe Person handelt, die Ebba die Karten geschickt hat. Jetzt muss ich gehen.« Patrik stand auf. »War noch was?«

Eine Weile war es still. Dann räusperte sich Gösta und sah Patrik an.

»Nein, sonst war nichts. Gar nichts.«

»Na dann.« Patrik öffnete die Tür und war gerade in den Flur gegangen, als ihn Gösta rief.

»Patrik.«

»Was ist denn? Die Pressekonferenz fängt gleich an.«

Einen Augenblick lang herrschte Schweigen.

»Ach, nichts. Vergiss es«, sagte Gösta.

»Okay.«

Mit dem etwas unguten Gefühl, dass er vielleicht hätte versuchen sollen, aus Gösta herauszubekommen, was er sagen wollte, ging Patrik durch den Korridor.

Als er den Versammlungsraum betrat, hatte er alles andere schnell vergessen. Alle Augen waren auf ihn gerichtet. Mellberg stand schon vorne und grinste. Zumindest einer war bereit, sich der Presse zu stellen.

Mit weichen Knien legte Josef auf. Langsam ließ er sich an der Wand hinunterrutschen. Er starrte die geblümte Flurtapete an, die dort war, seit sie das Haus gekauft hatten. Rebecka hatte sich lange eine andere gewünscht, aber er konnte nie verstehen, warum man Geld für eine neue Tapete ausgeben sollte, wenn die alte noch gut war. Dinge, die funktionierten, ersetzte man nicht. Man musste dankbar sein, dass man ein Dach über dem Kopf und etwas zu essen auf dem Tisch hatte. Außerdem gab es im Leben wichtigere Dinge als Tapeten.

Nun hatte er das Wichtigste überhaupt verloren. Zu seinem Erstaunen konnte Josef nicht aufhören, die grässliche Tapete anzustarren. Er fragte sich, ob er nicht doch besser auf Rebecka gehört und einer neuen Tapete zugestimmt hätte. Hätte er generell mehr auf sie hören sollen?

Er schien sich plötzlich von außen zu betrachten. Ein kleiner anmaßender Mann. Ein Mann, der geglaubt hatte, Träume würden in Erfüllung gehen und er wäre zu einer großen Tat bestimmt. Stattdessen saß er hier, als naiver Tor entlarvt, und niemand außer ihm selbst war schuld daran. Seit die Erniedrigung sein Herz verhärtet hatte und er von der Finsternis umgeben war, hatte er sich eingeredet, er würde eines Tages eine Wiedergutmachung bekommen. Das war natürlich nicht so. Das Böse war mächtiger. Es war Teil des Lebens seiner Eltern gewesen, und auch wenn die nie darüber gesprochen hatten, wusste er, dass es sie zu gottlosen Handlungen gezwungen hatte. Auch er war vom Bösen infiziert gewesen, aber in seinem Größenwahn hatte er geglaubt, Gott hätte ihm die Chance gegeben, sich reinzuwaschen.

Josef schlug mit dem Kopf an die Wand. Zuerst leicht, dann immer fester. Es war ein angenehmes Gefühl. Auf einmal erinnerte er sich, wie er hin und wieder eine Möglichkeit gefunden hatte, den Schmerz zu umgehen. Weder für seine Eltern noch für ihn war es ein Trost gewesen, das Leiden mit anderen zu teilen. Das machte die Scham nur größer. Dabei war er sogar so dumm gewesen, zu glauben, dass er auch sie loswerden konnte, wenn er genug Buße tat.

Er fragte sich, was Rebecka und die Kinder sagen würden, wenn sie es wüssten. Falls alles ans Licht kam. Leon wollte, dass sie sich alle trafen und das Leid zum Leben erweckten, das sie besser vergessen hätten. Als er gestern Abend angerufen hatte, war Josef vor Schreck wie gelähmt gewesen. Nun würde die Drohung wahr werden, und er konnte nichts dagegen tun. Heute spielte das keine Rolle mehr. Es war ohnehin alles zu spät. Er war genauso machtlos wie damals und hatte keine Kraft mehr zu kämpfen. Es hätte auch nichts mehr gebracht. Der Traum hatte von Anfang an nur in seinem Kopf existiert. Die größten Vorwürfe machte er sich selbst, weil er das nicht begriffen hatte.

Carinhall 1949

Dagmar weinte nicht nur vor Traurigkeit, sondern auch vor Glück. Endlich war sie bei Hermann angekommen. Eine Zeitlang hatte sie daran gezweifelt. Mit dem Geld von Laura war sie nicht weit gekommen. Zu viel davon war für den Durst draufgegangen, der sie überkam, und an manche Tage konnte sie sich kaum erinnern. Doch jedes Mal war sie wieder aufgestanden. Ihr Hermann wartete ja auf sie.

Sie wusste, dass er nicht in Carinhall begraben war, weil ihr das irgendein unfreundlicher Mensch auf einer ihrer zahlreichen Zugfahrten voller Schadenfreude verraten hatte. Es war jedoch vollkommen unwichtig, wo sich sein Leichnam befand. Sie hatte die Artikel gelesen und die Bilder gesehen. Hier war er zu Hause gewesen. Hier war seine Seele.

Carin Göring war auch hier. Bis über seinen Tod hinaus hatte die falsche Schlange Hermann im Griff gehabt. Dagmar ballte die Fäuste in den Manteltaschen und blickte heftig atmend über die Felder. Hier war sein Reich gewesen, doch nun war alles kaputt. Wieder kamen ihr die Tränen. Wie hatte es so weit kommen können? Das Anwesen war nur noch eine Ruine, und der Garten, der früher wunderschön gewesen sein musste, war verwildert und von Gestrüpp überwuchert. Der dichte Wald, der das Grundstück umgab, kam immer näher.

Sie hatte einen stundenlangen Fußmarsch hinter sich. In Berlin hatte sie ein Autofahrer mitgenommen, das letzte Stück in das Waldgebiet nördlich der Stadt hatte sie zu Fuß zurückgelegt. Es war nicht leicht gewesen, jemanden zum Anhalten zu bewegen. Die Leute betrachteten ihre heruntergekommene Erscheinung misstrauisch, und sie sprach kein Wort Deutsch, doch nachdem sie immer wieder »Carinhall« gesagt hatte, erbarmte sich schließlich ein älterer Herr und nahm sie mit. An einer Abzweigung machte er ihr in Zeichensprache verständlich, dass er in die eine Richtung und sie in die andere musste. Sie stieg aus. Auf den letzten Kilometern schmerzten ihre Füße immer mehr, aber sie gab nicht auf. Sie wollte nur noch ihrem Hermann nahe sein.

Suchend wanderte sie zwischen den Ruinen umher. Die beiden Wächterhäuschen an der Einfahrt bezeugten, wie großartig die Gebäude einst gewesen waren. Anhand von Mauerresten und Ziersteinen konnte sich Dagmar die einstige Pracht mühelos ausmalen. Wenn Carin nicht gewesen wäre, hätte er das Anwesen nach ihr benannt.

Von Hass und Trauer überwältigt, fiel sie schluchzend auf die Knie. Sie erinnerte sich an die laue Sommernacht, in der sie Hermanns Atem auf der Haut gespürt und er mit seinen Küssen ihren ganzen Körper bedeckt hatte. In dieser Nacht hatte sie alles bekommen und alles verloren. Hermanns Leben wäre so viel glücklicher verlaufen, wenn er sich für sie entschieden hätte. Sie hätte sich um ihn gekümmert und nicht wie Carin zugelassen, dass er sich in das menschliche Wrack verwandelte, das sie im Krankenhaus gesehen hatte. Sie hätte Kraft genug für sie beide gehabt.

Dagmar hob eine Handvoll Erde auf und ließ sie durch die Finger rieseln. Die Sonne brannte ihr in den Nacken, und in der Ferne heulten streunende Hunde. Ein Stück entfernt lag eine zerbrochene Statue. Die Nase und ein Arm fehlten, und die steinernen Augen blickten blind in den Himmel. Auf einmal spürte sie ihre Müdigkeit. Sie war erhitzt und wollte sich im Schatten ausruhen. Die Reise war weit und die Sehnsucht heftig gewesen, und nun musste sie sich hinlegen und für einen Moment die Augen schließen. Sie sah sich nach einer schat-

tigen Stelle um. Neben einer Treppe, die nirgendwohin führte, lag ein dicker umgestürzter Pfeiler. Er spendete Schatten.

Da sie zu müde war, um wieder aufzustehen, kroch sie über den unebenen Boden zu der Treppe, rollte sich erleichtert in dem schmalen Zwischenraum zusammen und schloss die Augen. Seit jener Juninacht war sie unterwegs zu ihm. Zu ihrem Hermann. Nun brauchte sie Ruhe.

Die Pressekonferenz war seit ein paar Stunden beendet, und sie hatten sich in der Küche versammelt. Ernst, der während der Veranstaltung brav in Mellbergs Zimmer gewartet hatte, durfte nun wieder auf seinem Stammplatz zu Füßen seines Herrchens liegen.

»Ist doch prima gelaufen.« Mellberg lächelte zufrieden. »Willst du nicht endlich nach Hause gehen und dich ausruhen, Paula?«, brüllte er so laut, dass Patrik auf seinem Stuhl einen Satz machte.

Paula verdrehte die Augen. »Vielen Dank, aber ich entscheide selbst, wann ich Ruhe brauche.«

»Hier herumzurennen, obwohl du freihast, von der Autofahrt nach Göteborg und zurück ganz zu schweigen. Denk an meine Worte, falls etwas schiefgeht ...«

»Ich glaube, wir haben alles unter Kontrolle.« Patrik bemühte sich, den drohenden Streit zu verhindern. »Für die Jungs wird es langsam brenzlig.«

Eigentlich war es absurd, die Männer über fünfzig als Jungen zu bezeichnen, aber wenn er an die fünf dachte, hatte er immer das Foto vor Augen, auf dem sie in ihren Klamotten aus den Siebzigern so wachsam in die Kamera blickten.

»In der Tat. Vor allem für diesen John Holm.« Mellberg kraulte Ernst hinter den Ohren.

»Patrik?« Annika warf einen Blick in die Küche und winkte

ihn zu sich heran. Im Flur reichte sie ihm das schnurlose Telefon. »Torbjörn ist dran. Sie scheinen etwas entdeckt zu haben.«

Patriks Puls stieg. Er ging mit dem Telefon in sein Zimmer und machte die Tür zu. Gut und gerne eine Viertelstunde hörte er Torbjörn zu und stellte nur hin und wieder eine Frage. Danach eilte er zurück in die Küche, wo nun außer Paula, Mellberg und Gösta auch Annika saß. Obwohl es schon spät war, machte niemand Anstalten, nach Hause zu gehen.

»Was hat er gesagt?«, fragte Annika.

»Ganz ruhig. Ich nehme mir erst mal einen Kaffee.« Übertrieben langsam bewegte sich Patrik auf die Kaffeemaschine zu und wollte gerade nach der Kanne greifen, als Annika aufsprang, ihm blitzartig zuvorkam und eine Tasse so vollschenkte, dass der Kaffee überschwappte.

»Bitte sehr! Jetzt setz dich hin und erzähl, was Torbjörn gesagt hat.«

Grinsend ließ sich Patrik nieder. Dann räusperte er sich.

»Torbjörn hat auf der Unterseite der Briefmarke, die auf der letzten Postkarte von ›G‹ klebte, einen Fingerabdruck gefunden. Das gibt uns die Möglichkeit, den Abdruck mit einem eventuellen Verdächtigen abzugleichen.«

»Super.« Paula legte ihre geschwollenen Füße auf einen Stuhl. »Aber da du aussiehst wie eine Katze, die einen Kanarienvogel gefressen hat, musst du wohl noch was in petto haben.«

»Ganz richtig.« Patrik trank einen Schluck von dem kochend heißen Kaffee. »Es geht um die Kugel.«

»Um welche?« Gösta beugte sich vor.

»Das ist es ja. Die Kugel, die hinter der Fußleiste steckte, und die beiden Geschosse, die nach dem Anschlag auf Ebba vorschriftswidrig aus der Küchenwand entfernt wurden …«

»Ist ja gut.« Mellberg winkte ab. »Ich habe es begriffen.«

»Sie wurden vermutlich mit derselben Waffe abgefeuert.«

Vier Augenpaare starrten ihn an. Patrik nickte.

»Es klingt unglaublich, aber es ist so. Als 1974 eine unbekannte Anzahl von Mitgliedern der Familie Elvander zu Tode kam, wurde höchstwahrscheinlich dieselbe Waffe verwendet, mit der gestern auf Ebba geschossen wurde.«

»Kann es nach so vielen Jahren wirklich derselbe Täter gewesen sein?« Paula schüttelte den Kopf. »Das erscheint mir vollkommen absurd.«

»Ich war die ganze Zeit davon überzeugt, dass die Mordanschläge auf Ebba und ihren Mann etwas mit dem Verschwinden der Familie zu tun haben müssen. Nun haben wir den Beweis.«

Patrik breitete die Arme aus. In seinem Kopf hallten die Fragen wider, die ihm auf der Pressekonferenz gestellt worden waren. Anstelle von konkreten Antworten hatte er nur seine Vermutungen äußern können. Erst jetzt hatten sie einen Beweis in der Hand, der den Ermittlungen Gewicht verlieh und seinen anfänglichen Verdacht bestätigte.

»Anhand des Rillenmusters konnte der Typ vom SKL auch erkennen, um welchen Waffentyp es sich handelt«, fügte er hinzu. »Daher müssen wir überprüfen, ob in dieser Gegend jemand einen 38er Revolver von Smith & Wesson besitzt oder besaß.«

»Wenn man es mal von der positiven Seite betrachtet, liegt die Waffe, mit der Familie Elvander ermordet wurde, wenigstens nicht auf dem Meeresgrund«, sagte Mellberg.

»Jedenfalls nicht, bis damit gestern auf Ebba geschossen wurde, aber anschließend könnte sie durchaus dort gelandet sein«, stellte Patrik fest.

»Das glaube ich nicht«, sagte Paula. »Wenn jemand die Waffe so lange aufbewahrt hat, kann ich mir kaum vorstellen, dass er sie jetzt wegwirft.«

»Da könntest du recht haben. Vielleicht betrachtet die Person die Waffe sogar als Trophäe und behält sie zur Erinnerung. Wie auch immer, die neuen Erkenntnisse zeigen, dass wir uns noch stärker auf die Ereignisse von 1974 konzentrieren müssen. Wir müssen die vier, mit denen wir schon gesprochen haben, noch einmal vernehmen, und dabei den Fokus auf den konkreten Verlauf jenes Tages richten. Außerdem müssen wir so bald wie möglich Percy von Bahrn aufsuchen. Das hätte natürlich längst passiert sein müssen, aber dafür übernehme ich die Verantwortung. Das Gleiche gilt für diesen Lehrer, der noch lebt. Wie hieß er noch mal? Der damals über Ostern freihatte, du weißt schon ...« Patrik schnippte mit den Fingern.

»Ove Linder«, kam Gösta ihm zu Hilfe. Er wirkte plötzlich beklommen.

»Genau, Ove Linder. Wohnt der nicht in Hamburgsund? Mit ihm müssen wir gleich morgen früh reden. Möglicherweise kann er uns wertvolle Informationen über die Vorgänge in der Schule geben. Wir beide könnten zusammen hinfahren.« Er nahm Papier und Stift zur Hand und notierte die dringendsten Aufgaben.

»Tja ...« Gösta rieb sich das Kinn.

Patrik schrieb weiter.

»Wir müssen morgen im Laufe des Tages mit den fünf Jungs sprechen, wir können sie ja unter uns aufteilen. Paula, du gehst vielleicht der Sache mit dem Geld nach, das Ebba überwiesen wurde?«

Paula strahlte. »Unbedingt. Ich habe bereits Kontakt mit der Bankfiliale aufgenommen.«

»Tja, Patrik«, wiederholte Gösta, aber Patrik verteilte weiter die Aufgaben, ohne ihm Beachtung zu schenken. »Patrik!«

Alle Blicke richteten sich auf ihn. Es war gar nicht Göstas Art, so laut zu werden.

»Was ist denn? Was wolltest du sagen?« Patrik sah Gösta an. Plötzlich ahnte er, dass ihm das, was der Kollege ihm nur widerstrebend erzählen wollte, nicht gefallen würde.

»Mit diesem Lehrer, Ove Linder ...«

»Ja?«

»Mit dem hat schon jemand gesprochen.«

»Jemand?« Patrik wartete auf die Fortsetzung.

»Ich hielt es für keine schlechte Idee, wenn noch mehr Leute an dem Fall mitarbeiten. Es lässt sich einfach nicht bestreiten, dass sie gut recherchiert, und unsere Ressourcen sind ziemlich begrenzt. Da dachte ich mir, es kann ja nicht schaden, wenn uns jemand unterstützt. Du hast doch selbst gerade gesagt, dass wir manche Dinge längst erledigt haben sollten, und das ist uns auf diese Weise geglückt. Eigentlich ist es also eine gute Sache.« Gösta schnappte nach Luft.

Patrik musterte Gösta. Hatte der den Verstand verloren? Versuchte er etwa, darüber hinwegzutäuschen, dass er seine Kollegen hintergangen hatte, indem er seinem Vergehen etwas Positives abgewann? Plötzlich kam ihm ein Verdacht, der sich, hoffte er inständig, als falsch erweisen würde.

»Diese Sie ... ist nicht zufällig meine geliebte Ehefrau? War sie diejenige, die mit diesem Lehrer gesprochen hat?«

»Äh ... doch.« Gösta senkte den Blick.

»Mensch, Gösta.« Patrik klang, als spräche er mit einem kleinen Kind, das einen Keks geklaut hatte.

»Muss ich noch was wissen?«, fragte Patrik. »Am besten erzählst du mir gleich alles. Was hat Erica angestellt? Und du natürlich auch.«

Seufzend erzählte Gösta, was Erica ihm von ihren Besuchen bei Liza und bei John berichtet, was sie von Kjell über John erfahren und dass sie bei John einen Zettel gefunden hatte. Nach gewissem Zögern erzählte er schließlich auch von dem Einbruch bei Erica und Patrik zu Hause.

Patrik wurde es eiskalt. »Was zum Teufel sagst du da?«

Gösta blickte beschämt zu Boden.

»Jetzt reicht es mir aber.« Patrik sprang vom Stuhl auf und raste zum Auto. Er kochte vor Wut. Nachdem er den Zündschlüssel umgedreht und den Motor angelassen hatte, zwang er sich, einige Male tief durchzuatmen. Dann gab er Vollgas.

Ebba musste die Bilder immer wieder ansehen. Sie hatte sich mit dem gesamten Material in Ericas Arbeitszimmer zurückgezogen, um eine Weile allein zu sein. Nach einem Blick auf den überladenen Schreibtisch hatte sie sich einfach auf den Fußboden gesetzt und die Kopien der Fotos rings um sich herum fächerförmig ausgebreitet. Dies waren ihre Vorfahren, von ihnen stammte sie ab. Auch wenn sie es bei ihren Adoptiveltern gut gehabt hatte, war sie manchmal neidisch gewesen, weil die anderen zu einer Großfamilie gehörten. Sie war lediglich Teil eines Mysteriums. Sie wusste noch genau, wie oft sie vor den gerahmten Bildern auf der großen Kommode im Wohnzimmer gestanden hatte: Großeltern, Tanten und Cousins, lauter Menschen, die einem das Gefühl vermittelten, Glied in einer langen Kette zu sein. Jetzt die Fotos von ihren Vorfahren zu betrachten war ebenso wunderbar wie seltsam.

Ebba nahm das Foto von der Engelmacherin in die Hand. Was für ein schöner Name für etwas so Grauenhaftes. Sie hielt sich das Bild ganz dicht vor die Augen, um zu sehen, ob Helgas Blick ihre bösen Taten verriet. Sie wusste nicht, ob das Foto aus der Zeit vor oder nach den Kindsmorden stammte, aber das Kind auf dem Foto war so klein, dass es sich um das Jahr 1902 handeln musste. Das Kind war vermutlich Dagmar. Sie trug ein helles Volantkleidchen und ahnte noch nichts von dem Schicksal, das sie erwartete. Wo war sie abgeblieben? War sie wirklich ins Wasser gegangen, wie viele glaubten? War ihr Verschwinden der logische Abschluss eines Lebens, das schon in Trümmern lag, als die Verbrechen ihrer Eltern aufgedeckt wurden? Hatte Helga Reue empfunden oder begriffen, welche Folgen es für die Tochter hätte, wenn die Taten der Mutter ans Licht kamen? Oder hatte sie geglaubt, dass niemand die unerwünschten Kinder vermissen würde? In Ebbas Kopf nahmen die Fragen zu, aber sie wusste, dass sie nie Antworten darauf erhalten würde. Trotzdem fühlte sie sich diesen Frauen sehr verbunden.

Sie studierte das Bild von Dagmar. Ihr Gesicht war von einem harten Leben gezeichnet, aber man konnte erkennen, dass sie eine schöne Frau gewesen war. Wie war es Ebbas Großmutter Laura ergangen, als Dagmar von der Polizei aufgegriffen oder in die Klinik eingeliefert wurde? Soweit Ebba wusste, hatte Laura keine weiteren Verwandten. Kümmerten sich Freunde um sie, oder wurde sie in einem Kinderheim oder einer Pflegefamilie untergebracht?

Plötzlich erinnerte sich Ebba, dass sie insgeheim öfter über ihre Herkunft nachgedacht hatte, als sie Vincent erwartete. Es war schließlich auch seine Familiengeschichte. Merkwürdigerweise hatte sie nach seiner Geburt nicht mehr darüber nachgedacht. Zum einen hatte sie überhaupt keine Zeit mehr gehabt, und zum anderen hatte er mit seinem Duft, dem Flaum in seinem Nacken und den Grübchen an den speckigen Fingergelenken ihr ganzes Dasein ausgefüllt. Alles andere war vollkommen unwichtig gewesen. Sogar sie selbst. Sie und Mårten waren nur noch Statisten im Film über Vincent gewesen. Was hieß nur? Sie hatte ihre neue Rolle geliebt, aber die Leere, die er hinterlassen hatte, war umso größer. Nun war sie eine Mutter ohne Kind, eine bedeutungslose Komparsin in einem Film ohne Hauptfigur. Die Bilder, die vor ihr auf dem Fußboden lagen, stellten sie wieder in einen Zusammenhang.

Unten in der Küche hörte sie Erica herumwirtschaften und die Kinder krakeelen. Sie dagegen saß hier oben und war von ihren Verwandten umgeben. Zwar waren sie alle tot, aber zu wissen, dass sie existiert hatten, spendete ihr Trost.

Ebba zog die Beine an und schlang schützend die Arme darum. Sie fragte sich, wie es Mårten ging. Seit sie hier war, hatte sie kaum an ihn gedacht, und sie musste zugeben, dass er ihr seit Vincents Tod ziemlich egal war. Sie hatte mit ihrer eigenen Trauer genug zu tun. Durch den neuen Zusammenhang hatte sie zum ersten Mal seit langem das Gefühl, dass Mårten ein Teil von ihr war. Vincent hatte sie für immer miteinander verbunden. Mit wem außer Mårten hätte sie ihre Erinnerungen teilen sollen? Er war an ihrer Seite gewesen, hatte ihren sich rundenden Bauch gestreichelt und Vincents Herz auf dem Ultraschallmonitor pulsieren sehen. Er hatte ihr den Schweiß von der Stirn getupft, ihren Rücken massiert und ihr während der Entbindung zu trinken gegeben – an diesem langen, entsetzlichen und doch so wunderbaren Tag, an dem sie Vincent unter Qualen auf die Welt gebracht hatte. Vincent hatte sich heftig gewehrt, doch als er sie endlich anblinzelte, hatte Mårten ihre Hand genommen und fest gedrückt. Er hatte gar nicht erst versucht, seine Tränen zu verbergen. Dann die gemeinsamen durchwachten Nächte voller Gebrüll, das erste Lächeln und die winzigen Zähnchen. Sie hatten Vincent zugejubelt, als er seine ersten wippenden Krabbelversuche unternahm, und die ersten unsicheren Schritte hatte Mårten gefilmt. Die ersten Worte, der erste Satz und der erste Tag im Kindergarten; Lachen und Weinen; gute und schlechte Tage. Mårten war der Einzige, der sie voll und ganz verstehen würde, wenn sie davon erzählte. Niemand sonst.

Während sie dort auf dem Fußboden saß, wurde ihr Herz auf einmal weich. Was kalt und hart gewesen war, taute allmählich auf. Sie würde noch eine Nacht hierbleiben. Dann würde sie nach Hause fahren. Zu Mårten. Es war Zeit, die Schuld loszulassen und wieder zu leben.

Nachdem Anna das Boot aus dem Hafen manövriert hatte, hielt sie ihr Gesicht in die Sonne. Urlaub von Mann und Kindern zu haben erfüllte sie mit einem überraschenden Gefühl von Freiheit. Da bei ihrem eigenen Boot der Tank leer war, hatte sie sich das von Erica und Patrik ausgeliehen. Sie fuhr gern mit dem Holzboot. Die hohen Felsen, die den Hafen von Fjällbacka umgaben, schimmerten golden im Abendlicht. Vom Café Bryggan ertönte Gelächter, und der Musik nach zu urteilen, war dort heute Abend Tanz. Noch hatte sich niemand auf die Tanzfläche gewagt, aber nach ein paar Bierchen würde es dort gerammelt voll sein.

Sie warf einen Blick auf die Tasche mit den Stoffmustern, die mitten im Boot stand, und überprüfte, ob der Reißverschluss fest zu war.

Ebba hatte bereits einige Stoffe ausgewählt, die ihr besonders gefielen und die sich Mårten auch ansehen sollte. Als sie das sagte, war Anna auf die Idee gekommen, noch am selben Abend hinauszufahren. Zuerst hatte sie gezögert. Der gestrige Tag hatte gezeigt, dass die Insel kein sicherer Ort war, und eine spontane Fahrt dorthin hätte eher zu ihrem alten Leben gepasst, in dem sie selten an Konsequenzen gedacht hatte. Doch ausnahmsweise wollte sie einfach tun, was ihr gerade in den

Sinn kam. Was sollte schon passieren? Sie würde ihm die Muster zeigen und wieder zurückfahren. Auf diese Weise vertrieb sie sich lediglich die Zeit, redete sie sich ein. Vielleicht würde Mårten sich auch über ein wenig Gesellschaft freuen. Ebba hatte beschlossen, noch eine Nacht bei Erica zu verbringen, um sich das Material über ihre Familie genauer anzusehen. Anna vermutete, dass das ein Vorwand war, aber sie konnte nachvollziehen, dass Ebba die Rückkehr auf die Insel hinauszögerte.

Als sie sich dem Steg näherte, sah sie, dass Mårten sie bereits erwartete. Sie hatte ihren Besuch telefonisch angekündigt, und er hatte offenbar schon Ausschau nach ihr gehalten.

»Sie wagen sich also noch einmal in den Wilden Westen.« Lachend griff er nach dem Bug.

»Ich habe das Schicksal schon immer gern herausgefordert.« Anna warf Mårten den Tampen zu, und er vertäute das Boot mit einer Hand am äußersten Pfahl des Stegs. »Sie scheinen ja bereits ein richtiger Seebär zu sein.« Sie zeigte auf den Rundtörn mit zwei halben Schlägen, den er geschickt knotete.

»Wenn man auf einer Schäreninsel wohnt, ist das eben so.« Er reichte ihr die eine Hand, um ihr an Land zu helfen. Die andere war verbunden.

»Danke. Oje, was haben Sie denn mit Ihrer Hand gemacht?«

Mårten betrachtete den Verband, als würde er ihn erst jetzt bemerken. »Ach, so etwas passiert eben beim Renovieren. Das gehört dazu.«

»Das klingt nach Macho.« Anna ertappte sich dabei, dass sie albern grinste. Sie verspürte einen Anflug von schlechtem Gewissen, weil sie mehr oder weniger mit Ebbas Mann flirtete, aber nur im Scherz und ganz harmlos. Allerdings konnte sie nicht leugnen, dass er unglaublich attraktiv war.

»Die nehme ich.« Mårten nahm ihr die schwere Tasche mit den Stoffmustern ab, und Anna folgte ihm zum Haus.

»Normalerweise hätte ich vorgeschlagen, dass wir uns in die Küche setzen, aber da zieht es jetzt ein bisschen.«

Anna lachte. Sie fühlte sich so unbeschwert. Es war befreiend, mit jemandem zu reden, der nicht dauernd an ihren Unfall dachte.

»Im Esszimmer ist es auch etwas unbequem, weil es dort momentan keinen Fußboden gibt.« Er zwinkerte ihr zu.

Der missmutige Mårten, den sie kennengelernt hatte, war wie ausgewechselt, aber vielleicht war das gar nicht so verwunderlich. Auch Ebba hatte bei Erica zu Hause einen entspannteren Eindruck gemacht.

»Falls Sie nichts dagegen haben, auf dem Boden zu sitzen, gehen wir am besten rauf ins Schlafzimmer.« Ohne ihre Antwort abzuwarten, stieg er die Treppe hinauf.

»Wenn man bedenkt, was hier gestern passiert ist, kommt es mir eigentlich etwas merkwürdig vor, dass wir uns jetzt mit solchen Dingen beschäftigen«, sagte sie entschuldigend zu seinem Rücken.

»Keine Sorge, das Leben geht weiter. In diesem Punkt sind Ebba und ich uns ähnlich. Wir sind praktisch veranlagt.«

»Ich finde es erstaunlich, dass Sie den Mut haben, hierzubleiben.«

Mårten zuckte mit den Schultern. »Manchmal geht es nicht anders.« Er stellte die Tasche ab.

Anna kniete sich hin und breitete die Stoffe nebeneinander auf dem Fußboden aus. Begeistert erläuterte sie ihm, welches Muster für welche Möbelstücke, Vorhänge und Kissen verwendet werden könnte und was wozu passte. Nach einer Weile verstummte sie und sah Mårten an. Er betrachtete nicht die Stoffe, sondern sie.

»Das scheint Sie ja unheimlich zu interessieren«, sagte sie ironisch, bekam aber rote Wangen. Nervös strich sie sich die Haare hinters Ohr. Mårten ließ sie nicht aus den Augen.

»Haben Sie Hunger?«

Sie nickte langsam. »Ja, ziemlich.«

»Gut.« Mårten stand hastig auf. »Bleiben Sie hier und räumen Sie die Stoffe weg, ich bin gleich wieder da.«

Er verschwand unten in der Küche, und Anna blieb zwischen den Stoffmustern sitzen, die auf dem schönen, frisch geschliffenen Holzfußboden lagen. Die Sonne schien schräg durchs Fenster herein. Auf einmal wurde ihr klar, dass es schon später war, als sie gedacht hatte. Einen Augenblick lang dachte sie, sie müsste nach Hause zu den Kindern, doch dann fiel ihr ein, dass zu Hause niemand war. Dort wartete nur ein einsames Abendessen vor dem Fernseher auf sie, da konnte sie genauso gut hierbleiben. Mårten war schließlich auch allein, und gemeinsam zu essen machte viel mehr Spaß. Außerdem hatte er schon angefangen, irgendetwas zuzubereiten, und es wäre unhöflich gewesen zu gehen, nachdem sie seine Einladung bereits angenommen hatte.

Nervös faltete sie die Stoffstücke zusammen. Als sie damit fertig war und den Stapel auf eine Kommode gelegt hatte, hörte sie Gläserklirren und Mårtens Schritte auf der Treppe. Kurz darauf kam er mit einem Tablett herein.

»Es gibt ein ganz einfaches Essen. Etwas Aufschnitt, verschiedene Käsesorten und Toast. Mit einem guten Rotwein dazu funktioniert das vielleicht.«

»Unbedingt, aber ich werde mich wohl mit einem Glas begnügen. Wenn ich volltrunken auf See aufgegriffen werde, gibt es im Ort einen Skandal.«

»Dazu möchte ich nicht beitragen.« Mårten stellte das Tablett ab.

Annas Herz klopfte heftiger. Eigentlich hätte sie nicht bleiben und mit einem Mann, der sie ins Schwitzen brachte, Käse essen und Wein trinken sollen. Andererseits wollte sie genau das. Sie griff nach einer Scheibe Brot.

Zwei Stunden später wusste sie, dass sie länger bleiben würde. Es war keine bewusste Entscheidung, und sie hatten nicht darüber gesprochen, aber das war auch nicht nötig. Als es dämmerte, zündete Mårten Kerzen an, und im flackernden Kerzenschein beschloss Anna, im Hier und Jetzt zu leben. Für einen kurzen Moment wollte sie die Vergangenheit vergessen. Mit Mårten fühlte sie sich wieder lebendig.

Sie liebte das Abendlicht. Es war viel schmeichelhafter und nachsichtiger als der unbarmherzige Sonnenschein. Ia betrachtete sich im Spiegel und fuhr mit den Fingern langsam über ihre glatte Haut. Seit wann spielte das Aussehen so eine große Rolle für sie? Sie erinnerte sich, dass in ihrer Jugend andere Dinge ungleich wichtiger gewesen waren. Irgendwann war die Liebe das Einzige gewesen, was zählte, und Leon war es gewohnt, von Schönheit umgeben zu sein. Seit ihre Schicksale miteinander verbunden waren, hatte er immer größere und riskantere Herausforderungen gesucht. Sie selbst hatte immer mehr und hingebungsvoller geliebt. Sie hatte zugelassen, dass Leons Wünsche ihr Leben bestimmten, und dann hatte es kein Zurück mehr gegeben.

Ia ging ganz nah an den Spiegel heran, konnte aber keinen Ausdruck von Reue in ihrem Blick erkennen. Solange Leon genauso an ihr hing wie sie an ihm, war sie zu jedem Opfer bereit gewesen, doch irgendwann hatte er sich von ihr entfernt und ihr gemeinsames Schicksal vergessen. Der Unfall hatte ihm gezeigt, dass nur der Tod sie trennen konnte. Die Schmerzen, unter denen sie ihn aus dem Auto zog, waren nichts gegen den Schmerz, wenn er sie verlassen hätte. Nach allem, was sie für Leon aufgegeben hatte, hätte sie diesen Schmerz nicht überlebt.

Doch nun konnte sie nicht länger bleiben. Sie verstand nicht, warum Leon unbedingt hatte zurückkehren wollen, und hätte es nicht zulassen dürfen. Wozu die Vergangenheit aufsuchen, wenn sie mit so viel Trauer verbunden war? Trotzdem hatte sie ihm wieder einmal seinen Wunsch erfüllt, aber nun war es genug. Sie konnte nicht tatenlos zusehen, wie er sich ins Verderben stürzte. Ihr blieb nichts anderes übrig, als nach Hause zu fahren und dort auf ihn zu warten, damit sie wieder das Leben leben konnten, das sie sich gemeinsam aufgebaut hatten. Nun würde er endlich einsehen, dass er nicht allein zurechtkam.

Ia reckte den Hals und warf einen letzten Blick auf Leon, der mit dem Rücken zu ihr auf der Terrasse saß. Dann packte sie ihre Sachen.

Erica stand in der Küche, als plötzlich die Haustür aufgerissen wurde. Im nächsten Moment raste Patrik herein.

»Was zum Teufel hast du gemacht?«, schrie er. »Wieso hast du mir nichts von dem Einbruch erzählt?«

»Ich bin mir ja nicht ganz sicher …«, versuchte sie es halbherzig, obwohl sie wusste, dass es nichts bringen würde. Patrik war genauso wütend, wie Gösta vermutet hatte.

»Gösta sagt, du vermutest, dass John Holm dahintersteckt, und trotzdem hast du nichts gesagt. Diese Leute sind doch gefährlich!«

»Sprich ein bisschen leiser. Ich habe gerade die Kinder ins Bett gebracht.« Eigentlich ging es ihr nicht nur um die schlafenden Kinder, sondern auch um sich selbst. Sie hasste Konflikte, und ihr ganzer Körper versteifte sich, wenn jemand sie anschrie. Besonders wenn es Patrik war, denn der wurde selten laut. Schlimmer noch wurde das Ganze durch die Tatsache, dass sie ihm teilweise recht geben musste.

»Setz dich, dann reden wir darüber. Ebba sieht sich oben in meinem Arbeitszimmer das Material an.«

Patrik versuchte, sich in den Griff zu bekommen. Er atmete einige Male tief ein und durch die Nase wieder aus. Offenbar gelang es ihm, sich ein wenig zu beruhigen, aber als er nickte und sich an den Tisch setzte, war er immer noch blass.

»Ich hoffe, du kannst das mit dem Einbruch gut begründen und mir erklären, wieso ihr, du und Gösta, mich hintergangen habt.«

Erica setzte sich Patrik gegenüber und starrte eine Weile die Tischplatte an. Sie überlegte, wie sie sich ausdrücken sollte. Sie wollte zum einen vollkommen ehrlich zu ihm sein und zum anderen in einem möglichst vorteilhaften Licht dastehen. Schließlich fasste sie sich ein Herz und erzählte, wie sie Kontakt zu Gösta aufgenommen hatte, weil sie von Patrik wusste, dass Gösta sich offenbar persönlich für das Verschwinden der Familie Elvander interessierte. Sie gab zu, dass sie Patrik nichts davon gesagt hatte, weil ihr klar war, dass ihm das nicht gefallen würde. Stattdessen hatte sie Gösta überredet, dass sie sich eine Zeitlang gegenseitig unterstützten. Patrik sah nicht glücklich aus, hörte ihr aber wenigstens zu. Als sie von ihrem Besuch bei John berichtete und erwähnte, dass jemand den Versuch unternommen hatte, sich in ihren Computer einzuloggen, wurde er wieder blass.

»Du kannst froh sein, dass sie den Computer nicht geklaut haben. Ich nehme an, es ist zu spät, um jemanden von der Spurensicherung zu holen, damit er eventuelle Fingerabdrücke sichert?«

»Nein, das würde jetzt wohl nichts mehr nützen. Ich habe inzwischen am Computer gesessen, und die Kinder rennen ja auch überall mit ihren klebrigen Fingern rum.«

Patrik schüttelte resigniert den Kopf.

»Ich weiß auch nicht, ob wirklich John dahintersteckt«, sagte Erica. »Ich habe es nur angenommen, weil es passierte, nachdem ich zufällig diesen Zettel eingesteckt hatte.«

»Zufällig«, schnaubte Patrik.

»Aber nun besteht ja keine Gefahr mehr, weil ich ihn Kjell gegeben habe.«

»Das wissen die doch nicht.« Patrik sah sie an, als wäre sie nicht ganz dicht.

»Stimmt, aber seitdem ist ja nichts mehr passiert.«

»Hat Kjell denn irgendwas rausgefunden? Davon hättest du mir auch erzählen müssen, es könnte schließlich mit dem Fall zu tun haben.«

»Ich weiß nicht. Da musst du selbst mit ihm reden«, erwiderte sie ausweichend.

»Es wäre aber schön gewesen, wenn ich etwas früher davon erfahren hätte. Gösta hat mir jedenfalls einiges von euren Fortschritten bei den Ermittlungen berichtet.«

»Morgen treffen wir Schrott-Olle und fragen nach den Sachen der Familie.«

»Schrott-Olle?«

»Hat Gösta dir das nicht gesagt? Wir haben überlegt, wo das persönliche Eigentum von Elvanders abgeblieben ist. Schrott-Olle war während der Internatszeit auf Valö offenbar eine Art

Mädchen für alles. Als Gösta ihn anrief und nach den Sachen fragte, sagte der nur: Mensch, hat das gedauert, bis ihr euch für den Krempel interessiert!« Erica lachte aus vollem Hals.

»Die Sachen waren also all die Jahre bei Schrott-Olle?«

»Ja, und morgen früh um zehn fahre ich mit Gösta hin und sehe mir alles an.«

»Das wirst du nicht tun«, sagte Patrik. »Ich werde Gösta begleiten.«

»Aber ich …«, begann sie, sah jedoch ein, dass es zwecklos war. »Na gut.«

»Ab jetzt hältst du dich raus«, sagte er warnend, doch seine Wut hatte sich zu ihrer Erleichterung gelegt.

Auf der Treppe waren Schritte zu hören. Ebba kam herunter. Erica stand auf, um weiter abzuwaschen.

»Alles wieder gut?«, fragte sie.

»Alles wieder gut«, sagte Patrik.

Er saß im Dunkeln und sah sie an. Es war ihre Schuld. Anna hatte seine Schwäche ausgenutzt und ihn dazu getrieben, Ebba zu betrügen. Er hatte ihr das Versprechen gegeben, sie in guten und in schlechten Tagen zu lieben, bis dass der Tod sie schied. Er wusste zwar mittlerweile, dass sie die Schuld an dem trug, was passiert war, aber das änderte nichts daran. Er liebte sie und wollte ihr verzeihen. In einem schicken Anzug hatte er vor ihr gestanden und ihr Treue versprochen. Sie sah so schön aus in ihrem schlichten weißen Kleid, als sie ihm in die Augen sah, seine Worte hörte und sie in ihrem Herzen bewahrte. Nun hatte Anna alles kaputtgemacht.

Stöhnend bohrte er den Kopf ins Kissen. Ebbas Kissen. Mårten wollte es am liebsten wegschleudern, damit Annas Geruch es nicht besudelte. Ebba hatte immer das gleiche Shampoo benutzt, und das Kissen roch nach ihrem Haar. Er saß mit geballten Fäusten im Bett. Ebba hätte hier neben ihm liegen, auf ihr schönes Gesicht das Mondlicht so fallen sollen, dass Nase und Augen im Schatten lagen. Ebbas nackte Brust hätte sich neben ihm heben und senken sollen. Er starrte Annas Brüste an. Sie sahen anders aus als die kleinen Knospen Ebbas. Narben schlängelten sich über Annas Bauch. Unter seinen Fingerspitzen hatten sie sich rau angefühlt, und nun ekelte er sich vor ihnen. Vorsichtig streckte er die Hand aus und zog die Bettdecke über ihren Körper. Diesen widerwärtigen Körper, der sich an ihn gepresst und die Erinnerung an Ebbas Haut ausgelöscht hatte.

Bei dem Gedanken wurde ihm übel. Er musste es ungeschehen machen, damit Ebba zu ihm zurückkehrte. Eine Weile saß er regungslos da. Dann nahm er sein eigenes Kissen und legte es langsam auf Annas Gesicht.

Fjällbacka 1951

Es geschah vollkommen unerwartet. Sie hätte nichts gegen Kinder gehabt, aber als die Jahre ins Land gingen, ohne dass etwas passierte, hatte sie nüchtern festgestellt, dass sie keine bekommen würde. Da Sigvard bereits erwachsene Söhne hatte, schien ihre Unfruchtbarkeit auch ihn nicht zu bekümmern.

Doch vor etwa einem Jahr war sie aus unerklärlichen Gründen furchtbar müde geworden. Sigvard befürchtete das Schlimmste und schickte sie zu einer gründlichen Untersuchung zum Hausarzt. Sie selbst hatte ebenfalls gedacht, sie könnte Krebs oder eine andere tödliche Krankheit haben, aber dann stellte sich heraus, dass sie im Alter von dreißig Jahren plötzlich schwanger war. Der Arzt konnte es ihr nicht erklären, und Laura brauchte mehrere Wochen, um die Nachricht zu verdauen. Ihr Leben verlief ziemlich ereignislos, und das kam ihr sehr gelegen. Sie war am liebsten zu Hause, wo alles sorgfältig ausgewählt und durchdacht und sie die Herrscherin war. Nun würde etwas die perfekte Ordnung zerstören, die sie so mühevoll hergestellt hatte.

Die Schwangerschaft brachte seltsame Krämpfe und unerwünschte körperliche Veränderungen mit sich, und die Erkenntnis, dass sich in ihr etwas befand, das sie nicht kontrollieren konnte, versetzte sie in Panik. Nach einer grauenhaften Entbindung beschloss sie, sich nie mehr etwas Derartigem auszusetzen. Nie wieder wollte sie diese Schmerzen, die Ohnmacht und das Animalische einer Geburt erleben. Sigvard zog also endgültig ins Gästezimmer. Er schien nicht viel dagegen zu haben, sondern war mit seinem Leben zufrieden.

Die erste Zeit mit Inez war ein Schock gewesen. Dann fand sie Nanna, die gesegnete, wunderbare Nanna, die ihr die Verantwortung für das Baby abnahm und ihr erlaubte, ihr normales Leben wieder aufzunehmen. Nanna zog sofort bei ihnen ein. Sie schlief direkt neben dem Kinderzimmer, so dass sie nicht nur nachts, sondern immer, wenn es nötig war, zu Inez eilen konnte. Sie kümmerte sich um alles, und Laura konnte kommen und gehen, wie es ihr passte. Meistens warf sie nur einen kurzen Blick ins Kinderzimmer, und manchmal freute sie sich sogar über das Mädchen. Inez war bald ein halbes Jahr alt und sah bezaubernd aus, wenn sie nicht gerade schrie, weil sie Hunger oder eine volle Windel hatte. Mit diesen Dingen musste sich allerdings Nanna herumschlagen. Laura war froh, dass trotz der überraschenden Veränderung in ihrem Leben nun alles wieder seine Ordnung hatte. Veränderungen mochte sie überhaupt nicht, und je weniger Einfluss die Geburt des Mädchens auf ihr Leben nahm, desto besser konnte sie damit umgehen.

Laura rückte die Bilderrahmen auf der Kommode gerade. Es waren Fotos von ihr und Sigvard und von Sigvards beiden Söhnen mit ihren Familien. Sie waren noch nicht dazu gekommen, ein Foto von Inez zu rahmen, und von ihrer Mutter würde sie niemals eins aufstellen. Ihre Mutter und ihre Großmutter sollten ruhig in Vergessenheit geraten.

Zu Lauras Erleichterung schien ihre Mutter endgültig verschwunden zu sein. Sie hatte seit zwei Jahren nichts von sich hören lassen und war in der Gegend von niemandem gesehen worden. Ihre letzte Begegnung hatte Laura noch in Erinnerung. Mutter war bereits ein Jahr zuvor aus der Nervenklinik entlassen worden, hatte sich aber nicht erdreistet, bei ihr und Sigvard aufzukreuzen. Angeblich torkelte sie wie in Lauras Kindheit durch den Ort. Als sie schließlich zahnlos, verdreckt und in Lumpen gekleidet vor ihrem Haus stand, war sie genauso verwirrt wie immer. Laura konnte nicht begreifen, wieso die Ärzte sie entlassen hatten. In der Klinik hatte man ihr wenigstens Medikamente verabreicht und dafür gesorgt, dass sie nicht an Alkohol herankam. Laura hätte sie zwar am liebsten weggeschickt, aber damit die Nachbarn Dagmar nicht sahen, machte Laura ihr die Tür auf.

»Richtig vornehm ist man geworden«, sagte Dagmar. »Du hast es zu was gebracht.«

Laura ballte insgeheim die Fäuste. Alles, was sie aus ihrem Leben verbannt hatte und sich nur noch in ihren Träumen zeigte, hatte sie wieder eingeholt.

»Was willst du?«

»Ich brauche Hilfe«, jammerte Dagmar. Sie bewegte sich seltsam steif und hatte Zuckungen im Gesicht.

»Brauchst du Geld?« Laura griff nach ihrer Handtasche.

»Es ist nicht für mich.« Dagmar ließ die Tasche nicht aus den Augen. »Ich will das Geld, um nach Deutschland zu fahren.«

Laura starrte sie an. »Deutschland? Was willst du denn da?«

»Ich habe nie Abschied von deinem Vater genommen. Ich durfte mich nicht von meinem Hermann verabschieden.«

Dagmar begann zu weinen, und Laura sah sich nervös um. Sie wollte nicht, dass Sigvard ihre Mutter hörte und in den Hausflur kam, um nach dem Rechten zu sehen. Er sollte Dagmar nicht sehen.

»Pst. Du bekommst das Geld von mir, aber jetzt sei um Gottes willen still!« Laura reichte ihr ein Bündel Scheine. »Hier. Das müsste für eine Fahrkarte nach Deutschland reichen.«

»Oh, danke.« Dagmar stürzte sich darauf und griff nach Lauras Hand. Sie küsste ihrer Tochter die Hände, doch Laura zog sie angewidert zurück und wischte sie an ihrem Rock ab.

»Geh jetzt«, sagte sie. Sie wollte nur noch, dass ihre Mutter aus ihrem Haus und ihrem Leben verschwand, damit alles wieder perfekt war. Als Dagmar mit dem Geld gegangen war, sank Laura erleichtert auf einen Stuhl.

Jetzt waren einige Jahre vergangen, und ihre Mutter war vermutlich nicht mehr am Leben. Laura bezweifelte, dass sie mit dem Geld im Chaos nach dem Krieg weit gekommen war. Falls sie lautstark hinausposaunt hatte, dass sie sich von Hermann Göring verabschieden wollte, hatte man sie bestimmt als Verrückte enttarnt und festgehalten. Niemand sprach laut darüber, dass er Göring gekannt hatte. Seine Verbrechen waren nicht geringer geworden, weil er sich ein Jahr nach Kriegsende im Gefängnis das Leben genommen hatte. Laura erschauerte bei dem Gedanken, dass ihre Mutter weiterhin überall ausposaunt hatte, er sei der Vater ihres Kindes. Mit so etwas brüstete man sich nicht mehr. Sie erinnerte sich nur noch vage an den Besuch bei Görings Ehefrau in Stockholm, aber sie würde nie vergessen, wie sehr sie sich geschämt und wie Carin Göring sie angesehen hatte. Warmherzig und mitfühlend. Bestimmt hatte sie Laura zuliebe um Hilfe gerufen, obwohl sie Todesangst gehabt haben musste.

Doch all das spielte nun keine Rolle mehr. Mutter war fort, und niemand erwähnte mehr ihre Wahnvorstellungen. Nanna sorgte dafür, dass Laura leben konnte, wie sie es gewohnt war. Die Ordnung war wiederhergestellt, alles war perfekt. Genau so sollte es sein.

Gösta musterte Patrik, der mit den Fingern auf das Lenkrad trommelte und verbissen die Autos vor ihnen anstarrte. Jetzt im Sommer herrschte dichter Verkehr, und da die schmalen Landstraßen für so viele Autos nicht gemacht waren, musste Patrik auf den Straßenrand ausweichen.

»Du warst hoffentlich nicht zu streng.« Gösta wandte sich ab und blickte aus dem Seitenfenster.

»Ich finde, dass ihr euch idiotisch verhalten habt, und dabei bleibe ich.« Patrik klang bereits um einiges ruhiger als am Vortag.

Gösta schwieg. Er war zu müde, um zu widersprechen. Fast die ganze Nacht war er aufgeblieben und hatte sich das Material noch einmal angesehen. Patrik wollte er jedoch nichts davon erzählen, weil der weitere Eigeninitiativen im Moment sicher nicht zu schätzen wusste. Gösta gähnte hinter vorgehaltener Hand. Die Enttäuschung über die trostlose Nachtschicht ließ sich nicht so recht abschütteln. Er hatte nichts Neues entdeckt, nichts hatte sein Interesse geweckt, und die alten Notizen hielten ihn schon lange zum Narren. Andererseits wurde er das Gefühl nicht los, dass die Lösung direkt vor seiner Nase lag. Sie musste sich in einem dieser Papierstapel verbergen. Früher hatte es ihn einfach geärgert, dass er nicht darauf kam, und es waren Neugierde und möglicherweise seine Berufsehre gewesen, die ihm keine Ruhe gelassen hatten. Nun trieb ihn

Sorge an. Ebba war nicht mehr sicher, und ihr Leben hing davon ab, dass sie denjenigen fassten, der die Anschläge auf sie zu verantworten hatte.

»Da vorne links.« Er zeigte auf eine Abzweigung.

»Ich weiß, wo wir hinmüssen.« Patrik ging todesmutig in eine Linkskurve.

»Offenbar hast du die Führerscheinprüfung immer noch nicht bestanden.« Gösta hielt sich fest.

»Ich fahre ausgezeichnet.«

Gösta rümpfte die Nase. Als sie sich dem Hof von Schrott-Olle näherten, nickte er.

»Das wird nicht lustig für seine Kinder, wenn sie hier mal für Ordnung sorgen müssen.«

Der Ort erinnerte eher an einen Schrottplatz als an ein Wohnhaus. Es war in der Gegend üblich, Olle anzurufen, wenn man etwas loswerden wollte. Egal, worum es sich handelte, er war gern behilflich und holte alles ab. Rings um ein paar Gebäude und Lagerhallen standen nun Autos, Kühlschränke, Anhänger, Waschmaschinen und alle möglichen anderen Dinge herum. Während Patrik zwischen einer Tiefkühltruhe und einem alten Volvo Amazon parkte, entdeckte Gösta sogar eine Trockenhaube aus einem Frisiersalon.

Ein vertrocknetes Männlein in einer Zimmermannshose kam auf sie zu.

»Es wäre schön gewesen, wenn Sie etwas früher gekommen wären. Der Tag ist ja schon halb vorbei.«

Gösta sah auf die Uhr. Es war fünf nach zehn.

»Hallo, Olle. Sie haben was für uns.«

»Sie haben sich ja wahnsinnig viel Zeit gelassen. Was treibt die Polizei eigentlich den ganzen Tag? Da niemand nach dem Kram gefragt hat, habe ich ihn einfach liegen gelassen. Steht dahinten neben den Sachen von dem verrückten Grafen.«

Sie folgten Schrott-Olle in eine dunkle Scheune.

»Welcher verrückte Graf?«, fragte Patrik.

»Ich weiß gar nicht, ob er wirklich ein Graf war, aber er hatte jedenfalls einen adeligen Namen.«

»Sie meinen von Schlesinger?«

»Ja, genau. Er war berüchtigt, weil er mit Hitler sympathisierte, und sein Sohn hat sogar auf Seiten der Deutschen gekämpft. Der Junge war kaum dort angekommen, da hatte er schon eine Kugel im Kopf.« Olle wühlte nun in dem Gerümpel. »Und falls der Alte nicht schon vorher verrückt war, ist er es spätestens dann geworden. Er dachte, die Alliierten würden kommen und ihn auf der Insel angreifen. Sie würden's mir nicht glauben, wenn ich Ihnen von den merkwürdigen Dingen erzählte, die er da draußen trieb. Am Ende bekam er einen Schlaganfall und starb.« Schrott-Olle hielt inne, sah sie im dämmrigen Licht blinzelnd an und kratzte sich am Kopf. »Wenn ich mich recht entsinne, war das 1953. Eine Zeitlang wechselten die Besitzer, bis dieser Elvander das Haus kaufte. Mein Gott, allein die Idee! Auf der Insel ein Internat eröffnen und lauter feine Pinkel anlocken. Das musste doch schiefgehen.«

Er murmelte leise vor sich hin, während er weitersuchte. Eine Staubwolke stieg auf, so dass Gösta und Patrik husten mussten.

»Hier ist das Zeug. Vier Kartons voll. Die Möbel blieben drin, als das Haus vermietet wurde, aber von den anderen Sachen konnte ich einiges retten. Solche Dinge darf man nicht einfach wegwerfen, und außerdem hätten die Leute ja auch zurückkommen können. Allerdings glaubten die meisten, genau wie ich, dass sie tot sind.«

»Und Sie sind nicht auf die Idee gekommen, der Polizei mitzuteilen, dass Sie die Sachen hatten?«, fragte Patrik.

Schrott-Olle streckte sich und verschränkte die Arme vor der Brust. »Ich habe es Henry doch gesagt.«

»Was? Henry wusste, dass die Sachen hier waren?«, fragte Gösta. Das wäre nicht sein einziges Versäumnis gewesen, aber es ja hatte keinen Sinn, wütend auf jemanden zu sein, der tot war und sich nicht mehr verteidigen konnte.

Patrik musterte die Kartons. »Die müssten doch ins Auto passen, oder was meinst du?«

Gösta nickte. »Notfalls müssen wir die Rückbank umklappen.«

»Nicht zu fassen«, lachte Olle. »Über dreißig Jahre habt ihr gebraucht, um das Zeug abzuholen.«

Gösta und Patrik sahen ihn böse an, sparten sich aber einen Kommentar. Manchmal war es klüger zu schweigen.

»Was haben Sie eigentlich mit dem ganzen Kram vor?« Gösta konnte sich die Frage nicht verkneifen. Er selbst bekam beim Anblick dieser Massen beinahe Panik. Sein Haus war zwar nicht das neueste, aber er war stolz darauf, dass bei ihm immer alles sauber und ordentlich war und er sich nicht zu einem alten Zausel entwickelt hatte, der zwischen lauter Müll hauste.

»Man weiß nie, wann man die Dinge gebrauchen kann. Wenn alle so sparsam wären wie ich, sähe die Welt anders aus. Das schwöre ich Ihnen.«

Patrik beugte sich hinunter und versuchte, einen der Kartons anzuheben, gab es aber mit einem lauten Ächzen auf.

»Den müssen wir zusammen nehmen, Gösta. Der ist zu schwer.«

Gösta warf ihm einen entsetzten Blick zu. Eine Zerrung konnte das vorzeitige Ende der Golfsaison bedeuten.

»Ich soll nichts Schweres tragen. Mein Rücken.«

»Jetzt pack schon mit an.«

Gösta sah ein, dass er durchschaut war. Widerwillig ging er in die Knie und hievte den Karton hoch. Er nieste mehrmals hintereinander, weil der Staub ihn in der Nase kitzelte.

»Prost.« Schrott-Olles breites Grinsen entblößte drei Zahnlücken im Oberkiefer.

»Danke.« Leise jammernd verstaute Gösta mit Patrik alle Kartons im Kofferraum. Allmählich war er gespannt. Vielleicht verbarg sich in den Pappkartons etwas, das ihnen endlich den notwendigen Anhaltspunkt verschaffte. Vor allem freute er sich darauf, Ebba zu erzählen, dass die persönlichen Gegenstände ihrer Familie wieder aufgetaucht waren. Dass er sich dabei eventuell verhob, musste er in Kauf nehmen.

Carina und er hatten ausnahmsweise lange geschlafen. Er hatte gestern Abend bis spät gearbeitet und fand, dass er das verdient hatte.

»Mein Gott.« Carina legte ihm eine Hand auf die Schulter. »Ich bin immer noch schläfrig.«

»Ich auch, aber wer sagt denn, dass wir jetzt aufstehen müssen.« Kjell rutschte zu ihr hinüber und zog sie an sich.

»Hm ... ich bin zu müde.«

»Ich will nur ein bisschen kuscheln.«

»Und das soll ich dir glauben.« Genussvoll streckte sie den Hals.

In der Tasche von Kjells Hose, die am Bettpfosten hing, klingelte sein Handy.

»Geh nicht ran.« Carina schmiegte sich an ihn.

Doch das Handy klingelte immer weiter, und am Ende hielt er es nicht mehr aus. Er setzte sich auf, griff nach der Hose und zog das Telefon aus der Tasche. Auf dem Display stand Sven Niklasson. Ungeschickt suchte er nach der richtigen Taste.

»Hallo, Sven. Nein, keine Angst, du hast mich nicht geweckt.« Kjell warf einen Blick auf die Uhr. Es war schon nach zehn. Er räusperte sich. »Hast du was entdeckt?«

Sven Niklasson sprach lange, und Kjell hörte mit wachsender Verwunderung zu. Er selbst gab nur hin und wieder ein leises Brummen von sich. Carina hatte den Kopf aufgestützt und beobachtete ihn.

»Wir können uns am Flughafen Malöga treffen«, sagte er schließlich. »Ich bin wirklich dankbar, dass du mich einbeziehst. Das würden nicht alle Kollegen machen. Ist die Polizei Tanum eingeweiht? ... Göteborg? Ja, in Anbetracht der Lage ist das vielleicht besser. Gestern war ja die Pressekonferenz, die haben alle Hände voll zu tun. Du hast bestimmt schon das Wichtigste von eurem Kollegen erfahren, der da war. Wir reden weiter, wenn ich dich abhole. Bis nachher.«

Nahezu atemlos legte Kjell auf. Carina sah ihn lächelnd an.

»Wenn Sven Niklasson herkommt, geht es um eine große Sache, nehme ich an.«

»Wenn du wüsstest.« Kjell stand auf und zog sich an. Seine Müdigkeit war wie weggeblasen. »Wenn du wüsstest«, wiederholte er. Beim zweiten Mal sprach er mehr mit sich selbst.

Hastig räumte Erica im Gästezimmer das Bettzeug weg. Ebba hatte sich verabschiedet. Sie hätte das Material über ihre Familie gerne mitgenommen, aber Erica wollte ihr lieber Kopien machen. Warum hatte sie nicht von Anfang an daran gedacht?

»Noel! Du sollst Anton nicht weh tun!«, rief sie ins Wohnzimmer. Sie brauchte sich gar nicht erst davon zu überzeugen, wer den Tumult verursacht hatte. Offenbar hörte niemand auf sie, und das Gebrüll wurde lauter.

»Mama! Mamaaa! Noel haut Anton«, rief Maja.

Seufzend legte Erica die Bettwäsche beiseite. Die Sehnsucht danach, endlich wieder eine Aufgabe zu Ende zu bringen, ohne dass ein schreiendes Kind ihre Aufmerksamkeit beanspruchte, war fast körperlich spürbar. Sie brauchte Zeit für sich. Hin und wieder musste sie eine Erwachsene sein dürfen. Die Kinder waren das Wichtigste in ihrem Leben, aber manchmal hatte sie das Gefühl, sich alles andere versagen zu müssen. Patrik hatte zwar ein paar Monate Elternzeit genommen, aber auch da hatte sie als eine Art Projektleiterin dafür gesorgt, dass alles funktionierte. Patrik war eine große Hilfe, aber das war genau der Punkt: Er half mit. Und wenn eins der Kinder krank wurde, war sie diejenige, die Abgabetermine verschob oder Interviews absagte, damit er zur Arbeit gehen konnte. Obwohl sie dagegen anging, war sie zunehmend verbittert, dass ihre Bedürfnisse und ihr Beruf immer zu kurz kamen.

»Hör jetzt auf, Noel!« Sie riss ihn von seinem Zwillingsbruder weg, der schluchzend auf dem Boden lag. Sofort fing Noel auch an zu weinen, und Erica bekam ein schlechtes Gewissen, weil sie ihn zu fest am Arm gepackt hatte.

»Mama ist dumm.« Maja sah Erica böse an.

»Stimmt, Mama ist dumm.« Erica setzte sich auf den Fußboden und nahm die weinenden Zwillinge in den Arm.

»Hallo?« Eine Stimme aus dem Flur.

Erica zuckte zusammen, wusste aber im nächsten Moment, wer es war. Es gab nur eine Person, die bei ihnen ins Haus kam, ohne zu klingeln.

»Hallo, Kristina.« Sie rappelte sich mühsam auf. Die Zwillinge hörten sofort auf zu weinen und rasten auf ihre Großmutter zu.

»Anordnung vom Chef. Ich soll hier übernehmen.« Kristina trocknete Antons und Noels Tränen.

»Übernehmen?«

»Du wirst offenbar in der Dienststelle erwartet.« Kristina sah sie an, als ob das selbstverständlich wäre. »Mehr weiß ich auch nicht. Ich bin ja nur die Rentnerin, von der erwartet wird, dass sie jederzeit kurzfristig einspringt. Patrik hat mich angerufen und gefragt, ob ich sofort zu dir kommen könnte. Zum Glück war ich zu Hause, denn ich hätte ja schließlich auch etwas Wichtiges vorhaben können, wer weiß, ein Date zum Beispiel oder wie man das heute nennt. Ich habe Patrik gesagt, dass es diesmal ausnahmsweise geht, aber in Zukunft bitte eine bessere Planung. Ob ihr es glaubt oder nicht, ich bin noch nicht zu alt für ein eigenes Leben.« Sie holte kurz Luft und sah Erica an. »Worauf wartest du noch? Patrik braucht dich in der Dienststelle.«

Erica begriff noch immer kein Wort, beschloss aber, keine weiteren Fragen zu stellen. Was immer er von ihr wollte, würde ihr eine kleine Atempause verschaffen, und mehr verlangte sie im Moment gar nicht.

»Ich habe Patrik schon gesagt, dass ich nur tagsüber hierbleiben kann, denn heute Abend kommt das Sommerschlagerquiz im Fernsehen, und das will ich auf keinen Fall verpassen. Da ich vorher noch einkaufen und meine Wäsche machen will, muss ich spätestens um fünf los, sonst schaffe ich nicht, was ich mir vorgenommen habe, ich habe schließlich bei mir zu Hause auch einiges zu erledigen. Leider Gottes kann ich nicht nur für euch da sein, auch wenn es hier mehr als genug zu tun gibt.«

Erica knallte grinsend die Tür hinter sich zu. Freiheit.

Im Auto wurde sie nachdenklich. Was war bloß so dringend?

Sie konnte sich höchstens vorstellen, dass es etwas mit Patriks und Göstas Besuch bei Schrott-Olle zu tun hatte. Bestimmt hatten sie die Sachen von Elvanders gefunden. Leise pfeifend fuhr sie in Richtung Tanum. Plötzlich bereute sie, was sie über Patrik gedacht hatte, zumindest zum Teil. Wenn er sie an der Ermittlungsarbeit teilhaben ließ, würde sie einen Monat lang, ohne zu murren, den Haushalt allein schmeißen.

Sie fuhr auf den Parkplatz vor der Polizei und eilte im Laufschritt in das hässliche kleine Gebäude. An der Rezeption war niemand.

»Patrik?«, rief sie in den Flur.

»Wir sind hier drinnen. Im Konferenzzimmer.«

Sie ging seiner Stimme nach, blieb jedoch in der Tür stehen. Tisch und Fußboden waren mit Gegenständen bedeckt.

»Es war nicht meine Idee«, sagte Patrik mit dem Rücken zu ihr. »Gösta war der Meinung, dass du es verdient hast, dabei zu sein.«

Sie warf Gösta eine Kusshand zu, er wandte sich errötend ab.

»Habt ihr schon etwas Interessantes gefunden?« Sie blickte sich um.

»Nein, wir sind noch gar nicht fertig mit dem Auspacken.« Patrik pustete den Staub von einem Fotoalbum und legte es auf den Tisch.

»Soll ich euch dabei helfen, oder soll ich mir die Sachen schon einmal ansehen?«

»Die Kartons sind bald leer, also fang ruhig an, dir alles anzugucken.« Er drehte sich zu ihr um. »Ist Mama gekommen?«

»Nein, die Kinder sind jetzt so groß, dass ich mir dachte, sie kommen bestimmt eine Weile allein zurecht.« Sie lachte. »Natürlich ist Kristina da, sonst hätte ich ja nicht gewusst, dass ihr mich hier braucht.«

»Ich habe übrigens zuerst versucht, Anna zu erreichen, aber sie war weder zu Hause noch übers Handy zu erreichen.«

»Nein? Das ist merkwürdig.« Erica runzelte die Stirn. Anna entfernte sich selten weiter als einen Meter von ihrem Mobiltelefon.

»Dan und die Kinder sind doch verreist. Sie sitzt wahrscheinlich irgendwo in der Sonne und hält ein Nickerchen.«

»Du hast recht.« Sie schüttelte die Sorgen ab und widmete sich den vielen Sachen.

Lange arbeiteten sie schweigend vor sich hin. In den Kartons hatten vor allem ganz normale Dinge gelegen, die jeder besitzt: Bücher, Stifte, Haarbürsten, Schuhe und Kleidungsstücke, die mittlerweile einen muffigen und schimmligen Geruch verströmten.

»Was ist aus den Möbeln und den anderen Einrichtungsgegenständen geworden?«, fragte Erica.

»Die sind im Haus geblieben. Ich vermute, dass bei den vielen verschiedenen Mietern das meiste im Lauf der Jahre verlorengegangen ist, aber wir müssen Ebba und Mårten danach fragen. Einiges wird wahrscheinlich noch da gewesen sein, als sie im Frühjahr einzogen.«

»Anna wollte übrigens gestern zu Mårten. Sie hat sich unser Boot ausgeliehen. Hoffentlich ist sie gut nach Hause gekommen.«

»Es ist bestimmt alles in Ordnung, aber wenn du dir Sorgen machst, kannst du ja Mårten anrufen und ihn fragen, wann sie aufgebrochen ist.«

»Ich glaube, das mache ich wirklich.«

Sie zog ihr Handy aus der Tasche und suchte Mårtens Nummer heraus. Das Telefonat war schnell beendet. Sie sah Patrik an.

»Anna war gestern Abend nur eine gute Stunde da und ist bei ruhiger See abgefahren.«

Patrik wischte sich die staubigen Hände an der Hose ab. »Na dann.«

»Ja, ich bin auch erleichtert«, sagte Erica und nickte, doch insgeheim hegte sie Zweifel. Irgendetwas stimmte hier nicht. Da sie aber auch wusste, dass sie eine Glucke war, die leicht überreagierte, schob sie die beunruhigenden Gedanken beiseite und arbeitete weiter.

»Ist das nicht irgendwie seltsam?« Sie hielt einen Einkaufszettel hoch. »Den muss Inez geschrieben haben. Es kommt mir so unwirklich vor, dass sie ein ganz alltägliches Leben geführt und Einkaufslisten geschrieben hat: Milch, Eier, Zucker, Marmelade, Kaffee ...« Erica reichte Patrik die Liste.

Er warf einen Blick darauf und gab sie ihr seufzend zurück. »Für solche Dinge haben wir jetzt keine Zeit. Wir müssen uns auf die Dinge konzentrieren, die relevant für unseren Fall sein könnten.«

»Okay.« Erica legte den Zettel wieder auf den Tisch.

Systematisch gingen sie alles durch.

»Dieser Rune hat wirklich auf Ordnung geachtet.« Gösta zeigte ihnen ein Notizbuch, in dem offenbar alle Ausgaben aufgeführt waren. Die Handschrift war so sauber, dass sie fast wie gedruckt aussah.

»Anscheinend war keine Ausgabe zu klein für die Buchführung.« Gösta blätterte weiter.

»Nach allem, was ich über Rune weiß, wundert mich das nicht«, sagte Erica.

»Seht euch das mal an. Offenbar hat jemand für Leon geschwärmt.« Patrik zeigte ihnen ein vollgekritzeltes Blatt aus einem Notizbuch.

»A Herz L«, las Erica vor. »Außerdem hat sie schon ihre zukünftige Unterschrift geübt. Annelie Kreutz. Annelie war also in Leon verliebt. Das passt auch zu dem, was ich gehört habe.«

»Was Papa Rune wohl davon hielt«, sagte Gösta.

»Bei seinem Kontrollzwang hätte eine Beziehung der beiden eine Katastrophe auslösen können«, sagte Patrik.

»Es fragt sich, ob die Zuneigung erwidert wurde.« Erica setzte sich auf die Tischkante. »Annelie hat für Leon geschwärmt, aber hat er auch etwas für sie übriggehabt? John sagte ja, dass Leon nicht in sie verliebt war, aber er hätte das natürlich auch vor den anderen geheim halten können.«

»Diese nächtlichen Geräusche«, sagte Gösta. »Du hast doch erzählt, dass Ove Linder angeblich nachts Geräusche gehört hat. Sind Leon und Annelie vielleicht nachts durchs Haus geschlichen?«

»Oder Gespenster?«, fügte Patrik hinzu.

»Ach.« Gösta schnappte sich einen Stapel Rechnungen. »Ist Ebba eigentlich zurück auf die Insel gefahren?«

»Ja, sie hat sich vom Postboot mitnehmen lassen«, antwortete Erica abwesend. Sie hatte ein Fotoalbum in die Hand genommen und betrachtete eingehend die Bilder. Auf einem Foto war eine junge Frau mit glatten langen Haaren und einem kleinen Kind auf dem Arm zu sehen. »Glücklich sieht sie nicht aus.«

Patrik sah ihr über die Schulter. »Inez und Ebba.«

»Ja, und das müssen die anderen Kinder von Rune sein.« Sie deutete auf drei unterschiedlich große Kinder, die sich offenbar widerwillig vor einer Wand aufgereiht hatten.

»Ebba wird überglücklich sein.« Erica blätterte um. »Diese Fotos werden ihr unheimlich viel bedeuten. Guckt mal, das muss Laura sein, ihre Großmutter.«

»Die Alte sieht gefährlich aus.« Gösta stellte sich neben Erica.

»Wie alt war sie bei ihrem Tod?«, fragte Patrik.

Erica dachte nach. »Da muss sie dreiundfünfzig gewesen sein. Eines Morgens wurde sie hinter dem Haus tot aufgefunden.«

»Und das hat niemanden stutzig gemacht?«

»Soweit ich weiß, nicht. Weißt du was darüber?«

Gösta schüttelte den Kopf. »Der Arzt stellte fest, dass sie aus irgendeinem Grund hinausgegangen und an einem Herzinfarkt gestorben war. Man ging von einem natürlichen Tod aus.«

»War ihre Mutter nicht verschwunden?«, fragte Patrik.

»Ja, Dagmar ist 1949 verschwunden.«

»Eine alte Schnapsdrossel«, sagte Gösta. »Habe ich zumindest gehört.«

»Bei dieser Familie ist es ein Wunder, dass Ebba so normal geworden ist.«

»Vielleicht hängt es damit zusammen, dass sie im Rosenstig und nicht auf Valö aufgewachsen ist«, erwiderte Gösta.

»Ja, bestimmt.« Patrik wühlte weiter.

Zwei Stunden später waren sie alles durchgegangen und sahen sich enttäuscht an. Ebba würde sich zwar über weitere Fotos und die anderen persönlichen Gegenstände ihrer Familie freuen, doch sie hatten nichts entdeckt, was die Ermittlungen voranbrachte. Erica war zum Heulen zumute. Sie hatte sich große Hoffnungen gemacht, aber nun standen sie hier in einem Konferenzraum voller Kram, der ihnen überhaupt nichts nützte.

Erica betrachtete ihren Mann. Diesen Gesichtsausdruck kannte sie. Ihn bedrückte etwas, das er noch nicht in Worte fassen konnte.

»Woran denkst du?«

»Ich weiß nicht. Irgendwas ... egal, ich werde schon noch draufkommen«, sagte er irritiert.

»Na, dann packen wir mal alles wieder ein«, seufzte Gösta. »Uns bleibt nicht viel anderes übrig.«

Auch Patrik begann aufzuräumen. Eine Weile stand Erica untätig herum. In der Hoffnung, etwas Interessantes zu entdecken, ließ sie ihren Blick ein letztes Mal durch den Raum schweifen. Sie wollte gerade aufgeben, als sie einige schwarze kleine Hefte entdeckte, die ihr sehr vertraut waren. Gösta hatte die Pässe der Familie fein säuberlich gestapelt. Sie kniff die Augen zusammen, ging näher heran und zählte im Kopf. Dann griff sie nach dem Stapel und breitete die Pässe in einer Reihe aus.

Patrik hielt inne. »Was machst du da?«

»Siehst du das nicht?« Sie zeigte auf die Pässe.

»Nein, wieso?«

»Zähl mal.«

Leise tat er, was sie gesagt hatte. Dann riss er die Augen auf.

»Es sind vier«, sagte sie. »Müssten es nicht fünf sein?«

»Stimmt, jedenfalls wenn wir annehmen, dass Ebba noch keinen besaß.«

Patrik nahm ihr die Pässe aus der Hand. Er schlug einen nach dem anderen auf und überprüfte Namen und Foto. Dann sah er seine Frau an.

»Na? Wer fehlt?«, fragte sie.

»Annelie. Der Pass von Annelie ist nicht dabei.«

Fjällbacka 1961

Ihre Mutter wusste immer alles am besten. Mit dieser unumstößlichen Wahrheit war Inez aufgewachsen. An ihren Vater erinnerte sie sich überhaupt nicht. Sie war erst drei Jahre alt, als er einen Schlaganfall erlitt und wenige Wochen später im Krankenhaus verstarb. Danach waren sie, ihre Mutter und Nanna allein.

Manchmal fragte sie sich, ob sie ihre Mutter wirklich liebhatte. Sie war sich da nicht so sicher. Sie hatte Nanna und den Teddy lieb, der von klein auf mit ihr in einem Bett geschlafen hatte, aber wie war es mit ihrer Mutter? Sie wusste, dass sie ihre Mutter so lieben sollte, wie die anderen Kinder in der Schule ihre Mütter liebten. Wenn sie, was selten genug vorkam, mit zu einem Mädchen aus ihrer Klasse nach Hause ging, sah sie, wie Mutter und Tochter sich freudestrahlend begrüßten und in die Arme fielen. Inez hatte ein seltsames Gefühl im Bauch, wenn sie Klassenkameradinnen mit ihren Müttern sah. Wenn sie nach Hause kam, machte sie es genauso. Sie warf sich in die immer offenen Arme von Nanna.

Ihre Mutter war nicht böse und hatte, soweit Inez sich erinnern konnte, noch nie geschimpft. Das tat Nanna, wenn Inez nicht artig war. Aber ihre Mutter hatte ganz genaue Vorstellungen von allem, und Inez durfte ihr auf keinen Fall widersprechen.

Am wichtigsten war, dass man alles richtig machte. Ihre

Mutter sagte immer: »Wenn man schon etwas tut, sollte man es auch ordentlich machen.« Nie durfte Inez sich durchmogeln. Im Schreibheft gehörten die Buchstaben auf die Linien, und die Zahlen im Rechenheft genau in die Kästchen. Die Abdrücke falscher Zahlen waren verboten, selbst wenn sie gründlich ausradiert waren. Wenn sie sich unsicher war, musste sie die Hausaufgaben zuerst ins Unreine schreiben.

Es war auch wichtig, dass man keine Unordnung machte, denn wenn es zu Hause unordentlich war, passierte womöglich etwas Schreckliches. Was, wusste Inez nicht genau, aber ihr Zimmer musste immer perfekt aufgeräumt sein. Man konnte nie wissen, wann Laura einen Blick hineinwarf, und falls dann nicht alles tipptopp war, machte sie ein enttäuschtes Gesicht und bestand auf einer Aussprache. Inez hasste solche Gespräche. Sie wollte ihre Mutter nicht enttäuschen, aber meistens ging es genau darum: Inez hatte ihre Mutter enttäuscht.

Auch in Nannas Zimmer und der Küche durfte sie keine Unordnung machen. Die übrigen Räume – das Schlafzimmer ihrer Mutter, das Wohnzimmer, das Gästezimmer und den Salon – durfte sie nicht betreten. Ihre Mutter sagte, es könne sonst etwas kaputtgehen. Kinder hätten dort nichts zu suchen. Sie gehorchte, weil das am einfachsten war. Sie mochte keinen Streit, und sie mochte die Gespräche mit ihrer Mutter nicht. Wenn sie tat, was ihre Mutter sagte, blieb ihr beides erspart.

In der Schule blieb sie für sich und tat immer, was man ihr sagte. Es war deutlich zu erkennen, dass der Lehrerin das gefiel. Erwachsene schienen es zu mögen, wenn man ihnen gehorchte.

Die anderen Kinder beachteten sie kaum. Sie schien es nicht einmal wert zu sein, dass man sie ärgerte. Einige wenige Male hatten sie Bemerkungen über ihre Großmutter gemacht. Inez wunderte sich darüber, denn sie hatte ja keine Großmutter. Als sie zu Hause nachfragte, hatte ihre Mutter sie anstelle einer Antwort zu einem dieser Gespräche gezwungen. Inez hatte sogar Nanna gefragt, aber die hatte überraschend die Nase gerümpft und gesagt, darüber wolle sie nicht reden. Inez fragte nicht weiter. Das Thema war nicht wichtig genug, um noch so ein Gespräch zu riskieren, und außerdem wusste ihre Mutter ja alles am besten.

Als sie Valö erreichten, sprang Ebba von Bord und bedankte sich überschwänglich fürs Mitnehmen. Zum ersten Mal, seit sie hierhergekommen waren, ging sie voller Erwartung und Freude zum Haus hinauf. Sie wollte Mårten so viel erzählen.

Beim Näherkommen wurde ihr schlagartig bewusst, wie schön das Haus war. Natürlich war noch viel zu tun – trotz der Plackerei hatten sie gerade erst den Anfang geschafft –, aber das Potential war erkennbar. Wie ein weißes Schmuckstück lag das Gebäude mitten in der unberührten Natur, das Wasser konnte man zwar nicht sehen, doch man spürte es.

Sie und Mårten würden Zeit brauchen, um zueinander zurückzufinden, und ihr Leben musste anders werden. Nicht unbedingt schlechter. Vielleicht konnten sie ihre Beziehung intensivieren. Bis jetzt hatte sie kaum gewagt, daran zu denken, aber möglicherweise war in ihrem Leben trotzdem Platz für ein Kind. Nicht, solange alles noch neu und fragil war und sie mit dem Haus und sich selbst viel zu tun hatten, aber später einmal würde Vincent vielleicht ein Geschwisterchen bekommen. So sah sie es. Ein Geschwisterchen für ihren kleinen Engel.

Ihre Eltern hatte sie beruhigen können. Sie hatte sie um Verzeihung gebeten, weil sie ihnen nichts von den jüngsten Ereignissen erzählt hatte, und ihnen ausgeredet, sich überstürzt auf den Weg nach Fjällbacka zu machen. Am Abend hatte sie erneut bei ihnen angerufen, um ihnen alles zu erzählen, was sie über ihre Familie erfahren hatte. Sie wusste, dass die beiden sich für sie freuten und nachvollziehen konnten, wie viel ihr das alles bedeutete. Allerdings waren sie dagegen, dass sie auf die Insel zurückkehrte, bevor der Fall aufgeklärt war. Ebba hatte zu einer Notlüge gegriffen und ihnen gesagt, sie würde noch eine Nacht bei Erica und Patrik schlafen. Damit gaben sie sich zufrieden.

Auch ihr machte es Angst, dass ihnen jemand etwas antun wollte, aber Mårten hatte sich entschieden zu bleiben, und sie hatte nun beschlossen, bei ihm zu bleiben. Zum zweiten Mal im Leben entschied sie sich für ihn. Die Angst, ihn zu verlieren, war größer als die Angst vor der unbekannten Bedrohung. Vincents Tod hatte sie gelehrt, dass man nicht alles auf der Welt kontrollieren konnte. Es war ihr Schicksal, zusammen mit Mårten hierzubleiben, was immer auch passierte.

»Hallo?« Im Flur ließ Ebba ihre Tasche fallen. »Mårten, wo bist du?«

Im Haus war es mucksmäuschenstill. Während sie langsam die Treppe hinaufging, lauschte sie. Hatte er in Fjällbacka etwas zu erledigen? Nein, sie hatte das Boot am Steg gesehen. Daneben hatte noch ein Boot gelegen. Hatten sie vielleicht Besuch?

»Hallo?«, rief sie noch einmal, doch von den kahlen Wänden hallte nur das Echo ihrer eigenen Stimme wider. Die starke Sonne machte den Staub sichtbar, den sie bei jeder Bewegung aufwirbelte. Sie ging ins Schlafzimmer.

»Mårten?« Verwirrt sah sie ihren Mann an, der mit dem Rücken an der Wand auf dem Fußboden saß und ins Leere starrte. Er reagierte nicht.

Besorgt hockte sie sich neben ihn und strich ihm über den Kopf. Er wirkte müde und abgekämpft. »Was ist los?«, fragte sie.

Er drehte sich zu ihr um.

»Bist du wieder da?«, fragte er mit monotoner Stimme. Sie nickte eifrig.

»Du kannst dir nicht vorstellen, was ich dir alles zu erzählen habe. Außerdem bin ich bei Erica ein bisschen zum Nachdenken gekommen. Ich habe endlich begriffen, was dir wahrscheinlich schon länger klar ist: Wir haben jetzt nur noch uns und müssen es miteinander versuchen. Ich liebe dich, Mårten. Hier wird Vincent immer bei uns sein«, sie legte sich eine Hand auf das Herz, »aber wir können nicht so leben, als ob wir auch tot wären.«

Sie wartete auf eine Reaktion, doch er schwieg.

»Als Erica mir von meiner Familie erzählt hat, fügte sich plötzlich eins zum andern.« Sie setzte sich neben ihn und erzählte lebhaft die Geschichten von Laura, Dagmar und der Engelmacherin.

Als sie fertig war, nickte Mårten. »Die Schuld hat sich vererbt.«

»Was meinst du damit?«

»Die Schuld hat sich vererbt«, wiederholte er krächzend.

Ruckartig wühlte er sich in den Haaren, bis sie wild zu Berge standen. Sie wollte sie glattstreichen, aber er schlug ihre Hand weg.

»Du hast deine Schuld nie eingestanden.«

»Welche Schuld?« Ein unangenehmes Gefühl beschlich sie, aber sie bemühte sich, es wieder abzuschütteln. Sie kannte Mårten ja, er war ihr Mann.

»An Vincents Tod. Wie sollen wir weiterleben, wenn du nicht gestehst. Aber jetzt weiß ich, warum. Du hast es in dir. Die Großmutter deiner Großmutter war eine Kindsmörderin, und du hast unser Kind ermordet.«

Ebba schreckte zurück, als hätte er sie geschlagen. Aber seine Worte waren so furchtbar, dass es keinen Unterschied machte. Sie sollte Vincent ermordet haben? Voller Verzweiflung hätte sie ihn am liebsten angeschrien, aber sie begriff, dass mit ihm etwas nicht stimmte. Er wusste nicht, was er sagte. Anders konnte sie sich sein Verhalten nicht erklären. Unter normalen Umständen hätte er niemals etwas Derartiges zu ihr gesagt.

»Mårten.« Sie sprach so sanft wie möglich mit ihm, aber er zeigte mit dem Finger auf sie und fuhr fort:

»Du hast ihn ermordet! Es war deine Schuld. Von Anfang an.«

»Wovon redest du? Du weißt doch, dass es nicht so war. Ich habe Vincent nicht umgebracht. Niemand ist schuld an seinem Tod, das weißt du ganz genau!« Sie packte Mårten an den Schultern und schüttelte ihn, damit er wieder zur Vernunft kam.

Als sie sich umsah, bemerkte sie plötzlich das zerwühlte Bett und auf dem Fußboden das Tablett. Zwei Teller voller Essensreste und zwei Gläser, in denen Rotwein gewesen zu sein schien, standen darauf.

»Wer ist hier gewesen?«, fragte sie, bekam aber keine Antwort. Er richtete nur seinen eiskalten Blick auf sie.

Langsam wich sie zurück. Sie spürte instinktiv, dass sie von hier wegmusste. Dies war nicht Mårten, sondern jemand anderes. Einen Moment lang fragte sie sich, seit wann sie es mit dieser fremden Person zu tun hatte. Wie lange war sein Blick schon so kalt, ohne dass sie es bemerkt hatte?

Sie kroch noch ein Stück zurück, als er plötzlich mit hölzernen Bewegungen aufstand, ohne sie aus den Augen zu lassen. Starr vor Angst versuchte sie, sich hastig aufzurappeln, aber er streckte die Hand nach ihr aus und zog sie wieder herunter.

»Mårten?«, wiederholte sie.

Nie hatte er die Hand gegen sie erhoben. Er war es, der laut protestierte, wenn sie eine Spinne erschlagen wollte, und das Tier stattdessen behutsam ins Freie trug. Allmählich begriff sie, dass Mårten nicht mehr existierte. Vielleicht war er schon bei Vincents Tod zerbrochen. Sie war nur mit ihrer eigenen Trauer zu beschäftigt gewesen, und nun war es zu spät.

Mårten legte den Kopf schief und betrachtete sie wie eine Fliege, die sich in seinem Netz verheddert hatte. Ihr Herz klopfte wie wild, aber sie konnte nicht mehr kämpfen. Wohin sollte sie fliehen? Aufgeben war am einfachsten. Sie würde zu Vincent kommen, der Tod jagte ihr keine Angst ein. Sie war nur noch traurig. Traurig, weil etwas in Mårten zerbrochen und ihre Hoffnung so jäh erloschen war.

Als Mårten sich zu ihr herunterbeugte und ihr die Hände um den Hals legte, sah sie ihm ruhig in die Augen. Seine Hände waren warm und vertraut. Wie oft hatten sie ihre Haut gestreichelt. Er drückte immer fester zu, und ihr Herz begann zu rasen. Hinter ihren Lidern blitzte es hell. Ihr Körper wehrte sich und verlangte nach Sauerstoff, aber es gelang ihr, ihn mit eisernem Willen zum Schweigen zu bringen. Während es um sie dunkel wurde, versöhnte sie sich mit ihrem Schicksal. Vincent erwartete sie.

Gösta war im Konferenzraum sitzen geblieben. Die Aufregung, als sie den fehlenden Pass bemerkten, hatte sich gelegt. Möglicherweise war er nur ein alter Skeptiker, aber er wusste einfach, dass es für einen verschwundenen Reisepass viele Erklärungen geben konnte. Vielleicht war Annelies Pass ungültig gewesen oder an einem anderen Ort aufbewahrt worden und beim Entrümpeln des Hauses verlorengegangen. Andererseits war es nicht unwahrscheinlich, dass es doch etwas zu bedeuten hatte, aber damit sollte sich Patrik beschäftigen. Er selbst fühlte sich verpflichtet, das Ganze noch einmal minutiös zu untersuchen. Er schuldete Ebba Sorgfalt. Vielleicht war etwas unter den Sachen, was sie zwar gesehen, aber falsch eingeschätzt oder nicht gründlich genug in Augenschein genommen hatten.

Maj-Britt hätte ihm nie verziehen, wenn er nicht alles in seiner Macht Stehende getan hätte, um der Kleinen zu helfen. Ebba war nach Valö zurückgekehrt. Da draußen wartete etwas Dunkles und Gefährliches auf sie, und er musste um jeden Preis verhindern, dass sie zu Schaden kam.

Sie hatte einen ganz besonderen Platz in seinem Herzen, seit sie sich damals beim Abschied an ihn geklammert hatte. Es war einer der schlimmsten Tage seines Lebens gewesen. Der Tag, an dem die Frau vom Jugendamt Ebba abholen kam und sie zu ihrer neuen Familie brachte, hatte sich für immer in sein Gedächtnis gebrannt. Maj-Britt hatte Ebba gebadet und fein gemacht. Sie hatte ihr ordentlich gekämmtes Haar mit einer

Schleife zusammengebunden und ihr das weiße Kleid angezogen, das sie nächtelang genäht hatte. Er hatte Ebba an diesem Morgen kaum ansehen können, weil sie so unglaublich niedlich aussah.

Aus Angst, es würde ihm das Herz brechen, wollte er ihr nicht einmal Lebwohl sagen, aber Maj-Britt machte ihm klar, dass sie sich richtig von dem kleinen Mädchen verabschieden mussten. Also war er in die Hocke gegangen und hatte die Arme ausgebreitet, und sie war mit flatternder Schleife und wehendem Rock auf ihn zugerannt. Dann hatte sie ihm die Arme um den Hals gelegt und ihn ganz fest gedrückt. Sie schien zu spüren, dass es das letzte Mal war.

Gösta schluckte, als er vorsichtig Ebbas Babykleidung aus einem Karton nahm, den Patrik gerade gepackt hatte.

»Gösta.« Patrik stand in der Tür.

Erschrocken drehte Gösta sich um. In den Händen hielt er immer noch ein weißes Flügelhemdchen.

»Woher wusstest du die Adresse von Ebbas Eltern?«, fragte Patrik.

Gösta schwieg. Fieberhaft suchte er nach einer Erklärung. Er hätte Patrik mit Sicherheit davon überzeugen können, dass er die Adresse zufällig irgendwo liegen sehen und sich gemerkt hatte, doch stattdessen seufzte er.

»Ich habe ihr die Karten geschickt.«

»G«, erwiderte Patrik. »Darauf wäre ich nie gekommen. Ich muss wirklich auf dem Schlauch gestanden haben.«

»Ich hätte es dir erzählen sollen. Ein paar Mal habe ich es auch versucht.« Er senkte beschämt den Kopf. »Aber ich habe ihr nur die Geburtstagsgrüße geschickt. Die letzte Karte, die Mårten uns gegeben hat, war nicht von mir.«

»Das leuchtet ein. Ehrlich gesagt denke ich schon die ganze Zeit über diese Karte nach. Sie unterscheidet sich völlig von den anderen.«

»Die Handschrift wirkt auch nicht besonders ähnlich.« Gösta legte das Hemdchen weg und verschränkte die Arme vor der Brust.

»Deine Sauklaue ist auch nicht leicht nachzumachen.«

Gösta lachte erleichtert, weil Patrik Verständnis hatte. Er wusste nicht, ob er sich genauso großzügig verhalten hätte.

»Ich weiß, dass dies kein gewöhnlicher Fall für dich ist«, sagte Patrik, als hätte er Göstas Gedanken gelesen.

»Ihr darf nichts passieren.« Gösta wühlte weiter in dem Karton.

Patrik rührte sich nicht. Gösta blickte wieder zu ihm hoch. »Wenn Annelie noch leben würde oder zumindest damals noch gelebt hätte, wäre alles anders. Hast du Leon gesagt, dass wir noch mal mit ihm reden wollen?«

»Ich würde ihn lieber überraschen. Wenn wir ihn aus dem Gleichgewicht bringen, wird er mit höherer Wahrscheinlichkeit reden.« Patrik verstummte. Er schien nicht genau zu wissen, ob er weiterreden sollte oder nicht. Dann sagte er: »Ich glaube, ich ahne, wer die letzte Karte geschickt hat.«

»Wer?«

Patrik schüttelte den Kopf. »Es ist nur so eine Idee. Ich habe Torbjörn gebeten, eine Sache zu überprüfen. Wenn er sich meldet, weiß ich mehr. Vorher möchte ich lieber noch nichts sagen, aber ich verspreche dir, dass du es als Erster erfährst.«

»Das hoffe ich wirklich.« Gösta wandte ihm den Rücken zu. Er hatte einiges zu tun. Irgendetwas, das er bereits gesehen hatte, verlangte seine Aufmerksamkeit. Er würde weitersuchen, bis er es gefunden hatte.

Rebecka würde ihn wahrscheinlich nicht verstehen, aber Josef hatte ihr trotzdem einen Brief hinterlassen, damit sie zumindest erfuhr, dass er dankbar für ihr gemeinsames Leben war und sie liebte. Ihm war jetzt bewusst, dass er sie und die Kinder für seinen Traum geopfert hatte. Scham und Schmerz hatten ihn blind für seine Gefühle für sie gemacht. Trotzdem hatten sie ihm treu zur Seite gestanden.

Den Kindern hatte er ebenfalls Briefe geschrieben. Auch die enthielten keine Erklärungen, sondern nur ein paar Worte des Abschieds und Handlungsanweisungen. Die Kinder durften nicht vergessen, was er von ihnen erwartete. Wenn er nicht mehr da war, um sie daran zu erinnern, durften sie trotzdem nie ihre Verantwortung und ihre Aufgabe aus den Augen lassen.

Langsam aß er sein Ei zu Mittag, das genau acht Minuten gekocht hatte. Zu Beginn ihrer Ehe war Rebecka in diesem Punkt unzuverlässig gewesen. Manchmal waren es neun, mitunter nur sieben Minuten gewesen. Mittlerweile war ihr das Ei schon seit Jahren nicht mehr misslungen. Sie war eine gute und pflichtbewusste Ehefrau gewesen, und seine Eltern hatten sie gemocht.

Den Kindern gegenüber war sie jedoch hin und wieder zu nachgiebig. Das machte ihm Sorgen. Obwohl sie erwachsen waren, brauchten sie eine strenge Führung, und er war sich nicht sicher, ob Rebecka dazu in der Lage war. Außerdem bezweifelte er, ob sie ihr jüdisches Erbe in lebendiger Erinnerung bewahren würden. Doch was hatte er für eine Wahl? Seine Scham würde an ihnen kleben und ihnen jegliche Möglichkeit rauben, erhobenen Hauptes durchs Leben zu gehen. Er war gezwungen, sich für ihre Zukunft zu opfern.

In einem schwachen Moment hatten ihn Rachegedanken gestreift, aber die hatte er fast sofort beiseitegeschoben. Er wusste aus Erfahrung, dass Rache nichts Gutes hervorbrachte. Nur noch mehr Dunkelheit.

Nachdem er das Ei aufgegessen hatte, tupfte er sich sorgfältig den Mund ab und stand auf. Ohne sich umzusehen, verließ er zum letzten Mal sein Haus.

Das Geräusch einer schweren Tür, die aufgestoßen wurde, weckte sie. Verwirrt blinzelte Anna in den Lichtstreifen. Wo war sie? Schmerzen wummerten hinter ihren Schläfen. Mühsam setzte sie sich auf. Es war kalt, und sie war nur in ein dünnes Laken gehüllt. Zitternd vor Kälte schlang sie die Arme um sich. Panik überkam sie.

Mårten. Nun erinnerte sie sich. Sie hatten in seinem und Ebbas Bett gelegen und Wein getrunken. Sie hatte eine heftige Sehnsucht verspürt. Die Erinnerung war nun ganz deutlich. Anna wollte sie verdrängen, aber die Bilder von ihren nackten Körpern flimmerten erbarmungslos durch ihren Kopf. Im Mondschein hatten sie sich aufeinander zubewegt. Dann wurde alles schwarz, und sie erinnerte sich an gar nichts mehr.

»Hallo?«, rief sie in Richtung Tür, erhielt jedoch keine Antwort. Alles kam ihr so unwirklich vor, als wäre sie in einer anderen Welt gelandet. Wie Alice im Wunderland in dem Kaninchenbau. »Hallo?« Sie wollte aufstehen, aber die Beine gaben unter ihr nach.

Etwas Großes wurde in den Raum geworfen, dann fiel die Tür knallend wieder zu. Anna saß regungslos da. Es war wieder stockdunkel. Nirgendwo kam Licht herein, trotzdem musste sie herausfinden, was dort lag. Langsam näherte sie sich auf allen vieren und streckte tastend die Finger aus. Der Boden war so kalt, dass ihre Hände taub wurden, und an der rauen Oberfläche scheuerte sie sich die Knie wund. Schließlich berührte sie etwas, das sich wie Stoff anfühlte. Als sie mit den Fingerspitzen auf Haut traf, zuckte sie zurück. Ein Mensch. Die Augen waren geschlossen. Zunächst nahm sie keine Atmung wahr, aber der Körper war warm. Vorsichtig fuhr sie am Hals entlang und ertastete einen schwachen Puls. Ohne nachzudenken, hielt sie der Frau die Nase zu, hob den Kopf an, neigte ihn leicht nach hinten und bedeckte den Mund mit ihren Lippen. Sie war sich sicher, dass es eine Frau war. Das merkte sie am Geruch und an den Haaren. Als sie stoßweise in den Mund der Frau atmete, meinte sie einen Hauch ihres eigenen Geruchs wahrzunehmen.

Anna wusste nicht, wie lange sie versucht hatte, die Frau wiederzubeleben. Hin und wieder drückte sie mit der Hand auf die Brust der Frau. Sie war sich nicht ganz sicher, ob sie es richtig machte. Sie kannte die Methode nur aus den Krankenhausserien im Fernsehen und hoffte, dass sie die Wirklichkeit und keine erfundene Version einer Herzlungenmassage darstellten.

Nach einer gefühlten Ewigkeit begann die Frau zu husten. Als Würgelaute ertönten, drehte Anna die Frau auf die Seite und strich ihr über den Rücken. Das Husten ließ nach, und die Frau rang pfeifend nach Luft.

»Wo bin ich?«, keuchte sie.

Anna strich ihr beruhigend über das Haar. An der gepressten Stimme war kaum zu erkennen, um wen es sich handelte, aber Anna konnte es sich denken.

»Bist du das, Ebba? Es ist zu dunkel hier, um etwas zu sehen.«

»Anna? Ich dachte, ich wäre blind geworden.«

»Du bist nicht blind. Es ist dunkel, und ich weiß nicht, wo wir sind.«

Ebba wollte etwas sagen, aber ein Hustenanfall, der ihren ganzen Körper erschütterte, hinderte sie daran. Anna strich ihr weiter über den Kopf, bis Ebba anscheinend Anstalten machte, sich hinzusetzen. Anna half ihr auf, und nach einer Weile hörte sie auf zu husten.

»Ich weiß auch nicht, wo wir sind«, sagte Ebba.

»Wie sind wir hierhergekommen?«

Zuerst antwortete Ebba nicht, dann sagte sie leise: »Mårten.«

»Mårten?« Anna sah wieder ihre nackten Körper vor sich. Übelkeit stieg in ihr auf, und sie hätte sich am liebsten übergeben.

»Er …« Ebba hustete wieder. »Er hat versucht, mich zu erwürgen.«

»Wie bitte?«, fragte Anna ungläubig, aber Ebbas Worte setzten tief in ihrem Innern etwas in Bewegung. Wie ein Tier, das wahrnahm, wenn ein anderes Tier in der Herde krank war, hatte sie dunkel geahnt, dass mit Mårten etwas nicht stimmte. Doch das hatte seine Anziehungskraft nur noch verstärkt. Die Gefahr, die von ihm ausging, kannte sie gut. Sie hatte gestern Lucas in Mårten gesehen.

Eine neue Welle von Übelkeit überkam sie, und die Kälte, die vom Boden ausging, breitete sich in ihrem ganzen Körper aus. Das Zittern wurde immer schlimmer.

»Mein Gott, ist das kalt hier. Wo kann er uns nur eingesperrt haben?«, fragte Ebba.

»Er muss uns doch wieder rauslassen.« Anna hörte selbst die Unsicherheit in ihrer Stimme.

»Ich habe ihn nicht wiedererkannt. Er war ein ganz anderer Mensch. Das habe ich an seinen Augen gesehen. Er ...« Plötzlich brach Ebba in Tränen aus. »Er hat gesagt, ich hätte Vincent ermordet. Unseren Sohn.«

Anna legte Ebba wortlos die Arme um den Hals und strich ihr über den Kopf.

»Was ist passiert?«, fragte sie nach einer Weile.

Ebba weinte so heftig, dass sie zunächst gar nicht antworten konnte, doch allmählich beruhigte sie sich.

»Es war Anfang Dezember. Wir hatten unglaublich viel zu tun. Mårten hatte drei Bauprojekte gleichzeitig, und ich musste abends auch lange arbeiten. Vincent muss das gespürt haben, denn er wurde ungeheuer trotzig und provozierte uns die ganze Zeit. Wir waren vollkommen am Ende.« Sie schluchzte wieder. Anna hörte, dass sie sich die Nase am Pullover abwischte. »An dem Morgen, als es passierte, mussten wir beide zur Arbeit. Eigentlich sollte Mårten Vincent in den Kindergarten bringen, aber dann riefen sie von der einen Baustelle an und sagten, er müsse sofort kommen. Dort herrschte dauernd irgendeine Krise. Mårten fragte, ob ich mich um Vincent kümmern würde, damit er gleich losfahren könne, aber ich hatte einen wichtigen Termin und wurde wütend, weil er der Meinung war, sein Job wäre wichtiger als meiner. Wir fingen an zu streiten, und am Ende ging Mårten einfach los und ließ mich mit Vincent allein. Ich wusste, dass ich schon wieder zu spät zu einer Besprechung käme, und als Vincent zu allem Überfluss einen seiner Wutanfälle bekam, konnte ich nicht mehr. Ich habe mich im Klo eingesperrt und geheult. Vincent klopfte weinend an die Tür, aber nach ein paar Minuten wurde es still. Ich dachte, er wäre in sein Zimmer gegangen. Also wusch ich mir noch in Ruhe das Gesicht und beruhigte mich ein wenig.«

Ebba sprach so schnell, dass sich ihre Worte beinahe überschlugen. Anna hätte sich am liebsten die Ohren zugehalten, um sich den Rest zu ersparen. Andererseits war sie es Ebba schuldig, dass sie ihr zuhörte.

»Ich kam gerade aus dem Bad, als es in der Einfahrt knallte. Kurz darauf schrie Mårten. So einen Schrei habe ich noch nie gehört. Er schien gar nicht von einem Menschen zu stammen. Eher von einem verwundeten Tier.« Ebbas Stimme wurde brüchig. »Ich begriff sofort, was los war. Ich wusste, dass Vincent tot war, ich spürte es am ganzen Körper. Trotzdem raste ich raus. Da sah ich ihn hinter unserem Auto. Er hatte seinen Schneeanzug nicht an, und obwohl ich sah, dass er tot war, musste ich die ganze Zeit daran denken, dass er ohne warme Kleidung im Schnee lag. Er würde sich erkälten. Das habe ich gedacht, als ich ihn da liegen sah. Dass er sich erkälten würde.«

»Es war ein Unfall«, sagte Anna leise. »Es war nicht deine Schuld.«

»Doch. Mårten hat recht. Ich habe Vincent umgebracht. Wäre ich nur nicht ins Bad gegangen, hätte ich doch bloß darauf gepfiffen, dass ich zu spät zu dieser Besprechung kam, hätte ich nur nicht ...« Das Weinen ging in ein Heulen über. Anna zog sie noch fester an sich, strich ihr übers Haar und murmelte tröstende Worte. Sie spürte Ebbas Trauer im ganzen Körper. Für eine Weile verdrängte sie sogar die Angst davor, was mit ihnen passieren würde. In diesem Moment waren sie nur zwei Mütter, die beide ein Kind verloren hatten.

Als die Tränen versiegten, versuchte Anna erneut aufzustehen. Jetzt trugen sie ihre Beine. Aus Angst, irgendwo anzustoßen, erhob sie sich vorsichtig. Sie konnte sich ganz aufrichten. Tastend machte sie einen Schritt nach vorn. Sie schrie laut, als etwas ihr Gesicht berührte.

»Was ist?« Ebba klammerte sich an Annas Bein.

»Irgendwas hat mein Gesicht gestreift, wahrscheinlich Spinnweben.« Zitternd hob sie die Hand. Dort hing etwas. Sie versuchte mehrmals vergeblich, danach zu greifen, aber schließlich bekam sie es zu fassen. Eine Schnur. Vorsichtig zog sie daran. Das Licht war so grell, dass sie die Augen schließen musste.

Nach einer Weile sah Anna sich verblüfft um. Ebba, unten auf dem Boden, schnappte nach Luft.

Jahrelang hatte Sebastian es genossen, die Macht zu haben, sogar dann, wenn er bewusst keinen Gebrauch davon machte. Etwas von John zu verlangen wäre zu gefährlich gewesen. John war nicht mehr derselbe, den Sebastian auf Valö gekannt hatte. Obwohl er es nicht offen zeigte, wirkte John so hasserfüllt, dass es dumm gewesen wäre, die Chance zu nutzen, die das Schicksal ihm bot.

Auch an Leon hatte er keine Forderungen gestellt, denn Leon war ganz einfach der einzige Mensch außer Gegenwind, vor dem Sebastian jemals Respekt gehabt hatte. Nach den Ereignissen war Leon schnell verschwunden, aber Sebastian hatte seinen Weg in den Zeitungen und dank der Gerüchte verfolgt, die bis nach Fjällbacka drangen. Nun hatte sich Leon in das Spiel eingemischt, das bislang er geleitet hatte, aber Sebastian hatte für sich persönlich so viel wie möglich herausgeholt. Josefs törichtes Projekt war nur noch eine Erinnerung. Das Grundstück und der Granit waren das einzig Wertvolle daran, und die hatte er, den Vereinbarungen entsprechend, die Josef blind unterschrieben hatte, zu Geld gemacht.

Und Percy. Sebastian lachte in sich hinein, als er den gelben Porsche durch die schmalen Straßen von Fjällbacka lenkte und jede zweite Person grüßte. Percy lebte schon so lange mit seiner eigenen Legende, dass er nicht geglaubt hatte, alles verlieren zu können. Er hatte sich zwar Sorgen gemacht, bevor Sebastian ihm wie ein rettender Engel zu Hilfe kam, aber er war vermutlich nie ernsthaft auf den Gedanken gekommen, dass er das verlieren könnte, was ihm qua Geburt zustand. Nun gehörte das Schloss Percys jüngeren Geschwistern, doch das hatte Percy sich selbst zuzuschreiben. Er hatte sein Erbe nicht gut verwaltet, und Sebastian hatte lediglich dafür gesorgt, dass die Katastrophe ein wenig früher eintrat.

Auch an diesem Geschäft hatte er gut verdient, aber das betrachtete er eher als Bonus. Macht befriedigte ihn am meisten.

Witzigerweise hatten weder Josef noch Percy das begriffen, bevor es zu spät war. Sie schienen trotz allem auf seinen guten Willen gehofft und tatsächlich geglaubt zu haben, er wolle ihnen helfen. Was für Idioten. Leon würde das Spiel jetzt beenden. Wahrscheinlich wollte er deshalb, dass sie sich trafen. Die Frage war, wie weit er gehen würde. Eigentlich war Sebastian unbesorgt. Bei seinem Ruf würden sich die Leute kaum wundern. Er war jedoch gespannt, wie die anderen reagierten. Vor allem John, der von allen am meisten zu verlieren hatte.

Sebastian fand einen Parkplatz und blieb eine Weile sitzen. Dann stieg er aus, vergewisserte sich, dass der Schlüssel in der Hosentasche lag, und klingelte. Jetzt war Showtime.

Beim Lesen nippte Erica am Kaffee. Er schmeckte nicht mehr, aber sie hatte keine Lust, eine neue Kanne aufzusetzen.

»Bist du immer noch da?« Gösta kam in die Küche und schenkte sich eine Tasse ein.

Sie klappte den Ordner zu, in dem sie gelesen hatte.

»Ja, mir wurde gnädig gestattet, noch ein bisschen zu bleiben und mir die alte Ermittlungsakte durchzulesen. Ich frage mich gerade, was es zu bedeuten hat, dass Annelies Pass fehlt.«

»Wie alt war sie? Sechzehn?« Gösta setzte sich an den Tisch.

Erica nickte. »Sechzehn und anscheinend unsterblich in Leon verliebt. Vielleicht ist sie nach einem Streit verschwunden. Es wäre ja nicht die erste Teenagerliebe, die mit einer Tragödie endet. Andererseits kann ich mir schwer vorstellen, dass ein sechzehnjähriges Mädchen auf eigene Faust ihre Familie umbringt.«

»Stimmt, das klingt unwahrscheinlich. Allein hätte sie das nicht geschafft. Wenn sie ein Paar waren, hat ihr vielleicht Leon geholfen. Der Vater sagt nein, sie geraten außer sich …«

»So hätte es ablaufen können, aber hier steht, dass Leon mit den anderen fischen war. Warum hätten sie ihm ein Alibi verschaffen sollen? Was hätten sie davon gehabt?«

»Sie können schließlich nicht alle etwas mit Annelie gehabt haben«, sagte Gösta nachdenklich.

»Nein, so wild haben sie es bestimmt nicht getrieben.«

»Nehmen wir mal an, die Sache hätte etwas mit Annelie und eventuell Leon zu tun. Dann gäbe es immer noch kein überzeugendes Motiv, die ganze Familie zu töten. Rune umzubringen hätte doch gereicht.«

»Das denke ich auch.« Erica seufzte. »Jetzt sitze ich hier und gehe die Vernehmungsprotokolle durch. Es müsste irgendwelche Unstimmigkeiten zwischen den Aussagen der Jungs geben, aber sie haben alle das Gleiche gesagt. Als sie vom Makrelenfischen zurückkamen, war die Familie verschwunden.«

Gösta wollte gerade einen Schluck Kaffee trinken, aber hielt nun inne.

»Hast du Makrelen gesagt?«

»Ja. Das steht in den Protokollen.«

»Wie konnte ich das bloß übersehen?«

»Was denn?«

Gösta stellte die Tasse ab und strich sich übers Gesicht. »Anscheinend kann man einen polizeilichen Bericht unendlich oft lesen, ohne das Offensichtliche zu bemerken.«

Er schwieg eine Weile. Dann sah er Erica triumphierend an.

»Weißt du was? Ich glaube, wir haben eben das Alibi der Jungs geknackt.«

Fjällbacka 1970

Inez wollte es ihrer Mutter recht machen. Schließlich wollte diese nur ihr Bestes. Inez sollte eine sichere Zukunft haben. Trotzdem konnte sie nicht leugnen, dass sie sich auf dem feinen Sofa im Salon vor Unbehagen wand. Er war so alt.

»Ihr werdet euch mit der Zeit besser kennenlernen«, sagte Laura entschieden. »Rune ist ein guter und zuverlässiger Mann, der gut für dich sorgen wird. Wie du weißt, ist meine Gesundheit angeschlagen, und wenn ich nicht mehr bin, hast du niemanden. Ich möchte nicht, dass du so einsam wirst, wie ich es war.«

Laura legte ihre trockene Hand auf ihre. Die Berührung war ungewohnt. Inez konnte sich nicht erinnern, dass ihre Mutter sie oft berührt hatte.

»Ich verstehe ja, dass es etwas plötzlich kommt.« Der Mann ihr gegenüber betrachtete sie wie eine preisgekrönte Stute.

Vielleicht war der Gedanke ungerecht, aber genau so fühlte sie sich. Und es war tatsächlich alles sehr plötzlich gekommen. Mutter war wegen ihres Herzens drei Tage im Krankenhaus gewesen. Als sie wieder zu Hause war, schlug sie Inez vor, Rune Elvander zu heiraten, der seit einem Jahr verwitwet war. Nach Nannas Tod waren sie ja nur noch zu zweit.

»Meine liebe Frau hat gewollt, dass ich jemanden finde, der mit mir die Kinder großzieht, und von Ihrer Mutter weiß ich, dass Sie ein tüchtiges Mädchen sind«, fuhr der Mann fort.

Inez hatte eine vage Ahnung, dass solche Dinge normalerweise anders abliefen. Die siebziger Jahre hatten gerade angefangen, und Frauen hatten mittlerweile die Möglichkeit, selbst über ihr Leben zu bestimmen. Sie war jedoch nie ein Teil der richtigen Welt gewesen, sondern hatte nur in der perfekten Welt ihrer Mutter gelebt. In dieser Welt waren Mutters Worte Gesetz. Wenn sie es für das Beste hielt, dass ihre Tochter einen fünfzigjährigen Witwer mit drei Kindern heiratete, hatte Inez nicht den Mut, diese Entscheidung in Frage zu stellen.

»Ich möchte das alte Ferienheim auf Valö kaufen und dort ein Internat für Jungen gründen. Da brauche ich jemanden an meiner Seite, der mich unterstützt. Sie können doch kochen?«

Inez nickte. Sie hatte viel Zeit bei Nanna in der Küche verbracht, und die hatte ihr alles beigebracht, was sie konnte.

»Dann hätten wir das beschlossen«, sagte Laura. »Wir müssen natürlich eine angemessene Verlobungszeit einhalten. Wie wäre es mit einer Hochzeit an Mittsommer?«

»Das klingt ausgezeichnet«, sagte Rune.

Inez schwieg. Sie musterte ihren zukünftigen Ehemann und stellte fest, dass er rings um die Augen und den verkniffenen kleinen Mund Falten hatte. Sein dunkles Haar war von grauen Strähnen durchzogen, und er hatte eine beginnende Glatze. Dies war also der Mann, den sie heiraten würde. Die Kinder kannte sie noch nicht. Sie wusste nur, dass sie fünfzehn, zwölf und fünf Jahre alt waren. Vielen Kindern war sie bis jetzt nicht begegnet, aber es würde schon klappen. Das sagte jedenfalls ihre Mutter.

Percy saß im Auto und blickte auf die Hafeneinfahrt von Fjällbacka, konnte die Wellen und Boote aber kaum erkennen. Er hatte nur sein eigenes Schicksal vor Augen. Vergangenheit und Gegenwart fügten sich jetzt zusammen. Seine Geschwister waren am Telefon angemessen höflich gewesen. Es gehörte zum guten Ton, dass man auch den Besiegten respektvoll behandelte. Percy wusste auch so, was sich hinter ihren mitfühlenden Floskeln verbarg. Schadenfreude war immer gleich, ob man nun reich oder arm war.

Sie erzählten ihm, dass sie das Schloss gekauft hatten, aber das war nichts Neues für ihn. Er wusste bereits von Rechtsanwalt Buhrman, dass Sebastian ihn hintergangen hatte. Mit haargenau den gleichen Worten wie Sebastian erklärten sie ihm, dass das Schloss in ein exklusives Konferenzzentrum umgebaut werden sollte. Es sei bedauerlich, aber er müsse spätestens zum Monatsende ausziehen. Dies müsse selbstverständlich unter Aufsicht ihres Anwalts vonstattengehen, damit Percy nicht versehentlich Dinge mitnahm, die zum Familienbesitz gehörten.

Es wunderte ihn, dass Sebastian heute aufgetaucht war. Percy hatte ihn gesehen, als er den Hügel zu Leons Haus hinauffuhr. Braungebrannt, mit offenem Hemdkragen, teurer Sonnenbrille und Gel im Haar. Er sah genauso aus wie immer. Für ihn war sicherlich auch alles ganz normal. So läuft eben Business, pflegte er zu sagen.

Percy warf einen letzten Blick in den Spiegel. Er sah furchtbar aus. Die Augen waren blutunterlaufen von zu wenig Schlaf und zu viel Whisky. Seine Haut wirkte fahl und teigig. Nur der Krawattenknoten saß perfekt. Das war Ehrensache. Er klappte die Sonnenblende hoch und stieg aus. Es gab keinen Grund, das Unausweichliche hinauszuzögern.

Ia lehnte den Kopf an das kühle Seitenfenster. Die Taxifahrt zum Flughafen Landvetter dauerte fast zwei Stunden, je nach Verkehr sogar noch länger, und sie wollte versuchen, ein wenig zu schlafen.

Vor ihrer Abreise hatte sie ihn geküsst. Es würde die Hölle für ihn werden, wenn er allein zurechtkommen musste, aber sie wollte nicht dabei sein, wenn die Bombe platzte. Leon hatte ihr versichert, dass alles gutgehen würde. Er könne nicht anders, sagte er. Sonst käme er nie zur Ruhe.

Wieder einmal dachte sie an diese Autofahrt auf den steilen Straßen von Monaco. Er war kurz davor gewesen, sie zu verlassen. Die Worte sprudelten nur so aus ihm heraus. Er hatte gestammelt, die Dinge hätten sich verändert und er habe nicht mehr dieselben Bedürfnisse. Sie hätten viele schöne Jahre zusammen verbracht, aber nun habe er sich in eine andere verliebt. Auch sie würde wieder jemanden finden. Sie hatte den Blick von der kurvigen Straße abgewendet, um ihm in die Augen zu sehen. Während er Plattitüden von sich gab, musste sie daran denken, dass sie aus Liebe zu ihm alles geopfert hatte.

Als der Wagen ins Schleudern kam, riss er die Augen auf. Der Schwall sinnloser Worte verebbte.

»Guck auf die Fahrbahn«, hatte er gesagt. Sein schönes Gesicht spiegelte Besorgnis wider. Sie konnte es kaum glauben. Zum ersten Mal, seit sie zusammenlebten, hatte Leon Angst. Berauscht von diesem Machtgefühl trat sie aufs Gas. Ihr Körper wurde durch die Beschleunigung regelrecht in den Sitz gepresst.

»Fahr langsamer, Ia«, bat Leon. »Wir sind zu schnell!«

Sie hatte nicht geantwortet, sondern das Gaspedal noch heftiger durchgetreten. Der kleine Sportwagen hob beinahe ab.

Sie hatte das Gefühl zu schweben. In diesem Augenblick war sie vollkommen frei.

Leon hatte noch versucht, das Lenkrad zu packen, aber dadurch war das Auto noch mehr ins Schlingern geraten. Immer wieder flehte er sie an, vom Gas zu gehen. Das Entsetzen in seiner Stimme machte sie so glücklich wie lange nichts. Nun flogen sie fast.

Als sie in einiger Entfernung den Baum sah, schien eine äußere Kraft von ihr Besitz zu ergreifen. Ruhig drehte sie das Lenkrad ein Stück nach rechts und hielt auf den Baum zu. Von ferne hörte sie Leons Stimme, aber das Rauschen in ihren Ohren übertönte alles andere. Dann war es plötzlich still. Friedlich. Sie würden sich nicht trennen, sondern für immer zusammenbleiben.

Erstaunt stellte sie irgendwann fest, dass sie noch lebte. Neben ihr saß Leon mit geschlossenen Augen. Sein Gesicht war voller Blut. Das Feuer wurde rasch größer. Die Flammen leckten bereits an ihren Sitzen. Ein scharfer Geruch stieg ihr in die Nase. Sie musste sich schnell entscheiden, ob sie zulassen sollte, dass die Flammen sie verschlangen, oder ob sie sich und ihn retten sollte. Sie betrachtete Leons schönes Gesicht. Das Feuer hatte bereits eine seiner Wangen erfasst. Fasziniert beobachtete sie, wie es sich in die Haut fraß. Dann fasste sie einen Entschluss. Von nun an gehörte er ihr. Und so war es gewesen, seit sie ihn aus dem brennenden Auto gezogen hatte.

Ia schloss die Augen und spürte die kühle Scheibe an der Stirn. Leon hatte jetzt etwas vor, woran sie nicht beteiligt sein wollte, aber sie sehnte den Moment herbei, in dem sie wieder vereint sein würden.

Anna sah sich in dem kahlen Raum um, der nun von einer nackten Glühbirne beleuchtet wurde. Es roch nach Erde und etwas anderem, was sich nicht ohne weiteres identifizieren ließ. Ebba und sie hatten vergeblich an der Tür gerüttelt. Sie war fest verschlossen.

An der einen Wand standen vier Kisten mit Eisenbeschlägen.

Die Flagge darüber hatten sie als Erstes gesehen, als das Licht anging. Feuchtigkeit und Schimmel hatten sie dunkel werden lassen, aber die Swastika hob sich noch deutlich vom rot-weißen Hintergrund ab.

»Vielleicht ist in denen etwas, was du überziehen kannst.« Ebba sah sie an. »Du zitterst ja.«

»Ja. Ganz egal, was. Ich erfriere.« Anna schämte sich, dass sie unter dem Laken nackt war. Sie gehörte zu denen, die sich ungern in öffentlichen Umkleideräumen umzogen. Seit dem Unfall und den vielen Narben war es noch schlimmer geworden, und obwohl Schüchternheit momentan ihre geringste Sorge hätte sein müssen, quälte sie ihr Schamgefühl trotz Angst und Kälte.

»Die drei dort sind verschlossen, aber diese ist offen.« Ebba zeigte auf die Kiste an der Tür und klappte den Deckel hoch. Zuoberst lag eine dicke graue Wolldecke. »Hier!« Sie warf Anna die Decke zu, und die wickelte sich samt Laken darin ein. Trotz des ekelerregenden Geruchs der Decke war Anna froh über die Wärme und den Schutz.

»Hier sind auch Konserven.« Ebba nahm einige staubige Dosen aus der Kiste. »Schlimmstenfalls können wir damit eine Zeitlang überleben.«

Anna musterte sie. Ebbas fast fröhlicher Tonfall passte weder zur Situation noch zu ihrem vorherigen Zustand. Offenbar war das ihre Art, sich zu schützen.

»Wir haben kein Wasser«, stellte sie fest. Der Satz blieb im Raum stehen. Ohne Wasser würden sie es nicht lange aushalten, aber Ebba wühlte weiter in der Kiste, als hätte sie gar nicht zugehört.

»Guck mal!« Sie hielt ein Kleidungsstück hoch.

»Eine Naziuniform? Wo kommt denn dieses Zeug her?«

»Während des Krieges hat das Haus anscheinend einem Verrückten gehört. Der Krempel muss noch von ihm sein.«

»Das ist doch krank.« Anna zitterte immer noch. Die Wolldecke wärmte ihren Körper zwar allmählich, aber noch immer fror sie erbärmlich.

»Wieso bist du eigentlich hier?«, fragte Ebba plötzlich und drehte sich zu Anna um. Erst jetzt schien ihr aufzufallen, wie merkwürdig es war, dass sie zusammen hier waren.

»Mårten muss mich auch angegriffen haben.« Anna zog die Decke fester um sich.

Ebba runzelte die Stirn.

»Warum? Grundlos oder ist etwas passiert ...?« Sie schlug sich die Hand auf den Mund. »Ich habe das Tablett im Schlafzimmer gesehen. Wieso bist du eigentlich gestern gekommen? Bist du zum Abendessen geblieben? Was war los?«

Die Worte prallten wie Gewehrkugeln auf die harten Wände, und Anna zuckte bei jeder Frage zusammen, als hätte sie eine Ohrfeige bekommen. Sie brauchte nichts zu sagen. Die Antwort stand ihr ins Gesicht geschrieben.

Ebbas Augen füllten sich mit Tränen. »Wie konntest du nur? Du weißt doch, wie es uns geht und was wir durchgemacht haben.«

Anna schluckte immer wieder, aber ihr Mund war staubtrocken. Sie wusste nicht, wie sie ihr Verhalten erklären und um Verzeihung bitten sollte. Ebba sah sie noch eine Weile unter Tränen an. Dann holte sie tief Luft und atmete langsam wieder aus. Ruhig und beherrscht sagte sie:

»Wir reden jetzt nicht darüber. Wenn wir hier rauswollen, müssen wir zusammenhalten. Vielleicht finden wir in der Kiste etwas, womit wir die Tür aufbrechen können.« Dann wandte sie Anna den Rücken zu. Vor unterdrückter Wut war Ebbas Körper steif geworden.

Dankbar nahm Anna das vorläufige Friedensangebot an. Wenn es ihnen nicht gelang, sich zu befreien, bestand ohnehin kein Klärungsbedarf mehr. Erst einmal würde niemand sie vermissen. Dan und die Kinder waren verreist, und Ebbas Eltern würden erst in ein paar Tagen unruhig werden. Blieb nur noch Erica, die sich schnell verrückt machte, wenn sie Anna nicht erreichen konnte. Normalerweise trieb sie Anna damit zur Weißglut, aber nun hoffte sie, dass Erica sich Sorgen machte, wie üblich nicht lockerließ und hartnäckig wie nur irgend möglich nach ihr suchte. Bitte, liebe Erica, bitte sei so besorgt und neugierig wie immer, flehte Anna leise im Schein der nackten Birne.

Ebba trat gegen das Schloss der Kiste, die direkt neben der offenen stand. Das Vorhängeschloss ging nicht auf, aber schließlich gaben die Beschläge nach.

»Hilf mir mal.« Mit vereinten Kräften rissen sie das Schloss ab. Sie beugten sich hinunter, fassten den Deckel an beiden Seiten und zerrten daran. Der Schmutzschicht nach zu urteilen, war er wohl seit Jahren nicht geöffnet worden. Mit einem Ruck gab er endlich nach.

Sie warfen einen Blick in die Kiste und starrten sich dann an. Anna sah das Spiegelbild ihres eigenen Entsetzens in Ebbas Gesicht. Ein Schrei hallte von den kahlen Wänden wider. Sie wusste nicht, ob sie ihn ausgestoßen hatte oder Ebba.

»Hallo. Sie sind Kjell?« Sven Niklasson gab ihm die Hand und stellte sich vor.

»Haben Sie keinen Fotografen mitgebracht?« Kjell sah sich in dem kleinen Raum um, in dem die Fluggäste auf ihr Gepäck warteten.

»Es kommt jemand aus Göteborg mit dem eigenen Auto.«

Sven zog einen kleinen Rollkoffer hinter sich her. Kjell nahm an, dass Sven es gewohnt war, mit leichtem Gepäck zu reisen.

»Meinen Sie, wir sollten trotzdem die Polizei Tanum informieren?«, fragte Sven, als sie in Kjells großem Kombi saßen.

Kjell dachte darüber nach, als er vom Parkplatz herunterfuhr und rechts abbog.

»Ja, ich finde schon, aber dann sollten Sie mit Patrik Hedström reden. Mit niemandem sonst.« Er warf Sven einen Seitenblick zu. »Ist Ihnen egal, welche Polizeibezirke informiert sind?«

Lächelnd betrachtete Sven die vorüberziehende Landschaft. Er hatte Glück. In der Sommersonne war die große Brücke in Trollhättan am schönsten.

»Man weiß nie, wann man eine Gefälligkeit von einem Insider braucht. Ich habe bereits eine Abmachung mit den Göteborgern. Sie geben mir Bescheid, bevor sie zuschlagen, weil wir sie mit Informationen versorgt haben. Betrachten Sie es als reine Höflichkeit, dass die Polizei Tanum auch erfährt, was sich hier anbahnt.«

»Da die Polizei Göteborg anscheinend nicht vorhatte, so zuvorkommend zu sein, werde ich Hedström bei Gelegenheit auf Ihre Großzügigkeit hinweisen.« Kjell grinste. Er selbst empfand aufrichtige Dankbarkeit, dass Sven ihn einbezog. Nicht nur, weil es sich um eine richtig große Story handelte, sondern weil in der schwedischen Politik etwas in Bewegung geriet. Für die Bevölkerung würde es ein Schock sein. »Danke, dass Sie mich mitnehmen«, murmelte er. Plötzlich genierte er sich.

Sven zuckte die Achseln. »Ohne die Hinweise von Ihnen hätten wir die Sache nicht zum Abschluss gebracht.«

»Sie haben die Ziffern also entschlüsselt?« Kjell platzte fast vor Neugier. Am Telefon war Sven nicht dazu gekommen, ihm alles zu erzählen.

»Die Chiffrierung war lächerlich simpel.« Sven lachte. »Meine Kinder hätten den Code in einer Viertelstunde geknackt.«

»Wirklich?«

»Die Eins entsprach dem A, die Zwei dem B und so weiter.«

»Sie machen Witze.« Kjell sah Sven an. Beinahe wäre er von der Fahrbahn abgekommen.

»Nein, obwohl es mir viel lieber wäre. Es zeigt, für wie bescheuert die uns halten.«

»Was haben Sie denn herausgefunden?« Kjell versuchte, sich an die Ziffernkombination zu erinnern, aber er hatte schon in der Schule kein gutes Zahlengedächtnis gehabt. Mittlerweile konnte er sich kaum noch seine eigene Telefonnummer merken.

»Stureplan. Die Ziffern standen für Stureplan. Danach ein Datum und eine Uhrzeit.«

»Verdammt.« Beim Kreisverkehr in Torp bog er rechts ab. »Das hätte ins Auge gehen können.«

»Ja, aber die Polizei hat heute Morgen diejenigen festgenommen, die das Attentat ausführen sollten. Nun sind sie nicht mehr in der Lage, miteinander zu kommunizieren, und können niemanden warnen. Deswegen eilte es so. Die Verantwortlichen in der Partei werden bald merken, dass die Männer nicht erreichbar sind, und daraus schließen, dass irgendwas faul ist. Diese Typen haben doch weltweit Kontakte und können mühelos untertauchen. Dann hätten wir keine Chance mehr.«

»In gewisser Weise war der Plan genial«, sagte Kjell. Er musste dauernd daran denken, was sich ereignet hätte, wenn er wirklich ausgeführt worden wäre. Die Bilder in seinem Kopf waren gestochen scharf. Es hätte eine Tragödie gegeben.

»Im Grunde können wir froh sein, dass sie endlich ihr wahres Gesicht zeigen. Für viele Anhänger von John Holm wird es ein böses Erwachen geben. Gott sei Dank. Hoffentlich kommt etwas Derartiges nicht so bald wieder vor. Leider lässt uns manchmal unser Gedächtnis im Stich.« Seufzend sah er Kjell an. »Wollen Sie diesen Hedman anrufen?«

»Hedström. Patrik Hedström. Kann ich machen.« Ohne die Fahrbahn vollständig aus den Augen zu lassen, wählte er die Nummer der Polizeidienststelle Tanum.

»Was macht ihr denn für einen Lärm?« Grinsend trat Patrik in die Küche. Erica hatte laut nach ihm gerufen, und er war sofort gekommen.

»Setz dich«, sagte Gösta. »Du weißt, wie oft ich die alten Ermittlungsakten schon durchgeackert habe. Die Aussagen der Jungs stimmten ziemlich überein, aber ich hatte die ganze Zeit das Gefühl, dass etwas nicht stimmte.«

»Und nun wissen wir endlich, warum.« Erica verschränkte zufrieden die Arme vor der Brust.

»Und?«

»Wegen der Makrelen.«

»Makrelen?« Patrik kniff die Augen zusammen. »Entschuldige, aber würdest du mir das vielleicht ein bisschen genauer erklären?«

»Ich habe den Fisch, den die Jungs gefangen haben, nicht gesehen«, sagte Gösta, »und während der Vernehmungen habe ich aus irgendeinem Grund auch nicht daran gedacht.«

»Woran denn?«, fragte Patrik ungeduldig.

»Dass man vor Mittsommer keine Makrelen fangen kann«, sagte Erica überdeutlich, als spräche sie mit einem Kind.

Langsam wurde Patrik klar, was das bedeutete. »Alle Jungs haben ausgesagt, sie hätten Makrelen gefangen.«

»Genau. Einer von ihnen hätte sich irren können, aber wenn alle dasselbe behaupten, beweist das, dass sie sich abgesprochen haben. Und da sie sich mit Fischen nicht gut auskannten, haben sie sich den falschen ausgesucht.«

»Ich habe es Erica zu verdanken, dass ich darauf gekommen bin«, sagte Gösta verschämt.

Patrik warf ihr eine Kusshand zu. »Du bist die Beste!« Diesmal meinte er es vollkommen ernst.

In diesem Augenblick klingelte das Telefon. Auf dem Display sah er, dass es Torbjörn war.

»Ihr habt wirklich gute Arbeit geleistet, aber jetzt muss ich ans Telefon!« Er hielt den Daumen hoch, ging in sein Zimmer und schloss die Tür hinter sich.

Aufmerksam hörte er Torbjörn zu und machte sich auf dem erstbesten Stück Papier auf seinem Schreibtisch ein paar Notizen. Sein merkwürdiger Verdacht hatte sich bestätigt. Er fragte sich, was die Neuigkeiten für Konsequenzen haben würden. Nach dem Auflegen wusste er mehr, war aber gleichzeitig noch verwirrter als vorher.

Auf dem Gang waren schwere Schritte zu hören. Neugierig warf er einen Blick aus der Tür. Paula kam ihm mit vorstehendem Bauch entgegen.

»Ich halte es einfach nicht länger aus, zu Hause zu sitzen und nur zu warten. Die Frau von der Bank wollte sich heute melden, aber sie hat noch nicht angerufen ...« Sie war so außer Atem, dass sie eine Pause einlegen musste.

Patrik legte ihr beruhigend die Hand auf die Schulter. »Hol doch erst mal Luft!« Er wartete, bis sie sich ein wenig beruhigt hatte. »Wir machen gleich eine Lagebesprechung. Schaffst du das?«

»Natürlich.«

»Wo zum Teufel steckst du?« Plötzlich stand Mellberg hinter ihr. »Rita hat sich solche Sorgen gemacht, als du einfach abgehauen bist, dass sie mich gezwungen hat, hinter dir herzurennen.« Er wischte sich den Schweiß von der Stirn.

Paula verdrehte die Augen. »Bei mir ist alles in Ordnung.«

»Gut, dass du da bist. Wir haben einiges zu besprechen.«

Patrik marschierte zum Konferenzraum. Unterwegs gab er Gösta Bescheid. Nach kurzem Zögern machte er kehrt und ging in die Küche.

»Du kannst auch mitkommen.« Er nickte Erica zu. Wie zu erwarten sprang sie auf.

In dem Raum war es eng, aber Patrik wollte, dass die Lagebesprechung inmitten der persönlichen Habe von Familie Elvander stattfand. Die Sachen sollten den Kollegen bewusst machen, warum sie unbedingt die verschiedenen Ermittlungsstränge verbinden mussten.

Hastig erläuterte er Paula und Mellberg, dass sie die Kartons bei Schrott-Olle abgeholt und sich bereits eine ganze Weile mit ihrem Inhalt beschäftigt hatten.

»Einiges ist jetzt klarer. Nun müssen wir gemeinsam versuchen, weiterzukommen. Als Erstes kann ich euch darüber informieren, dass es sich bei dem geheimnisvollen ›G‹, der Ebba die Karten geschickt hat, um unseren Gösta Flygare handelt.« Patrik zeigte auf Gösta, der errötend den Blick senkte.

»Mensch, Gösta, wie …?«, sagte Paula.

Mellberg lief puterrot an und schien vor Wut fast zu platzen.

»Ich weiß, dass ich es euch hätte sagen müssen, aber das habe ich bereits mit Hedström geklärt.« Gösta warf Mellberg einen wütenden Blick zu.

»Die letzte Karte geht nicht auf Göstas Konto, sie weicht auch deutlich von den anderen ab.« Patrik lehnte sich an die Tischkante. »Ich hatte da so eine Idee, deshalb habe ich eben mit Torbjörn telefoniert. Er hat meinen Verdacht bestätigt. Der

Fingerabdruck, den Torbjörn auf der Rückseite der Briefmarke gesichert hat und der ja aller Wahrscheinlichkeit vom Absender der Karte stammt, stimmt mit einem der Fingerabdrücke auf dem Plastikbeutel überein, in dem uns Mårten die Postkarte gebracht hat.«

»Aber den Beutel habt doch nur ihr und Mårten angefasst. Dann ist es also ...« Erica wurde bleich. Patrik sah es hinter ihrer Stirn rattern.

Fieberhaft kramte sie in ihrer Handtasche. Alle richteten den Blick auf sie, während sie ihr Handy herauszog und eine Telefonnummer wählte. Es war mucksmäuschenstill im Raum. Schließlich sprang ein Anrufbeantworter an.

»Scheiße«, schrie Erica. Sie wählte noch eine Nummer. »Jetzt rufe ich Ebba an.«

Auch hier meldete sich niemand.

»Das ist doch wie verhext.« Sie wählte eine dritte Nummer.

Patrik machte keine Anstalten, die Besprechung fortzusetzen, bevor sie fertig war. Allmählich war er selbst beunruhigt, weil Anna den ganzen Tag nicht ans Telefon gegangen war.

»Wann ist sie da hingefahren?«, fragte Paula.

Erica hielt sich immer noch das Handy ans Ohr. »Gestern Abend, und seitdem kann ich sie nicht erreichen. Jetzt rufe ich das Postschiff an. Die haben Ebba heute Vormittag mitgenommen und wissen vielleicht mehr ... Hallo? Hier ist Erica Falck. ... Genau. Sie haben Ebba mitgenommen. ... Haben Sie sie auch abgesetzt? Lag dort noch ein anderes Boot? ... Aus Holz? ... Also am Steg vom Ferienheim ... Okay. Danke.«

Erica legte auf. Patrik sah, dass ihre Hand leicht zitterte.

»Unser Boot, mit dem Anna gestern rausgefahren ist, liegt noch dort am Steg. Sie und Ebba sind also mit Mårten auf Valö, und keine von beiden geht ans Telefon.«

»Es ist bestimmt alles in Ordnung. Vielleicht ist Anna ja auch wieder abgefahren.« Patrik versuchte, ruhiger zu erscheinen, als er in Wirklichkeit war.

»Aber Mårten hat doch gesagt, sie sei nur eine Stunde geblieben. Warum hat er gelogen?«

»Dafür gibt es bestimmt eine Erklärung. Sobald wir hier fertig sind, fahren wir hin und checken die Lage.«

»Aus welchem Grund sollte Mårten seiner Frau Drohbriefe schicken?«, fragte Paula. »Heißt das, dass er auch die Mordversuche unternommen hat?«

Patrik schüttelte den Kopf. »Darüber wissen wir momentan nichts. Deshalb müssen wir alle bisherigen Ermittlungsergebnisse durchgehen und schauen, ob irgendwo Lücken auftauchen. Gösta, erzähl doch mal von deinen Erkenntnissen über die Zeugenaussagen der Jungs.«

»Klar.« Gösta erzählte von den Makrelen und erklärte den Kollegen, warum die Aussagen der Jungen falsch waren.

»Das beweist, dass sie gelogen haben«, sagte Patrik. »Und wenn sie in diesem Punkt nicht die Wahrheit gesagt haben, war alles andere sicher auch gelogen. Wieso hätten sie sich sonst absprechen und so etwas ausdenken sollen? Meiner Meinung nach können wir davon ausgehen, dass sie etwas mit dem Verschwinden der Familie zu tun haben. Nun haben wir noch eine Information, mit der wir sie unter Druck setzen können.«

»Und wie hängt das alles mit Mårten zusammen?«, fragte Mellberg. »Er war doch damals gar nicht dabei, aber laut Torbjörn wurde 1974 dieselbe Waffe verwendet wie jetzt.«

»Ich weiß es nicht, Bertil«, antwortete Patrik. »Eins nach dem anderen.«

»Dann wäre da noch der fehlende Pass.« Gösta setzte sich aufrechter hin. »Der Pass von Annelie fehlt. Möglicherweise bedeutet das, dass sie irgendetwas mit der Sache zu tun hatte, sich aber anschließend ins Ausland abgesetzt hat.«

Patrik warf einen Blick in Ericas Richtung. Sie sah blass aus. Ihm war klar, dass sie nicht aufhören konnte, an Anna zu denken.

»Annelie? Die sechzehnjährige Tochter?«, fragte Paula. Im selben Moment klingelte ihr Handy. Sie ging dran und lauschte mit einer Mischung aus Verwunderung und Entschlossenheit. Als sie aufgelegt hatte, sah sie die anderen an.

»Ebbas Adoptiveltern haben mir und Patrik doch erzählt,

dass irgendein Unbekannter Ebba bis zu ihrem achtzehnten Geburtstag jeden Monat Geld überwiesen hat. Sie haben nie herausgefunden, woher das Geld kam, aber wir dachten natürlich, es könnte etwas mit den Ereignissen auf Valö zu tun haben. Also habe ich mich dahintergeklemmt, und ...« Sie schnappte nach Luft. Patrik erinnerte sich, dass es Erica während der Schwangerschaften genauso gegangen war.

»Komm zur Sache!« Gösta saß nun kerzengerade auf seinem Stuhl. »Von Ebbas Verwandten wollte sich niemand um sie kümmern, und vermutlich hat ihr auch keiner von denen Geld geschickt. Ich könnte mir höchstens vorstellen, dass jemand der Kleinen das Geld überwiesen hat, weil er ein schlechtes Gewissen hatte.«

»Seine Beweggründe kenne ich nicht«, sagte Paula, die ihren momentanen Wissensvorsprung augenscheinlich genoss, »aber das Geld kam jedenfalls von Aron Kreutz.«

Es wurde so still, dass man die Autos draußen vorbeifahren hörte. Gösta brach das Schweigen als Erster.

»Hat Leons Vater Ebba das Geld überwiesen? Aber warum ...?«

»Das müssen wir herausfinden«, sagte Patrik. Plötzlich hatte er das Gefühl, dass dies die wichtigste Frage war, wenn sie hinter das Rätsel der verschwundenen Familie kommen wollten.

Es summte in seiner Tasche. Patrik warf einen Blick auf das Display. Kjell Ringholm vom *Bohusläningen*. Wahrscheinlich hatte er noch einige Fragen zur Pressekonferenz. Das musste warten. Patrik wandte sich wieder seinen Kollegen zu.

»Gösta. Wir beide machen uns auf den Weg nach Valö. Bevor wir die fünf Jungs verhören, müssen wir uns vergewissern, ob es Anna und Ebba gutgeht, und Mårten ein paar Fragen stellen. Paula, du könnest vielleicht versuchen, etwas mehr über Leons Vater herauszufinden.« Als sein Blick auf Mellberg fiel, verstummte er. Wo würde er den geringsten Schaden anrichten? Mellberg arbeitete zwar am liebsten so wenig wie möglich, durfte sich aber auch nicht ausgegrenzt fühlen. »Bertil, du kannst am besten mit der Presse umgehen. Würde es dir etwas ausmachen, hier in der Dienststelle erreichbar zu sein, wenn der Ansturm kommt?«

Mellberg strahlte. »Selbstverständlich. Mit der Presse habe ich jahrelange Erfahrung, das mache ich mit links.«

Patrik seufzte insgeheim. Er musste einen hohen Preis zahlen, damit die Dinge reibungslos liefen.

»Kann ich nicht mit nach Valö fahren?«, fragte Erica. Sie hielt noch immer krampfhaft ihr Handy umklammert.

Patrik schüttelte den Kopf. »Nur über meine Leiche.«

»Aber es wäre wirklich besser. Stell dir vor, es ist etwas passiert ...«

»Keine Diskussion«, sagte Patrik unnötig scharf. »Entschuldige, aber es ist wirklich besser, wenn wir uns darum kümmern.« Er nahm sie in den Arm.

Erica nickte und ging widerwillig zum Auto. Er sah ihr hinterher, griff zum Telefon und rief Victor an. Nach achtmaligem Klingeln ging die Mailbox an.

»Bei der Küstenwache meldet sich niemand. Typisch. Und unser Boot ist draußen auf Valö.«

An der Tür räusperte sich jemand.

»Ich kann leider nicht losfahren. Der Motor springt nicht an.«

Patrik sah seine Frau skeptisch an. »Das ist ja merkwürdig. Vielleicht bringst du sie nach Hause, Gösta, dann kann ich hier in der Zwischenzeit ein paar Dinge zu Ende bringen. Wir müssen warten, bis wir ein Boot haben.«

»Okay«, erwiderte Gösta, ohne Erica anzusehen.

»Gut, dann treffen wir uns nachher am Hafen. Versuchst du es weiter bei Victor?«

»Klar.«

Wieder summte sein Handy, und Patrik guckte automatisch auf das Display. Kjell Ringholm. Nun konnte er auch ans Telefon gehen.

»Gut, dann wissen alle, was sie zu tun haben.« Er blickte den anderen hinterher, als er den Anruf entgegennahm. »Hallo, hier ist Hedström«, seufzte er. Er mochte Kjell, aber im Moment hatte er wirklich keine Zeit für Journalisten.

Valö 1972

Annelie hatte sie von Anfang an gehasst. Claes auch. In ihren Augen war sie zu nichts zu gebrauchen, jedenfalls nicht im Vergleich zu ihrer Mutter, die eine Heilige gewesen sein musste. So klang es nämlich, wenn Rune und seine Kinder von ihr sprachen.

Sie selbst hatte viel über das Leben gelernt. Die wichtigste Lektion war, dass ihre Mutter doch nicht immer recht hatte. Rune zu heiraten war der größte Fehler ihres Lebens gewesen, aber Inez sah keinen Ausweg, denn sie erwartete ein Kind von ihm.

Sie wischte sich den Schweiß von der Stirn und widmete sich wieder dem Küchenfußboden. Rune stellte hohe Ansprüche, und bis zur Eröffnung des Internats sollte alles blitzblank sein. Nichts durfte dem Zufall überlassen werden. »Mein Ruf steht auf dem Spiel«, sagte er immer und erteilte ihr weitere Aufträge. Trotz des wachsenden Bauchs schuftete sie von früh bis spät. Sie fiel fast um vor Müdigkeit.

Plötzlich stand er einfach da. Als sein Schatten auf sie fiel, zuckte sie zusammen.

»Oh, entschuldige, habe ich dich erschreckt?«, fragte er mit einer Stimme, die ihr immer einen Schauer über den Rücken jagte.

Hass schlug ihr entgegen. Wie üblich verkrampfte sie sich, bis sie kaum noch Luft bekam. Nie gab es Beweise. Sie konnte

Rune nichts erzählen, er hätte ihr sowieso nicht geglaubt. Aussage würde gegen Aussage stehen, und sie gab sich nicht der Illusion hin, dass er auf ihrer Seite wäre.

»Du hast da einen Fleck übersehen.« Claes zeigte auf einen Punkt hinter ihr. Mit zusammengebissenen Zähnen drehte sich Inez um und schrubbte die Stelle, auf die er zeigte. Dann hörte sie ein Scheppern und bekam nasse Füße.

»Tut mir leid, ich muss gegen den Eimer gestoßen sein«, sagte Claes in einem bedauernden Tonfall, der nicht mit seinem Gesichtsausdruck übereinstimmte.

Inez sah ihn einfach an. Mit jedem Tag, jeder Unverschämtheit und jeder Gemeinheit steigerte sich ihre Wut.

»Ich kann dir helfen.«

Johan, Runes jüngerer Sohn. Er war erst sieben Jahre alt, hatte kluge, warme Augen. Von Anfang an war er auf sie zugegangen. Schon bei ihrer ersten Begegnung hatte er seine kleine Hand in ihre geschoben.

Mit einem ängstlichen Blick zu seinem großen Bruder kniete er sich neben Inez, nahm ihr den Lappen aus der Hand und begann, das Wasser aufzuwischen.

»Jetzt wirst du auch nass.« Gerührt betrachtete sie seinen gebeugten Nacken und das Haar, das ihm vors Gesicht fiel.

»Das macht nichts.« Er wischte weiter.

Claes stand mit verschränkten Armen hinter ihnen. Es blitzte in seinen Augen, doch seinen kleinen Bruder wagte er nicht zu schikanieren.

»Memme.« Er ging davon.

Inez atmete auf. Eigentlich war es lächerlich. Claes war erst siebzehn. Sie war zwar nicht viel älter, aber trotz allem seine Stiefmutter. Außerdem erwartete sie ein Kind, das eine Schwester oder ein Bruder von ihm sein würde. Vor so einem Bürschchen brauchte sie eigentlich keine Angst zu haben, doch wenn er ihr zu nahe kam, bekam sie automatisch eine Gänsehaut. Sie konnte es sich zwar nicht erklären, aber instinktiv ahnte sie, dass sie sich besser von ihm fernhielt und ihn nicht provozierte.

Wie es wohl werden würde, wenn bald die Schüler eintrafen? Herrschte im Haus dann eine weniger gedrückte Atmosphäre, wenn überall Jungs herumliefen, deren Stimmen jeden Raum ausfüllten? Sie hoffte es. Andernfalls würde sie ersticken.

»Du bist lieb, Johan.« Sie strich dem Jungen über den Kopf. Er antwortete nicht, aber sie sah, dass er lächelte.

Bevor sie kamen, hatte er lange am Fenster gesessen. Hatte aufs Wasser hinaus und nach Valö hinüber geblickt, die Boote betrachtet und die Feriengäste beobachtet, die ein paar Wochen Urlaub genossen. Obwohl er nie so hätte leben können, beneidete er sie. Wahrscheinlich wussten sie gar nicht, wie wunderbar ihr Leben in all seiner Einfachheit war. Als es an der Tür klingelte, warf er einen letzten langen Blick auf Valö. Dort hatte alles angefangen.

»Es ist Zeit, dass wir die Sache beenden.« Leon sah sie an. Einer war nach dem anderen eingetroffen, und es herrschte gedrückte Stimmung. Er stellte fest, dass Percy und Josef keine Notiz von Sebastian nahmen, doch den schien das nicht aus der Ruhe zu bringen.

»Was für ein Schicksal, im Rollstuhl zu landen. Und dein Gesicht ist ja ganz zerstört. Dabei sahst du mal so gut aus.« Sebastian lehnte sich bequem zurück.

Leon nahm es ihm nicht übel. Er wusste, dass Sebastian ihn nicht verletzen wollte, er war schon immer direkt gewesen. Es sei denn, er legte jemanden herein. Dann log er hemmungslos. Erstaunlich, dass Menschen sich kaum änderten. Auch die anderen waren wie früher. Percy wirkte kränklich, und Josef guckte genauso ernst wie damals. John versprühte immer noch denselben Charme.

Bevor er und Ia nach Fjällbacka gefahren waren, hatte er

Erkundigungen über sie eingeholt. Ein Privatdetektiv hatte für teures Geld gute Arbeit geleistet, und nun wusste Leon über ihre Lebenswege Bescheid. Doch jetzt, da sie wieder versammelt waren, schien das, was nach Valö passiert war, seine Bedeutung verloren zu haben.

Er erwiderte nichts auf Sebastians Bemerkung, sondern wiederholte nur: »Es wird Zeit, dass wir alles erzählen.«

»Wozu ist das gut?«, fragte John. »Das ist Vergangenheit.«

»Ich weiß, es war meine Idee, aber je älter ich werde, desto klarer wird mir, dass es ein Fehler war.« Leon sah John an. Er hatte damit gerechnet, dass John sich nicht ohne weiteres überzeugen lassen würde, aber er hatte nicht vor, sich davon abhalten zu lassen. Er hatte sich entschlossen, alles zu enthüllen. Egal, ob die anderen mitmachten oder nicht. Trotzdem hatte er ein Gefühl für Fairness und wollte ihnen wenigstens von seinen Plänen erzählen, bevor er etwas unternahm, das Auswirkungen für jeden von ihnen hatte.

»Ich bin mit John einer Meinung«, sagte Josef mit tonloser Stimme. »Es gibt keinen Grund, Dinge aufzuwühlen, die begraben und vergessen sind.«

»Du hast doch immer darüber geredet, wie wichtig das Vergangene sei. Dass man Verantwortung übernehmen muss. Weißt du das nicht mehr?«, fragte Leon.

Josef wurde blass und wandte sich ab. »Das ist nicht das Gleiche.«

»Doch. Was damals passiert ist, ist noch lebendig. Ich habe es die ganzen Jahre mit mir herumgetragen, und ich weiß, dass es euch genauso gegangen ist.«

»Das ist nicht das Gleiche«, wiederholte Josef.

»Du hast gesagt, alle, die Schuld am Leid deiner Eltern hatten, müssten zur Rechenschaft gezogen werden. Müsste das nicht auch für uns gelten? Sollten wir unsere Schuld nicht auch eingestehen?« Leon sprach mit sanfter Stimme, aber Josef war unangenehm berührt von seinen Worten.

»Ich lasse das nicht zu.« John, der neben Sebastian auf dem Sofa saß, legte die gefalteten Hände um die Knie.

»Das hast du nicht zu entscheiden.« Leon ließ keinen Zweifel daran, dass er bereits eine Entscheidung getroffen hatte.

»Mach doch, was du willst«, sagte Sebastian plötzlich. Er steckte die Hand in die Hosentasche und hielt kurz darauf einen Schlüssel hoch. Dann stand er auf und reichte ihn Leon, der ihn zögernd entgegennahm. Es waren so viele Jahre vergangen, seit er ihn zuletzt in der Hand gehalten hatte. So viele Jahre, seit er ihr Schicksal besiegelt hatte.

Es wurde totenstill. Alle sahen die Bilder vor sich, die sich in ihr Gedächtnis gebrannt hatten.

»Wir müssen die Tür öffnen.« Leon hielt den Schlüssel fest in der Hand. »Am liebsten würde ich es mit euch zusammen machen, aber wenn ihr nicht wollt, tue ich es alleine.«

»Und Ia ...?«, begann John, aber Leon fiel ihm ins Wort.

»Ia ist unterwegs nach Monaco. Ich konnte sie nicht überreden zu bleiben.«

»Tja, ihr könnt fliehen«, sagte Josef. »Ihr geht einfach ins Ausland und lasst uns hier mit dem ganzen Elend zurück.«

»Ich reise nicht ab, bevor nicht alles ans Licht gekommen ist«, sagte Leon. »Außerdem kehren wir zurück.«

»Niemand fährt irgendwohin«, sagte Percy. Er hatte bislang kein Wort gesagt, sondern schweigend abseits gesessen.

»Was meinst du damit?« Sebastian lehnte sich lässig zurück.

»Niemand wird irgendwo hinfahren«, wiederholte Percy. Langsam beugte er sich hinunter und kramte in seiner Aktentasche.

»Ist das ein Scherz?«, fragte Sebastian ungläubig. Er starrte die Pistole auf Percys Schoß an.

Percy zielte direkt auf ihn. »Nein, wieso sollte ich scherzen? Du hast mir alles genommen.«

»Aber das war doch rein geschäftlich. Außerdem ist es nicht meine Schuld, dass du dein gesamtes Erbe verprasst hast.«

Als der Schuss fiel, schrien alle auf. Verdutzt betastete Sebastian seine Wange, von der ein wenig Blut tropfte. Die Kugel hatte ihn gestreift und war durch das große Panoramafenster Richtung Meer geflogen. In Leons Ohren klingelte es, und die

Armlehnen seines Rollstuhls hielt er so fest umklammert, dass er die Finger kaum lösen konnte.

»Was zum Teufel machst du da?«, schrie John. »Bist du vollkommen verrückt? Leg die Waffe weg, bevor jemand zu Schaden kommt!«

»Dafür ist es zu spät. Es ist alles zu spät.« Percy legte sich die Pistole wieder in den Schoß. »Doch bevor ich euch alle töte, sollt ihr die Verantwortung für das übernehmen, was ihr getan habt. In diesem Punkt sind Leon und ich uns einig.«

»Wie meinst du das? Abgesehen von Sebastian sind wir doch genauso Opfer wie du?« John sah Percy wütend an, aber die Angst in seiner Stimme war nicht zu überhören.

»Wir sind alle daran beteiligt. Die Sache hat mein Leben zerstört. Auch wenn du am meisten Verantwortung trägst und als Erster sterben wirst.« Erneut richtete er die Pistole auf Sebastian.

Alles war ruhig. Sie hörten nur noch ihre eigenen Atemzüge.

»Das müssen sie sein.« Ebba warf einen Blick in die Kiste. Dann drehte sie sich um und übergab sich. Anna musste ebenfalls würgen, zwang sich jedoch, genau hinzusehen.

In der Kiste lag ein Skelett. Ein Totenschädel mit vollständigem Gebiss starrte sie aus leeren Augenhöhlen an. Da sich oben auf dem Totenkopf noch kurze Haare befanden, nahm sie an, dass es sich um ein männliches Skelett handelte.

»Da hast du wahrscheinlich recht.« Sie strich Ebba über den Rücken.

Schluchzend setzte sich Ebba auf den Fußboden und steckte den Kopf zwischen die Knie, als drohte sie, ohnmächtig zu werden.

»Hier sind sie also die ganze Zeit gewesen.«

»Ja. Ich schätze mal, die anderen liegen dort.« Anna deutete auf die beiden geschlossenen Kisten.

»Wir müssen sie aufmachen.« Ebba stand auf.

Anna sah sie skeptisch an. »Wollen wir damit nicht lieber warten, bis wir sicher sind, dass wir hier wieder rauskommen?«

»Ich muss es wissen.« Ebbas Augen funkelten.

»Aber Mårten …«, sagte Anna.

Ebba schüttelte den Kopf. »Er lässt uns hier nicht raus. Das habe ich ihm angesehen. Außerdem glaubt er bestimmt, dass wir tot sind.«

Die Worte erfüllten Anna mit Schrecken. Ebba hatte natürlich recht. Mårten würde die Tür nicht aufmachen. Wenn sie sich nicht selbst befreiten, würden sie hier unten sterben. Erica sorgte sich vielleicht und fing an, Fragen zu stellen, aber das nützte ihnen nichts, solange sie nicht gefunden wurden. Dieser Raum konnte praktisch überall auf der Insel sein, und wieso sollte man ausgerechnet jetzt auf ihn stoßen, wenn er schon während der Suche nach Familie Elvander nicht entdeckt worden war.

»Okay. Wir versuchen es. Vielleicht ist da etwas drin, womit wir die Tür öffnen können.«

Wortlos trat Ebba gegen das Schloss der nächsten Kiste. Es schien jedoch viel fester zu sitzen.

»Warte mal«, sagte Anna. »Darf ich mir mal deinen Engelanhänger ausleihen. Vielleicht kann ich damit die Schrauben lösen.«

Ebba nahm die Kette ab und reichte ihr zögernd das Schmuckstück. Anna bearbeitete die Schräubchen, mit denen die Halterung an der Kiste befestigt war. Als sie die Schlösser beider Kisten entfernt hatten, sah sie Ebba an. Nachdem sie sich stumm zugenickt hatten, hoben beide jeweils einen Deckel an.

»Hier sind sie. Alle«, sagte Ebba. Diesmal wandte sie nicht den Blick von den leiblichen Überresten ihrer Familie ab, die dort lagen wie Müll.

Anna zählte unterdessen die Schädel in den drei Kisten. Sicherheitshalber zählte sie gleich noch einmal nach.

»Es fehlt jemand«, sagte sie ruhig.

Ebba zuckte zusammen. »Wie meinst du das?«

Anna wickelte sich fester in die Wolldecke, die ihr beinahe von den Schultern gerutscht wäre.

»Sind damals nicht fünf Personen verschwunden?«

»Ja.«

»Aber hier sind nur vier Schädel. Und das bedeutet vier Tote, falls nicht einer ohne Kopf dabei ist.«

Ebba verzog das Gesicht. Sie beugte sich vor und hielt die Luft an. »Es stimmt. Jemand fehlt.«

»Fragt sich nur, wer.«

Anna betrachtete die Skelette. Wenn sie und Ebba hier nicht rauskamen, würden sie genauso enden. Sie schloss die Augen und dachte an Dan und die Kinder. Dann machte sie die Augen wieder auf. Das durfte nicht geschehen. Irgendwie mussten sie hier raus. Neben ihr schluchzte Ebba herzzerreißend.

»Paula!« Patrik winkte sie zu sich ins Zimmer. Gösta und Erica waren nach Fjällbacka gefahren, und Mellberg hatte sich eingeschlossen, um sich, wie er es nannte, für den Medienrummel zu wappnen.

»Was ist passiert?« Schwerfällig ließ sie sich auf Patriks unbequemen Besucherstuhl sinken.

»Heute können wir wohl nicht mit John reden.« Er fuhr sich durchs Haar. »Die Polizei Göteborg schnappt ihn gerade. Kjell Ringholm war am Telefon. Er und Sven Niklasson vom *Expressen* sind vor Ort.«

»Sie schnappen ihn? Wieso denn? Und warum sind wir nicht informiert worden?« Sie schüttelte den Kopf.

»Kjell hat mir keine Einzelheiten verraten. Er hat nur gesagt, es ginge um die nationale Sicherheit und sei ein ganz großes Ding … du weißt ja, wie Kjell ist.«

»Sollen wir hinfahren?«, fragte Paula.

»Nein. Schon gar nicht in deinem Zustand. Wenn die Polizei Göteborg einen Einsatz macht, halten wir uns vorerst besser fern. Ich rufe die Kollegen aber mal an. Vielleicht erfahre ich Näheres. Jedenfalls ist John für uns anscheinend so bald nicht zu sprechen.«

»Worum es wohl geht?« Paula rutschte von einer Pobacke auf die andere.

»Das erfahren wir noch früh genug. Wenn Kjell und Sven Niklasson dabei sind, steht es demnächst in der Zeitung.«

»Dann sollten wir mit den anderen anfangen.«

»Wie gesagt, wir müssen leider noch ein bisschen warten.« Patrik stand auf. »Zuerst will ich mit Gösta auf Valö nach dem Rechten sehen.«

»Leons Vater«, sagte Paula nachdenklich. »Interessant, dass das Geld von ihm kam.«

»Sobald Gösta und ich wieder zurück sind, reden wir mit Leon.« Patriks Gedanken rasten. »Leon und Annelie. Vielleicht hat die Sache doch etwas mit ihnen zu tun.«

Er reichte Paula die Hand, und sie ließ sich bereitwillig aufhelfen.

»Dann werde ich mal ein paar Erkundigungen über Aaron einholen.« Sie watschelte durch den Flur.

Patrik nahm seine Sommerjacke und verließ den Raum. Er hoffte, dass es Gösta gelungen war, Erica nach Hause zu bringen. Wahrscheinlich war sie ihm während der gesamten Fahrt auf die Nerven gegangen, weil sie mit nach Valö wollte, aber er dachte gar nicht daran nachzugeben. Auch wenn er nicht so besorgt war wie Erica, ahnte er, dass dort draußen etwas nicht stimmte. Falls etwas passierte, wollte er seine Frau nicht dabeihaben.

Er hatte gerade den Parkplatz erreicht, als Paula nach ihm rief. Er drehte sich um.

»Was ist?«

Sie winkte ihn zurück. Als er ihr ernstes Gesicht sah, fing er an zu rennen.

»Es ist geschossen worden. Bei Leon Kreutz«, keuchte sie.

Patrik schüttelte den Kopf. Warum passierte alles auf einmal?

»Ich rufe Gösta an und bitte ihn, sich dort mit mir zu treffen. Könntest du vielleicht Mellberg wecken? Jetzt müssen alle mithelfen.«

Vor ihnen lagen die Häuser von Sälvik in der Sonne. Von der beliebten Badestelle ertönten fröhliches Kindergeschrei und Gelächter. Im Sommer war Erica fast jeden Tag hier gewesen.

»Ich frage mich, was Victor treibt«, sagte sie.

Gösta nickte. Da die Küstenwache nicht zu erreichen war, hatte Erica Gösta überredet, mit zu ihr nach Hause zu kommen und in der Wartezeit mit ihr und Kristina einen Kaffee zu trinken.

»Ich versuche es noch mal.« Er wählte die Nummer zum vierten Mal.

Erica musterte ihn. Irgendwie musste sie ihn dazu bewegen, sie mit auf die Insel zu nehmen. Das Warten hätte sie wahnsinnig gemacht.

»Es geht niemand ran. Ich gehe in der Zwischenzeit aufs Klo.« Gösta stand auf.

Sein Telefon lag auf dem Tisch. Gösta war kaum weg, als es klingelte. Erica beugte sich vor und warf einen Blick auf das Display. Hedström stand da in Großbuchstaben. Blitzschnell überlegte sie. Kristina jagte im Wohnzimmer den Kindern hinterher, und Gösta war auf der Toilette. Nach kurzem Zögern ging sie ran.

»Hier ist Erica ... Gösta ist auf dem Klo. Soll ich ihm was ausrichten? ... Schüsse? ... Okay, das sage ich ihm. Ja, ja. Jetzt leg auf, damit ich Gösta losschicken kann. Er sitzt in fünf Minuten im Auto, verlass dich drauf.«

Sie legte auf und ging im Kopf eine Reihe von Möglichkeiten durch. Auf der einen Seite brauchte Patrik Verstärkung, auf der anderen Seite mussten sie so schnell wie möglich nach Valö. Sie lauschte. Gösta würde bald zurückkommen. Bis dahin musste sie einen Entschluss gefasst haben. Sie schnappte sich ihr eigenes Handy, hielt kurz inne und wählte eine Nummer. Martin meldete sich sofort. Leise schilderte sie ihm die Lage. Er kapierte sofort, was zu tun war. Somit war das geklärt. Nun brauchte sie nur noch eine oscarreife schauspielerische Leistung abzuliefern.

»Wer hat angerufen?«, fragte Gösta.

»Das war Patrik. Auf Valö ist alles okay, er hat Ebba erreicht. Sie hat gesagt, dass Anna heute verschiedene Trödelmärkte abklappern wollte. Bestimmt hatte sie deswegen keine Zeit, ans Telefon zu gehen. Patrik war jedoch der Meinung, wir sollten trotzdem rausfahren und mit Ebba und Mårten reden.«

»Wir?«

»Ja. Patrik hält die Situation nicht mehr für brenzlig.«

»Bist du dir ganz sicher …?« Gösta wurde vom Klingeln seines Handys unterbrochen. »Hallo, Victor … Ja, ich habe versucht, dich zu erreichen. Wir bräuchten jemanden, der uns nach Valö bringt. Am besten sofort … Okay, wir sind in fünf Minuten da.«

Er legte auf und sah Erica skeptisch an.

»Wenn du mir nicht glaubst, kannst du Patrik ja anrufen und ihn selbst fragen«, sagte sie lächelnd.

»Das wird schon nicht nötig sein. Dann machen wir uns mal auf den Weg.«

»Verschwindest du schon wieder?« Kristina sah auf die Veranda. Sie hielt Noel am Arm fest, der mit aller Kraft versuchte, sich loszureißen. Im Wohnzimmer ertönte Antons schrilles Geschrei, und Maja brüllte immer wieder: »Oma! Ooomaaa!«

»Ich muss nur noch mal kurz weg, dann löse ich dich ab.« Erica schwor sich, dass sie von nun an viel besser über ihre Schwiegermutter denken würde, wenn sie jetzt endlich nach Valö durfte.

»Es ist das letzte Mal, dass ich euch hier den ganzen Tag zur Verfügung stehe. Vergiss nicht, dass dieses Tempo und die Lautstärke inzwischen zu viel für mich sind. Die Kinder sind zwar niedlich, aber ich muss wirklich sagen, dass sie sich ein bisschen besser benehmen könnten. Darum kann ich mich nicht auch noch kümmern. Das Fundament für gutes Benehmen entsteht im Alltag …«

Erica tat, als hörte sie sie gar nicht, bedankte sich überschwänglich und verschwand im Flur.

Zehn Minuten später saß sie im Boot der Küstenwache und war unterwegs nach Valö. Sie versuchte, sich zu entspannen und sich zu sagen, dass tatsächlich alles in Ordnung war. Aber sie glaubte es nicht. Instinktiv ahnte sie, dass Anna in Gefahr war.

»Soll ich warten?« Geübt und elegant legte Victor am Steg an.

Gösta schüttelte den Kopf. »Nicht nötig, aber vielleicht brauchen wir auch eine Mitfahrgelegenheit für den Rückweg. Dürfen wir dich anrufen, wenn wir abgeholt werden wollen?«

»Klar, meldet euch einfach. Ich drehe in der Zwischenzeit eine Runde.«

Erica blickte ihm hinterher und fragte sich, ob es eine kluge Entscheidung gewesen war, ihn wegfahren zu lassen, aber nun war es zu spät.

»Ist das nicht euer Boot?«, fragte Gösta.

»Das ist ja eigenartig.« Erica machte ein erstauntes Gesicht. »Vielleicht ist Anna noch einmal zurückgekommen. Sollen wir zum Haus hinaufgehen?« Erica machte sich auf den Weg.

Gösta trottete brummend hinter ihr her.

Vor ihnen tauchte das schöne alte Gebäude auf. Eine unheilvolle Stille umgab den Ort. Ericas Nerven waren zum Zerreißen gespannt.

»Hallo?«, rief sie, als sie die breite Steintreppe erreichten. Die Haustür stand offen. Niemand antwortete.

Gösta blieb stehen. »Merkwürdig. Es scheint niemand zu Hause zu sein. Hat Patrik nicht gesagt, Ebba wäre hier?«

»So habe ich ihn zumindest verstanden.«

»Vielleicht sind sie baden gegangen.« Gösta warf einen Blick hinters Haus.

»Kann sein.« Erica betrat das Haus.

»Wir können doch nicht einfach reingehen.«

»Doch, jetzt komm. Hallo!«, rief sie. »Mårten? Ist jemand da?«

Gösta folgte ihr zögernd. Auch im Innern des Hauses herrschte absolute Stille, doch plötzlich stand Mårten in der Küchentür.

Das Absperrband war abgerissen und hing lose am Türrahmen.

»Hallo«, sagte er dumpf.

Erica stutzte, als sie ihn sah. Das Haar hing ihm strähnig ins Gesicht, als ob er stark geschwitzt hätte, und er hatte dunkle Ringe unter den Augen. Sein Blick war vollkommen leer.

»Ist Ebba da?«, fragte Gösta. Zwischen seinen Augenbrauen hatte sich eine tiefe Furche gebildet.

»Die ist zu ihren Eltern gefahren.«

Gösta warf Erica einen überraschten Blick zu. »Aber Patrik hat doch mit ihr geredet. Sie soll doch hier sein.«

Erica breitete entschuldigend die Arme aus. Nach einigen Sekunden verfinsterte sich Göstas Miene, aber er sagte nichts.

»Sie ist gar nicht nach Hause gekommen, sondern hat angerufen und gesagt, sie wolle mit dem Auto direkt nach Göteborg fahren.«

Erica nickte, obwohl sie wusste, dass er log. Maria, die das Postschiff fuhr, hatte Ebba ja hier abgesetzt. Sie sah sich so diskret wie möglich um. Ihr Blick blieb an Ebbas Tasche hängen. In der hatte sie die Sachen mit zu Erica genommen, die sie zum Übernachten brauchte. Sie war auf keinen Fall direkt nach Göteborg gefahren.

»Wo ist Anna?«

Mårten sah sie noch immer mit toten Augen an. Er zuckte mit den Schultern.

Das gab den Ausschlag. Ohne noch länger zu überlegen, ließ Erica ihre Handtasche fallen und raste die Treppe hinauf. »Anna! Ebba!«

Keine Antwort. Hinter sich hörte sie schnelle Schritte. Mårten war ihr auf den Fersen. Im Schlafzimmer blieb sie ruckartig stehen. Neben einem Tablett voller Essensreste lag Annas Handtasche.

Zuerst das Boot und nun die Tasche. Widerwillig folgerte sie das Offensichtliche daraus. Wie Ebba befand sich auch Anna noch auf der Insel.

Sie wirbelte herum, um Mårten mit der Wahrheit zu konfrontieren, doch der Schrei blieb ihr im Hals stecken. Er hatte einen Revolver auf sie gerichtet. Aus dem Augenwinkel sah sie, dass Gösta plötzlich nicht mehr weiterging.

»Stehen bleiben!«, zischte Mårten und machte einen Schritt nach vorn. Die Revolvermündung war nur noch einen Zentimeter von Ericas Stirn entfernt. Er zitterte nicht. »Und Sie gehen dorthin!« Er signalisierte Gösta mit einer Kopfbewegung, dass er sich rechts neben Erica stellen sollte.

Gösta gehorchte sofort. Ohne Mårten aus den Augen zu lassen, kam er mit erhobenen Händen ins Schlafzimmer.

»Hinsetzen!«

Beide ließen sich auf dem frisch geschliffenen Holzboden nieder. Erica betrachtete den Revolver. Woher hatte Mårten den?

»Legen Sie die Waffe weg, dann besprechen wir alles in Ruhe«, sagte sie versuchsweise.

Mårten starrte sie hasserfüllt an. »Wieso? Wegen dieser Schlange ist mein Sohn tot. Was gibt es da zu besprechen?«

Zum ersten Mal kam Leben in den toten Blick. Der Wahnsinn in seinen Augen ließ Erica zurückschrecken. Hatte er sich die ganze Zeit hinter Mårtens beherrschtem Auftreten verborgen, oder hatte dieser Ort ihn ausgelöst?

»Meine Schwester ...« Vor Sorge bekam sie kaum noch Luft. Hauptsache, Anna war noch am Leben.

»Ihr werdet sie niemals finden. Und die anderen auch nicht.«

»Die anderen? Meinen Sie Ebbas Familie?«, fragte Gösta.

Mårten schwieg. Er war in die Hocke gegangen, hielt den Revolver aber immer noch auf sie gerichtet.

»Lebt Anna?«, fragte Erica, ohne auf eine Antwort zu hoffen.

Mårten sah ihr grinsend in die Augen. Erica erkannte, dass es mehr als eine Dummheit gewesen war, Gösta anzulügen.

»Was haben Sie vor?«, fragte Gösta, als hätte er ihre Gedanken gelesen.

Mårten zuckte wieder die Achseln. Anstatt etwas zu sagen, setzte er sich im Schneidersitz auf den Fußboden und sah sie einfach an. Er schien selbst nicht zu wissen, worauf er wartete, wirkte aber seltsam friedlich. Nur der Revolver und die kalte Glut in seinen Augen störten das Bild. Und irgendwo auf der Insel befanden sich Anna und Ebba. Tot oder lebendig.

Valö 1973

Laura wälzte sich auf der unbequemen Matratze hin und her. Wenn man bedachte, wie oft sie hier draußen war, hätte man annehmen können, dass Inez und Rune ihr ein besseres Bett zur Verfügung gestellt hätten. Sie mussten doch bedenken, dass sie nicht mehr die Jüngste war. Obendrein musste sie auf die Toilette.

Sie erschauerte, als sie die Füße auf den eisigen Boden stellte. Die Novemberkälte hatte kräftig zugeschlagen, und das alte Haus wollte einfach nicht warm werden. Sie hatte den Verdacht, dass Rune bei den Heizkosten geizte. Besonders großzügig war ihr Schwiegersohn nie gewesen. Die kleine Ebba war niedlich, das musste sie zugeben, aber es reichte ihr, sie ab und zu ein Weilchen auf dem Schoß zu halten. Sie hatte nie viel für Säuglinge übriggehabt und würde sich für ein Enkelkind bestimmt kein Bein ausreißen.

Vorsichtig tappte Laura über die knarrenden Dielen. In den letzten Jahren hatte sie mit besorgniserregender Geschwindigkeit zugenommen, und ihre ehemals schlanke Figur war Geschichte. Wozu sollte sie sich Mühe geben? Meistens hockte sie, sichtlich verbittert, allein in ihrer Wohnung.

Rune hatte ihre Erwartungen nicht erfüllt. Obwohl er ihr eine Wohnung gekauft hatte, bereute sie zutiefst, dass sie nicht auf eine bessere Partie für Inez gewartet hatte. So schön, wie sie war, hätte sie jeden haben können. Rune Elvander war einfach zu geizig und ließ Inez zu viel schuften. Spindeldürr war sie mittlerweile und ständig in Bewegung. Wenn sie nicht putzte, kochte oder Rune half, seine Schüler im Zaum zu halten, verlangte er von ihr, dass sie auf seine ungezogenen Gören aufpasste. Der Kleinste war ganz lieb, aber die beiden Älteren waren wirklich unangenehm.

Leise ging sie die knarrende Treppe hinunter. Wie lästig, dass ihre Blase nicht mehr die ganze Nacht durchhielt. Vor allem bei dieser Kälte war es ein Elend, wenn man nachts auf die Toilette musste. Sie blieb stehen. Im Erdgeschoss war noch jemand. Reglos lauschte sie. Die Haustür ging auf. Ihre Neugier war geweckt. Wer schlich hier mitten in der Nacht herum? Es gab keinen Grund, um diese Zeit auf den Beinen zu sein, wenn man keinen Unfug im Kopf hatte. Sicher trieb da wieder einer dieser verwöhnten Bengel sein Unwesen, aber da würde sie schon einen Riegel vorschieben.

Als sie im Hausflur die Tür ins Schloss fallen hörte, hastete sie die letzten Treppenstufen hinunter und schlüpfte in ihre Stiefel. Sie wickelte sich einen warmen Schal um, öffnete die Haustür und blickte nach draußen. Es war schwierig, im Dunkeln etwas zu erkennen, aber als sie hinaustrat, sah sie links einen Schatten hinterm Haus verschwinden. Nun musste sie es schlau anstellen. Tastend ging sie die möglicherweise vereisten Steinstufen hinunter. Als sie sicher unten angekommen war, hielt sie sich rechts und nicht links. Sie würde der Person direkt entgegenkommen und sie somit, was immer sie auch trieb, auf frischer Tat ertappen.

Langsam bog sie ganz dicht an der Wand um die erste Hausecke. An der zweiten Ecke blieb sie stehen und blickte vorsichtig hinters Haus. Weit und breit war kein Mensch zu sehen. Laura runzelte die Stirn und sah sich enttäuscht um. Wo war die Person, die sie gesehen hatte, abgeblieben? So leise wie möglich machte sie ein paar Schritte geradeaus und versuchte dabei, das ganze Grundstück im Blick zu behalten. War die Person vielleicht ans Wasser gegangen? Dorthin würde sie sich nicht wagen. Es bestand die Gefahr, dass sie ausrutschte und hinfiel. Der Arzt hatte ihr von Anstrengungen abgeraten. Sie durfte ihrem schwachen Herzen nicht zu viel zumuten. Bibbernd zog sie den Schal enger. Die Kälte kroch ihr unters Nachthemd, und sie klapperte bereits mit den Zähnen.

Als plötzlich eine dunkle Gestalt vor ihr stand, schrak sie zusammen. Dann sah sie, wer es war.

»Oh, du bist das. Was machst du denn hier?«

Die kalten Augen jagten ihr einen noch eisigeren Schauer über den Rücken. Sie waren so dunkel wie die Nacht. Langsam machte Laura einige Schritte rückwärts. Sie erkannte, dass sie einen Fehler begangen hatte. Noch ein paar Schritte. Nur noch ein paar, dann wäre sie um die Ecke und könnte zur Haustür huschen. Bis dahin war es zwar nicht weit, aber es hätten auch mehrere Kilometer sein können. Wie gelähmt vor Schreck starrte sie in die pechschwarzen Augen und wusste, dass sie das Haus nie wieder betreten würde. Auf einmal dachte sie an Dagmar. An dieses Gefühl von Ohnmacht. Sie war gefangen und konnte nirgendwohin. In ihrer Brust zerbrach etwas.

Patrik sah auf die Uhr. »Wo zum Teufel steckt Gösta? Er hätte vor uns hier sein müssen.« Er und Mellberg waren im Auto sitzen geblieben. Leons Haus ließen sie nicht aus den Augen.

In diesem Moment hielt ein bekannter Wagen neben ihnen. Verblüfft erblickte Patrik Martin hinter dem Steuer.

»Was machst du denn hier?« Er stieg aus.

»Deine Frau hat mich angerufen. Sie sagte, es sei Notstand ausgebrochen und ihr bräuchtet Hilfe.«

»Wie …?«, begann Patrik, biss sich aber auf die Zunge. Dieses Miststück. Natürlich hatte sie Gösta überredet, sie mit nach Valö zu nehmen. Wut und Sorge zugleich erfüllten ihn. Das konnte er jetzt am allerwenigsten gebrauchen. Sie hatten keine Ahnung, was sich in Leons Haus abspielte, und er musste sich auf diese Aufgabe konzentrieren. Allerdings war er froh, dass Martin aufgetaucht war. Der sah zwar müde und kaputt aus, aber in einer kritischen Lage war ein müder Martin immer noch besser als ein Gösta Flygare.

»Was ist passiert?« Martin schirmte mit der Hand die Sonne ab und blickte zum Haus hinüber.

»Es wurde geschossen. Mehr wissen wir nicht.«

»Wer ist da drin?«

»Das wissen wir auch nicht.« Patriks Puls stieg. Dies war genau die Situation, die er als Polizist überhaupt nicht mochte.

Wenn man über zu wenige Informationen verfügte, um die Lage angemessen beurteilen zu können, wurde es oft richtig gefährlich.

»Sollen wir nicht Verstärkung anfordern?«, fragte Mellberg aus dem Auto.

»Ich glaube, dafür haben wir keine Zeit. Wir müssen jetzt klingeln.«

Mellberg schien widersprechen zu wollen, aber Patrik kam ihm zuvor.

»Martin und ich machen das. Du kannst hier die Stellung halten, Bertil.« Er warf Martin einen Blick zu. Martin nickte stumm und zog die Dienstwaffe aus dem Holster.

»Ich bin bei der Dienststelle vorbeigefahren und habe sie mir geholt. Ich dachte, ich könnte sie vielleicht gebrauchen.«

»Gut.« Patrik zog ebenfalls die Waffe. Vorsichtig bewegten sie sich auf die Haustür zu. Er drückte auf den Klingelknopf. Im Haus ertönte ein lautes Klingeln. Kurz darauf rief eine Stimme:

»Herein, es ist offen.«

Patrik und Martin sahen sich verblüfft an. Dann traten sie ein. Und waren noch verblüffter, als sie sahen, wer im Wohnzimmer versammelt war. Leon, Sebastian, Josef und John. Und ein ergrauter Mann, der Percy von Bahrn sein musste. Er blickte unruhig hin und her und hielt eine Pistole in der Hand.

»Was geht hier vor?«, fragte Patrik. Er hielt seine Dienstwaffe seitlich am Körper und sah aus dem Augenwinkel, dass Martin es genauso machte.

»Fragen Sie Percy«, sagte Sebastian.

»Leon hat uns herbestellt, um alles zum Abschluss zu bringen. Ich nehme ihn beim Wort.« Percys Stimme zitterte. Als sich Sebastian auf dem Sofa leicht bewegte, zuckte er zusammen und richtete die Waffe auf ihn.

»Bleib ruhig, Mann.« Sebastian hielt abwehrend die Hände hoch.

»Was soll zum Abschluss gebracht werden?«

»Alles. All das, was passiert ist, aber nicht hätte passieren dürfen. Was wir getan haben.« Percy ließ die Pistole sinken.

»Was haben Sie getan?«

Da niemand antwortete, beschloss Patrik, ihnen auf die Sprünge zu helfen.

»Sie haben zu Protokoll gegeben, dass Sie an diesem Tag fischen waren. Ostern kann man aber keine Makrelen fangen.«

Es wurde still. Schließlich schnaubte Sebastian: »Der Fehler ist typisch für Stadtkinder.«

»Damals hattest du nichts dagegen einzuwenden.« Leon klang beinahe belustigt.

Sebastian zuckte die Achseln.

»Warum hat Ihr Vater Ebba während ihrer gesamten Kindheit und Jugend Geld überwiesen?« Patrik sah Leon an. »Haben Sie ihn an dem Tag angerufen? Weil er ein reicher und mächtiger Mann mit guten Kontakten war? Hat er Ihnen geholfen, die Familie zu ermorden? Was war passiert? Ist Rune zu weit gegangen? Mussten Sie die anderen töten, weil sie Zeugen des Verbrechens waren?« Er merkte selbst, wie heftig er klang. Am liebsten hätte er die Männer geschüttelt, um sie zum Reden zu bringen.

»Bist du jetzt zufrieden, Leon?«, fragte Percy höhnisch. »Jetzt hast du die Gelegenheit, die Karten auf den Tisch zu legen.«

John sprang auf. »Völliger Wahnsinn. Da mache ich nicht mit. Ich gehe.« Er machte einen Schritt, doch sofort zielte Percy rechts an ihm vorbei und drückte ab.

»Was machst du da?« Schreiend setzte John sich wieder hin. Patrik und Martin richteten ihre Waffen auf Percy, ließen sie jedoch wieder sinken, weil dieser immer noch auf John zielte. Es war zu riskant.

»Beim nächsten Mal schieße ich nicht daneben. Dieses Erbe von meinem Vater ist mir noch geblieben. Endlich ist das viele Scharfschützentraining, zu dem er mich gezwungen hat, zu etwas nütze. Wenn ich wollte, könnte ich dir deinen feschen Pony wegschießen.« Percy legte den Kopf schief und betrachtete John, der leichenblass geworden war.

Erst jetzt kam Patrik der Gedanke, dass die Göteborger

Polizei John wahrscheinlich zu Hause vermutete und nicht wusste, dass er hier war.

»Ganz ruhig, Percy«, sagte Martin langsam. »Dann kommt niemand zu Schaden. Bevor wir die Sache aufgeklärt haben, geht niemand irgendwohin.«

»Ging es um Annelie?« Patrik wandte sich wieder an Leon. Warum zögerte er? Wollte er nicht aufdecken, was an jenem Ostersonnabend 1974 wirklich passiert war? Hatte er kalte Füße bekommen? »Wir glauben, dass sie ihren Pass eingesteckt und sich nach den Morden ins Ausland abgesetzt hat. Denn es war doch Mord, oder?«

Sebastian fing an zu lachen.

»Was ist so lustig?«, fragte Martin.

»Nichts. Rein gar nichts.«

»Hat Ihr Vater ihr geholfen unterzutauchen? Waren Sie und Annelie ein Paar? Steckten Sie in der Klemme, weil Rune Ihnen auf die Schliche gekommen war? Wie haben Sie die anderen dazu gebracht, all die Jahre zu schweigen?« Patrik zeigte auf das Grüppchen von Männern im mittleren Alter. Er hatte das Foto vor Augen, das am Tag nach dem Verschwinden der Familie gemacht worden war. Die trotzigen Blicke. Leons natürliche Autorität. Trotz der grauen Haare und der gealterten Gesichter waren sie sich immer noch ähnlich. Und sie hielten zusammen.

»Erzähl doch mal von Annelie.« Sebastian grinste. »Du bist doch so scharf auf die Wahrheit. Los, erzähl von Annelie.«

Blitzartig kam Patrik eine Idee.

»Ich bin Annelie schon begegnet, nicht wahr? Es ist Ia.«

Keiner verzog eine Miene. Ängstlich und zugleich erleichtert sahen sie Leon an.

Leon richtete sich in seinem Rollstuhl auf. Dann drehte er sich so zu Patrik, dass die Sonne auf seine vernarbte Gesichtshälfte fiel.

»Ich werde von Annelie erzählen. Und von Rune, Inez, Claes und Johan.«

»Überleg dir das gut, Leon«, sagte John.

»Ich habe lange genug nachgedacht. Es ist jetzt an der Zeit.«

Er atmete tief ein, hatte aber noch kein Wort gesagt, als die Haustür geöffnet wurde. Ia stand da. Sie ließ ihren Blick von einem zum anderen wandern. Als sie die Pistole in Percys Hand entdeckte, riss sie die Augen auf. Dann ging sie zu ihrem Mann, legte ihm die Hand auf die Schulter und sagte mit sanfter Stimme:

»Du hattest recht. Man kann nicht ewig davonlaufen.«

Leon nickte. Und dann erzählte er.

Anna machte sich mehr Sorgen um Ebba als um sich selbst. Ebba war blass und hatte rote Flecken und Abdrücke am Hals, die von Händen zu stammen schienen. Mårtens Händen. Annas Hals wiederum fühlte sich wund beim Schlucken an. Hatte er ihr Drogen verpasst? Sie hatte keine Ahnung, und das machte ihr wohl am meisten Angst. Berauscht von Bestätigung und Nähe war sie in seinen Armen eingeschlafen und hier auf dem kalten Steinfußboden wieder aufgewacht.

»Hier liegt meine Mutter.« Ebba blickte in eine der Kisten.

»Das weißt du doch nicht.«

»Nur einer der Schädel hat langes Haar. Sie muss es sein.«

»Es könnte auch deine Schwester sein«, sagte Anna. Sie überlegte, ob sie den Deckel zuklappen sollte, aber Ebba war so lange über ihre Familie im Ungewissen gewesen. Was sie hier sah, war eine Antwort.

»Wo sind wir?«, fragte Ebba, ohne den Blick von den Skeletten zu wenden.

»In einem Schutzraum, schätze ich. Die Flagge und die Uniformen könnten bedeuten, dass er im Zweiten Weltkrieg errichtet wurde.«

»Unglaublich, dass sie hier liegen. Warum hat sie niemand gefunden?«

Ebba wirkte immer abwesender. Anna begriff, dass sie das Kommando übernehmen musste, wenn sie hier raus wollten.

»Wir brauchen einen Gegenstand, mit dem wir die Tür aufbrechen können.« Anna stupste Ebba an. »Du suchst in dem

Gerümpel in der Ecke, und ich gucke ...« Sie zögerte. »Ich gucke in die Kisten.«

Ebba sah sie entsetzt an. »Was ... wenn sie kaputtgehen?«

»Wenn wir die Tür nicht aufbekommen, sterben wir hier drin«, sagte Anna laut und deutlich. »Vielleicht liegt Werkzeug in den Kisten. Wenn du die Kisten nicht durchsuchst, mache ich es. Du hast die Wahl.«

Eine Weile stand Ebba reglos da und schien über Annas Worte nachzudenken. Dann drehte sie sich um und machte sich daran, das Gerümpel zu sichten. Anna glaubte zwar nicht, dass sich etwas Brauchbares darunter finden ließ, aber zumindest war Ebba beschäftigt.

Anna holte tief Luft und steckte die Hand in eine der Kisten. Sofort stieß sie mit den Fingerspitzen auf Knochen. Ihr wurde übel. Als trockenes Haar sie kitzelte, konnte sie einen Schrei nicht unterdrücken.

»Was ist?« Ebba drehte sich um.

»Nichts.« Anna riss sich zusammen und steckte ihre Hand noch tiefer in die Kiste. Nun hatte sie den Boden erreicht. Sie beugte sich vor, um zu sehen, ob dort etwas lag. Plötzlich spürte sie etwas Hartes. Sie griff mit Daumen und Zeigefinger danach, obwohl es zu klein war, um die Tür damit aufzubrechen. Trotzdem holte sie den Gegenstand heraus, um ihn zu betrachten. Ein Zahn. Angeekelt ließ sie ihn wieder in die Kiste fallen und wischte sich die Hand an der Wolldecke ab.

»Hast du was gefunden?«, fragte Ebba.

»Nein, noch nicht.«

Mit einer ungeheuren Kraftanstrengung durchsuchte Anna auch die zweite Kiste. Als sie fertig war, sank sie auf die Knie. Nichts. Sie würden nie hier rauskommen. Sie würden hier sterben.

Dann zwang sie sich, wieder aufzustehen. Es war noch eine Kiste übrig, und sie durfte nicht aufgeben, obwohl der Gedanke sie anwiderte, einen weiteren Versuch zu unternehmen. Entschlossen ging sie zur letzten Kiste. Ebba hatte aufgehört herumzuwühlen und saß weinend auf dem Fußboden. Anna warf ihr einen Blick zu, bevor sie die Hand noch einmal in eine

Kiste steckte. Als sie den Holzboden unter den Fingerkuppen fühlte, bewegte sie die Hand langsam nach rechts und links. Da war etwas. Es schien sich um einen Stapel Papier mit ganz glatter Oberfläche zu handeln. Sie zog die Hand heraus und hielt den Stapel ins Licht.

»Ebba«, sagte sie.

Da sie keine Antwort bekam, setzte sie sich neben Ebba. Sie hielt ihr die Fotografien hin.

»Sieh mal.« Es kribbelte ihr in den Fingern vor Neugier, aber sie ahnte, dass der Fotostapel ein Teil von Ebbas Geschichte war. Ebba hatte das Recht, die Bilder als Erste zu sehen.

Zitternd griff Ebba nach den Polaroids.

»Was ist das?« Langsam schüttelte sie den Kopf.

Obwohl sie den Blick lieber abgewendet hätten, starrten sie die Bilder an. Beiden war klar, dies war die Erklärung für die Ereignisse an jenem Ostersonnabend.

Mårten wirkte immer abwesender. Seine Lider waren schwer, sein Kopf hing zur Seite. Erica merkte, dass er kurz vorm Einschlafen war. Sie wagte es nicht einmal, Gösta anzusehen. Noch immer hielt Mårten den Revolver fest umklammert, und jede plötzliche Bewegung wäre lebensgefährlich gewesen.

Schließlich fielen ihm die Augen ganz zu. Langsam drehte sich Erica zu Gösta um und legte den Zeigefinger auf die Lippen. Er nickte. Fragend blickte sie zur Tür hinter Mårten, doch Gösta schüttelte den Kopf. Nein, sie glaubte auch nicht, dass es möglich war. Falls Mårten aufwachte, während sie sich hinausschlichen, schoss er womöglich wild um sich.

Sie dachte nach. Sie brauchten Hilfe. Wieder sah sie Gösta an und hielt sich die Hand wie ein Telefon ans Ohr. Gösta begriff sofort, was sie meinte, und griff in die Jackentasche, warf Erica jedoch kurz darauf einen resignierten Blick zu. Er hatte sein Handy nicht dabei. Erica sah sich im Zimmer um. Ein Stück entfernt von ihnen lag Annas Handtasche. Langsam rutschte Erica in die Richtung. Als Mårten im Schlaf zuckte, hielt sie mitten in der Bewegung inne, doch dann schlief er mit dem

Kinn auf der Brust weiter. Sie erreichte die Tasche mit den Fingerspitzen, und Erica bekam den Henkel zu greifen, nachdem sie sich ein wenig gedreht hatte. Sie hielt den Atem an, hob die Tasche vom Boden auf und zog sie lautlos zu sich heran. Vorsichtig durchsuchte sie den Inhalt. Gösta beobachtete sie dabei. Streng runzelte sie die Stirn, als er ein Husten nicht ganz unterdrücken konnte. Mårten durfte jetzt nicht aufwachen.

Endlich hielt sie Annas Handy in der Hand. Als sie feststellen wollte, ob es auf lautlos geschaltet war, wurde ihr plötzlich klar, dass sie den vierstelligen PIN-Code nicht wusste. Ihr blieb nichts anderes übrig, als zu raten. Sie gab Annas Geburtsdatum ein. »Falsche Eingabe« blinkte ihr entgegen. Sie fluchte innerlich. Vielleicht hatte Anna die ursprüngliche Ziffernkombination gar nicht geändert, und dann war es unmöglich, diese herauszufinden. Zwei Versuche hatte Erica noch. Nachdem sie eine Weile überlegt hatte, probierte sie es mit Adrians Geburtstag. Wieder hieß es: »Falsche Eingabe«. Plötzlich kam ihr ein Gedanke. Es gab noch ein bedeutsames Datum in Annas Leben: den schicksalhaften Tag, an dem Lucas starb. Erica gab die vier Ziffern ein, und plötzlich begrüßte sie ein helles grünes Licht in der wunderbaren Welt des Telefons.

Sie warf einen Blick in Göstas Richtung, der erleichtert aufatmete. Nun kam es darauf an, schnell zu handeln. Mårten konnte jeden Moment aufwachen. Gott sei Dank besaßen sie und Anna das gleiche Handymodell, so dass Erica sich mühelos im Menü zurechtfand. Sie schrieb eine kurze, aber ausreichend informative SMS an Patrik, der den Ernst der Lage begreifen würde. Mårten wurde unruhig. Kurz bevor sie die SMS verschickte, fügte sie rasch noch weitere Empfänger hinzu. Falls Patrik die Nachricht nicht sofort bemerkte, würde jemand anders sie sehen und handeln. Sie drückte auf »Senden« und schob die Handtasche weg. Das Telefon versteckte sie unter ihrem rechten Oberschenkel, so dass sie jederzeit drankam, Mårten es aber nicht bemerkte, wenn er wach wurde. Nun konnten sie nur noch warten.

Kjell lehnte sich ans Auto und blickte in die Richtung, in die der eine Polizeiwagen gefahren war. Der Einsatz war misslungen, nur Johns Frau saß auf der Rückbank.

»Wo zum Teufel ist John?«

Im und um das Haus herum herrschte immer noch fieberhafte Aktivität. Jeder Quadratzentimeter des Hauses wurde durchsucht, und der Fotograf vom *Expressen* hatte alle Hände voll zu tun. Er durfte dem Haus zwar nicht zu nahe kommen, aber dank eines hervorragenden Objektivs bereitete ihm das kaum Kopfzerbrechen.

»Könnte er sich ins Ausland abgesetzt haben?«, fragte Sven Niklasson. Er hatte in Kjells Wagen bereits einen ersten Entwurf für seinen Artikel verfasst und an die Redaktion geschickt.

Kjell wusste, er hätte sich mit dem gleichen Feuereifer auf den Weg zum *Bohusläningen* machen sollen, wo er zweifelsohne wie ein Held gefeiert worden wäre. Als er seinen Chefredakteur telefonisch über das Ereignis informierte, hatte dieser so laut gejubelt, dass Kjell beinahe das Trommelfell platzte. Er wollte jedoch nicht zurückfahren, bevor er nicht herausgefunden hatte, wo John abgeblieben war.

»Nein, ich glaube nicht, dass er sich ohne Liv absetzen würde. Sie schien überhaupt nicht auf den Polizeieinsatz vorbereitet zu sein, und wenn sie nichts davon wusste, dann John mit Sicherheit auch nicht. Die beiden sollen ja eng zusammenarbeiten.«

»Aber in so kleinen Orten machen Gerüchte in Windeseile die Runde. Wenn er nicht längst abgehauen ist, besteht große Gefahr, dass er es jetzt tut.« Sven Niklasson kniff die Lippen zusammen und starrte das Haus an.

»Hm«, erwiderte Kjell zerstreut. Im Geiste ließ er alles Revue passieren, was er über John wusste, und überlegte angestrengt, wo der sein konnte. Das Bootshaus hatte die Polizei bereits erfolglos durchsucht.

»Hast du inzwischen mehr über den Stand der Dinge in Stockholm erfahren?«, fragte Kjell.

»Anscheinend haben Sipo und Polizei ausnahmsweise ausgezeichnet zusammengearbeitet. Alle Verantwortlichen in der Partei sind verhaftet worden, ohne dass es Ärger gegeben hätte. Wenn es ernst wird, sind diese Typen ja oft ganz kleinlaut.«

»Da könntest du recht haben.« Kjell dachte an die dramatischen Schlagzeilen, die in den kommenden Tagen die Zeitungen beherrschen würden. Dies war nicht nur eine nationale Angelegenheit, sondern auch das Ausland würde staunen, dass so etwas in dem kleinen Schweden passieren konnte, dem Land, das viele Menschen auf der ganzen Welt für geradezu absurd anständig hielten.

Sein Telefon klingelte.

»Hallo, Rolf ... Hier ist es etwas chaotisch. Die wissen gar nicht, wo John ist. ... Was sagst du da? Schüsse ... Okay, wir fahren sofort hin.« Nachdem er aufgelegt hatte, sah er Sven an. »Schnell ins Auto. Bei Leon Kreutz wurde geschossen. Wir fahren hin.«

»Leon Kreutz?«

»Einer der Jungs, die mit John auf Valö zur Schule gegangen sind. Irgendwas ist da im Gange, und ich bin nicht der Einzige, der das glaubt.«

»Ich weiß nicht. John könnte jederzeit hier auftauchen.«

Kjell legte die Arme auf das Autodach und sah Sven an.

»Fragen Sie mich nicht, warum, aber ich glaube, dass John dort ist. Entscheiden Sie sich. Wollen Sie mitkommen oder nicht? Die Polizei Tanum ist auch da.«

Sven öffnete die Beifahrertür und stieg ein. Kjell setzte sich hinters Lenkrad, knallte die Tür zu und fuhr los. Er wusste, dass er recht hatte. Die Jungs aus dem Internat auf Valö hatten etwas zu verbergen gehabt, und das kam jetzt ans Licht. Er würde sich den Moment, in dem die Bombe platzte, nicht entgehen lassen. So viel stand fest.

Valö 1974

Ständig schien sie jemand zu beobachten. Besser konnte Inez es nicht beschreiben. Sie hatte dieses Gefühl seit dem Morgen, an dem ihre Mutter tot aufgefunden worden war. Warum sie mitten in der kalten Novembernacht hinausgegangen war, wusste niemand. Der Arzt, der sie untersuchte, stellte fest, dass ihr Herz sie einfach im Stich gelassen hatte. Er habe sie gewarnt, sagte er.

Inez hatte trotzdem Zweifel. Seit Lauras Tod hatte sich im Haus etwas verändert. Sie spürte es überall. Rune war noch strenger und stiller geworden, und Annelie und Claes forderten sie immer offener heraus. Dass Rune allem Anschein nach nichts davon bemerkte, machte die beiden noch waghalsiger.

Nachts hörte Inez aus dem Schlafsaal unterdrücktes Weinen. Nicht laut, sondern ganz leise.

Sie hatte Angst. Es hatte Monate gedauert, bis sie es benennen konnte. Hier stimmte etwas nicht. Sie schlichen um das Thema herum, und sie wusste, dass Rune naserümpfend abwinken würde, wenn sie es ansprähe. Doch auch ihm war bewusst, dass etwas nicht in Ordnung war. Das sah sie ihm an.

Die Müdigkeit trug das Ihre dazu bei. Die Arbeit in der Schule und die Verantwortung für Ebba setzten ihr genauso zu wie das dunkle Geheimnis, das sie nicht ansprechen durfte.

»Mamamamam«, quietschte Ebba in ihrem Laufstall. Sie

hatte sich an die Längsseite gehängt und ließ Inez nicht aus den Augen.

Inez ignorierte sie. Sie konnte sich einfach nicht aufraffen. Das Mädchen verlangte zu viel von ihr, und außerdem war sie Runes Kind. Nase und Mund sahen genauso aus wie seine, was es ihr noch schwerer machte, das Kind an sich heranzulassen. Inez kümmerte sich um sie, wickelte und fütterte sie und nahm sie auf den Arm, wenn sie sich weh getan hatte, aber mehr konnte sie ihr nicht geben. Die Angst nahm zu viel Raum ein.

Zum Glück war da noch etwas. Es gab ihr Kraft und sorgte dafür, dass sie es hier noch eine Weile aushielt und sich nicht einfach in ein Boot setzte und alles hinter sich ließ. In den dunklen Stunden, als sie mit dem Gedanken spielte, hatte sie nicht gewagt, sich die Frage zu stellen, ob sie Ebba mitnehmen würde. Sie war sich nicht sicher, ob sie die Antwort wissen wollte.

»Darf ich sie rausholen?« Inez zuckte zusammen, als sie Johans Stimme hörte. Sie faltete die Bettwäsche und hatte gar nicht gemerkt, dass er in die Waschküche gekommen war.

»Na klar, nimm sie nur«, sagte sie. Johan war auch ein Grund zu bleiben. Er liebte sie, und er liebte seine kleine Schwester. Seine Zuneigung wurde erwidert. Wenn Ebba ihn erblickte, strahlte sie übers ganze Gesicht. Nun streckte sie ihm die Ärmchen entgegen.

»Komm, Ebba«, sagte Johan. Die kleine Schwester legte ihm die Arme um den Hals, ließ sich von ihm aus dem Laufstall heben und drückte sofort ihre Wange an seine.

Inez unterbrach ihre Arbeit und betrachtete die beiden. Ein Anflug von Eifersucht überrumpelte sie geradezu. Sie wurde von Ebba nie mit so bedingungsloser Liebe angesehen, sondern eher mit einer Mischung aus Traurigkeit und Sehnsucht.

»Sollen wir uns die Vögel angucken?« Johan rieb seine Nase an Ebbas, und das kleine Mädchen kiekste vor Freude. »Darf ich sie mit nach draußen nehmen?«

Inez nickte. Sie vertraute Johan, weil sie wusste, er passte auf, dass Ebba nichts zustieß.

»Klar, geht ihr nur.« Sie beugte sich wieder zum Wäschekorb hinunter. Während die Kinder sich entfernten, war ununterbrochen Ebbas fröhliches Lachen zu hören.

Dann hörte sie die beiden nicht mehr. Stille hallte von den Wänden wider. Sie setzte sich auf den Fußboden und ließ den Kopf hängen. Das Haus hatte sie so fest im Griff, dass sie kaum Luft bekam, und das Gefühl, eingesperrt zu sein, wurde von Tag zu Tag stärker. Sie bewegten sich auf einen Abgrund zu, aber sie konnte nichts, rein gar nichts dagegen tun.

Im ersten Moment hatte Patrik das Piepsen seines Telefons ignorieren wollen. Percy sah aus, als würde er jeden Augenblick zusammenbrechen, und in Anbetracht der Waffe in seiner Hand konnte das katastrophale Folgen haben. Gleichzeitig waren alle hypnotisiert von Leons Stimme. Er erzählte von Valö, vom Beginn ihrer Freundschaft, von Familie Elvander und Rune und wie langsam, aber sicher alles aus dem Lot geraten war. Ia stand die ganze Zeit neben ihm und streichelte seine Hand. Nachdem Leon ausführlich die Vorgeschichte geschildert hatte, schien er zu zögern. Patrik begriff, dass sich Leon dem Ende ihrer Freundschaft näherte.

Bald würden sie die Wahrheit erfahren, aber aus Sorge um Erica konnte er es sich nicht verkneifen, einen Blick auf sein Handy zu werfen. Eine Mitteilung von Anna. Hastig klickte er sie an. Beim Lesen begann seine Hand unkontrolliert zu zittern.

»Wir müssen sofort nach Valö!«, unterbrach er Leon mitten im Satz.

»Was ist passiert?«, fragte Ia.

Martin nickte. »Jetzt erzähl erst mal in Ruhe, was los ist.«

»Ich glaube, Mårten hat das Feuer gelegt und neulich auf Ebba geschossen. Und nun hat er Gösta und Erica in seiner Gewalt. Anna und Ebba sind seit gestern verschwunden und …«

Patrik zwang sich, tief durchzuatmen. Wenn er Erica helfen wollte, musste er einen kühlen Kopf bewahren.

»Mårten hat eine Waffe, die wahrscheinlich auch an jenem Ostersonnabend verwendet wurde. Sagt Ihnen das etwas?«

Die Männer sahen sich an. Dann reichte Leon Patrik einen Schlüssel.

»Er muss den Schutzraum entdeckt haben. Dort lag der Revolver. Stimmt doch, Sebastian?«

»Ja. Ich habe nichts angerührt, seit wir die Tür zugemacht und abgeschlossen haben. Es ist mir ein Rätsel, wie er da reingekommen ist. Soweit ich weiß, ist dies der einzige Schlüssel.«

»Dass Sie nur einen Schlüssel gefunden haben, bedeutet nicht, dass es nicht noch andere gibt.« Patrik schnappte sich den Schlüssel. »Wo ist der Schutzraum?«

»Hinter einer Geheimtür im Keller. Die findet man nur, wenn man weiß, dass es sie gibt«, sagte Leon.

»Vielleicht sind dort Ebba und ...« Ia war kreidebleich geworden.

»Das ist anzunehmen.« Patrik ging zur Haustür.

Martin zeigte auf Percy. »Was machen wir mit ihm?«

Patrik machte kehrt, marschierte direkt auf Percy zu und nahm ihm die Waffe aus der Hand, bevor der reagieren konnte. »Jetzt ist Schluss mit dem Unsinn. Wir klären das alles später. Martin, du forderst unterwegs Verstärkung an, und ich rufe die Küstenwache. Wer begleitet uns und zeigt uns den Schutzraum?«

»Ich.« Josef stand auf.

»Ich komme auch mit«, sagte Ia.

»Einer reicht.«

Ia schüttelte den Kopf. »Ich komme mit. Versuchen Sie erst gar nicht, es mir auszureden.«

»Okay, also los.«

Auf dem Weg zum Auto stieß er beinahe mit Mellberg zusammen.

»Ist John Holm da drin?«

Patrik nickte. »Ja, aber wir müssen jetzt nach Valö. Erica und Gösta haben da draußen Probleme bekommen.«

»Ach.« Mellberg machte ein ratloses Gesicht. »Ich habe gerade Kjell und Sven gesprochen. Nach John wird offenbar gefahndet, aber die Kollegen aus Göteborg wussten noch nicht, dass er hier ist, und da dachte ich mir …«

»Dann kümmere dich darum«, sagte Patrik.

»Wo wollen Sie hin?« Kjell Ringholm kam mit einem blonden Mann auf sie zu, der ihm vage bekannt vorkam.

»Das ist eine andere dienstliche Angelegenheit. Falls Sie John Holm suchen: Der ist im Haus. Mellberg steht Ihnen zur Verfügung.«

Im Laufschritt eilte Patrik zum Auto. Martin blieb ihm auf den Fersen, aber Josef und Ia kamen nicht mit. Ungeduldig hielt Patrik ihnen die hintere Tür auf. Es verstieß gegen alle Regeln, Privatpersonen an einen potentiell gefährlichen Ort mitzunehmen, aber er brauchte ihre Hilfe.

Während der Fahrt stand er am Bug und trat von einem Bein aufs andere, als könnte er das Boot auf diese Weise zur Eile antreiben. Hinter ihm redete Martin leise mit Josef und Ia. Patrik hörte, wie er sie aufforderte, möglichst einen Sicherheitsabstand einzuhalten und ihren Anweisungen Folge zu leisten. Er schmunzelte. Martin hatte sich mit den Jahren von einem nervösen und rastlosen Polizisten zu einem stabilen und zuverlässigen Kollegen entwickelt.

Als sie sich Valö näherten, klammerte Patrik sich an der Reling fest. Mindestens einmal pro Minute hatte er auf sein Handy geguckt, aber es waren keine weiteren Nachrichten gekommen. Kurz zog er in Erwägung, zurückzuschreiben, dass sie unterwegs waren, aber dann wäre womöglich ans Licht gekommen, dass Erica ein Telefon hatte.

Plötzlich bemerkte er, dass Ia ihn beobachtete. Er hatte so viele Fragen an sie. Warum war sie geflohen und erst jetzt zurückgekehrt? Welche Rolle hatte sie beim Tod ihres Vaters und der übrigen Familienmitglieder gespielt? Doch all das musste warten. Sie würden den Dingen noch früh genug auf den Grund kommen. Im Moment konnte er sich nur darauf konzentrieren, dass Erica in Gefahr war. Alles andere war bedeutungslos. Beinahe hätte er sie bei dem Autounfall vor anderthalb Jahren verloren, und schon damals war ihm klargeworden, wie sehr er sie brauchte. Sie war aus seinem Leben und seiner Zukunft nicht mehr wegzudenken.

Als sie an Land gingen, griffen er und Martin wie auf Kommando nach ihren Dienstwaffen. Sie wiesen Josef und Ia an, hinter ihnen zu bleiben. Dann näherten sie sich vorsichtig dem Haus.

Percy starrte auf einen undefinierbaren Punkt an der Wand. »Tja.«

»Was ist bloß los mit dir?« John strich sich durch das blonde Haar. »Wolltest du uns alle erschießen?«

»Na ja, eigentlich wollte ich mir nur selbst eine Kugel in den Kopf jagen und vorher noch ein bisschen Spaß haben. Euch Angst einjagen.«

»Warum wolltest du dir das Leben nehmen?« Leon betrachtete seinen alten Freund voller Zärtlichkeit. Hinter seiner arroganten Fassade war Percy so zart, und Leon hatte schon auf Valö gespürt, dass er jederzeit zerbrechen könnte. Es grenzte an ein Wunder, dass das nicht geschehen war. Dass es Percy nicht leichtfallen würde, mit den Erinnerungen zu leben, war vorherzusehen gewesen, aber vielleicht hatte er auch die Fähigkeit geerbt, zu verdrängen.

»Sebastian hat mir alles genommen. Und Pyttan hat mich verlassen. Ich habe mich zum Gespött gemacht.«

Sebastian breitete die Arme aus. »Na und? Außerdem verwendet dieses Wort heute kein Mensch mehr.«

Sie waren wie Kinder. Leon sah es jetzt ganz deutlich. Alle waren sie in ihrer Entwicklung stehengeblieben. Sie lebten immer noch in der Erinnerung. Verglichen mit ihnen konnte er sich glücklich schätzen. Er betrachtete die Männer und erkannte die Jungen, die sie einst gewesen waren. Und so seltsam es auch erscheinen mochte, er liebte sie. Gemeinsam hatten sie etwas erlebt, das sie von Grund auf verändert und geprägt hatte. Das Band zwischen ihnen war stark, es konnte niemals gekappt werden. Er hatte immer gewusst, dass er eines Tages zurückkehren und dieser Tag kommen würde, aber dass Ia dann an seiner Seite wäre, damit hatte er nicht gerechnet. Ihr Mut überraschte ihn. Vielleicht hatte er sie absichtlich unterschätzt, damit er sich nicht schuldig fühlen musste, weil sie ein noch größeres Opfer als alle anderen gebracht hatte.

Und warum hatte ausgerechnet Josef es gewagt, aufzustehen und die Polizisten zu begleiten? Leon glaubte die Antwort zu wissen. Schon als Josef den Raum betrat, konnte man ihm ansehen, dass er bereit war zu sterben. Diesen Blick kannte Leon gut. Er hatte ihn auf dem Mount Everest gesehen, als der Sturm über sie hinwegfegte, und in der Rettungsinsel, nachdem sie im Indischen Ozean gekentert waren. Es war der Blick eines Menschen, der sich vom Leben verabschiedet hatte.

»Da mache ich nicht mit.« John stand auf, strich seine Hose glatt und zog die Bügelfalten gerade. »Diese Farce dauert mir schon viel zu lange. Ich werde alles leugnen. Es gibt keine Beweise. Mit deinen ganzen Behauptungen sprichst du nur für dich.«

»John Holm?«, sagte eine Stimme an der Tür.

John drehte sich um.

»Bertil Mellberg. Sie haben mir gerade noch gefehlt. Was wollen Sie? Falls Sie im selben Ton wie letztes Mal mit mir reden, können Sie sich gleich an meinen Anwalt wenden.«

»Kein Kommentar.«

»Gut. Dann fahre ich jetzt nach Hause. Schön, Sie zu sehen.« John wollte zur Haustür gehen, aber Mellberg versperrte ihm den Weg. Hinter ihm standen nun drei Männer. Einer von ihnen hielt eine Kamera in die Höhe und machte ein Bild nach dem anderen.

»Folgen Sie mir«, sagte Mellberg.

John seufzte. »Was soll der Quatsch? Das ist reine Schikane. Ich verspreche Ihnen, das hat Konsequenzen.«

»Sie sind hiermit wegen Verabredung zum Mord verhaftet.« Mellberg grinste von einem Ohr zum anderen.

Leon beobachtete das Spektakel von seinem Rollstuhl aus, und auch Percy und Sebastian verfolgten gespannt das Geschehen. John war puterrot angelaufen und wollte sich an Mellberg vorbeidrängen, doch der drückte ihn an die Wand und legte ihm Handschellen an. Der Fotograf knipste weiter, und nun kamen auch die anderen beiden Männer näher.

»Die Polizei hat das von *Schwedens Freunden* so bezeichnete Projekt Gimle vereitelt. Was sagen Sie dazu?«, fragte der eine.

John bekam weiche Knie. Leon betrachtete ihn interessiert. Früher oder später wurden alle für ihre Taten zur Rechenschaft gezogen. Plötzlich machte er sich Sorgen um Ia, schob den Gedanken aber beiseite. Es war ohnehin alles vorherbestimmt. Sie musste es tun, um die Schuld und die innere Leere loszuwerden, die sie dazu getrieben hatten, nur für ihn zu leben. Ihre Liebe zu ihm hatte an Besessenheit gegrenzt, aber er wusste, dass in ihr das gleiche Feuer brannte, das auch ihn zu immer neuen Herausforderungen getrieben hatte. Am Ende waren sie gemeinsam in Flammen aufgegangen. In dem Wagen an einem steilen Abhang in Monaco. Es blieb ihnen nichts anderes übrig, als die Sache gemeinsam zu Ende zu bringen. Er war stolz auf sie, er liebte sie und nun würde sie endlich nach Hause kommen. Heute würde alles ein Ende finden. Ein gutes Ende hoffentlich.

Langsam öffnete Mårten die Augen.

»Ich war so müde.«

Weder Erica noch Gösta antworteten. Auch Erica war auf einmal unendlich müde. Das Adrenalin in ihrem Körper war wieder abgebaut, und die Erkenntnis, dass ihre kleine Schwester möglicherweise tot war, lähmte sie. Sie wollte sich nur noch auf den Boden legen und zu einer kleinen Kugel zusammenrollen. Die Augen schließen, einschlafen und aufwachen, wenn alles vorbei war. Wie auch immer.

Sie hatte gesehen, dass das Handy geblinkt hatte. Dan. Herrgott, er musste außer sich vor Sorge sein, seit er ihre SMS gelesen hatte. Von Patrik war jedoch keine Antwort gekommen. War er so beschäftigt, dass er ihre Nachricht nicht gesehen hatte?

Mårten musterte sie noch immer. Sein Körper war entspannt und seine Miene gleichgültig. Erica bereute, dass sie Ebba nicht noch mehr Fragen über ihren Sohn gestellt hatte. Irgendetwas musste in Bewegung gekommen sein und Mårten in den Wahnsinn getrieben haben. Hätte sie genauer gewusst, was damals passiert war, könnte sie jetzt vielleicht mit ihm reden. Sie konnten nicht einfach hier rumsitzen und tatenlos darauf warten, dass Mårten sie umbrachte. Denn sie bezweifelte nicht, dass er das vorhatte. Es war ihr in dem Moment klargeworden, als sie die kalte Glut in seinen Augen sah. Mit sanfter Stimme sagte sie:

»Erzählen Sie von Vincent.«

Zuerst reagierte er nicht. Nur Göstas Atemzüge und die Motorboote in der Ferne waren zu hören. Zum Schluss murmelte er:

»Er ist tot.«

»Was ist passiert?«

»Es war Ebbas Schuld.«

»Wieso war es Ebbas Schuld?«

»Das habe ich auch erst vor kurzem begriffen.«

Erica wurde langsam ungeduldig.

»Hat sie ihn getötet?« Sie hielt den Atem an. Aus dem Augenwinkel sah sie, dass Gösta aufmerksam zuhörte. »Haben Sie deshalb versucht, Ebba umzubringen?«

Mårten spielte mit dem Revolver.

»Ein so großes Feuer wollte ich nicht.« Er legte sich die Waffe wieder in den Schoß. »Sie sollte nur verstehen, dass sie mich brauchte. Dass ich derjenige war, der sie beschützen konnte.«

»Haben Sie deswegen auch auf sie geschossen?«

»Damit sie begriff, dass sie und ich zusammenhalten müssen. Aber es hat alles nichts genützt. Das ist mir jetzt klar. Sie hat mich manipuliert, ich sollte das Offensichtliche nicht erkennen. Dass sie ihn getötet hat.« Er nickte, als wollte er seinen Worten Nachdruck verleihen. Sein Blick jagte Erica solche Angst ein, dass sie nur mühsam die Fassung bewahrte.

»Dass sie Vincent getötet hat?«

»Ja, genau. Ich habe es verstanden, nachdem sie bei Ihnen war. Sie hat die Schuld geerbt. So viel Bosheit verschwindet nicht einfach.«

»Meinen Sie die Großmutter ihrer Großmutter? Die Engelmacherin?«, fragte Erica erstaunt.

»Ja. Ebba hat mir erzählt, dass sie die Kinder in einer Wanne ertränkt und im Keller begraben hat, weil sie dachte, wenn niemand sie wollte, würde auch niemand nach ihnen suchen. Aber ich wollte doch Vincent. Ich habe nach ihm gesucht, aber da war er schon fort. Sie hatte ihn ertränkt. Er war zwischen den anderen Kindern begraben und kam nicht wieder hoch.« Während Mårten die Worte ausspuckte, lief ihm Speichel aus dem Mundwinkel.

Erica begriff, dass es unmöglich war, mit ihm zu reden. Verschiedene Wirklichkeiten hatten sich vermengt und bildeten ein seltsames Schattenland. Man kam nicht mehr an ihn heran. Sie wurde panisch und sah zu Gösta. An seiner ratlosen Miene erkannte sie, dass er zu demselben Schluss gekommen war. Sie konnten nur noch beten und hoffen, dass sie das hier irgendwie überlebten.

»Pst.« Plötzlich richtete Mårten sich auf.

Erica und Gösta zuckten erschrocken zusammen.

»Da kommt jemand.« Mårten griff zum Revolver und sprang auf. »Pst!«, wiederholte er und legte den Zeigefinger auf die Lippen.

Er rannte ans Fenster und sah hinaus. Einen Augenblick lang blieb er dort stehen und schien zu überlegen, welche Alternativen er hatte. Dann zeigte er auf Gösta und Erica.

»Sie bleiben hier. Ich gehe jetzt. Ich muss die beiden bewachen. Sie dürfen nicht gefunden werden.«

»Was haben Sie vor?« Erica konnte nicht an sich halten. Die Hoffnung auf Hilfe vermischte sich mit der Angst um Anna, falls es für die nicht ohnehin zu spät war. »Wo ist meine Schwester? Sie müssen mir sagen, wo Anna ist.« Ihre Stimme überschlug sich.

Gösta legte ihr beruhigend eine Hand auf den Arm.

»Wir warten hier, Mårten. Wir gehen nirgendwohin. Wir bleiben hier sitzen, bis Sie wiederkommen.« Er ließ Mårten nicht aus den Augen.

Schließlich nickte Mårten, drehte sich um und raste die Treppe hinunter. Erica wollte sofort aufstehen und hinterherrennen, aber Gösta packte sie am Arm und zischte:

»Ganz ruhig. Wir gucken zuerst aus dem Fenster. Vielleicht können wir erkennen, wo er hinwill.«

»Aber Anna ...« Verzweifelt versuchte sie, sich loszureißen.

Gösta gab nicht nach. »Denk lieber nach, bevor du voreilig handelst. Wir schauen aus dem Fenster, und dann gehen wir runter. Das sind bestimmt Patrik und die anderen. Die helfen uns.«

»Okay.« Erica stand auf. Ihre Beine fühlten sich taub und wacklig an.

Vorsichtig spähten sie und Gösta hinter Mårten her.

»Siehst du was?«

»Nein«, sagte Gösta. »Du?«

»Er kann doch nicht zum Steg gegangen sein. Da läuft er denen, die hierherkommen, direkt in die Arme.«

»Er muss hinterm Haus sein. Wohin hätte er sonst gehen sollen?«

»Ich kann ihn jedenfalls nicht entdecken. Ich gehe jetzt runter.«

Auf Zehenspitzen ging Erica zur Treppe und in den Hausflur hinunter. Es war vollkommen still, aber wer immer ihnen zu Hilfe kam, würde sich natürlich so lautlos wie möglich anschleichen. Sie blickte durch die offene Haustür und hätte beinahe angefangen zu weinen. Draußen war niemand.

Im selben Moment bewegte sich etwas zwischen den Bäumen. Sie kniff die Augen zusammen und atmete erleichtert auf. Patrik. Dicht hinter ihm kam Martin mit zwei weiteren Personen. Sie brauchte eine Weile, bis sie Josef Meyer erkannt hatte. Neben ihm ging eine schick gekleidete Frau. Konnte das Ia Kreutz sein? Sie winkte, um Patrik auf sich aufmerksam zu machen, und ging wieder ins Haus.

»Wir bleiben hier«, sagte sie zu Gösta, der gerade herunterkam.

Sie stellten sich an die Wand, damit sie nicht durch die Tür gesehen werden konnten. Mårten konnte schließlich überall da draußen sein, und sie wollte nicht riskieren, ihm als lebende Zielscheibe zu dienen.

»Wo kann er nur abgeblieben sein?« Gösta blickte sie an. »Vielleicht ist er immer noch hier drin?«

Er hatte recht. Entsetzt blickte sich Erica um, als könnte Mårten jeden Moment auftauchen und sie erschießen. Doch er war nirgendwo zu sehen.

Endlich waren Patrik und Martin bei ihnen angekommen, und sie sah Patrik an. Er wirkte zugleich erleichtert und besorgt.

»Mårten?«, flüsterte er. Schnell erklärte Erica ihm, was passiert war, seit Mårten wusste, dass Hilfe für sie nahte.

Patrik nickte. Mit erhobenen Waffen drehten er und Martin hastig eine Runde im Erdgeschoss. Als sie zurückkamen, schüttelten sie den Kopf. Ia und Josef standen regungslos dabei. Erica fragte sich, was sie hier machten.

»Ich weiß nicht, wo Anna und Ebba sind. In seinem Wahn hat Mårten gefaselt, er müsse sie bewachen. Könnte er sie irgendwo eingesperrt haben?« Sie schluchzte auf.

»Da geht es in den Keller.« Josef zeigte auf eine Tür im Flur.

»Was ist da unten?«, fragte Gösta.

»Das besprechen wir später, dafür ist jetzt keine Zeit«, sagte Patrik.

»Ihr bleibt hier oben.« Er sah Erica an, die neben Ia stand.

Erica wollte widersprechen, doch dann sah sie Patriks Gesichtsausdruck. Es wäre sinnlos gewesen, mit ihm zu diskutieren.

»Wir gehen runter.« Patrik warf Erica einen letzten Blick zu. Sie spürte, dass er vor dem, was er da unten vorfinden würde, genauso viel Angst hatte wie sie.

Valö Ostersonnabend 1974

Rune erwartete, dass alles so war wie immer. Die meisten Schüler waren über die Ferien nach Hause gefahren. Sie hatte vorsichtig gefragt, ob sie die übrigen Jungen nicht zum Essen einladen wollten, aber Rune hatte sich nicht einmal dazu herabgelassen, ihr zu antworten. Selbstverständlich war das Osteressen nur für die Familie bestimmt.

Zwei Tage lang hatte sie in der Küche gestanden: Lammbraten, gefüllte Eier, pochierter Lachs ... Die Liste mit Runes Wünschen war endlos. Doch was hieß Wünsche? Im Grunde stellte er Forderungen.

Vor ihrem ersten gemeinsamen Osterfest hatte er ihr einen Zettel in die Hand gedrückt. »Diese Gerichte hat Carla immer zubereitet. Jedes Jahr.«

Inez wusste, dass es keinen Sinn gehabt hätte zu protestieren. Wenn Carla es so gemacht hatte, musste es eben sein. Wie hätte sie auf die Idee kommen können, etwas anders als sie zu machen. Gott bewahre!

»Setzt du Ebba in den Kinderstuhl, Johan?« Sie stellte den großen Lammbraten auf den Tisch und betete zu Gott, dass er ihr gelungen war.

»Muss das Kind dabei sein? Es stört doch nur.« Annelie schlenderte herein und setzte sich.

»Was soll ich denn deiner Meinung nach mit ihr machen?«, antwortete Inez barsch. Nach all der Plackerei in der Küche

stand ihr nicht der Sinn nach den spitzen Bemerkungen ihrer Stieftochter.

»Weiß ich auch nicht, aber es ist so eklig mit ihr am Tisch. Mir wird kotzübel.«

Inez platzte der Kragen. »Wenn es dir so unangenehm ist, solltest du vielleicht nicht mitessen«, zischte sie.

»Inez!«

Sie zuckte zusammen. Plötzlich stand Rune mit hochrotem Kopf im Zimmer.

»Was redest du da? Soll meine Tochter etwa nicht mit uns essen?« Rune durchbohrte sie mit einem eisigen Blick. »In dieser Familie sind bei den Mahlzeiten alle willkommen.«

Annelie sagte nichts, aber Inez merkte ihr an, dass sie sich unbändig über die Zurechtweisung freute.

»Entschuldige, das war dumm von mir.« Inez drehte sich um und stellte die Kartoffeln auf den Tisch. Innerlich schäumte sie vor Wut. Am liebsten hätte sie laut geschrien, wäre ihrem Herzen gefolgt und weggelaufen. Sie wollte nicht in dieser Hölle gefangen sein.

»Ebba hat ein bisschen gespuckt.« Besorgt tupfte Johan das Kinn seiner kleinen Schwester mit einer Serviette ab. »Sie ist doch wohl nicht krank?«

»Wahrscheinlich hat sie nur zu viel Brei gegessen«, sagte Inez.

»Gut«, antwortete er skeptisch. Er wird von Tag zu Tag fürsorglicher, dachte Inez und fragte sich, warum er so anders war als seine Geschwister.

»Lammbraten. Der schmeckt bestimmt nicht so gut wie der von Mama.« Claes setzte sich neben Annelie. Sie blinzelte ihm kichernd zu, aber er ging nicht darauf ein. Eigentlich hätten die beiden dicke Freunde sein müssen, aber Claes schienen alle anderen egal zu sein. Außer seiner Mutter, von der er ständig erzählte.

»Ich habe mir große Mühe gegeben«, sagte Inez. Claes rümpfte die Nase.

»Wo bist du gewesen?« Rune griff nach der Schüssel mit den

Kartoffeln. »Ich habe dich gesucht. Olle hat die Bretter, die ich bestellt habe, unten am Steg abgeladen. Du musst mir helfen, sie zum Haus zu schleppen.«

Claes zuckte mit den Schultern. »Ich war spazieren. Die Bretter hole ich nachher.«

»Gleich nach dem Essen«, sagte Rune, gab sich aber mit Claes' Antwort zufrieden.

»Es ist nicht rosa genug.« Angewidert betrachtete Annelie das Stück Fleisch auf ihrem Teller.

Inez biss die Zähne zusammen. »Der Ofen ist nicht besonders gut. Die Temperatur ist nicht gleichmäßig. Wie gesagt, ich habe mich wirklich bemüht.«

»Ekelhaft.« Annelie schob das Fleisch an den Tellerrand. »Kann ich mal die Sauce haben?«, fragte sie Claes. Die Sauciere stand links von ihm.

»Aber sicher.« Er griff danach.

»Oje ...« Er sah Inez unverwandt an. Die Sauciere war auf dem Boden zu Bruch gegangen, und die braune Sauce hatte sich auf den Dielen verteilt und sickerte durch die Ritzen. Ihre Blicke trafen sich. Inez wusste, dass er es mit Absicht gemacht hatte. Und er wusste, dass sie das wusste. »Wie ungeschickt von mir.« Rune schaute hinunter. »Das wirst du wohl aufwischen müssen, Inez.«

»Klar.« Sie lächelte. Natürlich kam er gar nicht auf die Idee, es selbst zu tun.

»Bringst du noch Sauce aus der Küche mit?«, rief Rune ihr hinterher.

Sie drehte sich um. »Mehr gibt es nicht.«

»Carla hatte immer noch ein bisschen Sauce in Reserve.«

»Schön, aber ich nicht. Ich habe alles auf einmal serviert.«

Nachdem sie auf allen vieren neben Claes gewischt hatte, setzte sie sich wieder auf ihren Platz. Ihr Essen war kalt geworden, aber der Appetit war ihr sowieso vergangen.

»Es schmeckt richtig lecker, Inez.« Johan hielt ihr seinen Teller hin. »Du kannst wahnsinnig gut kochen.«

Seine Augen waren so blau und unschuldig, dass sie beinahe in Tränen ausgebrochen wäre. Während sie ihm seinen nahezu abgeschleckten Teller noch einmal nachfüllte, fütterte er Ebba mit einem kleinen Silberlöffel.

»Hier kommt noch eine Kartoffel. Hm, ist das lecker.« Er strahlte übers ganze Gesicht, wenn sie den Mund aufmachte.

Claes lachte höhnisch. »Was bist du nur für ein Weichei.«

»Sprich nicht so mit deinem Bruder«, zischte Rune. »Er hat in allen Fächern hervorragende Noten und ist klüger als ihr beiden zusammen. Du hast dich in der Schule nicht gerade mit Ruhm bekleckert und solltest deinen Bruder höflich behandeln, bis du bewiesen hast, dass du auch etwas taugst. Deine Mutter hätte sich geschämt, wenn sie dein Abschlusszeugnis zu Gesicht bekommen hätte.«

Claes zuckte zusammen. Inez bemerkte ein unkontrolliertes Zucken an seiner Stirn. Seine Augen verfinsterten sich.

Eine Weile herrschte vollkommene Stille am Tisch. Nicht einmal Ebba gab einen Ton von sich. Claes fixierte Rune, und Inez rang unter dem Tisch die Hände. Sie war Zeugin eines Machtkampfs und sich nicht sicher, ob sie dessen Ausgang miterleben wollte.

Minutenlang starrten die beiden sich an. Dann senkte Claes den Blick.

»Entschuldige, Johan.«

Inez schauderte es. Claes' Stimme war voller Hass. Sie spürte, dass sie auf ihren Instinkt hören sollte. Noch hatte sie die Möglichkeit, aufzustehen und wegzulaufen. Sie sollte sie nutzen, egal, welche Konsequenzen es hätte.

»Ich bitte vielmals um Entschuldigung, dass ich beim Essen störe, aber ich müsste dringend mit Ihnen reden, Rune.« Leon stand mit artig gesenktem Kopf in der Tür.

»Kann das nicht warten? Wir sind noch nicht fertig«, erwiderte Rune. Zwischen seinen Augenbrauen hatte sich eine tiefe Furche gebildet. Selbst bei den Mahlzeiten in der Woche duldete er keine Störung.

»Dafür habe ich vollstes Verständnis. Ich würde wirklich nicht fragen, wenn es nicht wichtig wäre.«

»Worum geht es?« Rune tupfte sich die Lippen mit der Serviette ab.

Leon zögerte. Inez sah Annelie an, die Leon nicht aus den Augen ließ.

»Es geht um eine dringende Angelegenheit bei mir zu Hause. Mein Vater hat mich gebeten, mit Ihnen zu reden.«

»Ach so, dein Vater. Warum hast du das nicht gleich gesagt?«

Rune stand vom Tisch auf. Für die vermögenden Eltern seiner Schüler hatte er immer Zeit.

»Esst weiter, es wird schon nicht so lang dauern.« Er ging zur Tür, wo Leon ihn erwartete.

Inez blickte Rune hinterher. Plötzlich bekam sie Bauchschmerzen. Alles, was sie in den vergangenen Monaten wahrgenommen hatte, verdichtete sich zu einem harten Klumpen. Irgendetwas würde passieren.

Draußen zog die Landschaft vorüber, und auf dem Fahrersitz sprach dieser unangenehme Mellberg aufgeregt in sein Telefon. Anscheinend wollte er John nicht den Kollegen vor Ort übergeben, sondern bestand darauf, den ganzen Weg bis Göteborg zu fahren. John war es vollkommen gleichgültig.

Er fragte sich, wie Liv damit fertig würde. Auch sie hatte alles auf eine Karte gesetzt. Vielleicht hätten sie sich mit dem begnügen sollen, was sie bereits zustande gebracht hatten, aber die Verlockung war zu groß gewesen. Bis jetzt war es noch keiner nationalistischen Partei in Schweden gelungen, auf einen Schlag alles zu verändern und eine dominierende politische Stellung einzunehmen. In Dänemark hatte die Dänische Volkspartei schon viel von dem erreicht, wovon *Schwedens Freunde* träumten. Sollte es wirklich ein Fehler gewesen sein, diese Entwicklung ein wenig zu beschleunigen?

Das Projekt Gimle hätte die Schweden geeint. Anschließend hätten sie das Land von Grund auf erneuern können. Es war ein einfacher Plan gewesen, und obwohl John sich hin und wieder Sorgen gemacht hatte, war er überzeugt gewesen, dass er gelingen würde. Nun war es aus. Alles, was sie sich aufgebaut hatten, würde zerstört und im Zuge der Nachwirkungen von Gimle vergessen werden. Niemand würde begreifen, dass sie eine neue Zukunft für die Schweden hatten erschaffen wollen.

Es hatte mit einem Vorschlag begonnen, der im engsten Kreis scherzhaft in die Runde geworfen worden war. Liv hatte sofort das Potential dieses Vorschlags erkannt. Sie erläuterte ihm und den anderen, wie eine Veränderung, die normalerweise mehr als eine Generation in Anspruch nahm, in sehr viel kürzerer Zeit vonstattengehen konnte. Über Nacht konnten sie Revolution machen und die Schweden im Kampf gegen die Feinde mobilisieren, die sich eingenistet hatten und die Gesellschaft zersetzten. Livs Ausführungen klangen logisch, und der Preis war angemessen.

Eine einzige Bombe. Während des größten Gedränges, und zwar direkt unter der exklusiven Einkaufspassage *Sturegalleria*. Alle Spuren würden den Verdacht der Polizei auf muslimische Terroristen lenken. Seit über einem Jahr waren sie mit den Vorbereitungen beschäftigt. Sie hatten kein Detail dem Zufall überlassen und dafür gesorgt, dass nur eine Schlussfolgerung möglich war: Islamisten hatten einen Anschlag auf das Herz Stockholms im Herzen Schwedens verübt. Die Leute hätten Angst bekommen, und wenn sie Angst hatten, wurden sie wütend. Dann wären *Schwedens Freunde* auf den Plan getreten, hätten die Menschen behutsam an die Hand genommen, ihre Ängste bestätigt und ihnen erklärt, was sie tun würden, damit sie wieder ruhig schlafen könnten. Und wieder leben wie echte Schweden.

Nichts davon würde Wirklichkeit werden. Die Sorge vor Leons Enthüllungen war ein Witz im Vergleich zu dem Skandal, der ihn erwartete. Er, John, würde im Mittelpunkt stehen, aber nicht so, wie er sich das vorgestellt hatte. Das Projekt Gimle würde seinen Sturz besiegeln, nicht seinen Triumph.

Ebba betrachtete die Fotos, die sie auf dem Fußboden ausgebreitet hatte. Die nackten Jungen blickten mit leeren Augen in die Kamera.

»Sie sehen so hilflos aus.« Sie wandte sich ab.

»Das hat nichts mit dir zu tun.« Anna strich ihr über den Arm.

»Es wäre besser gewesen, wenn ich niemals etwas über meine Familie erfahren hätte. Das einzige Bild, das ich von ihnen habe, falls wir hier jemals …«

Sie brachte den Satz nicht zu Ende. Anna wusste, dass sie den Gedanken nicht laut aussprechen wollte: falls wir hier jemals rauskommen.

Erneut betrachtete Ebba die Bilder. »Das müssen Schüler von meinem Vater sein. Wenn er ihnen das angetan hat, kann ich verstehen, dass sie ihn umgebracht haben.«

Anna nickte. Es war erkennbar, dass die Jungen ihre Blöße bedecken wollten, der Fotograf es aber nicht zuließ. Die Qual war ihnen deutlich anzusehen, und sie konnte sich den rasenden Zorn vorstellen, den diese Erniedrigung auslöste.

»Allerdings verstehe ich nicht, warum alle sterben mussten«, sagte Ebba.

Plötzlich hörten sie Schritte. Sie standen auf und drehten sich zur Tür um. Irgendjemand fummelte an dem Schloss herum.

»Das muss Mårten sein«, sagte Ebba erschrocken.

Instinktiv sahen sie sich nach einem Fluchtweg um, aber sie saßen wie Ratten in der Falle. Langsam ging die Tür auf, und Mårten kam mit einem Revolver in der Hand auf sie zu.

»Du lebst?«, fragte er Ebba. Anna war entsetzt, weil es ihm offensichtlich gleichgültig war, ob seine Frau lebte oder nicht.

»Warum tust du das?« Ebba ging weinend auf ihn zu.

»Bleib stehen.« Als er mit der Waffe auf sie zielte, blieb sie augenblicklich stehen.

»Lass uns hier raus.« Anna versuchte, ihn auf sich aufmerksam zu machen. »Wir sagen auch nichts, versprochen.«

»Und das soll ich glauben? Es spielt sowieso keine Rolle. Ich habe nicht den Wunsch …« Er verstummte mitten im Satz und betrachtete die Kisten, aus denen die Knochen ragten. »Was ist das?«

»Das ist Ebbas Familie«, sagte Anna.

Mårten konnte den Blick nicht von den Skeletten abwenden. »Waren sie die ganze Zeit hier?«

»Es sieht so aus.«

Sie hatte die vage Hoffnung, Mårten so zu erschüttern, dass sie an ihn herankam. Als sie sich hinunterbeugte, richtete er vor Schreck den Revolver auf sie.

»Ich will dir nur etwas zeigen.« Anna hob die Fotos auf und reichte sie Mårten, der sie misstrauisch in die Hand nahm.

»Wer ist das?« Zum ersten Mal klang seine Stimme fast normal.

Annas Herz pochte wie wild. Irgendwo in seinem Innern war noch der vernünftige, stabile Mårten verborgen. Er hielt sich die Bilder vors Gesicht.

»Mein Vater muss ihnen das angetan haben«, sagte Ebba. Die Haare hingen ihr ins Gesicht, und an ihrer Körperhaltung war zu sehen, dass sie sich aufgegeben hatte.

»Rune?«, fragte Mårten, zuckte jedoch erschrocken zusammen, als er von draußen ein Geräusch hörte. Hastig schlug er die Tür zu.

»Wer war das?«, fragte Anna.

»Sie wollen alles kaputtmachen«, sagte Mårten. Sein Blick wirkte wieder so abwesend wie vorher, und Anna begriff, dass es keine Hoffnung mehr gab. »Aber hier kommen sie nicht rein. Ich habe den Schlüssel. Er lag auf dem Türrahmen hier unten im Keller, verrostet und vergessen. Ich habe jedes Schloss ausprobiert, aber er passte nirgendwo. Vor etwa einer Woche habe ich zufällig diesen Eingang entdeckt. Eine geniale Konstruktion. Es ist fast unmöglich, die Tür zu sehen.«

»Warum hast du mir nicht davon erzählt?«, fragte Ebba.

»Mir wurde allmählich klar, wie alles zusammenhängt. Du wolltest nicht zugeben, dass du schuld an Vincents Tod bist. Du wolltest mir die Schuld zuschieben. Und in der offenen Kiste habe ich das hier gefunden.« Er schwenkte den Revolver. »Ich wusste, dass ich ihn brauchen würde.«

»Sie schaffen es, hier reinzukommen. Das weißt du«, sagte Anna. »Mach lieber gleich die Tür auf.«

»Ich kann jetzt nicht aufmachen. Früher scheint es innen einen Knauf gegeben zu haben, aber der ist nicht mehr da. Die Tür fällt von allein ins Schloss, und die da oben haben keinen

Schlüssel. Also kommen sie selbst dann nicht rein, wenn sie die Geheimtür wider Erwarten entdecken. Diese Konstruktion hat sich ein vollkommen paranoider Mensch ausgedacht. Sie ist kaum zu überwinden.« Mårten grinste. »Bis sie ihre Ausrüstung hergeschafft haben, ist es zu spät.«

»Bitte, Mårten«, sagte Ebba, aber Anna begriff, dass mit ihm zu reden sinnlos war. Wenn sie nichts unternahm, würde Mårten hier unten mit ihnen sterben.

In diesem Moment wurde ein Schlüssel ins Schloss gesteckt, und Mårten drehte sich verblüfft um. Auf diese Gelegenheit hatte Anna nur gewartet. Blitzartig hob sie den Engelanhänger vom Boden auf und stürzte sich auf Mårten. Sie verpasste ihm einen tiefen Kratzer und griff mit der anderen Hand nach der Waffe. In dem Moment, als sie den kalten Stahl unter ihren Fingerspitzen fühlte, fiel ein Schuss.

Eigentlich hatte er beschlossen, heute zu sterben. Es kam ihm wie eine logische Folge seines Scheiterns vor, und die Entscheidung löste nur Erleichterung in ihm aus. Als er von zu Hause fortging, wusste er noch nicht, wie er sterben würde, doch als Percy plötzlich mit seiner Pistole herumfuchtelte, war ihm der Gedanke gekommen, als Held zu sterben.

Nun erschien ihm dieser Entschluss eigenartig überstürzt. Auf dem Weg die dunkle Treppe hinunter war Josefs Lebenswille stärker als je zuvor. Er wollte nicht sterben und schon gar nicht an dem Ort seiner jahrelangen Alpträume. Ohne Waffe fühlte Josef sich unangenehm nackt. Es war keine Frage gewesen, dass er die Polizisten in den Keller begleitete. Nur er konnte ihnen den Weg zeigen, denn er als Einziger kannte den Weg zur Hölle.

Die Polizisten warteten am Fuß der Treppe auf ihn. Patrik Hedström zog fragend eine Augenbraue hoch, und Josef zeigte auf die hintere Wand. Schiefe Regalbretter voller klebriger Farbdosen waren daran befestigt, und auch sonst wirkte die Wand vollkommen normal. Er bemerkte Patriks skeptische Miene und ging voran. Ganz deutlich erinnerte er sich an alles:

die Gerüche, den Beton unter den Füßen und die abgestandene Luft.

Nach einem Blick in Patriks Richtung drückte Josef auf das mittlere Regalbrett. Die Wand gab nach, schwang nach hinten, und ein Gang wurde sichtbar, der zu einer massiven Tür führte. Josef machte einen Schritt zur Seite. Vor der Tür blieben sie stehen und horchten. Auf der anderen Seite war leises Murmeln zu hören. Josef wusste genau, wie es dort drinnen aussah. Er brauchte nur die Augen zu schließen, um das Bild vor sich zu sehen. Die kahlen Wände und die nackte Glühbirne, die von der Decke hing. Und die vier Kisten. Den Revolver hatten sie in eine von ihnen gelegt. Ebbas Mann musste ihn dort gefunden haben. Josef fragte sich, ob er die Kisten auch geöffnet hatte und wusste, was sich darin befand. Wie auch immer, nun würden es alle erfahren. Es gab kein Zurück.

Patrik zog den Schlüssel aus der Tasche und steckte ihn ins Schloss. Der Blick, den er Josef und den Kollegen zuwarf, zeigte deutlich, dass er eine Katastrophe befürchtete.

Vorsichtig öffnete Patrik die Tür. Ein Schuss fiel, und dann sah Josef die Polizisten mit gezogenen Waffen den Raum stürmen. Er selbst blieb im Gang stehen. In dem Tumult konnte er nur schwer ausmachen, was genau sich abspielte, aber er hörte Patrik schreien: »Lassen Sie die Waffe fallen!« Ein Licht blitzte auf, ein lauter Schuss wurde abgefeuert, von dem Josef die Ohren weh taten. Dann stürzte jemand zu Boden.

In der darauffolgenden Stille klingelte es in seinen Ohren. Josef hörte seine eigenen kurzen und flachen Atemzüge. Er lebte, er spürte, dass er lebte, und er war dankbar dafür. Rebecka würde sich Sorgen machen, wenn sie den Brief fand, aber er würde versuchen, ihr alles zu erklären. Denn er starb heute nicht.

Jemand kam die Treppe heruntergerast. Als er sich umdrehte, sah er Ia. Schreckerfüllt sah sie ihn an.

»Ebba«, sagte sie. »Wo ist Ebba?«

Blut war auf die Kisten und an die Wand gespritzt. Wie aus weiter Ferne hörte sie Ebba schreien.

»Anna.« Patrik packte sie an den Schultern und schüttelte sie. Sie zeigte auf ihr Ohr. »Ich glaube, mein Trommelfell ist geplatzt. Ich höre ganz schlecht.«

Ihre Stimme klang dumpf und merkwürdig. Alles war so schnell gegangen. Sie sah auf ihre Hände. An denen Blut klebte. Sie suchte ihren ganzen Körper ab, blutete aber nirgendwo. Noch immer hielt sie Ebbas Engel fest in der Hand, mit dem sie Mårten das Gesicht zerschnitten hatte. Es war sein Blut. Nun lag er mit offenen Augen auf dem Fußboden. Die Kugel hatte ein großes Loch in seinen Schädel geschlagen.

Anna wandte sich ab. Ebba schrie immer noch. Plötzlich kam eine Frau hereingelaufen, schlang die Arme um sie und wiegte sie zärtlich. Langsam verklangen Ebbas Schreie und gingen in ein Wimmern über. Anna zeigte stumm auf die Kisten, und Patrik, Martin und Gösta starrten die Skelette an, auf die an einigen Stellen Mårtens Blut gespritzt war.

»Wir müssen euch von hier wegbringen.« Patrik schob Anna und Ebba behutsam zur Tür. Ia folgte ihnen.

Im Gang sahen sie plötzlich Erica die steile Kellertreppe herunterrennen. Sie nahm zwei Stufen auf einmal, und Anna eilte ihr entgegen. Erst als sie ihr Gesicht an den Hals ihrer großen Schwester schmiegte, flossen die Tränen.

Oben im Hausflur blinzelten sie ins helle Licht. Anna zitterte immer noch wie wahnsinnig. Erica schaltete blitzschnell und holte Annas Kleider aus dem oberen Stockwerk. Dass sie im Schlafzimmer lagen, ließ sie unkommentiert. Anna wusste auch so, dass sie einiges zu erklären hatte. Nicht zuletzt Dan. Es tat ihr in der Seele weh, ihn derart verletzen zu müssen, aber im Moment hatte sie nicht die Kraft, darüber nachzudenken. Damit würde sie sich später beschäftigen.

»Ich habe Verstärkung angefordert«, sagte Patrik. Er half Anna und Ebba, sich auf die Steintreppe vor dem Haus zu setzen.

Ia ließ sich neben Ebba nieder und hielt sie fest umschlungen. Gösta nahm auf der anderen Seite Platz und musterte die beiden. Patrik beugte sich zu ihm hinunter und flüsterte:

»Das ist Annelie. Ich erzähle dir später mehr.«

Gösta sah ihn fragend an. Dann wurde ihm blitzartig alles klar. Er schüttelte den Kopf.

»Die Handschrift. So hing natürlich alles zusammen.«

Er wusste, dass ihm etwas entgangen war, als sie die vielen Kartons durchsuchten. Etwas, das er sofort hätte erkennen müssen, als er es sah. Er drehte sich zu Ia um.

»Fast wäre sie bei uns gelandet, aber sie hatte es auch dort gut, wo sie stattdessen hinkam.« Die anderen begriffen kein Wort von dem, was Gösta sagte.

»Ich wollte überhaupt nicht darüber nachdenken, wer sich um sie kümmerte. Ich wollte gar nicht an sie denken. Es war am einfachsten so«, sagte Ia.

»Sie war so niedlich. Wir waren in jenem Sommer ganz verliebt in sie und hätten sie am liebsten behalten, aber wir hatten ein Kind verloren und uns irgendwie damit abgefunden, keine …« Er blickte zur Seite.

»Ja, sie war niedlich. Ein richtiger kleiner Engel.« Ia lächelte traurig. Ebba betrachtete die beiden verwirrt.

»Wie sind Sie darauf gekommen?«, fragte Ia.

»Der Einkaufszettel. Unter Ihren Hinterlassenschaften fand sich eine handgeschriebene Liste. Und dann haben Sie mir die Adresse aufgeschrieben. Die Handschrift war dieselbe.«

»Würde mir bitte jemand erklären, worum es hier geht?«, sagte Patrik. »Du zum Beispiel, Gösta.«

»Leon hatte die Idee, dass ich Annelies Pass nehmen sollte«, sagte Ia. »Wir waren zwar einige Jahre auseinander, sahen uns aber ziemlich ähnlich.«

»Ich verstehe das nicht.« Ebba schüttelte den Kopf.

Gösta sah ihr in die Augen und dachte an das kleine Mädchen, das in seinem und Maj-Britts Garten herumgerannt war und für immer einen Platz in ihren Herzen hatte. Es war höchste Zeit, dass sie die Antworten bekam, auf die sie schon so lange wartete.

»Das ist deine Mutter, Ebba. Das ist Inez.«

Es wurde still. Nur der Wind in den Birken war zu hören.

»Aber, aber …«, stammelte Ebba. Sie zeigte in Richtung Kellertür. »Wer ist die Frau mit den langen Haaren?«

»Annelie«, sagte Ia. »Wir hatten beide lange braune Haare.« Sie strich Ebba über die Wange.

»Warum hast du nie …?« Ebbas Stimme war von dem Gefühlschaos ganz zittrig geworden.

»Das ist nicht leicht zu beantworten, weil ich es selbst nicht verstehe. Ich musste mir jeden Gedanken an dich verbieten. Sonst hätte ich es nie geschafft, dich zurückzulassen.«

»Leon ist unterbrochen worden, als er uns erzählen wollte, was damals passiert ist«, sagte Patrik. »Ich glaube, der passende Moment ist gekommen.«

»Es sieht so aus«, sagte Inez.

Auf dem Wasser waren nun Boote zu erkennen, die sich der Insel näherten. Gösta begrüßte die Kollegen, die sie ablösen würden. Er selbst wollte endlich wissen, was an diesem Ostersonnabend 1974 passiert war. Er nahm Ebbas eine Hand. Inez nahm die andere.

Valö Ostersonnabend 1974

»Was ist das?« Mit kreidebleichem Gesicht erschien Rune in der Tür zum Esszimmer. Hinter ihm standen Leon und die anderen Jungen: John, Percy, Sebastian und Josef.

Inez sah sie verwundert an. In ihrer Anwesenheit hatte Rune noch nie die Fassung verloren, aber nun war er so aufgebracht, dass er am ganzen Körper zitterte. Er ging zu Claes und baute sich vor ihm auf. In den Händen hielt er einen Stapel Fotos und einen Revolver.

»Was ist das?«, wiederholte er.

Claes starrte schweigend vor sich hin. Die Jungen betraten zögernd den Raum. Inez suchte Leons Blick, aber er wich ihr aus und sah stattdessen Claes und Rune an. Eine Weile war es vollkommen still. Man bekam kaum noch Luft in dem stickigen Zimmer. Inez hielt sich an der Tischkante fest. Etwas Schreckliches spielte sich vor ihren Augen ab. Sie ahnte, dass es nicht gut ausgehen würde.

Langsam breitete sich ein Grinsen auf Claes' Gesicht aus. Bevor sein Vater reagieren konnte, riss er ihm den Revolver aus der Hand und drückte ab. Rune brach leblos zusammen. Aus einem pechschwarzen Loch in seiner Stirn strömte Blut, und Inez hörte sich schreien. Der Schrei schien von einer fremden Person zu stammen, aber sie wusste, dass es ihre eigene Stimme war, die von den Wänden widerhallte und sich mit der von Annelie zu einem makabren Duett vereinte.

»Schnauze!«, schrie Claes, der den Revolver immer noch auf Rune gerichtet hielt. »Schnauze!«

Doch sie konnte nicht aufhören zu schreien. Schrie wie besessen vor Entsetzen. Unverwandt starrte sie ihren toten Mann an. Ebba weinte herzzerreißend.

»Schnauze, habe ich gesagt.« Claes schoss noch einmal auf seinen Vater, und der leblose Körper zuckte zusammen. Langsam färbte sich das weiße Hemd rot.

Der Schock ließ Inez schlagartig verstummen. Auch Annelie hörte abrupt auf zu schreien. Nur Ebba weinte weiter.

Claes strich sich mit der einen Hand übers Gesicht, in der anderen hielt er den erhobenen Revolver. Er sah aus wie ein kleiner Junge, der Cowboy spielt, dachte Inez, verbot sich den Gedanken jedoch sofort. Claes hatte nichts Jungenhaftes an sich. Er sah nicht einmal menschlich aus. Sein Blick war leer, und das unheimliche Grinsen war auf seinem Gesicht erstarrt. Er atmete schnell und stoßweise.

Mit einer heftigen Bewegung drehte er sich zu Ebba um und zielte auf sie. Sie schrie noch immer und war hochrot im Gesicht. Wie zu Eis erstarrt musste Inez mit ansehen, wie sich Claes' Finger um den Abzug legte und Johan sich auf Ebba warf, aber ganz plötzlich innehielt. Erstaunt betrachtete er sein Hemd, auf dem sich ein roter Fleck ausbreitete. Dann sackte er zusammen.

Im Raum wurde es wieder still. Unnatürlich still. Sogar Ebba verstummte und steckte sich den Daumen in den Mund. Neben ihrem Kinderstuhl lag Johan auf dem Rücken. Das blonde Haar war ihm ins Gesicht gefallen, und seine blauen Augen blickten blind an die Decke. Inez unterdrückte ein Schluchzen.

Claes ging rückwärts, bis er mit dem Rücken an der Wand stand. »Tut jetzt, was ich sage. Und seid leise. Das ist am wichtigsten.« Seine Stimme war furchterregend ruhig, als fände er Gefallen an der Situation.

Aus dem Augenwinkel sah Inez undeutlich, dass sich an der Tür etwas bewegte. Claes schien es auch bemerkt zu haben, denn er richtete den Revolver blitzschnell auf die Jungen.

»Ihr bleibt hier. Niemand verlässt den Raum.«

»Was hast du mit uns vor?«, fragte Leon.

»Das weiß ich nicht. Ich habe mich noch nicht entschieden.«

»Mein Vater hat viel Geld«, sagte Percy. »Er bezahlt dich, wenn du uns laufen lässt.«

»Wir versprechen, nichts zu sagen.« Johns Flehen traf auf taube Ohren.

Inez wusste, dass es sinnlos war. Sie hatte Claes richtig eingeschätzt. Irgendetwas fehlte ihm. Was immer er den Jungen angetan hatte, wollte er um jeden Preis verbergen. Er hatte bereits zwei Menschen getötet und würde niemanden von hier fortlassen. Sie würden alle hier sterben.

Auf einmal suchte Leon ihren Blick, und sie verstand, dass er das Gleiche dachte wie sie. Sie hatten nur wenige Momente gehabt, erschlichene Momente. Mehr nicht. Sie hatten Pläne gemacht und oft überlegt, wie sie zusammenleben könnten. Wenn sie Geduld gehabt hätten, wäre ihre Zeit irgendwann gekommen. Damit war es nun vorbei.

»Ich wusste doch, dass diese Hure etwas angestellt hat«, sagte Claes plötzlich. »Dieser Blick ist eindeutig. Wie lange fickst du meine Stiefmutter schon, Leon?«

Inez schwieg. Annelie blickte von ihr zu Leon.

»Ist das wahr?« Annelie schien für einen Moment ihre Angst zu vergessen. »Du miese Schlampe! Gab es niemanden in deinem Alt…«

Das Wort brach in der Mitte ab. Ungerührt hatte Claes den Revolver gehoben und ihr eine Kugel in den Kopf gejagt.

»Ich habe doch gesagt, ihr sollt die Schnauze halten«, sagte er tonlos.

Inez war kurz davor, in Tränen auszubrechen. Wie viel Zeit hatten sie noch? Ihnen blieb nichts anderes übrig, als ohnmächtig darauf zu warten, dass sie der Reihe nach abgeschlachtet wurden.

Als Ebba wieder anfing zu schreien, zuckte Claes erschro-

cken zusammen. Ihr Schreien wurde immer schriller, und Inez spürte, dass sich ihr ganzer Körper verkrampfte. Sie hätte aufstehen müssen, war aber immer noch nicht in der Lage dazu.

»Bring das Kind zum Schweigen.« Claes sah sie an. »Bring das Balg zum Schweigen, habe ich gesagt!«

Sie öffnete den Mund, bekam aber keinen Ton heraus. Claes zuckte die Achseln.

»Na gut. Dann muss ich eben dafür sorgen, dass sie Ruhe gibt.« Wieder zielte er auf Ebba.

In dem Moment, als er abdrückte, warf sich Inez vor ihre Tochter.

Doch nichts passierte. Claes betätigte den Abzug erneut, aber es fiel kein Schuss. Verdutzt betrachtete er den Revolver. Im selben Augenblick stürzte sich Leon auf ihn.

Inez nahm Ebba in die Arme und drückte sie an ihre Brust. Ihr Herz klopfte wie wild. Claes lag unter Leon, versuchte sich aber mit aller Kraft zu befreien.

»Hilf mir!«, rief Leon. Als er einen Faustschlag in den Magen bekam, schrie er auf.

Er sah aus, als würde er die Gewalt über Claes verlieren, der sich wie ein Verrückter hin und her warf. Ein zielgerichteter Tritt von John traf Claes am Kopf. Es klang, als würde etwas zersplittern. Dann erschlaffte Claes' Körper, der Kampf war vorbei.

Hastig rollte Leon zur Seite und rappelte sich auf. Percy versetzte Claes einen Tritt in den Bauch, John trat weiter gegen seinen Kopf. Josef sah anfangs nur zu. Dann ging er mit zusammengebissenen Zähnen zum gedeckten Tisch, stieg über Runes Leiche hinweg und nahm sich das Messer, mit dem der Lammbraten aufgeschnitten worden war. Er ging neben Claes in die Knie und sah zu John und Percy auf, die erschöpft aufhörten zu treten. Aus Claes' Mund drang ein Gurgeln, und er rollte mit den Augen. Langsam, fast genussvoll legte Josef ihm die scharfe Klinge an den Hals. Dann setzte er blitzschnell einen scharfen Schnitt, und stoßweise schoss das Blut heraus.

Ebba schrie noch immer. Inez drückte sie an sich. Ihr Beschützerinstinkt war stärker als alles, was sie je empfunden hatte. Sie zitterte am ganzen Körper, aber Ebba rollte sich auf ihrem Arm zusammen wie ein kleines Tier. Sie drückte sich so fest an ihren Hals, dass Inez kaum Luft bekam. Auf dem Fußboden hockten Percy, Josef und John neben Claes' verunstaltetem Körper wie ein Löwenrudel vor der Beute.

Leon kam zu ihr und Ebba. Er atmete einige Male tief durch.

»Wir müssen aufräumen«, sagte er leise. »Mach dir keine Sorgen. Ich kümmere mich darum.« Sanft küsste er sie auf die Wange.

Wie aus weiter Entfernung hörte sie ihn den anderen Jungen Anweisungen erteilen. Satzfetzen drangen an ihr Ohr. Über das, was Claes getan hatte, über Beweise, die versteckt werden mussten, und über die Scham wurde leise gesprochen, aber sie bekam es kaum mit. Mit geschlossenen Augen wiegte sie Ebba hin und her. Bald war es überstanden. Leon würde alles in Ordnung bringen.

Sie fühlten sich seltsam leer. Es war Montagabend, und allmählich begriffen sie das Geschehene. Immer wieder war Erica durch den Kopf gegangen, was Anna tatsächlich zugestoßen war und was ihr noch hätte geschehen können. Patrik hatte sie den ganzen Tag betüddelt wie ein kleines Kind. Zuerst fand Erica das rührend, aber mittlerweile hatte sie es satt.

»Soll ich dir eine Wolldecke bringen?« Patrik küsste sie auf die Stirn.

»Nein danke, es sind an die dreißig Grad hier drin. Und wenn du mich noch einmal auf die Stirn küsst, trete ich für einen Monat in den Sexstreik.«

»Entschuldige, dass ich mich um meine Frau gesorgt habe.« Patrik verschwand in der Küche.

»Hast du die Zeitung schon gesehen?«, rief sie ihm hinterher, hörte aber nur Gemurmel. Sie stand auf und folgte ihm. Die Hitze schien nicht nachzulassen, und sie hatte Lust auf Eis.

»Ja, leider. Besonders die erste Seite hat es mir angetan. Mellberg mit John und Polizeiauto unter der Überschrift: DER HELD VON FJÄLLBACKA.«

Erica schnaubte. Sie öffnete das Tiefkühlfach und holte eine Box Schokoladeneis heraus. »Möchtest du auch was?«

»Gerne, vielen Dank.« Patrik setzte sich an den Küchentisch. Die Kinder schliefen, und das Haus war zur Ruhe gekommen. Solche Momente musste man genießen.

»Ich nehme an, er ist zufrieden.«

»Das ist leicht untertrieben. Und die Kollegen aus Göteborg sind sauer, weil er die Lorbeeren erntet. Aber die Hauptsache ist doch, dass die Pläne aufgedeckt und das Attentat vereitelt werden konnten. Es wird eine Weile dauern, bis *Schwedens Freunde* sich davon erholen.«

Erica wollte ihm nur zu gern glauben. Ernst sah sie Patrik an: »Jetzt erzähl schon. Wie ging es mit Leon und Inez weiter?«

Er seufzte. »Ich weiß nicht. Sie haben zwar die Fragen beantwortet, die ich gestellt habe, aber ich bin mir nicht sicher, ob ich das alles verstehe.«

»Wie meinst du das?«

»Leon hat erzählt, wie das Ganze abgelaufen ist, aber hundertprozentig kann ich seine Gedankengänge nicht nachvollziehen. Anfangs hatte er nur einen Verdacht, dass im Internat etwas nicht stimmte. Schließlich brach Josef zusammen und erzählte, was Claes ihm, John und Percy angetan hatte.«

»War es Leons Idee, Rune zu informieren?«

Patrik nickte. »Sie waren dagegen, aber er überredete sie. Ich glaube, er hat oft darüber nachgedacht, welche Auswirkungen es gehabt hätte, wenn er sie nicht dazu bewegt hätte.«

»Es war das einzig Richtige. Er konnte ja nicht wissen, wie verrückt Claes wirklich war. Es ließ sich ja nicht vorhersehen, was passieren würde.« Ohne die Augen von Patrik abzuwenden, kratzte Erica das letzte bisschen Eis aus ihrer Schüssel. Am liebsten hätte sie ihn begleitet, als er Leon und Inez besuchte, aber da verlief für ihn die Grenze. Sie musste sich damit zufriedengeben, dass er ihr hinterher alles erzählte.

»Genau das habe ich auch gesagt.«

»Und dann? Wieso haben sie nicht sofort die Polizei gerufen?«

»Sie hatten Angst, dass man ihnen nicht glauben würde. Auch der Schock muss eine Rolle gespielt haben. Sie konnten nicht klar denken. Man darf auch die Scham nicht unterschätzen. Der Gedanke, dass ihre Qualen ans Licht kommen könnten, hat sie wahrscheinlich veranlasst, in Leons Plan einzuwilligen.«

»Aber Leon hätte doch nichts zu verlieren gehabt, wenn die Polizei das Ganze in die Hand genommen hätte. Weder war er ein Opfer von Claes, noch hatte er ihn tödlich verletzt.«

»Er wollte Inez nicht verlieren«, sagte Patrik. Er legte den Löffel in die Schüssel, obwohl er das Eis kaum angerührt hatte. »Wenn alles herausgekommen wäre, hätte es einen so großen Skandal gegeben, dass sie sich wahrscheinlich hätten trennen müssen.«

»Und Ebba? Wie konnten sie sie allein zurücklassen?«

»Das scheint ihnen in all den Jahren die größten Gewissensqualen bereitet zu haben. Er hat es nicht direkt gesagt, aber ich glaube, er hat nie aufgehört, sich Vorwürfe zu machen, dass er Inez dazu überredet hat. Ich muss zugeben, dass ich sie nicht danach gefragt habe. Sie haben für diese Entscheidung vermutlich genug gebüßt.«

»Ich begreife einfach nicht, wie er sie dazu gebracht hat.«

»Die beiden waren wahnsinnig ineinander verliebt. Sie hatten eine leidenschaftliche Affäre und panische Angst, Rune könnte ihnen auf die Schliche kommen. Verbotene Liebe ist ein starker Antrieb. Leons Vater Aaron trägt wahrscheinlich eine Mitschuld. Als Leon ihn anrief und um Hilfe bat, machte Aaron ihm klar, dass Inez nur ohne ein kleines Kind außer Landes gehen konnte.«

»Ich kann ja verstehen, dass Leon damit einverstanden war, aber Inez? Selbst wenn sie himmelhochjauchzend verliebt war, wie konnte sie ihr Kind zurücklassen?« Ericas Stimme überschlug sich fast bei der Vorstellung, eins ihrer Kinder für immer zu verlieren.

»Sie konnte wohl auch keinen klaren Gedanken fassen. Und Leon hat ihr wahrscheinlich weisgemacht, es wäre das Beste für Ebba. Ich könnte mir vorstellen, dass er ihr eingeredet hat, sie müssten sonst ins Gefängnis, und dann würde sie Ebba sowieso verlieren.«

Erica schüttelte den Kopf. Es spielte alles keine Rolle. Sie würde nie verstehen, dass sich Eltern freiwillig von ihren Kindern trennten.

»Sie haben also die Leichen versteckt und sich diese Angelgeschichte ausgedacht?«

»Leon zufolge schlug sein Vater vor, sie sollten die Leichen ins Meer werfen, aber Leon befürchtete, dass sie an die Oberfläche treiben könnten, und kam auf die Idee, sie im Schutzraum zu verstecken. Gemeinsam schleppten sie die Leichen hinunter und legten sie mit den Fotos in die Kisten. Den Revolver deponierten sie wieder dort, wo Claes ihn wahrscheinlich gefunden hatte. Dann schlossen sie den Raum ab. Sie gingen davon aus, dass die Polizei ihn nicht entdecken würde.«

»Hat sie ja auch nicht«, sagte Erica.

»Nein. In dieser Hinsicht hat der Plan ausgezeichnet funktioniert. Abgesehen davon, dass Sebastian den Schlüssel an sich genommen hat. Offenbar hat er ihn ihnen seitdem wie ein Damoklesschwert über den Kopf gehalten.«

»Aber warum hat die Polizei im Haus keine Hinweise gefunden?«

»Die Jungs haben den Boden im Esszimmer gründlich geschrubbt und wahrscheinlich alle Blutspuren entfernt, die mit bloßem Auge sichtbar waren. Vergiss nicht, dass es 1974 war und die technische Untersuchung von Provinzpolizisten vorgenommen wurde. Mit der Tatortgruppe aus *CSI* hatten die nicht die geringste Ähnlichkeit. Außerdem hatten die Jungs sich umgezogen und waren mit dem Fischerboot hinausgefahren, nachdem sie anonym die Polizei benachrichtigt hatten.«

»Und wo ist Inez abgeblieben?«

»Sie hat sich versteckt. Auch das war laut Leon Aarons Idee. Sie brachen in irgendein Sommerhaus auf einer Nachbarinsel ein, wo sie blieb, bis sich alles so weit beruhigt hatte, dass sie und Leon das Land verlassen konnten.«

»Während die Polizei nach der Familie suchte, befand Inez sich die ganze Zeit in der Nähe?«, fragte Erica ungläubig.

»Ja. Im Sommer wurde wegen des Einbruchs bestimmt Anzeige erstattet, aber niemand erkannte den Zusammenhang.«

Sie nickte befriedigt. Endlich passten die Puzzleteile zusammen. Nach all den Stunden, in denen sie sich den Kopf über die verschwundene Familie Elvander zerbrochen hatte, konnte sie sich nun das meiste erklären.

»Ich frage mich, wie es Inez und Ebba jetzt geht.« Sie nahm Patrik die Schüssel aus der Hand, um sein Eis aufzuessen, bevor es schmolz. »Ich wollte sie nicht stören, aber ich schätze, sie ist zu ihren Eltern nach Göteborg gefahren.«

»Du weißt es also noch nicht?« Zum ersten Mal, seit sie über den Fall sprachen, strahlte er übers ganze Gesicht.

»Nein, was denn?« Erica sah ihn neugierig an.

»Sie ist für ein paar Tage zu Gösta ins Gästezimmer gezogen, um zur Ruhe zu kommen. Inez wollte sie heute Abend zum Abendessen besuchen, hat er gesagt. Ich nehme an, sie wollen versuchen, sich auszusprechen.«

»Das klingt gut. Es wird ihr helfen. Was mit Mårten passiert ist, muss ein Schock für sie sein. Allein der Gedanke, mit jemandem zusammengelebt zu haben, den man liebt und dem man vertraut, und dann stellt sich raus, wozu er fähig ist.« Sie schüttelte den Kopf. »Gösta wird froh sein, sie bei sich zu haben. Hätte er doch ...«

»Ich weiß. Und Gösta ist der Gedanke bestimmt schon öfter gekommen, als wir uns vorstellen können. Aber Ebba hatte es trotzdem gut, und in gewisser Weise ist das wohl das Wichtigste für ihn.« Abrupt wechselte er das Thema, als täte ihm der Gedanke daran, was Gösta entgangen war, zu weh. »Wie geht es Anna?«

Erica runzelte bekümmert die Stirn.

»Ich habe noch nichts von ihr gehört. Dan ist ja sofort nach Hause gefahren, nachdem er meine SMS bekommen hat, und ich weiß, dass sie ihm alles erzählen wollte.«

»Alles?«

Sie nickte.

»Wie Dan wohl reagieren wird?«

»Ich weiß nicht.« Erica aß noch ein paar Löffel Eis und rührte in dem Rest, bis er flüssig war. Das machte sie seit ihrer Kindheit so. Anna hatte die gleiche Angewohnheit. »Ich hoffe, sie kriegen das wieder hin.«

»Hm«, sagte Patrik skeptisch, und nun wechselte sie das Thema.

Sie wollte es weder sich selbst noch Patrik eingestehen, dass sie in den vergangenen Tagen an fast nichts anderes gedacht hatte, weil sie sich solche Sorgen um Anna machte. Trotzdem hatte sie sich gezwungen, sie nicht anzurufen. Sie und Dan brauchten Zeit und Ruhe, um überhaupt eine Chance zu haben, wieder miteinander ins Reine zu kommen. Irgendwann würde sie sich schon melden.

»Hat das Ganze keine juristischen Folgen für Leon und die anderen?«

»Nein, das Verbrechen ist verjährt. Nur Mårten hätte man als Einzigen zur Rechenschaft ziehen können. Und was mit Percy passiert, werden wir sehen.«

»Ich hoffe, es belastet Martin nicht zu sehr, dass er Mårten erschossen hat. Das kann er jetzt überhaupt nicht gebrauchen«, sagte Erica. »Außerdem ist es meine Schuld, weil ich ihn mit hineingezogen habe.«

»So darfst du nicht denken. Es geht ihm den Umständen entsprechend gut, und er will anscheinend so bald wie möglich zurückkommen. Da Pias Behandlung dauern wird und sowohl ihre als auch seine Eltern mithelfen, hat er mit ihr besprochen, dass er zumindest halbtags arbeitet.«

»Hört sich vernünftig an«, sagte Erica, aber ihr schlechtes Gewissen wurde sie trotzdem nicht los.

Patrik sah sie forschend an. Er strich ihr über die Wange, und sie sah ihm in die Augen. Als gäbe es zwischen ihnen eine schweigende Vereinbarung, hatten sie nicht erwähnt, dass er sie beinahe verloren hätte. Jetzt war sie hier. Und sie liebten sich. Alles andere war unwichtig.

Stockholm 1991

ZWEIMAL CARIN GÖRING?

Die sterblichen Überreste, die vor einiger Zeit in einem Zinksarg in der Nähe von Hermann Görings ehemaligem Anwesen Carinhall entdeckt wurden, sind vom rechtsmedizinischen Institut RMV in Linköping untersucht worden. Angeblich handelt es sich um den Leichnam der 1931 verstorbenen Carin Göring, geborene Fock. Merkwürdigerweise hatte ein Förster bereits 1951 Teile eines Skeletts gefunden, das von Carin Göring stammen sollte. Die sterblichen Überreste wurden unter größter Geheimhaltung eingeäschert und von einem Pfarrer zur Urnenbestattung nach Schweden überführt.

Es war Carin Görings drittes Begräbnis. Das erste fand im Fockschen Familiengrab auf dem Friedhof Lovö statt, das zweite in Carinhall und das dritte schließlich wieder in Schweden.

Nun wird dieser seltsamen Geschichte ein weiteres Kapitel hinzugefügt. Laut DNA-Analyse handelt es sich beim letzten Fund zweifelsfrei um Carin Göring. Die Frage ist: Wer liegt auf dem Friedhof Lovö in der Nähe von Stockholm begraben?

Nachwort

Während ich dies schreibe, ist seit der Bombe in Oslo und den tödlichen Schüssen auf Utøya eine Woche vergangen. Wie alle anderen habe ich beklommen die Nachrichten verfolgt und mich gefragt, wie man etwas derart Böses tun kann. Die schrecklichen Bilder aus Oslo haben mir klargemacht, dass die Ereignisse in diesem Buch etwas mit diesem Bösen zu tun haben. Leider ist es wahr, dass die Wirklichkeit die Literatur bei weitem übertrifft. Es ist purer Zufall, dass meine Geschichte über Menschen, die ihre bösen Taten politisch rechtfertigen, vor den Geschehnissen in Norwegen spielt, es zeigt aber vielleicht auch, in was für einer Gesellschaft wir leben.

Manches in *Die Engelmacherin* beruht auf Tatsachen. Ich möchte mich bei Lasse Lundberg bedanken, der während einer Führung in Fjällbacka meine Phantasie anregte, als er mir vom Bohusläner Granit, den Albert Speer angeblich für Germania ausgesucht hatte, und von Hermann Görings Besuch auf einer Insel im Schärengarten vor Fjällbacka erzählte. Ich habe mir die Freiheit genommen, eine erfundene Geschichte daraus zu entwickeln.

Um diesen Roman zu schreiben, musste ich mich intensiv mit Hermann Göring beschäftigen. Björn Fontanders Buch *Carin Göring schreibt nach Hause* war eine ergiebige Quelle, vor allem, was Hermann Görings Zeit in Schweden betrifft. In diesem Buch bin ich auch auf ein richtiges Mysterium gestoßen, das ich auf eine so geheimnisvolle Weise in meine Handlung einbauen konnte, wie es Autoren nur hin und wieder vergönnt ist. Ich danke Björn für die wunderbare Inspiration.

Es gibt keine unbekannte Engelmacherin aus Fjällbacka, aber natürlich hat die Helga Svensson in meinem Buch Ähnlichkeit mit Hilda Nilsson aus Helsingborg, die sich 1917 in ihrer Zelle erhängte, bevor sie hingerichtet werden konnte.

Das Ferienheim auf Valö existiert wirklich. Ich habe viele Sommerwochen dort verbracht, und es gibt wahrscheinlich kaum jemanden in Fjällbacka, der nicht eine Beziehung zu dem großen weißen Haus hat. Heute befinden sich darin eine Jugendherberge und ein Restaurant. Einen Besuch ist es auf jeden Fall wert. Ich habe mir erlaubt, die Jahreszahlen und Besitzer an meine Erzählung anzupassen. Bei allen anderen Fakten über Fjällbacka leistete mir wie üblich Anders Torevi unentbehrliche Hilfe.

Der Journalist Niklas Svensson unterstützte mich kenntnisreich und großzügig bei den politischen Teilen des Buches. Ganz herzlichen Dank dafür!

Zusammenfassend lässt sich sagen, dass ich wie immer Einzelheiten aus Realität und Fiktion vermischt habe. Eventuelle Fehler habe nur ich selbst zu verantworten. Mein Roman spielt in einer Zeit, in der die Verjährungsfrist für Mord fünfundzwanzig Jahre betrug. Dieses Gesetz wurde inzwischen geändert.

Außerdem möchte ich noch vielen anderen danken. Meine Verlegerin Karin Linge Nordh und meine Lektorin Matilda Lund haben wunderbare Arbeit am Text geleistet.

Martin Melin, mein Mann, ist mir bei der Arbeit immer eine große Stütze. Da er nun zum ersten Mal selbst an einem Manuskript gearbeitet hat, konnten wir uns gegenseitig anfeuern, wenn wir stundenlang am Computer saßen. Natürlich ist es für eine Krimischriftstellerin ein unglaublicher Vorteil, ihren eigenen Polizisten zu Hause zu haben.

Meine Kinder, Wille, Meja und Charlie, geben mir die Energie, die ich für die Bücher brauche. Und natürlich das ganze

Netzwerk drum herum: Oma Gunnel Läckberg und Rolf »Sassar« Svensson, Sandra Wirström, Mikael Eriksson, der Vater meiner älteren Kinder, und Christina Melin, die uns auf außergewöhnliche Weise beisteht, wenn uns alles zu viel wird. Ich danke euch allen.

Nordin Agency – Joakim Hansson und das gesamte Team –, ihr wisst, dass ich euch unglaublich dankbar für die Arbeit bin, die ihr hier in Schweden und auf der ganzen Welt leistet. Christina Saliba und Anna Österholm von Weber Shandwick kümmern sich um alles, was eine erfolgreiche Autorenkarriere betrifft. Ihr seid großartig.

Meine Kollegen. Wenn ich niemanden erwähne, kann ich auch niemanden vergessen. Ich sehe euch nicht so oft, wie ich gern würde, aber wenn wir uns treffen, ladet ihr mich mit positiver Energie auf und bestärkt mich in meiner Schreibfreude. Und ich weiß, dass ihr da seid. Einen ganz besonderen Platz in meinem Herzen hat Denise Rudberg, meine langjährige Freundin, Kollegin und Kampfgefährtin. Was würde ich ohne dich machen?

Ich könnte diese Bücher auch nicht schreiben, wenn mir die Einwohner von Fjällbacka nicht so wohlwollend erlauben würden, alle möglichen Scheußlichkeiten in ihren kleinen Ort zu verlegen. Manchmal frage ich mich besorgt, was ich da eigentlich angerichtet habe, aber ihr scheint sogar die Kamerateams hinzunehmen, die euch regelmäßig heimsuchen. Im Herbst passiert es wieder, und ich hoffe, ihr könnt stolz auf das Ergebnis sein, wenn die einzigartige Landschaft diesmal auch außerhalb Schwedens zu sehen ist.

Schließlich möchte ich mich bei meinen Lesern bedanken. Ihr wartet jedes Mal geduldig auf das nächste Buch. Ihr unterstützt mich, wenn mir der Wind ins Gesicht pfeift. Ihr klopft mir auf die Schulter, wenn es nötig ist, und haltet mir seit vielen Jahren die Treue. Ich weiß das zu schätzen. Sehr. Danke.

Camilla Läckberg
Måsholmen, 29. Juli 2011

Camilla Läckberg

ist Schwedens erfolgreichste Autorin. Ihre Kriminalromane mit Erica Falck und Kommissar Patrik Hedström sind weltweit Bestseller. Erica und Patrik sind privat und beruflich ein gutes Team, denn Erica ist eine begnadete Privatdetektivin.

www.camilla-laeckberg.de

Wir fragten Camilla Läckberg, was Sie zu dem Buch »Die Engelmacherin« inspiriert hat. Neugierig? Dann jetzt den QR-Code abscannen und das UllsteinLive-Video anschauen.

Steckbriefe

Erfahren Sie mehr über Camilla Läckbergs Hauptfiguren

ERICA ÜBER SICH SELBST

- LIEBLINGSESSEN: Libanesisch
- ICH LIEBE: Dumlekola Bonbons
- ICH HASSE: Konflikte
- MEIN TRAUM: Einen Roman zu schreiben, der mit dem *August-Preis* ausgezeichnet wird
- IN EINEM ANDEREN LEBEN: Würde ich Sport treiben
- VERBORGENE TALENTE: Ich kann mit den Ohren wackeln
- ICH TANZE ZU: *I Will Survive* von Gloria Gaynor

ANNA ÜBER SICH SELBST

- LIEBLINGSESSEN: Alles, was Erica kocht
- ICH LIEBE: Meine Kinder
- ICH HASSE: Denselben Fehler zweimal zu machen
- MEIN TRAUM: Die Vergangenheit vergessen zu können
- IN EINEM ANDEREN LEBEN: Wäre ich meine Schwester Erica
- VERBORGENE TALENTE: Ich sehe gleich, wie ein Raum gestaltet sein sollte, wenn ich ihn betrete
- ICH TANZE ZU: *Tainted Love* von Soft Cell

PATRIK ÜBER SICH SELBST

- LIEBLINGSESSEN: Minutensteaks
- ICH LIEBE: Knäckebrot mit Kaviarcreme und Käse, in heiße Schokolade getunkt
- ICH HASSE: Die Tatsache, dass Mellberg mein Boss ist
- MEIN TRAUM: Meine Tochter Maja wird nie von zu Hause weggehen
- IN EINEM ANDEREN LEBEN: Wäre ich Mellbergs Boss
- VERBORGENE TALENTE: Ich kenne alle Videotextseiten auswendig
- ICH TANZE ZU: Alles von Kent

MELLBERG ÜBER SICH SELBST

- LIEBLINGSESSEN: Schweinshaxe mit Kartoffelpüree
- ICH LIEBE: Wein, Weib und Gesang
- ICH HASSE: Menschen, die nicht wissen, wo sie im Leben stehen
- MEIN TRAUM: Endlich erkennt die Menschheit, was ich eigentlich draufhabe
- IN EINEM ANDEREN LEBEN: Wäre ich Reichspolizeichef
- VERBORGENE TALENTE: Ich bin der Salsakönig schlechthin!
- ICH TANZE ZU: Lateinamerikanischen Rhythmen

Fjällbacka

Der Schauplatz aus Camilla Läckbergs Romanen

© ddp images

Camilla Läckbergs Bücher spielen in Fjällbacka, dem Küstenort, in dem sie geboren und aufgewachsen ist. Die kleine Gemeinde liegt in Bohuslän, etwa 140 km nördlich von Göteborg. Schon im 17. Jahrhundert als Fischerdorf bekannt, kann Fjällbacka heute mit einer geschichtsträchtigen Idylle aufwarten. Die eindrucksvollen Felsformationen, die das Dorf einrahmen, haben dem Ort seinen Namen gegeben. Im Sommer zieht Fjällbacka Tausende von Touristen an. Für den Rest des Jahres leben dort etwa 1.000 Einheimische. Fjällbacka ist zwar klein, dennoch gibt es dort Hotels, Cafés und Geschäfte. Nach Fjällbacka fährt man ohne Auto am besten mit dem Zug bis Uddevalla. Man kann auch bis Trollhättan fliegen, um von da aus nach Fjällbacka zu gelangen.

Auch als ebook erhältlich

e-book

CHRONOLOGIE
EIN FALCK-HEDSTRÖM-KRIMI

4. Fall
DIE TOTGESAGTEN
978-3-548-60961-4

5. Fall
ENGEL AUS EIS
978-3-548-61063-4

6. Fall
MEERJUNGFRAU
978-3-548-61126-6

7. Fall
DER LEUCHTTURMWÄRTER
978-3-548-28586-3